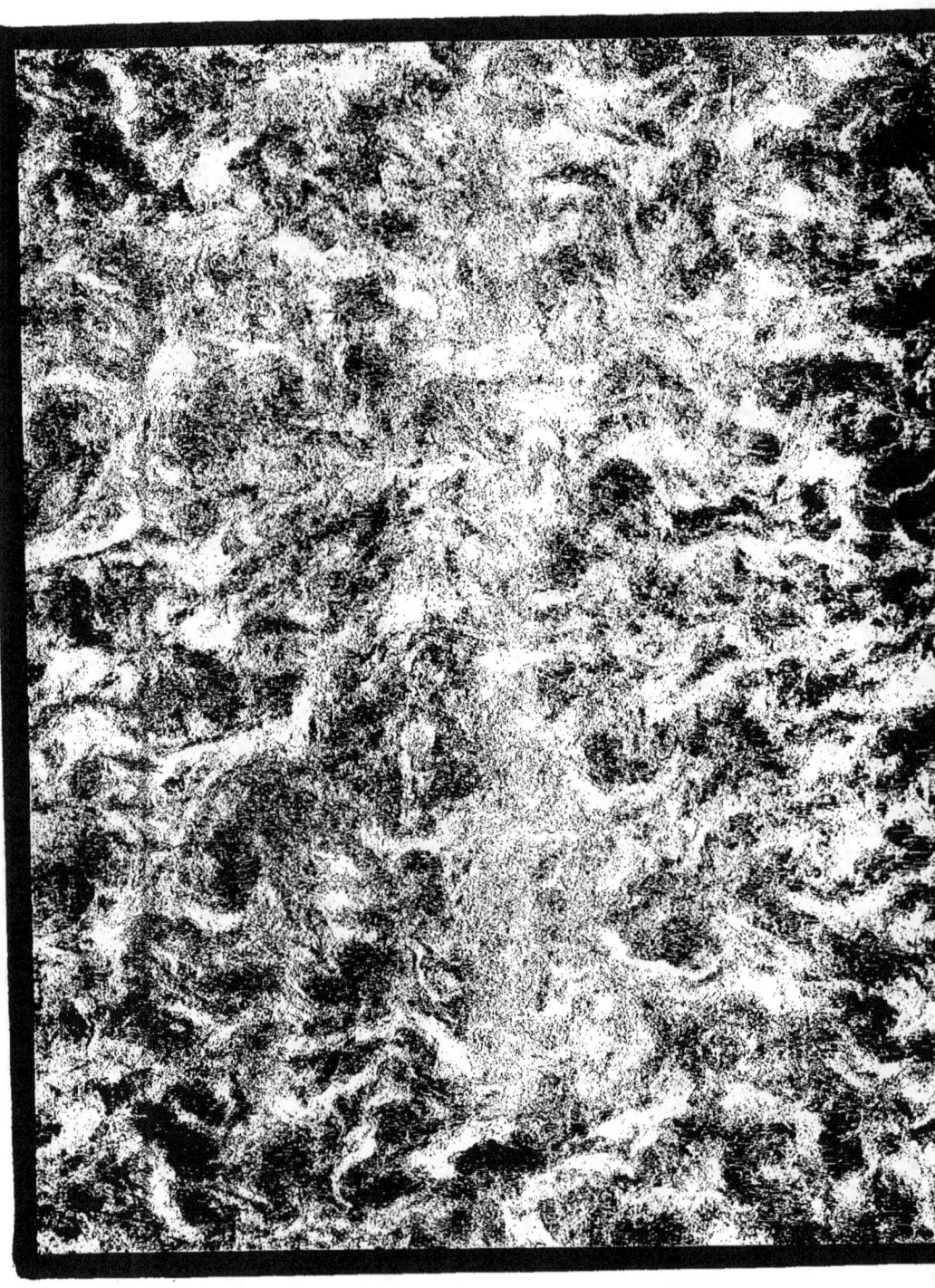

RAPPORT

FAIT

AU CONSEIL GÉNÉRAL
DES HOSPICES,

PAR UN DE SES MEMBRES, *(Pastoret)*

SUR

L'ÉTAT DES HOPITAUX, DES HOSPICES,

ET DES SECOURS A DOMICILE, A PARIS,

DEPUIS LE 1er. JANVIER 1804 JUSQU'AU 1er. JANVIER 1814.

A PARIS,

DE L'IMPRIMERIE DE MADAME HUZARD
(NÉE VALLAT LA CHAPELLE),
Imprimeur des Hospices civils, rue de l'Éperon, n°. 7.

1816.

(Douteux)

RAPPORT

SUR

L'ÉTAT DES HÔPITAUX, DES HOSPICES,

ET

DES SECOURS A DOMICILE, A PARIS,

Depuis le 1ᵉʳ. janvier 1804 jusqu'au 1ᵉʳ. janvier 1814.

Le Conseil général des Hospices a cru devoir rendre un compte public de ses travaux. Il m'a chargé de ce soin. Je vais tâcher de répondre aux honorables intentions des hommes de bien qui le composent. Jamais une administration n'eut moins à craindre d'avoir à parler d'elle-même. L'histoire de ses travaux sera presque toujours l'histoire de ses bienfaits.

Le succès cependant n'a pas toujours été aussi prompt ni aussi complet que nous pouvions l'attendre. Il s'est quelquefois présenté hors de nous des obstacles peu faciles à prévoir, et moins faciles encore à vaincre. Je les ferai connoître. L'impuissance de nos efforts peut encore offrir une leçon utile. Nous-mêmes, quoique notre zèle ne se soit jamais démenti, nous avons pu trop espérer des choses et des hommes. C'est sur-tout ici qu'il faut se méfier des théories. Pour réparer un mal, on en fait souvent naître un autre : on a voulu soulager l'indigence ; on a produit la paresse : d'un malheur comprimé jaillit un vice.

Pour que l'on puisse mieux juger les travaux du Conseil général, il est nécessaire de dire d'abord quel étoit à Paris, au moment de la révolution, l'état des Hôpitaux et Hospices.

1

La ville de Paris en possédoit alors quarante-huit : vingt-deux étoient exclusivement destinés à des malades, ; vingt exclusivement à des valides ; les six autres avoient cette double destination. Nous n'y comprenons pas quelques asiles offerts aux mœurs et au repentir, comme Sainte-Pélagie, Sainte-Valère, et les Filles pénitentes du Sauveur. Vingt mille personnes environ étoient soignées, chaque jour, dans ces quarante-huit établissemens, sans compter les enfans trouvés dont le nombre alloit à quinze mille, en les prenant depuis le moment de la naissance jusqu'à celui où l'adolescence finit.

Des vingt-deux Hôpitaux, six étoient pour les hommes, et quatre pour les femmes ; six étoient communs aux deux sexes ; six encore destinés à des maladies spéciales, ou à celles qu'on n'avoit aucun espoir de guérir. Des vingt Hospices pour les valides, deux recevoient des vieillards ; trois, des veuves ; deux, les passans ; la jeunesse étoit reçue, dans deux autres, pendant le jour. Il y en avoit onze pour les enfans trouvés ou orphelins des deux sexes. Les savans Mémoires de *Tenon* offrent à cet égard tous les détails qu'on peut désirer. Nous ne pouvons rappeler ici que la destination générale de ces pieux établissemens.

La bienfaisance n'avoit été ni inactive ni muette ; mais elle n'avoit pas toujours eu un objet différent, ou un seul objet. Les personnes charitables qui avoient fondé ou enrichi les Hôpitaux ou Hospices, n'étoient animées que du noble désir de soulager des maux ; elles soulageoient ceux qui les frappoient davantage, sans remarquer assez peut-être que ceux-là même avoient déjà trouvé des bienfaiteurs ; qu'il existoit d'autres établissemens moins secourus, et qui pouvoient, à ce titre, paroître plus dignes de leur libéralité. Ainsi, malgré le nombre des maisons hospitalières, il en manquoit encore plusieurs dont l'institution seroit devenue un grand bienfait : il y avoit un Hospice pour les aveugles-incurables ; il n'y en avoit aucun **Pages 15 et 16.** pour le traitement de la cécité. *Tenon* en réclamoit un pour l'inoculation des enfans du peuple et de tous les enfans reçus dans les Hospices. Il se plaignoit de ne pas trouver à Paris tous les secours que l'aliénation mentale réclamoit ; de n'y pas trouver pour des maladies contagieuses, un traitement suivi.

On avoit aussi à désirer beaucoup d'établissemens utiles dans les Hôpitaux qui existoient ; il manquoit par-tout des salles pour les opérations chirurgicales ; il manquoit des infirmeries dans les Hospices, et on conduisoit à l'Hôtel-Dieu l'homme qui étoit tombé malade à Bicêtre, etc. *Tenon* s'en plaignoit encore dans ses Mémoires, et M. le duc *de la Rochefoucauld-Liancourt* a souvent exprimé des regrets semblables dans les rapports faits au nom du comité de mendicité de l'Assemblée constituante, et insérés dans les tomes XLIV et LXXV des procès-verbaux de cette Assemblée.

Pages 15 et 27.

Voir le tome XLIV, pages 42, 45 et 82.

Mais le mal venoit plus souvent encore de ce qui existoit que de ce qui manquoit. La confusion des malades et leur entassement avoient des résultats bien funestes. Les fiévreux, les blessés, les personnes attaquées de maladies contagieuses, les femmes enceintes, les fous, les épileptiques, les convalescens étoient réunis en des salles accouplées, ou posées l'une sur l'autre dans le même édifice. Un espace de 970 toises renfermoit quelquefois plus de deux mille six cents malades. Nous dirons, en parlant de l'Hôtel-Dieu, combien de maux étoient produits par cette accumulation. Nous signalerons aussi dans les autres parties de ce rapport, quelques causes qui multiplioient les inconvéniens, les dépenses, les dangers, comme la facilité d'admettre des individus qui n'étoient pas malades, la prolongation du séjour de ceux qui ne l'étoient plus. Peutêtre aurons-nous aussi à remarquer dans l'organisation ancienne quelques formes, quelques institutions qui paroissent aujourd'hui disposées et combinées d'une manière plus utile aux malades et aux pauvres.

Tenon, pages 342 et 344.

Tous ces maux, long-temps assez peu connus, le furent mieux à peine, que la charité devint tout-à-coup plus active. Les écrits de quelques hommes de bien secondèrent ces mouvemens généreux, et sans doute en inspirèrent de nouveaux. Il est juste pourtant d'observer que de généreuses actions avoient précédé ces utiles écrits. *Cochin*, *Beaujon*, madame *Necker*, avoient fondé, de 1779 à 1784, les établissemens qui portent leur nom. Le Gouvernement avoit luimême excité, par ses projets en faveur des pauvres, les Mémoires si instructifs et si touchans de *Bailly* et de *Tenon*. Des souscriptions furent proposées, et presque aussitôt remplies ; pour élever à Paris de nouveaux Hôpitaux, plus sains, moins surchargés de malades, distribués avec sagesse dans les quartiers les plus peuplés et les plus indigens de cette immense cité.

Mais la révolution éclata.

Nous ne voulons ici ni rappeler des malheurs publics, ni nous appesantir sur les effets de ce désordre politique qui amena un si long règne du crime. Il est nécessaire pourtant de faire observer, comme une grande leçon de plus pour l'avenir, qu'au milieu de ces tempêtes violentes, suscitées au nom du peuple, le peuple vit dissiper et vendre ce riche patrimoine que la piété de nos ancêtres avoit assuré à son enfance, à ses infirmités, à sa vieillesse. Les Hôpitaux et les Hospices de Paris possédoient, avant la révolution, en maisons, en domaines ruraux, en rentes sur l'état ou sur des particuliers, en redevances antiques et autres droits quelconques, une fortune de sept à huit millions. On détruisit, on supprima, on vendit, on prit jusqu'au produit des souscriptions offertes par la bienfaisance privée, pour offrir des asiles au malheur.

Un décret du mois de mars 1793 ordonne la vente des biens des Hôpitaux, fondations et dotations en faveur des indigens, « au moyen « de ce que l'assistance du pauvre est une dette nationale. » Voilà, pour des législateurs, une conséquence singulière, une grande dérision de leurs propres principes.

Un autre décret du mois de janvier 1795, supprime plusieurs maisons hospitalières ; il en établit une nouvelle néanmoins, qu'il appelle *l'abbaye Antoine*, et porte à 80 lits *l'hôpital Jacques*. Un des Hospices qu'on détruit est celui de *Mandé*, de Saint-Mandé sans doute. L'Hôpital désigné ici par le quartier où il est situé (le faubourg Saint-Jacques), est celui qu'on devoit à la piété de M. *Cochin*. Le même décret change la destination de l'Hospice que M. *Beaujon* avoit fondé. C'étoit du moins un bienfait que l'établissement d'un Hôpital pour le faubourg Saint-Antoine. Déjà, dans le faubourg Saint-Martin, une ancienne maison de religieux avoit été consacrée à recevoir des vieillards.

L'Administration avoit aussi été changée, non-seulement dans les

personnes qui la composoient, mais encore dans les formes et la
division de sa surveillance et de ses bureaux. Louis XII, au com- Édit du 2 Mai
1505.
mencement du 16e. siècle, y introduisit des administrateurs sécu-
liers. Des lettres-patentes, du 7 novembre 1544, organisèrent un
grand Bureau des pauvres, composé des premiers magistrats de la
capitale, qui en étoient les chefs, et de notables citoyens. Ce grand
Bureau a existé jusqu'aux premières années de la révolution. Il
gouvernoit les maisons ordinairement réunies ou confondues, sous
la désignation unique d'Hôpital-Général des Pauvres ; la Salpêtrière,
Bicêtre, les Enfans-Trouvés, la Pitié, le Saint-Esprit. L'Hôtel-Dieu,
les Petites-Maisons, l'Hôpital de la Trinité, avoient leurs administrateurs particuliers ; ceux des Incurables étoient les mêmes que ceux de
l'Hôtel-Dieu. Les chefs de l'Administration étoient les mêmes aussi
pour ce dernier établissement et pour l'Hôpital-Général.

Tous ces administrateurs remplissoient leurs fonctions avec un
désintéressement égal à leur dévouement pour les Pauvres : aussi
distinguoit-on par *régime paternel* leur administration. Ceux qui
les remplacèrent d'abord étoient encore éclairés et charitables ; des
personnes qui l'étoient moins vinrent se joindre à eux ou leur suc-
cédèrent. Les fonctions avoient cessé d'être gratuites ; les partis qui
triomphoient alternativement, en distribuoient le revenu à ceux qui
partageoient leurs opinions, et ceux-ci cédoient quelquefois la
place à leurs adversaires avec tant de rapidité, qu'on a vu des administrateurs être là moins long-temps que leurs malades. La légis-
lation, d'ailleurs, ébranloit de toutes parts les institutions les plus
utiles ; elle les atteignoit par des conséquences de ses autres actes,
quand elle ne les frappoit pas directement. Le crédit étoit épuisé ;
il fallut recourir à celui de quelques particuliers. L'arrêté du Ministre de l'intérieur, qui l'ordonne, est du 27 février 1799. On y
voit bien dans quel état de désordre et d'impuissance se trouvoit
alors l'Administration des Hôpitaux. Le ministre y parle des débats
élevés entre les membres qui la composoient, des retards qu'elle
mettoit à rendre compte de sa gestion et des fonds reçus, de la
déconsidération dans laquelle elle étoit tombée, de l'impossibilité où
elle étoit d'opérer aucun bien et d'assurer le service des pauvres ;

de l'état de dégradation totale des maisons hospitalières, du dénûment absolu de linge, d'habits, de tous les effets nécessaires, de
tous les genres d'approvisionnemens. On crut devoir en conséquence
accepter les soumissions de cinq compagnies d'entrepreneurs qui se
partagèrent les établissemens. Jamais, dans d'autres circonstances,
une mesure pareille n'eût été proposée ni adoptée. Les entrepreneurs, devenus nécessaires, n'en devoient être que plus exigeans;
ils le furent; et cependant des plaintes perpétuelles s'élevèrent contre
leur gestion. Eux aussi en formèrent; elles n'étoient pas toujours
sans fondement : les engagemens que le Gouvernement avoit pris à
leur égard, ne furent pas toujours observés avec une inviolable
fidélité.

Le préfet de la Seine, M. le comte Frochot, ne tarda pas à être
frappé de tous les maux dont les Hôpitaux étoient accablés; et, dès
les premiers jours de 1801, il soumit au Gouvernement un projet
pour subvenir à ces maux. Partager les devoirs et les travaux, séparer
l'action et la pensée, de manière à pouvoir allier l'activité que com-
mande le mouvement journalier avec la réflexion qui doit le préparer
et le régler; établir une force morale, créatrice et conservatrice
à-la-fois, et pour l'obtenir, rendre aux Hôpitaux ces tuteurs pater-
nels, qui n'attendoient d'autre récompense de leur zèle que la considération publique et le sentiment du bien qu'ils avoient opéré;
telles sont les idées générales qui le portèrent à proposer d'instituer,
comme autrefois, un grand Bureau des pauvres, chargé d'exercer
sur leurs personnes, sur leurs biens, sur leurs intérêts, une honorable
tutelle. La proposition du préfet fut adoptée par le Gouvernement.
Les Hospices et Hôpitaux eurent un Conseil général et une Commission administrative : celle-ci existoit déjà, mais ses fonctions ac-
quirent un autre caractère; l'exécution des lois et des arrêtés lui
fut particulièrement confiée; le Conseil eut la direction générale des
établissemens consacrés aux pauvres, la disposition de leurs revenus,
le droit ou le devoir de méditer et délibérer sur tout ce qui pouvoit diminuer d'abord, détruire enfin les maux existans, et ramener,
au milieu des asiles de l'indigence, cette bienfaisance éclairée,
vigilante et ferme qui ne se dissimule pas les obstacles, qui ne

craint pas de les combattre , et qui finit toujours par en triompher, parce qu'elle est toujours appuyée sur l'amour de l'ordre et de la justice.

Un nouvel arrêté du Gouvernement réunit, quelques mois après, le 19 avril 1801 , aux attributions du Conseil, l'Administration générale des secours à domicile pour la ville de Paris. Les comités de bienfaisance et le bureau des nourrices se trouvèrent ainsi sous son inspection. Les Sœurs de la Charité devoient seconder ces comités dans l'exercice de leurs fonctions ; elles furent spécialement chargées de l'assistance et du soulagement des malades , de l'assistance des enfans en bas-âge , de la distribution des linges , habits, lits , meubles , etc. Une marmite des pauvres et un dépôt de médicamens furent établis aussi dans chaque arrondissement municipal.

Les *entreprises* finissoient le 22 mars 1802. Le Conseil général crut devoir les continuer pour 18 mois encore, en exceptant néanmoins les hospices de la Salpêtrière et de la Charité. Il voulut, par cette exception, s'assurer par lui-même de la différence des résultats ; et ce fut après cet essai qu'il se décida irrévocablement pour le système appelé *paternel*, digne en effet de toute sorte de préférence. Dès la première année , le bénéfice se trouva du cinquième environ sur la dépense ordinaire. On gagna bien davantage encore sous le rapport de la vigilance , de la discipline intérieure , des soins pour les indigens et les malades.

Ici se présentent à-la-fois beaucoup de faits et de résultats que nous devons classer pour que le développement en soit plus clair et plus utile.

Chaque infirmité , chaque besoin , chaque époque de la vie a maintenant, à Paris, des établissemens qui lui sont destinés. La maison de l'Accouchement et celle de l'Allaitement reçoivent les enfans qui naissent ou qui viennent de naître. Ils passent dans un Hospice d'Orphelins ou d'Orphelines, s'ils n'ont point de parens connus, ou s'ils ont eu le malheur de les perdre. Un Hôpital a été formé pour soigner et secourir tous les enfans malades , tant ceux qui viennent des établissemens publics , que ceux que leurs parens y envoient de l'intérieur de Paris. L'âge viril a plusieurs Hôpitaux ordinaires, semblables par l'objet, différens par l'étendue; les maladies qu'on ne pourroit y traiter sans inconvéniens, qui exigent des soins et un régime particuliers, qui doivent être isolées par égard pour ceux qui en sont atteints, et par intérêt pour ceux qui ne le sont pas, ont des Hôpitaux spéciaux. Si les maux qu'on souffre ont un tel caractère, que tout espoir de guérir devienne impossible, deux Hôpitaux sont ouverts aux infortunés des deux sexes dont les maladies sont devenues incurables. La vieillesse a ses hospices aussi, pour les hommes et pour les femmes, séparément. Il en est un cependant où de vieux époux peuvent venir continuer ensemble leur vie. Quelques établissemens ont été formés pour les personnes qui, n'étant pas dénuées de tout, n'ont conservé néanmoins, pour subsister, que des ressources insuffisantes; elles concourent, par une somme donnée, à une portion de la dépense des maisons où elles sont admises.

Nous parlerons d'abord, séparément, des divers Hôpitaux et Hospices. Ce sera l'objet des deux premières parties de ce rapport. Nous verrons dans la troisième quel est l'état actuel des diverses branches de l'Administration; quels sont les règlemens qui la dirigent; quels sont les établissemens auxiliaires qui entrent dans l'organisation des différens services et en assurent l'exécution; quels ont été les travaux faits successivement et d'une manière plus générale pour améliorer le sort des pauvres et des établissemens qui les renferment. Les propriétés des Hospices, leurs revenus et leurs dépenses, les faits ou les résultats généraux concernant la population et la mortalité, feront plus particulièrement l'objet de la quatrième partie. Nous parlerons, dans la cinquième, des secours à domicile, et de tout ce qui concerne leur administration.

PREMIÈRE PARTIE.

DES HOPITAUX.

Commençons par faire connoître les établissemens consacrés aux malades, et que nous désignons plus particulièrement par le nom d'*Hôpitaux*, comme nous appliquons plus particulièrement celui d'*Hospices* aux établissemens consacrés à l'enfance, à la vieillesse, ou à des infirmités qui ne sont pas susceptibles de guérison, quoique ce nom embrasse aussi d'une manière générale tous les maux et tous les besoins de l'indigence; et c'est dans ce sens que nous l'employons, quand nous nous bornons à dire *Conseil des Hospices*, pour exprimer le Conseil qui surveille et dirige tous les établissemens hospitaliers et les secours publics.

Il existoit trois Hôpitaux principaux à Paris, au commencement du règne de Louis XVI; l'Hôtel-Dieu, la Charité, Saint-Louis : trois autres furent fondés quelques années avant la révolution; l'Hôpital Cochin, faubourg Saint-Jacques; l'Hôpital Beaujon, faubourg Saint-Honoré; et celui de madame Necker, près de la barrière de Sèvres; mais ils étoient loin d'offrir tous les secours et toute la population qu'ils donnent ou admettent aujourd'hui.

Un Hôpital a été établi dans le faubourg Saint-Antoine, au commencement de la révolution.

On a ouvert un Hôpital particulier pour les enfans des deux sexes, au mois de juin 1802.

L'Hôtel-Dieu et la Charité sont restés pour les malades du centre de Paris; les nouveaux Hôpitaux ont été plus à portée de secourir ceux qui habitoient les quartiers les plus éloignés.

2

Nous avons à regretter qu'il n'y ait pas aussi un Hôpital pour les maladies ordinaires, dans le faubourg Saint-Denis ou dans le faubourg Saint-Martin.

L'Hôpital Saint-Louis est destiné aux maladies contagieuses. Une maison a été spécialement établie dans le faubourg Saint-Jacques, pour un mal qui, par sa nature et par son origine, se trouve mieux placé loin des regards des autres.

La maison de l'Accouchement a un caractère particulier qui ne la met dans aucune des classes précédentes; elle ne peut être séparée de la maison de l'Allaitement ou des Enfans-Trouvés, qui est un véritable Hospice.

La folie et quelques autres infirmités sont placées dans des établissemens qui n'ont pas ce seul objet; elles n'y en sont pas moins traitées ou soignées aussi bien que leur état peut le permettre ou l'exiger. Nous renvoyons aussi ce que nous avons à en dire, au moment où nous parlerons des Hospices; c'est dans les plus grands de ces établissemens, loin des maladies ordinaires, que la pitié publique les a recueillies; elles y ont des locaux entièrement distincts, et toutes les précautions ont été prises pour adoucir leur sort.

Nous diviserons en trois articles la partie actuelle de notre travail. Le premier aura pour objet les Hôpitaux ordinaires; le second, ceux où on traite quelques maladies spéciales, le troisième fera connoître deux établissemens que l'on a cru devoir former pour des personnes qui, sans être dans l'indigence, manquant des ressources nécessaires pour suffire à tous les frais de la maladie, obtiennent à un prix modique et fort au-dessous de la dépense réelle des soins et des secours qu'ils n'auroient ni la facilité ni les moyens de recevoir dans leur enceinte domestique.

ARTICLE PREMIER.

Des Hôpitaux pour les maladies ordinaires.

§. Ier.

DE L'HOTEL-DIEU.

L'Hôtel-Dieu est le plus ancien, peut-être, des Hôpitaux de l'Europe; il existoit à la fin du septième siècle; il remonte à la première race de nos rois. Toujours il fut placé à côté du premier temple de la capitale. Le lieu où on prie et le lieu où on souffre, sont également la maison de Dieu.

Il a dû quelquefois son agrandissement à des charités pieuses. La salle Saint-Charles fut construite par les dons de Pompone de Bellièvre, premier président du parlement de Paris. La salle du Légat l'avoit été sous François Ier. par le cardinal Duprat, légat alors du pape, et auparavant chancelier de France. Brûlée en 1772, on bâtit dans la même position celle qu'on appelle la salle Sainte-Marthe. Les salles du côté de la rue de la Bûcherie avoient été bâties par les ordres de Henri IV, en 1602.

État ancien de l'Hôtel-Dieu.

Personne n'ignore quel fut l'état de l'Hôtel-Dieu. Les lits y étoient entassés dans les salles, et les malades entassés dans les lits. Il y en avoit souvent quatre, quelquefois six, couchés ensemble. Les administrateurs de cet établissement le rappeloient eux-mêmes, dans un Mémoire publié en 1767; et plus d'un siècle auparavant, en 1651, leurs prédécesseurs avoient consigné le même fait dans un compte rendu de l'Hôtel-Dieu. On a même vu, dans quelques occasions extraordinaires, placer des malades au-dessus les uns des autres, par le moyen de matelas mis sur l'impériale, à laquelle on

Tenon, pag. 135.

n'arrivoit que par une échelle. La portion d'air que chacun avoit à respirer étoit de 3 ou 4 mètres (1 toise et demie à 2 toises), et le malade auroit eu besoin d'en avoir 12, pour ne pas trouver un danger de plus dans l'atmosphère qui l'environnoit. Il n'y a point d'exemple d'une pareille surcharge, disoit *Tenon*, qui ajoute encore à ce que ce tableau a de triste et d'effrayant, que, dans plusieurs salles, on n'en avoit pas même une toise cube. Cela n'étoit réellement ainsi que pour une de ces salles, et en y supposant six personnes par lit : on avoit de 1 à 2 toises à respirer dans quelques autres ; 2 et un tiers dans une d'elles. L'Hôtel-Dieu de Lyon en offroit de 4 à 5 toises pour chaque malade. Nous verrons bientôt que l'hôpital de la Charité, à Paris, en offroit encore davantage.

La quantité d'air à respirer n'est pas le seul besoin du malade : il faut qu'il puisse s'étendre, se remuer, se retourner dans son lit ; on ne peut refuser le foible soulagement d'un peu d'espace au malheureux qui souffre. 2 pieds au moins sont nécessaires. Les anciens malades de l'Hôtel-Dieu n'avoient chacun que 8 à 9 pouces de place. On y comptoit alors 1219 lits, dont 733 grands, c'est-à-dire de 52 pouces de largeur, et 486 petits, c'est-à-dire de 3 pieds. Nous avons déjà remarqué que les premiers pouvoient recevoir six personnes ; il devoit y en avoir quatre dans les seconds : même, lorsqu'il n'y en avoit que quatre dans les grands lits, ce n'étoit que 13 pouces par malade.

Un inconvénient bien grand encore, étoit de faire coucher ensemble des personnes qui, même attaquées d'une maladie semblable, se tourmentoient mutuellement par leurs plaintes, par leurs cris, par les médicamens qu'elles prenoient, par tous les genres d'inquiétudes et de besoins que les malades peuvent avoir ; et aussi, par les divers caractères du mal, par sa différente gravité. Le même lit renfermoit souvent deux femmes sur le point d'accoucher, une saine, une qui ne l'étoit pas : un agonisant y expiroit à côté de celui qui alloit être convalescent. « On peut imaginer, dit *Bailly*, dans son premier rapport sur les Hôpitaux, ce que, au milieu de l'entassement des étages, des salles et des malades, doit produire l'association de toutes ces maladies dans le même lieu ; tout ce qui résulte, pour répandre

Préf., page XXI. V. aussi page 184.

Tenon, préface, page XX, page 137. Bailly, page 133.

la contagion , d'un air infecté par des fièvres contagieuses ; des
latrines communes et à ceux qui ont des dyssenteries contagieuses
et à ceux qui n'en sont pas attaqués ; de l'échange des draps , des
chemises , le plus souvent mal lessivés ; des linges que l'on chauffe
en grand nombre, et qui, retirés d'un malade , sont portés à un
autre ; des pots à boire, rincés à la hâte, et qui, dans la distribution,
passent d'un malade galeux à un qui ne l'est pas. Un malade arrivant est souvent placé dans le lit et dans les draps d'un galeux qui
vient de mourir.... A l'Hôtel-Dieu , l'espace manque à tous les besoins ; et si un malade, devenu convalescent , échappe à cette suite
de dangers, les hardes qu'on lui rend, sortent d'un magasin commun
où tout est confondu comme dans les salles : ces hardes ont pu se
charger de la contagion ; elles la lui communiqueront au sortir de
l'Hôpital. »

De son état actuel.

Il ne reste pas même de traces d'un état si affligeant. Les salles ,
aujourd'hui, sont vastes et bien aérées ; les lits , convenablement
espacés ; chaque malade est couché seul. Tous les soins possibles
ont été pris pour faire régner la propreté et la salubrité dans
l'établissement : les murs des salles ont été blanchis ; les bois
de lit , peints ; des rideaux placés par-tout. On a banni l'usage de
faire sécher les lessives sur les terrasses des salles , ce qui en obstruoit les fenêtres , et répandoit une vapeur nuisible. On a fait plus ;
une partie de ces terrasses a été baissée au sol des salles , et con-
vertie en promenoir ; le reste va l'être incessamment : les convalescens avoient besoin d'un promenoir semblable , et la salubrité de
l'Hôpital en sera augmentée. Enfin, deux cents places, occupées
par des infirmiers et des infirmières, ont été rendues aux malades,
en établissant des dortoirs séparés pour les gens de service des
deux sexes.

D'autres moyens non moins efficaces ont été employés pour faire
cesser l'encombrement qui accabloit cette maison. Des fous et des
folles y étoient en grand nombre dans des salles étroites où tout

contrarioit leur traitement ; on les a transférés dans des lieux où ils sont seuls, où toutes les ressources sont préparées, où il y a moins d'obstacles à leur guérison, où elle est aussi certaine que la nature du mal permet de l'espérer. Les femmes en couche, auxquelles le séjour de l'Hôtel-Dieu étoit, sous tous les rapports, si peu convenable, disons même peu salutaire, ont été placées dans un autre Hôpital. L'usage d'y recevoir des enfans, usage non moins contraire à leur santé qu'à la morale, a été heureusement réformé ; et on a établi pour eux une maison particulière. Ces bienfaits envers le premier âge, envers les femmes en couche, envers les insensés, en sont devenus pour l'Hôtel-Dieu lui-même, en y donnant aux malades un plus libre emplacement. Il a été permis alors de laisser à chacun d'eux l'espace nécessaire, et de classer convenablement les divers genres de maladies.

Une preuve encore de la nécessité de ces changemens résulte de ce que, autrefois, la plupart des salles de l'Hôtel-Dieu n'avoient pas de poêles pendant l'hiver ; l'atmosphère y étoit suffisamment échauffée par le grand nombre de ceux qui les occupoient. On peut juger du degré d'insalubrité, d'infection, qui provenoit de l'air ainsi chargé des vapeurs qu'exhaloient tant d'individus affectés de toutes les espèces de maladies. Depuis le meilleur placement et les dispositions nouvelles, on a échauffé les salles avec des poêles bien construits, qui établissent une température douce et une ventilation très-favorable. On n'est plus forcé de devoir sa chaleur à la stagnation d'un air corrompu.

La lingerie n'offre plus l'aspect du dénûment, du désordre et de la malpropreté. De nouveaux bains ont été construits ; des fourneaux économiques placés dans les cuisines. On a pratiqué dans le nouveau vestibule, pour la visite et la réception des malades, divers locaux, qui présentent les avantages que l'on n'avoit cessé de désirer pour cette partie importante du service d'un grand Hôpital.

Tenon, pag.173.

De l'état des bâtimens et des salles en particulier.

Je ne dis rien ici de l'état des bâtimens. Ils étoient si dégradés, que plusieurs salles en étoient devenues dangereuses à habiter, et qu'un des premiers actes du Conseil fut l'ordre de les évacuer et de les réparer. Ces salles, en général, et leurs dispositions intérieures, telles qu'elles existoient alors, ont été décrites avec autant de soin que de vérité par *Tenon*, dans ses Mémoires sur les Hôpitaux. Nous croirions inutile de rappeler, à notre tour, avec de longs détails, leur état actuel, à une époque où les nouveaux embellissemens projetés pour la capitale annoncent la démolition prochaine de l'Hôtel-Dieu : cependant, et par cela même, peut-être, à l'avenir, ne retrouvera-t-on pas sans quelque intérêt une courte description de ce qu'il étoit sous ce rapport, dans les dernières années de son existence.

Trois grilles en ferment l'entrée. Après la première est un péristyle de 40 pieds d'élévation, et de 30 à 36 pieds de large. A droite, est une salle où les médecins et chirurgiens se réunissent chaque jour; à gauche, est le bureau de l'agent de surveillance; et au-dessous, sont la pharmacie, les cuisines, les réfectoires.

En face du péristyle sont trois grandes portes qui conduisent à un vestibule de 30 pieds de large sur 100 de long, dans lequel sont ouvertes sept portes, quatre à droite et trois à gauche.

La première porte à droite conduit à une pièce qui sert de corps-de-garde pour le service de la nuit; un caporal y veille, et l'ouvre quand on amène un malade.

A l'entrée de la seconde porte, un escalier conduit en descendant à une cour où sont les bains, les vestiaires, les magasins et la sommellerie : au bout de cette cour est un jardin d'environ un arpent, que l'on a formé sur un emplacement qu'occupoient de vieilles bâtisses, et qui sert de promenoir aux femmes convalescentes. Un autre escalier conduit à la salle Sainte-Jeanne et dans toutes les parties du bâtiment des Hospitalières. La salle est au premier étage, et contient 90 lits. Les cellules des Hospitalières, leur chapelle, leur infirmerie, leur réfectoire, leur lingerie, quelques logemens d'ecclésiastiques, occupent le second, le troisième et le quatrième étages. Les greniers au-dessus servent de séchoir pour le linge des Hospitalières.

La troisième porte à droite du vestibule conduit à la salle Sainte-Marthe, destinée aux femmes. Elle contient 66 lits. Un autel est à l'extrémité; on y dit la messe les dimanches et les jours de fête.

Près de cette salle est un office où se prépare et se distribue le linge nécessaire au pansement des malades. Elle renferme aussi des baignoires pour eux.

La quatrième conduit au pont qui sépare les deux parties du bâtiment de l'Hôtel-Dieu.

La première porte à gauche est la porte principale du bureau où sont enregistrés les malades ; la seconde, du lieu où ils attendent et changent de vêtement ; la troisième mène, par un palier, à la salle Saint-Côme, destinée aussi aux femmes, et qui contient 42 lits. Tout auprès est un escalier qui descend à la cuisine, à la pharmacie, et par lequel se fait le service général des salles. Celles des étages supérieurs sont aussi toutes destinées aux femmes : elles contiennent 340 lits. Au second est une lingerie générale ; la pièce est de la même grandeur que le vestibule. Au-dessus de cette lingerie, est encore une salle pour les femmes, de 50 lits.

L'autre corps de bâtiment, celui qui est au-delà du pont et sur la rue de la Bûcherie, est consacré aux hommes.

La salle Saint-Charles se présente d'abord : elle est, avec une petite salle contiguë, qui porte le nom de Saint-Jacques, de 98 lits. Elle en pourroit contenir un plus grand nombre, si l'augmentation des malades l'exigeoit. Les salles Saint-Roch et Saint-Antoine, également au rez-de-chaussée, en contiennent ensemble 94 ; et celle du Rosaire, 40.

Au premier étage, la salle Saint-Paul occupe, avec deux annexes, la longueur du bâtiment, et est destinée avec elles aux blessés et aux maladies chirurgicales ; 184 lits y sont placés : elle en avoit *Tenon, pag. 223.* autrefois un bien plus grand nombre. A côté, étoit une salle pour les opérations ; elle offroit tous les dangers que peut offrir une salle qui a une pareille destination.

Le second étage a deux salles (Saint-Joseph et Sainte-Martine), dont l'une a 104 lits, et l'autre 79. Il y en a 75 dans la salle Sainte-Monique, au troisième étage.

Le nombre des lits pour les hommes est ainsi de 674 ; celui des lits pour les femmes est de 588, en y comprenant ceux qui ne sont pas occupés en ce moment, parce que les salles où ils étoient ont besoin de réparation. Le total est de 1262. Il y en a 600 à l'Annexe, dont nous allons parler. Le total général est par conséquent de 1862.

Une chapelle a été établie dans une petite salle qui est au fond de la salle Saint-Charles. Les malades des deux sexes et les employés de la maison peuvent y entendre tous la messe, sans aucune communication entre eux.

On a construit dans d'autres parties de ce bâtiment, une chambre de garde, une salle des morts, divers locaux pour le linge sale et pour le linge blanchi, un amphithéâtre pour les leçons d'anatomie, un amphithéâtre des consultations, qui sert également aux leçons d'anatomie et de clinique, des salles de dissection pour l'instruction des élèves aussi, des dortoirs pour les infirmiers, un grand réservoir qui fournit de l'eau aux salles inférieures, et la porte, par le moyen d'une pompe, aux étages supérieurs.

Au-dessous des salles du bâtiment pour les hommes, sont de belles caves appelées *cagnards*, donnant sur la rivière, et facilitant, à différentes hauteurs, l'approvisionnement de bois nécessaire pour l'Hôpital. Le local offre en même temps des lavoirs où sont blanchis chaque jour les draps de rechange des malades. Une des caves, nommée le *cagnard de réserve*, tire ce nom de ce que les eaux, quelque hautes qu'elles aient été, ne l'ont jamais couvert entièrement ; le bois qui y a été placé, assure le service de la maison, quand les autres caves sont remplies par l'accroissement des eaux. Un passage voûté, construit sous la rue de la Bûcherie, conduit à un grand bâtiment, rue du Fouare. On faisoit entrer par là les potasses et les soudes nécessaires à la buanderie : on s'en servoit aussi pour faire passer le linge blanchi dans l'intérieur, qu'on alloit étendre et sécher dans les greniers, lorsque la hauteur de la rivière ne permettoit plus d'y communiquer par les souterrains. Ces greniers ont servi de séchoirs depuis 1790 jusqu'en 1804 ; ils servoient auparavant de magasin pour le blé.

La superficie des bâtimens qui formoient l'Hôtel-Dieu étoit de 4 arpens de Paris (3600 toises) ; et dans ces 4 arpens, il faut comprendre l'espace que n'occupoient pas des salles de malades, ce qui n'offroit que les dépendances nécessaires d'un aussi grand établisse-

3

ment. Le bâtiment méridional, ou sur la rue de la Bûcherie, présentoit à lui seul, sous ce rapport, un résultat particulier plus affligeant encore, proportionnellement, que le résultat général : 1 mille 6 à 700 malades y étoient entassés sur un terrain qui n'excédoit guère un arpent, sur un terrain de 970 toises. Le bâtiment septentrional, par lequel on arrivoit du côté de la place Notre-Dame, étoit si sale et si dégradé, que son aspect portoit plutôt à la crainte et au dégoût qu'à ces sentimens de consolation et d'espérance qui doivent accompagner à l'Hôtel-Dieu le malade qu'on y conduit. Nous avons dit à quel nombre avoient été réduits les lits de la partie méridionale. De l'autre côté, une nouvelle façade a été construite, simple et modeste, mais propre, claire, et suffisamment large ; car l'entrée ancienne étoit encore tellement étroite que deux brancards à peine y passoient de front, et l'avenue tellement obscure, qu'on sembloit vraiment descendre dans un tombeau. La première pierre de la façade nouvelle a été posée au mois de septembre 1803.

De quelques autres améliorations ; du mobilier actuel.

On a fait quelques autres améliorations. Elles consistent principalement dans l'établissement des locaux où sont déshabillés les malades des deux sexes, dans le blanchiment de toutes les salles, dans le nettoyage à l'eau seconde et la peinture des bois de lit des malades, dans la confection de rideaux pour garnir les lits à colonne, dans la très-grande propreté des salles. Une amélioration plus grande encore a été d'assurer aux hommes admis un nombre de bains proportionné à leurs besoins. Il existe aussi maintenant, pour les femmes, autant de baignoires que le service peut l'exiger.

Le mobilier se compose de bois de lit peints et en bon état. Chaque lit est garni de deux matelas, d'une paillasse, d'un traversin, d'un ou deux oreillers, de deux couvertures. Les rideaux sont, dans toutes les saisons, en toile de coton blanche. Ils étoient autrefois, en été, d'une grosse toile grise, plus commune que celle qui sert à faire des torchons ; en hiver, ils étoient de serge ; mais, d'après l'avis des médecins, les rideaux blancs ont été préférés, comme offrant un moyen plus facile de propreté. Chaque année, une partie des couvertures passe au foulon et au soufre, pour les nettoyer et détruire la vermine : on se contentoit auparavant de les mettre dans une très-légère lessive, et de les laver ensuite dans l'eau. Les malades étoient couchés sur des lits de plume ; des matelas ont paru beaucoup plus sains.

Tout le linge en service est réuni à la lingerie. Au-dessus est un magasin où on le répare, et où sont placées les toiles et les étoffes en pièces, pour y être confectionnées. Au-dessus encore est une chambre destinée à recevoir le linge sale ; on le laissoit quelquefois dans les salles plus de huit jours ; en le plaçant ailleurs, on a fait disparoître le danger des exhalaisons qui y pénétroient.

Administration, service intérieur ; état personnel des malades.

L'Hôtel-Dieu fut d'abord desservi par des personnes de l'un et de l'autre sexe, que l'on désignoit alors sous le nom de Frères et Sœurs de corps. Vers la fin du 8e. siècle, ces frères ayant été remerciés par le chapitre de Notre-Dame, qui étoit supérieur-administrateur de cet Hôpital, le service des malades fut confié à des religieuses Hospitalières de l'ordre de Saint-Augustin, appelées aussi quelquefois religieuses de Saint-Christophe, parce que leur petite église, voisine de Notre-Dame, étoit sous cette invocation. Elles n'ont cessé, depuis cette époque, de veiller à l'administration des remèdes, à la distribution des alimens, à l'ordre et à la propreté des salles ; de se dévouer avec zèle à tous les soins que des malades réclament. Ces religieuses étoient en 1790 au nombre de 72 ; et le service se faisoit en outre par 155 domestiques à gages, 20 filles de la chambre, appelées vulgairement *filles brunes*, à cause de la couleur de leur habillement, et plus de 200 convalescens, que l'on ne se contentoit pas de garder sans nécessité, mais que l'on payoit encore pour faire le service le plus bas des salles. Le nombre des sœurs Hospitalières est aujourd'hui, pour l'Hôtel-Dieu et son annexe, de 33 ; et celui des autres personnes employées à quelque titre que ce soit au service des deux établissemens, de 230.

3 *

Quatre aumôniers exercent à l'Hôtel-Dieu les fonctions du culte catholique. Ils étoient plus nombreux autrefois, mais la population de la maison étoit de beaucoup supérieure. Toujours un d'eux savoit l'allemand; et cet usage, utile dans une capitale qui renferme tant d'ouvriers dont cette langue a été long-temps la langue habituelle, n'a pas encore été rétabli. Néanmoins, quand un malade demande pour confesseur un prêtre qui entende l'allemand, on en fait avertir un qui vient toujours avec zèle. Si le malade n'est pas catholique, on appelle le ministre du culte qu'il professe. Ceci n'est pas une institution nouvelle; elle exista de tout temps à l'Hôtel-Dieu de Paris. Jamais les idées religieuses ne sont venues s'y mettre en contradiction avec l'humanité; le juif y étoit reçu comme le chrétien, et le protestant comme le catholique : souffrir étoit un titre suffisant pour être admis, un titre qui suppléoit tous les autres, qui ne permettoit pas de les rechercher : l'Hôtel-Dieu sembloit la maison du Père de l'Univers; elle s'ouvroit à tous les hommes comme Dieu veille sur tous par sa justice et ses bienfaits.

On tient trois registres à l'Hôtel-Dieu; un registre général sur lequel sont inscrits tous les malades qui y entrent, ceux qui y meurent, ceux qui en sortent et la durée de leur séjour; un registre particulier pour les morts.

A ces registres, qui font connoître le mouvement entier, on a ajouté, en 1791, des feuilles particulières pour établir chaque jour, et d'une manière précise, le nombre des malades existant dans chaque salle. Avant cette époque, deux inspecteurs alloient faire le compte des malades avec un chapelet, mode moins exact et moins sûr. Avant cette époque aussi, dès que le malade avoit été inscrit sur le registre d'entrée, le bureau où on l'inscrivoit ne s'en occupoit plus. Ce malade sortoit-il guéri, on n'en faisoit pas mention sur le registre qui avoit annoncé son entrée. Venoit-on faire à l'Hôtel-Dieu la recherche d'un homme absent de sa maison, on pouvoit bien dire qu'il y étoit venu, mais non assurer qu'il y étoit encore, mais non indiquer la salle où il pouvoit être. Aujourd'hui, tous les renseignemens nécessaires sont placés à côté de l'enregistrement primitif. Un commis couche toujours dans une chambre voisine de l'entrée ; car il étoit arrivé que des personnes grièvementb lessées ou dangereusement malades, apportées, la nuit, à l'Hôtel - Dieu, expiroient avant qu'on eût pu constater leur nom et leur état civil.

La pièce dans laquelle le malade se présente pour être reconnu et enregistré, est assez grande ; on le place à côté, dans une plus petite, où est un poêle, quand la saison devient rigoureuse.

Les malades qui entrent à l'Hôtel-Dieu quittent le linge et les vêtemens dont ils sont couverts, et prennent ceux de la maison. On tient registre des hardes qu'ils avoient, et on les met en un paquet sur lequel est une étiquette portant leur nom, le jour de leur entrée, le numéro de leur enregistrement, la salle où ils sont placés. Il y a pour tous ces paquets un magasin spécial divisé en deux parties pour les deux sexes. Les hardes sont reprises par le malade, à sa sortie de l'Hospice ; s'il meurt, elles sont rendues à leurs parens, si leur indigence est reconnue.

Il n'y avoit guère de robes, autrefois, que pour le tiers des malades ; ils en ont tous aujourd'hui. Il y a en outre, dans les salles des femmes, des camisoles pour celles à qui ce vêtement est nécessaire. Le malade qui se lève peut se servir de ses bas et de ses souliers, au lieu d'être réduit, comme il l'étoit, à des sandales formées d'une semelle de bois aux deux côtés de laquelle s'attachoit avec des clous une étroite lanière de cuir pour que la chaussure pût tenir au pied.

Les détails dans lesquels nous venons d'entrer pour les registres, les effets du malade, etc., s'appliquent pareillement aux autres Hôpitaux. Nous ne les répéterons pas en parlant de ces établissemens.

Population, mortalité.

Le nombre moyen des malades étoit, à l'Hôtel-Dieu, de 17 à 1800, au milieu du 17e. siècle ; il étoit de 2500 dans le 18e., quelques années avant la révolution. *Tenon* et *Bailly* l'attestent également. *Bailly* donne ainsi le nombre des malades dans les années précédentes :

Nombre journalier et moyen.

De 1721 à 1731 2159
·De 1731 à 1741 2988
De 1741 à 1751 2889
De 1751 à 1761 2559
De 1761 à 1773 2549

Voilà 52 années.

Mais ce nombre moyen, un nombre moyen quel qu'il soit, et à quelque Hôpital qu'il s'applique, s'étend sur toute une année; il ne donne pas par conséquent le résultat de ce qui suffiroit toujours. Les douze mois n'amènent pas un nombre égal de malades; ce nombre est plus fort d'un cinquième, d'un quart, d'un tiers, dans les momens pénibles de l'hiver. En 1740, par exemple, le nombre moyen de trois des sept mois de novembre à mai, a amené environ 3000 malades; deux ont excédé 3300; un s'est élevé à 3400, un à 3641. En 1741, tous les mois, excepté de juillet à octobre, ont été au-delà de 3000, et le mois de février au-delà de 3600. En 1742, février a même été de 3826, et mars de 3694. Les cinq premiers mois de 1750 et de 1751 ont tous été de 3400 à 3600 ou 700; les cinq premiers de 1752, de 3600 à 3900. Le mois de mai est ici parmi les mois où il y a le plus de malades, parce que, sous ce nombre, on comprend ceux qui, arrivés dans les mois antérieurs, ne sont pas encore entièrement guéris.

Du 1er. janvier 1761 au 31 décembre 1789, il est entré à l'Hôtel-Dieu 689,492 personnes.

La mortalité y étoit d'un sur quatre et demi avant la révolution; et encore, faisoit-on entrer dans le calcul beaucoup de personnes qui n'étoient pas véritablement malades.

Elle est sensiblement diminuée depuis que la surveillance et la direction des Hôpitaux ont été confiées par le Gouvernement à un Conseil général d'administration; et cependant elle ne paroît guère l'être.

Il faut expliquer cette conformité apparente, tandis qu'il y a une différence si réelle.

Les anciens administrateurs, par une charité que nous croyons mal entendue, admettoient à l'Hôtel-Dieu beaucoup de personnes qui étoient légèrement malades, et y en laissoient beaucoup d'autres qui ne l'étoient plus. Le calcul fait les embrassoit tous, quoiqu'ils ne pussent tous y entrer, puisque de véritables malades auroient dû seuls être les élémens de ce calcul. D'un autre côté, les femmes grosses, les insensés y étoient admis ; et ces malades n'ont rien de commun avec les résultats de mortalité des maladies ordinaires. Sans ces deux dispositions particulières, et dont on aperçoit aisément tout l'effet, la mortalité eût été plus effrayante encore ; elle eût été de plus d'un quart. Aujourd'hui, on n'admet à l'Hôtel-Dieu que des personnes examinées d'avance et reconnues très-malades ; on n'y en laisse plus aucune après que la convalescence est terminée ; on n'y reçoit plus les femmes enceintes, les aliénés ; la population s'y compose par conséquent de personnes dont les maladies présentent quelque intensité, quelque danger. Le calcul fait, d'après un ordre de malades semblables, devroit nécessairement donner une mortalité plus forte ; et pourtant elle l'est moins ; elle l'est moins qu'elle ne l'étoit jadis avec les exceptions ou les différences que nous avons énoncées. C'est une grande différence obtenue par les administrateurs, de leurs soins éclairés, constans et généreux.

La mortalité s'est toujours trouvée plus forte dans les salles supérieures, là où des salles égales étoient l'une au-dessus de l'autre. C'est une observation importante à faire pour la construction des Hôpitaux.

Quant à la mortalité proportionnelle entre les hommes et les femmes, rien ne l'établissoit avant la révolution. Les sexes n'étoient pas distingués dans les délibérations prises, à la fin de chaque mois, pour constater le nombre des malades. On y trouve seulement le nombre de ceux qui restoient, et celui des personnes entrées, sorties, mortes dans le courant du mois; encore les résultats ne peuvent-ils être considérés comme exacts, d'après la manière de compter qui existoit alors.

Il paroît que le nombre des hommes excédoit autrefois celui des femmes d'environ un septième. Il en est encore de même aujourd'hui ; le terme moyen des dix années que nous présentons, donne même un résultat plus fort.

Il est entré à l'Hôtel-Dieu , dans les dix années que ce rapport embrasse.. . . . . 101,595 personnes.
Il y en restoit le 1er. janvier 1804. . . . . 834.

C'est un total de. . . . . 102,429.

Sur les personnes entrées dans les dix ans; on compte 58,080 hommes et 43,515 femmes.

L'année la plus forte a été 1807 qui a amené 12,049 malades , dont 7068 hommes et 4981 femmes ; et ensuite l'an 1808 qui en a amené 11,790 , 6755 hommes et 5035 femmes.

L'année la moins forte a été 1811 , qui a eu 7840 malades , dont 4076 hommes et 3764 femmes; et ensuite l'an 1810 qui en a eu 8254, 4732 hommes et 3522 femmes.

Il y a eu 6223 hommes et 4784 femmes en 1812; 6718 hommes en 1813 , et 4203 femmes.

Il y avoit eu en 1806 , 6363 hommes et 5111 femmes ; et en 1809, sur 6102 hommes , 3218 femmes seulement : aucune année n'a donné entre les deux sexes une disproportion plus forte.

La mortalité , dans les dix années , calculée d'après le nombre des individus existant le 1er. janvier 1804 et les individus entrés pendant cet intervalle , déduction faite de ceux qui restoient le 31 décembre 1813 (il en restoit 869), a été de 20,623 , dont 10,202 hommes et 10,421 femmes. C'est un sur $4\frac{23}{100}$.

Ce n'est qu'un sur $4\frac{98}{100}$, si on ne fait pas cette déduction, si on calcule seulement d'après le nombre des malades restant le 1er. janvier 1804, et de ceux entrés pendant les dix années, divisé par le nombre des morts pendant le même espace de temps.

Économie et ordre de dépenses.

Le Conseil général des Hospices faisant imprimer , chaque année, le compte rendu de ses recettes et de ses dépenses, avec les détails les plus étendus , nous ne croyons pas devoir répéter ici pour les établissemens dont nous avons à parler , les développemens que ce compte renferme. Seulement , dans la quatrième partie de ce rapport , nous offrirons quelques résultats généraux qui paroissent un complément nécessaire du travail auquel nous nous sommes livrés.

§. II.

ANNEXE DE L'HOTEL-DIEU, aujourd'hui HOPITAL DE LA PITIÉ.

Les démolitions faites à l'Hôtel-Dieu et celles qu'on projetoit de faire encore, obligèrent le Conseil général des Hospices à ouvrir aux malades un asile supplémentaire. Aucune autre maison ne pouvant l'offrir avec plus d'espace et de commodité que celle des Orphelins du faubourg Saint-Victor, si connue sous le nom de *la Pitié*, il fallut se soumettre à envoyer ces enfans dans l'établissement du faubourg Saint-Antoine, que les Orphelines seules occupoient. Le Conseil regretta beaucoup d'être ainsi forcé à redonner aux deux sexes une même maison, malgré ses efforts constans pour qu'ils eussent toujours des maisons différentes.

État des bâtimens, des salles et du mobilier; état personnel des malades.

Le mois de janvier 1809 fut l'époque indiquée par l'arrêté du Conseil pour ouvrir l'annexe de l'Hôtel-Dieu. On y fit passer, de cet Hôpital, les objets nécessaires pour recevoir des malades. Un arrêté du 8 février fixa provisoirement à 200 le nombre des lits qu'on devoit y placer. Il a été augmenté depuis. La suppression de logemens particuliers a permis d'établir de plus grandes salles. Quelques autres travaux ont favorisé la propreté et la salubrité. Des locaux ont été disposés pour obtenir une pharmacie suffisante : tout auprès est une pompe, au moyen de laquelle l'eau arrive dans un réservoir placé à côté, qui peut, au moyen d'une conduite pratiquée, fournir aux salles de bains. Un autre réservoir est dans une cour voisine ; il reçoit l'eau de la pompe Notre-Dame par la fontaine Saint-Victor.

L'ensemble des bâtimens de cet Hôpital présente un carré long irrégulier. Sa porte principale est en face de la rue Saint-Victor, et plusieurs de ses salles ont vue sur le Jardin des Plantes. On trouve en arrivant les pièces nécessaires pour l'admission des malades et la tenue des registres, et pour le dépôt des vêtemens.

4

Une grille sépare la première cour de la seconde, où sont la cuisine et tout ce qui y tient, les réfectoires, la pharmacie et les pièces
nécessaires à son service, différens dépôts et magasins, la lingerie
et son ouvroir, et quatre salles de malades au premier et au second
étages de deux bâtimens qui bordent cette cour, qui d'ailleurs est
disposée en promenoir ; il n'y reste que le pavé nécessaire pour la
circulation des voitures. Des salles de malades sont aussi dans les
trois étages des bâtimens de la troisième cour. Un ventilateur est
placé au centre, et les purifie dans toute leur hauteur. Ces salles sont
pour les femmes ; et la cour, plantée d'arbres également, leur sert
de promenoir. La quatrième cour et ses bâtimens offrent aux
hommes un promenoir aussi, et des salles qu'un ventilateur traverse
et sépare. Il y a ici une salle de bains pour les hommes, comme il
y en a une pour les femmes dans la cour précédente.

L'Hôpital a 600 lits placés dans 23 salles ; 357 pour les hommes,
243 pour les femmes. La moitié des salles pour les femmes n'ont guère
que 20 lits, et celles pour les hommes en ont de 20 à 30. La quantité
d'air à respirer, pour le malade, est de 7 à 8 toises cubes dans trois
des salles, de 6 à 7 dans quelques autres, de 5 à 6 dans quelques
autres encore : elle est moindre dans les autres salles, et descend
même au-dessous de 3 toises dans trois ou quatre d'entre elles.

Chaque malade est couché seul, observation qui s'applique à tous
les Hôpitaux, sans que nous ayons besoin de la répéter. Chaque lit
se compose d'une couchette, une paillasse, deux matelas, un traversin, un oreiller, deux couvertures de laine, et des rideaux blancs
pour tous les lits auxquels on peut en mettre.

Il seroit à désirer qu'un ruisseau qui vient d'une rue voisine, et
qui traverse l'Hôpital, charriant les immondices de la cuisine, les
eaux sales de la buanderie, etc., pût être détourné. Quelques soins
qu'on apporte, il s'en exhale dans les grandes chaleurs une infection
nuisible aux malades qui sont dans cette direction. Des éviers et
conduits seroient bien nécessaires aussi, dans chaque salle, pour
les eaux qui proviennent des lavages, lesquelles n'en sortent
maintenant que par les escaliers qu'elles pourrissent, ou par les
latrines qu'elles remplissent.

Quelques autres améliorations, quelques réparations; quelques dispositions nouvelles seront nécessaires, aussitôt que les circonstances permettront de s'en occuper.

Administration, service intérieur.

Les sœurs Hospitalières qui ont soin des malades à l'Hôtel-Dieu, en eurent soin pareillement dans son Annexe. Le service de santé a été fait aussi par les médecins et les chirurgiens de l'établissement principal, par quelques-uns d'entre eux, du moins, désignés à cet effet. La maison a eu d'abord pour chef un sous-agent, qui étoit soumis lui-même à la surveillance de l'agent de l'Hôtel-Dieu.

Un arrêté du Conseil général des Hospices, confirmé par le Ministre de l'intérieur, a ordonné, au mois d'avril 1813, que l'Hôpital de la Pitié auroit son agent spécial. Il a été nommé, et est entré en fonctions dès le mois de mai de la même année. Le service pharmaceutique a été aussi entièrement distrait de celui de l'Hôtel-Dieu. Le service médical ne l'a été qu'en partie : un médecin, inspecteur des élèves, est attaché à *la Pitié*; mais les visites sont faites par les médecins de l'établissement, dont celui-ci ne fut d'abord qu'une Annexe.

Les religieuses n'étant pas en aussi grand nombre qu'on pourroit le désirer à l'Hôpital de la Pitié, elles sont aidées dans une partie des soins qu'elles aimeroient à donner aux malades, par des garçons et des filles de service livrés d'ailleurs à tous les travaux secondaires dont ils sont chargés dans les autres Hôpitaux. La proportion des employés de cet Hôpital avec les personnes qu'on y reçoit, est d'un sur neuf ou dix malades.

Le linge de corps et les draps sont changés aussi souvent que le besoin l'exige.

Trois fois par semaine il est permis aux amis et parens des malades, de les visiter, à des heures déterminées.

Population, mortalité.

Le nombre des malades entrés à la Pitié depuis 1809, a été, pour

4 *

cette année même, de. 1931;

en 1810, de. 2235;

en 1811, de. 2557;

en 1812, de. 2394;

en 1813, de. . . . . 1070.

Total. . . . . 10,187.

Leur nombre moyen, par jour, a été en 1809, de 143;

en 1810, de 240;

en 1811, de 259;

en 1812, de 283;

en 1813, de 242.

Sur le total de 10,187, il y a eu 6411 hommes, et 3776 femmes. 7237 ont été envoyés par le bureau central d'admission; 2950 sont entrés par urgence.

La mortalité a été pendant les cinq années, SAVOIR :

Années.	Hommes.	Femmes.	TOTAL.
1809	111	184	295
1810	395	125	520
1811	260	163	423
1812	262	175	437
1813	127	86	213
TOTAUX.	1155	733	1888

La proportion générale est d'un sur cinq, un quart environ.

La mortalité a été un peu plus grande sur les femmes que sur les hommes.

§. III.

HOPITAL DE LA CHARITE.

Cet Hôpital étoit autrefois dirigé par la congrégation de Saint-Jean-de-Dieu. Marie de Médicis, au commencement du 17e. siècle, fit venir pour cela, d'Italie, quelques-uns des membres de cette congrégation. Elle les plaça d'abord dans la rue appelée aujourd'hui *des Petits-Augustins*, et alors *de Petite-Seine*, et peu d'années après, en 1607, dans le lieu qu'occupe encore cet établissement. La maison dut ses premiers progrès aux dons de la Reine. On la désigna, pendant deux siècles, par la dénomination d'Hôpital de la Charité, dénomination qu'elle a reprise depuis 10 à 12 ans. La révolution en avoit fait *l'Hospice de l'Unité*.

État des bâtimens, des salles et du mobilier; état personnel des malades.

L'hôpital est situé sur une petite côte favorable à l'écoulement de ses eaux. On en a profité habilement, disoit *Tenon*, pour lui procurer un égout couvert par où les ordures des latrines, celles des cuisines, etc., sont entraînées à la rivière, où elles tombent près des Théatins. Il donne ensuite une description étendue de cet Hôpital. Le nombre des lits étoit alors, en 1786, de 208; il étoit le même à l'époque des visites et des rapports de M. le duc *de la Rochefoucauld-Liancourt*, en 1790 et 1791. Mais les religieux de la Charité occupoient une partie considérable de la maison. Elle n'étoit pas seulement, pour eux, un Hospice; elle étoit encore le chef-lieu et le noviciat de leur ordre en France. Plus de cinquante religieux y étoient logés, sans compter toutes les personnes nécessaires à leur service particulier. Plus de la moitié des lits des malades avoient été successivement établis par des charités privées, quand la révolution commença (on donnoit 10 à 11 mille francs, et vers la fin, jusqu'à 12, pour les fonder); les autres l'avoient été par les religieux eux-mêmes. On n'étoit admis dans les premiers que par la

Page 29.

nomination du fondateur ou de ses représentans. Les demandes d'y entrer étoient d'autant plus fréquentes, que chaque malade y avoit son lit, tandis qu'à l'Hôtel-Dieu le même lit servoit à plusieurs personnes. Les salles de la Charité étoient d'ailleurs bien plus spa-
Tenon, page 37. cieuses, et par-là même plus salubres ; la quantité d'air à respirer, pour chaque malade, étoit de 6 toises cubes et demie au moins, de plus de 7 dans quelques salles, de 8 même dans une d'entre elles.

On ne recevoit autrefois dans cet Hôpital que des hommes : 200 lits leur étoient destinés ; il en est de même encore ; mais on en a établi 100 pour des femmes. Cette augmentation n'a pas offert de grandes difficultés. Le second étage n'avoit jamais été occupé par des malades ; les religieux seuls l'habitoient. On a converti en salles leurs anciennes demeures. Les 100 lits pour les femmes y ont été placés. Tous ceux de la maison ont eu un second matelas ; les couvertures ont été renouvelées en lainage blanc, très-préférable au lainage vert qui existoit ; une partie des rideaux de drap vert aussi, a été remplacée par des toiles de coton blanc. On a renouvelé les autres parties du mobilier nécessaire aux malades. Le linge et les objets d'ameublement ont été, en général, toujours entretenus avec soin. Les personnes qui entrent à la Charité y reçoivent les vêtemens ordinaires. Ce sont des robes en lainage de Beauvais et d'une couleur solide ; on dépose les habits que le malade avoit en arrivant, dans un magasin arrangé pour les recevoir.

L'espace d'un lit à l'autre est de près de 3 pieds dans les salles d'hommes ; il est de plus de 6 dans les salles de femmes. La largeur du lit en a près de 4 ; et le passage entre les deux rangs de lits, près de 10.

Rapport, page 41. Nous nous plaignions, en 1803, de n'avoir pu, par défaut de fonds, réparer le vestibule à colonne, et terminer une salle destinée aux femmes. Les travaux commencés pour celle-ci n'ont pu être achevés encore, même repris. Quant au vestibule, placé dans la cour d'entrée servant à monter aux salles, il tomboit en ruine ; dégradé par la filtration des eaux, la voûte sur laquelle il portoit, fléchissoit de toutes parts, et le gros mur même étoit menacé ; on l'a soutenu sur ses bases par deux forts piliers. Cette réparation

provisoire permettra d'attendre l'exécution d'un plan proposé sur
le changement du péristyle et sur le baissement des terres de la
cour.

Depuis plus de trente ans les salles n'avoient pas été blanchies ;
les couchettes n'avoient pas été repeintes ; les murs, les vitrages ;
les plafonds, les escaliers, le bureau des entrées, la chambre de
garde et le chauffoir des malades, se trouvoient noircis par la fumée,
et donnoient à la maison un air de tristesse qui affligeoit les malades. Tout a été blanchi, peint, renouvelé, réparé ; la propreté
a reparu, et avec elle s'est accrue la salubrité.

Un aqueduc a été construit vers l'extrémité de la grande salle
pour le service de la clinique principalement, établissement dont
nous parlerons dans la suite de ce rapport. Cet aqueduc sert à l'écoulement des eaux du comble de la maison, à celui des bains et à
l'évacuation des latrines. Celles-ci sont aussi bien placées qu'elles
peuvent l'être. Quatre croisées à large ouverture, qui ne se ferment
jamais, y entretiennent un air courant ; et de larges cheminées,
percées de la fosse au haut des toits, en dégagent la vapeur qui auroit pu être nuisible. Les latrines ont été fermées du côté de l'intérieur des salles par des portes battantes, dont le mécanisme avoit
pour objet de ne pas y laisser pénétrer l'odeur. L'effet espéré et
recherché depuis long-temps, a été parfaitement produit au moyen
de la construction de ces portes, que l'on peut regarder comme une
des améliorations les plus salutaires.

Les malades des deux sexes n'avoient qu'un promenoir, et c'étoit
la cour d'entrée. Peu étendue, ceinte de bâtimens élevés, elle avoit
de plus l'inconvénient d'être le passage perpétuel des ouvriers, des
employés, des personnes qui venoient dans la maison, des voitures
qu'on y amenoit pour le service. Rien n'étoit moins sain et plus in-
commode pour les malades qui venoient y essayer le retour de leurs
forces. Ce promenoir offroit encore l'inconvénient d'être commun
aux deux sexes, réunion qu'il est toujours plus moral d'éviter.
Un *jardin potager*, situé à l'autre extrémité de la maison, dont
le revenu n'étoit pas évalué à plus de 150 francs par année, est
devenu le promenoir des hommes : on en a trouvé un pour les

femmes, dans un terrain attenant, mais séparé du premier; des tilleuls y ont été plantés; et les deux locaux sont aujourd'hui parfaitement disposés pour la destination qui leur a été donnée.

La salle des fiévreux manquoit d'une chambre d'office, c'est-à-dire d'un lieu pour déposer les alimens des malades avant la distribution, et les réchauffer en cas de besoin. On a réparé, autant qu'on l'a pu, un vieux bâtiment adossé à cette salle; on y a pratiqué la chambre d'office (on en désireroit une semblable pour la salle des blessés). Le désir de rapprocher également les infirmiers des lieux où leur devoir les appelle, a fait pratiquer un dortoir commun où ils sont tous réunis, au lieu d'être dispersés dans des cellules éloignées.

Quelques changemens utiles ont été faits aussi dans la pharmacie, et plus particulièrement dans la pièce appelée de *la Tisanerie*. Des caisses de bois, doublées en étain, avec des échelles numérotées en relief, marquant la tisane et les infusions de 10 en 10 litres, ont été substituées aux barils où se déposoient les boissons après leur préparation, et où elles étoient susceptibles d'acquérir un mauvais goût, ce qui doubloit la répugnance du malade. Des comptoirs en bois et recouverts en étain, posés sur des consoles en fer carrées, reçoivent les pots à tisane d'un service à l'autre, pour donner aux élèves le temps et la facilité d'exécuter les ordonnances des médecins. A la suite de ces comptoirs, et au milieu de la pièce, est un gradin en bois de chêne, recouvert en étain, où sont posées par ordre et avec étiquette, les fontaines où ces médicamens sont renfermés.

Ces changemens ont eu lieu en 1808 et 1809. En 1810 et 1811, une amélioration sensible a été faite dans le coucher des gâteux, qu'on laissoit toujours auparavant sur la paille, ou même sur des paillassons de menue paille d'avoine, qui se formoit en pelote à mesure qu'elle séchoit, et offroit un lit bien dur au malade. On emploie aujourd'hui des toiles gommées imperméables; les gâteux, avec ces toiles, conservent leurs matelas, et ne les mouillent pas. L'usage en est bien utile encore pour les grands blessés, et pour les opérés de la taille; et l'économie du service s'y joint au mieux-être des malades.

Dès la première année de l'existence du Conseil des Hospices,
une salle fut spécialement consacrée aux opérations chirurgicales. On
les faisoit auparavant au lit des malades, mais il en résultoit deux
inconvéniens graves : « les malades de la même salle étoient inquiétés, Rapport de 1803, page 41.
tourmentés, affligés par le spectacle d'opérations douloureuses, et
par les cris des patiens : les élèves désireux d'étudier la pratique de
l'opération assiégeoient toutes les parties du lit, étouffoient le malade, gênoient les mouvemens de l'opérateur, et exposoient à des
accidens involontaires. » On ajoutoit que, dans la salle construite par
les ordres du Conseil, le malade est bien placé, les chirurgiens
opèrent à l'aise, et les élèves assis sur les degrés d'un amphithéâtre
qui peut en contenir jusqu'à 200 sont spectateurs tranquilles de
l'opération. La salle est de plain pied avec celle des blessés, et le
malade y est porté sans peine et sans douleur sur un lit fait exprès.
Nous en désirerions une semblable à proximité de la salle où sont
les femmes dans le cas aussi d'être opérées.

Depuis long-temps, les médecins se plaignoient de la trop haute
élévation des croisées au-dessus du sol des salles ; elle nuit à la circulation et au renouvellement de l'air. Leur vétusté ajoute au mal,
et la plupart d'entre elles restent toujours fermées. La nécessité des
autres dépenses ne permettant pas de faire celle-ci toute-à-la-fois, on
n'a pu changer les croisées que partiellement, d'année en année.
Le renouvellement entier est loin d'être fini. On a refait plusieurs
portes, construit quelques poêles, remis à neuf quelques salles. Tous
les hivers, nous éprouvions une dégradation assez considérable sur la
distribution des eaux, par la difficulté de les *brasser* convenablement ; le service en étoit quelquefois interrompu pendant la gelée
ou le temps mis à réparer les accidens qu'elle avoit causés. On y
a remédié en établissant une *brasserie* sur la conduite d'eau. Les
réservoirs auroient un besoin absolu d'une dépense prompte et solide ; il est à craindre qu'ils ne s'écroulent, si elle est trop retardée.

Une des réparations indispensables qui restent à faire, porte sur
l'entrée principale qu'on a été obligé d'étayer. On a été obligé pareillement d'étayer les bâtimens sur la rue des Saints-Pères, afin de
prévenir un écroulement. C'est aussi un vrai besoin pour l'Hospice,

que l'établissement d'une salle de bains pour chacun des deux sexes.
Il n'est pas moins nécessaire de mettre ce service plus à la proximité
des salles de malades. Ce sera une opération bien utile, aussitôt que
les fonds annuels le permettront, de baisser le sol de la première
cour, afin de pouvoir aérer le rez-de-chaussée, et en tirer un parti
convenable. Beaucoup d'autres améliorations seroient désirables; elles
permettroient de porter bientôt jusqu'à 500 le nombre des lits qui
n'est aujourd'hui que de 300.

Administration, service intérieur.

Le soin des malades a été confié depuis deux ans à des sœurs de la
Congrégation des Hospitalières de l'Hôtel-Dieu. Elles n'étoient encore
alors (1er juillet 1812), qu'au nombre de cinq. L'espace consacré
à leur logement pourra aisément en contenir deux fois davantage.
A mesure qu'on les obtient, il est retranché un nombre égal de filles
ou d'hommes de service, pour que l'organisation intérieure n'éprouve
aucun changement notable, et que les dépenses n'excèdent pas les
fonds destinés à cet établissement.

Une chapelle avoit été faite ou rétablie depuis 1808, dans l'intérieur des salles ; elle en domine plusieurs, et les malades peuvent,
de leurs lits, se réunir aux prières des assistans et du prêtre.

Le nombre des personnes employées à l'administration ou au service de l'Hôpital, est de 63. Il se compose d'un agent de surveillance, d'un commis-contrôleur, d'un commis aux admissions, d'un
médecin en chef, un médecin en second, deux médecins adjoints,
un chirurgien en chef, un chirurgien en second, un chirurgien adjoint, un premier élève, un pharmacien en chef, neuf élèves internes
en médecine, chirurgie, pharmacie. (Il y a aussi quelques élèves
externes.) Un aumônier et cinq sœurs achèvent la liste de ceux qui
concourent à l'administration de la maison ou au soulagement des
malades. Leur total est de 27 : 36 hommes ou femmes de service
portent à 63 la totalité des personnes employées dans l'Hôpital sous
différens titres et avec différentes fonctions.

Population, mortalité.

Pages 7 et 8.

Les membres du Bureau central ont remarqué dans le rapport qu'ils ont publié en 1804, qu'on admettoit à l'hôpital de la Charité le tiers des malades admis à l'Hôtel-Dieu, quoiqu'il y eût à l'Hôtel-Dieu cinq fois plus de lits qu'à la Charité. Ils indiquent comme deux causes de cette différence les besoins de l'instruction clinique qui ne permettent pas d'y laisser beaucoup de places vacantes, et l'espèce de privilége que paroît avoir conservé cette maison, de choisir, pour ainsi dire les malades, et de n'admettre que certains genres d'affections. On conçoit alors qu'il y ait moins de mortalité, et que les succès soient plus évidens proportionnément au nombre borné des malades.

Le calcul présenté par le Bureau central, des personnes traitées pendant les dix-huit premiers mois de son existence, à l'hôpital de la Charité, offre 709 morts sur 5420 malades, ce qui réduit les décès à un huitième environ. Un autre calcul annonce que la mortalité proportionnelle des femmes y a été bien plus considérable que celle des hommes.

Dans les quarante années écoulées depuis le 1er. janvier 1761 jusqu'au 31 décembre 1800, le nombre des personnes entrées à l'hôpital de la Charité, a été de 2366 pour le *minimum*, et pour le *maximum*, de 3608. Les 3608 appartiennent à l'année 1789; l'année 1788 avoit vu entrer 3596 malades; et l'année 1787, 3521. Les deux premières sont les plus élevées des quarante; et il n'y en a que deux dans cet espace de temps, supérieures à 1787, encore est-ce d'un bien petit nombre. L'année la moins forte est 1797, la moins forte ensuite, 1794, qui n'a amené que 2383 personnes. La mort a frappé 576 individus en 1796, 538 en 1771, 522 en 1784; ce sont les trois années les plus mortelles : celles qui l'ont été le moins sont 1797, qui a eu 287 morts, et les années 1774 et 1794, qui en ont produit l'une et l'autre 325.

En constatant le nombre annuel de ceux qui venoient à l'hôpital de la Charité, les anciens registres ne constatoient pas le nombre de journées qu'ils y passoient. Les élémens d'un calcul comparé entre

5 *

les deux époques , nous manqueroient donc à cet égard. Nous allons
indiquer le nombre des malades , depuis le 1ᵉʳ. janvier 1804 , avec
la différence même des sexes et des âges.

Années.	Hommes.	Femmes.	TOTAL des Entrées.	Morts.
1804	2418	181	2599	431
1805	2637	193	2830	403
1806	2626	334	2960	385
1807	2688	400	3088	370
1808	2728	374	3102	341
1809	2301	399	2700	388
1810	2560	434	2994	423
1811	2284	383	2667	348
1812	2032	402	2434	391
1813	1688	395	2083	401
	23962	3495	27457	3881

Il restoit, le 31 décembre 1813 , 204 malades. En les déduisant du
total , la mortalité a été dans les dix années ,
Pour les hommes. . . . . d'un sur $7\frac{36}{100}$.
Pour les femmes. . . . . d'un sur $5\frac{54}{100}$.
Et la mortalité moyenne, sans distinction de sexe, d'un sur $7\frac{8}{100}$.

Nous comptons ici , comme nous le ferons dans tous les calculs
semblables, non-seulement les individus entrés pendant les dix années,
mais encore ceux qui restoient dans l'hôpital, au moment où notre
compte commence, le 1ᵉʳ. janvier 1804 (il en restoit, à la Charité ,
ce jour-là , 242). Nous déduisons du calcul présenté les malades

qui restoient à l'hôpital le dernier jour des dix années, le 31 décembre 1813. En ne faisant pas cette déduction, le résultat seroit :

Pour les Hommes. . . . . d'un sur 7 $\frac{41}{100}$.

Pour les Femmes. . . . . d'un sur 5 $\frac{66}{100}$.

Et la mortalité moyenne. . . . . d'un sur 7 $\frac{13}{100}$.

§. I V.

HOPITAL SAINT-ANTOINE.

L'hôpital Saint-Antoine a été ouvert au commencement de 1796; dans l'ancienne abbaye de ce nom, abbaye qui avoit été fondée au 12e. siècle, et donnée à des religieuses de l'ordre de Cîteaux. Il porta d'abord la dénomination d'*Hospice de l'Est.*

Le décret de la Convention nationale qui en ordonne l'établissement, est du 17 janvier 1795. Il dit seulement qu'un nouvel Hôpital sera placé dans le bâtiment neuf de cette abbaye, et contiendra 160 lits.

L'abbatiale étoit hors du bâtiment neuf; elle ne fut pas toute conservée. On aliéna aussi une grande partie du vaste terrain que les religieuses possédoient. Nous avons eu souvent à regretter cette aliénation.

Le nombre des lits de cet Hôpital ne suffisoit pas à ses besoins. On commença, en 1799, la construction d'une aile, du côté du levant. Les murs étoient parvenus au premier étage, 16 pieds de haut environ, lorsqu'on a été forcé de l'interrompre. Depuis plusieurs années, on se propose de reprendre cette construction, de faire même l'aile parallèle. Les plans ont été arrêtés et approuvés. On s'en occupera dès que les autres besoins des Hospices le permettront. Le principal bâtiment a 264 pieds de long sur 45 de large; les ailes doivent en avoir 180 : ce qui présenteroit une longueur extérieure de 225, en y comprenant les 45 de la largeur du bâtiment principal. Il est certain que l'hôpital Saint-Antoine n'est pas assez vaste, proportionnellement au nombre des ouvriers, des gens peu riches qui habitent ce faubourg. Il étoit indispensable dans un quartier si peuplé d'hommes pauvres et laborieux. L'Hôpital est d'ailleurs, tel qu'il est, un des plus beaux, des plus sains, des mieux distribués pour tous les services.

Pour meubler l'hôpital Saint-Antoine, on se saisit des diverses parties de mobilier qui se trouvoient encore dans les maisons supprimées de Picpus et de Saint-Mandé. Peu d'effets neufs lui furent donnés. Fondé au milieu du discrédit du papier-monnoie, l'Hôpital ne put rien acquérir; à peine fut-il entretenu et conservé. L'état des choses fut peu amélioré par les entrepreneurs auxquels on crut alors devoir confier la gestion des Hôpitaux. Le régime paternel fut enfin substitué au régime des entreprises. Voici quels ont été les résultats de cette nouvelle forme d'administration.

État des bâtimens, des salles et du mobilier; état personnel des malades.

Quand l'administration paternelle a commencé pour l'hôpital Saint-Antoine, au mois de mars 1802, on n'entroit dans la maison que par un chemin étroit et circulaire, pratiqué dans les marais qui en dépendoient. L'église, quelques vieux bâtimens, le cimetière de l'ancienne communauté, avoient été démolis, et la grande cour étoit couverte de décombres à plusieurs pieds de hauteur. On songea d'abord à la déblayer et à la clore. Un grand mur, de 70 toises de long, élevé du côté de l'est, lui servoit d'enceinte. Une porte fut ouverte sur la rue Saint-Antoine et en face du milieu de l'édifice. Les cours que l'on a destinées à servir de promenoir aux malades, étoient remplies également de démolitions : on les a déblayées, nivelées, sablées, plantées de tilleuls, et deux murs y ont été construits avec deux grilles pour offrir un local à chacun des deux sexes confondus auparavant dans des promenoirs qui n'étoient pas séparés l'un de l'autre. Le pavé manquoit presque par-tout; et le peu qu'on en avoit, étoit dans un état de dégradation absolue : on en a fait ou refait environ 800 toises. Près de la grande porte d'entrée, a été bâti un pavillon en pierre, qui sert de parloir et de salle de consultation pour les malades du dehors.

La maison n'avoit eu jusqu'alors que 160 lits, placés dans deux grandes salles, l'une au premier pour les femmes, l'autre au second pour les hommes ; elle peut maintenant en contenir 250.

Les blessés, les fiévreux, les convalescens, y étoient confondus ; ils sont séparés aujourd'hui.

Les salles de blessés ont 95 pieds de long, 14 pieds 7 pouces de haut, 16 pieds 2 pouces de large. Le premier étage, où sont les fiévreuses, a 15 pieds 1 pouce de hauteur, et 224 pieds de long ; deux de ses salles ont 16 pieds de large, et l'autre 21 pieds 9 pouces. La longueur et la hauteur du second étage sont les mêmes ; sa hauteur n'excède guère 14 pieds. Les deux étages du bâtiment des convalescens ont 23 pieds de large, 68 pieds de long, et 10 à 11 pieds de haut.

Les deux tiers environ de la maison abbatiale ayant été rendus à l'Hôpital, on y a établi un bureau de réception, le dépôt des vêtemens, une salle de garde, la lingerie, la pharmacie, qui occupoient le rez-de-chaussée du bâtiment des malades ; et l'espace qu'ils occupoient a formé deux salles de blessés, de 16 lits chacune pour les hommes.

Des fenêtres ont été ouvertes du côté du nord, afin d'établir un courant d'air. Des communications aussi ont été pratiquées d'une salle à l'autre. Les murs, les plafonds ont été grattés et blanchis. La chapelle, qui est située au milieu de ce rez-de-chaussée, avoit aussi besoin d'être restaurée ; elle l'a été : on l'a rendue plus convenable à sa destination.

L'agent de surveillance, le contrôleur, les médecins qui occupoient jadis les deux étages de l'aile en retour d'équerre, du côté de l'ouest, se trouvant aussi reportés dans l'abbatiale, on a fait, à la place de leurs logemens anciens, deux salles de 12 lits chacune, pour les femmes blessées.

Le second étage étoit en mansardes très-basses ; il a fallu exhausser le plafond, et pour cela, pratiquer des changemens dans la charpente du toit : ce travail a été fait avec autant d'économie que de solidité.

Il n'existoit pas de salle de morts : on les déposoit dans une pièce, au rez-de-chaussée du petit bâtiment des surveillantes ; et pendant l'été, les logemens des employés étoient infectés. On en a construit une, avec une pièce pour les dissections, dans une cour isolée, derrière l'aile de l'est.

Il n'y avoit qu'une salle de bains, même qu'une baignoire, et encore placée sur les voûtes des caves du bâtiment neuf, qu'elles dégradoient par la filtration des eaux. On n'a pu encore établir deux salles, mais on a du moins multiplié les baignoires. Des fourneaux aussi ont été construits dans la pharmacie, à laquelle on a fait d'ailleurs plusieurs autres améliorations.

Le bureau de réception a été agrandi par l'ancien dépôt des vêtemens, qu'avoit rendu insuffisant l'augmentation des malades. Ce dépôt a été établi dans une pièce voisine qui n'étoit pas habitée. En face du dépôt des vêtemens, on a construit un fumigatoire pour désinfecter les habillemens des malades.

L'infection des salles avoit aussi exigé qu'on les évacuât pour les gratter à fond, les nettoyer et les blanchir. Le besoin étoit le même pour les lits; et il falloit de plus en réparer les bois ou les remplacer. Toutes les couchettes ont été peintes à l'huile, ainsi que les portes, les croisées et les frises à la hauteur de 5 pieds.

Les escaliers de la maison, les offices, les latrines, les corridors ont été de même grattés, badigeonnés et peints.

Les poêles qui existoient ont été reconstruits à neuf, et on en a fait poser de nouveaux par-tout où ils étoient nécessaires. On a pareillement fait reconstruire à neuf ou réparer toutes les cheminées. Plusieurs poutres du bâtiment de l'abbatiale étoient cassées; et les voûtes des caves, dégradées au point de laisser craindre un accident : on y a promptement remédié par des réparations indispensables; puis, on a fait le ravalement des façades. On a ravalé aussi le bâtiment du côté du couchant, où les bains sont placés, celui où étoient placées les surveillantes, celui où est la cuisine : ils ont tous été, pareillement, badigeonnés et peints.

Une cour si vaste n'offroit, pour recevoir les eaux, qu'un tonneau sans fond, et recouvert d'un tampon. On a fait faire un puisard en moellons, taillé et voûté, de 12 pieds de profondeur et 6 pieds de diamètre. Deux puisards encore, qui d'abord n'avoient pas été connus, ont été trouvés, le premier, dans une arrière-cour, le second, à l'autre extrémité du bâtiment conventuel. Ils ont été décomblés, réparés, exhaussés, et les aqueducs ont été refaits. L'eau manquoit souvent ; on l'achetoit, pendant plusieurs mois ; elle coûtoit quelquefois jusqu'à 1200 francs dans une année, davantage même. On a obtenu une concession plus forte, celle de l'ancien couvent de la Roquette ; on a mieux soigné le réservoir ; des conduites ont été ou formées ou réparées, et l'eau est arrivée en abondance, et elle a été répartie d'une manière plus commode dans les cours et les divers emplois du rez-de-chaussée. Les puits aussi ont été augmentés : on en a sur-tout pratiqué deux grands à chaque extrémité du bâtiment des malades, pour servir en cas d'incendie ; des pompes ont été jointes à presque tous ces puits. On a assuré l'écoulement des eaux, par un bras d'aqueduc de 8 à 9 toises, qui rejoint le grand aqueduc de la maison, lequel aboutit à un puisard situé dans des marais vendus, appartenant autrefois à l'abbaye, et qu'il seroit bien désirable de lui restituer. On a pratiqué dans ces aqueducs une conduite destinée à amener l'eau de rivière du réservoir à la nouvelle cuisine. Celle-ci ayant été établie dans un autre local, l'ancienne cuisine, avec ses dépendances, exhaussée, carrelée, blanchie, a fourni un espace suffisant pour 30 lits, dans un besoin extraordinaire.

Nous avons dit qu'au moment où l'administration paternelle commença, les lits n'étoient encore qu'au nombre de 160, et qu'à présent ils sont fort augmentés. Ils n'étoient pas seulement moins nombreux, ils se trouvoient encore hors d'état de servir. Le mobilier destiné au service des malades, ne valoit pas mieux, non plus, que leurs vêtemens. Le linge étoit si mauvais, et en si petite quantité, qu'on manquoit souvent de quoi faire changer les malades ; et quand le blanchisseur tardoit à le rapporter, on étoit obligé de lui envoyer demander un à-compte. Il falloit tout à-la-fois donner à ces lits ce qui leur manquoit, et se procurer tout ce qui seroit nécessaire à près de cent lits nouveaux. On y a pourvu progressivement, année par année, autant que les fonds ont pu le permettre ; et bientôt, nous

6

l'espérons, on aura fourni complètement à tout ce que les besoins journaliers peuvent exiger. On désireroit aussi pouvoir étendre le local trop resserré de la lingerie, établir une buanderie et de nouveaux bains, rapprocher la pharmacie des salles de malades, déplacer le réservoir qui est engagé dans les bâtimens, faire couvrir l'aile gauche commencée depuis long-temps pour y placer les magasins aux vivres, des réfectoires, pour donner à quelques salles plus de salubrité, pour achever enfin de procurer à l'Hôpital plus d'étendue et de commodités. Il est certainement un des mieux situés : autour de lui se trouve, comme nous l'avons dit, une population nombreuse, laborieuse et peu riche. Les malades qu'on y envoie restent à portée de leur famille et des consolations qu'elle peut leur offrir. La maison a de grandes cours, de grands jardins, et peut aisément être isolée, au moyen de quelques acquisitions qui seroient moins coûteuses qu'elles ne seroient utiles. Une dépense plus forte, mais indispensable, est celle que doit entraîner l'accroissement des salles de cet Hôpital. Sa position, dans un vaste faubourg, son emplacement sous le rapport de l'étendue et de la salubrité, les travaux déjà commencés, et que leur abandon fait dépérir chaque année, la facilité de lui donner, en continuant ces travaux, 200 lits de plus ; l'importance, plus grande encore, d'obtenir cet avantage au moment où on perd une partie de l'Hôtel-Dieu, sont des considérations trop puissantes et trop justes pour n'être pas appréciées comme elles méritent de l'être.

L'introduction dans la maison des Sœurs de Sainte-Marthe, la nécessité de pratiquer ou disposer pour elles un dortoir, un réfectoire, une infirmerie, les divers locaux à leur usage, et d'acquérir tout le linge et le mobilier qui leur étoient particulièrement nécessaires, a occasionné, en 1811 et 1812, une dépense extraordinaire d'environ 20 mille francs.

Administration, service intérieur.

Depuis le 1er. janvier 1812, le service des malades est fait par des Sœurs Hospitalières de la communauté de Sainte-Marthe. Le personnel de la maison consiste en un agent de surveillance et un économe, une sœur supérieure, trois sœurs surveillantes des salles, treize sœurs fai-

sant fonctions d'infirmières, deux qui veillent la nuit, deux qui sont
chargées de la cuisine, et trois autres de la lingerie ; une d'elles enfin
qui est surveillante de la porte ; trois filles et deux garçons de service
pour les salles, un commissionnaire, un garçon des magasins et du
dépôt des vêtemens, un homme de peine pour les cours et promenoirs, un autre pour le bois et les bains, un chef et un garçon pour
la cuisine, un garçon de pharmacie et un portier. C'est un total de
40 personnes, dont 25 Hospitalières. Il y a de plus un aumônier, un
médecin en chef, un chirurgien en chef et un adjoint, un pharmacien, trois élèves en médecine et en chirurgie, et un élève en
pharmacie.

Les Sœurs de Sainte-Marthe ont été appelées à l'hôpital Saint-
Antoine par un arrêté du Conseil des Hospices, du 4 décembre 1811.

Population, mortalité.

Du 24 janvier 1796 au 21 septembre de la même année, la population avoit été de 851 personnes, et la mortalité de 154.

L'année suivante, dans la manière de compter d'alors (ou du 22
septembre 1796 au 21 septembre 1797), la première fut de 1329, la
seconde de 245.

La population des six années suivantes, réunies, fut de 10,683,
et la mortalité de 1720.

Les dix années, objet de ce rapport, ont offert :

Années.	Hommes.	Femmes.	TOTAL des Entrées	Morts.
1804	1305	998	2303	422
1805	837	659	1496	298
1806	1168	1048	2216	394
1807	1403	1113	2516	442
1808	1291	1055	2346	410
1809	1167	952	2119	371
1810	1204	976	2180	406
1811	1084	963	2047	362
1812	1224	1130	2354	383
1813	1190	1093	2283	445
	11873	9987	21860	3933

6 *

Il en restoit 57 le 1er. janvier 1804.

La proportion des morts aux malades a été ordinairement, comme on le voit, de cinq à six par année.

La mortalité moyenne est d'un sur cinq et demi environ. Elle a été un peu plus forte pour les femmes que pour les hommes.

§. V.

HOPITAL NECKER.

La maison qui forme l'hôpital Necker avoit été occupée auparavant par des Bénédictines. Le Roi ayant accordé, en 1779, une somme annuelle de 42,000 francs pour faire l'essai d'un hôpital de 120 lits, madame *Necker* se chargea d'y veiller et de le diriger. Elle loua pour 5600 fr. par an, le couvent supprimé de ces religieuses, à l'extrémité de la rue de Sèves. La maison porta d'abord le nom d'hospice des paroisses de Saint-Sulpice et du Gros-Caillou. Elle fut appelée, pendant la révolution, l'hospice de l'Ouest. Elle porte aujourd'hui le nom de la femme charitable que ses soins et ses bienfaits en ont rendu la véritable fondatrice.

Etat des bâtimens, des salles et du mobilier ; état personnel des malades.

*Tenon,*page 6.   L'hôpital Necker contenoit, peu avant la révolution, 128 lits, 68 pour les hommes, 60 pour les femmes, distribués en huit salles, quatre au rez-de-chaussée et quatre au premier étage. Une de ces salles étoit destinée aux convalescens, l'autre aux convalescentes : la première, de 18 lits, la seconde, de 17. Les maladies chirurgicales y avoient des locaux séparés. La quantité d'air à respirer par Pages 56 et 57. chaque malade étoit en général de trois à quatre toises cubes. *Tenon* voit dans cette insuffisance une des causes de la mortalité, que l'on remarquoit constamment dans l'hôpital Necker, mortalité assez différente au reste pour les deux sexes : elle *est* d'un sur sept pour les hommes ; ajoute M. *Tenon,* et d'un sur cinq pour les femmes. Les salles ne manquent pas seulement d'étendue, elles manquent d'élévation. Une d'elles n'a que 9 pieds 3 pouces de hauteur ; la plus haute , celle des blessés , a 14 pieds 7 pouces.

L'hôpital Necker a les inconvéniens que présente toujours un édifice qui a eu d'abord et long-temps une autre destination. A deux salles près, qui furent construites à neuf , on les forma toutes dans les anciens dortoirs des religieuses : aussi sont-elles loin d'offrir tous les avantages qu'on voudroit y trouver , sous le rapport principalement de la salubrité. Des croisées étroites et trop élevées y nuisent beaucoup, par exemple, à la circulation libre de l'air. La situation générale de l'hôpital est pourtant salubre ; il est à l'extrémité d'un faubourg entouré de jardins , en ayant lui-même un assez étendu.

Les bâtimens avoient grand besoin d'être blanchis et réparés ; ils l'ont été en 1802 et 1803. On s'occupe dans ce moment de reblanchir les salles , de peindre les lits à neuf, de renouveler les croisées, de baisser toutes celles qui étoient restées trop élevées encore. Le plafond de la seconde salle du premier étage a été enlevé pour donner à cette salle une hauteur convenable. Le mobilier a été augmenté et réparé ; le réservoir qui donne de l'eau à tous les services , a été rétabli à neuf en 1813. Plusieurs années auparavant , on avoit pris sur un jardin contigu de la maison des Enfans-Malades un terrain dont elle pouvoit se passer, et qui devoit offrir aux femmes de l'hôpital Necker, un promenoir qu'elles n'avoient pas ; jusqu'alors , du moins , le même promenoir avoit seul servi aux hommes et aux femmes.

Le nombre des lits n'est pas diminué ; il s'élève même aujourd'hui à 136 ; 14 pour les blessés et 12 pour les blessées , 15 pour les convalescens et 15 pour les convalescentes , 36 pour les malades ordinaires , hommes , 44 pour les femmes. La largeur des lits est de trois pieds. Il y a aussi trois pieds de distance de l'un à l'autre ; l'espace intermédiaire du passage entre les deux rangées est de huit pieds. Tous les lits ont leurs rideaux de toile de coton bleu pour l'hiver, et de coton blanc pour l'été. La lingerie est maintenant suffisamment fournie du linge nécessaire , tant pour les malades que pour le service intérieur de la maison.

Il seroit utile d'avoir une salle de rechange et une salle de bains.

La première pourroit être établie dans un dortoir au-dessus de l'église, qu'il seroit facile de reporter dans quelques pièces sur la cour ; la seconde le seroit aisément dans une pièce près de la cuisine.

Administration, service intérieur.

Les améliorations dont nous venons de parler, celles dont on s'occupe encore, assurent aux malades un état meilleur. On ne peut guère ajouter aux soins qu'on leur donne.

Le nombre des personnes qui y sont employées, n'a éprouvé presque aucune variation, du commencement de 1804 à la fin de 1813. Il se compose d'une agente de surveillance, d'une autre sœur faisant fonctions d'économe et chargée du service de la pharmacie, d'une troisième qui veille à la cuisine, de deux qui veillent à la lingerie, de quatre pour les salles de malades, d'un aumônier, d'un médecin, d'un chirurgien et d'un élève, de deux hommes de peine, deux filles de service, une veilleuse, un portier, un jardinier. Total, 20 personnes. Il y en avoit 21 en 1803.

L'agence de surveillance est confiée à une sœur de la Charité, dont le zèle pour les pauvres fut toujours également actif ; la sœur Clavelot. Ses compagnes ont mérité constamment le même éloge. La sœur Clavelot a conservé l'établissement et l'a dirigé avec les mêmes soins et la même ardeur à une époque où se trouvèrent brisés les liens qui unissoient entre elles ces pieuses filles de Vincent-de-Paule, si chères aux malheureux.

Les dix sœurs vivent en communauté : les garçons et filles de service sont nourris aussi dans la maison, ainsi que l'aumônier, le jardinier et le portier.

Le prix des journées, avant la révolution, n'y étoit guère que de 17 à 18 sous ; il fut de 19 environ, l'année qui la précéda immédiatement, en 1788. Mais nous croyons juste de faire observer que l'Hôpital jouissoit alors d'exemptions que la révolution supprima, et qui diminuoient d'une somme proportionnelle la dépense journalière. M. le duc *de la Rochefoucauld-Liancourt* qui écrivoit en 1790 ses rapports sur les visites faites au nom du Comité de mendicité, dans les Hôpitaux de Paris, croyoit que cette année même le prix

Suite du Rapp., page 41.

s'en éleveroit à 22 sous , par l'obligation de payer des droits dont l'établissement avoit été affranchi dès les premiers momens de son existence. Nous dirons , dans la 3e. partie de ce rapport , quelle a été depuis 1804 la dépense annuelle de l'hôpital Necker.

Population , mortalité.

Le tableau suivant fait connoître quelles ont été depuis le 1er. janvier 1804 jusqu'au 31 décembre 1813 , la population de l'hôpital Necker et sa mortalité.

Années.	Hommes.	Femmes.	TOTAL des Entrées.	Morts.
1804	410	490	900	179
1805	457	486	943	148
1806	515	524	1039	188
1807	612	557	1169	207
1808	609	556	1165	234
1809	497	539	1036	149
1810	550	594	1144	187
1811	521	582	1103	136
1812	619	716	1335	190
1813	565	675	1240	244
Totaux.	5355	5719	11074	1862

120 personnes y restoient le 1er. janvier 1804.

La mortalité moyenne , sans distinction de sexe , a été , dans les dix années , d'un sur six environ ; celle des hommes a été de beaucoup moins forte que celle des femmes. Sur 1862 morts , il n'y a eu que 790 hommes. Le nombre de ceux-ci n'a excédé celui des femmes qu'une seule année en 1808 , et d'assez peu encore ; il a été de 120, et l'autre de 114. Il étoit entré cette année-là 609 hommes et 556 femmes.

§. V I.

HOPITAL COCHIN.

Cet Hôpital, situé à l'extrémité méridionale de Paris, porte le nom de son fondateur, M. *Cochin*, qui fut long-temps curé de Saint-Jacques-du-Haut-Pas, et qui a laissé un souvenir aussi touchant de ses vertus privées que de sa bienfaisance publique. *Cochin* s'étoit contenté de le désigner par le quartier où il étoit établi : le Conseil des Hospices a cru devoir lui donner le nom du pasteur qui l'avoit fondé, et il a fait placer dans la salle principale le buste en marbre de ce vénérable ami des pauvres.

État des bâtimens, des salles et du mobilier ; état personnel des malades.

L'hôpital Cochin est assez nouveau. Sa fondation ne remonte guère au-delà de 30 années. Commencé au mois de mars 1780, d'après le plan et sous la direction de M. *Viel*, il fut terminé et ouvert au mois de juillet 1782. Sa longueur sur la rue est de 24 toises (47 mètres environ) ; le terrain entier qu'il occupe est de 1350 toises (environ 2647 mètres). Les deux salles du premier étage ont, l'une 64 pieds de long, l'autre 60 ; leur largeur est de 20 pieds 4 pouces sur 17 pieds de hauteur. Les croisées, jusqu'à l'appui, sont élevées à 8 pieds 9 pouces. Les salles ont la même longueur et la même largeur, au second étage, mais elles n'y ont que 9 pieds de haut.

L'hôpital Cochin n'avoit été d'abord destiné qu'à 38 malades ; il contient cent lits aujourd'hui. Cette augmentation a exigé une augmentation proportionnée de linge, de vêtemens, de mobilier en tout genre. Il n'y restoit pas même ce qui étoit nécessaire à peu de malades, quand le Conseil général en a pris l'administration. Le carrelage des salles et les murs étoient entièrement dégradés ; les plombs dérangés et détachés occasionnoient des fuites d'eau de toute part ; les fenêtres manquoient de vitres et les toits de couverture ; le promenoir, rempli d'herbes et de cavités où séjournoient des eaux croupies, repoussoit les convalescens, au lieu de leur présenter un

abri salutaire ; les lits, la batterie de cuisine, les robes des malades ;
les habits des gens de service avoient aussi grand besoin d'être renouvelés et accrus. De 1803 à 1805 inclusivement, cinquante bois de lits
neufs ont été faits ; les vieilles portes et les vieilles fenêtres ont été
remplacées par des portes et des fenêtres neuves, peintes à l'huile
et à trois couches, ainsi que les bois de lits ; de nouvelles robes et
de meilleures couvertures ont été données aux malades, et les filles
de service ont été vêtues uniformément et proprement. On a refait
ou plutôt fait une pharmacie et son laboratoire ; deux salles de bains
pour les deux sexes ont été construites, et huit baignoires en cuivre
y ont été placées. L'accroissement du nombre des malades a exigé
aussi des distributions nouvelles, quelques constructions et plusieurs
reconstructions. On a changé, agrandi les réfectoires, les cuisines ;
et le mobilier qui leur est nécessaire, a été acquis ou restauré. Des
conduites ont été posées, des fourneaux établis dans plusieurs lieux
où la facilité et l'amélioration du service l'exigeoient. La toiture,
le pavé, les murs de clôture, ont été réparés en entier, toutes les
salles grattées et blanchies.

Aucun changement important n'a eu lieu en 1806, 1807, 1808 et
1809. En 1810, les sœurs de Sainte-Marthe ont été appelées pour des-
servir l'hôpital Cochin. La nécessité de les loger convenablement et
de leur donner tout ce qui est nécessaire à leur institution, a demandé, sous le rapport des locaux et des communications, plusieurs
dispositions nouvelles. On a pratiqué un réfectoire et un parloir ; on
a refait et agrandi la lingerie ; on a acquis pour les sœurs du linge,
des couchers, des habillemens, et quelques autres objets ; on a
même, à cette occasion, fait une dépense attendue depuis plusieurs
années, celle de reblanchir en entier la maison.

Un hangar couvert au-dessus du lavoir pour le linge à pansement, et le renouvellement des poêles dans les salles de malades,
ont été les seules dépenses extraordinaires en 1811. En 1812, on
n'a fait aussi de nouveau qu'un autre hangar, au dessus du chantier
pour le bois.

Une buanderie et une salle des morts sont les dépenses les plus
urgentes parmi celles qui restent à faire.

7

La buanderie pourroit être placée dans un petit terrain acquis depuis deux ans. Quant à la salle des morts actuelle, qui sert en même temps d'amphithéâtre, elle 'est si petite et si rapprochée des malades, qu'elle se trouve sous leurs yeux ; en été même, quelquefois, malgré toutes les précautions prises, l'odeur cadavéreuse s'exhale jusque dans les salles. Il est bien pressant de changer cela.

La lingerie est dans un état satisfaisant. Le dénûment étoit considérable le 22 mars 1802, époque à laquelle commença le régime paternel. Il n'y avoit alors que trois *changes* ; il y en a maintenant cinq et demi pour les draps, et dix pour les chemises : le reste du linge de service est à-peu-près au complet. Chaque lit est composé de deux matelas, un traversin, un oreiller et deux couvertures ; tous les rideaux ont été renouvelés ; cinquante bois de lits ont été refaits.

Les malades ont un promenoir planté d'arbres et divisé en allées sablées ; des bancs de chêne y ont été placés de distance en distance. Un des côtés est destiné aux hommes ; l'autre est réservé pour les femmes.

Les sœurs de Sainte-Marthe font le service intérieur de l'hôpital Cochin. Elles y sont au nombre de seize, en y comprenant les novices, et indépendamment d'une pensionnaire placée dans la maison par le fondateur. Elles étoient huit autrefois, et avoient cinq domestiques à leurs ordres ; mais la quantité de malades qu'elles soignent aujourd'hui est triple de celle qu'elles soignoient : il est vrai que les sœurs étoient alors chargées de visiter les autres malades, et d'instruire les jeunes filles de la paroisse. Les novices forment la moitié du nombre total des sœurs ; elles remplissent les fonctions d'infirmières ; les autres exercent la surveillance des salles, de la cuisine, de la lingerie.

L'aumônier de l'hôpital Cochin l'étant aussi de l'hôpital des Vénériens, situé dans le voisinage, c'est dans cette dernière maison qu'il est logé et nourri.

Les autres personnes employées à différens titres et à différens degrés au service de l'hôpital Cochin, sont un agent de surveillance, un médecin, un chirurgien, un élève en médecine et en chirurgie, un élève en pharmacie, un portier et deux hommes de peine.

Mortalité, Population.

Des registres exacts n'ont été tenus que depuis le mois de septembre 1795.

Le résultat qu'ils ont donné la première année a été une mortalité de 156 personnes sur une population de 760.

La population a été, la seconde année, de 754, et la mortalité, de 141.

Dans les six années suivantes, la population a été successivement de 711, de 702, de 708, de 930, de 841, de 1072, et la mortalité, de 117, de 143, de 138, de 164, de 155, de 183.

Les dix années qui forment l'objet particulier de ce rapport, offrent les résultats suivans :

Années.	Hommes.	Femmes.	TOTAL des Entrées.	Morts.
1804	407	595	1008	150
1805	352	496	848	141
1806	411	358	769	110
1807	485	589	1074	160
1808	554	602	1224	161
1809	482	553	1081	146
1810	628	610	1331	176
1811	656	668	1427	155
1812	719	680	1539	198
1813	596	652	1341	237
TOTAUX.	5290	5803	11636	1634

Il en existoit 80 à l'hôpital Cochin, le 1er. janvier 1804.

La proportion des morts aux malades est du septième au huitième.

La mortalité avoit été de cinq à six, en 1801 et 1802, et un peu plus forte encore dans l'année suivante.

7 *

Les femmes, dans le tableau que nous venons de présenter, ont été, dans sept années sur dix, plus nombreuses que les hommes; la mortalité a été un peu moins forte pour elles.

§. VII.

HOPITAL BEAUJON.

Cet établissement n'avoit pas eu d'abord la destination qu'il a aujourd'hui. Quand on le fonda, quelques années avant la révolution, en 1784, ce fut pour y recevoir 24 orphelins de la paroisse du Roule, dans l'arrondissement de laquelle il est situé, 12 garçons et 12 filles. Six places avoient été destinées aux enfans en particulier qui annonçoient pour le dessin des dispositions heureuses. L'intention du fondateur cessa bientôt d'être respectée. L'Hospice d'orphelins devint un Hospice de malades.

Un décret de la Convention nationale, rendu le 17 janvier 1795, après avoir supprimé les maisons hospitalières de la rue Mouffetard, de la Place Royale, appelée alors de l'Indivisibilité, de la rue de la Roquette et de Saint-Mandé, ordonna de les remplacer par deux nouveaux Hôpitaux, dont l'un à la ci-devant maison Beaujon. On voit par les deux derniers mots, que déjà cette maison avoit perdu le nom de l'homme bienfaisant à qui elle devoit son existence. On ne la désignoit plus que par le quartier où elle étoit, *le Roule*. Le Conseil général des Hospices lui a rendu le nom de son fondateur; mais il lui a laissé sa destination nouvelle. Un Hôpital étoit nécessaire dans ces faubourgs éloignés de l'Hôtel-Dieu, de la Charité et des autres établissemens qui ont le même objet.

État des bâtimens, des salles et du mobilier; état personnel des malades.

Le fondateur de cette maison l'ayant fait construire avec beaucoup de soin et sans parcimonie, on n'auroit eu de long-temps de réparations importantes à y faire, si l'on n'eût trop négligé les plus indispensables dans les années qui précédèrent l'administration du Conseil général. Les dépenses occasionnées par ces réparations et par

l'entretien annuel des bâtimens, depuis 1804, ont été considérables.
Le changement de destination de l'Hospice avoit exigé quelques dis-
positions nouvelles qui n'avoient pas toutes été faites. Il n'y avoit, Premier Rapp.
du Bureau cent.
page 7.
par exemple, que deux baignoires; il a fallu les multiplier, et dis-
tribuer le local de manière que chaque sexe eût pour ses bains une
chambre séparée. Il a été nécessaire aussi de placer là, comme dans
tous les Hôpitaux, une salle pour les morts. Elle a été mise hors
des bâtimens, dans l'enclos du jardin et à une de ses extrémités. Une
partie de ce jardin est devenue un promenoir pour les hommes,
une autre, pour les femmes; on y a construit pareillement les magasins dont l'Hôpital a besoin.

Presque toutes les salles sont entre la cour et le jardin. Plusieurs
sont exposées au midi, et le courant d'air est généralement favorisé
par de doubles croisées. Les salles du premier étage, qui furent d'a-
bord les dortoirs des orphelins et orphelines, ont 13 pieds de haut,
16 pieds de large, et 56 à 57 pieds de long. Celles du second qui
n'avoient pas été faites pour recevoir des lits de malades, sont moins
étendues et moins élevées. On y a placé les hommes; et les femmes
sont dans les salles du premier étage. Il y a encore, au troisième,
de petites salles pour chacun des deux sexes, également bien disposées sous le rapport de la propreté et de la salubrité. Une distribution nouvelle du rez-de-chaussée procure à la maison de nouvelles
commodités pour le service. Sous la porte d'entrée se trouvent la
buanderie d'un côté, la salle de réception de l'autre. On donne dans
cette salle des consultations gratuites aux indigens qui se présentent
à l'heure où les médecins viennent à l'Hospice. Le bureau de l'agent,
les logemens des élèves, le dépôt des vêtemens, la dépense, le
réfectoire des sœurs, la cuisine, occupent un des côtés; le lavoir, les
réservoirs, les salles de bains, l'autre; la chapelle, la pharmacie et
la lingerie, le fond du bâtiment. Quelques autres établissemens utiles
forment l'entour d'une cour carrée, au bout de laquelle sont, des
deux côtés, deux beaux escaliers qui conduisent aux salles des malades. En général, on peut dire que cet Hôpital est un de ceux où
le service est le plus commode et le plus facile. C'est en même temps
un des mieux aérés.

Les bâtimens, les salles, les lits peuvent soutenir la comparaison,
quant à l'ordre et à la propreté, avec les meilleurs Hospices de la
Hollande et de la Belgique, disoit M. *Camus*, dans le rapport publié
en 1803. Quelques économes austères pourroient se plaindre, ajoutoit-il, qu'on y a fait des dépenses de luxe, en plaçant des tables de
marbre, au nombre de onze, sur les buffets des salles. Le marbre
a été donné par le ministre de l'intérieur; la taille et la pose n'ont
pas été aux frais de l'administration.

On assure que la construction de cet Hôpital avoit coûté 1500 mille
francs à son fondateur, sans y comprendre l'achat du terrain sur
lequel il a été construit. *Beaujou* l'avoit, de plus, doté de 20 mille
livres de rente. C'est sur les dessins de *Girardin* que la maison fut
bâtie.

Il y a maintenant 140 lits à l'Hôpital Beaujon; 30 pour les blessés
ou blessées, et 110 pour les autres malades. Les convalescens y sont
en petit nombre. Dès qu'on se porte assez bien pour être mis aux
trois quarts de la nourriture ordinaire, on doit quitter l'établissement. Le terme moyen du séjour des malades dans cet Hôpital, est
de 37 journées. Le nombre de lits est le même pour les hommes
et pour les femmes. Ils sont presque tous garnis de rideaux ouverts
par le haut cependant, pour que l'air puisse mieux circuler. On voit,
d'après ce que nous venons de dire, que la proportion des blessés
avec les autres malades est de plus du cinquième.

Administration, Service intérieur.

Une femme avoit la surveillance générale de la maison, en 1803.
Elle a continué de l'exercer jusqu'au mois d'août 1813, que l'ancien
économe de l'hôpital Saint-Antoine y a été appelé. Elle avoit, sous
ses ordres, une surveillante de la lingerie, un chef de cuisine, neuf
infirmières et huit autres gens de service. Il y avoit de plus, dans
la maison, un commis-contrôleur, un médecin, un chirurgien, un
pharmacien, deux élèves, l'un pour la chirurgie, l'autre pour la
médecine, et un aumônier. Le soin des malades ayant été confié, au
mois d'août 1813, à des sœurs de la congrégation de Sainte-Marthe,

Page 54.

il en est résulté des changemens nécessaires dans les personnes employées au service de l'établissement. Il y a aujourd'hui un agent de surveillance , un aumônier , une supérieure , faisant fonctions d'économe , dix autres sœurs , dont deux lingères et une surveillante de la cuisine , une fille de salles , une buandière , une fille de cuisine et une veilleuse , deux hommes de peine , un garçon de bureau , un garçon de pharmacie et un portier , en tout 21 personnes.

Le service de santé se compose d'un médecin , d'un chirurgien , d'un pharmacien et de deux élèves internes.

Population, Mortalité.

Le tableau ci-dessous nous apprend combien il est entré de malades à l'hôpital Beaujon , depuis le 1er. janvier 1804 jusqu'à la fin de 1813 , et combien de ces malades ont succombé.

Années.	Hommes.	Femmes.	TOTAL les Entrées.	Morts.
1804	757	633	1390	214
1805	728	643	1371	258
1806	764	682	1446	242
1807	728	679	1407	256
1808	781	600	1381	251
1809	708	559	1267	237
1810	744	579	1323	282
1811	817	593	1410	257
1812	872	563	1435	257
1813	731	578	1309	257
TOTAUX.	7630	6109	13739	2511

Sur 2511 morts , il y a eu 1356 hommes et 1155 femmes ; mais le nombre des premiers avoit été beaucoup plus considérable ; car , proportionnellement , la mortalité , dans les dix années , a été plus grande sur les femmes que sur les hommes. La proportion générale de la mortalité , comparée à la population , a été à-peu-près d'un sur cinq et demi.

§. VIII.

HOPITAL DES ENFANS.

L'établissement d'un Hôpital particulier pour les enfans , est un grand bienfait. Auparavant , ils étoient placés dans les mêmes Hospices que les autres malades ; ils y étoient à côté d'hommes souvent corrompus par la débauche et livrés aux maladies qui en sont la suite. Leur constitution physique en souffroit quelquefois ; leurs mœurs, presque toujours. Ces rapports de tous les momens , qu'ont ensemble des personnes qui habitent le même lieu , le développement ou le langage des passions, les conversations fréquentes et familières , avoient souvent laissé des traces qui subsistoient après la guérison, et déterminoient un penchant vers le vice , qui , sans la maladie de l'enfant et les hommes dont elle l'avoit rapproché , n'eût jamais existé peut-être.

La médecine désiroit aussi pouvoir observer séparément , et les maladies particulières à l'enfance , et celles qui, lui étant communes avec la virilité , reçoivent cependant de cet âge même quelques modifications différentes.

Ainsi , sous le rapport de l'art , sous celui des mœurs et de la santé des enfans , tout exigeoit un Hospice qui leur fût spécialement consacré. Le Conseil général a rempli , en l'établissant , le vœu de tous les amis éclairés des pauvres.

Les enfans ont trouvé dans un asile qui leur étoit exclusivement destiné , des soins particuliers qu'ils ne trouvoient guère dans les maisons où se réunissoient des malades plus âgés ; des médecins instruits se sont voués avec zèle à cette partie importante de l'art de guérir , et ont déjà rassemblé une foule d'observations journalières dont la médecine s'enrichira pour le soulagement des hommes.

Les Français auront eu la gloire d'en donner l'exemple aux autres peuples. Les étrangers venus à Paris, depuis quelques années, se sont empressés de voir cet hôpital ; ils ont été *touchés* de l'ordre qui y règne, de sa propreté, de sa *salubrité*, de tous les moyens pris pour que ces enfans deviennent des hommes utiles à la patrie ;

ils ont regretté que leur pays n'ait pas un établissement semblable.

Cependant il est loin encore d'avoir obtenu toute la perfection qu'il pourra obtenir un jour. De grandes améliorations sont nécessaires encore, sous le rapport des bâtimens, du mobilier, du service des pauvres, et de la discipline intérieure. Les pages suivantes en feront connoître la nécessité et les efforts tentés pour y parvenir.

État des bâtimens, des salles et du mobilier ; état personnel des malades.

Cette maison existoit avant la révolution ; mais elle n'étoit pas destinée à des malades. Établie au milieu du siècle dernier par les soins d'un pasteur charitable, M. *Languet,* pour élever de jeunes demoiselles, en assez petit nombre, elle étoit devenue dans la suite un Hospice d'orphelins. Elle devint, au mois de juin 1802, un Hôpital pour les enfans. On ne put d'abord y recevoir que les maladies aiguës ; trois cents lits leur furent consacrés : des bâtimens qui avoient une autre destination ayant été successivement mis en état de recevoir aussi les maladies chroniques, on y fit passer cent enfans, teigneux ou scrophuleux, qui étoient à l'hôpital Saint-Louis, quelque temps après les galeux ; et depuis, c'est toujours là qu'ont été reçus les enfans infectés d'une de ces trois maladies.

Le nombre des lits ne s'étoit pas élevé à trois cents, en 1802 et 1803. Il excéda quatre cents dans les années suivantes, monta, par les améliorations successives, jusqu'à cinq cents, au-delà même, et quelquefois approcha de six cents. Ce n'est pas trop pour les cas extraordinaires, c'est trop pour les temps ordinaires ; et on pourroit, en en diminuant le nombre, laisser plus d'espace entre les différens lits trop rapprochés les uns des autres.

Les maladies dont on peut craindre les effets contagieux, sont placées dans des bâtimens isolés, séparés du reste de l'Hôpital par de grands jardins, et séparés entre eux aussi de manière à interrompre toute communication. Les filles sont dans un de ces bâtimens, et les garçons dans l'autre. Des deux côtés, il y a une cour. Les salles sont assez vastes ; quelques-unes d'entre elles pourroient être plus élevées.

8

Ces deux corps de bâtimens sont à l'entrée de l'Hôpital. La grande porte extérieure, usée au point de ne pouvoir plus même être réparée, a été, dès le commencement, remplacée par une grille en fer, qui laisse apercevoir les jardins et la plus belle partie de la maison. Une longue avenue conduit au centre de l'établissement. Elle étoit fermée, à droite et à gauche, par des murs qui déroboient la vue des jardins ; on les a remplacés par deux rangs d'arbres, dont l'intervalle a été garni d'une haie vive en aubépine ; l'aspect en est plus agréable, et le lieu même plus salubre.

Au bout de l'avenue est le corps principal des bâtimens de l'Hospice. Quoiqu'ils ne fussent pas anciens, comme ils n'avoient été ni construits ni disposés pour des malades, et qu'on les négligeoit depuis long-temps, des réparations d'entretien étoient devenues pressantes, et plusieurs changemens indispensables. Quelques salles, par exemple, faute d'ouvertures suffisantes, étoient trop chaudes l'été ; le défaut d'air les rendoit malsaines ; des planchers trop bas contribuoient aussi à ce danger : d'autres étoient ordinairement trop froides par leur trop grande élévation, et parce qu'elles n'étoient pas plafonnées. On a détruit ces inconvéniens, autant qu'on l'a pu ; plusieurs plafonds ont été construits ; de nouvelles croisées ou des croisées plus grandes ont été posées ; on a réparé, blanchi, peint à neuf celles qui en avoient besoin ; en devenant plus propres, les salles ont trouvé là même un nouveau moyen de salubrité.

Un bâtiment, dont le rez-de-chaussée formoit autrefois une vacherie, et le dessus un grenier à foin, ayant été distribué autrement, a procuré plusieurs logemens nécessaires, un grenier à linge sale, et un local divisé pour les bains des deux sexes. Un ancien grenier à paille a aussi été transformé en une salle de quarante-cinq lits, que son isolement, son exposition au midi et sur un grand jardin, ont rendu une des plus agréables et des plus saines de la maison. Des hangars sans usage, à droite et à gauche d'une grande cour, ont été fermés par des murs légers, dans lesquels on a pratiqué des croisées ; les distributions qu'on y a faites, ont procuré des séchoirs, un atelier pour la menuiserie, un bûcher, des magasins et une remise. La cour a été plantée de tilleuls, et est devenue un promenoir pour les garçons. Un terrain déjà planté de même , a fourni un promenoir particulier pour les filles , entre le bâtiment qu'elles habitent et un des jardins.

D'autres améliorations ont été faites. Une des plus importantes est le relèvement de tout le pavé, et le renouvellement d'une grande partie. L'entretien en avoit tellement été négligé, que les fondations des bâtimens en souffroient. Les eaux ne s'écouloient plus ; les chaussées et les cours étoient renfoncées presque sur tous les points ; et il en émanoit des exhalaisons nuisibles.

On a établi dans plusieurs salles des poêles économiques, qui réunissent à l'avantage de chauffer d'une manière égale , celui de consommer une quantité moindre de combustible.

Au moment où l'Administration paternelle a remplacé le système des entreprises auxquelles on avoit d'abord été obligé de recourir , le linge et les vêtemens étoient loin de suffire aux malades. Ils ont tous maintenant une capote, un gilet et un pantalon de drap pour l'hiver ; et pour l'été , un habillement semblable , d'une étoffe plus légère. Le linge , dont la pénurie étoit si grande, qu'on ne pouvoit toujours , dans l'intervalle des lessives , pourvoir au rechange , a été remonté , et chaque objet porté à un assez grand nombre pour que les malades n'en manquent jamais. Malheureusement dix ans se sont écoulés depuis, sans que les fonds spéciaux de l'Hôpital permissent de subvenir à ce que le temps et l'usage ont gâté ou détruit ; et il est à craindre, si on n'y supplée bientôt , que la pénurie ancienne ne se reproduise , malgré tous les efforts faits pour s'y soustraire.

La literie étoit aussi en mauvais état : les matelas ne renfermoient plus que de la poussière ; la paille des paillasses pourissoit sous les malades ; les couvertures étoient usées et dégoûtantes par leur malpropreté ; les bois de lit , brisés et sales. Les matelas ont été regarnis et sont refaits fréquemment ; la toile et la laine ont été renouvelées en grande partie, ainsi que la toile des paillasses dont la paille se change régulièrement ; les couvertures ont été dégraissées , réparées et renouvelées aussi en partie ; les bois de lit ont été tous peints et raccommodés ; on y a ajouté des dossiers et des tablettes qui les rendent utiles et commodes pour le malade. Toutes les croisées ont été garnies de rideaux.

8 *

Un bon classement des malades, en assurant à chaque maladie une surveillance et des secours plus faciles, éloigne les causes qui peuvent les aggraver, donner naissance à des épidémies, à des maux même qui, sans être épidémiques, ne reconnoissent d'autre cause que le voisinage de certaines maladies ou l'encombrement des malades, la mauvaise tenue des salles, leur disposition vicieuse. A l'hôpital des Enfans, les maladies aiguës ont 129 lits pour les garçons et 83 pour les filles ; total, 212. La chirurgie a 70 lits, dont 40 pour les garçons. Le reste est pour des maladies chroniques, la gale, la teigne, les scrophules. La première se communiquant avec une grande facilité et même avec une grande promptitude, dans une classe sur-tout qui n'a pas toujours des moyens suffisans de changer de linge, de vêtement ; il est indispensable de la traiter dans l'intérieur de la maison. Les trois autres maladies, quand elles ne sont jointes à aucune autre, et qu'elles n'ont aucun caractère de gravité, peuvent être traitées hors de l'Hospice, en fournissant les remèdes, en indiquant la manière de s'en servir ; et l'hôpital des Enfans est un de ceux où le traitement externe a été établi.

Les bains sulfureux ont été employés avec succès pendant plusieurs années à l'hôpital des Enfans, par un de ses médecins, M. *Jadelot*, contre la gale et quelques autres maladies de peau. On met 4 à 5 onces de sulphure de potasse pour un bain ordinaire, contenant 150 litres d'eau. On ne fait prendre aux galeux qu'on traite de cette manière, aucun médicament interne. Huit à dix bains suffisent pour opérer la guérison.

Le traitement de la teigne, par le procédé de MM. *Mahon*, frères, a été essayé avec beaucoup de soin et de persévérance. Ses avantages ne peuvent plus être douteux. Des moyens doux et faciles de guérison remplacent ce moyen cruel de la *calote*, le seul auquel on eût recours auparavant. Il consistoit dans l'application d'un emplâtre de poix sur la tête, pour en arracher les cheveux avec leur racine, véritable siége de la maladie ; et on étoit souvent obligé de recommencer deux fois, quatre fois, six fois, davantage encore, cette terrible application. Le remède des frères *Mahon* a produit les mêmes résultats, sans causer aucune douleur. Ils font usage d'une pom—

made lentement épilatoire ; et, après plus ou moins de temps d'une onction faite de deux en deux jours, les cheveux et leurs racines tombent d'eux-mêmes ; il suffit de les pincer, et ils viennent sans effort. Le traitement est semblable, quelque espèce de teigne qu'on ait ; le terme seul de la guérison en fait la différence. Avant d'adopter le remède des frères *Mahon*, le Conseil en avoit fait faire l'expérience à l'hôpital Saint-Louis, pendant deux ans, sous les yeux de ses médecins : leur rapport fut favorable. De 1809 à 1813, on l'a essayé sur 795 enfans; 527 ont été guéris ; 196 ne l'ont pas été, ou s'ils ont semblé l'être, la maladie a reparu ; 72 étoient encore au traitement le 31 décembre 1813. Les frères *Mahon* reçoivent, outre une indemnité annuelle de 1000 francs chacun, 6 francs par tête pour les enfans constatés guéris.

Administration, service intérieur.

Les soins dûs à l'enfance exigent des détails et une bienveillance particuliers. Nous l'avons dit; sous le rapport moral, il importoit de séparer les enfans des adultes; il n'importoit pas moins de le faire sous les rapports physiques. L'expérience a fait sentir de plus en plus le double avantage de cette séparation. On a voulu quelquefois, dans quelques Hôpitaux, laisser subsister ou renouveler l'ancienne confusion, par des motifs qui tenoient beaucoup plus à des idées médicales qu'au désir de troubler ou de déranger l'ordre établi par les règlemens. Le Conseil a toujours comprimé ce penchant qui, indépendamment de la violation des lois générales sur les Hôpitaux, offroit encore l'inconvénient de donner une date fausse à l'âge des enfans qui y étoient admis : on ne leur supposoit que douze ans, quand ils en avoient quinze, afin qu'on pût les recevoir sans paroître s'éloigner des règles prescrites; l'enfant mouroit-il ? le registre de l'Hôpital annonçoit un âge différent de l'âge réel, et rendoit l'individualité incertaine, dans le cas où l'on auroit eu besoin de la prouver.

En même temps que l'on assuroit à l'enfant malade un asile particulier, on avoit cru aussi ne pas devoir placer ensemble ceux qu'on amenoit d'un Hospice d'orphelins, et ceux qui venoient de chez leurs

parens. Les règles sous lesquelles les premiers avoient vécu, sous
lesquelles ils devoient vivre encore, sembloient demander qu'on ne
les mêlât pas à des enfans qui avoient d'autres rapports, d'autres habitudes, et qui pourroient y joindre ces penchans vicieux dont la communication est malheureusement si facile. L'expérience a aussi justifié
cette précaution.

La séparation des enfans, suivant leur sexe, celle des maladies
chroniques et des maladies aiguës, celle même des maladies aiguës
entre elles, ont encore amené d'heureux résultats.

Les maladies chroniques exigent un long séjour des enfans dans la
maison. Nous avons pensé que quelque emploi du temps devoit leur
être prescrit, soit comme une barrière à tous les vices qu'ameneroit
une constante oisiveté, soit comme pouvant leur offrir à jamais les
avantages d'une instruction morale et liée à toutes les actions de la
vie. Un instituteur a été attaché à l'Hospice; il fait sa classe tous les
jours; il y reçoit tous les enfans que leur état n'oblige pas d'être
alités; il leur apprend à lire, à écrire, à calculer; il leur enseigne
ou leur rappelle les principes de la religion. Ainsi le temps du traitement n'est pas seulement employé à guérir leur maladie, ils en
retirent d'utiles leçons.

Dans les autres Hôpitaux, il suffit d'être malade pour être reçu;
aucune condition de domicile n'est exigée. On a trouvé quelque
avantage, quelque nécessité même à resserrer un peu l'application
d'une règle si juste en général, pour les enfans amenés dans cet établissement. Ils doivent se présenter avec un billet du commissaire
de police ou des membres du bureau de bienfaisance, attestant leur
domicile. Il arrivoit quelquefois que les parens, ou ceux qui se présentoient en leur nom, après avoir déposé là le malade, ne se représentoient plus, qu'on ne savoit où le conduire après sa guérison, et
que lui-même étoit trop jeune encore pour l'indiquer, puisque les
enfans sont admis dès l'âge de deux ans. On a cru, en imposant
l'obligation de faire connoître sa demeure, prévenir un abandon si
contraire à tous les sentimens de la nature.

Les personnes employées au service des pauvres, à l'hôpital des
Enfans, sont un agent de surveillance, un économe, deux médecins,

un chirurgien en chef, un pharmacien, cinq élèves en médecine ou
en chirurgie, deux élèves pour la pharmacie, un aumônier, un instituteur et un inspecteur de police pour les enfans, sept surveillantes
pour les divers services, trente-quatre infirmières et vingt-huit autres
employés secondaires, parmi lesquels sont les ouvrières à la lingerie,
les portiers, les hommes de peine, les personnes occupées pour le bureau d'administration, pour le service de la cuisine, et trois ouvriers
attachés à la maison. La proportion des employés au nombre des
malades, est d'un sur cinq et demi environ. Nous avons tout lieu
d'espérer que la surveillance spéciale des malades et des principaux
services sera bientôt confiée à des sœurs Hospitalières (1).

Population, mortalité.

L'hôpital des Enfans a été ouvert au mois de juin 1802.

Le nombre des malades qui y sont entrés, depuis cette époque jusqu'au 22 septembre qui, dans la manière de compter d'alors, étoit
la fin de l'année, est de 871 ; le nombre des morts, de 91. Il restoit
241 malades au 23 septembre. Il en est entré 1988 dans l'année suivante, sur lesquels il en est mort 490. La mortalité est beaucoup
plus grande ici : elle n'avoit été, dans les premiers mois de l'établissement de la maison, que d'un sur 6 $\frac{91}{100}$. Le nombre moyen des lits
occupés avoit été, pendant cet intervalle, de 267, et, pour l'année
suivante, de 261.

Nous avons rappelé, quelques pages plus haut, toutes les précautions prises, tous les soins employés pour les enfans malades ; et
cependant, il faut le dire, malgré ces soins, malgré ces précautions,
la mortalité a toujours été forte dans cet établissement. La proportion générale des personnes mortes aux personnes entrées, depuis
le 1er. janvier 1804 jusqu'au 31 décembre 1813, est du quart au
cinquième. On ne peut en chercher la cause dans le défaut de surveillance et de secours ; ils ont été actifs et constants : elle n'est pas

---

(1) Cette espérance a été remplie. Les sœurs de Saint-Thomas de Villeneuve sont
entrées à l'hôpital des Enfans en 1814.

dans la situation de la maison , dans son emplacement ; la maison est aérée et salubre : la cause en est toute entière dans la tendresse des mères qui hésitent long-temps à éloigner d'elles leur enfant qui souffre ; ce n'est que lorsque la maladie devient très-grave , lorsque l'espérance commence à les abandonner , qu'elles consentent à laisser transporter hors de leur demeure ce malheureux enfant , et , presque toujours , il est trop tard pour le secourir avec efficacité. Nous avons remarqué constamment que le cinquième environ des malades amenés dans cet Hôpital , périt dans les six premiers jours de leur entrée.

Années.	Garçons.	Filles.	TOTAL des Entrées.	Morts.
1804	1129	557	1686	383
1805	831	527	1358	327
1806	1039	698	1737	441
1807	1074	695	1769	560
1808	980	636	1616	449
1809	922	748	1670	457
1810	1279	1148	2427	456
1811	1557	1121	2678	494
1812	1725	1219	2944	624
1813	1603	1179	2782	497
Totaux.	12139	8528	20667	4688

247 enfans restoient le 1er. janvier 1804 ; il en restoit 420 le 31 décembre 1813.

La mortalité moyenne , sans distinction de sexe , a été d'un sur $4\frac{37}{100}$.

Celle des garçons , prise isolément , a été d'un sur $4\frac{75}{100}$.

La mortalité par conséquent a été plus funeste encore pour les filles.

Il est nécessaire de remarquer que cette affligeante proportion est due principalement à une fièvre épidémique de l'année 1807, qui causa les ravages auxquels les enfans se trouvèrent exposés ; la mortalité fut de près d'un tiers dans cette terrible année.

Nous disions tout-à-l'heure que le plus grand nombre des enfans venus à l'Hôpital avec des maladies aiguës, y périssoient dans les jours qui suivoient leur entrée, soit parce qu'on ne les y envoyoit qu'au moment où l'espérance s'ébranloit dans le cœur des mères, soit peut-être parce que les parens n'avoient plus alors à supporter les frais de sépulture. Nous joignons ici le tableau des enfans morts dans les premiers jours de leur admission, depuis le commencement du mois de janvier 1804 jusqu'à la fin de décembre 1813.

Années.	Dans les 24 heur. de l'admission	Le 2ᵉ. jour.	Le 3ᵉ. jour.	Le 4ᵉ. jour.	Le 5ᵉ. jour.	Le 6ᵉ. jour.	TOTAL
1804	21	10	12	10	9	8	70
1805	16	5	8	14	11	8	62
1806	25	15	10	8	5	13	76
1807	36	17	13	14	19	12	111
1808	33	7	12	9	10	9	80
1809	18	12	10	13	8	16	77
1810	29	16	13	14	13	9	94
1811	25	17	13	15	9	15	94
1812	36	19	10	18	13	18	114
1813	25	22	9	14	18	9	97
Totaux	264	140	110	129	115	117	875

La totalité des morts, dans les dix ans, a été de 4688, un peu plus du cinquième et un quart sur la totalité.

9

ARTICLE II.

Des Hôpitaux réservés à des maladies spéciales.

Le mot de *spécialité* pourroit tenir à l'âge, au sexe, comme à la nature des infirmités; mais ce n'est que dans le dernier sens que nous l'entendons. Nous appelons spécial un établissement destiné à un seul genre de maladie. Aussi, avons-nous laissé dans la classe des Hôpitaux ordinaires, malgré la spécialité de l'âge, l'hospice des Enfans où tous les malades sont admis.

Paris avoit en 1789 plusieurs Hôpitaux spéciaux, celui de Saint-Louis, entre autres, et celui de Sainte-Anne, la maison des Teigneux, rue de la Chaise, et l'hospice de Vaugirard pour les maladies vénériennes; les teigneux, les galeux, les scrophuleux n'en étoient pas moins admis à l'Hôtel-Dieu, dans quelques autres Hôpitaux, dans les hospices même de la Salpétrière et de Bicêtre.

La teigne, la gale, les dartres, les scrophules, les autres maladies contagieuses ou réputées l'être, sont traitées encore aujourd'hui pour les adultes à l'hôpital Saint-Louis. Les maladies siphilitiques ont un Hôpital particulier dans le faubourg Saint-Jacques.

§. Ier.

HOPITAL SAINT-LOUIS.

L'hôpital Saint-Louis est du règne d'Henri IV. C'est sous son règne aussi que furent fondés l'hôpital Sainte-Anne et celui de la Charité. Sous son règne encore furent établies les salles du côté de la rue de la Bûcherie, à l'Hôtel-Dieu. On aime à rappeler cette protection particulière accordée aux malades et aux pauvres par un Roi si digne de vivre dans la mémoire de tous les Français.

Une contagion qui venoit d'affliger Paris, donna au Roi l'idée de former des établissemens spéciaux pour la guérison des maladies qui la faisoient naître ; il voulut , à-la-fois , en assurer le traitement , et , autant qu'il étoit en lui , garantir sa capitale de leurs effets. Henri fit construire en même temps deux Hôpitaux , l'un au nord de la ville , l'autre au midi , tous deux hors de son enceinte ; l'hôpital Sainte-Anne , placé sur la rivière de Bièvre , au bout du faubourg Saint-Marceau , et l'hôpital Saint-Louis , qui est situé entre le faubourg du Temple et le faubourg Saint-Martin. Ces deux Hôpitaux devinrent comme deux succursales de l'Hôtel-Dieu , qui , jusqu'alors , avoit été obligé de recevoir toutes les maladies de ce genre dans ses salles. Ils restèrent sous la direction de ses administrateurs ; et un édit du mois de mars 1607 lui attribua un droit sur le sel , en indemnité des dépenses auxquelles les deux nouveaux établissemens forcèrent de se livrer. L'hôpital Saint-Louis fut ouvert en 1612. Une contagion qui se manifesta en 1619 ne prouva que trop tôt combien avoit été juste la sollicitude d'Henri IV.

L'hôpital Saint-Louis est un des plus beaux qui existent , des mieux appropriés sur-tout à sa destination. *Tenon* place parmi les carac- Pages 70 et 71. tères qui le distinguent , de n'être formé que d'un rez-de-chaussée et d'un premier étage. On a reconnu , dit-il , le danger de placer des gens sains ou malades , ou d'emmagasiner quoi que ce soit , sur les salles de contagieux ; on ne court pas le même risque à les loger sur des salles de fiévreux et de blessés , ou à y rassembler les objets néces-saires. L'hôpital Saint-Louis , ajoute-t-il , diffère encore des Hôpitaux de fiévreux et de blessés par sa double enceinte de murailles , ses doubles cours qui l'enveloppent et qui interceptent toute communi-cation avec la ville , son tour , sa galerie à transmettre les alimens , qui empêchent la contagion de s'étendre aux serviteurs employés , et par eux au dehors ; il en diffère par le soin qu'on a eu d'y ren-fermer religieuses , prêtres , chirurgiens , infirmiers , afin qu'ils ne répandissent pas à l'extérieur le mal qui régneroit en dedans , et par toutes les précautions qu'on a prises sous le même rapport. Il loue encore ses planchers ouverts et d'une grande élévation. Il lui reproche l'humidité des salles d'en bas , la confusion des convales-cens avec les malades , le défaut d'une quantité suffisante d'eau bonne pour la boisson et les lessives , et même la communication des salles

9 *

entre elles. L'hôpital Saint-Louis avoit aussi adopté, et conserva pendant près de deux siècles, l'usage de placer plusieurs malades dans un seul lit, usage funeste qu'auroient semblé devoir sur-tout repousser les maladies quelquefois contagieuses et souvent si dégoû-tantes qu'on y traitoit, les dartres, le scorbut, les ulcères, les cancers, la gale, et quelques autres encore. Le nombre des malades n'y étoit cependant pas très-multiplié, proportionnellement à son étendue et à ses ressources ; il étoit ordinairement de 6 à 700 per-sonnes. Les commissaires de l'Académie des Sciences qui visitèrent l'hôpital Saint-Louis en 1787, portent à 300 le nombre des lits : il y avoit ainsi deux malades dans tous, trois dans quelques-uns.

Rapp. de Bailly, page 323.

État des bâtimens, des salles et du mobilier ; état personnel des malades.

Rapp. de 1803, Pages 61 et 62.

Les toits étoient en 1801 dans une dégradation presque absolue ; les eaux avoient percé les plafonds et pourri les lattes ; beaucoup de croisées étoient si vieilles qu'on n'osoit plus les ouvrir. On avoit déjà réparé ces maux en 1803 ; et pour les croisées du premier étage en particulier, on avoit amélioré leur disposition en les rétablissant : leur hauteur au-dessus du plancher entretenoit dans le bas des salles la stagnation d'un air corrompu ; on les abaissa jusqu'à trois pieds. Deux salles de bains furent construites pour remplacer deux chambres obscures et humides où les malades n'arrivoient et d'où ils ne retournoient dans leurs salles qu'en traversant des cours : vingt-quatre baignoires de cuivre ont été substituées à quelques baignoires en bois, vieilles et trop peu nombreuses ; on peut y donner maintenant deux cents bains par jour, et cela est encore loin de suffire pour un Hôpital destiné à guérir de telles maladies. Les douches y sont établies d'une manière moins disproportionnée aux besoins des malades.

Les améliorations commencées en 1801, se continuoient avec zèle et succès, lorsqu'un arrêté du ministre, le 12 mars 1803, ordonna la translation des malades de l'hôpital Saint-Louis au château de Saint-Germain-en-Laye. Elles furent alors nécessairement suspen-dues ; mais l'arrêté du 12 mars se trouvant bientôt sans effet par la nouvelle destination donnée au château de Saint-Germain, on reprit avec la même activité les travaux projetés et les réparations indispensables.

Une des premières a été le remaniement, ou, pour mieux dire, l'établissement entier du pavé au pourtour du bâtiment principal, tant à l'intérieur qu'à l'extérieur ; l'opération étoit d'autant plus urgente, que les fondations en souffroient plus.

Les eaux y sont devenues un peu plus abondantes, depuis des concessions et des travaux faits en 1800 et 1801. L'Hôpital a un réservoir qui peut en contenir jusqu'à 560 muids ; mais elles ne sortoient point de la maison ; douze ou quinze puisards les recevoient, laissoient des eaux stagnantes qui répandoient une odeur infecte et une humidité dangereuse. On a fait des pentes, des contre-pentes, et établi des ruisseaux au milieu de chaussées ; on a construit un aqueduc à trois branches dans la cour intérieure et des espèces de fontaines qui lavent les ruisseaux, les revers du pavé et l'aqueduc ; par ce moyen, il ne peut s'engorger, et toutes les eaux s'écoulent au-dehors.

Un autre avantage est résulté de cette opération. Les salles du rez-de-chaussée se sont trouvées plus propres au service. On en a baissé les croisées, comme on l'avoit fait pour celles du premier étage ; on en a bouché et ouvert plusieurs : de là des salles de rechange qui ont donné la faculté de gratter et badigeonner alternativement toutes les autres.

Il restoit à plafonner deux des grandes salles du premier : on l'a fait.

Une promenade plantée d'arbres avoit déjà remplacé un étendoir enfermé dans une cour intérieure par les quatre faces du bâtiment principal, qui infectoit l'air d'humidité et en rendoit la circulation moins libre ; mais il y avoit encore dans cette cour des hangars adossés au bâtiment, qui servoient à une étuve située au rez-de-chaussée ; ils ont été supprimés. La lingerie, divisée en quatre ou cinq locaux séparés par la cour, la buanderie, le lavoir, dont les toits et les murs étoient fort dégradés, qui obstruoient la cour d'entrée et masquoient le bâtiment principal, tous ces établissemens ont été transférés en un seul local éloigné des malades. Le réfectoire, la cuisine et ses dépendances, ont été refaits presque en entier ; on a construit dans celle-ci des fourneaux économiques où l'on peut brûler indistinctement du bois ou du charbon de terré. D'autres fourneaux, placés dans des salles, servent à former les étuves dont les malades peuvent avoir besoin pour leur guérison même. Un four épuratoire a été pratiqué pour les vêtemens de ceux qui y sont admis, ainsi qu'un dépôt pour ces vêtemens. Un bureau de réception a été pareillement établi. A la buanderie, les lessives à la vapeur ont été faites à moins de frais et avec plus de célérité ; à côté sont des séchoirs découverts.

La pharmacie occupoit une partie des salles du rez-de-chaussée ; elle a été transférée dans une ancienne serre où l'on a trouvé moyen de l'établir convenablement avec tous ses accessoires, le logement du chef, des élèves et des garçons. Cet arrangement a procuré la réunion de la pharmacie, de la cuisine, de la panneterie, de la sommellerie sur un seul point, où l'on peut venir à couvert de presque toutes les parties de la maison. Un jardin botanique a été formé dans un terrain qui touche à la pharmacie.

Toutes les salles du rez-de-chaussée et du premier étage ont été renouvelées à neuf : les murs de clôture de la maison tomboient en ruine ; un d'eux s'étoit déjà écroulé ; tous sont en bon état aujourd'hui.

L'église avoit été réparée et rendue à sa destination dès l'année 1802. Le logement des religieuses a été réparé aussi en grande partie ; on y a ouvert des portes et des croisées ; on en a exhaussé le sol pour le rendre plus sain.

Administration, service intérieur.

Ils se composent d'un agent de surveillance, d'un économe, d'un commis aux entrées, de deux autres commis et de trois autres personnes employées pour les travaux qui tiennent à l'administration ; de dix-huit surveillantes, de quatre-vingt-trois infirmiers ou gens de peine pour le service des malades et le service de la maison ; de médecins, chirurgiens, pharmaciens, et d'élèves formant à eux tous quinze personnes ; de deux aumôniers, d'un instituteur de treize ouvriers de différentes professions pour les travaux habituels de l'Hospice. Des dix-huit surveillantes , sept sont religieuses, sept novices , deux des sœurs dites antérieurement de la chambre , deux séculières. La supérieure , secondée d'une sœur de la chambre , indépendamment de sa surveillance générale , est plus particulièrement chargée des novices et des divers 'articles d'habillement et de coucher. Les six autres religieuses, ainsi que l'autre sœur de la chambre , sont toutes à la tête d'un service général ou d'une direction. Chacune des novices est attachée à une des religieuses : les deux séculières sont chargées de la lingerie et de tous les travaux qui y sont relatifs.

S'il est un Hôpital où la propreté soit nécessaire , où elle devienne un moyen de plus de salubrité , c'est assurément l'hôpital Saint-Louis. De sages précautions y sont prises , dès que les malades arrivent , et pour eux-mêmes et pour leurs vêtemens. *Tenon* se plaignoit avec force dans un de ses mémoires sur l'Hôtel-Dieu , de ce Page 199. que les hardes des personnes atteintes de maladies contagieuses étoient confondues avec les hardes propres et saines des autres malades. Les personnes guéries , disoit-il , reçoivent en sortant leurs vêtemens chargés de vermine et de germes contagieux ; les hardes des morts sont tirées des mêmes endroits, puis répandues dans la société ; des états publiés en 1651 marquent que dès-lors on vendoit par année sept à huit mille de ces dangereuses dépouilles.

L'abondance du linge est un grand moyen de propreté , et c'est là sur-tout qu'elle est indispensable. On est parvenu à l'accroître ; sans avoir pu cesser d'en désirer encore. Néanmoins, ce qu'on y a de linge aujourd'hui , peut rigoureusement suffire à 900 malades , à 1000 même.

Nous avons dit qu'avant la fin du siècle dernier , le nombre ne s'en élevoit pas à sept cents ; mais les réparations faites, quelques améliorations , des distributions nouvelles et mieux entendues , ont permis d'y avoir environ 1100 lits, sans placer jamais deux malades ensemble.

Le Gouvernement ayant désiré que les soldats de la garde de Paris , qui étoient auparavant reçus et disséminés dans plusieurs Hôpitaux, fussent réunis dans un seul, on leur a assigné un pavillon particulier qui contient 160 lits ; il y a un portier , un promenoir distinct , etc. ; ils sont séparés en tout du reste des malades : c'est un Hôpital dans un autre Hôpital.

Une police sévère n'est, nulle part, plus nécessaire. Elle l'est pour assurer l'ordre parmi les malades que le genre même de leurs maladies rend plus inquiets , plus agités , et laisse souvent hors de leurs lits. Elle l'est encore pour empêcher une communication dangereuse entre les différentes personnes admises dans l'Hôpital , entre elles aussi et les étrangers. Un parloir avoit d'abord été formé, et s'ouvroit chaque jour à une heure déterminée ; mais, en demandant telle ou telle religieuse , tel ou tel employé, on parvenoit à violer le règlement dans une maison où de plus graves inconvéniens peuvent en suivre la violation. Le parloir établi interrompoit d'ailleurs la communication avec un local qui est devenu une nouvelle salle de 45 lits , et lui-même en a donné une de 25. Il falloit aussi que chaque religieuse fît tous les jours une liste des malades qui ne pouvoient se lever. Il y a pour chaque salle un vestibule où les malades qui peuvent marcher reçoivent leurs visites sous la surveillance d'une personne préposée pour appeler les malades et veiller à ce que l'ordre règne dans cette espèce de parloir.

Un traitement externe est établi pour la teigne , à l'Hôpital Saint-Louis, depuis un grand nombre d'années. Nous ferons connoître dans la suite de ce rapport , d'une manière plus générale et plus étendue, tout ce qui concerne l'introduction et les effets de ce genre de traitement dans plusieurs de nos maisons hospitalières. Mais ici la nature des maladies, plus encore que leur gravité , ne permet pas toujours de s'y borner , sans quelque danger pour les autres. Les cas les plus simples en apparence , disent avec raison les médecins du Bureau central d'admission, dans un rapport publié en 1804 , « exigent réellement des soins méthodiques qui ne peuvent être bien administrés qu'avec la surveillance nécessaire. La gale, si simple , si légère qu'elle paroisse, n'est pas moins funeste dans ses progrès, à l'égard de beaucoup d'ouvriers qu'elle rend inhabiles au travail, et que l'on renvoie de leurs ateliers. Il en est de même des domestiques qui , pour cette cause , sortent de place sans pouvoir y rentrer ; on ne

Pages 16 et 17.

sauroit d'ailleurs renvoyer ces malades à leur domicile , puisque la plupart n'en ont point. . . . Les éruptions dartreuses , quoique assez répandues, sont moins communes et moins infectionnelles que la gale. Cependant les dartres rebelles , rongeantes , étendues ou compliquées , nécessitent un traitement méthodique et doivent autoriser l'admission dans l'hôpital Saint-Louis. » Les autres maladies qu'on y admet, donnent aussi lieu successivement à des réflexions aussi justes qu'humaines.

700 lits sont affectés aux galeux , à l'hôpital Saint-Louis : 400 pour les hommes , 500 pour les femmes ; et sur les 700, 450 pour les gales simples , 250 pour les gales compliquées. Les nourrices galeuses y ont un établissement séparé : les ulcères , les dartres , les cancers , quelques blessures , ont 200 lits ; 80 pour les femmes , 120 pour les hommes. Il y en a le même nombre pour les scrophuleux , les teigneux , les fiévreux , et dans la même proportion pour les deux sexes. Ce classement général est , d'après la disposition des localités , susceptible d'être modifié suivant la nature des maladies et le nombre plus ou moins considérable des maladies d'un sexe ou de l'autre.

Le traitement de la gale , d'après le procédé indiqué par M. *Galès*, pharmacien en chef de la maison, a obtenu quelque succès. Il la traite par des fumigations sèches , fumigations susceptibles d'être employées aussi avec avantage contre les autres maladies de la peau.

Le procédé de M. *Curaudeau ,* pour le blanchissage du linge , y a eu d'assez heureux résultats. Quelques précautions qu'on apportât en coulant les lessives, il arrivoit assez souvent qu'elles tournoient , et répandoient au loin une odeur infecte , occasionnée par toutes les matières dont le linge étoit empuanti. Cela n'arrive plus à présent ; et il y a économie en main-d'œuvre , combustible , potasse et savon. Du reste, on a craint que ce procédé n'altérât la durée ou la conservation du linge. L'assurance du contraire est très-importante à acquérir ; le temps n'a pas permis encore de le faire avec exactitude.

Population, Mortalité.

Nous ne savons pas d'une manière précise quel a été long-temps, à Saint-Louis, le nombre des malades. Il ne paroît pas que les registres d'entrée et de mortalité y fussent autrefois exactement tenus; mais ils l'ont toujours été depuis le commencement de ce siècle, et ils offrent de 1804 à 1814 les résultats suivans :

Années.	Hommes.	Femmes.	Garçons.	Filles.	TOTAL des Entrées.	Morts.
1804	1109	605	73	80	1867	199
1805	1083	512	71	84	1750	160
1806	1919	1397	222	297	3835	167
1807	2144	1458	287	261	4150	126
1808	3288	1766	419	411	5884	164
1809	4563	2260	475	470	7768	195
1810	5453	2313	60	46	7872	254
1811	4462	2472	46	50	7030	153
1812	5426	2476	46	43	7991	267
1813	5634	3065	49	39	8787	453
	35081	18324	1748	1781	56934	2138

Il y existoit, le 1er. janvier 1804, 175 hommes et 137 femmes, pour les adultes; et pour les enfans, 108 garçons et 75 filles. Total, 495 personnes.

Le nombre des hommes entrés dans les dix ans, est de près du double du nombre des femmes.

Le nombre des garçons et des filles est à-peu-près le même.

Sur les 2138 morts, il y a eu 1399 hommes, 537 femmes, 84 garçons, 118 filles.

En joignant les individus restans le 1er. janvier 1804, aux individus entrés dans les dix années, déduction faite de ceux qui y étoient encore le 31 décembre 1813 (il y en avoit 1129), la mortalité moyenne a été d'un sur 26 $\frac{33}{100}$.

Elle n'a été pour les femmes en particulier, que d'un sur 33 $\frac{56}{100}$.

Nous disons pour les femmes, car pour les filles elle s'est élevée à un sur 15 $\frac{67}{100}$.

En se contentant de joindre au nombre des entrés dans les dix années, ceux qui restoient au commencement de 1804, sans déduire ceux qui restoient à la fin de 1813, on a pour résultat une mortalité moyenne, sans distinction d'âge ni de sexe, d'un sur 26 $\frac{86}{100}$, dont un sur 34 $\frac{37}{100}$ pour les femmes, et un sur 15 $\frac{73}{100}$ pour les filles.

Les galeux forment une grande partie de la population de cet Hôpital. On a proposé quelquefois d'en exclure la gale simple qui y a 450 lits (250 pour les hommes et 200 pour les femmes), et de la traiter à domicile. Mais la gale se communique aux individus sains, par le seul contact des personnes et des habits infectés. C'est la difficulté de l'isolement, la difficulté de changer de vêtement et de linge, le défaut de précautions, de soins de prévoyance, et souvent leur impossibilité, qui la propage parmi les indigens sans ressource, parmi les ouvriers de toutes les classes, dans les ateliers, dans les manufactures, dans les familles. L'ouvrier malade, craignant d'être renvoyé par son maître, cache sa maladie autant qu'il le peut, continue à vivre avec ses camarades et la leur donne. Répétons-le, pour que la gale pût être abandonnée aux secours à domicile, il faudroit que le malade eût d'abord un domicile, et souvent il n'en a pas ; il faudroit qu'il pût y être isolé de ses parens, des étrangers ; il faudroit qu'il eût du linge et des vêtemens pour en changer au moins après la guérison, ou les moyens de les désinfecter ; il faudroit qu'il eût devant lui quelques avances ou quelque travail assuré pour subsister pendant son traitement. Cela n'arrive presque jamais. A l'Hôpital, au contraire, le malade reçoit facilement les secours et les soins que son état exige ; toutes les précautions sont prises afin qu'il les reçoive sans danger pour les autres ; il est séquestré de tous ceux à qui la maladie pourroit se communiquer ; du linge, des habits lui sont

10 *

donnés pendant le traitement, et on désinfecte les siens ; vingt jours enfin suffisent à sa guérison, au lieu de six semaines, deux mois et davantage.

La gale compliquée exige un plus long séjour dans l'hôpital ; les mêmes hommes par conséquent y retiennent plus long-temps les lits qu'ils occupent. Mais la gale disparue, il reste une maladie à guérir, des dartres, la siphilis, quelques autres maux encore toujours infects et souvent contagieux. Le malade passe alors des salles de galeux aux salles réservées pour les maladies dont il est encore attaqué.

Page 82.

On verra dans le paragraphe suivant, qu'il a fallu quelquefois réserver des salles, à l'hôpital Saint-Louis, pour les femmes atteintes de maladies vénériennes.

§. II.

HOPITAL DES VÉNÉRIENS.

Ce fut dans les dernières années du règne de Charles VIII, vers 1495, que l'on connut en France pour la première fois les maladies à la guérison desquelles cet Hôpital est particulièrement destiné. Un arrêt du Parlement de Paris, rendu le 6 mars 1497, s'exprime ainsi : « Pour ce que en cette ville y avoit plusieurs malades de certaine maladie contagieuse nomée (nous supprimons le nom par lequel l'arrêt la désigne), qui, depuis deux ans en çà a eu grand cours en ce royaume, tant de cette dite ville de Paris que d'autres lieux, à l'occasion de quoi étoit à craindre que sur le printems elle multipliât, a eté avisé qu'il étoit expedient y pourvoir. » L'arrêt ordonne en conséquence, d'après un examen préalable de deux commissaires du Parlement réunis à l'évêque, aux échevins et à des magistrats du Châtelet ; il ordonne que ceux qui viendront à Paris, en étant infectés, seront renvoyés à l'instant même dans leur pays ; que les gens aisés se retireront dans leurs maisons, sans plus sortir ni le jour ni la nuit ; que les indigens pourront aussi rester chez eux, mais en se recommandant aux curés et marguilliers de leur paroisse, qui leur fourniront les vivres convenables ; que les pauvres qui n'auroient pas une maison où ils puissent se retirer, se rendront au bourg Saint-Germain-des-Prés (réunion de quelques masures habitées par de pauvres ouvriers qui venoient tous les jours travailler à Paris, et qu'on appeloit dès-lors, d'un nom qui s'est conservé, les *Petites-Maisons*) pour y demeurer aux lieux qui leur seront indiqués : d'autres asiles seront préparés pour les femmes malades, dans lesquels on leur fournira pareillement tout ce qui sera nécessaire à leur subsistance et à leur guérison. On donna quatre sous parisis à chacun de ceux qu'on éloigna de Paris. Il eût été plus humain sans doute de les y laisser et de les y soigner ; mais on voulut sur-tout préserver la capitale d'une maladie dont on croyoit la communication indépendante de l'acte même qui en avoit été la cause, et dont elle devenoit la punition. La crainte étoit si forte que l'arrêt condamna à la mort l'étranger qui rentreroit à Paris, ou le pauvre qui sortiroit de l'asile où on le recevoit, avant que sa guérison fût certaine. Quelques taxes, quelques aumônes furent la première dotation de ce nouvel établissement.

La menace terrible que faisoit l'arrêt du Parlement n'empêcha pas que beaucoup de malades ne rentrassent à Paris. Une ordonnance du prevôt de cette ville, du 25 juin 1498, la renouvela sous une autre forme ; il menaça de faire jeter dans la rivière tous ceux qui ne sortiroient pas de Paris, ou qui y reviendroient. La potence avoit été la peine prononcée par l'arrêt du 6 mars 1497.

L'insuffisance du local choisi, les maux qui résultoient de l'entassement des malades, l'impossibilité où étoient la plupart d'entre eux d'être admis, firent chercher un lieu plus convenable. On trouve, sous le règne de Louis XII, de François Ier. et de leurs successeurs, plusieurs actes encore de la police publique, pour assurer à toutes les personnes infectées un asile et des soins. Après beaucoup de tentatives sans succès, elles furent obligées de revenir, en 1559, au lieu que leur avoit assigné le premier arrêt du Parlement, aux *Petites-Maisons* du bourg Saint-Germain-des-Prés, quoiqu'on n'eût pris d'ailleurs aucune précaution pour le rendre plus sain et plus étendu. Sous Louis XIV, on en reçut un grand nombre à l'hospice de Bicêtre, que ce prince venoit d'établir. Une salle particulière de l'Hôtel-Dieu avoit été destinée aux femmes grosses, atteintes de cette maladie. On traitoit à la Salpêtrière les personnes vouées à la débauche ; que leur débauche même y avoit fait placer et enfermer.

L'état des enfans nés d'une mère que ce mal infectoit, avoit fixé plusieurs fois les regards et les soins de l'Administration et des magistrats. On consacra d'abord une maison de Vaugirard à leur traitement particulier et à celui de la mère ; elle pouvoit contenir 128 lits. Bientôt on chercha un local plus étendu : des lettres-patentes du mois de mai 1781 autorisèrent les administrateurs à l'acquérir, et les biens des Pèlerins de Saint-Jacques qu'on venoit de supprimer, furent spécialement attachés à cet établissement. On peut remarquer que les lettres-patentes prescrivent de ne pas donner de nourrice à ces enfans, de ne les nourrir qu'avec du lait ordinaire, en employant d'ailleurs toutes les précautions nécessaires pour leur conserver la vie et prévenir toute contagion. On essaya cependant de guérir les nouveau-nés en les confiant à des femmes malades aussi qu'on traitoit, et l'essai fut heureux.

Code de l'hôpit. général, pages 333 et 334.

Etat des bâtimens, des salles et du mobilier.

Le local plus étendu, choisi pour y placer le nouvel Hôpital, étoit celui qu'avoient occupé, jusqu'en 1784, les capucins du faubourg Saint-Jacques. La situation ne pouvoit être plus favorable. Placé sur le sommet aplati d'une montagne assez rapide, l'Hôpital donne de deux côtés sur la campagne, et jouit de toute la libre circulation d'un air pur que rien autour ne peut altérer. Il a 8 ou 9 arpens de superficie, dont la moitié forme des jardins pour la maison.

Cullerier, Notes sur l'hôpital des Vénériens, pag. 54.

De nouvelles salles ayant été construites d'après l'extension donnée par les lettres-patentes du mois d'août 1785, la translation des malades de Bicêtre eut lieu d'abord, et ensuite celle des nourrices et des enfans de l'hospice de Vaugirard. Ce ne fut qu'*en* 1792 que le nouvel Hôpital se trouva en état de recevoir *tous* les malades qui lui étoient destinés.

Le peu de soin qu'on apporta aux bâtimens dans les dix premières années de la formation de l'Hôpital, exigea plusieurs réparations importantes en 1802 et 1803. Les murs furent reblanchis en entier, les toits mis en meilleur état ; l'écoulement des eaux fut assuré. Deux salles de bains furent construites, une pour chacun des deux sexes. Des fourneaux furent construits pour ces salles, et procurèrent quelque économie dans un établissement où les bains même sont un des remèdes les plus fréquens et les plus salutaires ; on en construisit aussi pour le service de la cuisine et de la pharmacie. On construisit enfin une salle de démonstration dans laquelle le chirurgien en chef fait des cours publics. En 1804 et 1805, le pavé a été généralement réparé, et une salle de rechange a été établie pour 50 lits ; un magasin a été construit dans le local où est le promenoir des femmes. En 1806, une nouvelle salle de femmes, contenant 40 lits, a été disposée ; un promenoir particulier a été formé pour les nourrices. On avoit auparavant planté de tilleuls des cours destinées à servir de promenade aux malades.

Les femmes admises à l'hospice de l'Accouchement, qui seroient atteintes d'une maladie siphilitique, sont envoyées à l'hôpital des Vénériens ; on les y traite, ainsi que l'enfant qui leur doit le jour.

Administration, service intérieur, état personnel des malades.

Des lettres-patentes du mois d'août 1785 avoient donné plus d'extension à celles du mois de mai 1781. L'hôpital des Vénériens ne devoit plus être borné aux enfans et aux nourrices ; il devoit admettre toutes les personnes atteintes de maladies siphilitiques, quel que fût ou leur sexe ou leur âge. Jusqu'alors, les femmes avoient été reçues, comme nous l'avons dit, à la Salpêtrière et à l'Hôtel-Dieu : les hommes, et elles encore, l'étoient à Bicêtre ; et dans quel état s'y trouvoient-ils ! Le chirurgien en chef de l'hôpital des Vénériens, M. *Cullerier* le rappelle avec une effrayante vérité dans Pages 42 et suiv. les notes historiques qu'il a publiées sur les établissemens formés pour traiter cette maladie. Il parle de lits où couchoient huit malades à-la-fois, de soupentes de 7 pieds de haut, dans lesquelles le jour n'arrivoit pas et l'air se renouveloit à peine, de la disproportion qui existoit entre l'étendue des salles et le nombre des personnes qu'elles devoient contenir. « On seroit tenté de révoquer en doute, dit-il, la possibilité de vivre avec une aussi petite quantité d'air, et d'une qualité si préjudiciable à la santé, si le fait n'étoit aussi notoire. Dans les salles d'expectans, la moitié des malades se couchoit depuis huit heures du soir jusqu'à une heure après minuit, et les autres, depuis ce moment jusqu'à sept heures du matin ; ainsi, ils avoient environ une moitié de la nuit de repos et de tranquillité. Le local, ajoute-t-il, étoit noir et tapissé de toutes espèces de malpropretés ; les croisées étoient clouées et ne donnoient jamais passage à l'air, parce qu'elles se fussent brisées en les ouvrant ; beaucoup étoient murées, ce qui avoit transformé des salles de malades en cachots de criminels. Le carreau ne se voyoit plus, tant il étoit couvert d'ordures ; les paillasses étoient remplies de paille qui n'avoit pas été renouvelée depuis plusieurs années ; les draps et les couvertures étoient en lambeaux, et tout leur tissu se trouvoit imprégné des matières excrémentielles des malades et du pus qu'avoient fourni leurs ulcères ; les traversins n'étoient point couverts de toiles, et la tête des malades de ce temps reposoit sur un coutil souillé des émanations sales et putrides de ceux qui les avoient précédés pendant plusieurs années. Ces malades, au nombre de 200 ou 250, n'étoient pas traités ; on se contentoit de panser superficiellement leurs maux extérieurs ; ils attendoient ainsi, pendant six mois, neuf mois, quelquefois un an ; le mal faisoit des progrès ; de nouveaux symptômes se développoient ; les organes de la génération s'altéroient, et la mort en emportoit un grand nombre. » Le tableau présenté par M. le duc de Liancourt, dans ses rapports à l'Assemblée constituante, n'est pas moins affligeant. « 20 ou 25 lits servent quelquefois, dit-il, à 200 personnes ; quatre y couchent à-la-fois, tandis que quatre autres étendues par terre, attendent leur tour pour les remplacer ; et ces hommes ou femmes, ainsi entassés, sont déjà si grièvement malades, qu'ils portent presque tous des plaies qui demandent des traitemens provisoires, jusqu'à ce que la maladie puisse être attaquée. Aussi, de près de 90 personnes à-peu-près qui meurent annuellement parmi les Vénériens, deux tiers succombent dans la salle des expectans,

Premier Rapp. page 55.

moins encore de la maladie dont ils viennent chercher la guérison,
que de la contagion infecte de l'air qu'ils y respirent. Il remarque
que 660 malades seulement étoient traités à Bicêtre chaque année,
quoique 18 à 1900 se présentassent pour l'être. Il eût pu remarquer
aussi que, dans le 18e. siècle encore, les malades qui se présentoient,
devoient être et étoient, d'après des arrêtés de l'Administration,
châtiés et fustigés avant et après leur traitement. M. *Cullerier*
cite une délibération de l'année 1700, qui renouvelle expressément
l'ordre de les fustiger.

Un emplacement plus vaste, une situation plus favorable, une
police plus sage, des soins plus universels et plus actifs, devoient
opérer bientôt les changemens les plus heureux ; les hommes, les
femmes, les nourrices en particulier, formèrent trois classes qui
eurent des salles toutes bien aérées, dans des bâtimens séparés les
uns des autres, donnant ou sur de grandes cours, ou sur de grands
jardins ; des réservoirs furent établis.

Les personnes employées pour le service de cette maison sont au
nombre de 71 ; un agent de surveillance, un économe, un commis
aux entrées, un aumônier, un médecin, un chirurgien en chef, deux
chirurgiens-adjoints et un aide-major, un pharmacien, 8 élèves
en médecine, en chirurgie et en pharmacie, 26 personnes attachées
aux services généraux, tels que cuisine, bains, lingerie, portes, etc.,
et 27 attachées au service des salles.

Population, mortalité.

On lit dans le rapport des opérations du Bureau central d'admis- Pages 20 et 21.
sion pour les Hôpitaux et Hospices, sur les dix-huit premiers mois
qui suivirent son institution, qu'il admit, dans cet intervalle, 2584 individus, savoir 1207 hommes, 1312 femmes, 15 nourrices, 17 enfans mâles, et 33 jeunes filles au-dessous de quinze ans. La population
est ici plus considérable pour les femmes que pour les hommes ;
mais il faut dire que les salles étoient alors insuffisantes, plus insuffisantes qu'elles ne le sont encore aujourd'hui, et qu'on étoit obligé
d'attendre son tour d'admission. Or, on conçoit que lorsqu'il se trouvoit dans l'Hôpital moins de places vacantes qu'il n'y avoit de per-

sonnes qui demandoient à y entrer, les femmes étoient admises de
préférence, les hommes pouvant venir plus aisément au traitement
externe. Il est vrai que l'impossibilité d'admettre tous ceux qui se
présentent, offre des inconvéniens graves et pour la santé des particuliers et pour la santé publique ; mais il est vrai aussi que le
danger est diminué par ce traitement externe toujours ouvert, qui
peut suffire aux maux naissans, qui peut du moins les empêcher
de croître avant qu'on puisse offrir dans l'intérieur de l'Hôpital une
place au malade. Le nombre des lits pour les femmes a, du reste,
été fort augmenté depuis quelques années ; il l'a été aussi pour les
hommes ; mais pour ceux-ci, nous avons à regretter qu'il ne pût
l'être encore davantage. Au mois de juillet 1812, le Conseil s'étoit
vu obligé d'établir à l'hôpital Saint-Louis un traitement particulier
pour les femmes publiques attaquées de maladies vénériennes et envoyées par la police. Au mois d'août 1811, sur la demande du
préfet de la Seine, il avoit fait placer et soigner dans le même Hôpital les femmes publiques du département de Seine-et-Oise, attaquées des mêmes maladies.

Le Bureau central annonçoit encore dans le rapport fait sur ses
premiers travaux, que, pour économiser les dépenses des Hôpitaux,
il avoit étendu ses consultations gratuites aux maladies siphilitiques,
et que cette mesure avoit eu beaucoup d'utilité morale, soit en venant
au secours des femmes, malheureuses victimes du libertinage de
leurs maris, qui répugnoient de se voir confondues avec des filles
de mauvaise vie, soit en assistant nombre d'ouvriers, d'artisans honnêtes, de pères de famille, qu'un moment de foiblesse avoit égarés,
mais qui sentoient le besoin de continuer un travail journalier, en
s'occupant de leur guérison.

La mortalité est plus considérable qu'elle ne paroîtroit devoir l'être
dans un établissement formé pour des maladies qui rarement finissent
par la mort. M. *Cullerier* l'explique en rappelant 1°. que la moitié
de ceux qui y meurent, avoient des maladies dégénérées, dans le traitement desquelles aucune espèce de médicamens anti-vénériens n'a été
employé; 2°. que plusieurs malades sont envoyés des autres Hôpitaux,
avec des maladies internes très-graves, mais parce qu'il y a apparence

Page 65.

de maladie vénérienne ; 3°. que malgré la salubrité des salles, il y a quelquefois des fièvres adynamiques , des fièvres ataxiques , des gangrènes extérieures, qui emportent un assez grand nombre de malades. Un tableau de la mortalité , depuis la fondation de l'Hôpital , et qui embrasse environ dix années , offre , en négligeant les fractions , un mort sur 47 malades pour les hommes , un sur 48 pour les femmes. Le nombre des femmes entrées dans cet intervalle est de plus de 12,000 ; celui des hommes ne s'élève pas au-delà de 9342. La mortalité est de beaucoup plus forte depuis 1801 , année à laquelle finit le tableau présenté par M. *Cullerier.* Elle fut , l'année suivante , de 154 sur 2275 , et l'année suivante encore , de 167 sur 2536. Les dix années du 1er. janvier 1804 au 31 décembre 1813 , ont amené à l'hôpital des Vénériens 27,576 malades, dont 13,638 hommes, 12,163 femmes, pour les adultes , et pour les enfans, 794 garçons, 981 filles. Les quatre dernières de ces dix années ont été de beaucoup plus considérables que toutes les autres. L'Hôpital a eu :

Années.	Hommes.	Femmes.	Garçons.	Filles.	TOTAL des Entrées.
1810	1694	1318	73	96	3181
1811	1897	1468	74	124	3563
1812	1893	1641	108	156	3798
1813	1700	1346	82	95	3223
Totaux.	7184	5773	337	471	13765

Le total des morts , dans les dix années , a été de 1170 : c'est presque un sur 24, si l'on ne veut faire aucune distinction, entre les âges sur-tout ; mais si on veut , comme on le doit , séparer les enfans des adultes , la proportion change d'une manière extraordinaire. Pour les enfans des deux sexes , elle est d'un sur 2 et demi environ ; pour les adultes , elle n'est pour les hommes que d'un sur 56 à-peu-près , et pour les femmes , d'un sur 67 à-peu-près aussi.

11 *

Nous ne ferons pas entrer dans ce calcul quelques enfans mort-nés : il n'y en a eu aucun en 1813, mais il y en avoit eu huit en 1811 et en 1812; et sept en 1809 et 1810.

Le traitement externe n'est pas compris, comme on le pense bien, dans les mouvemens annuels que nous venons d'indiquer. Avant 1808, les malades indigens qui ne vouloient pas entrer dans l'Hôpital, recevoient des conseils et quelques médicamens. Mais ce secours n'étoit point régularisé; il dépendoit entièrement de la volonté du chirurgien en chef, qui, du reste, l'avoit établi et y apportoit son zèle ordinaire. Au mois de mai 1808, l'Administration organisa un traitement gratuit : elle fit préparer à cet effet une salle et un cabinet. Elle autorisa le chirurgien à prescrire et le pharmacien à délivrer les médicamens nécessaires. Les hommes sont admis à ces consultations, les lundi, mercredi et samedi, immédiatement après la visite et les pansemens de l'Hôpital; et les femmes, les mardi et vendredi. On y reçoit tous ceux qui se présentent. Si la maladie offre des symptômes graves, ou si le malade a des occupations habituelles trop fatigantes, on lui donne un lit dans la maison. Le nombre des malades admis au traitement externe s'est accru chaque année, depuis l'époque de son institution. Il y en a eu 978 en 1809, 1227 en 1810, 1400 en 1811, 1421 en 1812, et 1509 en 1813. Dans ce nombre, ne sont pas comprises 3 à 400 personnes par année, dont toute la maladie est dans leur imagination ou dans leur crainte, qui viennent principalement pour dissiper les inquiétudes qu'elles ont sur leur santé, pour savoir si elles peuvent se marier, faire un voyage, si elles ont été bien ou mal guéries par leurs médecins, non plus que les personnes qui ont d'autres maux que ceux pour lesquels elles viennent consulter. Il résulte de là que, à chaque séance, des hommes sur-tout, car il en vient beaucoup plus au traitement externe, on visite 60, 80, et quelquefois jusqu'à 100 malades.

Le but qu'on s'est proposé en formant ce traitement externe et gratuit, a été 1°. de multiplier les secours et de soustraire à l'influence dangereuse des charlatans un grand nombre d'ouvriers qui sont sans ressource, et qui ont grand besoin de leur santé; 2°. de diminuer la quantité de ceux qui demandent à entrer dans l'Hôpital, en secourant, sans les y admettre, les individus qui n'ont que des maladies légères et qui exercent un état peu fatigant ; en secourant aussi, sans les y admettre, les personnes qui, étant mariées ou ayant des établissemens, ont besoin de rester dans leur maison ou de veiller journellement à leurs intérêts. Quand la maladie augmente, ceux qui ont quelques moyens entrent dans la maison de santé ; ceux qui ne les ont pas, sont reçus dans l'Hôpital.

Nous joignons ici un tableau qui ne sera peut-être pas sans intérêt pour nos lecteurs. Il fait connoître l'état des professions qui ont fourni aux consultations gratuites et au traitement externe pendant les trois dernières années. Les résultats sont assez constamment les mêmes. Des personnes qui appartiennent à d'autres professions, à d'autres métiers, se sont présentées aussi, mais sans faire connoître leurs travaux habituels, ou dans un petit nombre. Nous nous bornons à donner le tableau des professions qui ont offert au moins quatre ou cinq personnes dans une année.

État des Professions qui ont fourni aux Consultations gratuites et au traitement externe de l'hôpital des Vénériens.

ANNÉE 1811.

Bijoutiers.	28	Cordonniers.	161
Bonnetiers.	28	Corroyeurs.	23
Boulangers.	55	Couteliers.	5
Bourreliers.	8	Couvreurs.	9
Carriers.	6	Cuisiniers.	22
Chapeliers.	18	Domestiques.	21
Charcutiers.	10	Ebénistes.	22
Charpentiers.	49	Epiciers.	6
Charretiers.	9	Ferblantiers.	15
Charrons.	11	Horlogers	4
Ciseleurs.	8	Instituteurs.	6
Cochers.	12	Jardiniers.	4
Commissionnaires.	8	Libraires et Imprimeurs.	21
Cordiers.	10	Limonadiers.	22

Machinistes.	9	Porteurs-d'eau.	5
Maçons.	37	Selliers.	10
Marchands.	14	Serruriers	37
Marchands de vin.	7	Tabletiers.	7
Maréchaux.	5	Taillandiers.	5
Menuisiers.	56	Tailleurs.	131
Militaires.	6	Tailleurs de pierre.	29
Ouvriers.	13	Tisserands.	25
Peintres.	25	Tourneurs.	10
Perruquiers.	10	Vanniers.	5
Pompiers	6	Vitriers.	11

Année 1812.

Bijoutiers.	30	Imprimeurs.	24
Bonnetiers.	22	Jardiniers.	5
Bouchers.	5	Layetiers	5
Boulangers.	31	Limonadiers.	8
Boutonniers	4	Maçons.	39
Brocanteurs.	12	Marchands de vin.	21
Carriers.	6	Maréchaux.	4
Chapeliers.	29	Menuisiers.	70
Charrons.	7	Militaires.	10
Ciseleurs.	5	Orfévres.	4
Cochers.	14	Ouvriers.	30
Cordiers.	7	Passementiers.	11
Cordonniers.	142	Peintres en bâtimens.	23
Corroyeurs.	31	Perruquiers.	9
Domestiques.	13	Plaqueurs	4
Doreurs.	8	Porteurs d'eau	6
Employés.	14	Relieurs.	4
Epiciers.	4	Selliers.	25
Ferblantiers.	30	Serruriers.	46
Fondeurs.	5	Tabletiers	10
Forts de la halle.	4	Taillandiers.	4
Gaîniers.	4	Tailleurs.	100

Tailleurs de pierre....	15	Tourneurs........	16
Tisserands........	34	Vinaigriers.......	5
Tonneliers........	6	Vitriers........	4

ANNÉE 1813.

Armuriers........	15	Graveurs.......	10
Bijoutiers........	54	Horlogers.......	5
Bonnetiers.......	35	Imprimeurs......	21
Boulangers.......	55	Jardiniers.......	7
Brocanteurs.......	18	Maçons........	61
Chapeliers.......	35	Marbriers.......	12
Charcutiers......	7	Maréchaux......	7
Charpentiers......	29	Manouvriers.....	41
Charrons........	10	Menuisiers......	58
Cordonniers.......	171	Musiciens.......	5
Corroyeurs-Tanneurs.	48	Passementiers.....	10
Couteliers.......	21	Paveurs.......	12
Cuisiniers........	10	Peintres en bâtimens...	37
Domestiques.......	46	Perruquiers......	10
Doreurs.........	4	Porteurs d'eau....	12
Ebénistes........	44	Serruriers.......	53
Epiciers.........	4	Tabletiers......	12
Ferblantiers......	18	Tailleurs.......	125
Fondeurs........	16	Tisserands......	35
Fumistes........	11	Tonneliers......	9
Gautiers........	11	Tourneurs......	24
Garçons marchands de vin	11	Vernisseurs......	9
Garçons restaurateurs.	16	Vitriers........	7

MAISON DE SANTE

Pour les maladies siphilitiques.

Avant 1790, l'hospice nommé alors des *Petites - Maisons*, dont nous ferons bientôt connoître l'origine et la destination première, avoit un local particulier, dans lequel on traitoit les Gardes-Suisses et les Gardes-Françaises, attaqués de maladies vénériennes ; ceux-ci, moyennant 15 francs ; ceux-là, moyennant 30. On y traitoit aussi quelques autres personnes pour une somme assez modique ; les malades étoient reçus, soignés et nourris dans la maison.

On a cru pouvoir reprendre avec quelque utilité, mais en le réglant mieux et le généralisant, l'usage d'autrefois. Un établissement spécial a été formé en 1809. Une maison attenant l'hôpital des Vénériens, faubourg Saint-Jacques, a été louée et mise en état de recevoir des malades qui pouvoient payer, le 1er. juillet de la même année. Un règlement du 28 juin, venoit de déterminer le mode d'admission, le prix à payer pour chaque malade, le traitement et la nourriture. Il y a 25 chambres et 6 cabinets.

Les personnes attaquées de maladies siphilitiques peuvent seules être reçues dans l'établissement : leur nom est inscrit sur un registre particulier et secret, tenu par le préposé de la maison.

Le prix pour les chambres particulières a été d'abord de 4 francs par jour ; il est de 5 maintenant. Pour les chambres de deux à trois lits, il étoit de 3 francs ; il n'est plus que de 2 francs 50 centimes : il est de 3 francs 50 centimes pour les cabinets où on est seul aussi. Il n'est dû et ne peut être accordé aucune rétribution aux gens de service ; ceux qui en recevroient une, seroient renvoyés. On doit payer en entrant, pour quinze jours ; le payement, dans la suite, est toujours fait d'avance aussi, de quinzaine en quinzaine. La somme convenue pour chaque journée, est rendue au malade, quand il sort de la maison, si les quinze jours ne sont pas finis.

Règlement du 28 juillet 1813.

On fournit aux malades le linge de lit et de table, une paire de draps et une taie d'oreiller tous les quinze jours, et deux serviettes tous les huit jours.

Les repas sont fixés, pour la nature et la quantité des objets, par un article du règlement ; le régime qu'il prescrit est modifié par le chirurgien en chef, d'après les indications que présente l'état des malades. On ne souffre pas qu'ils en fassent venir du dehors, ou qu'on leur en apporte ; on veut du moins, pour le permettre, l'autorisation par écrit du chirurgien en chef.

Il y a, pour le service de cette maison, une cuisine, des bains, une lingerie et un jardin. Elle est dirigée par un préposé spécial, qui est sous la surveillance de l'agent et de l'économe de l'hôpital des Vénériens. Les médicamens sont fournis par la pharmacie de cet Hôpital ; le service de santé en est fait par son chirurgien en chef. Le nombre des lits est de 62 ; 48 dans dix-neuf chambres qui en ont deux ou trois ; 14 dans des chambres ou cabinets qui n'en ont qu'un seul.

Le nombre des malades entrés a été, en 1809, depuis le mois de juillet, de 43 ; en 1810, de 164 ; en 1811, de 215 ; en 1812, de 232 ; en 1813, de 269.

Il n'en est mort aucun en 1809 ; il en est mort 3 dans chacune des trois années suivantes, et 4 en 1813.

Il est entré 4 femmes en 1809, 14 en 1810, 12 en 1811, 17 en 1812, 33 en 1813.

Le personnel de la maison se compose du préposé, d'un garde-magasin, d'une cuisinière, d'une aide, d'une lingère, du garçon des bains, de quatre domestiques et d'un portier.

DEUXIÈME PARTIE.

DES HOSPICES.

Il y a des Hospices pour l'enfance ; il y en a pour la vieillesse ; il y en a pour les maladies incurables ; il y en a pour quelques autres infirmités qui ont un caractère particulier ; il y en a enfin pour des personnes à qui leur situation permet encore de contribuer avec plus ou moins d'étendue à la dépense qu'on fait pour eux.

ARTICLE PREMIER.

Des Hospices pour l'Enfance.

Les enfans avoient autrefois des Hospices particuliers ; ils n'en étoient pas moins admis dans plusieurs autres établissemens, comme la Salpêtrière et Bicêtre. On en trouvoit plus de 1200 à la Salpêtrière, vers la fin du siècle dernier.

Quinze cents enfans mâles environ étoient reçus dans l'hospice de la Pitié, à l'époque où fut imprimé le Code de l'Hôpital-Général, en 1786. *Tenon*, qui publia son ouvrage deux ans après, parloit de 1300 ; et M. le duc *de la Rochefoucauld-Liancourt*, deux ans après encore, de 1396. Celui-ci se plaignoit de la fréquence du scorbut, de la gale, de tout ce que la petite-vérole y enlevoit d'enfans, de beaucoup de dispositions qui tenoient à l'arrangement des salles, des lits, et à l'administration morale de la maison.

L'hospice de la Pitié avoit été fondé en 1612 : celui du Saint-Esprit où des orphelins de père et de mère devoient être élevés, étoit beaucoup plus ancien ; son existence remontoit à 1362. Ce n'étoient pas les seuls que l'enfance dût à la généreuse piété de nos pères. *Tenon* comptoit en 1788, à Paris, onze Hôpitaux d'orphelins ; en comprenant sous ce titre les orphelins proprement dits, les enfans nécessiteux et les Enfans-Trouvés. Trois grands établissemens les réunissent aujourd'hui : ils vont devenir successivement l'objet de ce rapport. Mais, d'après l'ordre naturel des idées, nous devons parler d'abord de l'hospice de l'Accouchement où tant d'enfans naissent chaque année. Ces nouveau-nés passent ensuite presque tous à l'hospice de l'Allaitement, qui n'est, sous un autre nom, que l'ancien hôpital des Enfans-Trouvés. Nous parlerons enfin de l'asile où est reçue l'enfance, au-dessus de l'âge de deux ans.

§. Ier.

HOSPICE DE L'ACCOUCHEMENT.

La maison qu'on appelle aujourd'hui de l'Allaitement et celle de l'Accouchement, n'ont formé, pendant plusieurs années, que deux sections du même établissement, sous le nom d'*hospice de la Maternité*. C'étoit un titre bien fastueux pour des grossesses et des naissances que les bonnes mœurs n'avouent pas toujours, qu'elles avouent trop rarement. Ne donnons pas un nom qui rappelle les devoirs si touchans de la famille et les affections les plus douces de la nature, à la réunion de tant d'êtres dont le plus grand nombre trahit ces devoirs et méconnoît ce bonheur. Sur 2700 femmes accouchées dans l'année qui finit, en 1814, 2400 ont déclaré n'être pas mariées, et presque toutes ont abandonné leurs enfans.

La division de l'hospice appelé *de la Maternité* en deux établissemens bien distincts, étoit désirée depuis long-temps. Les dépenses de la maison d'Accouchement sont à la charge de la ville de Paris ;

12*

celles de la maison des Enfans-Trouvés doivent au contraire faire partie des dépenses de l'Etat et être acquittées sur le produit des centimes additionnels. Ce motif, qui n'est pas le seul, deviendra plus sensible encore, quand nous aurons dit de combien et de quels enfans se forme la population journalière de l'hospice de l'Allaitement.

Nous suivrons, en parlant de cet Hospice et de celui de l'Accouchement, l'ordre qui nous a paru le plus propre à mieux faire connoître tous les détails intéressans qu'ils présentent.

Remarquons seulement, avant d'entrer dans ces détails, que depuis l'époque où ce rapport finit, pendant l'année 1814, un changement, ou, si l'on veut, un échange utile a été fait, entre les deux établissemens. La maison, rue de la Bourbe (1), occupée par les Enfans-Trouvés, étoit trop vaste pour cette destination, et l'on y recevoit des femmes enceintes qui appartenoient à la maison d'Accouchement. Cette dernière étoit ainsi loin de suffire aux besoins du service ; et l'Administration avoit été, de plus, obligée de prendre à loyer une maison voisine, pour y placer des élèves sages-femmes, au nombre de cent. En divisant les deux maisons, et les plaçant chacune sous une administration particulière, les services n'ont plus été confondus : les femmes enceintes, les femmes en couche et les élèves sages-femmes sont réunies dans la maison, rue de la Bourbe ; les Enfans-Trouvés, et tout ce qui appartient à leur service, ont été placés dans l'autre maison.

Reprenons ce qui concerne l'hospice de l'Accouchement.

État ancien des Femmes qui venoient accoucher ; leur état actuel.

Les femmes accouchoient autrefois à l'Hôtel-Dieu ; il y avoit pour elles 67 grands lits, c'est-à-dire, de 4 pieds 4 pouces de large, et 39 petits, c'est-à-dire, de 3 pieds. Les premiers renfermoient souvent trois personnes, quelquefois quatre. Nous n'avons pas besoin de dire combien s'accroissoit ici le danger de cette association. Les

Tenon, p. 237.
Bailly, tome 2, page 208.

(1) C'est l'ancienne Abbaye de Port-Royal qui, pendant la révolution, fut appelée Port-Libre, et devint une prison.

femmes enceintes tiennent plus de place ; la difficulté de remuer étoit plus grande, et l'enfant souffroit de l'état de gêne et de pression où se trouvoit sa mère. Le remède à ce mal étoit cherché par l'affection maternelle ; la plupart des femmes aimoient mieux passer sur le banc voisin de leur lit une partie de la nuit, que de s'exposer, en dormant, à des froissemens nuisibles au malheureux objet qu'elles portoient dans leur sein. Un autre danger naissoit de cette conduite même ; sur ce banc, on trouvoit rarement le sommeil ; les forces de la mère en étoient altérées, quand il est si important de lui en conserver tout ce que peut laisser la nature.

Les femmes réunies à l'Hôtel-Dieu, n'étoient pas d'ailleurs toutes également saines. Quelques-unes étoient attaquées de maladies ordinaires ; d'autres, de maladies plus dangereuses pour l'enfant qu'elles portoient ou pour les personnes qui habitoient les mêmes salles, la gale et le mal vénérien. Cinq places dans trois lits étoient destinées aux galeuses, deux places dans un lit de trois pieds à celles que le mal vénérien infectoit. Il n'y avoit pas de lits particuliers pour les autres maladies. Les femmes grosses qui les avoient, et celles qui étoient saines, se trouvoient confondues.

La situation des accouchées étoit plus déplorable encore. Voici comment la peignent *Bailly* et *Tenon*. Qu'on se représente ces femmes réunies quatre ou plus dans un lit, à diverses époques de leurscouches, avec des évacuations naturelles qui les inondent et les infectent, le sein tendu, la tête et le ventre douloureux, au milieu de la fièvre et de la sueur de lait : quelle santé tiendroit à cette situation sans se déranger ? quelle maladie n'en seroit point accrue ? et qu'on entr'ouvre ces lits, il en sort des vapeurs chaudes et infectes, des vapeurs qui sont sensibles à l'œil, et que l'on peut diviser et écarter avec la main. Ces vapeurs se mêlent à l'air de la salle ; elles passent dans la salle des femmes enceintes qui n'est séparée que par une cloison dont les portes sont à jour. L'air est d'ailleurs altéré par les émanations des salles inférieures, de celles des blessés sur-tout, et par toutes les sources de corruption dont ces salles de blessés sont entourées. Ainsi, les femmes grosses, les accouchées, sont environnées d'infection ; elles sont nuit et jour dans un air corrompu. D'autres vices, non moins funestes, qui tenoient à l'humidité des salles, à leur mauvaise disposition, à leur emplacement mutuel, à leur situation sur une rue que traversent sans cesse des charrettes pesantes et bruyantes, sont développés ensuite dans les écrits de ces deux savans; les résultats qu'ils offrent inspirent tous la douleur et l'effroi.

Nous ne parlons que des maux physiques; des maux moraux venoient s'y joindre; ils naissoient principalement de la différence des habitudes, des passions, des rapports naturels et de la condition civile des personnes qui venoient accoucher à l'Hôtel-Dieu. Les unes étoient des mères de famille que la misère seule y conduisoit; les autres, des femmes qui venoient déposer là le triste fruit d'un commerce illégitime; et parmi ces femmes, les unes n'étoient que les victimes imprudentes de la séduction, tandis que les autres avoient l'effronterie et tous les vices que peut donner la honteuse habitude d'une débauche prolongée.

Des dispositions aussi contraires aux mœurs et à la santé ne pouvoient subsister plus long-temps. Jamais la volonté de bien faire n'a été suivie plus rapidement d'effets plus heureux.

Une maison particulière, isolée, ayant de grands jardins, a été destinée à l'Accouchement. Toutes les femmes qui ont terminé le huitième mois de leur grossesse, toutes celles qui, sans l'avoir même atteint, sont en péril imminent d'accoucher, ou se trouvent dans une misère absolue, légalement constatée, y sont admises. On reçoit leur déclaration, si elles croient devoir en faire, et presque toujours elles en font une; mais elles peuvent s'y refuser, et on ne les interroge jamais alors sur leurs rapports moraux, civils ou domestiques; leur état est la seule condition nécessaire pour leur ouvrir cet asile hospitalier. Quelques-unes donnent un nom supposé et un faux domicile; et parmi celles-là, on en a vu déclarer qui elles étoient véritablement, quand leur état leur faisoit craindre l'approche de la mort.

Les femmes admises dans la maison, y sont placées loin des regards publics. Leur secret est aussi respecté qu'il doit l'être. On ne reçoit personne dans les salles où on les soigne; les administrateurs eux-mêmes n'y viennent que lorsque leur devoir les y appelle.

Code de la
Maternite,
Tit. II. Ch. 1er.

Toutes les femmes qui arrivent sont soumises à la visite du médecin, bien qu'elles ne se plaignent d'aucune maladie. La visite a sur-tout pour objet de s'assurer si elles n'ont pas besoin de quelque régime pour affermir leur santé à l'époque de l'Accouchement.

Le nombre des lits est de 130; chaque femme a le sien.

Nous ne parlons pas de quelques dispositions prescrites par des règlemens que l'on a recueillis sous le titre de *Code de la Maternité*, dispositions dont l'expérience a fait sentir les inconvéniens, ou qui sont tombées d'elles-mêmes, tant elles étoient impraticables. Ce code, au reste, peut être consulté par ceux qui voudroient obtenir sur les deux hospices de l'Allaitement et de l'Accouchement des détails plus circonstanciés. Il nous a servi de guide, assez ordinairement. Nous avons profité aussi des renseignemens donnés dans l'utile mémoire que M. *Hucherard* a publié sur un établissement qu'il a long-temps dirigé et qu'il dirige encore en partie. On trouve quelques dispositions nouvelles sur les dépenses, les meneurs et l'école d'Accouchement, dans des arrêtés ou règlemens du Conseil général d'Administration, des 14 et 17 janvier 1807 et du 20 mai de la même année.

Police, travail, vêtemens.

Les personnes admises doivent se conformer au régime prescrit par les médecins et la sage-femme en chef qui dirigent l'établissement. Elles doivent se conformer encore à tous les règlemens de police intérieure.

En général, elles ne peuvent sortir. On le leur permet cependant, si des affaires personnelles ou des soins relatifs à l'enfant qui doit naître, l'exigent; mais alors, elles doivent rentrer le soir même. Celles qui découcheroient ne seroient plus reçues que sur le point d'accoucher.

On peut leur parler deux fois par semaine dans des salles disposées exprès, et où une séparation est établie entre elles et les étrangers qui les visitent; les priver d'aller au parloir, est une des punitions les plus efficaces qu'on puisse leur infliger.

Toute femme reçue dans l'Hospice doit se livrer aux travaux dont elle est capable, et que son état lui permet. Plusieurs ouvroirs sont établis sous la surveillance d'une directrice, laquelle indique, distribue et dirige le travail. Ils sont ouverts depuis huit heures du matin jusqu'à onze et demie, et depuis trois jusqu'à six. On y confectionne tout ce qui sera nécessaire pour le vêtement des enfans, tant ceux qui restent à Paris que ceux qu'on mène à la campagne, et tout le linge destiné aux adultes de l'Hospice. Le prix du travail, pour chaque objet, est payé à l'instant même, à la femme qui vient de l'achever. Ce prix est modique : il doit l'être à l'égard de femmes qui sont d'ailleurs soignées et nourries (20 sous pour une chemise d'homme, 15 sous pour une chemise de femme, 10 sous pour des camisoles de couche, 35 sous pour des camisoles de drap; 10 sous pour des chemises de vêture, pour des robes, pour des tabliers plissés; 50 sous pour des houppelandes, 20 sous pour des draps,15 sous pour de grands fichus, des jupons de drap, etc.); et les expectantes néanmoins y trouvent encore un profit convenable : l'établissement y en trouve aussi ; et cela, indépendamment de l'avantage qu'offrent en eux-mêmes pour la maison et pour celles qui l'habitent, l'ordre et la moralité qui suivent toujours le travail. On a trouvé encore dans cette mesure générale un moyen de répression pour les fautes commises. La femme qui désobéit, trouble l'ordre, viole la règle, est privée pendant un ou plusieurs jours, du prix qu'elle auroit retiré de son travail ; elle pourroit, en cas de faute grave, être éloignée de l'Hospice, pour n'y rentrer qu'à l'approche du terme de l'accouchement.

Si on veut avoir une idée approximative des objets confectionnés chaque année dans l'ouvroir de la maison d'Accouchement, on pourra la trouver dans ce tableau publié par M. *Hucherard* pour l'année 1807.

Page 102 de son Mémoire.

Désignation des objets confectionnés.	Quantité confectionnée dans l'année.
Béguins.	20011
Bonnets d'indienne	14289
Bonnets de laine.	5032
Chemises à brassières.	14120

Suite des objets confectionnés dans l'année.

Brassières d'indienne..	228
Couches..	25790
Langes piqués.	6192
Langes de laine..	770
Chemises de vêture..	12985
Chemisettes..	2136
Jupons.	1997
Robes..	4611
Fichus de garat.	14928
Fichus de toile.	11000
Petits fichus doubles.	200
Chemises de femmes..	133
Camisoles de couche.	206
Chemises d'hommes..	28
Draps	235
Taies·d'oreillers..	125
Tabliers plissés.	560
Serviettes.	635
Torchons..	886
Tabliers à cordons.	302
Grands fichus.	134
Houppelandes..	6
Camisoles de drap..	6
Jupons de drap..	41
Grandes paillasses..	82
Grands paillassons..	40

On fournit du linge à toutes les femmes ; il y a des vêtemens d'hiver et d'été pour habiller celles qui se trouveroient dans une indigence absolue.

Accouchemens, Femmes en couche, Mortalité.

Une salle est destinée aux femmes qui commencent à ressentir les premières douleurs ; elles y restent jusqu'au moment où on juge

13

convenable de les faire passer dans la salle même de l'Accouchement. On y place également les femmes qui n'étoient pas déjà dans
l'Hospice, et qui n'y arrivent qu'au moment où le travail de l'enfant
commence pour elles.

Les accouchemens sont faits d'ordinaire par une des élèves sages-
femmes les plus instruites, sous la direction et la surveillance de la
sage-femme en chef. Quelques autres élèves y assistent, et rendent
à la mère et à l'enfant les premiers soins qu'elles exigent. L'accoucheur en chef est appelé sur-le-champ, s'il se présente des circonstances qui rendent nécessaires son concours ou ses conseils.

Les lits des femmes en couche ont tous leur alcove ; ils sont bons,
bien garnis, bien couverts, à rideaux. Le berceau de l'enfant y est
à côté de la mère qui le nourrit.

Il y a une garde pour six lits, et des veilleuses pour la nuit. Les
élèves sages-femmes veillent aussi alternativement à l'infirmerie et
dans les salles.

La sage-femme en chef et les médecins visitent tous les jours les
accouchées. L'élève qui a fait l'accouchement les visite plus souvent
et rend compte de tout ce qui pourroit survenir.

Voir ci-après,
page 103. La durée ordinaire du terme pendant lequel on garde les femmes
accouchées, est de huit jours. Elle se prolonge, si le médecin croit
que leur état exige de les y garder encore. On reconduit dans leur
demeure, avec les soins et les précautions désirables, les mères
que leur position domestique ou des circonstances particulières em-
pêcheroient de rester huit jours à la maison d'Accouchement.

Tous les objets nécessaires à l'enfant lui sont fournis pendant tout
le temps que sa mère reste à l'Hospice.

A sa naissance, on avertit l'agent de surveillance attaché à l'établissement, qui se transporte auprès du lit de la mère pour savoir
quel nom elle veut lui donner, et recevoir d'elle toute déclaration
autorisée ou prescrite par la loi. Un extrait de son registre est adressé
aussitôt à la municipalité, pour qu'elle constate la naissance, et
qu'elle en dresse l'acte. La mère est aussi interrogée sur ses projets,
à l'égard de la nourriture de l'enfant : a-t-elle, n'a-t-elle pas le des-
sein de s'en charger ? L'emmenera-t-elle en quittant l'Hospice ? L'y

laissera-t-elle ? Si elle l'emmène, ou si elle le confie à une nourrice de son choix, pour être entretenu à ses frais, il n'y a et ne peut y avoir lieu à aucune surveillance postérieure de la part de l'Administration. L'enfant qu'elle laisse sans prouver, suivant des formes prescrites, qu'elle est dans l'impossibilité absolue d'en avoir soin, est réputé abandonné. La mère admise à nourrir le sien, passe à l'hospice de l'Allaitement, pour y faire fonction de nourrice sédentaire. On ne l'y admet qu'après s'être assuré de la bonté de son lait.

Toutes les précautions sont prises pour enlever, sans que les autres femmes s'en aperçoivent, celles qu'on a le malheur de perdre. Un inventaire de ce qu'elles laissent est dressé par l'agent de surveillance. La salle des morts a été placée loin de l'endroit habité par les femmes en couche. On l'a divisée en deux parties : dans l'une, on conserve le corps jusqu'au moment de l'inhumation; l'autre est destinée à leur dissection, dans le cas où elle pourroit paroître nécessaire.

Il mouroit autrefois à l'Hôtel-Dieu une accouchée sur treize, d'après le rapport fait à l'Assemblée constituante par M. le duc *de la Rochefoucauld-Liancourt;* une sur quinze $\frac{2}{7}$, suivant *Tenon.* Nous Suite page 11. Page 260. sommes assez heureux pour pouvoir affirmer que, même en prenant le nombre assigné par *Tenon,* la mortalité est diminuée de moitié, bien que nous comprenions dans le calcul décennal, comme années communes, celles où on a eu le malheur d'éprouver une fièvre puerpérale épidémique. *Tenon* portoit ensuite du treizième au quatorzième le nombre des enfans qui périssoient avant de voir le jour, qui arrivoient morts : la mortalité en est aussi beaucoup moins forte aujourd'hui, effet des soins assidus que l'on donne à leurs mères enceintes. Espérons que ces soins, toujours plus actifs, plus prévoyans, plus éclairés, ameneront un résultat plus favorable encore à l'humanité.

Le nombre des femmes qui sont venues dans les dix années accoucher à l'Hospice, est de 21,053 ; le terme moyen seroit 2105; mais il y a une différence assez grande entre ces années. On en jugera par le détail qui suit :

13 *

Années.	Entrées.	Années.	Entrées.
		Report.	9179
1804	1786	1809	1946
1805	1898	1810	1999
1806	1793	1811	2022
1807	1829	1812	2645
1808	1873	1813	2602
	9179	TOTAL.	21053

La progression a été perpétuelle dans les neuf dernières années; elle s'est accrue de plus de 900. Le terme moyen des accouchemens, qui n'étoit d'abord que de cinq environ par jour, s'est élevé de sept à huit.

Les quatre premiers mois de l'année sont ceux où il entre le plus de femmes. Ils correspondent au printemps et au commencement de l'été, en remontant à l'époque de la génération. Voici le tableau de ces entrées, mois par mois, dans les dix ans.

Années.	Janvier.	Février.	Mars.	Avril.	Mai.	Juin.	Juillet.	Août.	Septemb.	Octobre.	Novemb.	Décemb.	TOTAL.
1804	167	178	183	165	140	107	119	115	115	126	110	99	1624
1805	148	133	140	170	152	141	113	118	123	132	155	177	1702
1806	168	153	189	152	150	116	120	127	94	113	129	131	1642
1807	175	161	192	152	133	99	137	129	147	112	127	131	1695
1808	147	158	165	146	152	125	110	138	115	151	146	137	1690
1809	165	139	175	158	152	150	132	150	117	154	168	135	1795
1810	164	151	190	173	141	124	148	125	142	127	165	164	1814
1811	191	184	276	212	184	200	168	166	172	180	229	233	2395
1812	224	233	248	207	193	187	184	185	183	195	207	204	2450
1813	212	199	224	206	190	171	129	171	153	173	199	201	2228
	1761	1689	1982	1741	1587	1420	1360	1424	1361	1463	1635	1612	19035

Le tableau suivant offre aussi, mois par mois, le nombre des femmes venues dans l'établissement pour y accoucher, et qui y sont mortes.

Années.	Janv.	Févr.	Mars.	Avril.	Mai.	Juin.	Juillet.	Août.	Sept.	Octob.	Nov.	Décem	TOTAL.
1804	7	10	14	13	1	2	1	1	1	4	»	1	55
1805	3	1	5	9	5	7	13	2	2	7	9	5	68
1806	25	21	19	7	12	2	2	11	7	3	2	3	114
1807	3	1	4	9	2	1	4	13	9	4	7	15	72
1808	3	4	1	4	2	1	3	12	6	10	7	7	60
1809	2	3	3	9	4	5	1	12	18	14	2	6	79
1810	5	6	1	11	3	3	3	2	4	3	17	17	75
1811	4	5	5	4	4	2	2	7	16	20	26	12	107
1812	10	9	8	2	12	10	15	16	9	14	25	33	163
1813	11	20	12	4	2	3	2	»	»	3	5	6	66
	73	80	72	72	47	36	46	76	72	82	98	105	859

Le nombre des femmes sorties de la maison avec leurs enfans, ou qui les ont mis en nourrice, a été de 2634 dans les dix années ; 206, 259, 218, dans les trois premières ; 200, 224, 265, en 1807, 1808 et 1809 ; 287 en 1810, 340 en 1811, 323 en 1812, et 312 en 1813.

Le tableau suivant offre le nombre des enfans nés vivans et des enfans nés morts.

Années	ENFANS NÉS VIVANS.												TOTAL	ENFANS NÉS MORTS.
	Janv.	Févr.	Mars.	Avril.	Mai.	Juin.	Juillet.	Août.	Sept.	Octob.	Nov.	Décem		
1804	153	181	17.	156	133	101	119	106	126	116	106	90	1562	75
1805	145	126	140	153	148	137	113	114	119	122	149	171	1637	75
1806	161	144	185	147	145	114	117	119	93	109	117	126	1577	76
1807	168	153	187	144	130	96	136	121	143	104	116	127	1625	92
1808	144	148	163	143	147	121	104	135	111	147	145	127	1635	68
1809	158	134	168	150	148	147	125	140	112	147	160	133	1722	93
1810	158	145	191	162	136	121	141	125	140	123	162	160	1764	72
1811	187	176	265	208	180	194	162	158	166	173	215	224	2309	111
1812	221	233	246	197	183	181	175	175	176	189	206	196	2378	106
1813	207	192	212	203	185	167	126	168	149	167	192	190	2158	97
	1702	1632	1932	1663	1555	1379	1318	1361	1335	1397	1569	1544	18367	865

Le nombre des enfans nés vivans et nés morts, s'élève à. 19,232

Celui des femmes accouchées n'est que de........ 19,035

La différence est de 197

Elle provient des couches doubles, dont voici la liste, année par année.

Années.	Nombre de Femmes accouchées.	Nombre d'Enf. nés.		TOTAL.
		Garçons.	Filles.	
1804	12	13	12	25
1805	10	8	12	20
1806	11	14	8	22
1807	22	19	25	44
1808	13	12	14	26
1809	19	21	18	39
1810	22	19	25	44
1811	25	26	24	50
1812	34	42	26	68
1813	27	33	21	54
	(*) 195	207	185	392

(*) 2 couches à 3 enfans, une en 1804, l'autre en 1809.

Je joins ici deux autres tableaux. L'un indique le séjour moyen des femmes enceintes et en couche, dans l'établissement, pendant les dix années; l'autre fait connoître quelques circonstances particulières qui n'ont pas le même degré de certitude, mais qui peuvent encore offrir quelque intérêt, en n'étant même connues qued'une manière approximative. Les renseignemens que nous pouvons avoir à cet égard, ne sont guère fondés en effet que sur des déclarations qui ne sont pas toujours de la plus exacte vérité.

Séjour moyen des Femmes enceintes et en couche.

Années.	SÉJOUR		TOTAL.
	Avant l'accouchem.	Après l'accouchem.	
	Jours.	Jours.	Jours.
1804...................	17	9	26
1805...	20	8	28
1806...................	15	5	20
1807...................	21	7	28
1808...................	20	7	27
1809...................	22	8	30
1810...................	19	8	27
1811...................	17	9	26
1812...................	20	6	26
1813...................	19	9	28
	190	76	266
Terme moyen des dix années.	19	8	27

Avant de donner le tableau qui suit, nous croyons devoir remarquer que le nombre des femmes qui s'annoncent comme n'étant pas venues de Paris même, est peu considérable; mais le nombre réel de celles qui viennent d'ailleurs, n'en est pas moins très-grand. La plupart n'ont ici aucun domicile; elles y passent quelques jours avant de se présenter à l'hospice de l'Accouchement, et immédiatement après leur couche, elles retournent dans leur pays. En général, plus des deux tiers des femmes reçues appartiennent à d'autres départemens.

Années.	Présumées mariées.	Non mariées.	Venant de Paris.	De dehors Paris.	TOTAL.
1804	306	1480	1457	329	1786
1805	327	1571	1350	548	1898
1806	412	1381	1432	361	1793
1807	419	1410	1446	383	1829
1808	402	1471	1399	474	1873
1809	314	1652	1488	458	1946
1810	228	1771	1574	425	1999
1811	519	2303	2069	553	2622
1812	322	2323	2245	400	2645
1813	403	2259	2198	464	2662
TOTAUX...	5452	17601	16658	4395	21053

Quant aux employés de l'hospice de l'Accouchement, la séparation des deux maisons en 1814 a exigé une organisation nouvelle ;
nous l'indiquerons dans le paragraphe qui va suivre , et qui concerne
les Enfans-Trouvés.

§. I I.

HOSPICE DE L'ALLAITEMENT OU DES ENFANS-TROUVÉS.

Vers la fin du règne de Louis XIII, une femme pieuse avoit fait
de sa maison l'asile des enfans exposés ; elle leur accordoit ses secours et ses soins. Sa fortune ne put suffire à sa charité. Les enfans
qu'elle avoit recueillis furent dispersés , abandonnés ; on dit même
qu'ils étoient devenus l'objet d'un trafic scandaleux , soit pour des
mendians qui vouloient acheter ce moyen d'exciter la pitié , soit
pour des nourrices qui ne leur offroient qu'un lait corrompu , soit
pour d'autres desseins bien dignes de toute l'animadversion des lois.
Vincent de Paule existoit. Il rassembla des mères ; il leur parla des
enfans malheureux ; il implora leurs secours , il les obtint : les sœurs
de la Charité furent instituées ; les enfans trouvés eurent un Hospice.
Un édit du mois de juin 1670 sanctionna ces généreux effets d'une
noble pitié. Le Roi y assure au nouvel établissement une protection
particulière. Déjà Louis XIV , Louis XIII même , lui avoient accordé
quelques bienfaits , mais ils ne pouvoient suffire. « Le nombre des
enfans exposés s'étant accru , porte l'édit du Roi , la dépense que
l'on a été obligé de faire pour leur nourriture s'est trouvée monter
à plus de 40 mille livres par an , sans qu'il y aît presque aucun autre
fonds pour y subvenir que les aumônes de plusieurs dames pieuses ,
les charités desquelles , excitées par le feu sieur *Vincent*, premier
supérieur-général de la Mission et instituteur des Filles de la Charité , ont contribué de notables sommes de leurs biens et de leurs
soins et peines à la nourriture et éducation de ces enfans. » Le Roi ,
en conséquence , déclare l'hôpital des Enfans-Trouvés un des Hôpitaux de la bonne ville de Paris , lui reconnoît ou lui donne toutes
les facultés et tous les droits dont ils jouissent , lui assigne des re-

venus, lui nomme des administrateurs. Louis **XIV** lui accorda, peu de temps après, de nouveaux secours; ils furent augmentés successivement. Code de l'Hôp. général, p. 353 et suivantes.

Le nombre des enfans amenés à l'Hospice dans les trente années qui suivirent sa fondation et précédèrent 1670, ne s'étoit jamais élevé jusqu'à 500; une seule année du moins, 1664, étoit allée au-delà. Il monta bientôt jusqu'à 1000, jusqu'à 2000; il excéda même une fois 3000 avant la fin du 17ᵉ. siècle. Il ne s'éleva pas au-dessus de 2525 dans les trente premières années du siècle suivant. De 1731 à 1739, le *minimum* fut de 2413, et le *maximum* de 3289. On en reçut 3150 en 1740, 3789 en 1750, 5031 en 1760, 6918 en 1770. La totalité des enfans exposés, de 1741 à 1790, a été de 260,465; c'est, année moyenne, de 5209 à 5210.

L'hôpital des Enfans-Trouvés étoit alors tout à côté de l'église Notre-Dame et de l'Hôtel-Dieu. On le déplaça pendant la révolution. L'ancienne abbaye de Port-Royal et la maison d'institution de l'Oratoire, à l'extrémité méridionale de Paris, formèrent les deux sections de l'Hospice appelé de la Maternité. Elles ont encore la même destination aujourd'hui.

Voici maintenant les règles que suit l'Administration dans tout ce qui concerne les enfans amenés à l'Hospice.

Entrée des enfans à l'Hospice; formalités qu'on remplit; premiers soins qu'on leur donne.

Tout enfant apporté à l'hospice de l'Allaitement, y est reçu par le concierge de la maison. Le concierge le porte à l'instant au bureau de réception.

Là, on dresse procès-verbal du jour et de l'heure de son arrivée, de son sexe, de la manière dont il est vêtu, de tous les indices qu'il peut offrir pour en rendre dans la suite la reconnoissance plus facile et plus sûre.

L'indication d'un nom, au moins d'un prénom, sur un bulletin attaché au bras ou au cou de l'enfant, est assez fréquente. On y trouve même quelquefois son acte de naissance. Ces renseignemens sont conservés avec soin.   14

S'il n'y a aucune indication, on donne un nom à l'enfant, et on l'inscrit sous ce nom dans le registre de l'Hospice. Le même registre conserve ensuite, dans le même ordre, la destination ultérieure de l'enfant.

Ces premières formalités remplies, l'enfant est porté dans les salles destinées à recevoir les nouveau-nés. On donne à ces salles le nom de *crèche*.

Il y est d'abord lavé et ensuite pesé. On a peu d'espérance de le conserver, s'il pèse moins de 6 livres. On avoit remarqué dans le rapport de 1803, que sur 1445 enfans morts dans l'année, 623 ne les pesoient pas, tant la plupart de ceux qui arrivoient, étoient foibles et chétifs; résultat nécessaire ou d'une naissance avant terme, ou d'une génération viciée dans sa source, ou d'autres causes qui tiennent au défaut de soins pendant la grossesse, à des maladies graves, à une excessive indigence. L'état de l'enfant apporté est marqué dans une colonne du registre où sont inscrits le jour de l'arrivée, la nourrice à laquelle on l'a confié, les accidens qui se présentent déjà ou qui peuvent survenir.

L'enfant est porté à la crèche, ayant avec lui un parchemin sur lequel sont écrits les renseignemens dont nous venons de parler : ce parchemin ne le quitte jamais.

D'après les règlemens faits pour les hospices de l'Allaitement et de l'Accouchement, et recueillis en 1802 sous le titre de *Code de la Maternité*, on doit attacher le parchemin à la tête de l'enfant. Mais la crainte qu'il ne tombât et ne s'égarât, et la haute importance de le conserver, ont fait naître l'idée d'en attacher un autre à son bras, où le numéro du registre sur lequel l'enfant a été inscrit, est imprimé avec une encre que les lavages n'effacent point; ce qui ajouteroit, si on en avoit besoin, à la facilité de le reconnoître. Ce bracelet est cousu entre deux rubans.

L'enfant est soigné par des berceuses, sous les ordres d'une surveillante en chef qui les dirige; leur nombre est déterminé d'après le nombre moyen des enfans qu'on apporte chaque année. Deux tiers environ servent le jour; l'autre tiers veille et sert la nuit. Il ne leur est permis de sortir que tous les vingt jours, et jamais plus de deux à-la-fois, et jamais pour plus de six heures. Toute autre occupation que la propreté des salles et le soin des enfans est interdite aux berceuses. Elles ne doivent pas leur donner à boire dans leurs berceaux, mais les prendre et les tenir entre leurs bras : elles ne doivent pas se servir pour cela du vase appelé biberon ou d'une bouteille à éponge. La surveillance, au reste, ayant passé aux Sœurs de la Charité depuis qu'elles sont revenues dans l'établissement, la supérieure de la maison règle elle-même tous les détails particuliers de police et d'ordre, qui regardent les berceuses. Une gratification est accordée tous les ans ; on la leur distribue dans la proportion de leur activité et de leur bonne conduite.

La crèche contient plusieurs salles, toutes garnies de berceaux. La forme de ces berceaux a été changée. C'étoient autrefois des espèces de boîtes contiguës les unes aux autres, fermées de tout côté d'une menuiserie pleine, surmontée de cercles de fer au-dessus desquels s'étendoit une nappe sous laquelle étoit couvert l'enfant. Aujourd'hui, ils sont fermés par des barres de bois, et recouverts par un rideau attaché au mur, qui se relève avec tant de facilité, que l'enfant jouit, à toute minute, de la quantité d'air qu'on veut lui donner. L'ancienne forme étoit plus agréable à l'œil ; mais elle n'étoit pas sans inconvéniens sous le rapport de la propreté (l'introduction des insectes étoit malheureusement trop facile), et la nouvelle est infiniment plus salubre. Tous les berceaux sont séparés l'un de l'autre par une ruelle égale à leur largeur.

Après avoir pris, sous le rapport de la salubrité, les précautions désirables, après avoir recueilli tout ce qu'on peut avoir de lumières sur l'état de la famille de l'enfant, on veille aussi à ses obligations religieuses : on le présente au baptême.

On s'occupe ensuite de sa destination ultérieure. L'état de ses forces ou de sa santé instruit de ce qu'on doit faire.

Tous les jours le chirurgien de l'Hospice y vient visiter les enfans nouvellement arrivés. Les malades sont envoyés à l'infirmerie de la crèche. Ceux qui, sans l'être, seroient trop foibles pour supporter un voyage, sont remis à des nourrices sédentaires ; les autres, à des nourrices de campagne.

14*

L'infirmerie de la crèche a cinquante berceaux, séparés les uns des autres de 4 pieds. Les salles, comme celles de la crèche, sont toujours tenues dans un état de chaleur convenable. Les enfans n'y sont admis que sur un billet signé du chirurgien. Une surveillante et plusieurs berceuses y sont attachées.

Décès. Enfans au-dessus de deux ans. Enfans réclamés.

Les décès sont constatés tous les matins par l'élève en médecine de la maison. L'acte en est dressé par l'agent de surveillance. Les feuilles sont transmises par lui au maire de l'arrondissement, qui les fait transcrire sur le registre général de la municipalité. Les enfans apportés à l'Hospice sans acte de naissance sont compris sur ces feuilles, ainsi que les enfans nés dans la maison d'Accouchement.

L'hospice des Enfans-Trouvés n'étant que pour ceux qui ont moins de deux ans, si on en apporte un plus âgé, il est envoyé presque aussitôt à la maison destinée aux enfans de son âge, à l'hospice nommé des *Orphelins*.

Les enfans n'ayant été reçus que parce qu'ils étoient abandonnés; le code spécial a voulu qu'on n'en donnât pas de nouvelles à ceux qui voudroient en demander. Seulement dans le cas où on se présenteroit pour les retirer, en payant les frais d'éducation, 30 francs doivent être consignés pour que la recherche soit faite; 20 doivent en être rendus, si l'enfant est mort. Si l'enfant est vivant, la somme de 20 francs doit être prise à compte des frais d'éducation à restituer par les parens qui le retirent, frais dont la liquidation est faite par la Commission administrative. Des considérations fortes de morale et d'ordre public ont dicté ces articles. Des considérations non moins fortes en tempèrent l'exécution, toutes les fois que des motifs d'équité et l'intérêt de l'enfant l'exigent.

Des meneurs.

Faisons connoître maintenant l'ordre établi pour les enfans menés à la campagne.

Il faut les y conduire, il faut les y soigner.

Des hommes connus sous le nom de *meneurs*, sont chargés du premier de ces soins. Les règlemens anciens renfermoient sur cet objet d'excellentes dispositions ; le Conseil général les a recueillies , en ajoutant ou supprimant celles qui ont paru devoir l'être. Le système général de cette partie de l'organisation administrative de l'établissement, est facile à saisir. Et d'abord :

Qualités nécessaires pour être meneur. Savoir lire, écrire, compter, être marié , être de bonnes mœurs , être propriétaire d'une voiture propre à conduire les enfans , et de deux chevaux au moins. Un certificat du maire , visé par le sous-préfet , doit attester que celui qui se présente a toutes ces qualités.

Code de la Mat. tit. V, tom. II.
Mém. sur l'hosi de la Maternité,
pages 8 et 9.
Régl. du 20 mai 1807.

Nomination des meneurs. Ils sont nommés par l'Administration , sur la présentation de l'agent de surveillance de l'Hospice. Ils doivent , dans la quinzaine , en instruire le sous-préfet et le maire , qui, l'un et l'autre , doivent viser l'acte de leur nomination.

Cautionnement. On exige des meneurs un cautionnement plus ou moins fort , suivant le nombre de nourrices dont ils seront chargés , et la somme qui sera mise dans leurs mains ; il est de 3000 francs , si cette somme n'en excède pas 12,000 chaque année ; si elle monte au-delà , un arrêté particulier détermine quel cautionnement il faudra donner. Le meneur doit, avant que l'acte en soit dressé , fournir à l'agent de surveillance un état, certifié par le maire , des biens qu'il possède de son chef ou du chef de sa femme , ou que possède sa caution , jusqu'à concurrence de la valeur du cautionnement ; un extrait de la matrice des rôles de contribution ; un certificat du conservateur des hypothèques , qui déclare s'il y a des inscriptions , et pour quelle somme. Quelques autres mesures sont prises encore pour s'assurer de la solvabilité des cautions et de leur fidélité. On ne peut être nommé meneur, que toutes ces formalités n'aient été remplies.

Devoirs généraux. 1°. Les meneurs doivent venir , quand on les demande , et ne venir qu'alors. Les époques sont déterminées par un tableau dont on suit l'ordre et qu'on leur remet : sans cette précaution , le service pourroit être embarrassé ou suspendu par le nombre trop grand ou trop petit de meneurs et de nourrices qui se présenteroient ou manqueroient à l'Hospice. 2°. Les communes dans lesquelles chaque meneur peut prendre des nourrices , sont toutes assez rapprochées de son domicile ordinaire , pour rendre sa surveillance habituelle plus facile et plus prompte : le tableau en est dressé aussi, et on le remet à chacun d'eux. 3°. Ils ne peuvent être remplacés que par leurs femmes ou par des sous-meneurs connus et approuvés par le sous-préfet de l'arrondissement. Celui qui les remplace, doit avoir d'eux une commission par écrit.

Délivrance et transport des enfans. Dès que le meneur arrive, il fait connoître au bureau le nombre des nourrices qu'il amène : le jour même, on leur remet des nourrissons. La feuille du départ est signée par l'agent de surveillance. Il doit, auparavant, s'assurer ou par lui-même, ou par ses préposés, que toutes les précautions ordonnées ont été prises pour la conservation des enfans qui vont s'éloigner de l'Hospice. — On remet au meneur, pour chaque nourrice, 4 livres ou 192 décagrammes de pain, 9 décagrammes ou 3 onces pour chaque sevré : c'est ce qu'on appelle le *pain de départ*. — Un meneur ne peut se charger d'emmener plus de seize nourrissons. — Il ne lui est permis de porter dans sa voiture aucun autre paquet que les hardes des nourrices et les layettes des enfans. Quand il arrive dans le lieu où finit son voyage, l'état des nourrissons doit y être reconnu par le maire, d'après la feuille remise au meneur, à son départ de Paris. — Si quelque enfant meurt pendant la route, on en fait mention sur cette feuille : le meneur restitue alors la somme qui lui auroit été payée d'avance pour le transport de l'enfant ; il peut même, en cas de faute grave, être dénoncé aux tribunaux.

Traitement et indemnité des meneurs. Ils ont 5 centimes par franc, c'est-à-dire, le vingtième de toutes les sommes dépensées pour les enfans. — Leur voyage est payé plus ou moins cher, selon que l'arrondissement auquel ils sont attachés est plus ou moins éloigné de Paris. Ils reçoivent,

en deçà de 5 myriamètres (10 lieues). 3 francs.
de 6 à 8. 4
de 8 à 12. 5
de 12 à 17. 6
de 17 à 22. 7
de 22 à 27. 8
de 27 à 32. 9

Les enfans ne peuvent guère être placés au-delà de 32 myriamètres qui forment plus de 60 lieues. — On donne aux meneurs la
moitié de ce prix pour le transport des secours, et la moitié pour
le port des vêtures, autres que celles dont l'enfant est couvert, à la
charge par eux de remettre le quart du total à la nourrice pour la
chaussure de l'enfant. — Au moyen de ces sommes, les meneurs sont
tenus de tous les frais de route, des droits de coche même dans le
cas où on feroit par eau une partie du voyage. — Ils ont encore une
indemnité de vivres par tête de nourrices ; cette indemnité est de
20 centimes ; le meneur ne reçoit que cela, si elles sont moins de
six ; si elles sont au nombre de six et au-dessus, il est compris lui-
même dans les bons qui autorisent la délivrance des vivres pour le
voyage des nourrices.

Surveillance à exercer par les meneurs. Chacun d'eux a sous
sa surveillance un arrondissement déterminé qui embrasse plusieurs
communes. — Ils sont autorisés à changer de nourrice, si la première
n'a pas suffisamment de lait, ou soigne mal l'enfant ; ils en instruisent alors l'agent de surveillance de l'Hospice. — Ils doivent, tous
les mois, visiter les enfans, en faire certifier l'état par le maire, faire
aussi certifier par lui le payement qu'ils font aux nourrices. — Il leur
est accordé une gratification de 3 francs pour chaque nourrice de
plus qu'ils amènent dans l'année, pour chaque enfant de moins qu'ils
ont perdu.

L'établissement de cette gratification a eu un effet heureux. Les
meneurs ont vu, à la fin de l'année, qu'elle pouvoit ajouter jusqu'à
500 francs à la rétribution annuelle qu'ils obtenoient ; ils ont redou-
blé de soins, et ces soins sont devenus un bonheur de plus pour
l'humanité.

Fautes punies ; abus découverts et réprimés. En même temps que
l'on récompensoit les meneurs fidèles à leur devoir, il a fallu punir
ceux qui s'en écartoient. Une surveillance plus rigoureuse pour l'exécution des règlemens prescrits, a conduit à trouver des fautes qu'on
n'avoit pas d'abord assez bien aperçues. On a eu, par exemple, les
preuves d'un délit sur lequel nous n'avions qu'une crainte vague ;
mais cette crainte même en avoit fait rechercher la trace et l'exis-

tence : c'est le trafic de quelques nourrices qui , de retour dans leur commune ; cèdent l'enfant à d'autres que l'Administration ne con-noît pas , moyennant le partage de la layette et l'abandon du premier mois , payé d'avance. Une amende contre les meneurs qui trahissent à ce point la surveillance dont ils sont chargés et la confiance qu'on leur accorde , a paru une peine trop insuffisante. Le Ministre de l'in-térieur a voulu qu'ils fussent traduits , comme coupables d'escro-querie , à la police correctionnelle. N'est-ce pas en effet commettre ce délit , que de se présenter avec des pièces et dans un état qui inspire la confiance , d'obtenir ainsi un enfant , et quand on l'a ob-tenu , le remettre à d'autres , en s'appropriant une partie du prix d'un engagement qu'on ne remplit pas ?

On a découvert un autre abus que l'on n'avoit pas même soupçonné. Des meneurs venus de départemens qui ne sont pas même limi-trophes au département de la Seine, de cinquante lieues quelque-fois , se chargeoient d'amener des enfans qu'ils laissoient à la porte de l'Hospice : les parens les payoient pour cela ; on obtenoit, avec quelque manége, d'autres enfans pour le lieu même d'où ils étoient partis ; une rétribution étoit accordée , d'après les règlemens , à la femme qui se présenteroit pour les y conduire et en avoir soin dans la route ; les enfans revenoient auprès de leur père et de leur mère , mais ils y étoient aux frais de l'Hospice de Paris. On a vu une nour-rice apporter son propre enfant, des environs d'Autun , et l'aban-donner , dans l'espérance de l'avoir plus ou moins médiatement , et de se faire payer pour lui une pension jusqu'à l'âge de douze ans. La maladresse d'une meneuse nouvelle a mis sur la voie pour décou-vrir ces pratiques astucieuses. Des peines ont été prononcées contre les meneurs qui s'y livreroient.

Il est désirable que toutes les personnes revêtues de quelque au-torité publique concourent , à cet égard , aux vues de l'Administra-tion , et ne se prêtent à aucun acte capable de mettre en défaut sa surveillance. On rencontre trop souvent , dans les certificats donnés , des énonciations fausses , que la négligence ou la complaisance y laissent ou y font mettre.

Les lieux où les meneurs stationnent en route , ont encore appelé la sollicitude de l'Administration. La cherté des auberges, le peu de propreté des nourrices, l'incommodité qui résulte des cris des enfans, les conduisent souvent dans de mauvaises hôtelleries, les seules qui soient toujours ouvertes et accessibles pour eux.

Surveillance à l'égard des meneurs ; inspecteurs des enfans. Trois inspecteurs sont chargés de parcourir les lieux où les enfans sont menés, pour s'assurer de l'état de ces enfans, de la bonne conduite des meneurs et de celle des nourrices à qui ils les ont confiés. Ils se distribuent les départemens, et font leur voyage d'avril en décembre. Ils communiquent avec les autorités locales, et reçoivent de l'Administration tous les renseignemens et tous les pouvoirs nécessaires pour faire le bien et réparer le mal. Ils entendent et jugent les réclamations des nourrices contre les meneurs ; ils reçoivent et examinent les comptes de ces derniers ; ils instruisent de ce qu'ils ont vu, appris, fait dans chaque commune, l'agent de surveillance de l'Hospice, et dressent à la fin de la tournée annuelle un rapport général qui est mis sous les yeux de l'Administration. A l'indication ou au développement des faits dont ils ont été les témoins, ils joignent les observations ou les propositions que l'état des choses peut exiger pour rendre meilleur le sort des enfans. En organisant cette inspection, l'arrêté du Conseil général des Hospices, du 5 octobre 1803, n'avoit établi qu'un inspecteur. Un second et un troisième encore sont devenus nécessaires ; ils ont été créés par deux arrêtés, du 9 janvier 1805 et du 18 décembre 1811. Les instructions qu'on leur donne sont toujours les mêmes, et les mêmes pour tous ; elles ont ces trois objets principaux : la personne des nourrices que les meneurs amènent ; la manière dont on fait voyager les enfans que l'on conduit en campagne ; les soins qu'on leur doit selon leurs divers âges.

Nourrices de campagne.

Le nombre des meneurs est de 25. Le nombre des nourrices de campagne est moins déterminé. Elles ne se présentent pas toujours dans une proportion semblable. Pendant plusieurs mois elles sont au-

15

dessus des besoins de la maison ; il en est d'autres où elles sont au-
dessous, décembre et janvier par exemple, en hiver ; et en été,
juillet, août et septembre. Nous essayons de remédier aux inconvéniens qui pourroient en résulter, par une prime ; elle est d'un tiers
en sus du prix ordinaire du voyage.

Arrivées à Paris, les nourrices descendent à la maison d'Allaitement. Elles y sont reçues ce jour-là, le lendemain, et une partie
du surlendemain encore. Le local destiné pour elles n'avoit ni une
étendue ni une salubrité suffisantes ; elles y couchoient et y passoient la journée : maintenant elles ont, pour le jour, une salle bien
aérée, grande, élevée ; et il y a pour la nuit, dans un corps-de-logis
séparé, un dortoir de 120 lits. Les meneurs ont un local particulier.

Le lendemain de leur arrivée, les nourrices sont visitées par le
chirurgien de l'Hospice. Il doit attester la bonté et la suffisance de
leur lait.

Chacune d'elles doit apporter un certificat du maire de sa commune, faisant connoître son signalement, son âge, ses nom et prénoms et ceux de son mari ; si elle a déjà reçu un enfant abandonné ;
si cet enfant est mort ou sevré : dans ce dernier cas, elle doit amener
avec elle son nourrisson, et les médecins doivent attester qu'il est
assez fort pour le sevrage ; on peut alors lui en remettre un second.
L'enfant sevré doit avoir neuf mois au moins.

Les règlemens défendent de délivrer un enfant pour une nourrice absente. Ils en exceptent le cas où celle-ci étant trop nouvellement accouchée pour faire la route, une autre se chargeroit de le
lui remettre ; et dans ce cas, il n'est rien alloué pour le voyage de
la nourrice, mais seulement pour l'enfant et sa layette : on paye
aussi, pour la quantité de lait nécessaire à l'enfant, jusqu'à ce qu'il
soit dans les bras de celle qui doit le nourrir.

Le meneur est tenu de déclarer si la nourrice qu'il présente a déjà
eu, de ce lait, un enfant de l'Hospice : manque-t-il à faire cette déclaration ou en fait-il une fausse ? si l'enfant périt, le montant des
mois dus à la nourrice est pris sur le traitement du meneur.

Aucune nourrice de campagne ne peut allaiter, avec un enfant
de l'Hospice, un autre enfant que le sien.

lui donnant un nourrisson, on lui remet une feuille que l'usage
désne par *bulle*, et qui exprime les noms du meneur, les noms
et : sexe de l'enfant, le jour de sa naissance, le jour de son entrée
à Hospice, le numéro sous lequel il est placé dans le registre d'ad-
msion, l'âge qu'il a au moment du départ, la somme payée à cette
éoque même, les vêtures délivrées, les noms et demeure de la nour-
ce et de son mari, l'âge de son lait. La plupart de ces indications
ont répétées dans une feuille expédiée au meneur, la feuille de
.épart. La bulle demeure entre les mains de la nourrice, qui doit la
eprésenter toutes les fois qu'elle en est requise. Il y est fait mention, à chaque trimestre, tant de l'état de l'enfant que des payemens
et des fournitures que la nourrice a reçus. Si l'enfant meurt, la nourrice doi en faire certifier la mort sur la bulle même par le maire de
la commune où elle réside ; et le meneur, rapporter dans le mois
les effets de layette ou de trousseau, ou l'on en retiendroit la valeur
sur les sommes qui lui seroient dues.

La somme donnée aux nourrices pour leur voyage est la même que
celle donnée pour les meneurs, et graduée d'après des intervalles ou
des distances semblables. Elle est accrue d'un tiers, accordé en forme
de prime, du 1er. août au 31 janvier. Nous avons donné le motif de cet
accroissement.

Les mois de nourrice de campagne sont payés, pour la première
année de nourriture, à raison de 7 francs ; à raison de 6 francs pour
la seconde année. On donne 5 francs par mois dans les années suivantes, jusqu'à sept ans. De sept ans à douze, la pension devient
annuelle, et elle est de 48 francs. A douze ans, elle cesse ; l'enfant
reçoit alors une somme de 50 francs, désignée d'ordinaire par somme
de l'habillement de *première communion*. Ces mots en indiquent assez
la cause primitive et l'objet. Un arrêté du Conseil général des Hospices,
du 29 janvier 1812, a ordonné que cet *habillement* continueroit à
être payé en argent aux enfans parvenus à leur douzième année.

On accorde de plus aux nourrices, à l'expiration du troisième
mois, depuis la remise du nourrisson, une gratification de 8 francs.
On leur en accorde une nouvelle de 6 francs, à l'expiration du
sixième mois, et une de 6 encore à l'expiration du neuvième. On
assure ainsi, autant qu'on le peut, un accroissement de zèle et de

15 *

soins pour cette première année de la vie , qui devient si souvent celle de la mort.

Le premier mois est toujours payé d'avance , si la nourrice est présente ; il ne le seroit pas, si elle n'avoit pu venir elle-même, et que l'enfant lui fût porté par le meneur. Il ne l'est pas non plus pour l'enfant sevré ; on ne paye d'avance pour lui que la dépense du voyage. Le salaire des nourrices est régulièrement acquitté , de trimestre en trimestre , sur le certificat donné par le maire de la commune, que l'enfant vit encore. On liquide aussi par trimestre toutes les autres dépenses dont l'enfant a pu être l'objet.

Une de ces dépenses est la vêture annuelle ; on y satisfait aussi de trois mois en trois mois ; la vêture est accordée , aux enfans à la campagne, jusqu'à six ans révolus. Une layette leur est donnée quand ils partent de Paris ; elle se compose de 5 beguins , 2 bonnets d'indienne , un bonnet de laine , 2 brassières de laine , 6 couches, une couverture , 5 fichus de toile , 2 langes de laine , 2 langes piqués , 5 chemises en brassière. La vêture a éprouvé quelques changemens du premier âge à cinq ou six années ; elle est alors d'une chemisette et de 2 chemises , d'une robe et de 2 fichus de garat , de 2 paires de bas de laine et de 2 bonnets d'indienne. Le prix commun de cette vêture est de 12 à 13 francs; la layette en coûte 24.

Le nombre des nourrices de campagne et des meneurs a été dans les dix années :

Années.	ENTRÉES.		SORTIES.	
	Nourrices.	Meneurs.	Nourrices.	Meneurs.
1804	2997	207	2981	206
1805	3069	198	3060	198
1806	3564	234	3573	233
1807	3640	235	3626	236
1808	3213	217	3239	218
1809	3739	248	3719	247
1810	3747	262	3738	261
1811	4237	261	4215	260
1812	4300	248	4270	254
1813	3962 .	238	3976	246
Totaux.	36468	2348	36397	2359
Terme moyen des dix années.	3646	234	3639	235

Nourrices sédentaires.

Quand, malgré les mesures prises par l'Administration, on n'obtient pas un nombre suffisant de nourrices de campagne, des nourrices sédentaires les remplacent.

Les nourrices sédentaires sont encore chargées des premiers soins pour les enfans qu'on apporte chaque jour, ou qui naissent à l'hospice de l'Accouchement ; elles gardent et nourrissent les enfans plus foibles, à l'égard desquels on pourroit craindre la fatigue d'un voyage, jusqu'à ce qu'ils soient du moins devenus assez forts pour le supporter sans danger.

Elles ne sont admises qu'après avoir été examinées par le chirurgien, qui doit attester aussi la bonté de leur lait et sa suffisance pour deux nourrissons. On inscrit ensuite dans un registre leur nom, leurs prénoms, leur âge, le lieu de leur naissance, leur profession, leur domicile. On leur donne un bulletin de cet enregistrement ; on en donne un second à la surveillante. Toutes deux doivent le conserver et le représenter quand on l'exige.

La femme admise doit nourrir, avec le sien, un enfant de l'Hospice ou deux enfans abandonnés, si elle n'en a plus à elle ; elle reçoit, dans ce dernier cas, un double salaire et une double gratification.

Le salaire est de 7 sous par jour pour un enfant ; il est de 14 sous si on en nourrit deux. La gratification est de 3 francs. Celle-ci leur est donnée chaque fois qu'un enfant sort de leurs mains, et que l'on a été content de leurs soins.

On n'admet aucune femme dont le lait a plus de trois mois ; on n'en garde aucune dont le lait en a quinze. Le médecin doit ordonner le renvoi des nourrices qui ne seroient plus en état d'offrir à deux enfans une nourriture abondante et saine. Ce renvoi prononcé, on leur accorde le salaire et la gratification qui leur sont dus ; et dès le lendemain elles doivent quitter l'Hospice. Il en est ainsi pour les nourrices qui demandent elles-mêmes à se retirer.

La nourrice sédentaire dont l'enfant est mené à la campagne, ne peut en recevoir un autre que vingt-quatre heures après le départ du premier.

Des dortoirs divisés en petites chambres , qui toutes ont deux r̄ceaux, sont destinés à recevoir les nourrices sédentaires. Il leur̄st expressément défendu de coucher leurs enfans dans leur lit.

Elles mangent ensemble, mais non pas toutes à-la-fois ; une paĩ₂ d'entre elles garde les enfans pendant que l'autre est au réfectoir.

On leur permet de sortir , pendant quelques heures , une fois pa mois. Elles emmènent avec elles leur propre enfant ; et l'allaitemeñ de l'autre est assuré pendant cette courte absence. Elles peuvent aller au parloir deux fois par semaine , depuis deux heures jusqu'à quatre.

Leur vêtement, leur nourriture , leurs gages , sont déterminés par le Code spécial de la Maternité. Il les charge de tous les soins relatifs à la propreté des chambres et des dortoirs, et au service des réfectoires.

L'établissement des nourrices sédentaires auroit plus d'avantages , si on pouvoit en élever ou en abaisser le nombre à mesure du besoin ; mais cela est impossible : et cependant, il y a des jours dans l'année où dix suffiroient, et d'autres où quatre-vingts ne peuvent suffire ; et ces jours ne se suivent pas : dans le plus court intervalle , le besoin parcourt tous les degrés d'une échelle fort étendue. ·

Les nourrices sédentaires vraiment utiles sont celles qui , sans être attachées à un seul enfant , donnent leur sein concurremment à plusieurs. Mais il est difficile de réunir un grand nombre de femmes qui veuillent faire ce service et qui le puissent. Celles qui ont leur propre enfant , ne veulent pas présenter leur sein à quatre ou cinq nourrissons qui , après quelques jours , ne sont plus les mêmes ; et pour en allaiter ainsi plusieurs , il faut une abondance de lait et une force de constitution plus difficiles à obtenir , quand on peut les mettre ailleurs à un plus haut prix que le prix offert par l'hospice de l'Allaitement.

Le nombre moyen des nourrices sédentaires, pendant les dix années, a été de 30 environ. Les années 1805 et 1806 en comptoient plus de 40 ; il n'y en eut plus que 20 en 1807 , et 23 en 1808. Elles ont excédé 30 en 1809 , 1810 et 1811 ; elles sont retombées à 27 et à 24 en 1812 et 1813.

Allaitement artificiel.

Dans des momens où les nourrices sédentaires manquoient, on a voulu recourir à une nourriture artificielle. Ce moyen avoit été essayé avant la révolution, par un homme de bien, *Chamousset*, et ensuite, d'après les ordres même du Gouvernement, par la Société royale de Médecine. L'essai a été renouvelé en 1803, et n'a pas été plus heureux. Quatre enfans reçurent le lait d'une chèvre. Le premier, né le 15 juillet, la téta seul jusqu'au 29 du même mois, sans peine, mais non sans quelques alternatives d'indisposition. On donna alors à la chèvre un second nourrisson, en lui faisant sucer un mamelon différent ; l'enfant eut des aphthes à la bouche, des pustules même dans la partie inférieure du bas-ventre, et mourut au bout de huit jours. Le premier, qui continuoit à téter, eut aussi, mais le vingt-deuxième jour de sa vie seulement, une éruption d'aphthes à la bouche et sur la langue, qui furent guéris douze à treize jours après. Au milieu de septembre, la chèvre eut alternativement peu et beaucoup de lait ; on en prit même une autre pendant quelque temps ; l'enfant éprouva un malaise qui alloit en croissant : le 28 septembre, on le remit à une nourrice sédentaire dont il prit le sein ; il mourut le 30 : il avoit vécu 77 jours. Un troisième enfant avoit reçu un lait semblable, après la mort du premier ; il périt le quinzième jour : sa naissance avoit été fort laborieuse, et le muguet s'étoit montré avant la fin de la première semaine. Un quatrième téta la chèvre pendant 35 jours : sa foiblesse devenant extrême, on le remit aussi à une nourrice sédentaire, mais sept jours après, il expira. Voilà une terrible expérience, une tentative bien douloureuse d'une mesure inspirée cependant à des hommes éclairés et vertueux par l'amour même de l'humanité. Tous ces enfans, d'ailleurs, furent soignés avec une grande attention ; on mettoit auprès d'eux une fille de service, qu'une élève sage-femme surveilloit continuellement. Peut-être a-t-on commis une imprudence en donnant à la même chèvre un second enfant. La chèvre elle-même n'a pas été nourrie aussi tranquillement qu'on l'auroit désiré. L'élève sage-femme et ses compagnes ont mis, comme on l'avoit pensé, le plus grand intérêt à la conservation des enfans; mais tant de jeunes personnes tourmentoient quelquefois la chèvre; et pour la mieux nourrir, on lui donnoit des alimens qui ne lui convenoient pas. L'expérience est peut-être à faire de nouveau; mais qui osera la recommencer après un si terrible résultat ?

De quelques maladies auxquelles les enfans se trouvent plus particulièrement exposés.

Parmi les enfans apportés chaque jour en assez grand nombre à l'hospice de l'Allaitement, la plupart sont d'une complexion foible; quelques-uns, les fruits de la débauche, et infectés par elle; d'autres appartiennent à des femmes dont les ressources n'ont pas toujours été égales à leurs besoins; d'autres, à des filles-mères, qui non-seulement n'avoient aucun moyen par elles-mêmes, mais qui d'abord et long-temps exclusivement occupées de cacher leur grossesse, pensoient moins peut-être à leur enfant qu'à leur malheur. On peut rarement attendre une constitution bien forte d'enfans qui naissent au milieu de la misère ou de la corruption. Nous *Ci-devant page* avons dit à quel nombre s'élèvent ceux qui pèsent moins de six *106.* livres, et qui par conséquent sont peu viables. D'autres enfans encore ne sont apportés à l'Hospice que parce que leurs parens désespéroient de les conserver : ils les eussent gardés vivans; mourans, ils les apportent; ils n'ont pas de sépulture à payer et ne sont pas les témoins de leur mort. Aussi, n'y a-t-il aucune proportion entre les enfans qui meurent dans les premiers jours de leur admission à l'Hospice, et ceux qui meurent dans les 27 ou les 28 jours dont le reste du mois se compose, quoique le premier mois soit malheureusement un des plus terribles pour l'enfance.

Quelques maladies aussi sont beaucoup plus fréquentes et plus funestes dans les Hospices que dans les enceintes domestiques : telles sont l'induration ou l'endurcissement du tissu cellulaire, et la maladie aphtheuse, connue sous le nom de muguet, millet, blanchet. Sans vouloir entrer à cet égard dans des détails qui appartiennent plus au médecin qu'à l'administrateur, nous croyons cependant qu'il peut y avoir quelque avantage à placer ici une sorte de compte rendu des mesures prises , des tentatives faites pour préserver de ces maladies et pour en guérir. *Tenon* déploroit avant nous le malheur de voir , chaque année , dans cet Hôpital , 600 enfans *durs* et *gelés*. Il seroit difficile , ajoute-t-il , de citer deux ou trois exemples d'enfans atteints de cette maladie , qui en seroient échappés. Le nombre de ceux qu'elle atteint aujourd'hui , n'a jamais été , à beaucoup près, aussi étendu que l'annonçoit *Tenon* en 1788. On peut consulter le tableau qui sera joint à ce que nous dirons bientôt de la mortalité de l'Hospice. L'induration est beaucoup plus fréquente dans les mois d'hiver.

Page 280.

Des bains de sable ont été essayés contre cette maladie. Nous conçûmes d'abord quelque espérance ; un léger mouvement sembla rendu à la mâchoire inférieure. Bientôt le sable se refroidit. L'expérience se faisoit dans une salle où plusieurs enfans étoient rassemblés. On craignoit de leur nuire en entretenant la chaleur à son premier degré. Les médecins aussi pensèrent qu'une chaleur semblable étoit peu propre à rendre de la mobilité aux membres endurcis. Un bain de vapeurs fut préféré. On y laissa le malade pendant vingt minutes ; on le plaça ensuite dans une étuve sèche , afin qu'il n'éprouvât pas un changement subit de température, capable d'arrêter la transpiration. L'épreuve fut faite sur dix enfans ; elle n'eut aucun succès. On a depuis essayé encore. De trente-huit enfans, cinq ont paru assez bien pour pouvoir être envoyés en nourrice à la campagne ; mais de ces cinq un n'a vécu que quelques jours ; l'autre , que quelques semaines ; l'autre , que trois mois ; et cependant leur induration n'étoit pas complète ; les extrémités inférieures étoient seules dures. Trois des cinq enfans pesoient sept livres. Ce second essai a été fait par une des surveillantes de la crèche. Les moyens qu'elle a employés ont été : placer l'enfant auprès d'un poêle ou de la cheminée, lui faire des frictions sèches , le faire coucher dans le lit d'une nourrice , auprès d'elle , démaillotté.

Tandis que l'on construisoit l'étuve sèche et le bain de vapeurs dont nous venons de parler , on avoit essayé pareillement de tenir l'enfant à la proximité, soit d'un poêle, soit d'une cheminée , dans une température d'environ 15 degrés , de faire des frictions avec des linges chauds , de le masser , de lui donner des cordiaux. Ces moyens ont ralenti les progrès de la maladie ; quelquefois ils ont paru la guérir , mais elle est bientôt revenue.

Le procédé dont on fait usage aujourd'hui , consiste à envelopper l'enfant d'une laine neuve , fine et onctueuse , et de recouvrir cette laine de taffetas gommé , ce qui amène une transpiration qui amollit les chairs. Il n'a pas toujours été sans quelques succès, suffisans peut-être pour ne pas trop désespérer de l'avenir. Puisse-t-il diminuer au moins les ravages que cause à l'enfance cette terrible maladie de l'induration !

Les tentatives faites contre le muguet ont été moins malheureuses. De l'eau d'orge miellée, du petit-lait et sur-tout du lait de femme, l'ont souvent guéri. L'exercice de la succion paroît être le meilleur préservatif et peut-être le seul remède curatif de cette maladie. On doit dire qu'elle n'empêche pas que les enfans ne trouvent des nourrices qui s'en chargent , et leur donnent ensuite beaucoup de soins affectueux. Les soins qu'on a apportés à la guérir , ou plutôt à la prévenir , en éloignant ou diminuant l'influence des causes qui la donnent , la rendent peu commune aujourd'hui.

J'ai dit en parlant de l'hôpital des Vénériens , quelles sont les mesures prises pour la guérison des enfans à qui leurs mères transmettent la maladie siphilitique dont elles sont atteintes. On fait aussi revenir à Paris , pour y être traitées , les nourrices de campagne et les nourrissons qui en seroient infectés.

Je joins ici un tableau fait avec soin des enfans arrivés malades et envoyés à l'infirmerie de l'Hospice, pendant quatre années de suite. Il est à regretter que ce tableau n'ait pas été continué. On y verra qu'en 1808 , le nombre a été de 567 sur 4296 , et que des 567 , 173 ont été guéris et remis à des nourrices de campagne ; 31 ont passé à l'hôpital des Vénériens , 363 sont morts. Il en est mort 385 sur 563 en 1809 ; 57 ont été envoyés aux Vénériens , et 89 remis à des nourrices. En 1811 , 5150 enfans ont été reçus ; 619 ont passé à l'infirmerie ; 96 ont été guéris ; 39 ont été envoyés à l'hôpital des Vénériens ; 484 sont morts.

Ce tableau fait aussi connoître les différentes maladies dont étoient affectés les enfans reçus à l'infirmerie de la maison , les plus fréquentes de ces maladies et les plus funestes.

État des Enfans trouvés, entrés à l'Infirmerie, pendant les années 1808, 1809, 1810 et 1811, avec désignation des maladies qui les ont affectés.

Années	Nombre des Enfans reçus à l'Hospice.	Nombre des Enfans entrés à l'infirmerie.	Endurcissem. du tissu cellulaire.			Nés avant terme, foibles de naissance ou apportés mourans.			Aphthes ou muguet.			Galle, dartres, ophthalmie, pustules, éruptions de diverses natures.				Ictère et diarrhée.			Convulsions.			Fractures des os des membres.			Tumeurs de diverses natures.			Difformités.			Hydrocéphale ou hydropisie de la tête.			Hydrorachitis, ou hydropisie de l'épine.			TOTAUX.			
			Total.	Guéris.	Morts.	Total.	Rap. à la vie.	Morts.	Total.	Guéris.	Morts.	Total.	Guéris.	Vénériens.	Morts.	Total.	Guéris.	Morts.	Total.	Guéris.	Morts.	Total.	Guéris.	Morts.	Total.	Guéris.	Morts.	Total.	À la campag.	Morts.	Total.	À la campag.	Morts.	Total.	Guéris.	Morts.	Guéris.	Vénériens.	Morts.	Balance.
1808	4296	567	194	40	154	150	30	120	39	16	23	101	45	31	25	48	32	16	11	2	11	6	4	2	10	6	4	3	2	3	4	2	4	2	2	2	173	31	363	567
1809	4552	563	114	14	100	187	15	172	43	2	41	126	43	37	46	59	6	53	12	2	10	4	2	2	6	2	4	5	3	2	2	1	1	8	2	8	89	37	437	563
1810	4500	499	115	5	110	195	15	180	26	1	25	102	26	54	22	24	2	22	12	6	6	1	1	2	20	4	16	2	2	2	1	2	1	1	2	1	60	54	585	499
1811	5150	619	122	19	203	173	14	159	8	5	3	104	39	39	26	74	11	63	12	5	7	3	2	3	10	2	8	12	2	11	2	2	2	1	2	1	96	39	484	619
		2248	615	78	567	705	74	631	116	24	92	433	153	161	119	205	51	154	47	13	34	11	6	5	46	3	43	22	4	18	7	1	6	12	2	2	418	161	1069	2248

Administration, service intérieur, mobilier.

La plupart des détails dans lesquels nous venons d'entrer, peuvent s'appliquer à cette partie-ci de notre travail. Le service intérieur de la maison est principalement confié aux Sœurs de la Charité. Aucune de leurs fonctions ne peut les rapprocher davantage de la première destination que *Saint-Vincent de Paule* leur avoit donnée, et dont il fut à-la-fois l'inspirateur et le modèle. Elles portent, en les remplissant, une médaille qui représente leur vénérable fondateur. La mort a enlevé une d'elles au mois d'octobre 1807, la sœur *Guillot*, après 52 années de dévouement et de soins pour ces malheureux enfans ; elle en avoit reçu et soigné plus de 360 mille, quand les pauvres l'ont perdue.

L'hospice de l'Accouchement et l'hospice des Enfans-Trouvés, long-temps confondus, ayant été séparés en 1814, chacun des deux a eu son agent de surveillance, son aumônier, un commis principal, un commis ordinaire et un garçon de bureau. Quant au service de santé, la première de ces deux maisons a un médecin en chef, un chirurgien-accoucheur en chef, une sage-femme en chef, un pharmacien et un élève interne ; la seconde, un chirurgien en chef et un élève externe. Les Sœurs de la Charité sont au nombre de 20 à l'hospice des Enfans-Trouvés, et elles ont sous leurs ordres 33 filles de service. Il y en a 33 aussi à l'hospice de l'Accouchement, au-dessus desquelles sont 4 surveillantes et 4 sous-surveillantes.

Il faut ajouter à ce nombre 3 inspecteurs et 3 commis employés pour le service des enfans placés à la campagne.

Les nourrices, les berceuses font partie des employés, et sont nourries comme les autres dans l'établissement. L'établissement se charge aussi de les habiller toutes. La nourriture des premières est déterminée par le titre 4 du *Code spécial de la Maternité*. Les médecins peuvent y ajouter encore, si la santé de ces femmes et celle de leurs nourrissons rendent l'augmentation nécessaire.

Des magasins, où sont en quantité suffisante des layettes pour les enfans qui restent à Paris et pour ceux qu'on envoie à la campagne, des vêtures pour eux aussi, des toiles et des étoffes pour les autres personnes attachées à l'Hospice, fournissent à tous les besoins de l'habillement. Un fonds d'établissement renouvelé en partie chaque année, assure aussi tous les berceaux nécessaires à la crèche et auprès des nourrices sédentaires.

Population, mortalité.

L'exposition des enfans les prive d'une famille. Si du moins ils étoient conservés à l'État, à la vie ! mais leur mortalité est si grande.

Nous avons le tableau exact des enfans exposés à Paris depuis l'édit du Roi qui, en 1670, consacra, dota, régularisa l'institution d'un Hôpital pour eux ; nous l'avons même depuis l'époque plus ancienne de trente ans, où la bienfaisance publique avoit déjà commencé de s'unir à la bienfaisance privée, pour assurer quelques secours à ces malheureux enfans. Il n'y en avoit eu que 312 en 1640 ; il y en avoit 890 en 1680 ; leur nombre étoit de 1738 en 1700 ; de 2401 en 1730 ; de 3150 en 1740 ; de 3789 en 1750 ; de 5032 en 1760 ; de 6918 en 1770. Le nombre augmenta encore en 1771 et 1772. 31951 enfans entrèrent depuis 1773 jusqu'en 1777, sur lesquels 21,985 périrent dans le 1er. mois, et 3491 dans le reste de la première année. Il en mourut dans la seconde année, 1325 ; dans la troisième, la quatrième et la cinquième, 439. Il n'en survivoit donc, à la fin de la cinquième année, que 4711, un septième environ. Les résultats que nous pouvons offrir aujourd'hui, sont bien moins funestes.

Le *minimum* depuis 1770 jusqu'à la révolution, est de 5444 ; le *maximum*, de 7676. Ce *maximum* correspond à l'année 1772. Une vérification faite par des commissaires nommés à cet effet, montra que sur ce nombre deux tiers étoient venus de Paris ou de sa banlieue ; l'autre tiers, de villes ou campagnes plus éloignées, de Flandre même, de Bourgogne et du pays Messin. Ce dernier tiers s'éleva, dans les cinq années dont nous venons de parler, de 1773 à 1777, à 10,414 ; année commune, 2083 ; et venus comment ! jetés sans soin, et quelquefois amoncelés dans des charrettes, transportés ensuite sans précautions.

Depuis 1789, le *maximum* a été de 5842, et le *minimum*, de 3122.

Le premier s'applique à l'année 1790, et le second, à la quatrième année de l'ère républicaine adoptée alors, année qui correspond au temps écoulé depuis le 22 septembre 1795 jusqu'au 22 septembre 1796.

État des enfans reçus depuis et compris l'année 1789, jusques et compris le 31 décembre 1813, et de ceux qui sont morts pendant ce temps dans l'intérieur de l'Hospice.

ANNÉES.	Enfans reçus.	Morts dans l'intérieur.
1789......................	5719	1645
1790......................	5842	1431
1791	5140	1428
1792	4934	2170
1793 jusqu'au 21 septembre.	3129	1923
An I I......................	3637	2425
I I I......................	3935	3150
I V......................	3122	2907
V......................	3716	3108
V I......................	3513	2937
V I I......................	3777	2910
V III......................	3742	2402
I X......................	3646	2030
X......................	4248	1518
X I......................	4589	1128
X I I......................	4250	812
X III......................	4057	828
15 mois 10 jours, an XIV et 1806...............	5529	1041
1807......................	4234	403
1808......................	4296	454
1809......................	4552	477
1810......................	4500	442
1811......................	5150	468
1812......................	5394	618
1813......................	4999	675
TOTAUX.......	109650	39330
Terme moyen des 25 années...........	4386	1572

On voit par ce tableau, que le nombre des enfans apportés à l'Hos-pice, a été moindre pendant les années les plus terribles de la révo-lution : ce qui n'est que trop expliqué peut-être par le désordre des mœurs, l'égarement des passions, l'audace des principes, le mépris de tout ce qui est raison et vertu; et d'un autre côté, la mor-talité proportionnelle de ces enfans se trouve plus forte à cette époque qu'elle ne le fut jamais dans les années qui précédèrent et dans celles qui suivirent.

Faisons maintenant connoître quelle a été pendant les dix années dont nous rendons compte, la proportion des deux sexes; et quel a été aussi sur la totalité des enfans reçus, le nombre des enfans légitimes et celui des enfans naturels.

Dans les premiers temps de l'hôpital des Enfans-Trouvés, on n'y apportoit que des enfans naturels; bientôt on y en apporta aussi de légitimes. On ne croit pas sans peine à cet excès de malheur ou de corruption; car, indépendamment du plaisir que donnent les affec-tions paternelles, on trahit ici tous les devoirs qu'elles imposent; on imprime sur l'enfant un caractère de bâtardise; on peut lui ôter à jamais l'avantage d'une naissance avouée par les mœurs et par les lois. C'est cette crainte sans doute qui, vivant encore dans le cœur des parens au moment où l'enfant va être abandonné, laisse joindre aux langes qui l'enveloppent, une déclaration de père et de mère, un acte de naissance, ou quelques indications moins claires et moins fortes. Tout cela leur paroît une réserve pour l'avenir; cet avantage futur et possible l'emporte encore dans leur cœur sur la honte qu'ils doivent éprouver à proclamer ainsi le délaissement des malheureux qui leur doivent le jour.

Nous ne donnons pas comme rigoureux le calcul que nous pré-sentons à cet égard. On sent qu'il ne peut l'être, puisqu'il ne résulte que de la précaution prise d'envoyer avec l'enfant quelques rensei-gnemens qui n'ont pas toujours une authenticité absolue, ou des pré-somptions nées du défaut de déclaration ou du silence gardé; il suffit néanmoins pour se faire à ce sujet une idée générale des deux classes d'enfans, idée bien digne d'être livrée à la méditation des adminis-trateurs et des moralistes.

Années.	Garçons.	Filles.	Présumés légitimes.	Présumés naturels.	TOTAL.
1804	2161	1998	311	3848	4159
1805	2252	2127	405	3974	4379
1806	2167	2091	399	3859	4258
1807	2122	2112	433	3801	4234
1808	2144	2152	448	3848	4296
1809	2283	2269	373	4179	4552
1810	2331	2169	291	4209	4500
1811	2641	2509	363	4787	5150
1812	2796	2598	425	4969	5394
1813	2561	2438	682	4317	4999
TOTAUX.	23458	22463	4130	41791	45921

Le nombre des enfans reçus, présumés légitimes, a été, en 1814, de 356; et celui des enfans présumés naturels, de 4781. La totalité par conséquent de 5137. Sur les 5137, il y a eu 2582 garçons et 2555 filles.

Le terme moyen des dix années de 1804 à 1813, a été de.   4592
Il a été, pour les garçons, de 2346
Pour les filles, de 2246
Pour les enfans présumés légitimes, de   413
Et pour les enfans présumés naturels, de 4179

Le nombre des enfans conservés est accru de beaucoup depuis quelques années, proportionnellement au nombre des enfans reçus; l'Administration ne pouvoit obtenir une plus précieuse récompense de ses soins et de ses efforts. En 1803, le montant de la dépense annuelle avoit été de 631,128 francs; elle approchoit d'un million en 1809, et avoit augmenté chaque année : mais aussi, le nombre moyen d'enfans existans n'avoit été que de 4488 en 1803; il étoit de 7415 en 1809. Une plus grande surveillance et de meilleures mesures d'administration ont produit aussi une diminution sensible dans le terme moyen de la dépense de chaque enfant; elle avoit été de 140 francs 63 centimes en 1803; elle n'étoit plus en 1809 que de 132 francs 79 centimes.

Voici l'état des enfans existans à la campagne au 31 décembre des huit dernières années.

En 1806.......... 6079
1807.......... 6872
1808.......... 7417
1809.......... 7776
1810.......... 9316
1811.......... 9783
1812.......... 11144
1813.......... 11243

§. III.

DE L'HOSPICE DES ORPHELINS.

Le Conseil avoit appliqué aux orphelins le principe général qu'il s'étoit fait de la séparation des deux sexes, principe qui paroissoit d'une exécution plus nécessaire encore et plus morale pour des enfans qui pouvoient se retrouver ensemble jusqu'à leur quinzième année, et quelquefois au-delà. Les orphelines eurent la maison du faubourg Saint-Antoine; les orphelins, la Pitié, faubourg Saint-Victor. Tous les genres de travail auxquels ils étoient susceptibles d'être formés, avoient été introduits dans ce dernier Hospice; des maîtres les dirigeoient, et chaque enfant suivoit le métier que ses inclinations ou ses goûts lui faisoient préférer. Il y avoit des ateliers de tailleurs, de cordonniers, de tisserands, de passementiers, de menuisiers, de tourneurs, de serruriers, de bonnetiers, etc. Le travail avoit été introduit dans cet établissement dès 1791, à la réquisition du procureur général syndic du département de Paris, aujourd'hui membre du Conseil des Hospices. Les enfans acquéroient la plus heureuse habitude; ils

17

devenoient sûrs de leur existence future, sûrs de n'être à charge ni à eux-mêmes ni à la société. C'étoit un spectacle intéressant pour les amis des mœurs, que de voir, en parcourant la maison, ce concours universel et assidu à des occupations diverses, mais actives pour tous.

L'hospice des Orphelins est principalement destiné à ceux qui le sont de père et de mère. Il suffit néanmoins d'avoir perdu l'un ou l'autre pour y être admis, quand l'indigence du survivant est bien prouvée. Les enfans délaissés par des parens inconnus y trouvent toujours un asile ouvert.

État des bâtimens, des salles et du mobilier; état personnel des enfans.

La réduction des bâtimens de l'Hôtel-Dieu ayant exigé la formation d'un établissement supplémentaire, les orphelins des deux sexes, jusqu'alors séparés, furent réunis dans l'ancienne maison des Enfans-Trouvés, faubourg Saint-Antoine, que les orphelines habitoient seules. Cette résolution fut prise à la fin de l'année 1808, et exécutée au mois de janvier 1809.

La maison du faubourg Saint-Antoine, telle qu'elle est disposée, peut contenir 600 enfans. Mais la symétrie des deux ailes ne rend la séparation des deux sexes facile, qu'autant qu'ils y seroient en nombre égal; l'étendue étant uniforme à droite et à gauche, un côté peut présenter du vide au moment où l'autre est insuffisant. C'est ce qu'on éprouve depuis le mois de mai 1811, époque où le nombre des garçons s'est élevé au-dessus de 300. On a pourtant trouvé le moyen de les contenir, en convertissant plusieurs greniers en dortoirs. La seule ressource qui restera, si ce nombre s'élève encore momentanément, sera de prendre une partie du local occupé par les filles, dont la population se maintient constamment au-dessous de 250.

Du reste, les distributions de la maison sont bien ordonnées; et tout annonce que, dès l'origine, elle avoit eu la destination qu'elle conserve. Elle offre, sous le rapport du service, toutes les commodités désirables : classes, réfectoires, ateliers au rez-de-chaussée, ainsi que quatre cours distinctes pour deux divisions de garçons et deux divisions de filles. La cuisine, la buanderie, les magasins sont situés dans l'arrière-corps du bâtiment avec le réservoir qui reçoit l'eau nécessaire à tous les emplois. L'église construite à l'entrée de l'établissement, offre deux chapelles séparées, une pour les garçons, l'autre pour les filles, et une nef au centre pour les externes. Les jardins, contenant ensemble environ trois arpens et demi, sont divisés en deux parties qui s'étendent des deux côtés de l'avenue principale et séparent l'église des bâtimens.

La facilité des admissions avoit long-temps peuplé les deux hospices d'Orphelins, d'enfans qui n'auroient pas dû y être. Des parens, assez aisés pour soigner ceux qui leur devoient le jour, profitoient d'un moyen si commode de les élever aux frais de l'État ; ils les y conduisoient et les y laissoient pendant plusieurs années. Le Conseil s'occupa d'abord d'arrêter cette multiplicité d'admissions. Les enfans abandonnés et les seuls orphelins indigens purent être reçus. On détermina même, pour chaque maison, un montant de population que beaucoup de circonstances ont fait varier jusqu'au moment où les deux établissemens furent réunis.

Déjà l'on avoit préféré l'envoi des enfans à la campagne, ou leur placement hors de l'Hospice chez des manufacturiers ou des artisans qui les demandent. Un traité est fait avec eux. Ce traité assure, autant qu'on le peut, quelques ressources à l'enfant, après qu'il a fini de s'instruire dans la profession qu'il doit exercer. Des inspecteurs sont chargés de surveiller la conduite de ces enfans chez leurs maîtres, à Paris ou hors de Paris, leur bien-être, leurs progrès, l'exécution des engagemens pris à leur égard ; on les désigne par *inspecteurs du placement*. Il y en a un pour Paris ; il y en a trois pour les enfans qui ont été placés à la campagne. Des arrêtés du 16 février et du 5 octobre 1803, du 9 janvier 1805, du 22 janvier 1806, du 18 décembre 1811, les établissent ou règlent leurs attributions et leurs devoirs. L'Administration n'abandonne jamais ces enfans, quoiqu'ils n'habitent plus une de ses maisons ; elle les rappelle, si on remplit mal les obligations contractées envers eux. Un des membres de la commission exécutive est le tuteur général, tutelle qui s'étend aux

17 *

individus majeurs des autres établissemens hospitaliers, n'ayant pas; ou n'ayant plus leur raison, les imbéciles et les insensés. Tant que dure la tutelle sur l'orphelin mineur, c'est-à-dire, jusqu'à la majorité, il ne pourroit se marier sans le consentement du tuteur.

Les mesures prises ont mis un terme à ces abandons trop fréquens qui remplissoient des hospices pour les Orphelins, d'enfans ayant encore leur père et leur mère, pouvant en recevoir des secours, ou les obtenir dans leur domicile de la charité publique. Ces mesures garantissent la validité des demandes, leur urgence, et ne laissent plus aucun doute sur les besoins des enfans reçus.

Les enfans de onze ans et au-dessus, sont ordinairement mis en apprentissage pour un temps déterminé chez des maîtres ou maîtresses qui, après avoir justifié par un certificat légal de leur bonne vie et mœurs et de leurs facultés pécuniaires, les prennent d'abord à l'essai pendant un mois, c'est-à-dire, qu'ils peuvent les renvoyer pendant cet intervalle, s'ils n'en sont pas contens; s'ils le sont au contraire, ils s'engagent par brevet notarié, à leur apprendre gratuitement le métier qu'ils font, à les nourrir, blanchir, entretenir, à continuer leur éducation morale et religieuse. Ces maîtres reçoivent uniquement de l'Administration un petit trousseau qu'ils se chargent de soigner et renouveler, de manière que l'élève, en sortant de chez eux, soit pourvu de hardes et de linge pour l'équivalent de ce trousseau. Pendant la durée de leur apprentissage, l'inspecteur les visite régulièrement tous les deux mois, entend les plaintes réciproques, concilie, s'il se peut, les difficultés qui naissent, ou fait son rapport à l'Administration. L'Administration se trouve quelquefois dans le cas d'infliger à l'élève la peine de la détention; il la subit, pendant quelques jours, dans les chambres de correction de l'Hospice, et est ensuite rendu à son maître. Sur plus de 800 élèves répandus dans Paris, 40 à 50 par an forcent de recourir à ce moyen de répression. Nous avons dû repousser de toutes nos forces celui qu'on pratiquoit autrefois, d'envoyer les enfans à la prison de Bicêtre : c'étoit bien plutôt les corrompre que les corriger, puisqu'ils se trouvoient là au milieu de jeunes condamnés, qui venoient de commencer leur vie par un crime. Les mauvais procédés que le maître pourroit avoir envers ses apprentis sont pareillement l'objet de la surveillance de l'Administration ; outre le déplacement de l'élève , s'il est maltraité , on exige quelquefois que le maître verse à la caisse des Hospices une somme à titre d'indemnité , qui est réservée à l'enfant.

Le placement dans les manufactures est moins fréquent. Il ne présente pas toujours autant d'avantages. Les travaux auxquels les enfans sont occupés pour le coton, les lacets , les dentelles , etc. , ne leur garantissent pas un profit assez continu et assez certain , lorsque le temps pour lequel ils sont engagés sera expiré. En accueillant néanmoins les demandes de ce genre qui lui sont faites , l'Administration prend toutes les précautions nécessaires pour s'assurer de la bonne tenue des orphelins , et des soins qu'ils reçoivent dans ces manufactures , lesquelles , situées presque toutes hors de Paris , sont visitées par les inspecteurs de la campagne. Les conditions de l'engagement sont semblables à celles de l'apprentissage ; et les manufacturiers ne reçoivent également qu'un trousseau dont ils tiennent compte à l'enfant , à sa sortie de chez eux.

Le troisième mode de placement diffère beaucoup des deux autres. Par les premiers , l'enfant ne coûte plus rien à l'Administration ; elle ne conserve sur lui que la surveillance : les orphelins mis en pension chez des particuliers dans les campagnes , y restent au contraire , depuis leur bas-âge jusqu'à douze ans , aux frais du Gouvernement , et ils nécessitent une inspection d' autant plus difficile , qu'elle est plus multipliée et plus étendue. Ce placement a lieu par l'entremise des meneurs qui recueillent et transmettent les demandes faites dans leurs départemens respectifs ; elles doivent être appuyées d'une attestation du maire de la commune, portant que l'enfant peut être confié à celui qui demande à s'en charger. Le montant des pensions est payé par trimestre , à la caisse générale , entre les mains de ces meneurs qui les répartissent ; ils justifient de leur gestion par le certificat de vie de l'enfant et la signature du maire, à chaque payement , sur des feuilles disposées à cet effet. Le taux des pensions a pour base l'âge des enfans ; de deux ans à sept ; il est de 5 francs par mois ; il est de 4 francs par mois de sept ans à douze. Après cet âge, exercés aux travaux de la campagne, les enfans se rendent assez utiles pour suffire à leurs premiers besoins ; ils restent ordinairement chez les mêmes personnes, et continuent à être sous la surveillance des inspecteurs de l'Administration. Ces inspecteurs veillent aux déplacemens que les enfans éprouvent, et provoquent quelquefois eux-mêmes leur retour à Paris, quand ils sont mal placés.

Il faut ajouter aux manières de sortir, dont nous venons de parler, celles qui ont lieu par les remises faites, lorsque les enfans sont réclamés. S'ils sont encore à l'Hospice, l'Administration exige, avant de les remettre, que les parens qui veulent les retirer justifient qu'ils ont les moyens de s'en charger, et que toute autre cause que leur inconduite les en a séparés. Les règlemens autorisent à réclamer aussi les frais occasionnés pour l'entretien de l'enfant depuis son admission ; mais l'Administration se désiste assez souvent de ce droit ; elle s'en désiste toujours, lorsqu'il est évidemment reconnu que les parens ne pourroient acquitter la dépense. En cherchant par cette mesure à éviter la multiplicité des abandons, on a voulu éviter aussi de rendre sans effet la bonne volonté des parens, en leur imposant une charge trop forte : tel ouvrier qui, par son travail et ses économies, est devenu en état de prendre soin de son fils ou de sa fille, ne pourroit rembourser la somme à laquelle tous les frais s'éleveroient, et l'enfant continueroit de vivre aux dépens de l'Administration. Si on l'a confié à un maître pour l'apprentissage d'un métier, les engagemens pris doivent être respectés ; il deviendroit impossible d'en contracter aucun, si les parens, en se présentant, pouvoient en détruire les effets.

Les enfans réunis à l'hospice des Orphelins étant réputés tous en état de santé, le régime alimentaire est le même pour tous.

L'habillement des garçons consiste en une veste, un gilet et un pantalon de drap de mouy brun pour l'hiver, et en drap gris ou en coutil rayé bleu et blanc pour l'été. Les filles sont vêtues d'une robe en raz de castor bleu ou gris pendant l'hiver, et en siamoise bleue rayée pour l'été, avec un tablier de toile à carreaux.

Ils ont tous, pour chaque saison, deux habillemens ; un pour les jours ordinaires, un meilleur dont ils ne se servent que les jours de fête ou quand ils sortent.

Ils sont tous couchés seuls dans un lit composé d'une couchette en bois, d'une paillasse, d'un matelas de laine, d'un traversin de plume et de deux couvertures. Leurs dortoirs sont éclairés pendant toute la nuit pour rendre la surveillance plus facile ; et tout auprès est une chambre occupée par un instituteur, du côté des garçons, et par une sœur, du côté des filles.

Administration, service intérieur.

Le service de la maison a été confié, depuis le mois de février 1810, aux filles de Saint-Vincent de Paule. Elles y sont au nombre de douze, et ont sous leurs ordres vingt filles de service ou ouvrières gagées, réparties dans tous les emplois. Les Sœurs de la Charité remplissent les fonctions de surveillantes et d'institutrices. Il y a en outre cinq instituteurs chargés de la police et de l'éducation des garçons ; un aumônier logé dans l'Hospice, pour le ministère du culte et l'instruction religieuse des enfans, et un chirurgien externe, lesquels, avec trois tailleurs et quelques hommes de peine, forment un total de 49 personnes. Ce total est déterminé d'après la base d'une population de 600 enfans : l'agent de surveillance et l'économe sont compris dans le nombre des 49.

On voit par l'énumération des employés, que si l'incertitude du temps que les enfans doivent passer à l'Hospice ne permet pas d'y suivre pour tous avec succès leur éducation, le Conseil a voulu du moins qu'elle n'y fût jamais négligée ; ils y reçoivent constamment pendant leur séjour, des leçons de lecture, d'écriture, d'arithmétique. On a seulement à regretter que l'éducation d'à-peu-près 200 filles n'ait pas plus de deux sœurs pour les diriger. Le catéchisme est également enseigné aux deux sexes par l'aumônier de la maison. Les garçons passent quelques heures de la journée dans des locaux isolés de leurs divisions, où ils s'occupent, les uns, à la fabrication des cardes pour les filatures ; les autres, à l'épluchage du coton pour des manufacturiers. Le but principal de ces deux ateliers a été d'exercer les enfans à quelque travail, en attendant qu'ils commencent un apprentissage suivi pour le métier qu'ils doivent embrasser. Un tiers du foible revenu de ce travail est ordinairement accordé par l'Administration aux enfans qui s'y sont livrés ; le produit total ne s'élève guère au-delà de 3000 francs par année. Quant aux filles, dont le nombre est inférieur de moitié à celui des garçons, les ouvrages de la maison sont suffisans pour occuper d'une manière profitable toutes celles qui ont plus de six ans ; elles confectionnent et raccommodent le linge de l'Hospice, leurs robes, leurs bas, etc. ; les plus fortes sont employées à la buanderie. Le jeudi, et le dimanche après vêpres, les garçons sont conduits à la promenade par leurs instituteurs ; les filles sont conduites en été, le jeudi, à un promenoir situé à Charonne, dans une des propriétés des Hospices. Le règlement interdit toute autre sortie, ainsi que les congés particuliers qui s'accordoient autrefois sur la demande des parens. Ils avoient aussi la faculté de venir voir les enfans tous les dimanches, dans la matinée. Mais toutes ces permissions ont paru bien contraires à la destination de l'établissement ; elles n'ont paru propres qu'à faire renaître des abus qu'on avoit voulu détruire. Un arrêté du 22 juillet 1812 a défendu ces communications ; il a déterminé beaucoup de parens à retirer leurs enfans de l'Hospice : on ne pouvoit mieux en prouver la sagesse.

Un autre arrêté du Conseil général, au mois de juillet 1810, a ordonné que tous les enfans amenés à l'hospice des Orphelins, qui n'auroient pas eu la petite-vérole ou n'auroient pas été vaccinés, seroient envoyés à l'hospice central de Vaccination gratuite.

Les orphelins ne peuvent continuer à rester dans l'établissement, après seize ans. Ainsi l'a encore ordonné un arrêté du Conseil des Hospices, du 4 avril 1802.

Un arrêté du 18 septembre 1803, ordonne de placer dans des salles particulières les enfans envoyés par la police à l'hospice des Orphelins.

On s'étoit oublié, plusieurs années avant l'institution du Conseil général, jusqu'à mettre les orphelins à la disposition des administrateurs de l'Opéra ou des autres théâtres de la capitale, toutes les fois qu'ils avoient besoin de montrer sur la scène une troupe d'enfans. Le Conseil des Hospices n'eut pas plus tôt connu cet étonnant désordre, qu'il le proscrivit avec sévérité. Il fallut, le croira-t-on, soutenir une lutte contre des intérêts privés, pour détruire un tel scandale. L'arrêté du Conseil général est du mois de mai 1811; et au mois de février 1812, il n'étoit pas encore exécuté. Il l'a été depuis irrévocablement.

Population, Mortalité.

On a vu combien la facilité des admissions avoit long-temps multiplié le nombre des enfans reçus dans les deux hospices d'orphelins. Depuis la réunion de ces deux établissemens, et d'après les mesures prises pour le placement des enfans à Paris ou à la campagne, la population de la seule maison qui reste est devenue susceptible d'éprouver des variations très-sensibles. L'activité plus ou moins grande des travaux auxquels ces enfans sont destinés, doit influer nécessairement sur le nombre de ceux qu'on demandera, qu'on placera. Le mouvement a été peu considérable dans les premières années de la confusion des deux Hospices en un seul. Il est entré en 1809, 1010 enfans, dont 668 garçons et 342 filles; en 1810, 1084, dont 644 garçons et 440 filles; en 1811, 1249, dont 805 garçons et 444 filles; en 1812, 1357, dont 848 garçons et 509 filles; en 1813, 1324, dont 872 garçons et 452 filles. La totalité, pour ces cinq années, est de 6024, dont 3837 garçons et 2187 filles.

Si l'on veut quelques détails de plus, le tableau suivant pourra les offrir.

Années.	Entrés par admission		Réintégrés après placement.		REVENUS						Le total par année présente pour		TOTAL général
					des autres Maisons.		de l'hôpital des Enfans.		d'Essai.				
	Garç.	Filles	Garç.	Filles	Garç.	Filles	Garç.	Filles	Garç.	Filles	Garçons.	Filles.	
1809	321	164	148	88	2	5	102	36	95	49	668	342	1010
1810	300	186	165	97	»	1	105	92	74	64	644	440	1984
1811	436	207	230	86	»	»	101	101	38	50	805	444	1249
1812	484	303	186	98	1	»	135	59	40	51	848	509	1357
1813	428	234	189	76	1	»	169	82	85	60	872	452	1324
Totaux des cinq années.	1969	1094	918	445	4	6	612	370	332	274	3837	2187	6024

A ce mouvement des entrées, ajoutons celui des sorties. Les enfans ont passé de l'hospice, ou en essai d'apprentissage, ou à l'hôpital des Malades, ou dans d'autres maisons.

Années.	En essai d'apprentissage		Aux Enfans malad.		Dans d'autres Maisons.		Le total par année présente pour		Total général.
	Garçons.	Filles.	Garçons.	Filles.	Garçons.	Filles.	Garçons.	Filles.	
1809	237	127	132	72	11	45	380	244	624
1810	210	177	115	137	8	6	333	320	653
1811	148	142	127	86	23	19	298	247	545
1812	133	144	169	61	14	22	316	227	543
1813	241	146	203	107	3	10	447	263	710
Totaux des cinq années.	969	736	746	403	58	102	1774	1301	3075

Les enfans dont nous venons de parler, n'étoient sortis de la maison que temporairement. D'autres en sont sortis définitivement, pendant les cinq années, soit parce qu'ils ont été rendus à leurs maîtres, soit parce qu'ils ont été envoyés dans des manufactures ou à la campagne, soit parce qu'ils ont été remis à leurs parens; et il faut y joindre les enfans morts dans l'Hospice.

Années.	Rendus aux maîtres.		Manufactures et campagne.		Remis aux parens.		Décédés à l'Hospice.		Le total par année présente pour		Total général
	Garç.	Filles.	Garçons.	Filles.	Garçons.	Filles.	Garç.	Filles.	Garçons.	Filles.	
1809	35	5	194	22	42	17	2	2	273	46	319
1810	40	12	188	28	42	18	7	6	277	64	341
1811	115	24	193	165	88	33	6	11	402	233	635
1812	45	7	305	186	162	73	7	9	519	175	694
1813	18	5	446	155	142	61	4	14	610	235	845
Totaux des cinq années.	243	53	1426	556	476	202	26	42	2081	753	2834

En unissant ceux qui sont sortis temporairement de l'Hospice à ceux qui en sont sortis pour toujours, on a,

Pour 1809........ 653 garçons et 290 filles.
Pour 1810........ 610 garçons et 384 filles.
Pour 1811........ 700 garçons et 480 filles.
Pour 1812........ 835 garçons et 402 filles.
Et pour 1813...... 1057 garçons et 498 filles.

Ce mouvement comprend les mutations des orphelins transférés, pour cause de maladie, à l'Hôpital des Enfans. Ils sont entrés dans le calcul que nous avons offert en parlant de cet Hôpital, de sa population et de sa mortalité.

Par enfans *passés dans les autres maisons*, nous avons voulu désigner les orphelins attaqués d'infirmités graves, incapables par-là d'être placés chez des maîtres, dans des manufactures, à la campagne, qui sortent de l'Hospice pour entrer à la maison de la Salpêtrière, à celle de Bicêtre, aux Incurables, à raison de ces infirmités mêmes.

ARTICLE II.

Des Hospices pour la vieillesse.

Deux Hospices sont principalement consacrés à des vieillards; les hommes sont placés dans la maison de Bicêtre; les femmes, à la Salpêtrière.

§. Ier.

HOSPICE DE LA SALPÊTRIÈRE.

Le désir de pourvoir au soulagement d'un plus grand nombre de malheureux fit donner par Louis XIV à l'Hôpital-Général l'emplacement de la Salpêtrière, dit le *Petit-Arsenal*. Les excès auxquels s'abandonnoient les mendians, avoient inspiré l'idée de les réunir dans un lieu où on veilleroit à leur subsistance, en les soumettant

Lettres patentes du mois d'avril 1656. Code de l'Hôpit. Général, pages 229, 494 et 497.

18 *

au travail. Louis XIV venoit de le prescrire par un édit du même mois, avril 1656. Ils furent les seuls qu'on y plaça, pendant 24 années. Une déclaration du 23 mars 1680 ordonna d'y recevoir désormais les pauvres enfans et les vieilles personnes de l'un et l'autre sexes, et les épileptiques hors d'état de vivre sans ce secours. Des arrêtés de l'Administration, du 2 avril 1770 et du 21 décembre 1772, annoncent quelle fut et devoit être l'exécution de cette loi ; les choses étoient encore, à l'époque de la révolution, comme ces arrêtés les avoient prescrites.

Vers cette époque aussi, la Salpêtrière contenoit 7 à 8000 femmes ; dont 6 à 7000 indigentes, et 7 à 800 détenues, à titre de correction ou de sûreté. Nous le lisons ainsi dans les observations qui précèdent le Code de l'Hôpital-Général, imprimé en 1786 ; et c'est à-peu-près ce qu'en disoit en 1788, M. *Tenon*, qui nous apprend comment cette population se composoit. Des femmes et des filles enceintes, des nourrices avec leurs nourrissons, des enfans mâles, depuis l'âge de sept à huit mois jusqu'à quatre et cinq ans, de jeunes filles à toute sorte d'âges, de vieilles femmes et de vieux hommes mariés, des folles furieuses, des imbéciles, des épileptiques, des paralytiques, des aveugles, des estropiées, des teigneuses, des incurables de toute espèce, des enfans avec des humeurs froides, etc., etc., étoient reçus à la Salpêtrière. Au centre de l'Hôpital étoit une maison de force, comprenant quatre prisons différentes ; ce qu'on appeloit *le commun*, lieu destiné aux filles les plus dissolues ; *la correction*, lieu destiné à celles que la débauche n'avoit pas tellement avilies qu'il fallût désespérer du repentir ; la *prison*, proprement dite, lieu réservé aux personnes retenues par ordre du Roi ; et *la grande force*, pour les femmes flétries par la justice. M. le duc *de la Rochefoucauld-Liancourt* se plaignoit aussi, en 1790, de l'état où se trouvoient les détenues et les condamnées en particulier. Elles y étoient toutes confondues, quelle qu'eût été la cause de la détention ; que cette cause fût un vice ou un crime, un crime dont la peine fût temporaire ou dût être perpétuelle, dont la peine fût une réclusion simple ou une réclusion précédée par une infamante flétrissure.

Page 85.

Tome XLIV, page 79.

Le nombre des personnes qui habitoient la Salpêtrière, étoit, au mois de juin 1790, de 6704; il étoit de 6809 le 21 avril 1791. Elle, en contient maintenant plus de 5000 encore, bien que l'amélioration du sort des individus qu'elle renferme ait exigé pour chacun d'eux un peu plus d'espace. D'ailleurs, plus de prostituées, plus de condamnées; il n'y a aujourd'hui que des septuagénaires et quelques maladies d'un caractère particulier. Ce changement de destination est par lui-même un grand bienfait, puisqu'on ne trouve plus dans la même enceinte le vice et la pauvreté, le malheur et le crime; mais, quoiqu'il ait beaucoup diminué le nombre des habitans de la Salpêtrière, elle n'en reste pas moins le plus vaste hospice de l'Europe (1). C'est un de ceux aussi où l'Administration a été le mieux récompensée de ses soins envers les pauvres, par des résultats utiles, prompts, efficaces, dont tout annonce et garantit la durée.

État des bâtimens, des salles et du mobilier; état personnel
des indigentes.

On a dit dans le rapport de 1803, quel étoit, deux années auparavant, le misérable état des bâtimens de la Salpêtrière, de ses cours, de ses salles, de ses dortoirs, de ses cuisines, de sa buanderie, de ses bains, etc. On y a fait connoître pareillement les améliorations entreprises, et dont quelques-unes se trouvoient dès-lors achevées. L'Administration n'a négligé aucune de celles que pouvoient exiger le bon ordre ou la salubrité. La tuerie et ses dépendances, qui étoient au centre de la maison, furent transportées dans la partie la plus reculée de l'établissement. Le terrain qu'elles occupoient d'abord, est devenu une place, et plus de jour a été rendu à un grand bâtiment voisin, celui qu'on désignoit anciennement par *la Force*. On a posé dans la longueur de cette place une grille qui l'enferme, et qui fait aussi l'entrée d'un jardin botanique, dont les produits sont envoyés à la pharmacie de l'Hospice. On a de plus, sur le même terrain, profité de deux dortoirs, conservés pour former, par des cloisons,

Pages 96 et 97.

―――――――――――

(1) Elle a près de 55 mille toises de superficie.

soixante-sept petites chambres que l'on accorde à des femmes qu'une indigence plus inattendue a forcées d'implorer là un asile.

L'Hospice, autrefois, n'avoit point de lingerie ; une portion de linge étoit confiée à la première surveillante de chaque emploi, de chaque division ; il étoit mal gardé, mal réparé. Des inconvéniens trop frappans et trop graves résultoient de cet abandon. On a établi dans un vaste local, une lingerie disposée avec simplicité, mais aussi avec toute la commodité possible, pour y placer le linge qui, après avoir été en activité de service, revient de la buanderie. On le range dans des cases de grandeur égale, fermées par des rideaux. L'ordre qu'on y a mis ne laisse rien à désirer sur la bonne tenue du linge, sa conservation et sa facile distribution. L'Hospice étoit loin d'en avoir ce qui devoit lui suffire ; il a aujourd'hui les quantités suivantes :

Paires de draps de lit	25000
Alaises	3000
Chemises	25000
Taies d'oreillers	25000
Cornettes ou Bonnets	25000
Fichus	25470
Tabliers	4000
Torchons	4500

De sorte que la lingerie distribue aux indigentes, tous les samedis, une chemise, une cornette, un fichu, et tous les mois, une paire de draps, une taie d'oreiller. Le linge, pour les infirmeries, se donne à discrétion, en quoi qu'il consiste, chemises, draps, alaises, robes de chambre, crachoirs et autres menus objets.

A côté de la lingerie, on a disposé un local pour confectionner et réparer tout le linge dont on a besoin. Il y en a un autre où se tiennent en dépôt les toiles, les draps, les couvertures, etc., nécessaires pour remplacer les objets usés, défectueux, ou pour subvenir à des besoins extraordinaires. Ce magasin, qui est sous la garde de l'économe, a toujours un change complet de chemises neuves et des draps en proportion. Chaque indigente reçoit, de trois en trois ans, un habit d'hiver complet, en drap de mouy, couleur brune, et un habit d'été en siamoise blanche, avec un jupon et un corset de toile, et toutes les années, une paire de bas de laine et une paire de bas de fil. Nous avons dit dans quel état se trouvoit la lingerie, et quelle étoit la quantité de linge destiné au service des indigentes.

On s'étoit déjà occupé, en 1803, de la buanderie. On avoit cons- Rapp. de 1803, page 97. truit des bassins pour essanger le linge, le savonner, le rincer, et un bâtiment pour la coulerie. Le service s'en fait à présent avec une grande facilité, avec une grande économie aussi dans la consommation du bois, et on a la faculté d'y pouvoir blanchir le linge des maisons qui n'ont point de buanderie.

Le local où elle est ne communique avec aucune autre partie de la maison. La coulerie est au centre. Au rez-de-chaussée d'un solide bâtiment, sont quatre cuviers immenses, au milieu desquels est placée une chaudière proportionnée qui verse la lessive sur chacun des quatre par des robinets adaptés à cette chaudière. La lessive sortant par le bas des cuviers, se rend dans une autre chaudière, d'où elle est reportée dans la première par deux corps de pompe foulante et aspirante qu'un seul homme fait agir sans efforts considérables. Dans la cour, en avant du bâtiment de la coulerie, sont établis deux bassins assez spacieux, autour de chacun desquels vingt femmes, abritées par un hangar, sont placées pour y savonner et rincer le linge lessivé. Toute l'eau nécessaire à la coulerie et aux bassins arrive d'un réservoir assez élevé pour que l'eau en soit distribuée dans toutes les parties de la maison, et constamment rempli par le moyen d'une pompe à manége servie par deux chevaux, qui est elle-même dans l'enceinte de la buanderie, à proximité de la coulerie. Dans cette enceinte encore sont réunis des salles et bâtimens convenables et commodes pour la réception du linge sale, et le pliage du linge blanchi. Un grand terrain, garni de perches et de cordes, suffit pour sécher le linge dans toutes les saisons, sans qu'il soit besoin d'avoir recours à des étuves qui, au reste, s'y trouvent disposées de manière à opérer plus promptement l'évaporation de l'humidité, si la prolongation d'un temps trop pluvieux rendoit le desséchement du linge plus difficile. La lessive se coule deux fois par semaine; et le linge blanchi et ployé est aussitôt reporté à la lingerie générale. Il y a aussi un dépôt pour le linge rincé, que l'on ne peut pas toujours étendre sur-le-champ en hiver.

Ce n'est pas seulement à la buanderie qu'ont été placés les fourneaux appelés économiques ; on en a fait usage, bien plus encore,
et avec le même profit, pour la cuisine générale, la seule qui existe
aujourd'hui ; car on a supprimé toutes ces cuisines partielles, qui
augmentoient sous tant de rapports la confusion et la dépense :
chaque emploi, chaque division avoit la sienne et son service particulier. La préparation de tous les alimens se fait ainsi dans un
seul local : quatre grandes chaudières y sont établies ; chacune d'elles
peut contenir 1200 livres de viande. L'eau chaude et l'eau froide se
distribuent abondamment et commodément dans la cuisine générale.
En centralisant le service, on a obtenu une incalculable économie
dans la consommation du combustible.

La salle de bains de l'infirmerie avoit été disposée pour recevoir
six baignoires. Une petite loge avoit été construite, tout auprès,
pour les bains de vapeurs : on y a également pratiqué un cabinet
qui offre un lit à la malade sortant du bain, si elle a besoin de ce
repos.

On payoit autrefois, pour avoir seule un lit. Toutes les indigentes
ont aujourd'hui cet avantage, sans avoir rien à payer. On ne voit
plus dans aucune salle ni dans aucun temps des malheureuses obligées de partager leurs couches avec d'autres. Il a fallu, pour obtenir
ce résultat, détruire une infinité de cloisons qui formoient des chambres particulières ; on a créé ainsi de vastes dortoirs dans lesquels
les lits ont l'espace suffisant pour laisser à l'air une circulation libre.
Pour rendre ces dortoirs clairs et salubres, on a renouvelé toutes
les croisées qui tomboient en pourriture, et abattu de mauvaises
bicoques et plusieurs échoppes adossées aux grands bâtimens. A la
même époque, toutes les couchettes ont été refaites ; elles l'ont été
en bois de chêne et à la dimension de deux pieds et demi de large ;
on les a toutes garnies de deux matelas, d'une paillasse, d'un traversin, d'un oreiller, de deux couvertures de laine.

Autrefois aussi, on avoit fait d'assez beaux ouvrages dans la maison
de la Salpêtrière, comme à celle de Bicêtre ; mais depuis long-temps
on n'y filoit plus que de la laine, et l'absence du travail amenoit une
oisiveté, la première cause peut-être des désordres dont l'Adminis-

tration d'alors avoit à se plaindre. Depuis la nouvelle classification ordonnée par le Conseil des Hospices, les indigentes peuvent s'occuper dans les ouvroirs dépendans de leurs sections respectives, à des travaux proportionnés à leurs forces, tels que la couture en linge, la filature en soie et chanvre, le tricot en laine, le ravaudage, la charpie, etc., etc. Le bénéfice ne peut être bien grand à un âge si avancé; mais tout ce qu'elles tirent de leur travail leur appartient en entier; l'Administration n'exige d'elles aucune remise.

Toutes les couturières nécessaires aux réparations du linge de la maison, sont choisies parmi les indigentes. On leur donne 20 centimes par journée d'été, et 15 par journée d'hiver. Il en est usé de même pour un atelier chargé de la réparation du linge de l'hospice de Bicêtre, atelier établi à la Salpêtrière.

Les filles de service, ainsi que les infirmières près des malades, sont aussi choisies parmi les indigentes, et l'Administration leur accorde un salaire de 8 francs 33 centimes par mois.

Les améliorations produites ont diminué de beaucoup le nombre des indigentes obligées par leur état d'aller à l'infirmerie. Elle contenoit autrefois habituellement de 900 à 1000 malades; elle n'en contient guère aujourd'hui que 3 à 400. Un des effets remarquables de ces améliorations, a été la cessation presque entière du scorbut que rendoient si fréquent la malpropreté et la mauvaise qualité des alimens. Sept à huit cents personnes étoient chaque jour à la porte de la Salpêtrière, pour y demander des antiscorbutiques. Il n'y en a plus aucune; et si quelque indigente s'en trouve atteinte, elle passe à l'infirmerie.

Administration, service intérieur.

L'étendue et la population de l'hospice de la Salpêtrière indiquent assez qu'un grand nombre d'employés y est nécessaire. Cinq grandes divisions ont été formées.

La première contient moins les femmes qui servent actuellement les pauvres, que celles qui ont vieilli ou sont devenues infirmes en les servant, et que l'on désigne par le nom de *reposantes*; elles sont pour les autres employées un témoignage toujours présent des secours et des soins assurés à leurs infirmités ou à leur vieillesse. Les reposantes étoient autrefois confondues avec les pauvres ; elles occupent à présent un local particulier. On donne de petites chambres à celles qui ont été des employées du premier et du second rang ; les autres sont dans des dortoirs propres et sains. On leur donne à toutes, de trois en trois ans, un habit noir de drap de mouy pour l'hiver, un habit de siamoise pour l'été, avec un jupon et un corset de toile ; et tous les ans une paire de bas d'été et une paire de bas d'hiver. On donne de plus 12 francs par an à celles qui ont plus de trente ans de service, et aux premières et secondes surveillantes, quelques livres de chandelles et une voie de bois.

La seconde se sous-divise en deux sections affectées aux indigentes aveugles, paralytiques, grandes infirmes et octogénaires. Elle a deux surveillantes et quatre sous-surveillantes ; elle a de plus dix filles de service ; six suffisent à la première division.

La troisième se sous-divise en huit sections. Les sept premières sont affectées aux septuagénaires. Il y a pour chacune d'elles un atelier aux rez-de-chaussée les plus rapprochés des dortoirs, où toutes les indigentes sont tenues de se rendre à huit heures du matin pour y recevoir et consommer les rations de vivres, qui leur sont servies aux heures prescrites ; elles s'y livrent aux divers ouvrages qu'elles se sont procurés, et ne peuvent retourner dans leurs dortoirs qu'à six heures en été, et à quatre heures en hiver. La huitième section est pour les gâteuses, pour les cancérées et autres femmes attaquées de plaies incurables. Les gâteuses sont, comme les gâteux de Bicêtre, dans des lits faits en auge et sur de la paille d'avoine, qui est exactement renouvelée tous les jours. Cette section a une surveillante, deux sous-surveillantes, et des filles de service dans la proportion d'une sur douze indigentes. Les sept autres ont une surveillante, deux ou trois sous-surveillantes, suivant la population, et des filles de service dans la proportion d'une par 50 indigentes.

La quatrième est une infirmerie de 400 lits pour les malades des trois premières divisions. Les lits sont tous entourés de rideaux de toile de coton blanche en été, et de siamoise rayée bleue en hiver.

Le bâtiment entièrement séparé des autres a devant lui une grande cour dans laquelle on entre par une grille de fer ; et derrière, un grand promenoir planté en tilleuls, et un autre promenoir couvert pour les mauvais temps. Les malades seules de l'infirmerie ont la faculté de s'y promener. Dans une des ailes du bâtiment se trouve, au rez-de-chausssée, une salle de bains, dans laquelle on a pratiqué un petit cabinet pour l'administration des bains de vapeúrs ; la pharmacie est contiguë. L'eau, pour la propreté, se distribue avec autant de facilité que d'abondance dans les trois étages occupés par les malades. Un vaste aquéduc, qui passe sous les bâtimens, entraîne les immondices.

La cinquième division se sous-divise en section des aliénés et section des épileptiques. Nous entrerons à ce sujet dans tous les détails nécessaires, quand nous traiterons des établissemens consacrés à l'aliénation mentale et à l'épilepsie.

Les indigentes demandées par leurs amis ou leurs parens, se rendent à un local placé près de la porte principale de la maison, et que doivent traverser tous ceux qui entrent dans l'Hospice ou qui en sortent. Deux surveillantes et cinq filles de service sont attachées à ce local, appelé *le parloir*. Le règlement les autorise à fouiller les personnes étrangères à l'établissement et les indigentes qui l'habitent, quand elles sortent de la maison ; triste précaution que des vols commis quelquefois ont paru rendre nécessaire. Il y a ensuite un principal portier et trois aides. La porte de l'Hospice s'ouvre à cinq heures en été, à six heures en hiver ; elle se ferme à neuf en hiver, à dix en été. Tout auprès est un corps-de-garde, composé de cinq fusiliers et d'un caporal, envoyés tous les jours par l'état-major de la place, qui prêtent main-forte au portier en cas de besoin, et aux autres personnes qui peuvent le réclamer.

Le nombre des prêtres qui habitoient cet Hospice étoit autrefois considérable ; il se trouve réduit à quatre : un premier aumônier et trois autres, qui ont un clerc pour les servir à l'église. C'est à eux qu'appartient l'honorable fonction d'offrir des consolations à la vieillesse, de fortifier le courage contre la douleur par les plus nobles motifs de résignation et de patience, de soulager toutes les indigentes

19 *

qui les environnent par l'espérance d'un avenir heureux et durable.

Le service de santé se compose d'un premier médecin et d'un médecin-adjoint, d'un chirurgien en chef et d'un chirurgien en second, de sept élèves, d'un pharmacien en chef, de deux élèves, de deux garçons de pharmacie et d'un jardinier botaniste.

Le service de la cuisine générale se fait par deux surveillantes, un chef et cinq aides, et sept filles de cuisine ; celui de la lingerie, par une surveillante et une sous-surveillante, quatre femmes pour classer le linge dans les armoires destinées à chaque division ou section, deux coupeuses de toile ou d'étoffe, et autant de raccommodeuses que les besoins l'exigent ; ces dernières sont payées à la journée. La buanderie a une surveillante, deux sous-surveillantes, cinq filles au linge, six couleurs-blanchisseurs, vingt-quatre laveuses. Une surveillante et quatre filles de service font tous les matins la distribution du pain arrivé de la boulangerie générale aux différentes sections de l'établissement.

L'étendue de la maison et de ses besoins journaliers ont porté l'Administration à y avoir à demeure plusieurs ouvriers indispensables, et qui y sont occupés toute l'année, un maçon, un serrurier, un menuisier, un tapissier et quelques autres encore.

Toutes les personnes attachées au service de la maison y sont logées : toutes y sont nourries, à l'exception des médecins, chirurgiens et pharmaciens. Le nombre des employés pour l'administration intérieure étoit en juillet 1812, de 143. Le nombre des employées indigentes de 228. On y comptoit 250 reposantes de toutes les classes.

Population, mortalité.

Nous avons vu quelle étoit autrefois la population de la Salpêtrière. La mortalité, en 1790, y étoit d'un dixième environ, d'après les rapports faits à cette époque par M. le duc *de la Rochefoucauld-Liancourt;* elle avoit été plus considérable avant l'établissement d'une infirmerie pour les indigentes. On peut même être surpris que l'idée d'en former une soit arrivée si tard, tellement il semble naturel et nécessaire de séparer les personnes malades des personnes saines, et de ne pas offrir chaque jour à la vieillesse la présence de la mort.

Tome XLIV, page 82.

La population et la mortalité de la Salpêtrière, dans les dix années
de 1804 à 1814 exclusivement, offrent les détails et les résultats qui
suivent :

Années.	Entrées.	Sorties par pension ou congé.	Mortes.
1804	968	498	412
1805	1072	474	490
1806	1208	548	560
1807	1332	648	643
1808	1490	608	578
1809	1829	742	649
1810	1883	1099	728
1811	1142	795	537
1812	1386	715	810
1813	1381	773	610
	13691	6900	6017
Terme moyen	1369	690	601

Il y en avoit 3844 le 31 décembre 1803; il en restoit 4618 le 31
décembre 1813.

Une des quatre colonnes est formée de celles qui ont obtenu définitivement leur sortie de l'Hospice par pension ou par congé. Le
mot *pension* rend une explication nécessaire. Un arrêté du Ministre de l'intérieur, du 10 octobre 1801, voulut que les vieillards
et infirmes qui obtiendroient leur admission dans les Hospices,
pussent renoncer au droit que cette admission leur avoit conféré,
moyennant une pension représentative de la place qui leur auroit été
accordée, en indiquant la famille où ils prétendoient se retirer, et
apportant la preuve de son consentement. Le Ministre fixa cette pension à 120 francs par année pour les valides, à 180 francs pour les
infirmes.

Lá mortalité, calculée d'après le nombre total des journées pour les dix ans, divisé par 365, subdivisé par le nombre des morts pendant ces dix années, est d'un sur sept $\frac{26}{100}$.

On se rappelle que cet Hospice est principalement composé de femmes qui sont au moins septuagénaires ; il y en a même un assez grand nombre d'octogénaires. En voici le tableau dans les dix années.

Années.	Octogénair.	Années.	Octogénair.
1804	156	1809	206
1805	154	1810	195
1806	164	1811	192
1807	156	1812	140
1808	162	1813	141

§. I I.

HOSPICE DE BICÊTRE.

Cette maison fut d'abord destinée à être un Hospice de militaires. Si elle eût conservé cette noble destination, son nom n'exciteroit encore que de l'intérêt, de la reconnoissance, au lieu du sentiment pénible que fait naître l'agrégation des hommes renfermés dans la partie de l'établissement qui est une prison. Mais Louis XIV fonda bientôt l'Hôtel des Invalides.

La situation de Bicêtre, au milieu d'une vaste campagne et sur une élévation, devoit faire croire que ce seroit un lieu salubre. Deux causes sur-tout produisirent un effet contraire ; le grand nombre de pauvres qu'on y entassa, le placement de l'infirmerie au milieu des salles ordinaires d'où l'air s'infectoit par des exhalaisons qui souvent communiquoient et propageoient les maladies. A ces causes générales s'en joignirent avec le temps d'autres qui tenoient à des circonstances particulières, et que quelques soins, quelques dépenses, une police exacte, auroient bientôt fait disparoître; la permission donnée à des marchands de vendre et faire cuire, dans les cours et ailleurs, des harengs et quelques autres comestibles; l'état d'une très-grande partie des croisées, devenues et restées si mauvaises, qu'on ne pouvoit plus les ouvrir autant que la circulation de l'air l'auroit exigé; le défaut d'armoires, de cassettes, pour resserrer les effets des pauvres, de manière qu'ils laissoient traîner sur leurs lits ou sur des tablettes voisines, des hardes dont la malpropreté réunie entretenoit dans les chambres beaucoup d'insalubrité.

Au moment où le conseil a été chargé de la direction des Hospices, en 1801, la maison de Bicêtre réunissoit des valides, des aveugles, des paralytiques, des épileptiques, des gâteux, des maladies siphilitiques, des scrophuleux, des maladies incurables, des fous, des imbéciles, des enfans.

Les sexes y étoient confondus, comme les âges, comme les infirmités; et on a vu que ce que nous disons ici de Bicêtre, s'appliquoit également à la Salpêtrière. Une pitié mal entendue multiplioit constamment dans les deux maisons le nombre des habitans de l'infirmerie; et dans les salles ordinaires, des personnes raisonnables et saines avoient auprès d'elles et devoient supporter le spectacle affligeant et quelquefois dangereux des fréquens accès des malades attaqués d'épilepsie ou frappés de démence. Un règlement du mois d'octobre 1801 défendit d'admettre à l'infirmerie tout indigent qui ne seroit pas malade; il ordonna de séparer les fous des valides, de placer les épileptiques dans des bâtimens séparés, dont dépendent des promenoirs séparés aussi. On forma dans les deux Hospices plusieurs divisions qui classent les admis par âge et par infirmités. Les enfans furent envoyés, suivant leur sexe, aux Orphelins et aux Orphelines. Les maladies auxquelles des établissemens spéciaux sont destinés, ne furent plus admises que dans ces établissemens.

Il y avoit à Bicêtre, au mois de mars 1801, 1505 lits pour une seule personne, 292 à deux, 244 à double cloison (cloisons qui séparoient les pauvres couchés ensemble), 172 lits à seul scellés dans les murs pour les fous, 126 appelés auges pour les gâteux, et 38 lits de sangles : ces derniers étoient placés suivant le besoin, au milieu même des autres, dans les dortoirs. Les lits à quatre venoient d'être supprimés ; aux inconvéniens généraux qu'ils présentoient, ils joignoient celui d'amener sans cesse des querelles, des batteries, dont la suite étoit quelquefois une blessure grave, et dont les effets étoient toujours contraires à l'ordre et à la police de l'établissement Les lits même à deux offroient trop souvent des querelles et des batteries semblables. Presque tous les admis cependant couchoient encore alors de deux en deux ; on ne laissoit seuls que ceux qui payoient 150 francs pour cela. Le lit qu'on leur cédoit à ce prix restoit en propriété à la maison ; ils n'en avoient que la jouissance exclusive pendant leur vie. Ceux-ci obtenoient seuls deux matelas ; les autres n'en avoient qu'un, et point d'oreiller. On avoit même vu long-temps, malgré l'accumulation des lits dans les salles et des indigens dans les lits, on avoit vu ces lits tellement insuffisans, que les admis étoient obligés de se partager les nuits et s'y reposoient successivement.

Etat des bâtimens, des salles et du mobilier.

Beaucoup de changemens ont été faits depuis l'année 1803. On verra par le détail que nous allons en donner, quels avantages il a dû en résulter pour l'Hospice.

La division où sont maintenant les grands infirmes, a acquis une cour très-vaste, qui comprend tout le terrain de l'ancienne basse-cour. On l'a plantée d'arbres, et elle a été débarrassée d'un dortoir insalubre qui étoit adossé au principal corps de bâtiment, d'une écurie, de remises et hangars qui obstruoient l'air, et qu'on a reportés dans la basse-cour nouvelle. Au pourtour, en faisant quelques additions à de vieux locaux qui n'avoient plus de destination, on est parvenu à y placer 200 lits environ.

Pour compléter ces utiles dispositions, on va s'occuper (1) de dé-

(1) Ces travaux ont été faits depuis l'époque à laquelle ce rapport finit.

barrasser cette cour de deux mauvais bâtimens dans lesquels se trouvent les salles des gâteux et de quelques grands infirmes , salles où l'air pénètre à peine, qui sont voisines des lieux d'aisance, et dont les murs et les planchers menacent ruine. Ils seront remplacés par des dortoirs situés sur la campagne et les jardins de l'Hospice , percés de grandes croisées au midi et au nord , tous au rez-de-chaussée ; ce qui offre la facilité de placer les paralytiques au soleil, quand la saison le permet, et de leur faire respirer l'air des champs et des jardins.

Les malades étoient entassés dans les salles de l'infirmerie des indigens ; et encore n'y étoient-ils pas tous reçus, puisqu'on en voyoit beaucoup, le matin, à la porte de la pharmacie , venant chercher des drogues, d'après l'ordonnance du médecin. Des murs inutiles à la solidité du bâtiment, partageoient les plus belles salles , obstruoient l'air et rendoient le service difficile. Des étais sous des poutres jugées mauvaises, incommodoient les malades ; les réchauffoirs établis à côté des lits faisoient naître beaucoup de malpropreté. Ces lits , sans rideaux, offroient à chacun le douloureux spectacle des souffrances de ses voisins, de leur mort ; et ceux encore qui étoient auprès des fenêtres , presque toujours ouvertes dans les infirmeries, trouvoient dans les impressions fréquentes du vent ou du froid un accroissement d'incommodité. Le grand corridor ou promenoir d'hiver des malades étoit réduit aux deux tiers par les logemens , les magasins et les cabinets établis à ses deux extrémités. On avoit pris une partie de la salle de chirurgie pour ajouter à l'appartement de l'agent de surveillance. Les malades n'avoient point de promenoir d'été. L'air du grand corridor , intercepté par les établissemens qu'on y avoit formés, ne pouvoit arriver dans les latrines qui répandoient une odeur insupportable. L'infirmerie enfin ne présentoit que confusion , insuffisance , insalubrité.

Elle a été agrandie de tout le logement qu'occupoit l'agent de surveillance et du bureau des entrées, lesquels ont été reportés dans un bâtiment élevé à cet effet. Les constructions qui en obstruoient le corridor , et plusieurs murs qui en coupoient inutilement les salles, ont été démolis. Les réchauffoirs ont été replacés dans de petits offices attenant. Les couchettes à bas piliers ont été échangées contre des

20

couchettes neuves à colonnes ; et toutes sont garnies de rideaux. Le grand corridor a été dégagé des appartemens et des cabinets établis à ses extrémités. Toutes les fenêtres sont libres ; l'air pousse l'odeur des latrines au dehors ; et les malades jouissent maintenant d'un promenoir d'hiver, salubre et vaste. Il a été affecté à l'infirmerie un grand jardin pour servir de promenade d'été. Les malades s'y rendent par un escalier particulier, et eux seuls peuvent y entrer. L'infirmerie de Bicêtre offre enfin, à tous égards, un aspect consolant aux amis de l'ordre et des pauvres.

La cour de la première division a été augmentée et rendue plus régulière par une grande partie de terrain, qui a été prise sur un ancien marais. Trois corps de bâtiment avec rez-de-chaussée et un premier étage ont été élevés à gauche en entrant, dans la longueur de la cour, et à droite et à gauche, dans sa largeur. Ces trois corps contiennent 261 lits. La même division a été augmentée encore de tous les locaux de l'ancienne pharmacie, transportée à l'ancienne porte d'entrée de l'Hospice.

Deux chauffoirs qui servent en même temps de réfectoires aux indigens des première et troisième divisions, trois autres chauffoirs pour les épileptiques et les fous incurables, ont été établis dans autant d'anciens locaux. Un autre chauffoir a été construit à neuf pour les imbéciles. Par-là, les indigens n'habitent plus leurs salles que la nuit, et les croisées en restent ouvertes toute la journée. C'est une des causes qui rendent aujourd'hui le scorbut aussi rare qu'il étoit fréquent. L'amélioration de la nourriture y a aussi puissamment contribué.

Une salle de bains a été construite dans une pièce immédiatement au bas du grand escalier de l'infirmerie. Cette salle contient six baignoires ; elle réunit toutes les commodités d'un semblable établissement.

De nouvelles dispositions ont eu lieu aussi à la buanderie, et l'ont rendue infiniment plus commode. Un ancien séchoir d'hiver, dont on avoit toujours fait peu d'usage, est devenu la coulerie, et l'ancienne coulerie, un lieu pour recevoir et placer le linge ; la pompe pour remonter la lessive du récipient dans la chaudière, est du service le plus facile. Un autre séchoir à couvert, dépendant de cette buanderie, est devenu un atelier pour les indigens qui peuvent encore se livrer à quelque travail. Ces différens séchoirs ont été remplacés par un très-grand séchoir à l'air , qui a été pris sur l'ancien terrain du marais, et qui paroît suffisant. La lingerie y communique et touche à la buanderie : elle a été construite depuis peu d'années. Le linge de Bicêtre , comme celui de la Salpêtrière , étoit réparti dans plusieurs chambres , ce qui rendoit la surveillance plus difficile, et l'inventaire qu'on en faisoit, rarement exact. Dans un Hospice, comme dans l'autre, la lingerie est maintenant commode, bien tenue, et à côté d'elle se trouve un magasin général pour la réception et le dépôt des toiles, ainsi que des étoffes. Les deux magasins sont fournis de manière à pouvoir calmer pour assez long-temps la sollicitude de l'Administration sur l'habillement des pauvres de ces deux maisons. A Bicêtre, c'est l'ancienne lingerie qui sert aujourd'hui de magasin. On s'occupe d'avoir, pour la buanderie, des cuviers d'une plus grande dimension. Il y aura moins de lessives à faire , et plus d'économie par conséquent, sur-tout pour le combustible.

La cuisine générale a été agrandie pareillement et rendue plus commode ; les hangars qui l'obstruoient ont disparu ; elle est bien aérée , bien éclairée.

Une amélioration désirable , et qui est depuis long-temps dans la pensée de l'Administration, seroit de supprimer une soupente construite, il y a trente ans, sous la galerie du principal corps de bâtiment de l'Hospice, occupée maintenant par 86 personnes, qui n'offre qu'un dortoir bas et peu ouvert, et obstrue l'air de deux grandes salles qui règnent dans toute la longueur de ce corps de bâtiment (1).

Administration , service intérieur ; état personnel des indigens.

Des locaux plus aérés , mieux adaptés aux besoins et aux infirmités , sont déjà une grande amélioration pour les indigens qui habitent un Hospice. Le Conseil général a voulu assurer encore par d'autres moyens , aux pauvres de Bicêtre , tous les soulagemens que peut procurer une administration sage et humaine.

_____

(1) Cette amélioration vient d'être faite.

20 *

Ceux qui ont vu, il y a douze ans, l'hospice de Bicêtre, se rappellent, et on doit le dire encore de l'hospice de la Salpêtrière, que chaque lit avoit autour de lui tout l'attirail d'un pauvre ménage. En entrant dans les dortoirs, on étoit désagréablement frappé de l'odeur des différens ragoûts qui se faisoient dans les ruelles. Les dortoirs étoient constamment salis, soit par les épluchures des légumes, soit par les débris des divers travaux auxquels se livroient les indigens. Ceux-ci n'étoient que rarement peignés. On ne faisoit jamais laver les gâteux à pleine eau. Les latrines n'étoient point soignées : la négligence s'apercevoit par-tout où les yeux se portoient. Enfin, une foule de dispositions particulières que l'oubli des règlemens avoit autorisées, contribuoient à la malpropreté. Tous ces abus réunis, occasionnoient des maladies scorbutiques, qui, dans les temps humides principalement, désoloient ces deux maisons. Les lits sont dégagés maintenant de tout ce qui leur étoit étranger ; il n'y a plus autour, qu'une cassette, une petite commode et une chaise. Dès qu'ils sont faits, on passe dans un grand local, où chacun est invité à s'occuper d'une manière quelconque, et où les repas sont servis aux heures prescrites. Les pauvres sont d'ailleurs peignés et rasés toutes les semaines. On fait prendre des bains à ceux qui en ont besoin. Les latrines sont lavées deux fois par jour, et les cours balayées tous les jours. Nous avons dit que, au lieu de contenir plusieurs personnes, chaque lit n'en contenoit plus qu'une seule. Les couchettes ont toutes été renouvelées ; chaque indigent a deux matelas, une paillasse, un traversin, un oreiller, deux couvertures. Il faut en excepter les gâteux qui ont leurs deux couvertures aussi, mais dont les lits en auge ne sont garnis que de paille et d'un paillasson rempli de paille menue d'avoine. On ne donne aussi que de la paille et de vieilles couvertures aux fous qui les déchirent. La plupart des lits se touchoient ; ceux qui avoient des ruelles étoient, au plus, distans l'un de l'autre de l'espace d'un pied. Le moindre espace entre deux lits est maintenant de deux pieds ; plus souvent, de trois et de quatre. Le nombre des admis dans l'hospice est un peu diminué, et cependant, le nombre des vieillards indigens n'y est pas moindre : mais on a placé ailleurs beaucoup de personnes reçues jusqu'alors à un autre titre que la vieillesse.

La nourriture a été aussi fort améliorée. Elle étoit, en 1789, grasse trois jours de la semaine, maigre les quatre autres. Le régime gras consistoit en une soupe trempée avec trois demi-setiers de bouillon, et en deux onces de viande cuite et désossée. Le régime maigre, dans une quantité égale de bouillon, et une portion composée d'un quart de litron de fèves, pois ou lentilles, ou d'une once de beurre, ou d'une once de fromage. Toutes les personnes âgées de plus de soixante-dix ans, recevoient un demi-setier de vin. Les vieillards, les imbéciles, les épileptiques, avoient, par jour, une livre un quart de pain bis; les fous, une livre et demie.

Dans le temps que le service des pauvres fut confié à des entre-preneurs, le régime fut d'abord gras quinze jours du mois, maigre les quinze autres, et ensuite, gras pendant vingt jours, maigre pen-dant dix. La ration étoit, pour le régime gras, d'une soupe de quatre onces de viande cuite et désossée pour les vieillards, de six onces pour les fous, les imbéciles et les épileptiques; pour le régime maigre, d'une soupe, d'un décilitre de pois, fèves ou lentilles, avec une once de fromage ou trois onces de pruneaux ou de raisiné; les septua-génaires avoient un quart de litre (ou un demi-setier) de vin par jour. On donnoit une livre et un quart de pain bis aux vieillards, deux livres aux fous, épileptiques et imbéciles.

Depuis 1804, le pain blanc a été substitué au pain bis. Le régime gras a lieu tous les jours, le vendredi et le samedi exceptés. Les vieillards reçoivent le matin 75 centilitres (ou trois-quarts de pinte) de bouil-lon et quatre onces de viande cuite et désossée; les fous, imbéciles, épileptiques, cinq onces de viande et la même quantité de bouillon. Le soir, on leur donne à tous 4 décagrammes de fromage et un déci-litre de légumes secs ou l'équivalent en légumes frais, salade, fruits, suivant la saison. Dans l'hiver, les distributions du soir sont diversifiées, entre le raisiné, les pruneaux, les choux, la choucroute, le riz, etc. Les jours maigres, on ne distribue des légumes secs, qu'autant que le prix des légumes frais est plus élevé. La ration de ces jours-là se compose de 75 centilitres de bouillon, de 2 décilitres de légumes secs, de 4 décagrammes de fromage ou de raisiné, et d'une portion de légumes frais, comme les jours gras. Toutes les personnes admises dans l'Hospice ont du vin ; la portion est de 12 centilitres pour ceux qui seroient au-dessous de 70 ans ; d'un quart de litre , de 70 ans à 80 ; de 36 centilitres , de 80 ans à 85 ; et de 50 centilitres ou une chopine , pour ceux qui sont encore plus avancés en âge. La portion de pain blanc est encore d'une livre un quart par jour pour les indigens ordinaires, d'une livre trois-quarts pour les fous, les épileptiques, les imbéciles.

L'amélioration a porté aussi sur le linge et le vêtement. Avant la révolution , on devoit , comme aujourd'hui , donner aux indigens une chemise toutes les semaines , des draps de lit tous les mois. On le faisoit, l'été ; mais , dans la mauvaise saison , les pauvres quelquefois n'avoient qu'une chemise de quinze en quinze jours , et couchoient deux mois ou plus long-temps dans les mêmes draps : l'insuffisance du linge et la difficulté de le sécher , en étoient les causes. Elles subsistoient encore , et produisoient les mêmes effets en 1802. Depuis ce temps , au moyen des cinq paires de draps pour chaque lit , des cinq chemises pour chaque individu , le service est exact dans toutes les saisons de l'année , et les règlemens sont observés : on change même plus souvent les draps des malades et des blessés. Quant au vêtement , il étoit de bure ou de tiretaine, et il n'étoit accordé qu'une paire de bas de laine pour toute l'année ; il est maintenant de drap de mouy, étoffe plus propre et plus chaude ; et outre les bas de laine , on donne une paire de bas de fil pour l'été. Les habits , entièrement neufs , sont donnés de préférence aux indigens les plus propres ; les habits qui ne le sont pas entièrement , aux moins propres ; les vieux, réparés, aux fous qui déchirent ; les fous et les épileptiques tranquilles, sont les seuls à qui on en donne de neufs.

Une police exacte et rigoureuse est aussi nécessaire que difficile dans un lieu que tant d'hommes habitent. Des règlemens ont indiqué les mesures à prendre , et nous retrouverons ce sujet dans la troisième partie de ce rapport. Le travail fut toujours un des meilleurs moyens d'amener l'ordre , de le conserver , de le rétablir.

En 1806, voulant rendre à la célébration des offices divins la portion de l'église dans laquelle on avoit provisoirement réuni quelques indigens travailleurs , pour les éloigner des dortoirs où ils occasionnoient embarras et malpropreté, le Conseil des Hospices créa un atelier général au moyen de hangars qui furent disposés à cet effet. En 1813, on y a ajouté d'autres parties de bâtiment, dans lesquelles se font les travaux de serrurerie, de menuiserie, de tonnellerie, de coutellerie, de tapisserie, et où on a établi les logemens des ouvriers employés aux réparations annuelles de la maison. Depuis la formation de ce grand atelier, il n'y a d'oisifs que ceux que leur grand âge ou leurs infirmités obligent de l'être. Les travaux auxquels les indigens se livrent le plus, sont à râper de la corne, à faire des souliers, à façonner des fossets, à dévider du fil ou de la soie, à filer de la laine, à confectionner des vêtemens, à battre et peigner des nerfs, à découper des cartes pour des veilleuses, à raccommoder des chapeaux, à faire de l'ébénisterie, des boutons, des épingles, des clous, des jouets d'enfans, de la charpie, etc., etc. On y voit quelques graveurs en taille-douce et sur métaux, quelques écrivains, plusieurs horlogers, quelques peintres, quelques sculpteurs, quelques mécaniciens, des bijoutiers-émailleurs, des fleuristes, etc. Les serruriers, les menuisiers, les mécaniciens, etc., sont admis dans les boutiques de l'Hospice. Il y a toujours de l'ouvrage pour les maçons et les terrassiers. La journée que l'Administration paye aux indigens qui travaillent pour elle, varie; le terme moyen est de 15 centimes. Tout cela peut produire par année, environ 35,000 francs. Aucune retenue n'est faite sur ce produit. Les travailleurs sortent une fois par semaine; ils sont libres de choisir le jour qui leur convient le mieux; ils en profitent pour reporter à Paris l'ouvrage qui leur a été confié. L'atelier général est sous la garde d'un surveillant qui répond des marchandises et des outils.

Le nombre des travailleurs étoit, vers la fin de 1813, de 680, dont 556 pris parmi les indigens ordinaires, et 124 parmi les fous et les épileptiques. Des 680, 59 étoient cordonniers ou savetiers; 58 faiseurs de fossets, 31 cardeurs et fileurs de laine, 47 tailleurs, 44 faiseurs de boutons, 22 faiseurs de chapeaux de paille, 20 dévideurs de soie, fil et laine; 19 barbiers, 18 faiseurs de jouets d'enfans, 12 bourreliers, 12 serruriers, limeurs et polisseurs; 11 matelassiers, 11 faiseurs de charpie, 10 râpeurs de corne, 10 menuisiers en bâtiment, ébénisterie, etc.; 10 buandiers, 9 faiseurs de clous pour les poêliers, 9 écrivains, 8 batteurs et peigneurs de nerfs, 7 effileurs de soie, 7 jardiniers, 6 découpeurs de cartes pour veilleuses, 5 épingliers en bois ; les autres sont en plus petit nombre : 89 servoient dans les salles, au chantier, au cimetière, à la pharmacie, au balayage des cours, etc. 72 sont journellement et successivement occupés au puits de Bicêtre : on sait quelle abondance d'eau ce puits procure ; des seaux élevés au moyen d'un câble sans fin, qui se déroule, la versent dans un grand réservoir d'où elle se répand par beaucoup de tuyaux dans toutes les parties de l'établissement.

On donnoit autrefois le nom de bons pauvres aux indigens admis à Bicêtre. Cette dénomination est utile à conserver ; en rappelant le malheur, elle rappelle l'intérêt qu'il doit inspirer ; elle empêche de confondre dans sa pensée l'infortuné qui habite une partie de cette maison avec le coupable qui habite l'autre. Le mot de Bicêtre est devenu si effrayant !

L'Hospice a deux aumôniers. Les autres personnes employées pour l'Administration ou le service intérieur, sont : un agent de surveillance, un économe, 3 commis, un inspecteur, 23 surveillans ou surveillantes, 28 infirmiers et infirmières, 28 ouvriers et ouvrières pour la lingerie et la buanderie, 54 garçons de service, 15 hommes de peine, 10 portiers ou aides, 9 barbiers, 7 veilleuses, 6 personnes pour la cuisine et les bains, différens ouvriers en différens genres, etc. Le service de santé est confié à deux médecins, un chirurgien et un pharmacien en chef, quatre élèves en chirurgie et deux en pharmacie.

Population, Mortalité.

On comptoit en 1801 trois mille individus à l'hospice de Bicêtre ; mais un grand nombre de personnes qui n'auroient pas dû l'habiter, ayant été placées dans d'autres établissemens, la population s'est trouvée assez réduite pour assurer aux indigens plus d'espace, un meilleur ordre, plus de salubrité. Les améliorations faites ont permis cependant, sous d'autres rapports, d'augmenter un peu cette population. Elle peut être maintenant de 2500 personnes. Mais, comme nous l'avons dit, tous les maux y sont séparés; chaque infirmité y a ses salles, et chaque indigent son lit.

Le tableau suivant offrira le détail de la population de l'Hospice, année par année.

Années.	Entrés.	Sortis par pension ou en congé.	Morts.
1804	755	629	480
1805	1116	629	316
1806	1802	1333	338
1807	1964	1454	414
1808	2358	1713	414
1809	2620	2025	418
1810	2516	1933	530
1811	2087	1774	357
1812	2201	1753	543
1813	2053	1709	395
Totaux.	19472	14952	4205
Terme moyen des dix années.	1947	1495	420

Il restoit le 1er. janvier 1804. . . . . 2150 personnes.
Il en est entré dans les dix années. 19472

Total. 21622

Il en restoit le 31 décembre 1813, au soir. . 2465

La mortalité a été d'un sur cinq $\frac{43}{100}$, en calculant d'après le nombre total des journées des dix ans, divisé par 365, nombre des jours d'une année, et subdivisé par le nombre des morts pendant ces dix ans.

Nous devons remarquer ici, comme nous l'avons déjà fait pour la Salpêtrière, que, parmi les vieillards admis à Bicêtre, il y a proportionnellement un assez grand nombre d'octogénaires. En voici pareillement le tableau.

Années.	Octogénair.	Années.	Octogénair.
1804	179	1809	175
1805	187	1810	183
1806	171	1811	163
1807	193	1812	176
1808	180	1813	174

On a souvent exprimé le désir de voir séparer l'hospice de la prison. L'Hospice n'en deviendroit pas seulement plus vaste, il en deviendroit plus salubre, d'une surveillance plus facile, d'une police plus exacte et plus sûre. On verroit aussi diminuer insensiblement cette mauvaise renommée, si juste quand elle s'attache à un lieu de condamnation; si injuste et si désolante, quand elle s'attache à un asile offert au malheur par la piété publique.

ARTICLE III.

Des Hospices pour les Incurables.

Les maisons d'incurables pourroient être classées parmi les Hôpitaux. Cependant, puisqu'on y est pour toujours, et non momentanément, comme dans les Hôpitaux ordinaires; puisqu'on n'y est pas traité et guérissable ainsi qu'on l'est dans les Hôpitaux, elles semblent appartenir plutôt à la classe des Hospices; ce sont des asiles pour l'indigence encore plus que pour la maladie.

Il n'y avoit autrefois qu'un Hospice d'incurables; les hommes et les femmes y étoient réunis. Ils sont séparés aujourd'hui. On a formé pour chacun des deux sexes un établissement particulier; celui pour les femmes est resté rue de Sèves; l'Hospice pour les hommes a été placé faubourg Saint-Martin.

§. Ier.

HOSPICE DES INCURABLES-FEMMES,
Rue de Sèves.

L'Hospice des incurables, rue de Sèves, a été fondé sous Louis XIII.
Les lettres-patentes qui l'établissent, sont du mois d'avril 1637. Déjà,
en 1634, le cardinal *de la Rochefoucauld* considérant qu'entre plu- Félib. tome IV. page 98 et suiv.
sieurs Hôpitaux destinés au soulagement des pauvres, il n'y en avoit
aucun pour les personnes affligées de maladies incurables, avoit joint
ses propres libéralités aux dons plus modestes d'une femme charitable, Madame *Le Bret,* et d'un prêtre animé du même sentiment,
dont les amis des pauvres doivent aussi conserver la mémoire, *Joulet
de Châtillon.* Le cardinal *de la Rochefoucauld* y ajouta encore,
par des actes du 13 avril et du 8 août 1636. Les lettres-patentes de
1637, et d'autres de 1639, accordèrent au nouvel établissement
plusieurs exemptions, plusieurs priviléges.

Les bienfaits envers l'hospice des Incurables s'étoient accrus à un
tel point, dans l'espace d'un siècle et demi, que, en 1788, ses
revenus montoient à plus de 370,000 livres. 430 incurables y
étoient admis ; c'étoit environ 860 francs par individu pour l'année,
47 sous par jour. On fondoit un lit moyennant 10,500 livres.
L'établissement n'avoit été formé d'abord que pour 42 personnes,
21 de chaque sexe. Il s'étoit accru par conséquent de 388. Le nombre
s'en accrut encore dans les deux années suivantes. Il excédoit 440
en 1790.

État des bâtimens, des salles et du mobilier.

Les principales salles de l'hospice des Incurables ont 24 pieds de
large sur plus de 100 pieds de long. Elles se divisent et s'étendent
en forme de croix, aboutissant à un centre commun, ce qui rend
les communications et la surveillance plus faciles. Deux corps de bâtimens séparés, mais liés ensemble par une église qui forme ce centre
commun, offroient un asile distinct aux deux sexes qui alors y étoient

également admis. En bas, de longues galeries servent de promenoir aux malades pendant la mauvaise saison. Il y a, derrière l'église, un promenoir planté d'arbres pour les autres temps de l'année.

Toutes ces salles, tous ces locaux, entretenus avec assez de soin avant la révolution, cessèrent alors de l'être. On conçoit quel dépérissement avoit produit ce défaut d'entretien, dont les effets augmentent le mal chaque année, sans proportion et sans mesure. Rien de plus affligeant que l'état où le Conseil général trouva les bâtimens de cet Hospice, au moment de sa formation en 1801. Les couvertures de la maison ne la garantissoient plus contre les ravages de la pluie : des portes et des fenêtres chancelantes ou brisées, des plâtres se détachant des murs, des poutres étayées, des locaux humides et malsains, offroient dans l'intérieur les caractères et les résultats de cette longue dégradation. On avoit négligé jusqu'aux réparations les plus indispensables pour la solidité et la durée de l'édifice; plusieurs gros murs menaçoient de s'écrouler.

Les fonds de magasin n'avoient pas moins souffert. Des entrepreneurs qui avoient été chargés du service, et qui même l'étoient encore, ne devoient pas chercher à l'améliorer, ni sur-tout à l'accroître. Ils laissèrent la maison dans un grand dénûment.

Dès l'année 1802, les améliorations commencèrent. Près de 50,000 francs y furent consacrés, en 1803 et 1804. Les poutres de plusieurs salles, qu'on avoit été obligé d'étayer, furent consolidées; les murs et les plafonds des salles qui en avoient besoin, furent grattés, et ces salles peintes ou blanchies. Les bois de lit ont été lessivés, garnis de paillasses et matelas frais et de couvertures neuves. Une buanderie n'existoit pas encore; on étoit obligé de porter le linge au dehors; il en résultoit quelquefois des pertes, toujours une dépense plus forte : elle a enfin été établie. Un grand réservoir solidement construit, reçoit et conserve l'eau nécessaire à la buanderie et aux autres besoins de l'Hospice. Des réfectoires ont été formés, et les salles où ils devoient l'être, disposés pour cet usage; des tables, des bancs, des chaises y ont été placés pour 340 personnes environ. (Les grands incurables n'y viennent pas, et les enfans ont un réfectoire particulier.)

La pharmacie, malsaine et malpropre; et que le défaut de cases et
de tiroirs laissoit toujours dans un grand désordre, est aujourd'hui
dans un état satisfaisant; les réparations indispensables en maçonnerie,
menuiserie, serrurerie, peinture, ont toutes été faites : beaucoup
de vases nécessaires et une partie du mobilier manquoit; ils ont été
acquis. La boucherie, malsaine et malpropre comme la pharmacie,
a été dépavée, dalée, nettoyée. La cuisine a besoin de grandes réparations, et elles sont urgentes. Dans l'impossibilité de suffire, en 1813,
aux dépenses qu'elle auroit occasionnées, on a du moins opéré quelques changemens préliminaires indispensables; on a transporté dans
d'autres locaux la sommellerie et la paneterie, qui n'eussent pas permis l'exécution des autres changemens projetés.

Sept grands poêles de faïence ont été construits dans les salles en
remplacement d'un plus grand nombre qui consumoient plus de bois
et donnoient moins de chaleur.

Le Conseil ayant ordonné de placer les enfans dans un local particulier, ce local a été préparé, et l'on a fermé les communications
habituelles avec le reste de l'Hospice. Les travaux que cet établissement exigeoit ont eu lieu; il est en tout parfaitement disposé, et
aussi convenable qu'utile.

Deux puits ont été presque reconstruits en entier, tant ils étoient
dégradés. Un puisard a été creusé dans la cour des enfans, pour la
garantie d'une humidité trop forte. On a été obligé de reconstruire
aussi deux fosses d'aisance; cette dépense à elle seule s'est élevée à
près du cinquième de la somme employée à cette époque pour les
bâtimens de l'Hospice; elle a coûté 4782 francs sur 24,022.

La somme employée à la même époque pour le mobilier a été à-
peu-près égale; elle monte à 24,904 francs. On a obtenu par elle
6135 aunes de toile, 208 mètres de serpilière, une fourniture en
drap, tricot, coutil, siamoise, serge, 1132 paires de bas de fil ou de
laine, 188 couvertures neuves, le blanchissage et la restauration de
564 couvertures vieilles. Ce n'étoit pas tout ce qu'il falloit; mais c'étoit
déjà un grand moyen d'amélioration et de soulagement pour les personnes reçues dans l'Hospice.

Il existoit plusieurs lingeries; elles ont été réunies en une seule, formée de deux pièces, dont l'une contient tout le linge en service, et l'autre tous les effets en réserve ; à côté est une chambre de travail pour ce linge même.

Administration, service intérieur, état personnel des Admises.

Un arrêté du 10 octobre 1801 avoit ordonné que deux établissemens seroient formés pour les malades incurables ; un arrêté postérieur indique comment la séparation sera faite. L'hospice du faubourg Saint-Martin fut exclusivement destiné aux hommes; celui de la rue de Sèves, aux femmes. Dans l'un et dans l'autre, on disposa un quartier séparé pour y placer les enfans atteints de maladies incurables. Dans l'une et l'autre aussi, les salles du rez-de-chaussée furent réservées aux grands infirmes, c'est-à-dire, à ceux ou celles qui sont absolument impotens ; les autres malades occupent les étages supérieurs. Le nombre des lits a été porté à 500 dans la rue de Sèves ; à 450, au faubourg Saint-Martin.

C'est en 1804 que l'on forma dans les deux Hospices un établissement particulier pour les enfans ; ils y restent même jusqu'à leur vingtième année, et passent alors dans les salles occupées par les adultes. Ceux qui seroient imbéciles ou épileptiques sont envoyés dans les Hospices destinés à ces infirmités. Les enfans sont mieux placés dans une maison qu'habitent d'autres incurables, qu'ils ne l'étoient auparavant dans celle des Orphelins où il leur falloit un service et des soins bien différens de ceux que des enfans en pleine santé pouvoient exiger. Le bâtiment où ils demeurent est commode. On les occupe, autant que possible, à de légers travaux; tous les secours dont ils ont besoin leur sont accordés.

La moitié environ des incurables-femmes a des cabinets particuliers et fermés. On les donne aux plus anciennes dans l'Hospice. Leur établissement n'a pas été sans inconvéniens ; les hautes fenêtres qui les surmontent et auxquelles on ne peut atteindre que par-dessus ces cabinets, ne s'ouvrent qu'avec peine, et restent habituellement fermées. Mais, d'un autre côté, les salles sont vastes, communiquant

entre elles ; et les cabinets , en offrant aux personnes admises une
retraite particulière , comme un appartement séparé , deviennent
pour elles un tel objet de désir , un tel moyen d'adoucissement à leur
situation , qu'on ôteroit à l'Hospice , si on les détruisoit , une des
plus grandes consolations qu'il présente.

Les deux Hospices manquoient également d'infirmeries pour les
indigens attaqués de maladies aiguës ; on a destiné des salles à cet
usage. Le régime ordinaire s'est amélioré pour la qualité des alimens,
leur préparation , leur variété. Les hommes ne recevoient que 25
centilitres de vin (un demi-setier); ils en ont aujourd'hui 40 centilitres;
les femmes en avoient 12 centilitres et demi; elles en ont 50 centilitres.
Il y a même eu une légère augmentation dans ce qu'on leur distribue
pour le souper.

La révolution avoit introduit quelque désordre dans les admissions d'individus. On violoit chaque jour les règlemens anciens
qui avoient déterminé les caractères indispensables pour être admis.
Ces règlemens ont enfin repris la force que devoient leur donner
l'amour de l'ordre et la volonté des fondateurs. Ils exigeoient que
les personnes reçues eussent des maux invétérés et qu'on ne pût
espérer de guérir , qu'elles eussent au moins vingt ans , qu'elles
fussent pauvres , sans rentes , revenus ou autres biens , et hors d'état
de gagner leur vie , qu'elles fussent de bonnes mœurs. On ne s'en
tint pas, pour les maladies , au caractère général que nous venons
d'exprimer ; elles furent positivement indiquées , et celles qu'on in-
diqua ainsi donnèrent seules le droit d'entrer aux malades qui en
étoient atteints : ce sont la paralysie ancienne et formée , l'agitation
ou le tremblement continuels de tout le corps ou des membres , les
cancers , les luxations parfaites des vertèbres , les boyaux percés sortant du ventre avec les excrémens , les gouttes nouées spécialement
des mains , les hydropisies formées , l'asthme et la pulmonie , le flux
perpétuel de pituite , les vieux ulcères avec tumeurs extraordinai-
rement grosses , les hernies complètes qui ne sont pas susceptibles
de réduction , et les autres maladies qui affectent pour toujours
toutes les habitudes du corps , mettent hors d'état de gagner de quoi
vivre , et réduisent à garder le lit continuellement ou au moins très-

souvent. Les anciens règlemens ajoutent qu'on ne doit pas recevoir
les personnes dont les maladies ne sont universelles ni continuelles,
les boiteux, les estropiés d'un bras, les aveugles, les vieillards qui
n'ont d'autre infirmité que leur âge, les écrouellés, les épileptiques,
les teigneux, les lépreux, les personnes infectées de maux vénériens,
celles qui ont d'anciennes dartres ou d'autres maladies de la peau, les
hernies simples ou qui peuvent être facilement réduites, et généralement tous ceux qui ont des maux contagieux et qui peuvent se communiquer. Ne seront pareillement admis et reçus, ajoutent encore ces
règlemens, les insensés, les furieux et les innocens, et autres qui
ne sont pas capables de profiter des instructions ni des sacremens,
ni tous ceux généralement qu'il est nécessaire de mettre dans des lieux
séparés et de garder exactement. Ils veulent enfin que, parmi les malades vraiment incurables, on reçoive préférablement les prêtres,
ceux qui, ayant eu quelques rangs ou commodités, sont devenus
pauvres, et ceux qui sont plus avancés en âge.

En rendant aux anciens règlemens toute la force qu'ils devoient
avoir, des considérations importantes semblèrent exiger qu'on
y apportât quelques modifications. D'abord, le nombre des places
étoit considérablement augmenté, puisque, au lieu d'un Hospice,
on en avoit deux : ensuite, la révolution avoit jeté dans l'indigence
beaucoup de personnes qui arrivoient à la vieillesse sans secours et
avec des infirmités qui, sans avoir précisément les caractères indiqués dans les règlemens anciens, les rendoient cependant hors d'état
de fournir par le travail à leur subsistance; enfin, depuis plus de dix
ans, ceux qui avoient fondé des lits aux incurables, ou les représentans de ces hommes charitables, avoient été privés de toute nomination; il avoient même vu s'anéantir une partie de leurs droits
pour l'avenir, par la diminution des deux tiers du capital fourni
pour opérer cette fondation. On crut donc devoir se montrer plus
accessible pour les présentations qui seroient faites dans les années
qui alloient suivre des événemens funestes et les pertes qu'ils avoient
occasionnées. Encore une fois, le doublement du nombre auroit suffi
pour permettre et justifier les modifications qu'on adopta.

Ainsi, un arrêté du Conseil général des Hospices, du 21 mars

1804, autorisa les fondateurs à nommer des personnes âgées de plus de soixante-dix ans, encore qu'elles n'eussent pas de maladies spécifiées qui les rendissent incurables, mais sous la condition qu'elles n'auroient aucun des maux que les règlemens anciens en excluoient : le Bureau central doit constater qu'elles n'en sont pas atteintes. Un arrêté postérieur, du 5 juin 1805, rappela au reste et confirma ces règlemens pour l'admission des personnes qui ne seroient pas septuagénaires : on y trouve quelques maladies qu'ils n'avoient pas expressément indiquées, comme les anévrismes internes, la cécité et autres maux d'yeux incurables qui empêchent la vision, les difformités des pieds et des mains, etc., toujours avec l'effet général de réduire à garder le lit et d'empêcher pour toujours toute espèce de travail.

Une disposition encore des règlemens anciens étoit que, chaque année, des Administrateurs se transporteroient dans les salles avec le médecin ou le chirurgien « pour congédier ceux qui ne se trouveroient pas de la qualité requise, ou qui ne se soumettroient point aux règles de la maison, qui seroient fâcheux et incorrigibles, fainéans et sans pitié, qui pourroient travailler pour gagner leur vie. » Cette disposition eût mérité d'être conservée, en en modifiant un peu l'exécution, dans les premières années sur-tout; il deviendroit moins nécessaire de l'exécuter rigoureusement, si on vouloit être plus sévère sur le choix des individus nommés pour entrer à l'hospice des Incurables.

Les personnes attachées au service de la maison étoient au nombre de 52 en 1803. Elles étoient au même nombre encore le 1er. juin 1810, quand les Sœurs de la Charité rentrèrent dans l'établissement. Divers employés, des infirmiers notamment et des infirmières, furent alors supprimés; mais le nombre total resta le même, toujours de 52. Il se compose d'un agent de surveillance et d'un commis, d'un médecin et d'un élève en chirurgie, d'un aumônier et de 28 Sœurs de la Charité, d'une fille de lingerie et de 3 filles de cuisine, de 7 infirmiers encore ou infirmières, de 2 portiers, et de 6 autres personnes chargées de différens travaux.

Population, Mortalité.

Il existoit à l'hospice des Incurables-Femmes, au 1er. janvier 1804, 454 admises.

22

Le tableau suivant nous dit ce qui y est entré, ce qui en est sorti, ce qui y est mort, depuis cette époque jusqu'au 31 décembre 1813.

Années.	Entrées.	Sorties avec Pension représentativ. ou par Congé.	Mortes.
1804	98	84	55
1805	199	113	51
1806	146	76	43
1807	139	122	57
1808	232	146	45
1809	150	116	53
1810	142	99	51
1811	132	75	52
1812	115	61	62
1813	160	100	55
Totaux.	1513	992	524
Terme moyen des dix années.	151	99	52

Restant le 1er. janvier 1804. . . . . 454 ⎫
Entrées pendant les dix années. . . 1513 ⎭ 1967

Sorties par pension ou congé. . . . . 992 ⎫
Mortes. . . . . 524 ⎭ 1516

Il en restoit le 31 décembre 1813. 451

La mortalité, calculée d'après le nombre total des journées dans les dix ans, divisé par 365, nombre des jours de l'année, sous-divisé par le nombre des mortes dans ces dix ans, a été d'une sur 8 $\frac{58}{100}$.

Le seul mois de janvier a offert 12 morts sur les 55 de l'année, en 1813.

§. II.

HOSPICE DES INCURABLES-HOMMES,

Faubourg Saint-Martin.

Saint-Vincent de Paule avoit fondé, tout auprès de cette maison, un établissement pour 40 vieillards, 20 hommes et 20 femmes. Il étoit administré par des Lazaristes et desservi par des Sœurs de la Charité. On y étoit admis gratuitement. Il falloit, pour l'être, avoir soixante ans accomplis.

Quelques changemens faits dans les localités de cet établissement, portèrent à 60 le nombre des vieillards qu'on y put admettre ; mais ce nombre étoit encore trop insuffisant. Une maison voisine, autrefois le couvent des Récolets, offroit l'espace nécessaire. Le décret qui la consacre à cet usage, est de 1795.

Les deux cinquièmes des places devoient être gratuits ; les trois autres cinquièmes, donnés à des personnes qui payeroient une pension de 300 francs au moins, de 500 au plus. Bientôt le nombre des places gratuites l'emporta de beaucoup sur les autres. On les donnoit ainsi, malgré le règlement, d'abord sous un prétexte favorable, ensuite au hasard ou par l'effet d'une prédilection qu'inspiroit à ceux qui choisissoient la conformité réelle ou simulée des opinions du pétitionnaire avec celles qu'ils affectoient eux-mêmes et qui exerçoient alors un empire si funeste. Les deux cinquièmes gratuits avoient d'abord été spécialement destinés à des employés de diverses administrations, à des fonctionnaires même que la révolution laissoit sans place et sans fortune, à des artisans laborieux qui ne pouvoient plus suffire par leur âge ou leur santé, à des travaux assidus, journaliers, quelquefois pénibles, et qui par-là se trouvoient hors d'état de subvenir à leurs premiers besoins.

Des hommes et des femmes furent également admis dans l'Hospice. A quelque titre qu'on y entrât, on devoit y apporter le mobilier et le linge nécessaires à son usage. Ce mobilier et ce linge, qui auroient

dû être entretenus et conservés avec soin, furent si négligés pendant le temps que des entrepreneurs étoient chargés du service de la
maison, qu'une partie n'existoit plus quand l'Administration paternelle
a recommencé, et que l'autre se trouvoit dans un état de dégradation
absolue.

Ce fut en 1802 que l'hospice du faubourg Saint-Martin devint
celui des Incurables-Hommes.

État des bâtimens, des salles et du mobilier.

Pour multiplier le nombre des personnes admises, on avoit pratiqué des galeries à mi-mur dans trois grandes salles du rez-de-
chaussée ; placés les uns sur les autres, les vieillards respiroient une
quantité d'air insuffisante et peu salubre : ces galeries ont été supprimées.

On avoit mis des lits aux pourtours du cloître, dans des salles que
leur situation humide et basse rendoit dangereuses à habiter, pour
des infirmes sur-tout ; elles ont été entièrement évacuées.

On avoit fait deux dortoirs encore, de 40 lits chacun, dans le bâtiment dit *des Forges*, parce qu'on s'en étoit servi pendant la révolution pour y fabriquer des armes ; ce bâtiment étoit aussi bas, humide,
peu éclairé ; les poutres et les plafonds en étoient en si mauvais état
qu'on avoit été obligé de les étayer : on a élevé les planchers de deux
pieds ; on y a pratiqué 40 lucarnes vitrées, et percé 24 croisées. On
a aussi planchéié en bois de chêne, à la hauteur de près de 3 pouces,
le dessous des lits, dans toute la longueur des dortoirs ; ces salles
sont devenues commodes et saines.

Les cellules des moines subsistoient et formoient autant de chambres qui rendoient les corridors étroits, obscurs ; il en étoit résulté
quelquefois des accidens graves : on les a démolies, et cet emplacement présente aujourd'hui une des plus belles salles de l'Hospice ;
elle contient 57 lits.

Dans trois petites salles peu élevées, on avoit établi 65 cases en
planches, d'environ 2 mètres et demi carrés ; quoiqu'elles fussent dé-

couvertes par le haut, l'air ne s'y renouveloit pas, et les trois quarts de ceux qui les habitoient étoient malades ; elles ont été abattues.

Une salle que sa position avoit fait appeler de *Bellevue*, aujourd'hui salle Saint-Sébastien, a été disposée au second étage de la maison, dans un emplacement qui étoit autrefois un vaste grenier ; elle offre à l'Hospice 57 lits de plus.

Les cours, les jardins, et un petit bois qui sert de promenade aux personnes admises, ont été déblayées de tout ce qui les obstruoit. On a comblé une mare qui, dans le temps des chaleurs, produisoit quelque infection ; on a transporté dans les arrière-cours des hangars qui, élevés à la hauteur des bâtimens, rendoient sombre et resserré un endroit où l'on se promène aussi habituellement ; on a pavé le long de ces bâtimens, pour faciliter sur-tout l'écoulement des eaux qui en minoient les fondations ; on a posé des bancs autour ; on y a fait des plantations, ainsi que dans la cour d'entrée. De mauvais murs qui séparoient en grand nombre de petites cours, ont été remplacés par des grilles en bois, qui n'obstruent plus l'air, et rendent les communications plus multipliées et plus commodes pour le service général.

L'église de l'ancien monastère tomboit en ruine ; il est devenu nécessaire d'en abattre une grande partie. Elle avançoit tellement dans la première cour de l'Hospice, qu'elle en resserroit l'entrée ; le mur a été aligné avec les autres bâtimens ; la partie de l'édifice que l'on a pu conserver, est devenue une salle de 20 lits. Une chapelle a été disposée à la proximité des grands infirmes.

Dans un corridor qui servoit autrefois de passage, on avoit pratiqué une lingerie, qui non-seulement interceptoit des communications habituelles, mais qui se trouvoit encore éloignée de toutes les personnes employées à ce service ; elle étoit de plus adossée à un vieux mur tellement salpêtré, que le linge en prenoit beaucoup d'humidité, dans le temps même des chaleurs. La lingerie est aujourd'hui dans un local sain, clair ; les ouvrières qui y travaillent sont placées tout autour, ainsi que la surveillante qui les dirige ; la communication interceptée de plusieurs dortoirs avec le grand escalier a été rétablie.

Une plus grande quantité d'eau pouvoit seule achever de donner à l'établissement la propreté et la salubrité nécessaires. Les trois centimètres qu'on lui en accordoit, suffisoient à peine au quart de ses besoins journaliers, et quelquefois même, au temps des sécheresses, il en manquoit totalement. Un embranchement obtenu sur le bassin de la Villette, lui assure désormais toute l'eau que le service de la maison peut exiger. L'hospice, en cas d'incendie, y trouveroit encore sa sûreté. Cent seaux y sont déposés, et on a les bras nécessaires pour s'en servir.

La maison n'avoit qu'un ancien réservoir; sa presque totalité se trouvant au-dessous du niveau de la cuisine et de la buanderie, les eaux ne pouvoient arriver dans l'une et dans l'autre que lorsqu'il étoit entièrement plein, et des fuites journalières exigeoient des réparations perpétuelles. Il étoit nécessaire d'en établir un qui pût recevoir et distribuer dans tout l'Hospice avec abondance les eaux du canal de l'Ourcq et des Prés – Saint – Gervais. Ce travail a été fait.

La porte d'entrée a été changée : elle étoit loin du centre des bâtimens, et il falloit traverser une partie du cloître pour se trouver dans l'Hospice ; on l'a ouverte d'un autre côté. L'entrée est plus commode, plus centrale, plus facile à surveiller, et la police de la maison plus assurée.

Administration, service intérieur, état personnel des admis.

La plupart des dispositions prises pour l'hospice des Incurables-Femmes s'exécutent aussi dans l'hospice des Incurables-Hommes. Nous avons fait observer, en les rappelant dans le paragraphe qui précède, qu'elles s'appliquent également aux deux maisons.

Les enfans, au nombre de 50, ont un établissement particulier dans la maison : ils ont leurs surveillans, leurs salles, leur réfectoire, leur promenoir; ils ont aussi des ateliers où sont instruits au travail tous ceux à qui leurs infirmités permettent de recevoir ce moyen de consolation et de moralité. Sous la direction d'un ancien tailleur, admis dans l'Hospice, plusieurs enfans se livrent à ce métier; ils y font ou raccommodent les vêtemens nécessaires. D'autres, sous la direction également d'un admis, apprennent la serrurerie, la menuiserie, et rendent ensuite dans l'intérieur de la maison, tous les services qui se rapportent à ces professions, et qu'il faudroit payer à des ouvriers étrangers.

Le régime alimentaire de l'Hospice a été généralement amélioré; des réfectoires y ont été établis comme à l'hospice des Incurables-Femmes. Tous les grabats et châlits ont été remplacés par des couchettes neuves à colonnes et uniformes, garnies de rideaux d'hiver et d'été. Chaque admis a cinq paires de draps et huit chemises. La pénurie de linge étoit si grande avant l'administration du Conseil, que, en hiver, on ne changeoit de chemises que tous les quinze jours, de draps que tous les trois mois.

Il n'y avoit ni infirmerie, ni service de santé. Les médecins et les chirurgiens de l'hôpital Saint-Louis étoient bien chargés d'y suppléer; mais quand une maladie leur paroissoit grave, ils faisoient transporter le malade dans cet hôpital. L'annonce d'un vrai danger, la pensée pénible du genre d'infirmité que l'on traite à Saint-Louis, le chagrin de quitter la maison où on vivoit, avoient eu souvent des résultats funestes pour le malade transporté. Une infirmerie de 20 lits a été établie; l'Hospice a eu son médecin particulier, un dépôt de pharmacie, une salle de bains.

L'administration et le service intérieur de la maison se composent de 42 personnes, un agent, un économe et un garde-magasin, un aumônier, un médecin et un chirurgien, et 36 autres chargées des différens travaux pour les divers besoins de l'Hospice, et pour les soins à donner aux incurables qui y sont admis.

Population, mortalité.

Le nombre des Incurables-Hommes à admettre dans l'Hospice est fixé à 450 par un arrêté du Conseil général; de ces 450 places, 50 sont réservées à des enfans.

La mortalité dans les années 1801, 1802 et 1803, a été, en prenant un terme moyen pour ces trois années, d'un peu plus du septième. Elle a été d'un sur 6 $\frac{82}{100}$, comme terme moyen, pour les dix années suivantes. En voici le détail exact.

Années.	Entrés.	Sortis avec pension représentativ. ou par congé.	Morts.
1804	150	56	53
1805	130	63	43
1806	86	28	62
1807	61	22	47
1808	154	54	63
1809	109	21	69
1810	69	21	57
1811	85	42	43
1812	77	16	88
1813	62	22	48
Totaux.	983	345	573
Terme moyen des dix années.	98	34	57

Il en restoit 317 le 1er. janvier 1804, lesquels, ajoutés aux 983 entrés, donnent un total de. 1300
345 sortis et 573 morts, donnent un total de. 918

Il en restoit par conséquent, le 31 décembre 1813. 382

L'année 1812 a été la plus funeste; les années 1808 et 1809 ensuite. La mortalité a été de moins du onzième en 1804, de moins du dixième en 1807 et 1811; du dixième seulement en 1805; elle a été presque du cinquième en 1812.

ARTICLE IV.

Hospices pour la Folie, l'Épilepsie et l'Imbécillité.

La folie, l'imbécillité, l'épilepsie, sont reçues et traitées dans des maisons qui ont aussi une autre destination. On peut en excepter *Charenton,* pour la folie. Mais nous ne parlons ici que des établissemens qui sont sous la surveillance générale et directe du Conseil des Hospices.

État ancien des malades, leur état actuel; état des salles et des bâtimens.

La folie étoit autrefois envoyée dans les Hôpitaux ordinaires; il y avoit pour elle cependant une maison spéciale, mais trop insuffisante, et où il falloit payer. Ceux qui étoient reçus à l'Hôtel-Dieu étoient *Tenon, p. 211 et suivantes.* confondus dans la même salle; point de loges, point d'asiles particuliers; les autres malades entendoient leurs cris; ils étoient sans cesse troublés, agités, affligés, effrayés par eux. Six lits à quatre personnes pour les femmes et huit lits à deux; dix lits à quatre pour les hommes et deux petits lits étoient tout ce qu'on pouvoit offrir aux aliénés. Aucune disposition favorable à leur état n'avoit été prise; on avoit pris toutes celles qui leur étoient contraires. Des salles étroites, à plusieurs rangs de lits, et dans le même lit plusieurs insensés à-la-fois; aucun moyen de sortir de l'enceinte où on étoit resserré, de faire même le plus léger exercice. La salle qui les renfermoit étoit le seul local commun de tous. La plupart même ne pouvoient quitter leur lit; on les y garrottoit.

Voilà pour les fous regardés comme curables. Les incurables-indigens étoient envoyés, les femmes à la Salpêtrière, les hommes à Bicêtre.

Les fous qu'on recevoit aux *Petites-Maisons* payoient 300 francs de pension; leur famille restoit alors chargée de leur entretien : ou bien, on payoit pour eux 400 francs, et l'hospice fournissoit à tout. En 1795, la pension fut portée à 400 francs dans le premier cas; à

23

500 francs dans le second. Le nombre des personnes admises aux *Petites-Maisons* étoit de cinquante environ. On les regardoit toutes comme incurables ; aucun traitement n'avoit donc lieu dans cet Hospice. Les aliénés que l'on croyoit pouvoir guérir, c'est à l'Hôtel-Dieu qu'on les envoyoit, comme nous venons de le dire ; le traitement étoit là.

Voir ci-après, page 193 et suivantes.

L'Hospice, long-temps connu sous le nom de Petites-Maisons, a changé de destination aujourd'hui. Les fous curables et les fous incurables sont également reçus à Bicêtre et à la Salpêtrière, dans un local particulier et isolé du reste de l'établissement, mais ils n'y sont pas mêlés et confondus ; on en a fait plusieurs classes qui, toutes, ont une localité différente.

La classification des différens degrés de folie rend la surveillance plus aisée, les moyens d'ordre et de police plus égaux et plus sûrs, les observations médicales plus faciles à saisir, à appliquer, à comparer, par cela même qu'elles sont plus distinctes.

Rapp. de 1803, Page 80.

Le Conseil des Hospices n'avoit rien oublié pour obtenir deux maisons qui fussent uniquement destinées à l'aliénation mentale : elles étoient vacantes et à la disposition du gouvernement ; vastes, saines, ayant de grands jardins, contiguës et pourtant séparées, elles offroient toutes les facilités, et promettoient tous les avantages qu'on pouvoit souhaiter. Les arrêtés du Conseil, ses vœux, ses sollicitations, ses observations n'ont produit aucun effet.

Il a donc cherché à opérer dans les établissemens, tels qu'ils existent, tout le bien qu'on pouvoit en attendre, et il y est parvenu presque au-delà de ses espérances.

Un des premiers bienfaits a été la séparation des différens degrés de folie et de ses différens caractères. Le fou soumis au traitement n'est plus avec le fou incurable, le fou furieux avec le fou tranquille. De nouvelles divisions, quelques constructions nouvelles sont devenues nécessaires. Des loges basses et resserrées environnant des cours étroites, ressemblant moins à une chambre qu'à un cachot, ont été supprimées ou disposées de manière à être plus saines.

A Bicêtre, le local qui leur étoit destiné, se trouvoit également peu convenable, soit dans la partie réservée aux insensés que l'on essayoit de guérir, soit dans celle où on les plaçoit après avoir perdu toute espérance de guérison. A mesure que le nombre de ces derniers augmentoit, on augmentoit le nombre des loges ou cellules construites dans des cours rendues par-là, chaque jour, plus étroites ; et ces loges même étoient humides et insalubres par leur adossement à des murs de terrasse, ou aux murs du cimetière. La translation des sépultures dans un des jardins de l'Hospice offroit un grand terrain qui devint une cour, et que l'on planta d'arbres la même année. On plaça dans des dortoirs les aliénés qui n'étoient pas dans le cas de troubler le repos de leurs compagnons. Un bâtiment s'éleva, plus approprié à sa destination. Il se divise en six salles, pouvant contenir chacune 28 lits bien espacés, 168 lits en totalité. Une salle de bains y est attenante ; une autre salle destinée aux besoins du service et des latrines commodes ont été établies pour le même objet. Les étages supérieurs du bâtiment sont pour les fous tranquilles ; le rez-de-chaussée est pour les aliénés dont on essaye et dont on espère la guérison. La réunion de ces salles a présenté l'avantage d'une inspection facile, d'un éclairage et d'un chauffage moins dispendieux ; mais elle n'isole pas suffisamment les diverses espèces d'aliénation. C'est pour y remédier en partie que l'on a fait construire dernièrement, en 1812, plusieurs loges dans une grande cour, afin d'y mettre les fous les plus emportés, les plus furieux. Avant leur construction, ces infortunés, que l'on réunissoit la nuit dans une salle pour le repos des autres, parvenoient quelquefois à se détacher, et se donnoient mutuellement des coups souvent dangereux, avant qu'il eût été possible de s'en rendre maîtres. Maintenant, placés séparément dans chacune de ces loges, qu'on peut appeler douze petites chambres, ils y sont entièrement libres. Il étoit important, sous les rapports de l'ordre et de l'humanité, que cette amélioration ne fût pas plus long-temps différée.

Le nouveau bâtiment est situé au reste dans la partie la plus reculée de l'Hospice, dans la position par conséquent qui expose le moins les malades aux regards des autres, ou à leur devenir incommodes par leurs actions et leurs cris. La construction d'une salle de 25 à 30 lits seroit nécessaire pour placer d'une manière isolée des autres fous, les aliénés en état de convalescence. Le jardin, situé

23 *

derrière le local du traitement, pourroit leur offrir une douce occupation dans la culture des fleurs ou dans d'autres travaux analogues à leurs diverses habitudes.

Le nouveau bâtiment encore, principalement destiné aux fous en traitement, offre d'un côté, par derrière, un marais; de l'autre, sur le devant, une cour, plantée de jeunes arbres, qui sert de promenade aux insensés. Elle a été séparée du local des fous incurables par une grille de fer, qui laisse à l'air une libre circulation. La promenade de ces derniers a été étendue par une grande partie de l'ancien cimetière, dont les émanations étoient nuisibles à ces malheureux qui n'en étoient séparés que par un mur, et qu'on a placé à une distance convenable des bâtimens, au nord de l'Hospice. Une autre partie de ce cimetière sert aujourd'hui de chantier pour le bois à brûler. A la suite, on a fait des écuries et une nouvelle basse-cour. La cour des épileptiques et des imbéciles, qui étoit très-resserrée, a été augmentée de tout l'espace que contenoit le chantier, espace qui a été planté aussi. Les masures de l'ancienne petite cour de ces infortunés, celles qui obstruoient l'entrée du local des fous incurables, les loges les plus humides de cet emploi, ont fait place à des grilles de fer qui séparent ceux-ci des épileptiques et des imbéciles, et assurent encore à l'air une circulation plus libre. Les places pour les fous et imbéciles, incurables, étoient insuffisantes : une ancienne caserne de la garde de la prison ayant été rendue à l'administration, cent lits y ont été établis pour cent épileptiques, et l'emplacement des premiers s'est étendu de tout l'espace que leur ont laissé les derniers.

Les soins pris à l'Hospice de la Salpêtrière pour la séparation des différentes classes d'aliénés et l'amélioration de leur sort, n'ont été ni moins actifs ni moins étendus. L'état actuel de cette maison, sous ce rapport en particulier, a été si bien décrit par le savant médecin à qui les malades en sont confiés, M. *Pinel,* que nous ne pouvons rien faire de mieux que de le laisser parler lui-même. C'est dans l'ouvrage où il a recueilli les fruits de ses méditations et de son expérience sur l'aliénation mentale, qu'il dit : « Au centre est une cour carrée avec une fontaine au milieu et un double rang de tilleuls sur chacun

page 195.

des côtés, qui est d'environ quarante-six mètres de longueur, et formé au-delà par une rangée de petites loges environnantes qui s'ouvrent sur cette cour ; et c'est dans ce local agréable que sont disposées les femmes mélancoliques, chacune dans une loge séparée. Il en est de même de deux autres cours oblongues, d'environ six mètres de largeur, formées par de doubles rangs de loges adossées, parallèles au côté de la cour centrale, et répondant au couchant : on peut en dire autant d'une autre cour parallèle au côté méridional de la cour centrale. On remarque au levant trois autres cours grillées, formées aussi par de doubles rangs de loges adossées : c'est dans ces trois cours oblongues et grillées que sont disposées les aliénées les plus propres à répandre le désordre dans l'intérieur de l'Hospice. Dans l'une d'elles sont des idiotes qui sont portées à entrer indistinctement dans toutes les loges et à s'emparer de tout ce qui tombe sous leurs mains, ainsi que d'autres aliénées qui ont un penchant irrésistible à faire des vols adroits, ou des personnes turbulentes propres à semer par-tout la discorde. La deuxième est destinée à des aliénées plus ou moins agitées ou furieuses, mais dont l'état est invétéré et regardé comme incurable. Dans la troisième sont renfermées les furieuses d'une date récente ou celles d'une manie plus ou moins ancienne, mais avec un espoir plus ou moins fondé de succès de traitement. Dans ce dernier cas une étroite réclusion dans leur loge est rarement nécessaire, et à moins d'une forte impulsion à des actes de violence, on leur permet d'errer librement dans cette cour et de se livrer à tous les actes innocens d'extravagance que leur suggère leur pétulance naturelle (1).

---

(1) « Il eût été à désirer que l'architecte eût un peu modifié son plan, et qu'au lieu de cours de six mètres de largeur terminées latéralement par des loges au rez-de-chaussée, il eût donné dix à douze mètres de largeur et qu'il eût formé, de côté et d'autre, des loges au rez-de-chaussée avec un premier étage ; qu'enfin il eût donné la facilité d'établir parallèlement une double rangée de tilleuls pour ombrager ces endroits qu'un soleil ardent rend quelquefois très-insalubres ; les malheureuses aliénées n'ont que trop de penchant à faire tout ce qui leur est contraire, et à s'exposer avec

» C'est autour de cet ensemble régulier de longues suites de loges et des cours, que règne, au midi et au levant, une allée plantée d'un rang de tilleuls qui l'ombragent pendant l'été, et où se promènent librement les aliénées tranquilles et dont la manie a dégénéré dans une sorte de démence; c'est dans la partie orientale de cette allée qu'est placée une salle destinée aux femmes âgées réduites à un état de démence sénile, pour y être soignées par une fille de service, qui veille à leurs besoins et à leur propreté. L'autre partie méridionale de l'allée est adjacente à une sorte de jardin ou de promenoir d'environ trois arpens, planté de jeunes arbres pour l'ombrager, avec un bassin d'eau au milieu. L'hospice est terminé à sa partie occidentale par une sorte d'avant-cour oblongue sur laquelle aboutissent les portes d'une longue suite de loges : au côté parallèle est un long promenoir couvert, où les aliénées tranquilles et au déclin de la maladie, peuvent se promener à l'abri par un temps pluvieux. Enfin, celles qui sont en pleine convalescence, et dont l'usage de la raison est entièrement rétabli, sont conduites dans des dortoirs spacieux qui terminent l'hospice au nord, et où elles sont couchées dans des lits tenus avec une extrême propreté, après avoir passé une grande partie du jour dans l'atelier commun de la couture. C'est à l'extrémité de l'un de ces dortoirs et dans une grande salle séparée, qu'est placée une infirmerie où sont transférées les aliénées attaquées de maladies incidentes de toute espèce qui peuvent avoir lieu, suivant les saisons ou d'autres circonstances particulières. »

La partie de l'Hospice qui leur est consacrée, peut contenir environ 800 personnes. Elle se compose de plusieurs rangs de cellules ou loges, de dortoirs et d'infirmerie. Les loges sont au nombre de 349; dans plusieurs, on a été forcé de mettre deux lits; dans 14, il y en a trois. Les dortoirs sont au nombre de dix, et ils contiennent 321 lits. Il y en a 66 dans les salles destinées à offrir une infirmerie aux

---

imprudence aux rayons du soleil; d'ailleurs, durant l'été et le printemps, la chaleur devient excessive entre ce double rang de loges; ce qui nuit beaucoup au traitement des aliénées qui sont agitées et dans un état de fureur. On auroit eu d'ailleurs par ce moyen l'avantage de ménager l'espace pour l'emplacement des loges. »

femmes auxquelles il survient une maladie qui se complique avec l'aliénation. Afin de maintenir seules dans un lit toutes les insensées, le Conseil général des Hospices vient d'ajouter aux locaux qu'elles habitent, un bâtiment construit sur un emplacement qu'occupoient de mauvais hangars, bâtiment qui contiendra 150 lits ; 75 sont déjà placés ; on aura bientôt les 75 autres.

Cinq cents folles couchent sur des matelas ; les 521 qui sont dans les dortoirs, et 180 dans les loges. D'autres sont couchées sur de la paille, soit parce qu'elles sont gâteuses, soit parce qu'elles déchirent tout ce qu'on leur offre. Il y a pour les convalescentes un dortoir de 44 lits ; un autre dortoir, que l'on vient de terminer, peut réunir près de cent mélancoliques.

Les folles tranquilles et les convalescentes se réunissent dans un atelier où elles s'occupent à des ouvrages de couture qu'on leur fournit, et qui leur sont payés dès qu'ils sont achevés. Une partie du linge neuf des autres établissemens hospitaliers est confectionné à la Salpêtrière, et ce sont ces femmes qui le font ; celles qui ne peuvent manier l'aiguille, tricotent ; il en est quelques-unes qui se livrent à la culture d'une portion de l'immense promenoir : on peut élever à 400 le nombre de celles qui travaillent.

Nous avons dit que chaque degré d'aliénation a ses cours particulières, ses loges ou ses dortoirs ; ces cours sont aussi multipliées que le classement des insensées l'exige. Elles ont toutes une fontaine. Le jardin est planté en quinconce. Le bassin du milieu est disposé de manière qu'aucun accident ne puisse mettre en danger la vie de l'aliénée qui s'y laisseroit tomber. Un puits couvert permet aussi d'avoir, à chaque instant, au moyen d'une pompe, cette eau dont les folles ont si souvent besoin. Les bains y sont proportionnés au nombre des malades en traitement ; l'eau se distribue abondamment dans les diverses cours, et un aqueduc entraîne toutes les immondices.

Dans les deux établissemens de la Salpêtrière et de Bicêtre, on a également multiplié les baignoires, amélioré les moyens de traitement par les douches, pratiqué d'autres améliorations encore. Ajoutons que les dépenses faites à ce sujet, et si bien justifiées par leur nécessité, ont permis de recevoir dans les deux maisons les aliénés que l'on envoyoit auparavant à Charenton, où on étoit obligé, d'après un ancien arrêté du Ministre, de payer pour eux une pension qui excédoit de plus de moitié la dépense réelle qu'ils occasionnent aujourd'hui. Le Conseil général l'a ordonné ainsi par un arrêté du 10 juin 1806.

L'idée d'enchaîner les fous pour les mieux dompter et les garder plus aisément, étoit devenue générale par-tout où il y avoit des Hospices d'insensés, à Paris comme dans les autres établissemens de l'Europe. Un surveillant plein de zèle, d'intelligence et de courage, que la mort nous a enlevé depuis, M. Pussin, contribua sur-tout à produire, sous ce rapport, un changement aussi utile qu'humain. Un plein succès récompensa ses efforts. La fureur des maniaques s'affoiblit au lieu de s'accroître, quand ils cessèrent d'être enchaînés. On les contient maintenant dans les plus grands accès même de leur fureur, on les contient au moyen d'une camisole étroite, faite avec une toile forte, qui s'étendant au-delà du bras qu'elle couvre, présente deux manches allongées qu'on lie ensemble par les extrémités. S'il faut les attacher sur leur lit, la camisole sert à le faire, sans que l'on soit obligé de garrotter leurs membres ; pour le très-grand nombre, la réclusion momentanée, le déplacement d'une cour dans une autre, d'un dortoir dans une loge, une légère récompense, l'espoir de voir ses parens ou de leur être rendu, la promesse d'être employé au service de l'établissement, l'application au travail, sont des moyens suffisans pour les réprimer et les contenir.

Rapp. de 1803, page 85.

Quant aux épileptiques et aux imbéciles, nous avons déjà rappelé quelques dispositions qui les concernent, et on peut ajouter à ce que nous en avons dit dans cet article, pour les hommes en particulier, ce que nous en avons dit, sous plusieurs rapports, en rendant compte de la situation morale de l'hospice de Bicêtre. Les femmes épileptiques sont reçues à la Salpêtrière. Elles y ont un bâtiment dans lequel on a réservé une grande pièce où elles vont travailler pendant la journée, y recevoir et consommer les rations de vivres qui leur sont distribuées. Elles ont aussi une cour particulière, plantée d'arbres. Le local destiné aux imbéciles doit appeler toute la sollicitude de l'Administration. Les loges et les dortoirs ne peuvent subsister tels qu'ils sont. C'est un des changemens les plus pressans à faire et les plus indispensables.

Des traitemens ont été essayés sur plusieurs épileptiques, à la Salpêtrière. Quatre ont passé deux ans avec quatre vaches dans une étable. L'espérance que l'on avoit conçue d'un tel séjour, pour leur guérison, ne s'est pas réalisée.

Administration, service intérieur.

Des surveillans ou surveillantes, et un nombre proportionné d'hommes ou de filles de service sont chargés, à Bicêtre et à la Salpêtrière, de tous les soins qui peuvent concerner les imbéciles et les épileptiques.

Le service pour les aliénés y est aussi confié à un nombre de surveillans ou de surveillantes, d'infirmiers ou d'infirmières, d'hommes ou de filles de service, proportionné au nombre ordinaire des malades. Un des deux médecins de l'hospice de Bicêtre est spécialement chargé de cette maladie. A la Salpêtrière pareillement, il y a, outre le médecin en chef, un médecin particulièrement attaché à la division des aliénées, qui a quelques élèves sous ses ordres. Dans les cas graves de chirurgie, elles sont transportées à l'infirmerie générale, et remises aux soins du chirurgien en chef de l'Hospice.

Les élèves en chirurgie font les pansemens le matin. Les médicamens sont distribués avant la première visite. Le médecin doit en faire une seconde dans la journée, s'assurer le soir que tous les malades sont rentrés dans leur loge ou dans leur dortoir; et la nuit deux personnes parcourent les lieux pour que le repos ne soit pas troublé et que les secours nécessaires soient promptement offerts.

Le placement des aliénés, leur mutation ou leur passage d'une section à l'autre, des loges à l'infirmerie, et réciproquement, sont réglés par les médecins; ils fixent le temps où leurs parens peuvent les voir; ils délivrent à ceux qui sortent un certificat de guérison; ils donnent les permissions d'entrer aux étrangers qui voudroient visiter l'établissement, permissions qui ne peuvent être données que par eux ou par les chefs de la maison, qui le sont toujours rarement, et qu'enfin on n'accorde pas à une vaine curiosité, mais seule-

24

ment aux médecins et aux hommes en place qui viennent y chercher d'utiles leçons.

Les gens de service des deux établissemens sont souvent pris parmi
ceux qui cessent d'être aliénés, ou qui ne le sont que foiblement et
avec des intervalles dilucides : ce moyen a hâté plus d'une guérison,
prévenu plus d'une rechute. Leur ancien état ne les rend que plus
doux, plus compatissans envers les personnes dont la folie continue,
plus dociles à la direction qu'on leur donne. Il faut dire aussi que la
plupart d'entre eux semblent ne pouvoir jouir que là de leur raison ;
dès qu'ils en sortent, ils retombent dans l'aliénation ; elle cesse, dès
qu'ils y rentrent, qu'ils retrouvent des lieux auxquels ils sont accoutumés, des témoins de leur infortune qui ont partagé le même sort,
la certitude des soins les plus actifs, s'ils leur deviennent nécessaires.

Nous rappellerons, en parlant du Bureau central d'admission dans
les Hôpitaux et Hospices, les règles particulières établies pour les
personnes atteintes d'aliénation mentale. On verra par des tableaux
que nous allons présenter, qu'une grande partie des aliénés conduits
aux deux maisons de la Salpêtrière et de Bicêtre, le sont par ordre
de la police. Les autres y sont envoyés dans les formes ordinaires, par
le Bureau central d'admission ; il reconnoît leur maladie et l'atteste.
Un certificat d'indigence est également nécessaire pour être admis.

D'autres règles ont été établies qui semblent appartenir plus encore
à la jurisprudence qu'à l'Administration, mais que celle-ci doit
observer pour l'intérêt des malheureux auxquels elle offre un asile
et des secours. D'après le règlement du 10 octobre 1801, aucun individu ne peut être admis gratuitement dans les maisons consacrées
à la réclusion des insensés, que son état n'ait été fixé par un jugement du tribunal compétent. Déclaré fou par ce jugement, il ne peut
être renvoyé, s'il recouvre sa raison, qu'après que le même tribunal
a prononcé sa mise en liberté. Les admissions qui n'ont pour objet
que le traitement de la folie ne sont pas soumises aux formalités
que l'on vient de prescrire. Si cependant, après un traitement vai-
nement essayé, l'incurabilité est reconnue, le ministère public doit
être averti, et à sa réquisition, un jugement doit être rendu pour
fixer définitivement l'état de la personne aliénée. Des lois plus an-

ciennes avoient déjà commandé de recourir aux tribunaux pour faire prononcer la démence , après avoir entendu des témoins , interrogé le malade , fait constater sa situation par des médecins ; elles veilloient par-là sur l'infortuné qu'un chagrin profond , des absences d'esprit momentanées, quelques autres causes foibles et passagères , auroient pu faire placer à jamais hors de la société , par les effets actifs et prolongés d'une avidité criminelle.

Un arrêté du 26 février 1806 prescrit également quelques règles administratives , d'ordre et de conservation, à suivre , quand toute espérance de guérison étant perdue , les aliénés passent de la section du traitement à celle des fous incurables.

Population, causes principales de la maladie, mortalité.

Le nombre des personnes reçues dans les établissemens formés pour l'aliénation mentale ne s'est pas trouvé diminué par les soins éclairés donnés à ceux qui en sont atteints. Ces soins même , au contraire , un traitement mieux suivi, quelque espérance de guérison, la certitude que dans le cas même où la folie seroit incurable on auroit pour elle tous les égards que le malheur et l'infirmité commandent, toutes ces considérations y ont fait placer un plus grand nombre d'individus, ont affoibli la répugnance naturelle d'abandonner un parent à qui la perte même de sa raison semble rendre sa famille plus nécessaire encore. Les départemens aussi ont envoyé dans la capitale plus de personnes qu'autrefois, en apprenant que la maladie étoit mieux traitée et le succès moins incertain.

Plus de la moitié des insensés qu'on reçoit n'appartiennent pas au département de la Seine ; les départemens de Seine et Oise et de Seine et Marne en envoient beaucoup ; il en vient même des provinces éloignées. Ne paroîtroit-il pas juste que la ville de Paris ,.qui supporte seule tous les frais de ces deux établissemens , pût réclamer des communes qui lui envoient des aliénés auxquels elle fait donner tous les soins nécessaires, une indemnité proportionnelle , pour l'accroissement de dépense que ces malades lui coûtent ?

La proportion entre les deux sexes est toujours inégale. *Tenon* comptoit en 1788 163 hommes et 214 femmes sur 377 aliénés.

Page 219.

24 *

La différence des folles aux fous a été plus considérable dans les
Rap. de ce Bur. dix-huit premiers mois de l'existence du Bureau central d'admis-
page 22. sion. Sur 582 personnes que l'on y conduisit pour cause de folie,
22 ne furent pas admises ; sur les 560 autres , il y avoit 372 femmes
et 188 hommes ; le semestre d'été en amène toujours davantage
que le semestre d'hiver ; le nombre fut de 230, du 22 mars au
22 septembre 1803 (1). Les 188 hommes, à 21 près, étoient
de 30 ans à 45 ; les 372 femmes étoient de 16 à 48 ans , et les
trois quarts d'entre elles, de 35 à 48 ; il n'y en avoit pas de
25 à 35. L'amour chez les plus jeunes de ces femmes, la jalousie
et des divisions domestiques chez les plus âgées , étoient les causes
les plus ordinaires de leur aliénation, qui tenoit aussi quelquefois à
un dérangement physique ; et quant aux hommes, les causes les
plus ordinaires étoient, au-dessous de 20 ou 22 ans , une imagination
exaltée par un trop prompt développement des passions ; et au-dessus,
le désespoir occasionné par des affaires dérangées. Le nombre des
folles furieuses a toujours été plus considérable que le nombre des
folles qui ne le sont pas.

J'avois fait une observation que je peux consigner ici, en visitant,
dans les premières années de la formation du Conseil général , les
Hospices où les fous étoient placés. C'étoit en 1801, 1802, 1803. Les
secousses violentes de la révolution y avoient amené beaucoup d'a-
liénés des deux sexes. Les hommes qui devoient leur aliénation à
ce grand désordre politique, étoient tous fous d'aristocratie ; les
femmes de démocratie. Un chagrin profond avoit causé la folie des
premiers ; les secondes s'étoient laissé exalter par tous les égare-
mens de l'indépendance et d'une égalité universelle.

Les tableaux suivans font connoître le nombre des personnes entrées à la division des aliénés , des imbéciles , des épileptiques , à
Bicêtre et à la Salpêtrière , depuis le premier janvier 1804 jusqu'au
dernier décembre 1813.

---

(1) En 1803 et 1804 , il est entré à Charenton 55 aliénés, du 22 novembre au 22
mars ; et 94, du 22 mai au 22 septembre. L'année suivante , 55 encore sont entrés du
22 novembre au 22 mars , et 115 du 22 mai au 22 septembre. Le premier de ces mois
d'hiver n'en a amené que 8 ; le dernier des mois d'été en a amené 35.

Voici d'abord le mouvement général de cette division, à l'hospice de Bicêtre.

Années.	RESTANS le matin			ENTRÉS		VENUS des Divisions			SORTIS		PASSÈS dans les Divisions		MORTS.			RESTANS le soir.		
	Fous et Imbéciles.	Épileptiques.	TOTAL.	Fous et Imbéciles.	Épileptiques.	Fous et Imbéciles.	Épileptiques.	TOTAL.	Fous et Imbéciles.	Épileptiques.	Fous et Imbéciles.	Épileptiques.	Fous et Imbéciles.	Épileptiques.	TOTAL.	Fous et Imbéciles.	Épileptiques.	TOTAL.
1804	189	265	454	227	62	6	»	295	31	40	70	199	96	22	458	225	66	291
1805	225	66	291	100	59	»	2	161	37	37	»	»	27	7	108	261	83	344
1806	261	83	344	81	39	»	»	120	23	17	»	»	29	3	72	290	102	392
1807	290	102	392	60	48	29	»	137	11	21	»	6	28	14	80	340	106	449
1808	340	109	449	259	49	»	»	308	115	5	3	29	61	12	225	420	112	532
1809	420	112	532	186	12	19	»	217	122	6	»	1	83	10	222	420	107	527
1810	420	107	527	206	20	4	17	247	105	3	»	»	102	17	227	420	127	547
1811	420	127	547	210	22	»	28	260	107	5	33	»	81	7	223	412	162	574
1812	412	162	574	177	24	5	»	206	89	6	»	»	120	21	236	385	159	544
1813	385	159	544	187	12	4	»	203	94	4	»	4	87	10	199	395	153	548
	5662	1292	4954	1693	347	67	47	2154	734	144	106	239	704	123	2050	3568	1180	4748
	4954			2040		114		2154	878		345		827		2050	4748		4748

On voit par ce tableau que, même avant l'établissement d'un traitement suivi pour l'aliénation, à l'hospice de Bicêtre, il sortoit chaque année un certain nombre d'aliénés et d'épileptiques, les uns guéris, les autres réclamés par leurs parens.

Le nombre des fous entrés est plus considérable depuis 1807 que dans les années précédentes ; c'est qu'à cette époque la division des aliénés fut augmentée par ceux qui auparavant étoient en traitement à Charenton, et y étoient reçus gratuitement. On transféra les hommes à l'hospice de Bicêtre, comme on avoit déjà transféré les folles indigentes à l'hospice de la Salpêtrière.

L'année 1812 a été la plus forte pour la mortalité. Elle s'est élevée à 120, les imbéciles compris. Elle avoit été de 102 en 1810. Elle a toujours été au-dessous de 100 dans les autres années ; dans trois même de ces années , elle n'est pas montée jusqu'à trente. L'année qui vient de finir , 1814 , a été la plus élevée de toutes ; il y en est mort 141 ; mais il faut remarquer , afin qu'on ne puisse tirer de ce cas particulier aucune conclusion générale sur les proportions ordinaires de mortalité, que les événemens de la guerre ayant converti en Hôpital militaire une grande partie de la maison, beaucoup d'indigens et d'aliénés périrent victimes du typhus : les aliénés même, séquestrés dans leur division, éprouvèrent un peu moins cette funeste influence.

Voici maintenant le tableau du mouvement général du traitement des aliénés , depuis l'époque où ce traitement a lieu dans cet Hospice ; on y verra comment ou par quelle autorité les insensés ont été admis , quel est le nombre de ceux qu'on a regardés comme incurables, le nombre de ceux qu'on a cru pouvoir guérir , le résultat des tentatives faites ; le nombre enfin de ceux qui ont quitté la maison, qui y sont restés dans une autre division , qui y sont morts.

| Années. | Restans le 1er. janvier de chaque année au matin. | ENTRÉS. | | | | TOTAL des Entrés. | SORTIS | | | | | TOTAL des Sortis et Morts. | Restans le 31 décem. de chaque année au soir. | Quantités des Rechutes. |
		Préfecture de Police.	Bureau central d'admission.	Urgence.	Incurables mis en traitement.		Définitive- ment.	Passés aux incurables.	Passés dans les Divisions des Pauvres.	Évadés.	Morts.			
1807*	»	64	22	4	3	93	24	5	4	1	10	44	49	2
1808	49	87	108	5	4	204	90	61	5	2	29	187	66	6
1809	66	70	99	7	2	178	95	57	4	»	19	175	69	6
1810	69	106	66	9	1	182	75	71	2	»	35	183	68	8
1811	68	115	67	12	3	197	92	62	7	3	31	195	70	27
1812	70	83	59	16	3	161	83	42	3	»	43	171	60	29
1813	60	111	44	22	4	181	89	67	1	1	26	184	57	37
* 6 dern. mois.	382	636	465	75	20	1196	548	365	26	7	193	1139	439	115
						1196				1139				

Il en est entré 192 en 1814 , et sorti du traitement ou mort 181. La quantité de rechutes a été de 31. On doit observer , sur ces rechutes, qu'elles ne supposent pas toujours un nombre égal d'individus retombés dans la folie ; elles s'appliquent aussi aux personnes qui auroient eu plusieurs fois ce malheur dans la même année.

Le tableau suivant, plus étendu encore, nous offre tous les détails qu'on peut désirer sur l'établissement formé pour les femmes à la Salpêtrière.

Mouvement des aliénées pendant dix années, de 1804 jusque et compris 1813.

Années	TOTAL des Entrées	DÉTAIL DES ENTRÉES						CLASSEM		ORDRES pour Admissions		Sorties guéries			Sorties non guéries	MORTES			RESTÉES dans l'emploi	RÉCAPITULATION				Total des Mortes sur les entrées depuis 1804	Mortes sur les entrées antérieurement à 1804
		Depuis l'âge de 12 à 50 ans	Rechutes	Depuis l'âge de 51 à 85 ans	Idiotes	Épileptiques	Aliénation simulée	Au traitement	Incurables	Ordres de police	Ordres de l'administ.	Première année	Deuxième année	Années suivantes		Première année	Deuxième année	Années suivantes		Sorties guéries	Sorties non guéries	Mortes	Restées dans l'emploi		
1804	271	179	30	35	19	7	1	209	62	91	180	64	47	18	14	46	21	56	25	129	14	103	25	103	12
1805	301	165	47	69	13	6	1	212	89	139	162	73	54	10	15	48	29	34	38	137	15	111	38	111	»
1806	292	153	55	61	15	9	»	206	86	124	168	78	49	16	25	49	22	19	36	143	13	90	36	90	68
1807	297	190	14	74	12	7	1	204	93	115	182	60	55	9	27	64	25	15	37	129	27	104	37	104	50
1808	252	171	17	55	12	7	»	188	64	114	138	64	57	14	13	35	23	14	37	150	13	72	37	72	22
1809	299	191	18	68	14	8	»	209	90	114	206	48	64	19	21	35	31	24	57	131	21	90	57	90	7
1810	260	161	29	55	9	4	3	190	70	93	128	48	51	13	26	30	22	15	55	112	26	67	55	67	16
1811	253	146	17	53	10	4	1	163	70	112	121	44	50	18	27	26	20	10	58	92	27	56	58	56	16
1812	301	178	30	66	21	5	1	208	93	142	159	75	41	16	38	25	10	14	84	132	23	42	84	47	59
1813	298	179	37	60	14	7	1	216	82	150	148	50	49	15	23	26	24	»	111	114	23	50	111	50	13
Totaux particuliers.	2804	1713	292	596	129	64	10	2005	799	1212	1592	604	497	148	227	382	227	181	528	2249	227	790	538	790	242
TOTAL général.	2804	2804						2804		2804		2804				2804				2804				1632	

Ainsi, 2804 personnes sont entrées, pour ce genre de maladies; dans les dix ans, à l'hospice de la Salpêtrière. Le terme moyen des admissions a été de 280 par année.

Sur la totalité des admissions, 2005, y compris les 292 rechutes, ont été présumées curables, à cause de leur âge.

Les autres, âgées de plus de 50 ans, ont été regardées comme incurables.

790 sont mortes dans le cours des dix ans, sur les 2804 qui y étoient entrées.

On en a perdu 242 sur celles qui étoient entrées dans la maison, antérieurement à 1804.

Le nombre d'aliénées que renfermoit la Salpêtrière au 1er. janvier 1804, étoit de 564.

Il étoit de 794 le 31 décembre 1813.

La population s'est accrue par conséquent de près d'un quart dans les dix années.

On peut comparer tous ces nombres avec ceux que l'hospice de Bicêtre vient de nous offrir.

Je crois même utile de faire remarquer pour cet Hospice, que le tableau que nous venons de placer page 190, a pour objet d'indiquer le mouvement annuel des aliénés en traitement, et que le tableau de la page 189 comprend tous les aliénés présumés curables ou crus incurables, arrivés aussi, ou par la police, ou par les voies administratives ordinaires.

Voilà pourquoi le total des entrés indiqués page 189, est plus fort que celui du tableau suivant.

Le total des sortis est plus fort également, parce qu'il indique, outre les aliénés sortis de l'Hospice après le traitement, ceux qui en sont sortis sur la réclamation des parens, sans être guéris; les aliénés même, en très-petit nombre il est vrai, qui ont été guéris, après avoir été d'abord crus incurables.

Voici maintenant le tableau des causes de folie, qui ont fait entrer les hommes ou les femmes dans les deux Hospices, pendant les dix années. Peut-être ne trouvera-t-on pas ici sans quelque intérêt, malgré les pénibles méditations qu'il peut faire naître, ce triste monument des infirmités humaines.

Années.	Nombre des aliénés reçus chaque année.	CAUSES PHYSIQUES.											R...
		Ivrognerie	Idiots de Naissance	Excès de travail de corps et d'esprit.	Effet de l'âge.	Accidens.	Suite de maladie	Épilepsie.	Mauvais traitemens	Vice de conformation du Crâne.	Par émanation des substances malfaisantes.	Onanisme.	
		(1)	(2)	(3)	(4)	(5)	(6)	(7)	(8)	(9)	(10)	(11)	
1804	295	»	»	»	»	»	»	»	»	»	»	»	
1805	161	»	»	»	»	»	»	»	»	»	»	»	
1806	120	»	»	»	»	»	»	»	»	»	»	»	
1807	137	6	1	2	1	2	9	3	2	1	1	2	
1808	508	15	8	9	2	7	30	16	1	4	3	3	
1809	217	19	4	9	2	8	23	22	5	»	6	2	
1810	247	16	12	8	2	11	25	24	3	1	6	3	
1811	260	19	20	5	11	14	26	12	5	2	5	1	
1812	206	14	10	6	9	6	23	19	2	1	2	6	
1813	203	17	14	10	9	10	21	22	2	»	4	4	
	2154	106	69	49	36	58	157	118	20	9	27	21	

nés divisé par cause de maladie.

MORALES

Infortune	Evènem. politiques	Chagrin.	Simulé.	Causes inconnues	TOTAUX.	Observations jointes à ce tableau par M. *Hebréard,* médecin de l'hospice de Bicêtre, chargé de la division des aliénés.
(15)	(16)	(17)	(18)	(*)	(*)	
»	»	»	»	295	295	(*) Le traitement des aliénés n'a commencé, à Bicêtre, que le 1ᵉʳ. juillet 1807 : avant cette époque, l'Hospice ne contenoit que les fous incurables envoyés de l'Hôtel-Dieu et de Charenton ; il nous a été impossible par conséquent d'indiquer les causes de leur aliénation.
»	»	»	»	161	161	La première colonne indique ceux qui ont évidemment abusé du vin et des boissons spiritueuses : si l'état d'ivresse fait perdre momentanément la raison, l'habitude de l'ivresse l'aliène pour toujours.
»	»	»	»	120	120	La 2ᵉ., ceux dont les facultés n'ont jamais pu se développer. La 3ᵉ., ceux qui ont abusé de leur activité physique et morale. La 4ᵉ., ceux chez qui les facultés se sont affoiblies graduellement avec les forces du corps.
9	2	2	1	85	137	La 5ᵉ., ceux qui ont éprouvé de vives révolutions, ou des coups, surtout à la tête. La 6ᵉ., ceux qui ont éprouvé des fièvres cérébrales ou des attaques d'apoplexie.
17	5	20	2	128	308	La 7ᵉ., les individus qui ont perdu la raison à la suite d'accès d'épilepsie, ou chez lesquels les deux maladies se sont développées simultanément.
18	4	19	2	48	217	La 8ᵉ., indique les jeunes gens qui ont eu le malheur d'être élevés par de méchans parens, ou qui ont eu de mauvais maîtres d'apprentissage. La 9ᵉ., ceux qui avoient des défectuosités apparentes dans la conformation du crâne.
17	4	12	4	71	247	La 10ᵉ., les ouvriers qui emploient les métaux ou les essences, ou qui se sont trouvés dans un atmosphère méphitique. La 11ᵉ., les enfans mal. élevés à qui on a laissé contracter le vice de l'onanisme.
11	3	14	6	76	260	La 12ᵉ., ceux qui, par foiblesse d'esprit ou par un zèle outré, ont fait des applications déraisonnables de la religion. La 13ᵉ., ceux qui ont perdu l'esprit en voulant sortir de leur sphère, sans en avoir les moyens.
24	3	16	3	40	206	La 14ᵉ., les victimes de l'amour contrarié, et ceux qui n'ont pas été heureux en ménage.
20	3	16	3	30	203	La 15ᵉ., ceux qui, par la foiblesse de leurs moyens physiques et intellectuels, ou par des malheurs imprévus, n'ont pu se procurer des moyens d'existence, ni supporter les privations. La 16ᵉ., comprend ceux qui ont perdu la raison par la perte de leur fortune ou de leurs parens dans les événemens révolutionnaires. La 17ᵉ., ceux qui n'ont pu surmonter les diverses causes d'affliction. La 18ᵉ. enfin, ceux qui ont simulé l'aliénation par esprit de fainéantise, ou pour se soustraire à la conscription, ou à quelque châtiment mérité.
116	24	99	21	1054	2154	

Tableau Nº. I, page 192.

Années.	Nombre des Aliénées reçues chaque année.	CAUSES PHYSIQUES.											CA		
		Hérédité (B)	de naissance ou après les convuls. de l'enfance (C)	Désordre des Règles.	Suite des couches, allaitem.	Temps critique.	Suite des fièvres graves.	Épilepsie	Paralysie (D)	Hystérie.	Liberti- nage.	Ivresse.	Erreurs politiques	Effets de la Conscrip. et de la Guerre.	Revers de fortune, misèr
1804	271	3	17	14	22	19	3	1	»	3	»	8	6	3	1
1805	301	4	10	15	19	19	»	3	»	3	1	10	4	1	1
1806	292	3	5	22	24	16	1	3	3	»	3	6	2	4	
1807	297	4	9	15	38	23	5	4	13	4	1	7	1	7	
1808	252	5	2	14	29	19	5	3	8	3	1	12	1	2	1
1809	299	6	10	12	19	9	1	6	11	3	2	10	3	5	1
1810	260	4	4	14	15	14	»	2	6	2	3	9	4	2	
1811	233	24	8	19	19	15	4	7	7	6	9	13	4	3.	1
1812	301	60	19	18	18	16	9	4	8	8	22	16	2	4	1
1813	298	47	14	24	24	14	4	8	7	6	23	10	»	6	2
	2804	160	98	167	227	164	32	41	63	38	65	101	27	35	12

s divisé par cause de maladie.

	MORALES					Observations jointes à ce tableau par M. *Esquirol*, médecin de l'hospice de la Salpêtrière, chargé de la division des aliénées.
Amour contrarié.	Religion exagérée. (H)	Colère.	Frayeur.	Causes inconnues. (A)	TOTAUX.	
14	9	2	9	79	271	
15	4	2	4	124	301	
15	2	11	12	124	292	
14	1	2	13	93	297	
11	1	2	9	85	252	
20	3	»	10	136	299	
10	4	2	5	136	260	
20	4	3	8	17	233	
27	4	4	10	»	301	
20	3	7	9	»	298	
166	32	35	89	794	2804	

(A) Sous ce titre sont les femmes sur lesquelles nous n'avons pas de renseignemens, lesquels restent au Bureau central ou à la Préfecture de police. Il seroit très-utile que ces renseignemens fussent renvoyés à l'Hospice. Si j'ai obtenu plus de renseignemens que dans les années antérieures, c'est que j'ai eu égard à des causes presque négligées, quoique très-fréquentes, telles que l'hérédité. Les renseignemens ne sont pas toujours fidèles; il faut les étudier contradictoirement avec ce que disent les malades, pour avoir la vérité; car les parens ou les amis des aliénés trompent ou se trompent souvent.

(B) Sous ce titre sont comprises toutes nos femmes qui ont des parens aliénés. Je vois cette cause plus fréquente encore. Nos femmes ignorant souvent le nom de leurs parens, ne peuvent pas toujours donner des renseignemens positifs à cet égard.

(C) J'appelle ainsi les aliénées imbéciles ou idiotes, qui le sont dès la naissance ou dès l'enfance, après avoir eu des convulsions.

(D) La paralysie est souvent cause de la folie, mais l'incurie ou l'ignorance des parens ne permet pas toujours de savoir si elle est cause ou complication de l'aliénation mentale. Je n'ai indiqué ici que le nombre des paralysies qui ont précédé la folie; il en est de même de l'hystérie.

Les causes morales sont moins nombreuses que les causes physiques, généralement, dans les classes inférieures de la société; mais elles sont moins nombreuses dans ce relevé qu'elles ne devroient être, parce que les yeux du peuple ne tiennent compte des causes morales que lorsqu'elles ont une action brusque et instantanée.

(G) Par *chagrins domestiques*, j'entends toutes les contrariétés de ménage, la perte de quelques parens; l'inconduite du mari, celle des enfans; en un mot, tout ce qui peut troubler, altérer ou faire cesser le bonheur domestique.

(H) Je n'ai tenu compte que des excès religieux considérés comme cause de folie, et non des folies religieuses elles-mêmes, qui ne sont pas toujours produites par l'exagération ni le fanatisme religieux.

Dans l'article Folie, du *Dictionnaire des Sciences médicales*, j'ai donné beaucoup d'étendue à mes recherches sur les causes de l'aliénation mentale.

Tableau N°. II, page 192.

ARTICLE V.

De quelques Établissemens hospitaliers où on n'est reçu qu'en payant une somme déterminée.

Rien n'est moins conforme aux principes d'une bonne administration, que d'avoir, dans le même établissement, des places gratuites et des places qui ne le sont pas. On forme ainsi deux classes parmi les personnes, là où les distinctions sont le plus difficiles à admettre, le plus contraires à l'objet de l'institution, à l'ordre et à l'égalité qui doivent régner dans un lieu élevé par la charité publique. Nous ne pouvons donc approuver l'usage qui s'étoit introduit autrefois d'avoir, moyennant une somme annuelle ou une fois payée, quelques avantages particuliers.

Mais si l'on peut trouver des inconvéniens à rassembler sous les mêmes toits et mettre en présence les uns des autres, des hommes à qui il reste quelques moyens, avec des malheureux dont l'indigence est absolue, il est au contraire utile et juste d'avoir des établissemens spéciaux pour ceux qui n'étant pas dépourvus de tout, pouvant fournir en partie ou en totalité à la dépense qu'on fait pour eux, laissent à l'Administration des sommes qui tournent encore au profit de beaucoup d'autres infortunés au soulagement desquels elles sont appliquées. Ces motifs ont fondé les établissemens dont nous allons parler. Ce sont l'hospice des Ménages, la maison de retraite de Montrouge et l'institution de Sainte-Périne. Nous y joindrons la Maison de santé, faubourg St.-Martin. Celle-ci auroit dû être placée à la fin de la première partie de notre rapport ; c'est par erreur qu'elle se trouve transposée.

§. Ier.

HOSPICE DES MÉNAGES.

Cette maladrerie du faubourg Saint-Germain, dont nous avons indiqué l'usage en parlant de l'hôpital des Vénériens, manquant de Ci-dessus, p. 77. revenus et tombant en ruine vers le milieu du 16e. siècle, on ordonna de la démolir ; et à sa place, la ville de Paris, qui étoit devenue ad-

25

judicataire du terrain, fit construire un Hospice qui devoit ren-
fermer plusieurs espèces de pauvres et de malades; les mendians
incorrigibles, ceux qui aimoient mieux, comme le dit une instruction donnée soùs Henri III, pour la police des pauvres des ville et
Fontan. tome I, faubourgs de Paris, « belitrer que gagner leurs vies ou travailler,
page 921. ne se contentant de l'aumone ordinaire, laquelle ils veulent prendre
par forme de prébende, et vivre sans rien faire; » les estropiés et
impotens, vieux et caducs, incapables de fournir à leur subsistance;
les enfans teigneux, les femmes épileptiques, les insensés et insensées. La direction du nouvel Hospice fut confiée au grand Bureau
des pauvres. Quoique l'établissement n'eût pas repris la destination
qu'il avoit eue pendant un demi-siècle, pour la guérison des maladies
siphilitiques, on y traita assez long-temps, moyennant une rétribution
pécuniaire, celles dont des gardes-françaises ou des gardes-suisses
pouvoient être atteints, et ce traitement y a continué jusqu'à l'époque
où on a formé les Hôpitaux militaires. Il y avoit en 1788 sept lits
pour les premiers, sept lits pour les seconds, et dix-huit lits encore
Tenon, page 10 pour d'autres personnes infectées de ces maladies. Des enfans teigneux
et 83. y furent aussi reçus. La maison contenoit, à la même époque, 44 loges
pour des fous incurables de l'un et de l'autre sexe, et 538 places
pour des indigens valides. On payoit pour les fous une pension de
300 livres; 30 livres pour le traitement des gardes-françaises et des
gardes-suisses; 165 livres pour celui des 18 autres. Les valides admis
avoient une chambre, 3 livres par semaine, une certaine quantité de
bois et de sel. Les malades étoient dans des infirmeries, lesquelles
pouvoient contenir 180 lits au moins.

Il y avoit dès-lors, dans cet établissement, ce qu'on appeloit des
Ménages; mais ce mot n'exprimoit pas nécessairement, comme aujour-
d'hui, l'association d'un mari et d'une femme; on désignoit par-là uniquement deux personnes vivant en communauté, n'importe qu'elles
fussent du même sexe et qu'elles n'eussent entre elles aucune parenté.

État des bâtimens, des salles et du mobilier; état personnel des
admis.

Le règlement du 10 octobre 1801 ayant voulu que l'hôpital des
Petites-Maisons fût désormais consacré à des époux en ménage, les

insensés qui l'habitoient furent transférés dans d'autres établissemens, d'après deux arrêtés des 27 mars et 17 juin 1802. Le survivant y est conservé dans des salles particulières. On reçoit aussi des veufs ou veuves qui ne le seroient pas devenus dans l'Hospice. Les effets de la révolution ayant privé les religieuses de la demeure où devoit passer et se terminer leur vie, le Conseil général a pensé qu'on pouvoit les admettre à partager l'asile offert aux époux dont le mariage a été dissous par la mort. Il faut, pour que des personnes en ménage soient admises, que l'une ait au moins 60 ans, que l'autre en ait 70 ; 60 ans suffisent pour des veufs ou des veuves qui se présentent seuls. On leur donne, outre une quantité déterminée de pain et de viande crue, 3 francs en argent tous les dix jours, et une voie de bois et deux voies de charbon par an. Ils sont tenus de s'entretenir de linge et de hardes à leur usage.

Nous parlons ici des personnes qui habitent cette partie de l'Hospice connue sous le nom de *Préau,* et où sont véritablement les *Ménages.* Il n'en est pas ainsi des personnes admises dans les quatorze salles désignées par le nom de *Dortoirs;* elles doivent pourvoir aussi à leur habillement, mais elles sont nourries en entier et blanchies.

Tous les administrés, soit du Préau, soit des Dortoirs, sont traités et soignés, en cas de maladie, dans deux salles, une pour chaque sexe, affectées au service des malades. Ces deux salles n'avoient point assez d'air ; elles en ont reçu par l'ouverture des croisées et la suppression de mauvais piliers arrangés sans ordre, remplacés par des colonnes dont le nombre est moins grand.

Les bâtimens de l'Hospice avoient, en général, besoin de réparations multipliées et pressantes ; elles ont été faites pour les couvertures en particulier, pour les gros murs, pour le pavé. Le mobilier avoit été mieux entretenu, grâces aux Sœurs de la Charité qui étoient rentrées dans la maison. L'augmentation des personnes admises a cependant obligé d'acheter 60 couchettes neuves à colonnes, autant de garnitures pour rideaux en siamoise blanche, et toutes les autres parties qui composent un lit. Le vêtement est le même pour cet Hospice que pour celui des Incurables. Il y avoit à peine, en vieux linge, deux paires de draps et deux chemises par individu ; il y a

25 *

maintenant pour chacun quatre paires de draps et cinq chemises.

Les loges occupées autrefois par des insensés, et adossées au bâtiment du Préau, ont servi à placer le bois et le charbon des Ménages au rez-de-chaussée; des communications ont été pratiquées à cet effet. Les anciens cabinets ou bûchers construits dans la cour ont été démolis. Les seize loges nouvellement bâties ont été disposées pour huit ménages. La buanderie étoit au milieu des Dortoirs, et elle se trouvoit dans un tel état de dégradation, qu'il falloit la reconstruire en entier. Elle a été reportée dans un bâtiment dépendant de l'Hospice, mais séparé de ceux qui l'habitent. Le service s'y fait avec beaucoup plus d'économie et de célérité; il s'est même étendu, pendant quelque temps, jusqu'au linge d'un établissement voisin, la maison des Incurables, rue de Sève. Le local a fourni de quoi établir une buanderie commode avec tous ses accessoires, un lavoir, un étendoir, une étuve, un dépôt provisoire pour le linge, etc. Un escalier a été fait pour qu'elle communiquât avec les Dortoirs; et on a profité de la nécessité d'établir cette communication pour achever des latrines indispensables, commencées depuis plusieurs années sans qu'on eût pu les terminer. La lingerie qui tenoit à l'ancienne buanderie, a été transférée dans un local moins humide, plus clair, au centre des Dortoirs, et tout à côté de la chambre du travail des Sœurs. Quelques poutres ont été renouvelées, plusieurs croisées refaites, toutes les salles grattées à vif et blanchies à deux couches.

Les Sœurs étoient autrefois confondues avec les administrés; un bâtiment séparé des Dortoirs leur a été destiné, et on y a pratiqué tout ce que le service pouvoit exiger.

Quelques Sœurs reposantes occupoient une petite salle à côté de l'infirmerie; on les a placées dans un local très-sain et dans la cour même des Sœurs en exercice. Ce déplacement donne à l'infirmerie quatre lits de plus.

Administration, service intérieur.

Les personnes qui composent l'Administration ou le service intérieur de l'Hospice, sont un agent de surveillance, un économe, un aumônier, un chirurgien, 31 Sœurs de la Charité, 10 autres employés ou serviteurs. Total, 45.

Le Préau est sous l'inspection particulière d'une surveillante.

Les Dortoirs sont surveillés par vingt-quatre Sœurs de la Charité. Le nombre peut paroître considérable, mais il est bon d'observer que les salles sont multipliées et ne se trouvent pas de plain-pied ; et en second lieu, que les Sœurs se livrent elles-mêmes à tous les détails du service, et qu'elles n'ont personne qui y concoure sous leurs ordres. L'infirmerie aussi fait partie des Dortoirs.

Les administrés du Préau doivent rentrer à huit heures en hiver, à dix en été. Ceux des Dortoirs, plus âgés ordinairement et plus infirmes, rentrent à huit heures en tout temps.

Population, mortalité.

La population de l'hospice des Ménages a été fixée, ainsi qu'il suit, par un arrêté du 11 avril 1804 :

160 grandes chambres pour des ménages. . .   320 personnes.
100 petites pour des veufs ou veuves   100
250 lits dans les salles ou Dortoirs.   250
                                                   ――――
                                                    670

Elle n'avoit été jusqu'alors que de 550.

La mortalité y étoit plus forte autrefois qu'elle ne l'est aujourd'hui ; mais il seroit injuste d'attribuer au défaut de soins ou de vigilance un résultat qui avoit d'autres causes. D'abord, on y étoit reçu plus tard. Il falloit 70 ans pour être placé sur la liste de ceux qu'on y pourroit admettre. Les nominations ne se faisoient pas à chaque vacance ; elles ne se faisoient pas même chaque année, mais seulement tous les quatre à cinq ans. On avoit ainsi fréquemment à nommer ou des octogénaires ou des personnes qui étoient sur le point de l'être. La mortalité étoit de 80, année commune ; elle n'est guère moindre aujourd'hui, mais le nombre de ceux qui habitent l'Hospice est fort accru. Les améliorations faites l'ont rendu beaucoup plus sain ; et le scorbut, qui là aussi régnoit trop souvent, a disparu depuis plusieurs années.

Le terme moyen de la population des deux parties de l'établissement, est de 632.

La mortalité, de 10 au Préau, de 65 aux Dortoirs ; total, 75.

C'est un sur 8 ¼ environ.

Nous avons déjà remarqué que l'infirmerie fait partie des Dortoirs ; c'est par elle que les Dortoirs, comparés au Préau, offrent sur-tout une si grande différence de mortalité. Quand un des deux époux, réunis au Préau, tombé malade, demande à rester dans sa chambre, on le lui permet. Le médecin va l'y visiter.

Il existoit à l'hospice des Ménages, le 1er. janvier 1804, 529 personnes, dont 326 au Préau, et 203 aux Dortoirs. Il en est entré, pendant les dix années, 2236, dont 910 au Préau, et 1326 aux Dortoirs. Le total de 529 et de 2236 est 2765.

Sortis définitivement, par congé, ou avec une pension représentative dans les dix ans, 1338, dont 766 du Préau, et 572 des Dortoirs.

Morts . . . . 758, dont 102 au Préau, et 656 aux Dortoirs.

Total . . . . 2096.

Restant le 31 déc. 1813, 669, dont 368 au Préau, et 301 aux Dortoirs ou à l'infirmerie.

§. II.

MAISON DE RETRAITE DE MONTROUGE.

Commencée en 1781, cette maison fut achevée en 1783. Elle porta d'abord le nom de *Maison royale de Santé*. Elle étoit alors consacrée aux militaires et aux ecclésiastiques malades et pauvres. Les premiers y étoient nommés par le procureur-général du parlement ; les seconds, par les agens du clergé. Le clergé avoit contribué, par une somme de 100,000 francs, à l'établissement de cette maison. D'autres souscriptions avoient été faites pour le même objet. Le Roi la dota de 10,000 livres de rente, et la ville de Paris, de 1800 livres de rente aussi, à perpétuité. Les lits étoient au nombre de 16. (Quelques chambres furent réservées à des personnes qui payoient 6 francs par jour.) Un de ces 16 lits avoit été fondé par les religieux de la Charité, qui se vouèrent d'ailleurs avec beaucoup de zèle au service des malades. Les rentes acquises depuis la fondation de l'Hospice, jointes à ses dotations, s'élevèrent bientôt à plus de 24,000 livres. On avoit le projet de porter à 22 les lits pour les ecclésiastiques, et à

20 , ceux pour les militaires. L'étendue du terrain permettoit aisément l'augmentation projetée ; il a près de 7 arpens. De grandes
cours et de grands jardins environnent la maison ; ils offrent de vastes
promenoirs aux personnes qui l'habitent. L'air y est pur : le seul
inconvénient est dans la difficulté d'avoir de l'eau de rivière ; on
en fait venir néanmoins , sur des voitures , pour la boisson ; on a
celle d'Arcueil en quantité suffisante pour tous les autres usages.

La maison de Montrouge ne conserva pas long-temps sa destination
primitive. Dès les premières années de la révolution , elle cessa d'être
exclusivement ouverte aux ministres du culte et aux guerriers. Elle
devint en 1792 , un hôpital de malades pour les habitans du Bourg-
la-Reine et de tous les villages de son arrondissement. L'inscription
fut alors changée. On lisoit : *Hospice national*, au lieu de *Maison
royale de Santé.*

La destination en fut encore changée en 1796. On l'affecta spécialement aux indigens de l'un et de l'autre sexe, attaqués d'infirmités
et de maladies incurables. C'étoit en faire comme une succursale des
établissemens de ce genre, qui existoient déjà. Le nombre des lits
fut porté à 100. Les admis devoient se fournir eux-mêmes une couchette, deux matelas , deux couvertures , deux paires de draps , un
oreiller , un traversin , une paillasse , le linge , les meubles et effets à
leur usage personnel.

Règlement du
15 août 1796.

*État personnel des admis ; état des bâtimens, des salles et du
mobilier.*

Peu de temps après que le Conseil eut été chargé de la direction
des Hospices de Paris , il fit de cette maison un asile , long-temps
désiré , pour les personnes qui , sans être dans une indigence absolue,
n'avoient pas des moyens suffisans d'existence. Elles y sont reçues
en payant une pension qui ne représente qu'une partie de la dépense
qu'elles coûtent ; c'est 200 francs , si on n'est que sexagénaire ; c'est
250 francs , si on joint à l'âge des infirmités qui exigent plus de soins.
La maison de Montrouge est aussi devenue une maison de retraite
pour les anciens employés des Hospices, par l'arrêté du 19 mars
1802. Ceux qui y entrent à un autre titre , comme n'ayant pas dans

leur fortune de quoi suffire à leurs besoins, ont le choix de donner
une pension annuelle, ou une somme déterminée. Il faut, pour être
admis, avoir 60 ans, ou être perclus de tous ses membres, ou être attaqué d'infirmités incurables qui mettent dans l'impossibilité de se livrer
à aucun travail ; et dans ces deux derniers cas, avoir au moins 20 ans.

La somme fixe et une fois donnée, se règle, d'après l'âge et la
santé, dans les proportions suivantes :

Pour les infirmes
et incurables.

de 20 à 30 ans.	3600 francs.
de 30 à 40	3300
de 40 à 50	2700
de 50 à 60	2100

Pour les infirmes,
incurables
et vieillards.

de 60 à 65 ans.	1600
de 65 à 70	1500
de 70 à 75	1200
de 75 à 80	900
Au dessus de 80 ans.	700

On ne peut être reçu, sans avoir donné d'avance la somme prescrite.
Les admis restent toujours libres de quitter la maison, en
payant au prorata du temps qu'ils l'ont habitée ; et dans le cas où ils
auroient fourni une somme fixe, on en déduit le prix annuel de la
pension, pour chaque année de séjour dans l'Hospice. Si celui qui a
été nommé ne satisfait pas, sous huit jours, à l'engagement contracté,
on appelle à sa place la personne immédiatement inscrite après lui,
dans l'ordre du tableau des demandes. Est-il nommé une seconde
fois, sans payer davantage la somme qu'il devoit acquitter ? il est
rayé de la liste des expectans. Ainsi le veut un règlement du 15 juin
1803. Un arrêté supplémentaire du 3 août suivant, détermine avec
plus d'étendue les conditions que doivent remplir ceux qui se présentent pour être admis dans la maison de retraite de Montrouge.
Un arrêté précédent, du 16 février 1803, avoit ordonné que de deux
places vacantes, une seroit toujours nécessairement donnée au plus
anciennement inscrit des octogénaires, toutes les fois qu'il y auroit
des octogénaires inscrits. A cette exception près, l'ordre des inscriptions est invariablement suivi.

Le règlement du mois d'août 1796 avoit exigé que les personnes admises apportassent un lit complet et les autres meubles qui pouvoient leur être nécessaires. Cette obligation ne leur est plus imposée aujourd'hui. On fournit aux personnes un lit, du linge, etc., comme on leur fournit la nourriture et les médicamens dont ils auroient besoin : ceux qui veulent néanmoins apporter leurs propres effets, en ont le droit.

Au moment où la maison de Montrouge passa, des entrepreneurs qui en étoient chargés, au régime désintéressé et vraiment paternel de l'Administration, la valeur du mobilier étoit de 16,000 francs, d'après l'estimation qui en fut faite par les commissaires-priseurs des entrepreneurs et des Hospices. La lingerie, notamment, n'avoit que deux changes de draps, trois de chemises, et peu de linge de cuisine. Peu de couchettes avoient des rideaux, et la plupart étoient hors de service. On en a acheté 50 neuves à colonnes, et les anciennes ont été réparées avec soin et mises sur le modèle des autres. Tous les lits ont eu des rideaux de siamoise blanche pour l'été, et de siamoise bleue pour l'hiver. Les matelas ont été refaits et recouverts, la plus grande partie en toile neuve ; on a fourni toutes les couvertures nécessaires. L'inventaire fait au mois de janvier 1812, annonce un mobilier de 42,000 francs, composé de 2214 draps, 2311 chemises, 58 alèzes, 751 taies d'oreillers, 55 nappes, 1608 serviettes, 907 tabliers, 41 essuie-mains, 2077 torchons, 1128 coiffes de nuit, 24 enveloppes : d'un autre côté, les objets d'ameublement s'élèvent à 7993 francs ; les ustensiles en cuivre, étain, fer noir et blanc, présentent, d'après le même inventaire, une somme de 9624 francs ; les toiles en magasin, ainsi que d'autres objets en étoffe, montent à 8482 francs ; en résumé, le total de l'évaluation du dernier inventaire est de 104,185 francs.

Quant aux bâtimens, ils consistoient, avant la révolution, en deux parties, une élevée en 1781 et 1782, quand on fonda l'Hospice, ayant un rez-de-chaussée, un premier étage et les combles au-dessus ; l'autre en un vieux bâtiment au nord, qui existoit lors de l'acquisition du terrain. A cette époque, le rez-de-chaussée et le premier étage étoient seuls occupés, ainsi qu'une partie des combles, faisant

26

face à la route d'Orléans, qu'on avoit lambrissés : la partie des combles, du côté du midi, qui avoit été pareillement lambrissée, servoit de magasin. Aucune réparation ne fut faite depuis le commencement de la révolution jusqu'en 1801. On en a fait pour environ 30,000 francs dans les années suivantes. Des cabinets qui étoient au premier étage, furent réunis au dortoir, lequel en acquit, avec plus d'étendue, une circulation d'air plus grande. Le comble qui servoit de magasin, fut également transformé en dortoir. La chapelle, où des lits avoient été placés, fut rendue à son premier usage. L'ancien bâtiment, composé d'un rez-de-chaussée et d'un étage, offrit en bas un réfectoire; en haut, deux pièces pour l'infirmerie, de trois lits chacune. Les changemens faits permirent d'admettre jusqu'à 130 personnes. Une concession de deux lignes d'eau d'Arcueil, lui en procura toute la quantité nécessaire à son service. Les lits furent encore augmentés en 1806, par la suppression de l'infirmerie, devenue insuffisante, et par la translation des réfectoires dans le rez-de-chaussée du bâtiment neuf, au midi. Celui du vieux bâtiment offrit un local pour la lingerie et la buanderie. Derrière ce bâtiment, on en a construit un autre qui n'a qu'un rez-de-chaussée et tient lieu de magasin. Il en est résulté un nouvel accroissement de places; l'Hospice a maintenant des lits pour 150 personnes. D'après le plan ancien, une aile devoit être construite, parallèle à celle du midi. Ce projet est encore sans exécution. Il n'auroit pas seulement l'avantage d'accroître le nombre des pensionnaires et de remplir les vœux de tant de personnes qui attendent avec impatience le moment de le devenir, il procureroit le moyen d'avoir une infirmerie convenable et qui manque à l'Hospice.

Quelques craintes s'étoient élevées sur les fondations de la maison de Montrouge; mais il a été reconnu qu'elles n'avoit rien à craindre des carrières, qu'elle étoit totalement et solidement étayée.

Administration, service intérieur.

L'établissement est dirigé par un agent de surveillance; les autres personnes employées sous ses ordres, sont un surveillant, une lingère et une buandière, une cuisinière et une fille de cuisine, un réfectorier, trois infirmiers et quatre infirmières, un homme de peine, un portier; il y a de plus un chapelain et un élève en chirurgie. Toutes ces personnes sont nourries, l'élève excepté. Un règlement particulier détermine en quoi cette nourriture consistera. En 1801, les pensionnaires recevoient, en une seule fois, dans les dortoirs, leurs alimens de la journée : on ne leur donne plus ainsi, que le pain; tout le reste leur est servi, deux fois par jour, dans un réfectoire commun. Voici comment la portion de chacun est fixée par le règlement du mois de juillet 1806 : en pain, 60 décagrammes (une livre un quart) pour les hommes, 56 pour les femmes; en vin, 50 centilitres, un peu plus de la moitié d'une pinte, pour les hommes; 40 pour les femmes; une soupe de 60 centilitres de bouillon à dîner, et de 30 à souper, également pour tous : en viande, à dîner aussi, 36 décagrammes pour les hommes, 30 pour les femmes; à souper, pour tous encore, un décilitre de légumes secs, crus, ou 18 décagrammes de légumes frais, cuits, ou deux œufs, ou 6 décagrammes de riz; 4 décagrammes de fromage, ou 6 décagrammes de pruneaux crus, ou 5 décagrammes de raisiné, ou l'équivalent en fruits, suivant la saison. Le souper est le même pour les jours maigres : on a pour le dîner de ces jours une soupe de 60 centilitres de bouillon; 3 décilitres de légumes secs, crus, ou 54 décagrammes de légumes frais, cuits, ou du poisson dans la proportion de la valeur de la portion de légumes secs, crus. Nous avons dit que 48 décagrammes forment à-peu-près une livre, et que le litre est d'un vingtième plus que la pinte.

On dîne toujours à midi; le souper est à six heures en hiver, à sept heures en été. Il est défendu de se faire servir à d'autres heures; il l'est aussi de rien emporter du réfectoire, hors le pain. Ce dernier article est trop souvent violé; la difficulté d'en punir la violation, dans une maison pareille, y contribue certainement : on est affligé que des personnes qui n'ont été admises qu'après avoir connu le règlement et s'être soumises à y obéir, se souviennent si mal de l'engagement qu'elles ont pris avant d'entrer.

L'ordre du service exigeroit pareillement qu'on réglât d'une manière précise l'heure à laquelle la maison doit commencer, chaque

26 *

jour, d'être ouverte aux étrangers. Le règlement général est muet
à cet égard : seulement, il veut qu'à dix heures, le service des
salles soit achevé : on pourroit jusqu'alors ne pas permettre d'entrer.
Ce service même est contrarié quelquefois par les visites trop mati-
nales faites aux pensionnaires de l'établissement.

Le règlement renferme beaucoup d'autres dispositions sur la police
de la maison. Ce règlement, que peuvent consulter les personnes
jalouses d'en connoître les détails, est du 15 juin 1803 ; il a été imprimé. Plusieurs de ses articles ne sont que l'application faite à la
maison de retraite de Montrouge, des mesures de police prises pour
tous les Hospices en général.

Population, Mortalité.

Le règlement du 15 juin 1803 fixe à 69 les lits pour hommes, et à
62 les lits pour femmes, en déterminant leur nombre et leur emplacement dans les différentes salles qu'il indique. Il règle aussi ce
qui concerne les cabinets particuliers, et augmente d'un cinquième
le prix principal pour ceux qui voudront les habiter. Nous avons
aujourd'hui 20 lits de plus. Nous en aurions davantage, le double
même de la totalité, 300, qu'ils seroient remplis à l'instant ; le nombre
des personnes inscrites est bien supérieur encore. Plusieurs années
s'écoulent avant qu'on puisse être admis ; et c'est pour tous ceux
qui se présentent un grand sujet d'affliction et de découragement.
La plupart même sont détournés de s'inscrire, en considérant que
la quantité de ceux dont les noms remplissent déjà ce registre
d'expectative leur ferme toute espérance d'y entrer avant plusieurs
années.

L'accroissement successif de la population n'a pas été suivi d'un
accroissement égal ou proportionnel de mortalité. La mortalité semble
même avoir diminué, malgré l'augmentation du nombre des individus, malgré la décision même qui laisse toujours une des deux
premières places vacantes à la disposition des octogénaires inscrits.
Si on en excepte les années 1806 et 1812, la mortalité n'a pas excédé
30 ; elle est même descendue quelquefois au-dessous de 20 : elle n'a
été que de 14 en 1811. Elle se divise ainsi par année et par sexe.

Années.	MORTS		TOTAL des Morts.
	Hommes.	Femmes.	
1804	16	14	30
1805	8	22	30
1806	15	19	34
1807	13	15	28
1808	14	13	27
1809	15	12	27
1810	5	14	19
1811	8	6	14
1 812	18	18	36
1813	6	19	25
Totaux.	118	152	270

Le terme moyen, par année, est de 27.

La mortalité, calculée d'après le nombre total des journées des dix ans, divisé par 365, subdivisé par le nombre des morts pendant ces dix années, a été,

Pour les hommes, d'un sur 6 $\frac{14}{100}$.

Pour les femmes, d'un sur 4 $\frac{57}{100}$.

Sans distinction de sexe, d'un sur 5 $\frac{26}{100}$.

§. III.

INSTITUTION DE SAINTE-PÉRINE.

La maison de Sainte-Périne fut instituée en 1801. *Chamousset* avoit formé le projet d'un asile semblable pour la vieillesse. Il proposoit d'y arriver par des souscriptions antécédentes qui, prises annuellement sur des économies faciles, assuroient une existence à l'abri des revers. Le plan de cet homme de bien ne s'étoit pas effectué pendant la vie de l'auteur. On a voulu le réaliser au commencement de ce siècle ; mais ç'a été par une spéculation privée , et non par les soins et la volonté de l'administration publique.

Un édit de 1749 avoit essayé de réprimer les abus que peuvent faire naître les établissemens qui ont ce caractère ; des formalités préalables , des obligations utiles et conservatrices avoient été imposées à ceux qui vouloient les former : l'édit assuroit aux personnes qui traitoient avec eux toutes les garanties qu'elles pouvoient avoir. Mais une loi si sage n'étoit plus observée.

Un décret du 17 janvier 1806 en fit revivre les principales dispositions. Les établissemens de ce genre furent soumis de nouveau à la surveillance du Gouvernement. Les commissaires nommés pour l'examen de l'Institution de Sainte-Périne n'y trouvèrent pas les garanties nécessaires pour l'engagement contracté avec les 175 personnes qui l'habitoient. D'après plusieurs rapports motivés sur l'état de cette Institution , trois décrets dépossédèrent ceux qui l'avoient fondée et qui manquoient de moyens pour la soutenir ; ils chargèrent l'Administration des Hospices de la diriger à l'avenir. Elle obéit , quelque étrangère qu'elle fût aux discussions survenues entre le Gouvernement et les anciens propriétaires ; et elle n'a rien négligé pour faire subsister l'établissement , malgré la stérilité de ses produits ; car , pendant les quatre premières années , la dépense s'est élevée à plus de 200,000 francs au-delà du revenu.

Le prix de l'admission étoit sans proportion avec la dépense occasionnée par la personne admise. Un décret du 1er. avril 1808 essaya d'y pourvoir ; il régla les conditions de cette admission même. On commença à éprouver des améliorations qui ont été en augmentant chaque année. Quand le décret du 10 novembre 1807 chargea l'Administration des Hospices de l'Institution de Sainte-Périne , la maison comptoit 235 personnes , en y comprenant 22 employés. Le revenu ne consistoit plus qu'en recouvrement de pensions payées tant par le Gouvernement que par les particuliers ; il montoit, en totalité , à 38,900 francs. Il falloit , sur ce produit , acquitter toutes les charges de l'établissement , et même un loyer de 5000 fr. pour une maison qu'on y avoit ajoutée. Les bâtimens étoient grevés de 4 à 500 mille francs d'hypothèques pour admissions, souscriptions et autres causes ;

ils n'étoient d'ailleurs susceptibles d'aucun autre produit, à l'exception des jardins qui étoient loués 900 francs. Aujourd'hui, l'établissement se trouve réduit à 160 personnes, au moyen de ce qu'il
n'existe plus de maison annexée.

Au moment où l'Administration générale des Hospices avoit été
mise en possession de la maison de Sainte-Périne, la dette de l'établissement montoit à plus de 430 mille francs. Au mois de juillet
1813, il n'y restoit des admis trouvés en 1807, que 104 personnes,
lesquelles avoient fourni un capital de 206,556 francs. Au 1er. janvier 1814, il en étoit mort 30 encore qui, par leur décès, avoient
éteint un capital de 63,470 francs. La dette originaire est donc diminuée de 292,655 francs, et réduite à 140 mille environ. L'avance à
faire, pour 1814, par la caisse des Hospices, à raison de 600 francs
par tête des 74 anciens admis existant, est de 42,600 francs.

La nécessité du service a pareillement exigé que le Conseil des
Hospices fît établir à Sainte-Périne une buanderie, des magasins, une
pharmacie, une lingerie générale et une infirmerie. Il en est résulté
une addition de dépense assez forte, mais indispensable.

D'autres améliorations, non moins nécessaires, ont été faites,
comme la reconstruction d'une ferme qui tomboit en ruine, l'établissement d'un réservoir et des tuyaux de distribution d'eau dans
la cuisine et la buanderie, l'augmentation d'une douzaine de chambres qui ont été aussi-tôt occupées, un accroissement considérable
du mobilier.

Les nouvelles admissions ne sont pas en proportion avec les décès
des anciens admis. Il n'est pas même à présumer qu'elles puissent
un jour en remplacer le nombre, à moins de changer la disposition
du décret du 1er. avril 1808, qui ne permet de recevoir des pensionnaires qu'à 60 ans accomplis. 50 ans pourroient suffire, principalement quand, de deux personnes qui se présentent, l'une est unie à
l'autre par les liens du sang ou par ceux du mariage. Il seroit désirable aussi de rendre plus commodes et un peu plus étendus quelques – uns des logemens destinés à ceux qui viennent habiter la
maison. Peut-être enfin devroit-on, conformément à l'article 8 du
décret du 1er. avril 1808, ne pas y recevoir des personnes impotentes,

totalement infirmes. L'assiduité et le caractère des soins qu'elles exigent portent quelquefois leurs parens à préférer le payement d'une somme à l'exercice de ces soins : mais ce n'est pas là l'établissement qui leur est destiné ; les autres admis les y voient avec quelque peine ; les fondateurs de l'Institution n'avoient pas cru devoir les faire entrer dans cet asile ; s'ils le firent du moins quelquefois, assez rarement, ils exigèrent un prix beaucoup plus élevé que celui de la pension ordinaire de 600 francs. Il est d'ailleurs naturel de réserver ces sortes de secours pour les vieillards qui ont été reçus en état de bonne santé. Ces accidens ne leur surviennent que trop fréquemment, et c'est en cela même que consiste l'espoir de ceux qui s'y font admettre dans l'âge où ils ne sont que menacés encore des maux qui peuvent atteindre la caducité.

Un arrêté du Conseil des Hospices, du 14 novembre 1810, exige de la part des personnes qui se font inscrire pour entrer à Sainte-Périne, la preuve qu'elles sont en état d'acquitter leur pension. La maison ne fournissant ni le bois, ni la lumière, ni le vêtement, il est nécessaire d'avoir quelques ressources encore, cette pension payée. Un autre arrêté du 10 décembre de la même année fixe la somme annuelle que les admis doivent donner pour tenir lieu du trousseau exigé par les règlemens.

§. I V.

MAISON DE SANTÉ, *faubourg Saint-Martin.*

Paris renferme beaucoup d'individus qui, sans être tout-à-fait dénués de ressources, n'ont cependant ni les moyens ni la facilité de se faire traiter et soigner chez eux ; qui même, étrangers à cette capitale, n'y étant pas fixés encore, ou n'y venant passer qu'un temps limité, ne peuvent trouver dans leur situation précaire et isolée la certitude et l'activité de tous les soins qu'une maladie rend nécessaires. L'idée de se faire transporter dans un Hôpital ne se présentoit à eux que d'une manière affligeante ; et, s'ils étoient enfin, par leur position, obligés de s'y soumettre, ils ne le faisoient qu'à la dernière extrémité et avec la plus grande répugnance; ils venoient, d'ailleurs, y prendre la place d'un malade plus pauvre qu'eux.

Frappé de ces inconvéniens, le Conseil général des Hospices a essayé d'y remédier en ouvrant une maison où, pour un prix modique, ces personnes trouveroient tous les secours dont elles auroient besoin, et les hommes les plus instruits pour régler et diriger le traitement de leur maladie. La date de son arrêté prouve suffisamment que ce fut là une de ses premières pensées; il est du 6 janvier 1802, et c'est au mois de février 1801 que le Conseil des Hospices avoit été établi. On choisit pour cette institution les bâtimens d'un ancien Hôpital, fondé en 1653 par *Saint-Vincent de Paule* pour 40 vieillards, et long-temps confié à des Sœurs de la Charité, sous la direction des Lazaristes. Ces vieillards, devenus plus nombreux, avoient été transportés ailleurs, et habitoient, depuis quelques années, le couvent des Récolets, faubourg Saint-Martin, aujourd'hui l'hospice des Incurables-Hommes. Le prix à payer et le régime à observer, quelques précautions à prendre, les soins à donner aux malades, devinrent le sujet d'un règlement du Conseil, le 14 juin 1802; 88 lits y furent placés. Le prix devoit être de 30 sous par jour. Cette disposition générale fut modifiée et réglée de la manière suivante, par un arrêté du 26 janvier 1803 :

Lits dans les chambres communes. . . . . 2 fr. par jour.
Cabinets. 3
Chambres particulières 4
Autres chambres particulières. 6

On dépose en entrant la somme nécessaire pour quinze jours. Si le malade y passe moins de temps, ou s'il meurt, ce qui auroit été payé de trop est rendu à lui ou à ses héritiers.

En formant l'établissement, l'intention du Conseil avoit été de le transférer dans un local plus vaste, si l'essai étoit heureux. L'affluence des malades obligea bientôt d'acquérir deux maisons contiguës. Elles offrirent l'espace nécessaire pour 37 lits de plus. Cela même est resté bien insuffisant; et dans le moment où nous écrivons ce rapport, l'Administration s'occupe d'établir une maison qui puisse suffire au nombre de ceux qui se présentent ordinairement pour recevoir ce

27

genre de secours (1). L'état des bâtimens actuels eût seul exigé quelque changement. Ils sont anciens, irréguliers, mal percés, mal divisés ; les salles sont, pour la plupart, basses et mal aérées ; les communications, difficiles ; les escaliers si étroits que les brancards n'y peuvent passer, etc., etc.; et cependant beaucoup de dépenses ont été faites depuis 1812, pour opérer des améliorations.

La maison a un agent de surveillance et un commis, un médecin principal et un médecin adjoint, un chirurgien en chef et un adjoint, deux élèves internes et deux élèves externes, un pharmacien en chef, un aumônier, une surveillante et trente personnes de service de toutes les classes.

La population de cette maison, dans les mois qui restoient de l'année où elle fut ouverte, a été de 144; elle a été de 660 l'année suivante. Elle est bien augmentée depuis 1804.

Années.	Entrés.	Guéris.	Morts.
1804	628	477	150
1805	712	546	161
1806	827	636	183
1807	8 5	714	178
1808	1136	925	195
1809	1154	920	238
1810	1305	1028	262
1811	1244	1009	248
1812	1416	1155	246
1813	1369	1127	252
Totaux.	10686	8537	2113

Il en restoit le 31 décembre 1813, 93. Il en étoit resté, le 1er. janvier 1804, 57.

57 et 10686 = 10743.

(1) L'établissement a eu lieu. La nouvelle maison sera bientôt en pleine activité.

En divisant ce nombre par celui des morts pendant les dix années, la mortalité a été d'un sur $5 \frac{8}{100}$. Elle a été d'un sur $5 \frac{4}{100}$, en faisant la déduction de ceux qui restoient dans l'établissement le 31 décembre 1813.

Sur 10,686 personnes entrées, il y a eu 6924 hommes et 3762 femmes.

Sur 2113 morts, il y a eu 1293 hommes et 820 femmes.

Les registres de la maison de santé nous apprennent que, chaque année, un grand nombre de malades y ont été apportés à l'article de la mort, et que la plupart y sont décédés dans les vingt-quatre heures de leur entrée.

Les maladies incurables ne sont pas reçues dans cette maison ; les maladies contagieuses en sont pareillement exclues.

Le nombre des journées, depuis la formation de l'établissement, s'est élevé à 384,817

Le produit des sommes payées par les malades qui y sont venus, a été de . . . . 902,339 fr.

La dépense a été de 1,178,279

L'Administration a eu par conséquent à fournir un supplément de 275,940

C'est dans les premières années sur-tout que ce supplément est devenu nécessaire. La diminution est principalement sensible dans les trois dernières, et plus sensible encore si on y ajoute l'année qui finit. Le supplément à fournir s'étoit élevé presque toujours au-delà de 20,000 fr., et deux fois au-dessus de 30. Il a été en 1811, de 18,519 fr. ; de 13,254 en 1812 ; de 9847 en 1813. Il n'est que de 4050 francs pour 1814.

Le prix moyen de la journée, depuis la formation aussi de l'établissement, est de 3 francs 5 centimes. La diminution a été sensible encore. La journée de chaque individu coûta 3 fr. en 1811 ; 2 fr. 15 à 16 sous en 1812 et 1813 ; elle a coûté un peu moins de 2 fr. 13 sous en 1814.

TROISIÈME PARTIE.

Le premier titre de cette troisième partie aura pour objet la division générale des travaux, les attributions ou les fonctions particulières de ceux qui concourent à son administration et au service des pauvres, les dispositions d'ordre et de prévoyance qui les concernent et qui assurent leur avenir en même temps qu'elles règlent leurs obligations présentes. Le second titre, beaucoup plus étendu, fera connoître les règles établies pour l'admission dans les Hôpitaux et Hospices, le régime intérieur de ces établissemens, les améliorations opérées en faveur des indigens et des malades qu'on y reçoit, toutes les mesures prises enfin pour soulager leur infortune et guérir leurs maux.

TITRE PREMIER.

Division des travaux ; de ceux qui y concourent.

ARTICLE PREMIER.

Commission exécutive ; Secrétariat ; Archives.

Nous avons dit, au commencement de ce rapport, dans quelles circonstances et sur quelles bases avoit été formée l'Administration actuelle des Hôpitaux. Les secours à domicile ayant été réunis aux attributions du Conseil général par un arrêté du 19 avril 1801, l'agence de ces secours se trouva placée sous sa surveillance, comme l'étoit, par l'acte qui établissoit une organisation nouvelle, la Com-

mission exécutive des Hospices. Des arrêtés postérieurs déterminèrent le partage des fonctions entre la commission et l'agence, déjà
unies par des occupations correspondantes et par le lien d'une direction commune. Cinq divisions furent formées ; les Hospices, les
Hôpitaux, la pharmacie centrale et la boulangerie ; les domaines,
les secours à domicile et la filature ; la comptabilité. Chacune de ces
divisions fut essentiellement et uniquement chargée des mesures
arrêtées par le Conseil et ceux de ses membres à qui la surveillance
particulière de ces établissemens étoit confiée. Les bureaux de l'agence
furent placés dans la maison où étoient ceux des Hospices, pour
rendre plus faciles la surveillance du Conseil et les communications
avec les comités de bienfaisance et la caisse générale.

Les deux premières divisions embrassent tout ce qui concerne
l'administration universelle et spéciale des Hôpitaux et Hospices, le
service de santé, les travaux et les fournitures faites sous quelque
forme et pour quelque objet que ce puisse être. Le sommier général
des propriétés et leur sommier annuel, les actions judiciaires et
actes conservatoires, l'examen et la poursuite des affaires qui, ne
pouvant se terminer administrativement, donnent lieu à des contestations en justice réglée, le renouvellement des baux, les relations
avec les fermiers et locataires, les ventes, les réparations, les legs
faits, la tutelle des enfans abandonnés, appartiennent à la troisième
division. La quatrième a la correspondance avec les bureaux de
bienfaisance, l'examen et la proposition des fonds à leur accorder,
la connoissance et le classement des indigens, la surveillance spéciale de la filature et des écoles de charité. La cinquième a pour chef
l'ordonnateur général : il est chargé de la rédaction des états de
dépense, de l'examen et de la vérification des pièces transmises par
les autres divisions, des mandats à délivrer, de la tenue de tous
les livres relatifs aux crédits et aux dépenses, de quelques autres
livres encore touchant les possessions mobiliaires des divers établissemens et leurs créances, du travail qui doit fournir les élémens des
comptes à rendre par l'Administration.

La caisse générale est confiée à un receveur comptable, chargé
aussi des recouvremens et des poursuites. Il a près de lui un contrô-

leur. Leurs obligations réciproques sont déterminées par des règlemens ou des arrêtés spéciaux.

Le secrétaire général est chargé de la rédaction des procès-verbaux des séances du Conseil, de l'enregistrement et du classement des
pièces qu'on adresse à l'Administration et de leur envoi à la division
qu'elles concernent, de l'expédition des arrêtés pris, de la correspondance ordinaire sous l'inspection du président ou du vice-président,
des ordres à donner et de la surveillance à exercer pour les impressions à faire, du travail préliminaire aux marchés à passer pour les
approvisionnemens et fournitures, c'est-à-dire, l'apposition des affi-
ches, la réception des soumissions, la rédaction des clauses, l'expédition des copies nécessaires à l'ordonnateur général et aux divisions
que ces marchés intéressent. Il est chargé enfin de la surveillance
des archives (celles de la comptabilité exceptées), surveillance ayant
pour objet l'enregistrement des titres de toute espèce, le dépouille-
ment et la mise en ordre de ceux qui proviennent des archives particulières des anciens Hôpitaux, la communication des titres sans
déplacement, la délivrance des extraits ou copies, les recherches
journalières pour le service et sur la demande des bureaux, la collection des lois et arrêtés touchant les diverses parties de l'Administration. Les délibérations prises à chaque séance, et recueillies par
le secrétaire général, sont déposées aux archives, comme minutes,
à la fin de chaque année. Dès qu'elles sont rendues, il les fait passer
au Préfet qui les vise et les transmet, s'il y a lieu, au Ministre de
l'Intérieur.

En exécution de la loi du 23 juin 1805, il est tenu au secrétariat
des Hospices deux registres pour la transcription des délibérations
du Conseil. L'un, en papier mort, contient les actes de police intérieure, et qui n'ont aucun rapport avec des personnes étrangères à
l'Administration ; l'autre, sur papier timbré, contient les actes d'administration extérieure. On tient de plus un registre d'ordre sur
lequel on inscrit, séance par séance, l'analyse des arrêtés du Conseil;
un autre, contenant l'enregistrement de toutes les pièces envoyées
par les autorités à l'Administration; un autre, pour le personnel,
avec l'état des traitemens payés à tous les employés, sous quelque

titre et dans quelque établissement qu'ils le soient ; un autre, pour
la tutelle des orphelins ou des enfans abandonnés ; un autre, pour
inscrire les délibérations de la commission exécutive des Hospices,
concernant la régie du droit des pauvres sur les spectacles.

Nous venons de parler des archives. Avant la révolution, chacun
des établissemens hospitaliers avoit les siennes ; le bâtiment qui les
renferme toutes aujourd'hui, avoit été construit pour celles de
l'Hôtel-Dieu. On y a réuni ensuite les archives de l'hôpital Saint-
Louis, de l'hôpital Sainte-Anne, de l'Hôpital-Général et des hospices
de la Trinité, des maisons d'Orphelins et des Enfans-Trouvés, des
hospitalières de Saint-Mandé, de la rue Mouffetard, de la Place
Royale, de la Roquette, de la rue de l'Arbalète, celles de l'hôpital
Beaujon, de l'hôpital Saint-Jacques-aux-Pèlerins, de l'hospice de
Montrouge, et quelques autres encore d'établissemens semblables.
Tout cela étoit dans un grand désordre ; on en a fait le triage, le
classement, l'inventaire. Les titres qui se trouvoient encore dans
quelques maisons hospitalières ont été apportés dans ce dépôt général. La centralisation des archives des Hospices et Hôpitaux a été
ordonnée par un arrêté du Conseil général, du 7 décembre 1804.

Nous avons cité pareillement la tutelle des enfans abandonnés parmi
les fonctions qui doivent être confiées à un des membres de la commission administrative. Le code de l'Hôpital-Général renferme plusieurs décisions rendues sur cette tutelle, et des arrêts prononçant
la nullité d'actes faits même en la faveur de ces enfans, sans le
concours des administrateurs ou de celui d'entre eux à qui ils avoient
délégué cette surveillance.

Le secrétariat et les archives sont sous la surveillance particulière
d'un des membres du Conseil.

Telle est la division générale des travaux ; le Conseil les embrasse
et les surveille tous. On doit regretter que sa marche soit trop souvent ralentie par les formes lentes et multipliées que des règlemens
ont prescrites. Un mal se montre, on essaie d'appliquer un remède
convenable ; mais plusieurs mois s'écoulent avant que la délibération
puisse être exécutée : le mal s'est accru, le remède proposé est

devenu insuffisant. S'il est une administration qui doive marcher avec quelque liberté, c'est celle de tant d'hommes éprouvés par de longs et honorables travaux, investis de la confiance du Souverain pour d'importantes fonctions, réunis par un sentiment commun d'humanité, ne pouvant avoir d'autre récompense que l'espoir d'exécuter le bien qu'ils méditent. Le besoin d'un malade, d'un indigent, a rarement le temps d'attendre ces inépuisables formalités, dont la longueur est multipliée encore par l'insouciance ou l'inactivité de ceux qui y concourent d'une manière secondaire, quelquefois même, par le désir de montrer leur présence et leur autorité. Le Grand Bureau des pauvres avoit bien un autre pouvoir, une autre facilité d'agir ; il étoit sûr d'imprimer à l'instant une bien autre obéissance.

ARTICLE II.

Des différentes personnes employées au service des pauvres dans les Hôpitaux et Hospices ; Fonctions ; Appointemens ; Retraites.

On a quelque peine à concevoir jusqu'à quel point on avoit autrefois multiplié les personnes employées au service des Hôpitaux. Il y en avoit une pour moins de trois malades, à la Charité et à l'Hôtel-Dieu ; une sur cinq et un quart environ à l'hôpital Necker, celui de tous où le nombre en étoit le moins grand dans la proportion du nombre des malades. Il y a aujourd'hui, dans le même Hôpital, un employé sur six malades ; un sur cinq à-peu-près à l'hôpital Beaujon, à l'hôpital Cochin, à l'hôpital Saint–Antoine, et un peu moins à la Charité : la proportion est d'un sur cinq à l'Hôtel-Dieu. Mais il faut dire, pour le présent comme pour l'avenir, que, dans le nombre des personnes employées au service des pauvres, sont comprises celles qui veillent à leur santé, qui président à l'administration de la maison, qui y exercent les fonctions du culte, comme celles des devoirs plus ordinairement caractérisés par les mots d'employés, d'infirmiers, de gens de service, etc. En défalquant, à l'Hôtel-Dieu, les personnes qui n'y sont pas nourries, comme les médecins, les chirurgiens, les phar-

Tenon, pages 35, 56 et 313.

maciens, la proportion est à-peu-près d'un sur 6 ¼. Il ne seroit plus que d'un sur 12, si l'on ne vouloit compter que ceux ou celles qui sont plus directement attachés au service personnel des malades.

Un chef, appelé maintenant agent de surveillance, est à la tête de chaque maison ; il en a la direction, la police, l'administration. Tous les employés, à quelque titre et avec quelque caractère que ce soit, sont immédiatement soumis à sa surveillance. Il tient ou fait tenir sous ses yeux les registres d'admission. Il a le droit et le devoir d'examiner tout ce qu'on fournit à la maison. Il envoie, tous les lundis, au Conseil et à la Commission, le mouvement de la semaine précédente.

Dans les établissemens moins considérables, les agens de surveillance sont aussi chargés de la dépense ; les établissemens plus peuplés ont un économe particulier. Le traitement des premiers n'est pas le même dans toutes les maisons ; il est de 4000 francs à la Salpêtrière ; il n'est que de 1500 francs à l'hôpital Beaujon ; il suit en général la proportion des soins nécessaires et de la population des Hospices. Les économes, là où on a cru devoir en établir, ont un traitement de 2400 francs au plus, de 1200 francs au moins. Les agens de surveillance et les économes sont tous également nourris. Leur nourriture a été réglée par l'arrêté du 9 juillet 1806 sur le régime alimentaire des établissemens hospitaliers. Le traitement des autres employés diminue ou s'élève suivant la nature de leurs fonctions. Le total en sera présenté dans la quatrième partie de ce rapport.

Dans les maisons qui ont un économe, l'agent conserve quelque inspection sur lui. L'arrêté du 7 septembre 1803 la lui donne sur tous les objets nécessaires pour l'entretien de l'établissement auxquels l'économe est chargé de pourvoir. Ce n'est qu'en sa présence que ces objets doivent être reçus. Rien ne peut être délivré dans la maison, que sur un bulletin écrit, portant l'ordre ou la demande de l'agent de surveillance.

La proportion actuelle des employés avec les personnes admises dans les Hospices, est indiquée par le tableau suivant :

NOMS des ÉTABLISSEMENS.	Population de ces Établissem.	Employés et gens de service de toutes classes.	Proportion des employés avec les admis.
			un employé sur
Salpétrière	5000	380	13 ind. $\frac{25}{100}$
Bicêtre.	3000	233	13 $\frac{57}{100}$
Incurables-Hommes.	500	44	11 $\frac{36}{100}$
Incurables-Femmes..	500	52	9 $\frac{62}{100}$
Ménages.	670	47	14 $\frac{25}{100}$
Montrouge..	150	17	8 $\frac{52}{100}$
Orphelins.	600	48	12 $\frac{50}{100}$
Sainte - Périne. . . .	150	19	7 $\frac{89}{100}$

Population, 10,570 ; nombre d'employés , 840 : c'est un employé pour douze à treize personnes.

La proportion est et doit être bien différente pour les établissemens consacrés à des malades.

NOMS des ÉTABLISSEMENS.	Nombre de Lits.	Employés et gens de service.	Proportion des employés avec les malades.
			environ 1 sur
Hôtel-Dieu.	1262	235	5 $\frac{1}{2}$
Charité.	300	63	5
Saint-Antoine. . . .	250	49	5
Cochin.	100	26	4
Necker.	140	20	7
Beaujon.	140	27	5 $\frac{1}{4}$
Enfans-Malades. . .	550	93	6
Saint-Louis.	1050	140	7 $\frac{1}{4}$
Vénériens (hôpital)..	650	71	9
— Maison de santé.	60	11	5
Mais. de Sté. F.S.-Martin.	125	46	3

La proportion générale est ici d'un sur 6 environ.

L'hospice de l'Accouchement a 55 employés et 550 lits ; c'est un

sur 6. L'hospice des Enfans-Trouvés a 250 lits et 64 employés ; c'est
1 sur 4. La succursale établie pour l'Hôtel-Dieu, ou l'hôpital de la
Pitié, a eu, dans les cinq années de son existence, du 1er. janvier
1809 au 31 décembre 1813, en prenant le terme commun, un employé pour 9 malades.

Les pensions de retraite sont déterminées par un décret du 7 février 1809. Deux centimes par franc doivent être retenus, chaque
mois, sur les traitemens de toutes les sortes d'employés, des membres même de la Commission administrative, pour former un fonds
de retraite et secours en leur faveur, en faveur de leurs veuves et
de leurs enfans. Cette retenue doit s'exercer, tant sur le traitement
en argent que sur une évaluation du logement et de la nourriture ;
elle n'a pas lieu envers ceux qui, cette évaluation comprise, n'auroient pas 1000 francs ; une retraite leur est assurée à 60 ans, ou
après 30 ans de service, dans les maisons où ils ont été employés
ou dans les Hospices désignés à cet effet par les règlemens de l'Administration. Dix mille francs, chaque année, pendant dix ans, à
prendre sur les fonds affectés aux dépenses générales, ont dû, à
compter du 1er. janvier 1809, former le premier fonds de retraites
et pensions, et représenter les services passés sur lesquels il n'a pas
été exercé de retenue. On compte dans les 30 ans les services
rendus dans une autre administration. Les employés qui auroient
contracté, en servant les pauvres, des infirmités qui ne leur permettroient plus le travail, n'ont pas besoin, pour obtenir une pension,
que le terme des 30 années soit expiré.

Le montant de la pension est déterminé par une année moyenne
du traitement fixe des trois dernières années ; les indemnités pour
logement, nourriture et autres objets de ce genre, sont considérées
comme ayant fait partie du traitement fixe. La pension est de la moitié
de cette somme. Elle s'accroît du vingtième par chaque année de
service au-delà de 30 ans.

. Le décret contient plusieurs articles sur les veuves et les enfans ;
il ne statue rien sur les médecins, chirurgiens et pharmaciens des
Hôpitaux.

Des règlemens particuliers ont été faits pour les Sœurs hospitalières,

28 *

auxquelles on a enfin rendu l'exercice de leur charité envers les malades et les pauvres. La division du travail et l'indemnité pour chacune d'elles sont fixées. La supérieure choisit elle-même les compagnes de ses travaux : deviennent-elles infirmes ou trop âgées, elles restent dans la maison qui fut l'objet de leurs soins.

Les employés qui exerçoient auparavant dans les salles, à la cuisine, à la lingerie, etc., des fonctions que les sœurs remplissent aujourd'hui ou que d'autres remplissent sous elles, ceux qui continuent de les exercer dans les établissemens qu'elles ne soignent pas encore, ont des asiles indiqués et prévus où on les admet aussi après de longs services, ou quand l'infirmité devance la vieillesse. Nous avons dit qu'on les désignoit sous le nom de *reposans* ou *reposantes*. Ils sont classés d'après l'emploi qu'ils avoient. Mais tous reçoivent également l'assistance nécessaire pendant le reste de leur vie, sans avoir plus aucune fonction à remplir.

Les employés supérieurs, les agens de surveillance et les économes sont admis à l'hospice de Montrouge, s'ils préfèrent cette admission à la pension de retraite qu'ils pourroient avoir.

TITRE II.

Admission dans les Hôpitaux et Hospices ; régime intérieur de ces établissemens; améliorations opérées en faveur des malades et des pauvres qui y sont admis.

Ce titre sera divisé en neuf articles. Le premier aura pour objet de faire connoître l'établissement et les travaux du Bureau central d'admission. Nous parlerons dans le second des admissions extraordinaires par voie d'urgence ou de police ; dans le troisième et le quatrième, des conditions et des formes déterminées par les règlemens pour l'admission ordinaire dans les Hospices et dans les Hôpitaux. Les mesures de salubrité prises pour améliorer le sort des pauvres admis, seront l'objet du cinquième article, et les mesures générales de police l'objet du sixième. Le septième traitera du service de santé

et de l'instruction qui y est relative. Un article particulier, le huitième, sera consacré à l'école d'Accouchement. Nous parlerons enfin
de quelques établissemens auxiliaires, mais inséparables de l'existence et de l'Administration des Hôpitaux et Hospices.

ARTICLE PREMIER.

BUREAU CENTRAL D'ADMISSION.

Le Bureau central est en activité depuis le 22 mars 1802; il avoit
été créé par un arrêté du 4 décembre 1801.

On peut le placer parmi les institutions utiles dues au Conseil des
Hospices. Il a produit des avantages positifs sous les grands rapports
de l'économie, des bonnes mœurs et de la salubrité. Des hommes
qui n'étoient pas malades ou qui avoient cessé de l'être, entroient
ou restoient dans les Hôpitaux; ils y étoient sous un climat insalubre
qui leur donnoit quelquefois des maladies plus réelles que celle
qu'ils avoient supposée en y arrivant, ou pour y demeurer; quelquefois même, des maladies chroniques qui les rendoient désormais
incapables de pourvoir à leur subsistance par le travail. Ils consumoient ainsi, sans avoir besoin de secours et dans une fatale oisiveté, le patrimoine des vrais malades et des pauvres.

Les Hôpitaux, d'un autre côté, ne pouvoient suffire à leur population, qu'en accumulant dans les salles et dans les lits des personnes
dont cette accumulation même rendoit la guérison plus difficile.
L'étude si nécessaire des maladies, des traitemens suivis, des résultats produits, en étoit devenue moins aisée et plus incertaine; la
confusion des âges et des sexes prolongée au-delà des maux, offroit
aussi plus d'un danger.

Le Conseil des Hospices songea de bonne heure à faire cesser des
abus aussi graves; il s'occupa tout à-la-fois de toutes les mesures
qui pouvoient y concourir. Les Hôpitaux reçurent une classification
nouvelle; de meilleures dispositions furent faites, pour leur rendre
une propreté et une salubrité si désirables. Un des meilleurs moyens
étoit certainement de n'y admettre que ceux qui avoient un besoin

réel des secours qu'on y trouve. Il falloit en exclure impitoyablement
les faux malades, distinguer entre les infirmités celles qui avoient ou
pouvoient avoir quelque gravité, de celles que pouvoient guérir de
légers remèdes et des soins faciles, assurer à toutes ce qui étoit nécessaire, mais rien que ce qui étoit nécessaire, et faire tourner ainsi
au profit de tous les vrais malades, de tous les pauvres en général,
des secours que l'inconsidération ou la foiblesse laissoient envahir
par la supercherie et l'oisiveté.

Un grand nombre de faux malades cessa d'abord de se présenter.
D'autres ne craignirent pas de venir au Bureau central, soit qu'ils
espérassent le tromper, soit qu'ils ignorassent les nouvelles mesures
prises par l'administration. Ceux dont la santé n'étoit pas altérée,
ne furent plus admis ; ceux qui n'avoient besoin que de quelques
conseils d'une exécution facile, les reçurent ; on renvoya aux secours
à domicile ceux qui pouvoient être traités dans leur famille d'une
manière aussi sûre et beaucoup moins dispendieuse ; on donna des
billets d'admission à tous les autres. Sur 34,788 personnes visitées
par le Bureau central, dans les dix-huit premiers mois de son existence, 22,470 furent admises dans un Hôpital ; 3000 environ furent
refusées, comme n'étant pas malades ; 7626 se trouvèrent sans titres
suffisans pour y être placées à demeure, 4863 hommes et 2763 femmes ;
on les renvoya avec des consultations verbales ou écrites, suivant
l'état réel de leur santé ; le traitement externe, établi dans quelques
Hôpitaux, fut indiqué à 760, susceptibles d'être guéris avec de légers
pansemens ; 1795 n'ayant besoin que d'être aidés et visités à domicile, furent adressés aux bureaux de bienfaisance de leur arrondissement ; d'autres, au nombre de 2185, atteints d'infirmités qui exigent
des précautions longues et souvent perpétuelles, comme les hernies,
reçurent les secours matériels qui pouvoient en soulager ou en
guérir, et laisser à des ouvriers qui n'ont d'autre ressource que leur
travail, le moyen de s'y livrer sans danger. On les donna à 1381 personnes encore l'année suivante. 22,586 individus se *présentèrent*,
pendant cette année, au Bureau central ; 262 furent renvoyés au
traitement externe, 1045 aux bureaux de bienfaisance, 1011 avec une
consultation écrite ; une consultation verbale suffit à un grand nombre

d'autres; un plus grand nombre encore n'en avoit pas même besoin.

Nous donnerons dans l'article suivant le tableau des huit dernières années. V. ci-après, p. 232.

Les admissions faites par le Bureau central, en 1806, ont été, pour l'Hôtel-Dieu, au nombre de 8535. (Les admissions faites par urgence se retrouveront aussi dans l'article suivant.)

Elles ont été, en 1807, de 10,207

En 1808, de. 9,729

Sur ces nombres, celui des hommes a été de 4947, et celui des femmes de 3588, en 1806; celui des hommes, de 6158 en 1807; et celui des femmes, de 4049; celui des hommes, de 5473 en 1808, et celui des femmes, de 4256. Des suppressions ayant été faites, à cette époque, dans les salles de l'Hôtel-Dieu, et une autre maison, connue sous le nom de la Pitié, ayant été établie comme son annexe, celle-ci reçut une partie des malades. En 1809, le Bureau central en envoya 1800 à la Pitié, et 5785 à l'Hôtel-Dieu. En 1810, l'Hôtel-Dieu en reçut 4920, et l'hospice de la Pitié, 2123. Le Bureau central en envoya 6527 à l'Hôtel-Dieu en 1811 ; 8834, en 1812; 7153, en 1813; et à la Pitié, 2443 en 1811, et 907 en 1812. Aucun malade n'y fut envoyé en 1813.

Voici maintenant le nombre des personnes qui ont reçu divers secours du Bureau central, depuis le 1er. janvier 1806 jusqu'au 31 décembre 1813, et la nature de ces secours.

SECOURS.	1806.	1807.	1808.	1809.	1810.	1811.	1812.	1813.	TOTAL par nature de Secours.
Bandages.	1538	1457	1520	1530	1754	2054	2011	2003	13,871
Consultations écrites.	1032	1209	1013	866	355	349	368	338	5,530
Consultations verbales.	7461	6969	5550	5055	4820	4722	6683	6405	47,745
Renvoyés aux Bureaux de Bienfais.	1077	1053	283	564	598	299	528	789	5,191
Secours aux mères nourrices malad.	57	38	17	24	34	41	29	12	252
Traitement externe de la teigne. .	436	553	505	435	574	635	698	602	4,437
Certificat p'. admiss. dans les Hosp.	555	930	1142	1377	1393	743	811	789	7,740
TOTAL par année.	12,156	12,209	10,110	9,851	9,528	8,847	11,128	10,938	84,767

Le Bureau central d'admission est formé de deux médecins et de deux chirurgiens. Il est ouvert tous les jours, depuis neuf heures du matin jusqu'à quatre. Il y a un local séparé et des jours particuliers pour les personnes atteintes de maladies contagieuses. Les bulletins doivent être signés par deux au moins des quatre membres dont le Bureau central se compose. Un arrêté du 27 août 1806 y a établi un adjoint ou suppléant, chargé de recevoir par urgence, à l'Hôtel-Dieu, les malades apportés depuis quatre heures du soir jusqu'au lendemain : deux personnes étoient auparavant chargées dans cette maison de ces admissions ; une place a été supprimée ; celle qui reste est, ainsi, exercée au Bureau central.

Règlem. du 4 décembre 1801. Les feuilles du mouvement de chaque Hôpital sont envoyées tous les jours à ce bureau ; il voit par-là les places qui y sont vacantes, où il peut et doit envoyer les personnes qui se présentent.

Le voisinage du quartier habité par les malades est pris en considération. On veut, autant qu'il est possible, les laisser plus à portée de leurs parens, de leurs amis, de leurs voisins, de tous ceux qui peuvent leur porter quelque intérêt, et vouloir venir les visiter. Le bulletin donné pour leur admission indique toujours l'établissement où ils doivent entrer.

Le Bureau central n'a pas été seulement institué pour les Hôpitaux. Il doit encore examiner et juger si les individus qui se présentent pour entrer dans les Hospices ouverts aux maladies incurables, ont véritablement le caractère d'incurabilité exigé par les lois qui nous régissent ; si les infirmités de ceux qui réclament un asile dans les établissemens consacrés à la vieillesse, ont aussi ce caractère de gravité qui peut permettre de les y introduire avant l'âge fixé encore par nos lois.

La révolution avoit encore ici dénaturé les reglemens les plus anciens et la volonté précise de ces bienfaiteurs des pauvres, qui, en fondant ou enrichissant un Hôpital ou un Hospice, avoient formellement déterminé l'objet et le mode des secours qu'ils accordoient. Ce qu'on appeloit le patriotisme fut regardé comme suppléant aux infirmités même, et les attestations d'un civisme révolutionnaire eurent plus de pouvoir que les certificats d'une maladie certaine et invétérée.

Les Hospices renfermèrent alors non-seulement des infirmes, mais ceux qui pouvoient le devenir. Il étoit difficile de prendre une mesure d'une plus grande latitude; elle pouvoit embrasser la nature humaine.

Un arrêté du Ministre de l'Intérieur, du 17 juin 1802, a prescrit les règles qu'on doit suivre pour l'admission des insensés. On les présentera d'abord au Bureau central. Le Bureau central ne pourra admettre que les individus qui sont dans un état évident de folie, ou qui sont munis d'un certificat la constatant, donné par deux médecins et par deux témoins des actes de folie. Un certificat d'indigence est également nécessaire, ainsi qu'une attestation de domicile à Paris, si l'on veut entrer à Bicêtre ou à la Salpêtrière : ceux qui n'y seroient pas domiciliés, doivent se présenter à l'hospice de Charenton, où 40 lits d'hommes et 20 de femmes sont réservés pour des personnes indigentes.

Un arrêté du 15 septembre suivant autorise néanmoins le Bureau central à envoyer aussi les fous venus des départemens dans les deux grands établissemens confiés à la surveillance du Conseil général des Hospices.

Les fous indigens conduits à Charenton sont ramenés dans un de ces deux établissemens, suivant leur sexe, si, au bout de trois mois, toute espérance de guérison est évanouie.

L'obligation de passer au Bureau central fut imposée pour les insensés même qui seroient envoyés par l'ordre du préfet de police ou de la Commission administrative des Hospices civils. Si ce Bureau se trouvoit fermé au moment où des fous y sont amenés, on les garde pendant la nuit à l'Hôtel-Dieu, en leur donnant tous les secours que leur situation réclame, et le lendemain le Bureau central prononce sur leur admission.

Il est aussi chargé de la révision des malades qui ont passé plus de trois mois dans un Hôpital; il décide s'ils doivent en être éloignés, ou si la continuation du traitement est nécessaire. Il fait le renvoi aux secours à domicile, des mères-nourrices malades qui ne peuvent quitter leur ménage, et qui sont munies de certificats d'indigence; il examine, réduit et arrête les mémoires pour soins et médicamens

29

donnés aux orphelins mis en apprentissage, ou aux enfans des Hospices placés dans les départemens. Il admet les indigens aux bains de Tivoli, et un de ses membres a la direction de ce traitement, dont il suit les progrès.

Le Bureau central peut encore offrir beaucoup d'avantages, relativement à la topographie médicale et à la statistique de Paris. Ses membres ont observé, dans leur premier rapport, que la position de cette ville est telle que la demande Hippocrate pour former une ville salubre. Le fleuve qui la traverse de l'est à l'ouest, l'aspect du soleil levant par un large horizon, le nord abrité au loin d'une chaîne de monticules, une vaste plaine dans la direction du midi, au-delà du sol incliné des faubourgs Saint-Marceau, Saint-Jacques et Saint-Germain, le couchant d'été borné par des élévations montueuses ; toutes ces conditions, disent-ils, appartiennent au plus beau site, assurent la bonne qualité des eaux potables, et se prêtent à l'action mesurée de tous les vents.

La situation des différens quartiers, les arts qui y sont plus particulièrement cultivés, les habitudes physiques et morales de leurs habitans, le genre et le nombre des établissemens publics ou particuliers qui y sont formés, fournissent encore des objets fréquens d'observations variées. Le Bureau central a annoncé qu'il les recueilloit, et qu'il nous les feroit connoître.

Nous croyons devoir placer ici un tableau nécrologique fait en 1808 par M. *Prat*, un des médecins du Bureau central, pour l'hôpital Saint-Antoine auquel il est attaché.

Des tableaux semblables, présentés chaque année pour chaque établissement, ajouteroient à l'intérêt des rapports que le Bureau central publie.

Page 39.

DÉSIGNATION des MALADIES.	TOTAL des maladies	DÉCÈS ARRIVÉS.						Maladies contractées dans l'Hôpital.	Distinction des Décès arrivés à chaque âge.							
		Le 1er jour d'entrée.	Le 2e jour d'entrée.	Le 3e jour d'entrée.	du 4e au 6e jour.	Du 7e jour à 3 mois, 6 mois.	Après 6 mois.		de 15 à 20 ans.	de 21 à 30 ans.	de 31 à 40 ans.	de 41 à 50 ans.	de 51 à 60 ans.	de 61 à 70 ans.	de 71 à 80 ans.	de 81 à 90 ans.
Phthisies pulmonaires et catarrhes chroniq.(a)	100	1	1	1	7	88	5	»	13	27	17	21	8	12	2	»
Maladies organiques du cœur(b)	18	»	1	1	2	15	»	»	»	1	4	6	4	5	1	»
Squirrhes et cancers de l'estomac (c)	14	»	1	»	2	12	»	»	»	»	1	3	5	5	2	»
Cancers de la matrice et du sein (d)	7	»	»	1	»	6	»	»	»	1	5	2	1	2	»	»
Maladie organique du foie (e)	2	»	»	»	»	2	»	»	»	»	1	2	»	»	»	»
Apoplexie (f)	14	3	3	»	4	4	»	»	»	»	»	»	3	6	2	»
Paralysie (g)	5	4	»	1	2	»	»	»	»	»	1	1	2	2	»	»
Fièvres cérébrales et ataxiques (h)	30	»	5	5	8	8	2	»	7	7	»	»	»	5	2	»
Fièvres adynamiques, muqueuses adynamiq. et catarrhes adynamiques (i)	99	8	8	11	25	43	1	3	»	4	7	22	15	27	19	4
Caducité, décrépitude (k)	13	»	1	1	2	10	3	»	»	1	»	8	»	1	7	5
Hydrop. (anasarq., ascites, hydrothorax) (l)	25	1	5	4	9	19	»	»	»	2	5	8	6	5	7	»
Fluxions de poitrine (inflammatoires, catarrhales et adynamiques) (m)	28	4	4	4	9	8	»	»	»	2	3	11	8	3	6	»
Catarrhes suffocans (n)	12	1	1	1	5	4	»	»	»	»	1	»	1	7	3	»
Cachexie scorbutique.	7	»	»	1	2	4	»	»	»	»	»	1	3	3	1	»
Diverses maladies, autres que celles désignées ci-dessus (o)	45	2	1	»	7	34	1	»	5	8	3	8	8	6	5	1
Maladies chirurgicales.	25	4	1	»	3	16	1	»	»	1	2	2	3	7	8	2
	442	29	24	26	78	276	9	5	29	55	47	90	64	93	50	14

(a) Maladies jugées mortelles au moment de l'entrée des malades à l'Hôpital. (Les catarrhes chroniques ont eu lieu chez les vieillards.)

(b) Maladies toujours mortelles.

(c) Idem.

(d) Idem.

(e) Maladies mortelles.

(f) Maladies presque toujours mortelles chez les indigens.

(g) Maladies incurables.

(h) Maladies le plus souvent mortelles.

(i) Maladies desquelles il on meurt autant dans les Hôpitaux qu'il en guérit à-peu-près; ces maladies sont fort communes parmi les indigens, et elles sont bien plus dangereuses pour eux que dans la classe aisée.

(k) Incurables.

(l) Maladies le plus souvent mortelles.

(m) Les fluxions de poitrine inflammatoires guérissent le plus souvent. Des autres; il en meurt bien davantage; aussi est-ce sur les gens âgés et ceux du moyen âge qu'on a vu les fluxions de poitrine adynamiques et catarrhales.

(n) Maladies fort dangereuses.

(o) Sur ces quarante-cinq maladies diverses, les deux tiers environ étaient signés, et l'autre tiers était des affections chroniques.

29 *

M. *Prat* fait , à la suite de ce tableau , les observations suivantes :

Certaines maladies ont paru donner lieu à une mortalité très-forte , et l'on remarque que ces maladies étoient incurables long-temps avant l'entrée des malades à l'Hôpital : par exemple , 100 individus décédés attaqués de phthisies ; 18 , attaqués de maladie organique du cœur ou des gros troncs artériels ; 14 , de squirrhes ou cancers à l'estomac ; 7 , de cancers à la matrice ; 2 , de maladie organique du foie.

Un autre point non moins intéressant dans la première partie du tableau , ce sont les malades que l'on apporte mourans , ou lorsque la maladie est déjà si avancée qu'il ne reste plus aucune ressource pour les sauver. C'est ainsi qu'on voit 29 individus morts le premier jour de leur entrée ; 24 , le second ; 26 , le troisième ; et 78 , du quatrième au huitième.

Sur 14 apoplectiques , 10 sont morts avant le huitième jour. Sur 99 personnes atteintes de fièvres adynamiques , muqueuses adynamiques , et catarrhes adynamiques , 55 sont mortes avant le huitième jour (et dans ces maladies , la mort arrive ordinairement du 14 au 20e. jour).

Sur 28 individus qui ont succombé à des fluxions de poitrine, 11 sont morts dans les trois premiers jours de la maladie , et 9 avant le huitième jour.

Toutes les fois qu'un vieillard est attaqué d'une maladie un peu grave, elle devient presque toujours mortelle dans la classe indigente : aussi la seconde partie du tableau présente-t-elle , parmi les décès , 14 individus , de 81 à 90 ans ; 50 , de 71 à 80 ; 93 , de 61 à 70 ans.

Un autre tableau va présenter l'état des malades envoyés , pendant une année , par chaque arrondissement de Paris.

- On y voit une différence bien sensible entre les trois premiers arrondissemens qui renferment le quartier des Tuileries , le faubourg Saint-Honoré , le quartier de la place Vendôme , celui de la Chaussée-d'Antin , celui du Palais-Royal , celui de la place des Victoires , et en général , la partie la plus riche de la ville , et les arrondissemens des quartiers pauvres , et qui par-là même renferment une population plus forte dans une étenduc à-peu-près semblable. C'est 2430 pour les trois premiers , et pour le douzième seul, qui est celui des faubourgs Saint-Jacques, Saint-Victor et Saint-Marceau , 2554.

ARRONDISSEMENS.	Malades venus dans les Hôpitaux.	
1er. Arrondissement.	914	Les indigens attaqués de maladies siphilitiques et les orphelins ou orphelines envoyés de leur Hospice à l'hôpital des Enfans, ne sont pas compris dans ce tableau.
2e. Arrondissement.	980	
3e. Arrondissement.	536	
4e. Arrondissement.	1230	
5e. Arrondissement.	1196	
6e. Arrondissement.	1668	
7e. Arrondissement.	1496	
8e. Arrondissement.	1740	
9e. Arrondissement.	1530	
10e. Arrondissement.	1982	
11e. Arrondissement.	1185	
12e. Arrondissement.	2554	

ARTICLE II.

Des Admissions par voie d'urgence et de Police.

Mais des accidens graves peuvent réclamer sur-le-champ des soins et des secours. On n'est pas obligé alors de s'adresser au Bureau central. Le médecin, le chirurgien de l'Hôpital auquel le malade est porté, l'agent de surveillance , autorisent la réception. Ces admissions, appelées d'urgence, sont une exception nécessaire à la règle posée ; elles concilient avec l'intérêt général des pauvres , l'intérêt du malade présenté ; et même, sur ces cas d'urgence , la latitude est grande ; elle l'est trop quelquefois. De nobles émotions, des recommandations honorées , le désir de faire usage sans intermédiaire d'une autorité qu'on peut avoir , l'ont emporté plus d'une fois sur les règles si justement établies. Pour en donner un exemple , du 22 mars 1802 au 23 septembre 1803 , on a reçu par urgence, à l'hôpital Necker,

966 malades ; 605 seulement y ont été envoyés par le Bureau central. Cela est difficile à justifier, quelques éloges que mérite d'ailleurs la femme charitable qui, depuis vingt années, rend aux pauvres, dans cet Hôpital, de si grands services. Le même espace de dix-huit mois offre à l'Hôtel-Dieu 6982 admissions d'urgence, et 9547 par le Bureau central ; à la Charité, 1884 des premières, et des secondes, 3310 ; à l'hôpital Cochin, 603 des premières encore, et 858 des secondes ; à l'hôpital Beaujon, 807 des premières aussi, et 1143 des autres. Le résultat le plus inattendu est celui de l'hôpital Saint-Antoine, où les admissions par urgence s'élevèrent à 2342, et où celles faites par le Bureau central n'allèrent pas au-delà de 336.

Dans ces dix-huit mois, le total des malades reçus dans les Hôpitaux a été de 38,567, dont 22,422 par le Bureau central, et 16,145 par urgence. Mais il en restoit au 22 mars 1802, 4167. Ainsi, on en a traité, pendant cet espace de temps, 42,734.

D'après le tableau présenté par le Bureau central, la proportion des admissions faites par urgence avec le nombre total des entrés, fut, à l'Hôtel-Dieu et à l'hôpital Cochin, comme 3 à 7 ; à l'hôpital Necker, comme 3 à 5 ; la proportion est de 8 à 19 pour l'hôpital Beaujon ; de 7 à 20 pour la Charité ; de 4 à 9 pour la maison des Enfans-Malades ; de 3 à 13 pour l'hôpital Saint-Louis, et pour celui des Vénériens, de 3 à 14.

L'année suivante, le total des admis fut de 24,010, dont 12,926 par le Bureau central, et 11,084 par urgence. L'année d'après celle-là, le total a été de 22,973, dont 12,261 par le Bureau central, et 10,712 par urgence. Sur les 9349 que reçut l'Hôtel-Dieu seul, 4962 entrèrent par urgence ; 4387, par le Bureau central. Les admissions d'urgence furent, à la Charité, de 1310 sur 2924 ; à Saint-Antoine, de 1170 sur 1502 ; à l'hôpital Necker, de 755 sur 958 ; à l'hôpital Cochin, de 377 sur 871 ; à l'hôpital Beaujon, de 725 sur 1433 ; à Saint-Louis, de 267 sur 1711 ; à l'hôpital des Vénériens, de 546 sur 2317 ; aux Enfans-Malades, de 324 sur 1385.

Il est incontestable qu'on a trop abusé du moyen d'urgence. L'exception à la règle est devenue, pour quelques établissemens, plus étendue que la règle même. Il faut répéter ici ce que le Bureau central disoit avec autant de courage que de raison, dans le rapport publié en 1806. Des urgences bien motivées, si l'on vouloit s'en tenir à la stricte nécessité, ne s'éleveroient pas, dans les temps exempts d'épidémies, à plus d'un huitième de la totalité des malades ; et quand on voudroit les porter au quart, on trouveroit encore que cette borne a été franchie. L'excès est remarquable sur-tout pour l'Hôtel-Dieu qui touche au Bureau central ; mais l'éloignement de quelques autres Hôpitaux ne justifie pas assez un si grand nombre d'urgences. On a plus de peine encore à les concevoir pour des établissemens où l'on admet des malades à qui l'attente de quelques heures ne peut faire courir aucun danger réel, comme l'Hôpital Saint-Louis et celui des maladies siphilitiques, faubourg Saint-Jacques.

La trop grande facilité des admissions d'urgence fit rappeler par le Conseil, au mois de juillet 1806, l'exécution du règlement du 4 décembre 1801. A l'exception du cas où il y avoit un danger imminent, ces admissions ne purent être accordées, à l'Hôtel-Dieu, que depuis quatre heures du soir jusqu'à neuf heures du matin, temps où le Bureau central n'est pas assemblé. Les médecins ou chirurgiens en chef dûrent confirmer celles que l'élève de garde avoit faites ; toute admission d'urgence fut interdite à l'hôpital Saint-Louis, à l'hôpital des Vénériens et au quartier des maladies chroniques de l'hôpital des Enfans.

Les urgences ne doivent pas toutes leur multiplicité aux médecins ou aux chefs des maisons hospitalières. La police aussi a souvent fait usage d'un moyen qui devient quelquefois indispensable pour elle ; mais c'étoit moins pour des Hôpitaux que pour les établissemens destinés à l'enfance, à la vieillesse, à des infirmités caractérisées ; et encore soumettoit-elle ordinairement ceux qu'elle envoyoit à la visite du Bureau central d'admission.

L'état numérique des indigens reçus par les ordres de la police, dans les plus considérables de nos Hospices pour la vieillesse, celui de Bicêtre et celui de la Salpêtrière, offre pour les deux sexes, depuis le 1er. janvier 1804 jusqu'au 31 décembre 1813, le résultat suivant :

Années.	Bicêtre.	Salpêtrière.	Total.
1804	125	130	255
1805	156	203	359
1806	261	243	504
1807	302	227	529
1808	370	376	746
1809	588	666	1254
1810	544	629	1173
1811	211	151	362
1812	176	123	299
1813	115	»	115
Totaux.	2848	2748	5596

Les envois faits par la police s'accroissoient d'abord chaque année, assez sensiblement, comme on le voit par ce tableau. Le moyen d'entrer ainsi étant plus court que celui d'attendre une nomination, on recherchoit, sous différens prétextes, à l'obtenir du magistrat qui veilloit à la sûreté publique; et une règle utile et juste le cédoit quelquefois à une commisération que le pétitionnaire ne méritoit pas d'inspirer de préférence, et qui, devenue dispendieuse par l'augmentation du nombre d'individus à secourir, retardoit de beaucoup l'entrée des autres pauvres, en disposant des places qu'ils auroient eues. Cette erreur a été insensiblement réparée. La formation des dépôts de mendicité offroit d'ailleurs à des hommes sans ressources un asile que la plupart d'entre eux n'auroient trouvé que dans un Hospice.

Terminons cet article en présentant le tableau des admissions faites tant par urgence que dans les formes ordinaires et par le Bureau central dans les Hôpitaux de Paris et dans ses deux principaux Hospices, la Salpêtrière et Bicêtre, depuis le 1er. janvier 1806 jusqu'au 31 décembre 1813.

NOMS des HÔPITAUX.	ADMISSIONS faites par	1806.			1807.			1808.			1809.		
		Hommes et Garçons.	Femmes et Filles.	TOTAL.	Hommes et Garçons.	Femmes et Filles.	TOTAL.	Hommes et Garçons.	Femmes et Filles.	TOTAL.	Hommes et Garçons.	Femmes et Filles.	TOTAL.
Hôtel-Dieu....	Bureau central..	4,947	3,588	8,535	6,158	4,049	10,207	5,473	4,256	9,729	3,235	2,550	5,785
	Urgence........	1,494	1,507	3,001	975	923	1,898	1,356	764	2,120	2,867	668	3,535
	Total.......	6,441	5,095	11,536	7,133	4,972	12,105	6,829	5,020	11,849	6,102	3,218	9,320
Pitié, annexe de l'Hôtel-Dieu.	Bureau central..	......	......	......	......	......	......	......	......	......	774	1,026	1,800
	Urgence........	......	......	......	......	......	......	......	......	......	121	10	131
	Total.......	......	......	......	......	......	......	......	......	......	895	1,036	1,931
Charité........	Bureau central..	1,488	136	1,624	1,757	241	1,998	1,766	213	1,979	1,529	195	1,723
	Urgence........	1,137	199	1,336	930	159	1,089	962	161	1,123	772	204	976
	Total.......	2,625	335	2,960	2,687	400	3,087	2,728	374	3,102	2,301	399	2700
Saint-Antoine..	Bureau central..	388	287	675	697	537	1,234	648	539	1,187	579	488	1,067
	Urgence........	782	759	1,541	707	575	1,282	644	515	1,159	587	463	1,050
	Total.......	1,170	1,046	2,216	1,404	1,112	2,516	1,292	1,054	2,346	1,166	951	2,117
Beaujon........	Bureau central..	286	312	598	274	322	596	260	262	522	185	162	347
	Urgence........	462	386	848	479	344	823	534	329	863	519	396	915
	Total.......	748	698	1,446	753	666	1,419	794	591	1,385	704	558	1,262
Cochin.........	Bureau central..	227	179	406	294	393	687	359	381	740	292	350	642
	Urgence........	187	176	363	193	195	388	231	253	484	214	225	439
	Total.......	414	355	769	487	588	1,075	590	634	1,224	506	575	1,081
Necker.........	Bureau central..	102	136	238	146	126	272	99	134	233	75	116	191
	Urgence........	414	387	801	468	430	898	509	423	932	422	423	845
	Total.......	516	523	1,039	614	556	1,170	608	557	1,165	497	539	1,036
Saint-Louis. ...	Bureau central..	1,976	1,387	3,363	2,343	1,559	3,902	2,489	1,955	4,414	2,951	2,546	5,497
	Urgence........	178	293	471	120	136	256	1,270	173	1,443	2,087	184	2,271
	Total.......	2,154	1,680	3,834	2,463	1,695	4,158	3,759	2,128	5,887	5,038	2,730	7,768
Vénériens......	Bureau central..	935	827	1,762	902	820	1,722	386	440	826	(b)....	......	......
	Urgence........	206	234	440	209	259	468	744	761	1,505	1,270	1,236	2,536
	Total.......	1,141	1,061	2,202	1,111	1,079	2,190	1,130	1,201	2,331	1,270	1,236	2,536
Enfans-Malades	Bureau central..	658	504	1,162	732	551	1,183	697	514	1,211	680	525	1,205
	Urgence........	381	194	575	338	148	486	283	122	405	242	223	465
	Total.......	1,039	698	1,737	1,070	699	1,769	980	636	1,616	922	748	1,670
Charenton......	Bureau central..	93	1	94	34	2	36	(c)....	......	......	......	......	......
	Ordre de la Police	124	2	126	57	1	58	......	......	......	......	......	......
	Total.......	217	3	220	91	3	94	......	......	......	......	......	......
Bicêtre.........	Bureau central	......	......	......	(d) 30	......	30	111	......	111	105	......	105
	Ordre de la Police	......	......	......	72	......	72	92	......	92	81	......	81
	Total.......	......	......	......	102	......	102	203	......	203	186	......	186
Salpêtrière.....	Bureau central..	......	165	165	......	205	205	......	137	137	......	168	168
	Ordre de la Police	......	101	101	......	94	94	......	114	114	......	133	133
	Total.......	......	266	266	......	297	297	......	251	251	......	301	301
TOTAL par année des malades reçus dans les Hôpitaux..........		16,465	11,760	28,225	17,915	12,067	29,982	18,913	12,446	31,359	19,587	12,291	31,878

1810.		1811.			1812.			1813.			TOTAL des malades reçus dans chaque Hôpital pendant les 8 années ci-contre.			Observations.
Femmes et Filles.	TOTAL.	Hommes et Garçons.	Femmes et Filles.	TOTAL.	Hommes et Garçons.	Femmes et Filles.	TOTAL.	Hommes et Garçons.	Femmes et Filles.	TOTAL.	Hommes et Garçons.	Femmes et Filles.	TOTAL.	
2,861	4,920	3,427	3,100	6,527	4,699	4,135	8,834	3,518	3,635	7,153	33,516	28,174	61,690	(a) Le Bureau central n'a envoyé, dans cette année, aucun malade à la Pitié.
661	3,334	649	664	1,313	1,524	649	2,173	3,200	568	3,768	14,738	6,404	21,142	
3,522	8,254	4,076	3,764	7,840	6,223	4,784	11,007	6,718	4,203	10,921	48,253	34,578	82,832	
507	2,123	1,394	1,049	2,443	437	470	907	(a).....	......	.....	4,221	3,052	7,273	(b) A compter du 1er. juillet 1808, les Bulletins d'admission pour l'hôpital des Vénériens, ont été délivrés audit Hôpital.
32	112	60	54	114	1,160	323	1,483	769	301	1,070	2,190	720	2,910	
539	2,235	1,454	1,103	2,557	1,597	793	2,390	769	301	1,070	6,411	3,772	10,183	
235	1,987	1,545	176	1,721	1,202	140	1,342	891	118	1,009	11,930	1,454	13,384	(c) Au 1er. juillet 1807, le Bureau central, en exécution d'un arrêté du Conseil d'administration, a cessé d'envoyer à Charenton les hommes indigens affectés de démence.
199	1,007	739	207	946	830	262	1,092	797	277	1,074	6,975	1,668	8,643	
434	2,994	2,284	383	2667	2,032	402	2,434	1,688	395	2,083	18,905	3,122	22,027	
437	882	499	379	878	588	549	1,137	571	551	1,122	4,415	3,767	8,182	(d) Le Conseil général a ouvert le 1er. juillet 1807, à l'hospice de Bicêtre, un local pour le traitement des hommes indigens attaqués de folie.
539	1,298	585	584	1,169	636	581	1,217	618	543	1,161	5,318	4,559	9,877	
976	2,180	1,084	963	2,047	1,224	1,130	2,354	1,189	1,094	2,283	9,733	8,326	18,059	
168	326	164	162	326	229	225	454	182	215	397	1,738	1,828	3,566	
411	998	653	431	1,084	643	338	981	545	367	912	4,422	3,002	7,424	
579	1,324	817	593	1,410	872	563	1,435	727	582	1,309	6,160	4,830	10,990	
320	639	237	311	548	359	338	697	283	295	598	2,370	2,567	4,937	
331	692	480	399	879	437	405	842	365	398	763	2,468	2,382	4,850	
651	1,331	717	710	1,427	796	743	1,539	648	693	1,341	4,838	4,949	9,787	
187	282	80	136	216	143	191	334	92	156	248	832	1,182	2,014	
407	862	441	446	887	476	525	1,001	473	519	992	3,658	3,560	7,218	
594	1,144	521	582	1,103	619	716	1,335	565	675	1,240	4,490	4,742	9,232	
2,194	4,829	2,993	2,349	5,342	2,246	1,984	4,230	1,856	2,018	3,874	19,48.	15,992	35,481	
165	3,043	1,515	173	1,688	3,226	535	3,761	3,827	1,086	4,913	15,10	2,745	17,846	
2,359	7,872	4,508	2,522	7,030	5,472	2,519	7,991	5,683	3,104	8,787	34,59.	18,737	53,327	
.....	1	1	1	2	.....	5	5	1	......	1	2,226	2,093	4,319	
1,400	3,017	1,767	1,579	3,346	2,001	1,792	3,793	1,545	1,408	2,953	9,359	8,669	18,028	
1,400	3018	1,768	1,580	3,348	2,001	1,797	3,798	1,546	1,408	2,954	11,585	10,762	22,347	
895	1,972	1,297	916	2,213	1,368	1,024	2,392	1,180	889	2,069	7,689	5,818	13,507	
253	455	260	205	465	357	195	552	423	290	713	2,486	1,630	4,116	
1,148	2,427	1,557	1,121	2,678	1,725	1,219	2,944	1,603	1,179	2,782	10,175	7,448	17,623	
.....	.....	.....	.....	.....	.....	.....	.....	.....	.....	.....	127	3	130	
.....	.....	.....	.....	.....	.....	.....	.....	.....	.....	.....	181	3	184	
.....	.....	.....	.....	.....	.....	.....	.....	.....	.....	.....	308	6	314	
.....	99	107	.....	107	95	.....	95	89	.....	89	636	.....	636	
.....	87	83	.....	83	61	.....	61	79	.....	79	555	.....	555	
.....	186	190	.....	190	156	.....	156	168	.....	168	1,191	.....	1,191	
149	149	.....	121	121	.....	193	193	.....	154	154		1,290	1,290	
96	96	.....	88	88	.....	91	91	.....	119	119		856	856	
245	245	.....	209	209	.....	284	284	.....	273	273		2,126	2,126	
2,447	33,210	18,916	13,530	32,506	22,717	14,050	37,667	21,304	13,907	35,211	156,640	103,398	260,038	

ARTICLE III.

Des conditions et des formes déterminées par les règlemens pour
l'admission ordinaire dans les Hospices.

L'instruction relative à l'admission dans les Hospices détermine
l'âge comme les infirmités nécessaires pour y être admis. Il faut
être septuagénaire, aveugle, paralytique ou cancéré, pour entrer
dans la maison de la Salpêtrière et dans celle de Bicêtre ; et pour
entrer aux Hospices de la rue de Sèves ou du faubourg Saint-Martin ;
être perclus de ses membres ou attaqué d'autres infirmités incurables
qui mettent dans l'impossibilité de se livrer à aucun genre de travail. Les époux reçus dans l'hospice des Ménages doivent avoir, l'un
70 ans, l'autre 60 au moins.

On ne peut nommer que des personnes inscrites sur le registre
des pauvres et secourues par les bureaux de bienfaisance. L'acte de
naissance doit être joint à la nomination.

Les enfans et les petits-enfans de l'individu qui se présente sont
tenus de déclarer s'ils peuvent ou non fournir à la subsistance de leur
père ou de leur grand-père. L'interpellation doit être faite par écrit,
au nom des présidens des comités de bienfaisance, pour Paris, et des
maires, dans les autres communes du département ; elle doit être
rapportée et jointe, avec la réponse des enfans ou petits-enfans, à
l'acte de présentation.

Le nombre de ceux qui se présentent pour être admis étant fort
au-dessus des places que les Hospices contiennent, on a pensé qu'un
certificat de bonne conduite étoit une nouvelle garantie qu'on pouvoit exiger, un titre assez naturel à la préférence. Ce certificat doit
être donné, si le pétitionnaire est un ouvrier ou un domestique, par
ses maîtres ; s'il exerce un art ou métier, par des personnes exerçant
la même profession que lui et domiciliées dans le même arrondissement ; s'il n'est dans aucun de ces deux cas, par le propriétaire
ou le locataire des maisons qu'il habite ou qu'il habitoit.

Aucun certificat ne doit être imprimé. On est moins porté à une

30

condescendance qui trahit la vérité, quand il faut écrire soi-même ce qu'on atteste, que lorsqu'il faut uniquement placer sa signature au bas d'un billet qui ne paroît qu'une formule.

Pour être admis dans les Hospices d'indigens-infirmes, ou doit joindre aux certificats exigés pour les indigens-valides, des certificats d'infirmités, délivrés par les médecins ou chirurgiens du bureau de bienfaisance; et, pour l'hospice des Ménages, l'acte de mariage en bonne forme.

Ce ne sont point là des conditions imposées au hasard; elles sortent de la nature même des choses. Des admissions trop faciles seroient un mal; elles deviendroient une grande injustice au milieu de tant de pétitionnaires qui voudroient tous en même temps obtenir leur admission. La vieillesse est une considération forte; il faut la compter et la respecter. L'ancienneté de l'inscription est une autre considération forte; elle doit aussi être calculée et pesée; elle devroit être un titre pour obtenir, souvent au moins, quelque succès. Le Conseil des Hospices avoit proposé qu'une place sur trois qui vaquoient fût toujours donnée au plus anciennement inscrit, et une autre au plus âgé des inscrits; le Ministre n'adopta pas cette proposition; elle nous paroît encore équitable.

La règle générale pour entrer dans les Hospices de la vieillesse est qu'il faut être septuagénaire. On a fait valoir le malheur et les infirmités de quelques personnes qui n'avoient pas atteint cet âge; et le Conseil des Hospices a regardé comme une exception réclamée par l'humanité, d'y admettre en concurrence les individus pauvres dont les infirmités sont assez graves pour mettre dans une impossibilité absolue de travailler. Elles doivent être reconnues et attestées par les médecins qui composent le Bureau central d'admission, et avoir un caractère d'incurabilité. Cette mesure a été prise le 17 avril 1805. L'arrêté même déclare qu'elle n'est pas irrévocable. Il veut que le membre de la commission chargé des Hospices lui fasse, chaque année, un rapport sur les effets qu'elle aura produits, sur la nécessité d'en proroger l'exécution. Soixante ans suffisent toujours pour être admis à Montrouge où, comme nous l'avons dit, l'admission n'est pas entièrement gratuite. On est reçu à tout âge aux Incurables; ceux qui n'ont pas encore vingt ans y sont placés sous une surveillance plus active et dans un local particulier.

Les octogénaires n'obtenoient d'abord aucune préférence. On a senti que leur âge rendant à-la-fois les secours plus nécessaires et les moyens de subsistance moins possibles, il n'étoit pas permis de les faire attendre. Ils sont tous reçus aujourd'hui, en présentant leur extrait baptistaire et leur certificat d'indigence. Le nombre des octogénaires inscrits a été quelquefois bien considérable. Le nombre général des personnes inscrites au mois de février 1801 (époque précise de l'institution du Conseil), pour entrer dans les différens Hospices, s'élevoit à 7376, dont 2672 pour les Incurables, 1736 pour les Petites-Maisons (depuis l'hospice des Ménages), 1370 pour l'hospice des Vieillards du faubourg Saint-Martin (depuis l'hospice des Incurables-Hommes), 966 pour la Salpêtrière, 333 pour les Orphelins et Orphelines, 215 pour Bicêtre, et 82 pour l'hospice de Montrouge.

ARTICLE IV.

Admission dans les Hôpitaux; Traitement externe; Convalescence; des Personnes guéries qui se trouvent sans ressources et sans asile.

Quant aux Hôpitaux, l'accès eu a toujours été ouvert, sans conditions, aux personnes véritablement malades; on n'a jamais exigé un certificat même de domicile ou d'indigence.

Mais, quand la maladie n'a pas besoin d'un lit, d'une visite de tous les jours, de remèdes chauds et continus; quand elle n'empêche pas celui qui en est atteint de sortir, de vaquer à des travaux, un traitement externe peut suffire; il réunit à l'avantage d'économiser beaucoup les revenus des établissemens hospitaliers, celui de laisser des places toujours libres pour les maladies qui, par leur caractère ou leur gravité, ne peuvent recevoir que dans un Hôpital les remèdes et les soins assidus dont elles ont besoin. Ces traitemens externes sont principalement établis à l'hôpital des Enfans, à l'hôpital Saint-

30 *

Louis, à l'hôpital des Vénériens (1); on y est visité, pansé; on y reçoit l'indication du régime à suivre, des précautions à prendre, et les remèdes nécessaires pour opérer la guérison. C'est une institution comme intermédiaire entre les consultations que donnent les membres du Bureau central d'admission et le séjour dans les Hôpitaux. Les traitemens externes accroissent ainsi la distribution des secours; ils agrandissent et étendent les asiles destinés aux malades et aux pauvres.

Ceux que leurs infirmités font admettre dans les Hôpitaux doivent se présenter ou être présentés, en arrivant à un bureau de réception. On y inscrit sur un registre leurs nom et prénoms, leur profession et leur demeure, le jour de leur entrée, la salle où ils vont être envoyés; et on leur donne un bulletin qui l'annonce (bulletin qui demeure suspendu à leur lit, et sur lequel le numéro de ce lit est pareillement indiqué). Leur vêtement et les effets qu'ils peuvent avoir sont déposés dans un magasin destiné à cet usage. On les leur rend quand ils sortent de la maison. S'ils y meurent, on les rend à *Ci-dessus, page* leur famille (comme nous l'avons déjà dit pour l'Hôtel-Dieu), si elle *21.* les réclame, et que son indigence soit très-certaine. L'établissement pourroit les garder; mais l'humanité tempère le droit, et on les laisse reprendre à des parens qui ne sont pas moins pauvres que celui qu'ils viennent de perdre. Les effets qui ne sont pas réclamés ou qui ne seroient pas dans le cas d'être rendus, sont portés de tous les Hôpitaux à l'Hôtel-Dieu, où on a formé le dépôt général, et où se fait une vente de ces objets, tous les trois mois. Des précautions sont ordonnées et prises, dans le cas où une malpropreté dangereuse infecteroit l'habit de la personne qui entre dans un Hôpital. Le dépôt des vêtemens est garni d'une suffisante quantité de robes de malades pour suffire chaque jour au service des réceptions. A ce dépôt sont réunis pareillement les moyens de baigner, ou au moins de laver les malades qui en ont besoin. Dans le cas où on amène des personnes gravement

_____

(1) Un arrêté du 31 décembre 1806 crée aussi un traitement pour la teigne au Bureau central d'admission; un autre arrêté, du 19 avril 1809, ordonne de l'y continuer.

blessées ou exigeant les plus prompts secours, et que l'état où elles
se trouvent ne permet pas de les inscrire et de les déshabiller avant
de leur avoir donné les premiers soins, elles sont portées sur-le-champ
dans les salles, où le préposé au dépôt des vêtemens va relever les
effets qui leur appartiennent, et les fait ensuite inscrire au registre
accoutumé. La même précaution est prise pour l'inscription de ces
malades sur le registre du bureau de réception. Si on amène des
individus privés de connoissance ou qui ne parlent pas la langue française, il est pris auprès de ceux qui les accompagnent tous les renseignemens nécessaires pour les inscrire sous leur vrai nom. Si ces
renseignemens ne peuvent être donnés, on prend le signalement des
malades, la note des objets qu'on remarque dans leurs vêtemens ou
leurs papiers, note qui est affichée à la porte de l'Hôpital, envoyée
à la police, insérée, s'il le faut, dans les papiers publics ; on place
de plus, à leur lit, l'étiquette *malade inconnu.* Quelques autres
précautions sont déterminées pour les malades étrangers.

Nous avons parlé dans l'article de l'Hôtel-Dieu, des registres qu'on
y tient, pour les entrées, les sorties, les décès, etc. Les mêmes
registres se tiennent dans les autres Hôpitaux. Dans tous, un élève de
garde est là constamment pour offrir aux malades les premiers soins
que leur état pourroit rendre nécessaires, en attendant la visite des
médecins ou des chirurgiens de la maison. Il doit reconnoître provisoirement l'urgence, si le malade ne se présente pas avec le bulletin
d'admission du Bureau central, en attendant que les médecins aient
pu la constater et la prononcer définitivement.

Pour éviter qu'on ne retombe dans les inconvéniens qui résultoient
du séjour trop prolongé dans les Hôpitaux, d'un séjour qui faisoit
occuper les places et consumer le bien des pauvres par des hommes qui
n'avoient plus droit à ce secours puisqu'ils avoient cessé d'être malades, un arrêté du 30 juillet 1806 a voulu qu'au bout de trois mois un
examen nouveau fût fait de l'état actuel de la personne admise. Le
Bureau central donne un bulletin de prolongation, si la guérison
du malade n'est pas achevée. L'intervention du Bureau central est
aussi nécessaire pour passer d'un Hôpital à l'autre. Il a fallu détruire
encore un abus ancien : renvoyé d'une maison, on alloit dans

une autre, et l'on passoit ainsi dans les Hôpitaux une saison, une année.

Mais le caractère et les progrès de la maladie l'ont quelquefois rendue incurable ; quelquefois aussi, la guérison terminée , un dénûment absolu , joint à un âge avancé , ne laissent à la personne qui doit sortir que de trop foibles espérances pour sa subsistance à venir. Dans des cas semblables , après une vérification de l'âge , des infirmités , de l'impossibilité du travail , de la profonde indigence , le Conseil place dans un Hospice les hommes que tant de malheurs atteignent. Ce moyen n'est pas sans inconvénient ; il fait entrer beaucoup de personnes à-la-fois , quoiqu'il y ait peu de vacances au moment où on l'ordonne , ce qui dérange et trouble nécessairement les dispositions faites et l'ordre établi ; il offre un moyen indirect d'être admis sans nomination , quoique les règlemens déterminent qu'on n'y entrera pas autrement , quoiqu'ils aient indiqué , avec certitude et précision , ceux à qui ce droit appartiendra successivement. En 1802, on transféra ainsi des Hôpitaux dans un Hospice , 95 personnes reconnues incurables : en 1803, le nombre s'en trouva plus considérable encore ; il étoit de 250 , et la translation en fut de nouveau ordonnée. Cependant , beaucoup d'infirmes et de vieillards attendoient impatiemment, depuis plusieurs années, dans le dénûment aussi , le jour où leur seroit ouvert un asile dont d'autres prenoient les places tout-à-coup , après avoir passé quelque temps dans un Hôpital , sans y avoir plus de droit que les premiers.

La convalescence est fixée à dix jours. Il est utile de la borner ; sans cela , il y auroit bientôt plus de convalescens que de malades ; les premiers consommeroient sans nécessité ce qui appartient aux seconds , et il ne nous resteroit plus que de faux calculs sur la durée moyenne des maladies. Il est des maux cependant qui peuvent réclamer un terme plus long ; les maux , par exemple , qui ayant donné lieu à de grandes opérations chirurgicales , ne donnent pas aussi-tôt à la personne guérie la faculté de reprendre les travaux auxquels sa subsistance est attachée. C'est pour qu'on puisse trouver d'avance les moyens d'y fournir par le travail , quand on sera hors de l'Hospice , que les règlemens accordent le droit d'en sortir pendant la journée , dans les trois derniers jours de la convalescence.

Paris avoit autrefois un Hôpital de convalescens, et on peut regretter qu'il n'existe plus, quoiqu'il fût d'ailleurs peu considérable;
il n'avoit guère que vingt lits; les convalescens y passoient huit jours.
Cet établissement est remplacé aujourd'hui par des salles particulières dans chaque Hôpital. La proportion des convalescens aux malades est évaluée, comme terme moyen, au cinquième du nombre
total. Il y a des établissemens, la Charité, par exemple, où elle est
plus forte; elle n'est que du septième, au contraire, à l'Hôpital Saint-
Antoine.

ARTICLE V.

Disposition intérieure des Hôpitaux et Hospices; Salles, Lits, etc.;
Mesures de salubrité prises pour améliorer le sort des pauvres
qui y sont admis.

Une classification nouvelle des Hospices a été un de nos premiers
travaux. Les maladies, les sexes, les âges, les besoins ont cessé d'être
confondus; et dans les grands établissemens où diverses infirmités
subsistent encore, on les a du moins isolées les unes des autres par
tous les moyens que l'Administration avoit en son pouvoir. La confusion des maladies sur-tout rendoit les communications plus dangereuses, les observations médicales plus difficiles à recueillir, la police
et la discipline intérieure moins aisées à établir par des moyens d'un
effet également sûr et prompt.

Il ne suffisoit pas de donner une meilleure classification; nous avons
dû encore rendre nos établissemens plus commodes et plus sains. La
véritable beauté d'un Hôpital est dans sa salubrité; mais ce mot de
salubrité s'étend à tout ce qu'il contient, depuis le sommet de l'édifice
jusqu'aux parties les plus inférieures, les caves, les égouts. Il s'étend
à la construction première des salles, à leur disposition intérieure,
au nombre ou à la quantité des malades et des lits, aux communications d'une salle à l'autre, d'un étage à l'autre, des lieux où on
prépare aux lieux où on apporte, aux précautions prises pour l'air,
les eaux, à l'exercice régulier et ponctuel de quelques mesures

confiées aux soins vigilans des infirmiers et des personnes qui les surveillent ou les dirigent. Nous avons parlé de ces employés dans l'article II du titre Ier. Nous consacrerons un des articles suivans à tout
ce qui concerne le service de santé. Disons maintenant quelque chose
des améliorations faites sous le rapport de l'air nécessaire aux malades.

Ci-dessus, page 216.

Voir ci-après, page 250.

Il falloit d'abord leur rendre la quantité d'air dont ils ont besoin
pour respirer librement, afin de ne pas trouver dans leur respiration
même une nouvelle cause de souffrance et de danger.

Elle n'étoit pas égale dans les divers Hôpitaux. En combinant avec
le nombre des personnes admises la longueur, la largeur, la hauteur
des salles, on trouve que la quantité d'air à respirer par malade,
étoit, à la Charité, depuis 6 toises cubes et demi jusqu'à 8, ou de
13 mètres à 16; à l'hôpital Cochin, de 5 à 6 toises ou de 10 à 12 mètres;
de 9 à 10 mètres à l'hôpital Beaujon; de 9 mètres à l'hôpital Saint-
Louis; de 6 à 8 mètres à l'hôpital Necker; et à l'Hôtel-Dieu enfin,
de 3 à 4 mètres. Elle étoit ainsi suffisante à l'hôpital Cochin, et plus
encore à la Charité; insuffisante dans tous les autres. On fixe ordinairement à 11 ou 12 mètres la quantité d'air nécessaire pour la respiration libre et salubre du malade.

L'Hôtel-Dieu offroit sur-tout un triste témoignage des maux causés
par l'entassement des lits dans les salles et des malades dans les lits.
Nous l'avons dit à l'article qui le concerne. A l'hôpital de la Charité,
les ruelles avoient depuis 2 pieds et demi jusqu'à 3 pieds de large, et
le passage du milieu, de 13 à 14 pieds, entre 4 et 5 mètres. Mais on
étoit loin de trouver une disposition si avantageuse dans tous les
autres Hôpitaux. Plusieurs salles, à l'Hôtel-Dieu, recevoient plus
de 100 malades, plus de 110, et dans plus de la moitié de ces salles,
on avoit quatre rangées de lits : leur position n'y étoit même
assujettie à aucune règle; les petits et les grands s'y entremêloient
au hasard; ils étoient tantôt placés en long et tantôt placés en travers;
un grand nombre se touchoit par les pieds, et quatre lits étoient souvent assemblés autour d'un même pilier. Combien le danger des
malades redouble par des dispositions si contraires à la salubrité ! Une
salle de fiévreux, la salle Saint-Charles, avoit 101 grands lits et 9
petits. Elle avoit donc plus de 600 malades, quand les lits étoient au

Tenon, pages 38 et 156.
Bailly, page 152

complet. 600 malades dans une seule salle , dans moins de 200 toises carrées ! Ajoutez-y des croisées d'un seul côté , et des croisées encore obstruées par le linge suspendu des lessives , ce qui augmentoit l'obscurité naturelle et ne laissoit pénétrer qu'un air humide.

Les chevets tournés vers un des murs latéraux rendent plus faciles le service à l'égard des malades et l'inspection des surveillans pour la police des salles. Les deux ruelles rendent plus faciles encore les secours à donner , les visites à faire. Il seroit à désirer qu'elles pussent toujours être de 3 pieds , de 2 et demi au moins. Nous venons de dire qu'elles ont davantage dans quelques salles de l'hôpital de la Charité ; elles ont 2 pieds 9 pouces à l'hôpital Cochin , 2 pieds 6 pouces à l'hôpital Beaujon , 2 pieds 4 pouces seulement à l'hôpital Saint-Antoine. Presque par-tout , le lit est de 3 pieds de large et de 6 pieds de long , et l'intervalle jusqu'au mur ou jusqu'à l'autre rangée de lits , s'il y en a une seconde , est de 8 à 9 pieds ; il va même au-delà de 11 dans quelques salles de l'hôpital Saint-Antoine.

Toutes ces précautions ont singulièrement contribué à diminuer les épidémies dont les Hôpitaux étoient quelquefois affligés , par les suites même et l'effet nécessaire de leur disposition intérieure. Les moyens mis constamment en usage pour désinfecter l'air , n'y ont pas moins contribué. Dans la saison où il est plus chaud , l'air est assez purifié par l'ouverture des croisées ; et comme les malades sont alors moins nombreux , on en profite pour évacuer successivement les salles , les nettoyer et les laver. Dans les autres saisons , l'effusion du vinaigre et les fumigations aromatiques sont ordinairement employées ; mais on a recours aussi à un moyen plus puissant , celui qu'a proposé *Guyton de Morveau* , et dont une expérience de dix années a prouvé le succès. Des salles de rechange , si l'on en pouvoit avoir toujours , offriroient les plus grands avantages : mais , en hiver , il y a trop de malades pour que cela soit possible dans nos Hôpitaux , tels qu'ils ont été construits. Si , dans la suite , on bâtit un nouvel Hôpital , ce besoin sera prévu sans doute : l'exécution deviendra facile , si on donne la préférence aux salles ou galeries isolées , comme on l'a souvent proposé depuis trente ans , forme qui présentera encore d'autres avantages sous le rapport du classement des malades , de la

31

surveillance à exercer, du service intérieur, et de plusieurs autres dispositions également utiles à l'ordre de la maison et à la santé des personnes qui y sont admises.

De tous les moyens d'assainir l'air, le plus sûr, le plus continu, est dans la manière même dont les Hospices sont construits. L'hôpital Saint-Louis est certainement un des plus beaux de l'Europe ; mais on s'est plaint avec raison de la communication immédiate et entière des quatre grandes salles qui sont chacune un des côtés du carré que l'Hospice forme, qui pourroient même n'être considérées que comme une seule salle, puisqu'il n'y a aucune séparation entre elles et qu'il suffit de tourner pour être de l'une dans l'autre. L'inconvénient est moins grand sans doute, si les malades des quatre salles sont tous frappés d'une contagion semblable ; il acquiert beaucoup d'intensité, si différentes espèces de contagion y sont renfermées. On doit même remarquer ici qu'outre la contagion ou la communication du mal d'une personne malade à une personne saine, manifesté dans le dernier avec les mêmes symptômes que dans le premier, il y a ce que *Tenon* appelle la détérioration, c'est-à-dire, que le mal se détériore ou s'accroît par le voisinage de certaines maladies, sans en prendre les caractères distinctifs ; la communication perpétuelle des salles et des malades produit nécessairement cette détérioration.

page 73.

Les salles en croix de l'hospice des Incurables, rue de Sèves, présentent à ceux qui les parcourent un aspect qui frappe et intéresse ; mais la circulation de l'air ne s'y fait pas toujours avec la même facilité que dans les autres salles. Les cabinets accordés aux infirmes mettent aussi quelque obstacle à cette circulation. Il est vrai que, sous un autre rapport, ils adoucissent bien la situation des femmes qui habitent l'établissement, comme nous l'avons remarqué.

Pages 166 et 167.

Des arbres placés dans les cours de quelques Hospices, pour quelques autres un jardin ouvert et planté dans un terrain ajouté ou qui n'avoit pas cette destination, ont pareillement contribué à donner aux indigens une habitation plus saine et une promenade journalière. On l'a pratiqué ainsi aux deux Hospices d'incurables, à celui de Montrouge, à ceux de la Salpêtrière et de Bicêtre, et dans presque tous les Hôpitaux.

Un terrain trop resserré, proportionnellement au nombre de ceux qui l'habitent, est encore une grande cause d'insalubrité. Les Hôpitaux proprement dits, ou les établissemens formés pour les malades, occupent un espace immense à Paris; et cependant, l'Hôtel-Dieu, qui contenoit à lui seul plus d'individus que tous les autres Hôpitaux réunis, n'avoit que quatre arpens d'étendue. Ne pouvant accroître Voir ci-dessus, page 17. le terrain, nous avons diminué le nombre des malades qu'on y recevoit, en leur ouvrant d'autres asiles dans plusieurs quartiers de la capitale. Il s'est établi alors une proportion convenable entre les habitans et l'espace habité.

Il seroit à désirer que les salles de quelques Hospices fussent moins hautes; celles des Incurables-Femmes et de l'hôpital Saint-Louis ont ce défaut. Elles en sont plus froides et par conséquent moins saines. On peut regretter aussi, pour les Incurables-Femmes, que l'exhaussement de la rue de Sèves ait, pour ainsi dire, abaissé les bâtimens du rez-de-chaussée où sont précisément les plus infirmes. Mais ceci est étranger à l'Administration; elle en souffre sans avoir pu ni dû l'empêcher : l'intérêt général du quartier l'exigeoit.

Ce qui dépendoit d'elle, et ce qu'elle a fait, étoit d'avoir un nombre de lits plus proportionné aux besoins, des lits meilleurs aussi. Elle a obtenu ce double avantage. Les matelas sont tous de laine, à quelques-uns près pour les gâteux; on les recarde souvent; on lave souvent aussi la toile des paillasses, et la paille en est fréquemment renouvelée. Les couvertures, les rideaux, toutes les parties du mobilier, ont été améliorées autant qu'elles pouvoient l'être. Des infirmeries ont été établies dans les Hospices qui n'en avoient pas, et on y envoie les vieillards malades qu'on laissoit autrefois dans les salles ordinaires ou qu'on envoyoit à l'Hôtel-Dieu. Ils n'y peuvent être transportés que sur un billet du médecin ou du chirurgien, visé par l'agent de surveillance.

Quant au nombre des lits, la possibilité d'une maladie épidémique s'est malheureusement réalisée tant de fois, qu'elle ne pouvoit échapper à la prévoyance de l'Administration. Les lits doivent donc être portés à un quart au moins au-dessus du nombre moyen,

31 *

si l'on veut pouvoir, à toutes les époques, fournir à tous les malades un secours commode et suffisant.

L'usage des matelas de laine a été substitué à celui des matelas
de plume adoptés autrefois dans plusieurs Hôpitaux. Les matelas de
laine repoussent davantage l'infection et l'humidité ; ils sont plus
sains sous tous les rapports.

Une surveillance très-exacte a lieu par-tout pour assurer constamment la propreté du cuivre et de l'étain des cuisines.

ARTICLE VI.

Mesures générales de police.

Les Sœurs de la Charité ou d'autres Sœurs hospitalières sont
revenues dans nos Hospices. De toutes les mesures à prendre
pour y raffermir l'ordre, aucune ne présentoit un succès plus
rapide et plus sûr. On a désiré quelquefois des écoles d'infirmières
pour les pauvres ; et *Tenon* exprimoit ce vœu au sujet des orphelines
de l'Hôpital - Général. Mais, combien les autres femmes, vouées
au service des indigens et des malades, seront toujours loin des
Sœurs de la Charité et de leurs dignes émules ! Où trouver autant
d'intrépidité dans le zèle, autant d'activité dans les secours ! Les
personnes à qui on avoit confié, pendant la révolution, le soin des
malades et des pauvres, s'y livrèrent trop souvent avec négligence,
avec insensibilité, quelquefois même sans désintéressement. L'auteur
du rapport fait en 1813 se plaignoit de la difficulté d'arrêter les con-
cussions qu'elles exerçoient sur les malades ou sur leurs parens. Les
préférences qu'on vouloit obtenir par-là eussent même été entièrement
opposées à l'esprit qui doit diriger le service intérieur des établissemens hospitaliers. Le Conseil les avoit proscrites impitoyablement
par des arrêtés qui ordonnoient la destitution des employés convaincus
d'avoir commis une faute semblable.

La religion étoit déjà rentrée dans les Hospices quand les Sœurs y
ont été rappelées ou introduites ; mais elles lui ont prêté un appui

Page 330.

Page 194.

nouveau : elle y est venue consoler encore les malades et les pauvres, leur adoucir la vie et la mort.

La séparation des sexes et des âges, confondus autrefois dans les mêmes établissemens, a été pareillement bien utile aux mœurs. Quelques autres mesures ont amené plus d'ordre, plus d'économie, une police plus aisée à exercer, et plus sûre dans ses résultats. La formation des réfectoires dans les Hospices a généralement présenté ces avantages. Dans la plupart de ces maisons, aux Incurables, par exemple, les admis mangeoient dans les dortoirs. Souvent ils y apprêtoient de nouveau, ils y réchauffoient les alimens qu'on leur distribuoit. Maintenant, les indigens prennent leurs repas, deux fois par jour, dans des salles disposées à cet effet. Ils y arrivent sans être obligés de traverser aucune cour, aucun passage extérieur. Il est même un degré d'infirmités qui dispense d'aller au réfectoire ; le malade est alors servi dans son lit, ou sur le fauteuil qui y touche et dans lequel il passe une partie de la journée. On réunit dans la même salle, autant qu'il est possible, ou dans des salles contiguës, tous ceux qui ont d'aussi graves infirmités. Depuis l'établissement des réfectoires, les ustensiles de ménage sont prohibés dans les dortoirs qu'habitent les personnes tenues de s'y rendre. Cet établissement a été aussi utile sous le rapport de l'ordre et de la salubrité, que sous celui de l'économie ; des fourneaux perpétuels présentoient même, sous le rapport du feu, quelque danger. Un avantage réel aussi est de pouvoir, pendant que les vieillards ou les infirmes vont prendre leurs repas, renouveler l'air en ouvrant les fenêtres des salles qu'ils habitent, fenêtres qu'on a toujours tant de peine, malgré les règlemens, à obtenir qu'ils laissent ouvertes pendant la journée.

Il est défendu de rien emporter du réfectoire ; Tout ce qui n'y est pas consommé doit être reporté à la cuisine. Il est également défendu de s'y faire servir à d'autres heures que celles prescrites par le règlement.

Peut-être seroit-il désirable que la vente des comestibles et des boissons fût sévèrement défendue. On ne la souffroit pas avant la révolution. Elle a introduit au milieu des Hospices, des boutiques, des cabarets, des traiteurs, une liberté illimitée de vendre qui sub-

siste encore. La nourriture donnée est suffisante. Chacun a sa portion de vin : celui qu'on leur vend là, l'eau-de-vie plus encore,
n'étant pas les mieux choisis et n'étant jamais dégustés, des maladies
sérieuses peuvent en naître, sans compter tous les inconvéniens de
l'ivresse et des troubles qu'elle cause. Il semble que des ateliers occu-
peroient plus convenablement la place qu'on laisse prendre à des
marchands de viandes, de fruits, de vins, de liqueurs. On a considéré cette permission comme une condescendance pour le malheur,
comme un moyen de consolation et d'oubli de leurs maux pour des
vieillards souvent infirmes.

Dans les Hôpitaux, le mal a une autre forme, un autre caractère.
Il n'est pas possible d'y rien acheter, car les vendeurs n'y sont pas
soufferts ; mais des parens ou des amis, entraînés par une complaisance imprudente, apportent quelquefois aux malades des alimens
toujours inutiles, souvent dangereux. De grandes précautions sont
prises cependant pour l'empêcher. On va jusqu'à fouiller les personnes
qui se présentent, quand elles sont inconnues ; mais l'adresse de ceux
qui veulent cacher ce qu'ils apportent, triomphe quelquefois de la
surveillance exercée.

Il n'est pas permis de visiter les malades à chaque moment de la
journée. Le règlement de chaque Hôpital fixe les heures auxquelles
l'entrée en sera ouverte aux étrangers. Les salles en sont plus tranquilles, les malades moins fatigués ; l'introduction des alimens est
plus facile à surveiller, le maintien de l'ordre plus assuré.

Dans quelques Hospices, les admis peuvent sortir tous les jours ;
dans quelques autres, trois jours de la semaine seulement. Les Administrateurs qui gouvernoient autrefois ces établissemens, avoient
moins d'indulgence. Des sorties plus rares leur paroissoient plus
conformes au bon ordre, à l'âge ou aux infirmités de ceux qui se
font admettre. Cela est vrai sur-tout pour les maisons d'incurables,
où ne devroient être que des personnes assez malades pour n'avoir
ni le désir ni la faculté d'aller chaque jour hors de l'asile qu'elles
habitent : on conçoit plus aisément ce désir dans un établissement
comme celui de Montrouge, où sont d'anciens employés, où les
autres admis payent une pension qui, quoique insuffisante pour leur

nourriture, leur donne néanmoins un caractère différent des admis dans les Hospices entièrement gratuits. On ne peut découcher sans la permission écrite de l'agent de surveillance. L'indigent qui le feroit trois fois seroit dans le cas d'être exclus de la maison, après avoir été, les deux premières, privé pendant quelque temps du droit de sortir. On prive aussi de ce droit, pour un temps déterminé, la personne qui rentreroit le soir dans un état d'ivresse. Aucune sortie ne peut avoir lieu qu'avec la permission de l'agent. Celui qui sort doit conserver les vêtemens de la maison.

Le règlement détermine un local et des heures pour recevoir les personnes venant visiter ceux qui habitent l'Hospice ; elles ne peuvent circuler dans le reste de la maison. Une autorisation de l'agent de surveillance est nécessaire, en général, pour parcourir tout l'établissement.

Si, par des motifs importans, un congé est demandé, l'agent l'accorde pour un temps déterminé ; si le délai expire sans que celui qui l'a obtenu revienne ou obtienne une prolongation, l'exclusion peut être prononcée : il faut alors, pour rentrer dans l'Hospice, une nomination nouvelle.

Les ressorts de la police intérieure étoient bien plus tendus autrefois qu'ils ne le sont aujourd'hui. La révolution a encore attaqué là le pouvoir qui y existoit ; elle y rendit l'insubordination plus commune et l'ordre plus difficile à établir, en protégeant la résistance et frappant l'autorité. La sagesse prévoyante de nos pères avoit peut-être trop étendu le droit qu'elle accordoit de punir ; l'Hôpital-Général avoit une juridiction, des baillis, des carcans, des prisons : mais l'excès contraire est bien plus funeste dans une maison où tant de personnes sont réunies, des personnes qui souffrent, des personnes à qui la pauvreté même a pu faire contracter des habitudes morales qu'il est nécessaire de réprimer. Insensiblement, on a retrouvé l'usage de quelques moyens de punir. Outre la privation du vin pendant quelques repas, et celle du droit de sortir, pendant un espace de temps plus ou moins prolongé, on enferme momentanément dans une chambre de correction. Si la faute avoit quelque gravité, ou par elle-même, ou par l'obstination à la commettre malgré des punitions imposées plusieurs fois, on iroit jusqu'à exclure de la maison. Ce

Code de l'Hôpit. Général, pages 23, 26 et 264.

moyen cependant, tout juste qu'il peut être, n'est dans le cas d'être employé qu'avec une grande réserve. L'administrateur a sans cesse devant les yeux, à côté de la faute commise, le dénûment où son auteur va se trouver, un dénûment absolu à un âge ordinairement et avec des infirmités qui ne permettent guère de compter sur la ressource du travail. Quelques personnes pensent qu'on pourroit faire passer d'un Hospice à l'autre : mais ce mode a de grands inconvéniens ; il fait d'une retraite hospitalière où tant de pauvres sont placés par la charité publique, un lieu de punition ; il établit entre les Hospices des classes qui n'existent pas et ne doivent pas exister, puisque les secours sont les mêmes dans tous, suivant l'âge ou les infirmités ; il humilie les indigens dont on choisit la demeure pour la faire partager à ceux qui ont mérité de l'animadversion par leur conduite, et qui y sont envoyés par cela même qu'ils l'ont méritée.

Le règlement prévoit encore et réprime plusieurs actions qui peuvent troubler l'ordre ; il défend le jeu, les rixes, l'ivresse ; il défend de fumer dans les salles, d'avoir avec soi des animaux, de rien faire cuire dans les dortoirs, de rien prendre dans les jardins de la maison, de vendre les alimens qu'on distribue, d'en laisser entrer, et de souffrir qu'on les remette à des malades, dans le cas où ceux qui les apportent auroient trompé la surveillance des portiers ; c'est aux infirmiers sur-tout qu'est faite cette dernière prohibition. Nous avons parlé de l'interdiction qui leur est faite, sous peine d'être Page 244. renvoyés, de recevoir aucun don, aucun argent, soit du malade, soit de ses parens ou amis, pour lui accorder des soins plus actifs, des préférences que tout repousse dans un établissement public où chaque personne a un droit égal aux mêmes secours. Les salles doivent être balayées tous les jours, les fenêtres ouvertes aussi suivant que la salubrité l'exige. Toute lumière est interdite après neuf heures du soir. Une ronde est faite pour s'assurer que personne n'est en contravention. Des veilleurs ou veilleuses parcourent les salles à plusieurs heures de la nuit.

Les épileptiques sont en général les plus difficiles à contenir, les plus portés au désordre et aux mauvaises mœurs. C'est un mal de plus qu'ils doivent au caractère de l'infirmité qui les tourmente.

La discipline intérieure ne peut être la même pour tous les Hospices. Elle doit être plus sévère, par exemple, à l'hôpital des Vénériens, par la nature même de ceux qui l'habitent. Dans quelques salles de cet Hôpital, la police est maintenue par eux-mêmes, et les chefs qu'ils se donnent pour y veiller, sont rigoureusement obéis, même quand ils punissent.

C'est un grand moyen de police que le travail. L'idée de l'introduire dans les Hospices n'est pas nouvelle; elle remonte à leur établissement, ou du moins à une époque qui n'en est pas éloignée. La déclaration du 23 mars 1680 en rappeloit les avantages et la nécessité. Tous les pauvres, disoit le plus ancien règlement des Incurables, sont obligés de s'occuper à quelque petit ouvrage ou léger travail pour la maison, selon leurs forces. Plusieurs édits successivement avoient imposé la même obligation pour plusieurs Hospices, et des mesures d'administration avoient été prises pour assurer, ou du moins favoriser le débit de la main-d'œuvre. Nous l'avons établi autant qu'il a été possible; nos règlemens exigent même que tout indigent valide déclare, au moment de son admission, quel est le genre de travail dont il se croit le plus capable et que ses forces lui permettent encore : mais nous avons eu souvent à regretter l'inutilité de nos efforts pour vaincre la paresse et les faux prétextes qu'elle donne.

Les enfans ont mieux répondu à nos vœux; et dans le fait, c'est pour eux sur-tout qu'il est nécessaire de maintenir, de faire naître ces habitudes laborieuses, qui seront l'unique moyen de fournir aux besoins de toute leur vie.

Les orphelins et orphelines sont soumis à des occupations suivies et journalières : une partie de ces occupations ou du temps qu'on leur destine, a pour objet de leur apprendre à lire, à écrire, à calculer; de les instruire des principes moraux et religieux. Ces premiers élémens sont enseignés aussi aux enfans que retiennent, dans l'Hôpital qui leur est consacré, des maladies chroniques dont l'effet n'altère pas les facultés ordinaires du corps et de l'esprit.

A Bicêtre, il y a eu long-temps pour les indigens qui sont valides, des ateliers de tous les genres; il y a encore pour eux aujourd'hui plusieurs moyens de s'occuper. On peut revoir ce que nous en avons

32

dit dans la seconde partie de ce rapport. Le produit du travail à la Salpêtrière, où tant d'indigentes sont réunies, est foible. Un très-grand nombre même ne peuvent s'y livrer par l'effet de leur âge trop avancé ou de leurs infirmités. Heureusement, le travail est utile, indépendamment même de ce qu'il peut produire ; il est un moyen d'ordre pour l'établissement dans lequel on en introduit l'usage ; il est un moyen de distraction, de soulagement pour l'individu qui s'y livre. Nos règlemens ont pris toutes les précautions qui étoient en leur pouvoir, afin d'y exciter les personnes même reçues dans les Hospices qui ne sont pas entièrement gratuits, comme celui de Montrouge.

ARTICLE VII.

Service de santé; Instruction qui y est relative.

Le personnel du service de santé se compose de médecins et chirurgiens en chef, de médecins et chirurgiens-adjoints, d'élèves en médecine et en chirurgie, de pharmaciens.

Les Hôpitaux et les Hospices n'ont pas à cet égard les mêmes besoins.

Les Hospices étant destinés à la vieillesse, à l'enfance, à des maladies incurables, ne réclament pas autant de personnes et des soins aussi assidus que les Hôpitaux destinés aux maladies susceptibles de guérison. Dans les grands Hospices cependant, l'infirmerie peut être considérée comme un véritable Hôpital ; celle de la Salpêtrière renferme à elle seule plus de personnes que les établissemens réunis de Cochin, de madame Necker, de Beaujon. Les malades de plusieurs Hospices étoient autrefois traités dans les dortoirs ; la visite des médecins les avoit moins pour objet; des infirmiers spéciaux ne veilloient pas à leurs besoins ; ils les servent maintenant, les aident, les secourent, leur apportent les bouillons, les médicamens, tout ce qui est prescrit et nécessaire. On a pris, autant qu'on l'a pu, les salles les plus saines et les plus aérées de la maison, pour y placer les malades.

L'établissement de ces infirmeries dans les Hospices est une amélioration importante.

Le règlement veut que les médecins visitent leurs malades deux
fois par jour, le matin entre six et sept heures, le soir de quatre à
huit. Les visites du soir ne sont pas faites par-tout avec l'exactitude
qu'on devroit désirer. Il n'en est pas de même de celles du matin ;
seulement, elles sont quelquefois plus retardées qu'elles ne devroient
l'être. L'exactitude du médecin n'est pas uniquement indispensable
comme satisfaisant l'impatience du malade qui souffre et lui procurant un secours plus prompt ; elle l'est encore en ce que le retard
suspend tous les services, qui ne peuvent avoir lieu qu'après la visite
faite. Les médecins, dans cette visite, dictent leurs prescriptions pour
chacun des malades, sous le rapport du régime et des médicamens.
Elles sont recueillies par deux élèves sur deux cahiers que l'on com-
pare en finissant, et qui sont signés par celui qui les a ordonnées.
Cette signature est quelquefois donnée de confiance ; elle devient alors
l'objet d'un reproche fondé ; car ces cahiers sont pour la journée la
règle du service de santé, la base de la comptabilité en nature des
subsistances et des médicamens.

Il est défendu de faire, avant la visite du médecin, aucune distribution d'alimens aux malades. Le son d'une cloche annonce ordinairement son arrivée dans l'Hôpital.

Les médecins et chirurgiens-adjoints remplacent les chefs en cas
de maladie ou de tout autre empêchement.

Les élèves sont chargés des pansemens et de tout ce qui est compris sous la dénomination de *petite chirurgie*. Ils font aussi l'extrait
des prescriptions, pour être remis à ceux qui doivent les exécuter,
ainsi qu'à l'économe pour les alimens et au pharmacien pour les
remèdes. Ils recueillent les phénomènes de la maladie et le traitement
adopté pour la combattre. Ils sont de garde alternativement d'une
visite à l'autre, pour voir si les prescriptions sont bien suivies, porter
secours aux malades quand ils le peuvent, ou faire appeler les chefs
si cela est nécessaire. Enfin ils font les réceptions d'urgence, lesquelles
cependant sont soumises le lendemain à l'approbation ou la confirmation du médecin ou du chirurgien en chef.

32 *

La pharmacie attachée à chaque Hôpital n'est qu'un dépôt des médicamens dont il a besoin. Ils sont confectionnés dans une Pharmacie centrale, à l'exception des remèdes magistraux, comme tisanes, apozèmes, potions purgatives, que l'on fait sur-le-champ. La Pharmacie centrale remet en nature les drogues qui doivent y entrer. La principale fonction du pharmacien de chaque maison, ou son principal devoir, est donc dans l'exactitude du service, ou dans l'exécution ponctuelle des prescriptions faites par les médecins et chirurgiens qui ont visité les malades.

Une Pharmacopée, publiée en 1803 par ordre du Conseil général des Hospices, et rédigée par un homme dont les travaux ont tant de droits à la reconnoissance publique, *Parmentier*, renferme les principales ressources que la nature et l'art peuvent offrir à la médecine dans les établissemens hospitaliers. C'est aux élèves qu'elle est surtout destinée ; mais elle est utile encore aux hommes plus instruits. Les médicamens de tout genre sont également compris dans cette Pharmacopée, où se trouvent d'abord présentées les substances qui doivent former toute la matière médicale des pharmacies des Hospices. Un formulaire particulier à l'usage de l'hôpital des Vénériens, a été publié aussi par son chirurgien en chef, M. *Cullerier*.

Le service de santé dans ce que nous venons de dire, n'a été considéré que sous le rapport des malades ; mais on doit le considérer aussi sous un autre point de vue bien important, comme moyen d'instruction pour les élèves en médecine et en chirurgie. Toutes les maladies sont sous leurs yeux ; ils voient et suivent les traitemens que leurs chefs y appliquent ; ils peuvent joindre aux observations qu'on leur fait leurs propres observations, et s'en assurer encore ou les étendre par l'ouverture des cadavres. Ils le peuvent, ils le doivent même ; car les règlemens exigent qu'ils tiennent un *registre médical*, qu'ils recueillent des observations détaillées sur les affections les plus remarquables ; qu'ils présentent les tableaux synoptiques des maladies observées dans les salles où ils font leur service. C'est pour la médecine sur-tout que la théorie ne doit marcher que précédée d'une longue pratique ; c'est de la patience de l'observation que naît et se fortifie le talent d'une décision rapide : un principe n'est quelquefois qu'un résultat tiré de l'expérience de plusieurs siècles. Il est difficile de réunir plus d'hommes de mérite que n'en présente la liste des médecins et chirurgiens des Hôpitaux de Paris. Quelques-uns ont donné, dans les dix ans dont nous parlons, des ouvrages qui ont encore ajouté à leur renommée. Ce rapport n'a pas pour objet de les faire connoître ; celui qui en est chargé seroit d'ailleurs un juge trop indigne de ces nobles travaux.

C'est dans les Hôpitaux que sera toujours l'école la plus féconde en observations, la plus permanente, la plus étendue par le nombre des personnes et des objets ; celle où il est le plus facile d'examiner, de comparer, de chercher dans la mort même des instructions sur le passé et des lumières pour l'avenir. On peut y observer à-la-fois toutes les crises d'une maladie, toutes ses variations et ses influences sur des tempéramens et des âges divers. Une leçon donnée au moment où le malade est visité, en présence de ses maux, devoit avoir un grand caractère d'utilité. L'attention du médecin est nécessairement plus forte encore, quand il doit à l'instant rendre compte de ce qu'il aperçoit, signaler les causes et indiquer le remède ; indication qui pourra être jugée par les effets produits, à la visite du lendemain. Nous devons à M. le baron *Corvisart* le premier enseignement de ce genre ; il l'a fondé dans un de nos Hôpitaux, à la Charité. *Desault* avoit également fondé à l'Hôtel-Dieu un enseignement clinique pour les maladies chirurgicales. Le professeur y développe, dans une conférence qui suit la visite, toutes les observations qu'elle a fait naître. Une école clinique pour la médecine a été ajoutée à celle que l'Hôtel-Dieu avoit pour la chirurgie, et une pour la chirurgie à celle que l'hôpital de la Charité avoit déjà pour la médecine. D'autres enseignemens du même genre ont été formés dans d'autres maisons. Il en existe un à l'hospice de l'Accouchement.

Cet Hospice est celui de tous, peut-être, où l'instruction a été établie de la manière la plus vaste, la plus solide, la plus attentive ; et le succès a pleinement répondu aux efforts tentés pour y parvenir. Nous pouvons renvoyer nos lecteurs à ce que nous avons dit dans la seconde partie de ce rapport, et à ce que nous dirons bientôt de son école. Un amphithéâtre y a été construit, où des leçons sont

Page 91 et suivantes.
Voir ci-après, page 256 et suivantes.

données par les professeurs non-seulement aux élèves de l'établissement, mais à toutes celles du dehors qu'ils veulent y admettre.

Des amphithéâtres semblables ont été construits dans plusieurs autres Hôpitaux ou Hospices. Dans quelques-uns, on a formé des jardins de botanique. Jamais plus de moyens d'instruction n'ont été préparés et assurés.

Des prix donnés à la fin de chaque année aux élèves en médecine et en chirurgie, qui se sont le plus distingués par leur assiduité, leurs observations, leurs soins pour les malades, sont devenus un nouveau moyen d'encouragement. Plusieurs médecins ont établi des cours dans les Hôpitaux qu'ils dirigent, sur les maladies spéciales ou par leur caractère, ou par l'âge et le sexe du malade, qui sont traitées dans la maison. La Pharmacie centrale a le sien pour les matières pharmaceutiques.

Afin que l'avantage de l'instruction pratique s'étende à un plus grand nombre d'élèves, un arrêté du Conseil général des Hospices, du 16 décembre 1807, borne à deux années le temps qu'ils pourront y passer, deux années nouvelles peuvent cependant leur être accordées, si on est satisfait de leurs services. Pour s'assurer que les élèves admis sont dignes de cette préférence, un choix en est fait au concours et indiqué par des professeurs que le Conseil nomme pour juges. Ce concours garantit la première instruction des élèves; ils en sortent après une lutte dans laquelle ils ont triomphé, dans laquelle le vaincu même a pu faire apprécier les connoissances ou les travaux qui lui ont fait disputer la victoire. D'abord élèves externes, ils franchissent ce degré l'année suivante, et deviennent, par un nouveau succès dans un nouveau concours, élèves internes. Ils demeurent alors dans la maison, et peuvent quelquefois suppléer, dans les momens d'urgence ou dans des occasions moins difficiles, le médecin ou le chirurgien en chef, à qui cependant ils doivent rendre compte aussitôt de ce ce qu'ils ont fait. Pour être admis à devenir élève externe, il faut pareillement avoir suivi avec zèle et assiduité, pendant l'année qui s'écoule, les visites des chefs, les traitemens, les opérations. Les juges du concours sont au nombre de cinq, trois médecins et deux chirurgiens, pris parmi ceux qui composent le service de santé des établissemens hospitaliers. Les prix qu'on décerne chaque année aux élèves les plus distingués, se donnent, en présence de leurs chefs et de leurs condisciples, par le président du Conseil des Hospices, avec quelque solennité.

Le nombre des élèves internes et externes en médecine et en chirurgie est réglé dans chaque maison, d'après ses besoins particuliers, de concert avec le médecin et le chirurgien qui la soignent. Les seconds sont subordonnés aux premiers. Un de ceux-ci tient note journellement de l'assiduité des autres. Des absences réitérées pourroient faire exclure l'élève externe du concours ouvert, l'année suivante, pour la nomination des élèves internes. Dans tous les cas, il ne peut y être admis sans présenter un certificat de ses chefs, attestant qu'il a rempli avec exactitude les fonctions qui lui étoient confiées. Il n'y a pour la pharmacie que des élèves internes; on ne le devient qu'après trois années d'étude et un examen subi; les chefs de service et le premier élève dans les Hôpitaux où il y en a toujours un, sont ordinairement choisis au concours. On peut, sur les élèves en pharmacie, consulter encore le règlement du Conseil général, sous la date du 23 février 1802.

Un édit du mois de mars 1707 ordonne, article 25, aux directeurs des Hôpitaux, de faire fournir des cadavres aux professeurs de médecine, pour faire les démonstrations d'anatomie, et pour enseigner les opérations de chirurgie. Cet édit est encore exécuté aujourd'hui.

Un amphithéâtre de dissection pour tous les élèves des Hôpitaux, a été formé à l'hôpital de la Pitié. Il est complètement isolé des salles pour les malades. A cet avantage, il joint celui d'être plus étendu et plus aéré qu'il ne l'étoit à l'Hôtel-Dieu, où son emplacement le rendoit une cause toujours subsistante d'une infection nuisible.

Les succès obtenus, pour beaucoup de maladies, par les eaux minérales factices, ayant fait désirer au Conseil de procurer ce nouveau soulagement aux malades, le préfet de la Seine à qui, dans ce moment, l'établissement de Tivoli demandoit une concession d'eau, en profita pour obtenir en faveur des pauvres, que dix d'entre eux y recevroient annuellement et gratuitement le secours de ces eaux pendant la belle saison. Des mesures furent prises en conséquence, et dix lits de l'hôpital Beaujon, celui de tous les Hôpitaux qui est le plus voisin de Tivoli, furent réservés à ce service. Le Bureau central d'admission fut chargé du soin des malades à y envoyer, de la surveillance du traitement, et d'en constater les effets. Toutes les semaines, un de ses membres se transportoit à l'hôpital Beaujon et à Tivoli, avec un des membres de la Commission administrative des Hospices. Les effets ont répondu aux espérances qu'on avoit conçues. Le projet avoit été formé d'avoir à l'hôpital Saint-Louis un établissement analogue, uniquement destiné au service des pauvres ; les travaux même étoient commencés ; ils ont été suspendus : mais on va les reprendre ; ils pourront entrer dans le plan général qui doit rendre plus étendus et plus actifs les moyens de guérir pour les maladies auxquelles cet Hôpital est principalement destiné.

ARTICLE VIII.

De l'École d'Accouchement en particulier.

L'école d'Accouchement est destinée à former des élèves pour tous les départemens du royaume. On ne peut enseigner par-tout avec un égal succès un art si difficile, disoit un Ministre qui a constamment favorisé les établissemens utiles aux pauvres, M. le comte *Chaptal*, dans une circulaire adressée aux préfets en 1803, soit à défaut de professeurs assez habiles, soit parce que les leçons théoriques n'y sont pas éclairées par une pratique assez nombreuse. Les cours les plus savans et les plus approfondis, ajoutoit-il, ne laissent ordinairement que des traces fugitives dans l'esprit de ceux qui les ont suivis avec le plus de soin, lorsqu'ils n'ont pas été fortifiés par de fréquens exercices cliniques.

Les préfets, d'après un arrêté pris par ce Ministre même, et confirmé par tous ses successeurs, doivent, chaque année, envoyer à l'École d'Accouchement une ou plusieurs élèves, suivant les fonds dont ils peuvent disposer.

Les commissions administratives des Hospices civils, dont les ressources annuelles montent à 20,000 francs, doivent y en entretenir une aussi chaque année.

L'École d'Accouchement est devenue ainsi un bienfait universel. Où trouvera-t-on jamais un aussi grand nombre d'observations faites avec tant de soins, de lumières, de persévérance ?

Tout ce qui concerne cette École a été prévu et réglé par des arrêtés ministériels des 30 juin 1802, 17 janvier 1807 et 8 novembre 1810, et par un arrêté du Conseil général des Hospices, du 26 juin 1811. Nous allons en rappeler les principales dispositions.

Il faut, pour être élève, avoir au moins dix-huit ans, et pas plus de trente-cinq ; savoir lire et écrire, être d'une moralité reconnue et attestée par le maire de la commune, produire son acte de naissance, son acte de mariage si on est marié, l'acte de décès du mari si on est veuve. Une femme enceinte ne peut être élève.

La pension est de 600 francs. La somme doit être acquittée par les préfets ou les commissions administratives, entre les mains du receveur des Hospices civils de Paris.

Des élèves peuvent aussi être admises à l'École d'Accouchement, sans une nomination préalable et à leurs frais. Leur pension est pareillement de 600 francs. Elles sont tenues en entrant de présenter les mêmes actes, d'offrir les mêmes caractères que celles dont nous venons de parler.

Chaque élève reçoit en arrivant une somme suffisante pour acheter quelques livres indispensables. Elle reçoit de plus 3 francs par mois pour son blanchissage.

Les élèves sont logées, nourries, éclairées, chauffées en commun, fournies de linge de lit et de table, et de quelques autres objets nécessaires. Elles couchent dans des dortoirs et mangent dans un réfectoire. Un règlement particulier détermine l'ordre et la police qui doivent y être observés, ainsi que dans les classes, pour les récréations, pour les parloirs, pour les sorties, etc. Le régime est également fixé par des arrêtés spéciaux, pour les trois repas de la journée. Celles même que leur devoir retient auprès des femmes en couche, à l'heure du réfectoire, doivent s'y rendre quand leur garde est terminée.

33

La sage-femme en chef dresse un tableau en diverses colonnes, de dix en dix élèves. Une des plus anciennes est à la tête de chacune de ces colonnes, et doit veiller spécialement sur les élèves qui la composent. Près de chaque nom sont inscrits le lieu où elles couchent, leurs jours et heures de garde ou de service auprès des accouchées et des malades, etc. Ce tableau est affiché dans la salle commune. Il y a d'ailleurs une surveillante générale et une sous-surveillante, toutes deux sous les ordres de la sage-femme en chef.

L'année scolaire commence au 1ᵉʳ. juillet. Elle se divise en deux semestres qui, tous les deux, ont un cours particulier. Les leçons y sont données par les professeurs les plus habiles. M. *Baudelocque* les a faites avec un grand succès pendant plusieurs années : à sa mort, M. *Dubois* a été choisi, et il a justifié sans peine, sous ce rapport en particulier, un choix qu'il auroit également justifié, quelque partie de son art qu'on l'eût chargé d'enseigner.

Les leçons du professeur n'empêchent pas que la sage-femme en chef n'en donne chaque jour, et sur la pratique de l'art et sur sa théorie. Toutes les élèves sont appelées à leur tour, auprès du lit où se fait l'accouchement. Elles peuvent en être chargées elles-mêmes, dès qu'elles en ont été reconnues capables. L'élève qui préside à la section de l'école dont elles font partie, est toujours présente et les dirige, sous les yeux de la sage-femme en chef, qui elle-même les observe et les dirige toutes.

Dès que l'accouchement est terminé, deux élèves restent auprès du lit de la mère ; l'une pour veiller à ce qu'il ne survienne pas d'accidens, et pour faire appeler à propos la sage-femme en chef, si la circonstance l'exige ; l'autre, pour donner les premiers soins à l'enfant.

Ces deux élèves sont tenues d'ailleurs de visiter les accouchées, trois fois par jour, le matin, à midi, le soir ; de rédiger sur leur état des bulletins cliniques, de rendre compte de leurs observations à la sage-femme et au médecin, quand ils font leur visite ; et si la maladie a quelque gravité, une d'elles doit être de garde constamment pour assurer l'exactitude du service et la promptitude de tous les secours dont la mère peut avoir besoin.

La théorie et la pratique de l'art ne sont pas les seuls objets de l'instruction des élèves. On leur apprend à soigner les maladies que la couche peut amener, qui peuvent la suivre. Un accident mal prévu, des soins donnés au hasard, l'ignorance d'un remède prompt et salutaire, peuvent mettre à-la-fois deux personnes en danger. La mort est si près de la vie ! et il semble qu'elle en soit plus près encore au moment où la vie commence, où on vient de la donner.

On les instruit encore à la vaccination. Huit nourrices sédentaires sont constamment et exclusivement chargées de réserver huit enfans abandonnés, pris à la crèche de l'hospice de l'Allaitement. Les élèves sont, pour cela, distribuées également en huit sections qu'on appelle tour-à-tour, et dans lesquelles chaque élève est successivement nommée pour vacciner un des enfans gardés par les nourrices sédentaires. Six à sept jours sont ordinairement consacrés à cette opération. Aussi-tôt qu'une des sections a fini, une autre commence ; les huit se succèdent ainsi sans interruption.

La connoissance des plantes particulièrement utiles aux femmes enceintes et en couche, a été regardée comme devant aussi faire partie de l'enseignement. Un jardin a été disposé pour faciliter cette instruction. Les plantes nécessaires y sont cultivées, et le pharmacien fait, sous la direction du médecin, un cours pour apprendre à en bien connoître l'effet et l'usage.

Des élèves plus instruites sont nommées par la sage-femme en chef pour faire répéter à un certain nombre de leurs compagnes les leçons qu'elles ont reçues. Ces répétitions ont ordinairement lieu deux fois par jour.

A la fin de l'année scolaire, les élèves sont examinées par un jury de médecins et de chirurgiens, composé de ceux de la maison et de deux autres nommés, l'un par le Conseil général des Hospices, l'autre par la faculté de médecine ; et c'est d'après cet examen qu'elles peuvent obtenir un certificat de capacité, échangé ensuite dans leur département contre un diplôme de sage-femme. Le jury nomme pareillement celles à qui des prix doivent être décernés ; ce sont des médailles d'or, des médailles d'argent, des livres. Leur distribution est une solennité de l'Hospice. Le Ministre de l'intérieur est venu plusieurs fois la faire lui-même.   33 *

Un exercice public l'a toujours précédée : quelquefois, ce sont les maîtres qui interrogent ; mais aussi, pour donner aux élèves plus d'occasions de paroître, de s'expliquer, et d'acquérir l'habitude de rendre compte de leurs études, on les met aux prises l'une avec l'autre par des interrogations et des réponses successives.

Des prix sont accordés pareillement à celles qui ont montré le plus d'exactitude, de zèle, pour assister aux leçons et aux visites, et le plus de vigilance sur les femmes en couche confiées à leur sollicitude. Des bulletins pour chaque élève sont remis tous les trois mois à l'agent de surveillance par le médecin, l'accoucheur et la sage-femme en chef, qui expriment la satisfaction ou le mécontentement qu'ils ont de leur conduite ; et ces bulletins réunis forment, à la fin de l'année scolaire, les élémens de la décision par laquelle est adjugé le prix de vigilance clinique et d'assiduité.

Celles qui n'auroient pas atteint, au bout de la première année, le degré d'instruction convenable, peuvent obtenir de faire un second cours. Cette faculté peut être une récompense ; les élèves qui remportent le prix d'assiduité sont quelquefois admises gratuitement au cours de l'année suivante.

Le choix des élèves envoyées par les départemens s'est sensiblement amélioré chaque année, depuis la formation de l'école. La préférence a été en général accordée à des personnes plus propres à recevoir l'instruction, quelquefois même déjà un peu instruites, apportant dès-lors plus d'attention aux leçons, plus de zèle à la pratique, et profitant mieux de tous les secours qui leur sont offerts.

Le nombre de celles qui ont été envoyées, depuis le 22 décembre 1802, jour où l'école fut ouverte, jusqu'en l'année 1814, s'élève à 1270. Sur ce nombre 115 étoient entrées avant l'époque où ce rapport commence. 1155 ont été reçues dans les dix années suivantes. En voici l'état par départemens.

DÉPARTEMENS,	COURS													
	Juin 1804 à décemb. 1804.	Décem 1804 à juin 1805.	Juin 1805 à décemb. 1805.	Janvier 1806 à juillet 1806.	Juille 1806 à janvier 1807.	Janvie 1807 à juille 1807.	Juillet 1807 à janvier 1808.	Janvier 1808 à juillet 1808.	1808 à 1809	1809 à 181	1810 à 1811.	1811 à 1812.	1812 à 1813	
Ain..............	»	»	»	»	»	»	»	»	5	»	5	1	5	
Aisne...........	»	»	»	»	»	»	2	»	6	»	2	6	5	
Allier...........	»	3	1	1	»	»	»	2	2	»	4	4	2	
Alpes (hautes)....	»	»	2	»	»	»	»	»	»	»	»	»	2	1
Ardèche..........	»	»	»	»	»	»	»	2	1	»	»	1	1	
Ardennes.........	3	2	2	2	»	»	»	4	3	3	»	3	»	
Aube............	»	»	»	1	1	»	1	5	3	2	3	1	2	»
Aude............	»	»	»	»	»	»	»	»	»	»	»	1	4	»
Bouches du Rhône..	»	1	»	2	»	»	»	2	2	2	2	3	4	1
Calvados.........	»	1	2	1	»	1	»	1	»	1	»	1	1	1
Cantal..........	»	1	»	2	2	1	»	1	»	1	»	2	»	2
Charente........	»	»	1	1	»	»	»	»	»	2	»	1	»	»
Charente inférieure.	»	»	»	»	»	»	»	»	»	1	»	1	1	1
Cher............	1	»	»	»	»	»	1	»	»	»	1	2	1	2
Corrèze..........	»	»	1	1	»	»	1	»	»	»	1	1	1	2
Côte-d'Or........	»	»	»	»	»	»	»	»	6	4	5	6	8	7	6	4
Côtes-du-Nord.....	»	»	»	»	»	»	»	»	1	»	2	»	2	»
Creuze..........	3	»	»	»	»	2	»	2	1	»	2	»	2	»
Dordogne.........	»	»	»	»	»	»	»	»	2	»	»	4	»	4	2
Doubs...........	»	»	»	»	»	»	»	»	»	1	1	2	»	1	»
Drôme..........	»	2	2	»	3	»	2	»	2	2	4	5	1	2	»
Dyle..	»	»	»	»	»	»	»	»	»	»	1	»	»	4
Escaut..........	»	»	»	»	»	»	»	1	1	»	1	»	»	6
Eure............	»	»	»	»	»	»	»	1	»	»	»	»	»	3
Eure et Loir......	»	1	»	»	»	»	»	»	»	1	1	2	8	4	15
Finistère........	»	»	»	»	»	1	»	»	»	1	3	1	3	1	11
Forêts..........	»	»	»	»	»	»	3	2	2	3	2	»	4	»	23
Gard............	»	»	3	1	1	»	3	»	1	1	1	»	1	»	5
Garonne (haute).	»	1	»	»	»	»	»	»	3	»	»	»	»	
Gers............	»	1	»	»	»	»	»	»	»	»	»	2	»	2
Gironde..........	»	»	»	2	»	1	»	»	»	1	»	»	»	2
Hérault..........	»	»	»	»	»	»	»	»	1	1	»	»	»	2
Ille et Vilaine.....	»	»	»	»	»	»	»	»	1	3	3	»	4	15
Indre...........	1	»	1	»	2	»	»	»	1	2	2	2	»	10
Indre et Loire.....	»	»	1	»	»	1	»	»	»	»	»	»	»	1
Isère...........	»	»	»	»	»	»	»	»	1	»	»	»	»	10
Jemmappes........	2	»	2	1	»	»	»	3	1	1	2	1	3	2	10
Jura...........	»	»	»	»	»	»	»	»	»	»	2	»	2	4
Landes..........	»	»	»	»	»	»	»	1	2	3	3	2	2	3	21
Loir et Cher......	»	»	1	2	»	»	2	1	1	»	1	1	»	5
Loire...........	»	1	»	»	»	1	»	2	»	2	»	»	»	4
Loire (haute).....	»	»	»	»	»	»	2	2	1	»	3	»	»	8
Loiret..........	»	»	»	»	»	»	2	2	»	3	»	1	1	6
Lot............	»	»	»	»	»	»	2	»	»	3	»	1	2	16
Lot et Garonne.....	2	»	1	2	1	3	»	»	1	2	1	1	»	6
Maine et Loire.....	»	»	»	»	»	»	»	1	»	3	»	2	»	4	30
Manche..........	»	»	»	»	»	5	»	6	5	2	2	1	5	3
Marne (haute)	»	»	»	»	»	1	»	»	»	1	»	1	»	»
A reporter.....	**12**	**14**	**20**	**19**	**11**	**16**	**13**	**44**	**51**	**56**	**56**	**70**	**74**	**65**	**521**

s à l'École d'accouchement de Paris.

DÉPARTEMENS.	COURS														TOTAL par Départem.
	Juin 1804 à décemb. 1804.	Décem. 1804 à juin 1805.	Juin 1805 à décemb 1805.	Janvier 1806 à juillet 1806.	Juillet 1806 à janvier 1807.	Janvier 1807 à juillet 1807.	Juillet 1807 à janvier 1808.	Janvier 1808 à juillet 1808.	1808 à 1809.	1809 à 1810.	1810 à 1811.	1811 à 1812.	1812 à 1813.	1813 à 1814.	
ontre......	12	14	20	19	11	16	13	51	51	56	56	70	74	65	521
....	»	»	»	»	»	»	»	1	»	»	»	»	»	»	1
....	»	»	»	»	»	»	1	»	2	4	2	3	3	4	19
anc.......	»	»	2	»	»	»	»	»	1	»	1	»	»	»	4
1.........	»	2	»	»	»	»	»	»	»	»	2	»	1	2	7
deux)....	»	»	»	»	»	»	»	»	»	1	»	1	»	»	2
....	»	2	1	2	1	2	»	»	3	2	2	2	2	2	21
....	»	4	19	7	20	2	3	3	26	15	21	21	20	11	172
....	»	»	»	»	»	»	»	1	»	1	1	1	3	2	9
....	»	1	1	2	»	1	1	»	»	2	3	4	3	3	21
....	»	»	»	»	»	»	»	2	»	»	»	»	»	»	2
alais..	»	»	1	»	2	1	»	4	4	2	5	3	3	1	26
Dôme......	»	»	3	1	3	»	1	2	»	4	2	»	4	3	23
as).......	»	»	»	»	»	»	»	»	»	»	1	2	»	»	3
....	»	»	»	»	»	»	»	»	»	»	1	»	»	»	1
....	»	»	»	»	»	»	»	1	»	»	»	»	»	»	1
t Meuse...	»	2	»	1	1	»	»	3	6	4	1	2	2	2	24
aute).....	»	»	»	1	1	»	»	»	3	3	2	1	1	1	13
Loire.....	»	»	»	»	»	»	»	»	»	»	»	»	»	»	»
....	3	1	5	1	4	2	5	4	8	7	1	3	12	8	64
Marne.....	»	»	»	»	»	3	»	6	5	4	7	2	4	4	35
Oise..	1	»	»	»	»	»	»	1	2	6	5	4	3	2	24
érieure....	»	»	1	»	»	»	»	1	2	2	»	1	2	»	9
leux).....	»	»	»	»	»	1	1	»	»	»	2	1	2	1	8
... .	2	»	»	»	»	»	»	4	3	6	»	»	1	2	18
....	»	1	»	2	»	»	»	»	»	4	»	»	1	»	4
....	»	»	»	»	»	»	»	»	»	4	»	»	»	»	4
Garonne...	»	»	»	»	»	»	»	»	»	»	1	2	1	»	4
....	»	»	»	»	»	»	»	»	»	1	»	»	»	»	2
....	»	»	»	»	»	»	»	»	»	»	1	»	»	»	1
....	»	»	»	»	»	»	3	1	»	1	3	3	2	1	14
haute)....	»	»	»	»	1	»	»	1	1	»	»	»	»	»	3
....	»	»	»	1	»	»	»	»	»	»	»	»	1	»	2
....	1	»	»	»	»	»	»	»	1	2	»	1	»	3	8
e de l'intér.	1	1	»	»	»	»	»	»	1	»	2	3	3	3	14
leurs frais..	10	5	1	6	2	5	»	»	1	2	1	8	10	7	58
Étrangers.															
....	»	»	»	»	»	»	1	»	»	»	»	3	1	»	5
....	»	»	»	»	»	»	»	»	»	»	»	»	»	3	3
e.........	»	»	»	»	»	»	»	»	»	»	»	1	»	»	1
....	»	»	»	»	»	»	»	»	»	»	2	»	»	»	2
AUX.......	30	33	54	43	46	33	26	81	121	129	125	142	161	131	1,155

Tableau N°. IV, page 260.

ARTICLE IX.

*De quelques Établissemens auxiliaires qui entrent dans l'organi-
sation des différens services et en assurent l'exécution.*

PHARMACIE CENTRALE.

La Pharmacie générale ou centrale a été établie pour préparer et
distribuer tous les médicamens dont les maisons hospitalières ont
besoin. On peut la considérer comme divisée en deux sections, dont
chacune a un chef particulier : le laboratoire où se font les remèdes ;
le magasin où on les conserve et où on rassemble les drogues destinées à les préparer. Les drogues y sont ordinairement envoyées
tous les trois mois, sur la demande qui en est faite par les chefs de
la maison au membre de la Commission administrative chargé de la
Pharmacie centrale ; on ne les reçoit qu'après avoir vérifié avec soin
leur poids et leur qualité. Les drogues sont remises ensuite au chef
du magasin, qui les fournit, quand cela est nécessaire, au chef des
laboratoires, et les reprend quand elles sont devenues des remèdes
pour les distribuer aux différentes maisons hospitalières, d'après leurs
besoins et la demande des pharmaciens particuliers de ces maisons,
sous l'autorisation nécessaire du membre de la Commission administrative. Les médicamens sont préparés avec soin et économie à la
Pharmacie centrale : aussi le Gouvernement y prend-il ceux qu'il envoie aux sous-préfets pour être distribués dans les communes rurales.
On y prend aussi les remèdes dont on a besoin dans les prisons de
Paris. Elle fournit des médicamens aux bureaux de bienfaisance. Ces
fournitures sont autorisées par le membre de la Commission,
chargé de la surveiller ; elles se renouvellent chaque mois ou de
six semaines en six semaines. Les laboratoires sont pourvus de
toutes les machines et ustensiles nécessaires pour une aussi grande
manipulation. Beaucoup d'autres dispositions sur le service et le personnel de la Pharmacie centrale, ainsi que sur sa comptabilité, ont
été ordonnées par un règlement du Conseil général d'Administration,
du mois de février 1812.

Cet établissement, si utile en lui-même et si économique, peut encore être remarqué par l'étendue des laboratoires et des magasins, par la propreté constante qui en fait le véritable ornement, par la commodité des distributions et la facilité des correspondances entre les diverses parties de la maison. Deux élèves en pharmacie y sont attachés.

Le tableau des médicamens fournis aux établissemens hospitaliers offre une dépense de 202,213 francs en 1804, en y comprenant tant la valeur primitive des drogues que les frais occasionnés par leur conversion en remèdes. Elle avoit été un peu moindre (de 7 à 8 mille francs) l'année précédente. Sur ces 202,213 francs, 47,356 ont été dépensés à l'Hôtel-Dieu; 30,495 à l'hôpital des Vénériens; 24,963 à l'hôpital de Bicêtre; 21,813 à l'hôpital Saint-Louis; 16,946 à la Charité, en y comprenant la clinique; 15,288 à la Salpêtrière; 9742 aux Enfans-Malades; 9117 à l'hôpital Saint-Antoine; et pour des sommes moindres dans les autres maisons, en descendant jusqu'aux orphelins et orphelines, dont le total n'est que de 89 ou 90 francs, parce qu'il ne s'applique qu'à des indispositions passagères, et qu'on les envoie à l'hôpital des Enfans, quand ils sont réellement malades. Le total de tous les Hôpitaux et Hospices pour 1805, a été de 176,898; il a été de 219,563 francs en 1806; de 229,105 francs en 1807; de 220,636 en 1808; de 220,387 en 1809; de 274,458 en 1810; de 255,507 en 1811; de 300,073 en 1812; de 294,108 en 1813. Les frais et vases sont compris dans ce total annuel. Mais ce qui regarde les comités de bienfaisance n'y est pas compris : le montant pour les dix années a été de 566 en 1804; de 4984 en 1805; de 6774 en 1806; de 5118 en 1807; de 7538 en 1808; de 7876 en 1809; de 9216 en 1810; de 9233 en 1811; de 11,162 en 1812; de 9493 en 1813. En réunissant ce qui a été fourni aux Hôpitaux, aux Hospices, aux comités de bienfaisance, on a une somme qui monte au-delà de 2 millions cinq cent mille francs.

C'est le chef du magasin qui est chargé de la distribution des médicamens à ceux qui doivent en recevoir.

Toutes les substances simples éprouvant à leur préparation ou dans la confection des médicamens une altération dans leur forme

ou dans leur nature intime, il étoit de toute nécessité, pour établir
un compte exact, d'ouvrir un livre d'opérations journalières sur lequel
on inscrivît les médicamens à préparer, les substances qui entrent
dans leur composition et le produit qui en résulte. Ce livre, essen-
tiel à une comptabilité bien ordonnée, a un autre but encore; il sert
à guider le pharmacien dans ses opérations, à lui indiquer le meilleur
procédé, le plus économique, les déchets enfin qui résultent de la pul-
vérisation et de la dessiccation des substances. Un compte est ouvert
pour chaque drogue, pour chaque médicament : on indique dans la
recette, d'où la substance est venue au magasin ; dans la dépense, on
en indique l'emploi. Chaque maison a aussi son compte ouvert.
Il étoit autrefois impossible de l'établir, parce que chaque pharmacien préparant à son gré pour sa pharmacie, ne comptoit que de
l'achat des drogues sans rendre compte de l'emploi.

Avant l'établissement de la Pharmacie centrale, chacun des pharmaciens aussi avoit son formulaire, ses recettes, un mode particulier
de travail. Un mode uniforme est établi aujourd'hui; les prépara-
tions pharmaceutiques sont les mêmes par-tout et pour tous ; les
magasins n'en renferment pas beaucoup d'inutiles, de mal préparées,
de détériorées. La dépense en ustensiles et en combustibles est bien
moins considérable qu'elle ne l'étoit dans les divers laboratoires.

Les drogues que le fournisseur livre tous les trois mois doivent
être de première qualité ; elles sont soumises, avant qu'on les reçoive,
à l'examen de deux ou trois maîtres pharmaciens retirés et d'un
courtier de commerce, en présence du membre du conseil et de celui
de la commission qui ont la surveillance de la Pharmacie centrale, et
des chefs de l'établissement. Les prix sont ensuite fixés par les experts.

La Pharmacie centrale avoit d'abord été placée dans le bâtiment
des Enfans-Trouvés, place Notre-Dame. Des ordres supérieurs la
firent transporter, il y a quelques années, à l'ancienne abbaye des
Miramiones, quai de la Tournelle. Au rez-de-chaussée ont été placés
les laboratoires, les étuves, les magasins pour la conservation et la
distribution des médicamens ; dans les étages supérieurs, les magasins pour les drogues simples et les plantes sèches, une salle pour la
conservation de la matière médicale et des productions chimiques
et pharmaceutiques, un amphithéâtre pour les cours faits aux élèves,
des étuves et greniers pour la dessiccation des plantes.

BOULANGERIE GÉNÉRALE.

Une Boulangerie générale présente aussi de grands avantages.

On faisoit autrefois tout le pain des Hôpitaux et Hospices dans une maison connue sous le nom de *Scipion* (de *Scipion Sardini,* qui demeuroit dans la rue où est cette maison). L'Administration y entretenoit des boulangers ; elle fournissoit le bois et tout ce qui est nécessaire à la confection du pain ; elle avoit des chevaux pour porter à chaque établissement la provision qui lui étoit destinée.

Cette forme a présenté des inconvéniens que la surveillance ne faisoit pas toujours disparoître.

Arrêté du 27 juillet 1801. La fourniture des farines a été donnée à des entrepreneurs connus et solvables ; le prix moyen des mercuriales de la halle de Paris a été choisi comme la règle la plus sûre pour l'acheteur et pour le vendeur ; les farines doivent toujours être de première qualité.

Le pain est mis aussi en entreprise. Un manutentionnaire en a été chargé, moyennant un prix qui s'est toujours accru à mesure que le bois est devenu plus cher, et qui est maintenant de 5 francs par sac de farine. Le Conseil lui a cédé le local de Scipion. Le manutentionnaire est tenu de tous les frais et du payement des ouvriers dont il a besoin. Les seules dépenses qui restent à la charge de l'Administration, sont celles d'un agent de surveillance, d'un contrôleur, d'un commissionnaire, d'un portier. Le manutentionnaire doit faire la réception des farines, c'est-à-dire reconnoître qu'elles sont de la qualité promise ; et s'il s'élève quelque contestation entre lui et le fournisseur, des experts sont appelés, ils dressent un procès-verbal, et le Conseil des Hospices prononce. D'un autre côté, le manutentionnaire doit rendre par sac de 325 livres pesant, la quantité de 420 livres de pain blanc, et 428 de bis. Il tient compte du déficit, si le produit est moindre. Toutes ces précautions n'ont eu jusqu'à présent que des résultats utiles.

Quant au transport du pain dans les Hôpitaux et Hospices, le manutentionnaire en est chargé, à raison de 20 centimes par quintal.

Le service de la Boulangerie, où il se fabrique environ sept millions de livres de pain chaque année, et la comptabilité de ce service, sont devenus par-là simples et faciles.

Quelques personnes ont prétendu que le pain ne coûteroit pas davantage, pris chez les boulangers. Cela seroit vrai, qu'il faudroit encore examiner s'il ne conviendroit pas mieux de conserver l'établissement, que de courir les risques qui peuvent être attachés à l'approvisionnement chez des boulangers, quand il s'agit de la subsistance des Hôpitaux d'une si grande cité. Mais cela n'est pas vrai ; en 1806, par exemple, et dans les 100 jours qui, en terminant 1805, nous ont ramené, sous le nom de l'an XIV, du calendrier républicain au calendrier grégorien, la consommation du pain blanc a été de 6 millions 979 mille 673 livres (non compris le pain fourni aux Quinze-Vingts et aux Sourds-Muets, qui ne font pas partie de l'Administration générale des Hospices), lesquelles ont coûté, tant pour les farines que pour la manutention et tous les frais de ce genre, le transport excepté, 1,026,011 francs 93 centimes.

Ce qui porte la livre à 14 centimes 7 millésimes.

Elle seroit revenue chez les boulangers à 15 centimes au moins et quelques millésimes, puisque, pendant la moitié de cet espace de temps, ils ont vendu 60 centimes le pain de 4 livres, et 65 durant l'autre moitié. Nous ne parlons pas de la différence qui résulte encore du poids rigoureusement exigé du manutentionnaire, et du déchet, bien léger sans doute, mais qui s'étend sur une si grande quantité de livres, toléré pour le pain vendu par les boulangers.

En 1807, la Boulangerie générale a livré 5 millions 808 mille 897 livres de pain blanc. Le pain de quatre livres a été vendu, pendant cette année, par les boulangers de Paris, au prix de 70 centimes, ce qui auroit fait pour les 5,808,897 livres une somme de 1,016,557 livres, équivalant à. . . . . 1,003,850 fr. 10 c.
et il n'en a coûté à l'Administration que.   897,777   »

Elle a donc gagné à s'être chargée elle-même
de la confection du pain.   106,073   10

Toujours, sans compter ce que l'on accorde aux boulangers sur le poids.

34

Il est vrai que l'Administration a payé de plus le transport du pain dans les différentes Maisons hospitalières, transport dont les boulangers se seroient peut-être chargés; il a coûté 10,970 fr. 03 cent.

Le gain fait est bien considérable encore.

La Boulangerie générale et la Pharmacie centrale sont deux grandes parties du service des pauvres. Elles furent long-temps l'objet des soins particuliers d'un membre du Conseil, aussi savant que modeste, M. *Parmentier*.

En 1807, un arrêté du Conseil général a fait établir dans chaque maison hospitalière un appareil fumigatoire destiné à donner des secours prompts aux noyés et asphyxiés qu'on pourroit y apporter. L'efficacité des moyens curatifs dépend tellement alors de la promptitude de l'application, que cet établissement a bien droit d'être considéré comme faisant une partie nécessaire du service des Hôpitaux, quoique heureusement le besoin n'en soit pas journalier.

QUATRIÈME PARTIE.

Nous diviserons en trois titres cette partie de notre travail. Dans le premier, nous ferons connoître les biens et les revenus des Établissemens qui sont sous notre administration; dans le second, les dépenses que le soulagement des pauvres rend nécessaires, chaque année, ou dans les Maisons hospitalières, ou pour les secours à domicile; le troisième titre présentera quelques résultats généraux sur la population et la mortalité des Hôpitaux et Hospices, et sur la durée du séjour des indigens et des malades.

TITRE PREMIER.

Des Propriétés et Revenus.

Les revenus des Hôpitaux et Hospices du Royaume s'élevoient à près de trente millions en 1789; les nouvelles lois les réduisirent de plus de moitié dès l'année suivante. Les maisons, les biens ruraux, leur restoient. L'ordre de les vendre fut donné au mois de juillet 1794. L'exécution du décret avoit été commencée, lorsqu'un sentiment plus juste en fit prononcer la suspension par une mesure provisoire, le 2 août 1795, et le 24 octobre suivant par une mesure définitive. De nouvelles tentatives furent faites, au mois de mars 1798; le Directoire demanda au Corps-Législatif l'aliénation de tous les biens qui restoient aux Établissemens hospitaliers, dans toute la France, et la réduction de ces établissemens à 195 au lieu de 2000 qu'ils étoient. Le Directoire déclaroit n'agir ainsi que pour le plus

34 *

grand bien des pauvres, pour provoquer la bienfaisance individuelle; c'est-à-dire, que l'on dépouilloit les malheureux pour qu'on fût plus porté à leur donner ; on leur ôtoit des ressources actuelles et certaines dans l'espérance que quand ils n'auroient plus rien, on seroit plus touché de leur sort. La proposition du Directoire ne fut pas adoptée.

Le seul loyer des maisons produisoit aux Hôpitaux de Paris, au commencement de la révolution. . . . . 1,092,000 liv.

Ils avoient en fermages un revenu de. 284,000

En rentes sur l'État. 1,950,000

En rentes sur des particuliers.. 23,000

En rentes sur des corporations qui ont été supprimées. 4,600

En cens et redevances hors de Paris. 30,000

En droits féodaux dans Paris.. 25,000

——————

3,408,600

Ce n'est là qu'une partie de ce qu'ils possédoient. Leurs revenus avoient principalement commencé par des droits de péage établis en leur faveur. Le vin, l'huile, le bois, le charbon, le foin, le beurre, les œufs, le sel, en furent sur-tout les objets. Les seuls droits sur les entrées de Paris, sur le vin, les œufs, le beurre, etc., avoient donné aux seules Maisons, comprises sous le nom d'Hôpital Général, dans les cinq années de 1785 à 1789, le produit suivant :

En 1785. . . . . 2,475,109 liv. 19 s.

En 1786.. . . . . 2,612,489 3 9d.

En 1787.. . . . . 2,307,736 0 8

En 1788.. . . . . 2,464,799 13 7

En 1789.. . . . . 2,234,548 16 10

——————

12,094,683 liv. 13 s. 10 d.

C'est, comme on le voit, plus de 12 millions. On avoit accordé aussi aux Hôpitaux plusieurs exemptions, qui diminuoient beaucoup leurs dépenses, si elles n'ajoutoient pas positivement à leurs revenus. Beaucoup d'amendes leur étoient dévolues. Des quêtes se faisoient pour eux dans toutes les églises. Le produit de quelques loteries leur fut consacré ; mais, d'abord assez considérable, il descendit successivement de plus de 300,000 livres à moins de 100,000, et finit par disparoître entièrement. Le Grand Bureau des pauvres avoit le droit de lever, chaque année, une taxe d'aumône sur tous les habitans de Paris, à quelque classe qu'ils appartinssent, les indigens seuls exceptés.

Des libéralités de nos Rois avoient pareillement assuré, à différentes époques, des revenus spéciaux à plusieurs de nos Établissemens hospitaliers.

Que reste-t-il de tous ces biens, de tous ces droits, de tous ces produits ? Comment a-t-on suppléé à ce qu'on avoit perdu ?

Nous parlerons d'abord des maisons et domaines ruraux, des bois, des rentes, dont la possession reste encore aux Hôpitaux et Hospices. Nous parlerons ensuite des dons, legs, fondations, etc., faits en leur faveur ; des biens meubles et immeubles qu'ils peuvent recueillir ; des revenus qui leur sont assignés sur l'octroi, sur les fonds du département, sur quelques établissemens publics ; enfin, des règles instituées pour la gestion des biens qu'ils possèdent.

§. Ier.

Propriétés Urbaines et Rurales.

Les Établissemens hospitaliers possédoient encore à Paris, au commencement de ce siècle, plus de sept cents maisons. Le rapport de l'année 1803 en porte même le nombre à sept cent trente-une. Une partie de ces maisons étoit en bon état ; mais le plus grand nombre se trouvoit tellement dégradé par le défaut de soins et de réparations, que les unes étoient devenues inhabitables, que les autres coûtoient annuellement autant qu'elles produisoient ; que d'autres encore absorboient en dépenses nécessaires une portion plus ou moins considérable du revenu donné. Ces dernières seules pouvoient être conservées ; celles qui étoient en bon état devoient l'être : les autres furent vendues à un prix assez modique, car la plupart d'entre elles n'offroient guère plus que des matériaux de construction. Il eût été à désirer qu'on ne fût pas allé plus loin ; mais bientôt, on ordonna de faire des ventes nouvelles. Le Conseil des Hospices résista long-temps, et par tous les moyens qu'il avoit en son pouvoir, à des ordres qui lui paroissoient contraires à l'intérêt des pauvres. Autant il avoit reconnu la nécessité d'aliéner des propriétés en ruine, ne laissant aucune espérance d'un produit futur, dont les meilleures même eussent exigé une dépense qui n'auroit pas été en proportion avec ce qu'il auroit été possible d'obtenir par une location annuelle, autant il croyoit utile de garder un moyen sûr de revenu, indépendant de toutes les mesures d'administration publique, laissant aux Hôpitaux tout ce qu'ils pouvoient retenir avec avantage de leur antique patrimoine.

Les aliénations furent principalement autorisées par les lois ou décrets du 4 février 1804, du 18 mai 1806, du 24 mars 1809. Le produit en devoit être employé en biens ruraux, en placemens au Mont-de-Piété, en acquisition de rentes sur l'État. Un décret du 24 février 1811 ordonna de nouvelles ventes. Il évalue à 18 millions la valeur capitale des maisons des Hospices, prescrit d'en vendre pour 9 millions cette année même, et, en 1812, veut que la somme soit versée successivement à la caisse municipale, et se réserve de statuer incessamment sur l'emploi des autres 9 millions.

Le montant du prix des aliénations, de 1807 à 1814 exclusivement, a été de.. 10,857,430 francs (1).

Les sommes recouvrées et versées dans la caisse municipale, le 31 décembre 1813, étoient de. . . . . 8,266,611 francs.

A cette époque, il existoit encore dans les mains de l'Administration quatre cents maisons ou articles de location, produisant un revenu de 346,189 francs.

Les 8,266,611 francs, versés dans la caisse municipale, devoient être remplacés, quant à leur revenu, par une somme équivalente à l'intérêt au denier vingt, c'est-à-dire de 413,330 francs. Le produit des halles et marchés avoit été cédé aux Hospices. Le décret du 24 février 811, qui indiquoit ce produit comme pouvant remplacer celui qui seroit perdu par l'aliénation des maisons, l'évaluoit à 450 mille francs. L'appréciation ne s'est pas trouvée juste;

_____

(1) Il étoit de 11,029,817 francs le 1er. janvier 1815, comme montant des sommes recouvrées et versées dans la caisse municipale; il étoit de 11,366,380 francs, en y comprenant les sommes qui restoient à recevoir sur le produit des ventes.

les halles et marchés ne rapportèrent et ne rapportent encore guère
plus de 300 mille francs. La ville ainsi est restée devoir, chaque
année, 113 à 114 mille francs aux Hospices.

D'un autre côté, l'Administration avoit à réclamer des acquéreurs
qui n'avoient pas soldé le prix de leur acquisition, les intérêts de la
portion non payée de ce prix. La différence entre les 10,857,430
francs, résultat des ventes effectuées, et les 8,266,611 francs réclamés
et versés, offre un capital de 2,590,818 francs, et en intérêts
129,540 francs.

Montant total des loyers des maisons urbaines encore apparte-
nantes à l'Administration, au 31 décembre 1813, et des produits
qui remplaçoient ou devoient remplacer les loyers des maisons
vendues. . . . . 979,061 francs 18 centimes.

La balance seroit à-peu-près égale. Le produit brut des maisons
urbaines étoit, en 1806, de.. . . . . 980,000 francs.

Quant aux biens ruraux, ils se composoient, en 1804, de cinquante-
deux corps de fermes, de quinze maisons, de douze moulins, de
soixante lots de terres labourables ou exploités en vignes et prés,
situés dans les départemens qui environnent celui de la Seine, à un
rayon qui ne s'étend pas à plus de 50 lieues, et ne va même jusque-
là que pour un très-petit nombre d'objets. Ils se sont accrus depuis
par différens échanges, de quatre nouvelles fermes et de six lots de
terre ; en sorte que l'Administration possédoit, au 31 décembre 1813,
cinquante - six fermes louées, soit isolément, soit par réunion de
plusieurs corps de fermes, à quarante-trois fermiers, soixante-six
lots de terre, quinze maisons et douze moulins.

Les biens ruraux ont été affermés avec la condition imposée aux
fermiers d'acquitter en grains le prix de leurs fermages. Ces grains
doivent être livrés dans les magasins de l'Administration, ou appréciés
d'après le plus haut prix des mercuriales, à la halle de Paris, qui
précèdent le jour de l'échéance, à la volonté des Administrateurs
des Hospices. D'après les baux, les contributions sont à la charge
des fermiers.

L'adoption de ces mesures a été avantageuse, et la gestion des biens
ruraux s'est beaucoup améliorée. Ils rapportent aujourd'hui 300 mille
francs environ.

Bois.

Les Hospices possèdent 1307 arpens de bois, dont les coupes périodiques donnent par année un revenu de 12 à 15 mille francs ; les coupes des réserves sont réglées à l'extraordinaire.

Les taillis non aménagés faisoient partie autrefois des baux ; mais on crut s'apercevoir que leur réunion aux terres labourables n'augmentoit pas le prix de location dans une proportion équivalente à la somme que l'Administration auroit retirée de leur vente isolée. En conséquence, vers 1808, les taillis ont cessé de faire partie des adjudications de baux. On y a gagné sans doute du côté du produit ; mais aussi on a éprouvé dans le recouvrement des deniers, beaucoup de lenteur. L'intervention de l'Administration des Eaux et Forèts, intervention si utile en général pour la conservation des bois, a eu aussi des inconvéniens assez graves sous le rapport des coupes extraordinaires. Des aménagemens faits sur des données qui ne s'appliquoient point aux cas particuliers, ont retardé la coupe de certaines parties de bois jusqu'après leur dépérissement ; et d'un autre côté, la disposition qui ordonne de verser à la Caisse d'amortissement le produit des coupes extraordinaires des bois des Hospices, a rendu jusqu'à présent tout-à-fait nulle pour eux cette partie de leurs ressources. Depuis plusieurs années, une somme de près de 150 mille francs a été déposée dans cette Caisse, sans que l'Administration ait jamais pu l'obtenir, au moment même où elle étoit obligée, pour subvenir aux besoins des pauvres et des malades, de retirer du Mont-de-Piété une somme très-considérable et nécessaire à cet établissement.

Rentes.

Les rentes sur des particuliers étoient peu considérables en 1801. Elles n'ont pu que diminuer depuis par les remboursemens qui ont été faits successivement, et dont le montant a été employé, soit en placemens sur le Mont-de-Piété, soit en achats de rentes sur l'État. Elles ne s'élèvent aujourd'hui qu'à 19,100 francs.

Les rentes sur l'État avoient subi, à la fin du siècle dernier, la réduction de la totalité à un seul tiers. Elles sont actuellement de 673,000 francs; on ne les a portées que pour 543,853 dans le compte de l'année 1803.

§. II.

Dons, legs, fondations.

Présentons d'abord l'état des dons et legs faits aux pauvres, pour des sommes au-dessous de 300 francs; il suffira d'en rappeler le montant, chaque année. Nous présenterons ensuite l'état de ces dons et legs, pour des sommes plus considérables, en y joignant le nom du bienfaiteur et la destination du bienfait.

En 1804, 1805 et 1806, on n'a guère donné que des sommes dans le cas d'être capitalisées. On peut évaluer ce qu'on a reçu pendant ces trois ans, comme terme moyen, à 10 mille francs par année.

Années.	Dons et Legs au-dessous de 300 francs.		TOTAL.
	Hôpitaux et Hospices.	Secours à Domicile.	
	fr. c.	fr. c.	fr. c.
1807	1,294 56	....	1,294 56
1808	3,411 50	10,800 72	14,212 22
1809	2,722 30	8,863 69	11,585 99
1810	5,542 25	100 »	5,642 25
1811	2,330 »	9,781 35	12,111 35
1812	7,182 »	6,249 80	13,431 80
1813	4,037 50	13,517 51	17,555 01
	26,520 11	49,313 07	75,833 18

L'état des dons et legs, de 300 francs et au-dessus, faits aux Hospices, aux Indigens et aux Enfans-Trouvés, depuis le premier janvier 1804 jusqu'au 31 décembre 1813, offre le tableau suivant:

35

Années	NOMS DES DONATEURS.	Montant des DONS et LEGS.		Observations.
		fr.	c.	
1804	M^{rs}. Marquette. . . . . . . legs.	2,567	90	Aux Hospices.
	De la Vione. . . . . . . id..	973	82	idem.
	Dollé. . . . . id..	4,000	»	idem.
	Mme. Blouquier.. . . . . id..	2,980	80	idem.
	M. Guignet. . . . . id .	400	»	Aux pauv. du quartier de l'Hôtel de Ville.
1805	Sa Sainteté Pie VII . . . . . don.	2,500	»	Après une visite faite à l'Hôtel-Dieu.
	M. Necker, ancien Ministre . legs.	3,000	»	Aux Enfans-Trouvés.
	M. Meyer.. . . . . id..	1,185	18	Aux Indigens.
1806	M. Pecquet. . . . . id .	600	»	Aux Hospices.
	M. le comte Frochot, préfet, don.	711	11	idem.
	M. Six. . . . . legs.	600	»	idem.
	M. Cuerne Deshordes. . . . . id .	1,956	33	idem.
	Mme. Durey de Meinières . id..	1,185	30	Aux pauv. du quartier des Champs-Élysées
	Mme. Le Comte.. . . . . id..	740	74	Aux Hospices.
	M. Jaillant de Vaugelez . . . id..	591	50	idem.
	M. Le Roi de Lisa. . . . . . . id..	1,000	»	idem.
1807	Mme. Dubu de Longchamp . id .	2,000	»	idem.
	Mlle. Brion (Anne-Françoise). id..	600	»	Aux pauv. de la paroisse Saint-Gervais.
	M. Laurent . . . . id..	600	»	Aux Hospices.
	M. Laudier Duparc. . . . . . id..	»	»	Rente de 493 f. 60 c. pour l'entretien d'une école de filles.
	M. Desbois de Rochefort, ancien Curé de Saint-André.	»	»	Rente de 360 f pour la maison de Charité de la rue des Poitevins.
1808	M. Bobée.. . . . . don.	600	»	Aux Hospices.
	M. Lallemand (Guill.-Franç.) legs	300	»	Aux pauvres de Paris.
	M. Chirousse. . . . . id..	1,000	»	idem.
	Mme. Julliot, veuve Gautheron id..	400	»	Aux pauvres de la paroisse St.-Nicolas.
	Mlle. Collé.. . . . . id..	445	82	Aux Hospices.
	Mme. veuve Le Comte . . . . id..	740	74	idem.
	Mlle. Anne Graury. . . . . . id..	1,200	»	Pour être employé au payement de mois de nourrice.
	M. Jean-Bapt. Midi de Mauléon id..	10,666	64	Aux pauv. de la paroisse Ste.-Marguerite.
	M. Feugères . . . . id..	8,237	77	Fondation de lit aux Incurables.
1809	Divers. . . . . aumônes.	892	60	Pour l'Hôtel-Dieu.
	Mme. veuve Saleur. . . . . legs.	300	»	Aux Hospices.
	Mme. Lasalle, veuve Fontaine. id .	1,200	»	Aux pauvres du 2e. arrondissement.
	M. Jaume. . . . . id..	3,000	»	Aux Hospices.
	M. Hua.. . . . . id..	600	»	idem.
	M^c. Mlle.-Fél. Pateau Deschauvins id	1,000	»	Au Bur de Bienf. de la Butte-des-Moulins.
	Un Inconnu. . . . . don.	715	79	Aux Hospices.
	M^r. Emery pour un Inconnu. id..	592	59	A l'Hôtel-Dieu.
		60,084	63	

Années	NOMS DES DONATEURS.	Montant des DONS et LEGS.	Observations.
		fr. c.	
	Ci-contre.	60,084 63	
	M.me. veuve Amelot.. . . . . legs.	592 5c	Aux Hospices.
	M. François Guillery. . . . . id..	1,750 37	Aux pauvres du 8e. arrondissement.
1810	M. Turcony (Alphonse). . . id..	5,108 66	Aux Hospices.
	M. Jean-Frédéric Perrégaux.. id..	3,000 »	Aux pauvres du 1er. arrondissement.
	M. François Laurent. . . . . id..	6cc »	Aux pauvres du quartier de la Cité.
	M. Alexandre-Jacques Legrand id.	» »	150 f. de rente sur l'État, aux pauvres du quartier de Saint-Thomas-d'Acquin, faub. Saint-Germain.
	M. Joseph Fuleran Favre. . . id..	6cc »	Aux pauvres du quartier de la Monnoie.
	M.lle. Humblot (Agathe-Marie-Geneviève) . . . . id..	5oo »	Aux Hospices.
	M. Pierre-Marie Malouet, Médecin	8cc »	Aux pauvres de la paroisse Saint-Laurent.
	M. Pierre Coutenceau. . . . . id..	5oo »	Aux pauvres de St.-Nicolas-des-Champs.
	M. Blanchet(Alphonse-Pierre) id.	5oo »	Aux pauvres de Paris.
	M.me. Despinay St.-Luc, veuve de M. de Béthune Sully.. . id..	6,000 »	A l'Hôtel-Dieu.
	M. Girard (Louis-Bonaventure-Charles-François). . . . . . id..	1,500 »	Aux pauvres de la paroisse des Petits-Pères.
1811	M. Charles-François Devassan id..	600 »	Aux pauvres du quart'er de l'Arsenal.
	M. Cretet , ancien Ministre.. . id..	1,000 »	Aux pauvres de Saint-Thomas-d'Acquin.
	M.r. Leclerc d'Acoley. . . . . id .	5oo »	Aux pauvres du 1er. arrondissement.
	M.r. Huart Duparc.. . . . . . id..	12,466 66	A la Société charitable du 10e. arrondiss.
	M. François Gibert . . . . . . id..	6oo »	Aux pauvres de la paroisse St.-Merry.
	M. Joly de Chavigny.. . . . . id..	6,973 05	Montant de son argenterie, aux pauvres de St.-Roch.
	M. Préau, Notaire. . . . . . id.	3,000 »	Distribués par M. le Curé de Notre-Dame-de-Lorette.
	M. Jean-Baptiste Boulanger. . id..	6oo »	Aux indigens du quartier du Temple.
	M. Jean-Louis Cornillier. . . id..	5oo »	Aux pauvr. du quartier de l'Observatoire.
	M.me. Hugot, veuve Mauclère. id..	6oo »	—— —— de l'Ecole de médecine.
	M. Jean-B.te. Michel Jourdan. id..	4oo »	—— —— du Faub. Montmartre.
	M. de Gontaut. . . . . id..	2,962 96	—— —— de la Chaussée d'Antin.
	M.me. Dupont, veuve Gastebois id..	3oo »	—— —— de Bonne-Nouvelle.
1812	M.me. Pachot, veuve Béraud. . id..	6oo »	—— —— des Champs Elysées.
	M. Louis-Silvain Gaugé. . . . id..	6oo »	—— —— du Muséum.
	M.me. Marie-J.ne. Vissec de Gange id.	6oo »	—— —— de l'Abbaye-aux-Bois.
	M. Chaudion Duparc. . . . . id..	5oo »	—— —— de St.-Thomas d'Acq.
	M. Lesage Pierre-Charles. . . id .	3oo »	Aux pauvres de Paris.
	M. Gabriel Michon. . . . . . id..	6oo »	—— de Saint-Eustache
	M.r. Préau. . . . . id .	3oo »	—— de la paroisse N.-D.-de-Lorette.
	M. Pierre-Joseph Renard. . . . id..	5oo »	—— du 11e. arrondissement.
	M.me. veuve Coste. . . . . . id..	592 5g	—— de la paroisse Saint-Paul.
	M. Lavisse. . . . . id..	3,000 »	idem.
1813	M. de Montquéron. . . . . . id..	495 85	A l'Hôtel-Dieu.
	M. Filliétas (Marc-Jacob).. . id..	1,000 »	Aux pauvres du 1er. arrondissement.
	M. Henriquez de Saa.. . . . id .	1,000 »	—— de l'Eglise Saint-Roch.
	M.me. Chandoinet, v.ve. Chérier. id.	1,200 »	—— du quartier Feydeau.
	M. Augustin Sabatier.. . . . . id..	3,000 »	—— de la Chaussée d'Antin.
	M. Barthelemy Gallois. . . . . id..	10,000 »	—— de Paris.
	Total..	134,825 25	

Le total des sommes au-dessus de 300 est de 134,825 f. 25 c.

Celui des sommes au-dessous étoit de.   75,833   18

Total général.. . . . . 210,658 43

Une loi du 3 mai 1803 avoit soumis à l'autorisation du Gouvernement les donations et legs qui seroient faits en faveur des pauvres et des maisons hospitalières.

Un arrêté du 7 novembre suivant, un autre arrêté du 25 janvier 1804, tous deux émanés du Gouvernement, eurent aussi pour objet ces dons et leur acceptation.

L'arrêté du 25 janvier dispense de l'autorisation exigée d'après la loi du 3 mai 1803, les dons faits à titre gratuit par actes entre vifs ou de dernière volonté, soit en argent, soit en meubles, soit en denrées, dont la valeur n'excéderoit pas 300 francs de capital, et permet d'employer la somme aux besoins de l'année, comme recette ordinaire. Les donations d'immeubles ou d'objets mobiliers valant plus de 300 francs, faites de même, et toutes les dispositions à titre onéreux, sont seules soumises à une acceptation autorisée. Un des articles de l'arrêté renouvelle les anciens règlemens qui obligeoient les notaires et autres officiers ministériels, appelés pour les donations et testamens, à donner avis aux Administrations hospitalières des dispositions faites en leur faveur.

Une instruction du Ministre de l'intérieur, sous la date du 20 avril 1804, a offert quelques développemens crus nécessaires sur les dons et legs faits aux Hôpitaux, aux Hospices et aux autres Établissemens de charité.

Les Bureaux de bienfaisance ont reçu aussi, pendant cet intervalle, soit des dons particuliers de quelques membres du Gouvernement et de plusieurs autres personnes, soit des collectes annuelles faites dans leur arrondissement, une somme qui s'est élevée à 244,822 francs 68 centimes.

		143,544	51
En 1804 à 35,248 fr. 15 c.	En 1809 à 24,865	60
1805 à 48,821 »	1810 à 16,253	54
1806 à 20,824 05	1811 à 21,858	94
1807 à 20,145 87	1812 à 18,224	89
1808 à 18,505 44	1813 à 20,095	20
143,544 51	Total 244,822	68

Ajoutons-y encore le produit, assez foible d'ailleurs, des troncs placés et des quêtes faites dans les églises. Un arrêté du Ministre de l'Intérieur, du 25 mai 1803, avoit autorisé les Administrateurs des Hospices et des Bureaux de bienfaisance à implorer de ces deux manières la charité des personnes qui venoient assister aux cérémonies religieuses. Elle les autorise même à poser dans les édifices affectés aux corps civils, militaires, judiciaires, auprès des caisses publiques, etc., des troncs destinés à recevoir l'aumône qu'on voudroit y placer.

Le produit des troncs et des quêtes est versé, à la fin de chaque semestre, dans la caisse des Hospices, et réparti au marc la livre des secours en argent que les Bureaux reçoivent chaque mois. Il a été, pour les six dernières années, de 54 à 55 mille francs.

En 1808 de 7,413 fr. 02 c.
  1809 de 8,443 69
  1810 de 9,999 56
  1811 de 10,373 38
  1812 de 10,599 05
  1813 de 7,903 24
       _____
TOTAL.... 54,731 94

Quant aux fondations, elles ont été très-péu nombreuses. Elles ne pouvoient guère le devenir, après l'application qu'on avoit cru devoir leur faire de la réduction des deux tiers, contre l'avis unanime du Conseil général des Hospices. Avant la révolution, il y avoit près de 450 lits fondés pour des incurables; et à l'hôpital de la Charité, sur 233 lits, 111 l'avoient été par des libéralités privées.

Les biens provenant des fondations avoient été déclarés nationaux par une loi du 3 novembre 1793. Un arrêté du Gouvernement, du 16 juin 1801, chargea les Administrations des Hospices de la régie des biens faisant partie des fondations affectées à des services de bienfaisance et de charité. De nouveaux arrêtés fixèrent les bases de la liquidation pour les lits auxquels la réduction étoit appliquée, la somme à donner et les autorisations à obtenir pour en fonder de nouveaux, la jouissance du droit de présentation pour occuper des lits qui avoient un fondateur, les bornes mêmes au-delà desquelles cette jouissance ne pouvoit s'étendre; on ne permit pas qu'un fondateur pût avoir plus de cinq lits à sa disposition. Nous pouvons citer parmi ces arrêtés celui du 16 novembre 1803, émané du Conseil général des Hospices, par lequel, fidèle aux principes qu'il avoit déjà professés à l'égard des anciens bienfaiteurs des pauvres, considérant la longue privation que les fondateurs ou leurs représentans avoient soufferte d'un droit dont ils n'auroient pas dû cesser de jouir, il prescrit du moins tout ce qui dépend de son autorité, pour assurer, régler, accélérer l'exercice de ce qu'on leur laisse de ce droit, pour eux-mêmes dans l'avenir et pour leurs successeurs.

§. I I I.

Successions; Biens des pupilles, mineurs; Insensés; Tutelle ou curatelle.

En établissant l'Hôpital général, par son édit du mois d'avril 1656, Louis XIV lui avoit donné, à l'exclusion des collatéraux, les biens-meubles des pauvres qui y décéderoient, après y avoir passé une année, sans que ceux-ci pussent en disposer par donation entre vifs ou testament, ni faire aucune promesse, obligation ni contrat, que pour cause légitime et avec le consentement des Directeurs, sous peine de nullité. En enregistrant cette loi, le Parlement de Paris y ajouta cette modification : que la défense n'auroit lieu que pour les meubles qu'ils avoient déjà en entrant dans la maison ou qu'ils y auroient acquis, sans qu'elle pût s'étendre aux meubles qui pouvoient leur être échus d'ailleurs. Un édit plus ancien avoit établi pour les biens-meubles que laisseroient des enfans, un droit plus étendu encore et sans aucune restriction. Dans les Hôpitaux, ce que les malades pouvoient laisser en argent monnoyé, effets et menus meubles, appartenoit aussi à l'Établissement.

L'hospice des Vieillards, fondé dans les premières années de la révolution, ayant présenté plusieurs fois des questions semblables,

le Ministre de l'Intérieur décida, par un arrêté du 20 février 1797 ;
que les lits, linges, hardes, meubles et effets des décédés, appar-
tiendroient à la Maison, à titre d'indemnité des secours reçus ; les
héritiers en furent exclus, hors ceux en ligne directe, qui justifieroient
de leur indigence et de l'impossibilité où elle les auroit mis de
secourir le parent mort. Un arrêté, du 15 août 1796, avoit établi les
mêmes règles pour la Maison de Montrouge ; un autre arrêté, du
15 juin 1803, établit encore des dispositions semblables. Les meubles
et effets sont rendus, si les personnes qui avoient été admises sont
renvoyées de l'Hospice ou qu'elles le quittent volontairement. Une
loi, du 4 février 1805, a réglé les droits des héritiers que pourroient
avoir les enfans qui sont dans des Établissemens hospitaliers. L'agent
de surveillance est chargé de faire l'inventaire des meubles et effets,
titres et papiers laissés par tous ceux qui y meurent. C'est à lui
aussi que doivent être remis les dépôts d'argent, contrats, bijoux
et autres effets des insensés.

Les principes adoptés par les anciennes lois et par les nouvelles,
ont peu changé. Toujours, on a pensé que les effets mobiliers laissés
par ceux qui recevoient comme indigens les secours publics, devoient
appartenir à l'Administration qui les avoit secourus, et qui avoit à
veiller sur les besoins de tant d'autres pauvres encore dans un état
véritable de dénûment et de misère. Mais toujours aussi l'Administration, juge paternel de ce que le malade, ou l'infirme, ou le vieillard, avoit encore de ressources, et de l'indigence des parens qu'ils
peuvent laisser, concilie avec beaucoup d'humanité les droits que
donnent aux Hospices les secours qu'ils ont fournis et les droits que
tire de son infortune même une famille dont les moyens de subsistance se trouvent mal assurés.

La gestion des biens des pupilles et des mineurs avoit toujours
été confiée aux administrateurs des Hôpitaux. Une loi, du 17 décembre 1796, en chargea, pour les enfans abandonnés du moins, le
président de l'Administration municipale dans l'arrondissement de
laquelle seroit l'Hospice où ils auroient été portés. Les maires de
plusieurs villes ne voulurent pas exercer une tutelle dont ils se re-
gardoient comme exempts, même dans leur famille, par la nature

Code de l'Hôp.-
Général, pages
384, 492, 510 et
suivantes.

de leurs fonctions. L'exemption venoit d'être renouvelée par le Code
civil. Une loi, du 4 février 1805, et ensuite, un décret du 19 janvier 1811, placèrent les orphelins, les enfans trouvés et abandonnés,
sous la garde des Commissions administratives des Hospices. Celle de
Paris, formant le Conseil de tutelle, en délégua les soins spéciaux,
l'action ordinaire, à celui de ses membres qui est chargé du domaine
des Hôpitaux. Les connoissances dont il a besoin pour veiller aux
biens des pauvres, trouvent une application continuelle dans l'exercice
de cette honorable fonction.

L'attribution donnée aux Commissions administratives pourroit être
plus utile encore, en levant quelques obstacles, en la fortifiant par
de nouveaux moyens. On ne sauroit se dissimuler que leur action
n'est ni assez déterminée, ni assez régulière, ni toujours assez éclairée,
pour obtenir sûrement et constamment les effets qu'elle doit produire.
Après avoir fait revivre les dispositions des anciennes ordonnances,
qui obligeoient les notaires et autres officiers publics à donner connoissance à l'Administration de tout ce qui pouvoit, dans les actes
qu'ils passoient, intéresser des enfans trouvés et des orphelins, on
devroit former pour chacun d'eux une collection de renseignemens
où l'on retrouveroit, autant que possible, ce qui est relatif à leur
naissance, à leur filiation s'il y a lieu, à leur parenté, à leurs biens,
à leur éducation, à leur établissement par le mariage. Quelques
personnes regrettent pareillement qu'il n'y ait plus un agent extérieur
de la tutelle, chargé de la poursuite et de la défense des actions et
des droits.

Il est une autre classe d'infortunés admis dans les Hospices, sur
lesquels nos lois se bornent à des dispositions insuffisantes, les insensés. Ils appartiennent, en général, à des familles peu opulentes :
mais il en est quelques-uns au profit desquels s'ouvrent des succes-
sions, assez considérables, pendant leur séjour dans les Hospices ;
il en est peu qui n'aient au moins quelque prétention à exercer.
Cependant, il arrive souvent qu'on laisse ignorer à l'Administration
des droits qu'ils ne sont pas en état de réclamer eux-mêmes, et
que d'ailleurs elle n'a pas caractère pour faire valoir. Il en résulte
un véritable abus dans l'intérêt des aliénés, privés de ce qui doit

leur appartenir. Il en résulte encore, dans l'intérêt des pauvres, que leur patrimoine est employé, sans dédommagement, à la nourriture et à l'entretien de personnes assez aisées pour payer tout ou partie de la dépense qu'elles occasionnent.

§. I V.

Revenus assignés sur l'Octroi, sur les Fonds du département et sur des Établissemens publics.

Revenus assignés sur l'Octroi.

L'octroi a été d'abord principalement destiné à suppléer au revenu détruit des Établissemens hospitaliers. Il portoit même alors, et conserva plusieurs années, le nom d'Octroi de bienfaisance. Les lois qui accordent aux Hospices et aux secours à domicile une préférence entière et absolue sur toutes les autres dépenses auxquelles l'octroi pourroit fournir (1), sont expresses. Le Conseil général n'a cessé d'en réclamer l'exécution, sans pouvoir l'obtenir. On ne lui a même laissé sur ce produit qu'une portion trop insuffisante pour subvenir à tous les besoins des pauvres. Elle a encore été diminuée de 116 mille francs, en 1812, et on a donné cette somme au dépôt de mendicité de Villers-Cotterets, dont la formation cependant n'a été d'aucune manière favorable à l'Administration; le nombre des indigens à secourir est resté le même.

L'argent donné n'a pas été seulement moindre; il a quelquefois été remis plus tard qu'il n'auroit dû l'être. Il seroit bien nécessaire que les payemens fussent assurés par douzième, et à des dates certaines, invariables.

Fonds du département.

La dépense des Enfans-Trouvés peut être évaluée approximativement, pour chaque année, à.. . . . . 1,200,000 fr.

---

(1) Voir entre autres les lois du 18 octobre 1798 et du 10 décembre 1799.

Leurs revenus patrimoniaux s'élèvent à. . . .	223,363	17 c.
Leurs revenus variables, à.	18,020.	73
Le crédit accordé sur les fonds du département, est de..	400,000	
Le total de ces sommes réunies, n'est que de. .	641,383	90
Le déficit est par conséquent de.	558,616	10

Le crédit sur les fonds du département devroit être augmenté (1). Mais il est juste de remarquer aussi que ce n'est pas sur le département de la Seine qu'une telle dépense doit être prélevée exclusivement. Nous avons dit, dans la seconde partie de ce rapport, en parlant des Enfans-Trouvés, et il est d'ailleurs de notoriété publique, qu'un grand nombre de nouveau-nés sont conduits à Paris des départemens voisins. Pourquoi le département de la Seine supporteroit-il seul un accroissement de dépense occasionné par cette multitude d'enfans qui n'y ont pas reçu la naissance?

Revenus assignés aux Hospices sur des Établissemens publics.

Nous ne parlerons pas ici de ce que peuvent produire la Maison de Santé établie pour les maladies ordinaires, celle qui l'a été auprès de l'hôpital des Vénériens, les Pensions des élèves sages-femmes, les sommes fournies ou les rentes abandonnées pour être admis à Sainte-Périne ou dans les hospices des Ménages et de Montrouge. On peut consulter sur ce produit, la notice donnée plus haut de chacun de ces Établissemens : il se trouvera calculé dans le grand tableau que nous placerons à la fin de ce titre.

Le Mont-de-Piété, les Halles et Marchés, le droit sur les Spectacles, forment les principaux des revenus assignés aux Hospices sur les Établissemens publics.

Mont-de-Piété.

Notre intention n'est pas de rendre compte ici de la gestion du Mont-de-Piété; ce soin appartient à son Administration particulière, toute composée d'ailleurs de membres pris dans le Conseil général :

---

(1) Il vient d'être augmenté de 200 mille francs.

nous voulons uniquement le considérer sous le rapport du produit annuel qu'il donne aux Hospices.

C'est un décret du 13 juillet 1804, qui renouvelant les dispositions des lettres patentes de cet Établissement au mois de décembre 1777, ordonna que le Mont-de-Piété ne seroit désormais régi qu'au profit des pauvres (une portion des bénéfices appartenoit auparavant à des Administrateurs étrangers aux Hôpitaux). La suppression des Maisons de Prêt, au profit des particuliers, avoit été ordonnée par une loi du 6 février de la même année.

Depuis la nouvelle organisation du Mont-de-Piété, sa caisse a versé dans celle des Hospices les sommes suivantes :

						917,650 fr.	76 c.
Années	1804	279,400 fr. 50 c.	Années	1809	133,500	71	
—	1805	217,740 »	—	1810	143,027	06	
—	1806	137,659 »	—	1811	134,346	56	
—	1807	117,975 · 72	—	1812	167,837	07	
—	1808	164,875 54	—	1813	192,604	28	
		917,650 76	TOTAL		1,688,966	44	

Halles et Marchés.

Les 8,260,611 francs versés dans la caisse municipale de la ville de Paris, devoient être remplacés par des marchés produisant une somme équivalente à l'intérêt au denier vingt de ce capital. Le décret du 24 février 1811, évalue à 450 mille francs le revenu des halles et marchés. Ils n'en ont pas rapporté 314 mille en 1813 :

Le marché du Temple a produit. . . . . 99,461 fr.

— au Charbon. . . . . 53,817 54 c.

— des Innocens.. 51,738

— de l'île Louviers. 40,000

245,016 54

36 *

	245,016	54
Le marché aux Veaux.	25,577	50
— des Jacobins.	25,421	90
— du quai des Augustins.	7,804	80
— du Légat, près du marché des Innocens. .	6,271	40
— aux Fleurs.	5,792	

Total. . . 513,884 fr. 14 c.

Pag. 269 et 270. Nous avons dit que ce revenu a été donné aux Hospices en remplacement des maisons urbaines vendues. Les décrets qui ont ordonné ces ventes et ce remplacement, ont eu égard à la différence qui existe entre les deux espèces de propriétés; et c'est par ce motif sans doute que dans les états qui y sont annexés, on a évalué le prix des marchés sur le pied de vingt fois leur produit, en faisant de cette évaluation la base du traité à passer entre la Ville et les Hospices. La Ville, par exemple, devoit donner pour 9 millions de capitaux, des marchés évalués à 450 mille francs de revenu, et les maisons dont la vente avoit produit ces 9 millions ne représentoient qu'une valeur locative de 250 mille francs. Le décret du 27 février 1811, sembloit même promettre une compensation plus généreuse. On y annonçoit que le résultat de l'opération des ventes seroit de doubler le revenu que les Hospices retiroient de leurs maisons. Ces différentes dispositions autorisoient le Conseil à demander le remplacement intégral du revenu brut des locations; et cependant, il s'est borné à demander que les marchés fussent évalués sur le pied de vingt fois leur produit net, consentant à prendre leur valeur capitale ainsi déterminée pour équivalent jusqu'à concurrence des sommes versées dans la caisse municipale sur le produit des ventes.

Mais les marchés désignés dans le décret du 24 février 1811, ne pouvant suffire pour acquitter la Ville envers les Hospices, on avoit proposé, comme moyen de compléter le remplacement, une rente perpétuelle au denier vingt qui devoit être assise sur les revenus de la halle aux vins. Le Conseil a réclamé contre un mode qui substituoit un bien dont la valeur tend à diminuer par le laps de temps précisément parce que la quotité de son revenu annuel reste invariable, un bien considéré comme meuble par la loi, à des propriétés immobiliaires dont la valeur peut s'accroître par le bénéfice des années et d'une bonne administration. La justice de cette réclamation a été sentie, et on paroît d'accord de faire substituer à la rente un droit proportionnel de propriété dans les produits de la halle aux vins.

Le Conseil n'avoit pas vu sans douleur la trop grande extension donnée à la vente des maisons urbaines. Il se proposoit d'en solliciter de nouveau, la tardive interruption, après l'exécution du décret du 22 mars 1813, qui vouloit impérieusement que les aliénations faites, à la fin de cette année, se fussent élevées à quinze millions cinq cent mille francs. La réclamation du Conseil général eût été facile à appuyer, et sur la nature de ces biens, et sur l'utilité dont peuvent et doivent être les maisons qui restent au moins, pour les Établissemens de l'Administration et pour ceux même de la Ville de Paris.

La halle aux vins a été long-temps un des revenus des Hospices. Le Code de l'Hôpital-Général renferme plusieurs actes de l'autorité publique ou de l'Administration des Pauvres, qui en font la concession ou en règlent l'exercice. La halle aux vins donnoit un produit fixe et un produit variable : le premier se composoit de la location des bâtimens; le second, des droits reçus pour l'entrepôt des vins et eaux-de-vie. L'Administration en possédoit neuf seizièmes. La Ville de Paris en est devenue propriétaire moyennant 321,429 francs, à compter du 1er. juin 1813; mais les arrangemens relatifs à la vente n'ont pas encore reçu leur exécution.

Droit sur les Spectacles.

Un droit sur les spectacles avoit été établi par Louis XIV, en faveur de l'Hôpital-Général, au mois de février 1699. Une ordonnance du 30 août 1701 le confirma, et régla qu'il seroit toujours du sixième de toutes les sommes qui auroient été reçues, sans aucune diminution sous prétexte des frais ou autrement. L'augmentation des malades à l'Hôtel-Dieu ayant forcé de construire plusieurs salles destinées à placer de nouveaux lits, un neuvième fut accordé, pour cette maison en particulier, par une ordonnance du 5 février 1716. Plusieurs autres ordonnances confirmèrent de nouveau l'octroi fait aux pauvres. La perception néanmoins en fut toujours lente, difficile, suspendue ou retardée par tous les moyens que les redevables de cet impôt avoient en leur pouvoir. Un abonnement fut substitué à la levée directe des droits, en 1762. Les Comédiens français s'obligèrent à payer annuellement 60 mille livres; l'Opéra, 70 mille; la Comédie italienne, 55 mille; les spectacles des foires et boulevards donnoient 20 mille francs.

Jusqu'à la révolution, ces droits avoient été perçus au profit de l'Hôpital-Général et de l'Hôtel-Dieu. La loi du 27 novembre 1796, qui en fit renaître la perception, l'appliqua aux indigens qui ne sont pas dans les Hospices : elle ordonne de percevoir 2 sous par livre du prix de chaque place. Une loi postérieure, juillet 1797, en conservant les 2 sous pour livre dans tous les spectacles où se donnent des pièces de théâtre, porte le droit au quart de la recette pour les bals, les feux d'artifice, les concerts, les courses et exercices de chevaux, et autres fêtes où l'on est admis en payant. Cet ordre de choses a toujours subsisté depuis. Le Conseil des Hospices est autorisé à prendre moins du quart, lorsque cet impôt, combiné avec les dépenses nécessaires de l'Établissement, ne laisseroit plus aux Entrepreneurs un avantage suffisant pour les dédommager des frais et compenser leurs travaux.

Les droits des indigens sur les spectacles étoient affermés avant l'année 1807; ils le furent au prix de 400,800 francs, en 1804; de 420,000, en 1805; de 370,000 seulement, en 1806. Depuis cette époque, ils ont été mis en régie intéressée, à la charge par le régisseur de produire, jour par jour, les feuilles du contrôle qu'il exerce sur les établissemens soumis à ces droits. Ils ont donné aux pauvres, dans les sept dernières années, le revenu suivant, dont le total, joint aux trois années dont nous venons de parler, offre une somme de 4,458,156 francs.

NOMS DES ÉTABLISSEMENS.	ANNÉES						
	1807.	1808.	1809.	1810.	1811.	1812.	1813.
	fr. c.	fr. c.	fr. c.	fr. c.	fr. c.	fr. c.	fr. c.
héâtre de l'Opéra	54,416 11	62,573 16	62,759 45	61,880 63	53,360 11	49,330 64	49,249 32
— Français	54,036 04	74,108 10	68,368 9.	75,962 17	68,315 35	65,906 67	68,631 44
— Feydeau	55,071 22	61,174 23	59,537 61	85,952 22	68,933 82	64,165 60	67,301 53
— de l'Odéon	» »	34,718 13	28,055 29	25,936 04	26,507 28	22,905 24	27,619 3c
— du Vaudeville	30,361 19	34,070 18	35,221 17	32,444 52	39,183 30	35,177 78	59,962 46
— des Variétés	25,247 07	14,308 04	53,623 15	55,385 23	49,694 81	49,215 65	53,339 19
— de l'Ambigu-Comique	30,469 10	38,599 11	42,451 16	40,264 49	37,525 »	36,294 25	39,836 61
— de la Gaîté	27,091 01	31,785 01	41,990 40	42,935 50	39,425 44	37,134 64	40,066 »
— de la Porte Saint-Martin	19,113 01	» »	» »	27,328 56	18,755 78	10,785 16	» »
— du Cirque Olympique	1,240 15	23,300 »	20,542 20	25,391 4.	12,434 46	22,074 75	22,011 76
— Louvois	26,628 11	» »	» »	» »	» »	» »	» »
— de la Cité	10,642 »	» »	» »	» »	» »	» »	» »
— Molière	5,858 04	» »	» »	» »	» »	» »	» »
— des Jeunes Artistes	5,307 »	» »	» »	» »	» »	» »	» »
epréseutations extraordinaires	6,870 06	4,619 02	1,800 »	987 6.	» »	» »	» »
héâtre des Jeunes Élèves	1,544 04	» »	» »	» »	» »	» »	» »
— des Nouveaux Troubadours	2,200 04	» »	» »	» »	» »	» »	» »
— Montansier	12,722 07	4,080 19	1,257 20	2,838 43	7,246 16	1,840 95	» »
— du Marais	171 »	» »	» »	» »	» »	» »	» »
vers petits Établissemens	9,008 »	13,323 »	1,796 89	1,747 36	1 95	113 60	842 62
noraina de Vagram	» »	» »	» »	5,091 57	4,237 46	» »	» .»
— de Naples	» »	» »	» »	805 59	707 68	364 50	375 17
— d'Anvers	» »	» »	» »	» »	» »	3,589 05	2,012 10
— de Tilsitz	» »	» »	4,317 80	» »	» »	» »	» »
— de Boulogne	» »	» »	108 60	» »	» »	» »	» »
héâtre de M Pierre	» »	» »	1,200 »	1,158 26	1,200 »	1,200 »	900 »
mbres chinoi.es de Séraphin	» »	» »	. 720 »	720 »	720 »	720 »	720 »
antasmagorie d'Olivier	154 10	» »	» »	» »	300 »	765 »	1,121 66
irées amusantes	» »	» »	» »	» »	» »	2,619 11	2,589 66
uriosités et Marionnettes	3,012 »	5,371 10	2,770 16	2,365 59	2,710 49	4,477 50	6,397 48
ainguettes intrà muros	» »	2,952 10	2,942 31	13,637 70	12,348 »	3,119 10	2,611 80
— extrà muros	» »	9,061 05	11,137 20			27,849 60	9,842 46
voli	8,100 »	10,913 0.	14,003 »	18,000 »	13,835 14	13,517 25	5,268 60
l des Étrangers	» »	» »	» »	3,183 52	2,737 50	2,628 50	3,169 50
vers petits Bals	2,282 14	1,490 07	9,118 »	4,517 84	4,859 65	8,015 37	5,450 67
oucerts divers	444 »	3,690 05	4,095 05	2,789 92	2,707 15	4,170 25	1,994 66
TOTAUX	391,09?-50	470,135 55	467,815 55	531,327 29	467,776 51	468,010 25	451,513 99

§. V.

Gestion des Propriétés.

La gestion des propriétés immobiliaires comprend deux objets principaux : les travaux qui tendent à les conserver ou à les améliorer ; les baux qui en déterminent et en assurent le produit.

Le mode de location est réglé par des lois. Elle doit être faite en général par voie d'adjudication publique. Des associations d'enchérisseurs n'avoient pas craint d'appliquer leurs honteuses spéculations aux biens mêmes destinés à fournir aux besoins du pauvre. La présence, dans les ventes, des hommes qui composoient ces associations, en écartoit les adjudicataires naturels ; et des accords faits entre elles et les locataires, diminuoient d'autant le prix que les Hospices auroient dû en retirer. Le Conseil n'est pas arrivé sans peine à rendre aux locations des maisons leur véritable valeur. De nouvelles mesures, dont il prépare l'exécution, pourront ajouter aux bons effets de sa sollicitude ; il lui restera, malheureusement, trop peu d'objets sur lesquels il puisse l'exercer.

Les travaux qui tendent à conserver les biens des Établissemens hospitaliers ou à les améliorer, ont été rappelés dans les deux premières parties de ce rapport, aux articles qui concernent tour-à-tour chacun de ces établissemens.

Sous le rapport des bâtimens, un architecte, trois inspecteurs, deux vérificateurs, sont chargés des travaux qui ont pour objet leur amélioration et leur conservation, les réparations et les constructions à faire. L'architecte doit éclairer l'Administration sur la nécessité de ces travaux et sur leur importance, déterminer les moyens d'exécution, arrêter les devis. Les inspecteurs les surveillent, sous les ordres de l'architecte ; ils doivent visiter, deux fois l'an au moins, toutes les maisons de leurs arrondissemens respectifs, et rendre compte de leur état (la vente du plus grand nombre de ces maisons a fait réduire à trois ces inspecteurs, qui étoient d'abord au nombre de six). Les vérificateurs constatent la nature et les dimensions des ouvrages faits, et en fixent le prix. Tout ce qui concerne les bâtimens a d'ailleurs été réglé par plusieurs arrêtés successifs du Ministre de l'Intérieur et du Conseil général.

Le Conseil général avoit rendu, dès le mois d'avril 1802, un arrêté portant qu'il seroit nommé un commis-voyageur chargé de faire des tournées habituelles dans les départemens où sont situés les biens ruraux appartenant aux Hospices et faisant partie de son administration. Il fut nommé, en effet, presque aussitôt, et se transporta dans tous les lieux où l'appeloit la mission qu'on venoit de lui confier. Le rapport de l'année 1803 annonçoit déjà le succès de ses premiers soins. La surveillance que les gardes devoient exercer dans les bois avoit été rétablie ; des arpentages avoient fait reconnoître des usurpations sur les terres affermées, et on avoit provoqué la restitution des portions prises sur la propriété des établissemens hospitaliers ; on avoit suivi auprès des fermiers les plantations qu'ils étoient tenus de faire, et qu'ils avoient négligées. Un avantage qu'on se promettoit encore de la nomination d'un commis-voyageur, étoit de voir diminuer les réparations annuelles qui s'accroissoient et tomboient à la charge des Hospices, par la négligence des fermiers à faire celles dont ils étoient tenus. Cet avantage s'est réalisé ; un ordre meilleur a été l'effet nécessaire d'une surveillance perpétuelle et d'une inspection plus attentive. Un autre arrêté du Conseil général, du 6 avril 1803, a autorisé le commis-voyageur à ordonner toutes les réparations au-dessous de 100 francs ; pour les dépenses plus élevées, il a besoin d'une autorisation expresse.

Page 20.

La gestion des biens exige encore, à d'autres égards, des soins éclairés et assidus.

Quelque sagesse et quelque amour de la paix que l'on apporte dans leur administration, il doit y avoir nécessairement, pour des possessions aussi nombreuses et aussi considérables, une multitude d'actions à intenter ou à défendre.

Depuis l'époque où des décrets imprudens, dérisoires, et sur-tout injustes, dépouillèrent les établissemens hospitaliers de tant de propriétés nécessaires à leur subsistance et à leur entretien, sous le régime même des différentes lois qui se sont succédées et qui ont essayé de réparer les fautes et les injustices commises envers les asiles

37

des pauvres, des usurpations avoient eu lieu et subsistoient par l'a-
dresse ou les efforts employés à les maintenir en en cachant l'origine;
il a fallu les rechercher, les découvrir, les réprimer : sur quelques
points, des incertitudes restent encore; il a fallu travailler aussi à
les faire disparoître.

On s'occupe, en ce moment, dans la division des domaines de
l'Administration, d'un grand travail qui présentera une analyse rai-
sonnée de tous les titres, pièces et documens relatifs à chaque im-
meuble, sous le rapport de l'établissement de la propriété, de sa
valeur locative depuis qu'elle est possédée par les Hospices, des réparations qui ont été faites depuis les trois dernières années ou qui seront
exécutées pendant le cours des baux actuels; enfin, des contributions
imposées pendant le même intervalle de temps. Cette analyse, qui
fera connoître littéralement toutes les clauses des titres concernant
les servitudes actives et passives, qui indiquera la valeur vénale et la
valeur locative de la propriété à un grand nombre d'époques, qui
présentera un tableau détaillé de son état actuel sous le rapport des
constructions, servira de guide pour les actes ordinaires; elle deviendra un moyen sûr d'éviter des contestations mal fondées et de
soutenir avec succès celles qui seroient appuyées sur de véritables
droits.

La recette des revenus des Hospices et de tous les Établissemens
de charité a été assujettie par différens actes de l'autorité publique,
et notamment par le décret du 27 avril 1805, à d'utiles formalités.
Il détermine l'époque à laquelle les receveurs doivent rendre compte
de l'état de leur gestion, la manière dont le compte doit être rendu,
l'examen qui doit en être fait, la transmission successive des résultats
obtenus et des délibérations prises au Ministre de l'intérieur. Une décision de ce Ministre, sur la proposition spéciale du préfet, doit confirmer les arrêtés approbatifs des autorités locales. Les comptes doivent
être précédés de l'état de diverses parties de recette confiées aux
receveurs, et divisés ensuite, quant à la recette et à la dépense, en
deux chapitres principaux, et chaque chapitre en autant de titres
qu'il y aura de natures de recette et de dépense. Le reliquat de
compte de l'année précédente et les recouvremens faits depuis sur

cette année et les années antérieures, doivent former un titre distinct et séparé des recettes de l'exercice pour lequel le compte est rendu. Le même ordre est établi pour les dépenses.

Toutes les dispositions de ce décret ne sont pas également applicables à l'Administration générale des Hospices de Paris ; elles ne le deviennent du moins qu'avec quelques modifications. A la suite d'un essai qui n'a pu qu'en faire mieux sentir la nécessité, le Conseil les a reconnues et consacrées par un arrêté du 4 mai 1808.

D'après cet arrêté, le membre de la Commission administrative chargé des domaines fait dresser, chaque année, pour l'année suivante, un sommier général des revenus, qui comprend trois rôles différens, intitulés : l'un *rôle primitif;* l'autre, *rôle supplétif;* le troisième, *rôle de décharge.* Chacun de ces rôles est subdivisé en trois titres relatifs, le premier, aux revenus des Hôpitaux et Hospices, le second, à ceux des secours à domicile, et le troisième, à ceux des Enfans-Trouvés.

Sur le rôle primitif sont inscrits les revenus fixes, et en général, tous ceux dont le montant est connu avant le commencement de l'exercice.

Le rôle supplétif est destiné à inscrire les recettes qui n'étoient pas liquidées lors de la confection du rôle primitif, à mesure qu'elles peuvent l'être, soit dans le cours de l'année, soit pendant l'exercice suivant. Ces liquidations sont faites par le membre de la Commission administrative chargé des domaines, qui délivre au receveur, pour chacune d'elles, un bulletin partiel de recouvrement. Dans le rôle supplétif, sont portés aussi les accroissemens survenus aux recettes qui auroient été inscrites pour des sommes inférieures à celles qu'on a ensuite reconnues former leur véritable montant.

Enfin, le rôle de décharge a pour objet d'opérer,

1°. La déduction totale des recettes, ou prévues au rôle primitif, ou employées au rôle supplétif, dont la réalisation est depuis devenue évidemment impossible ;

2°. La réduction des recettes qui auroient été tép ortées sur l'un de ces deux premiers rôles pour des sommes plus considérables que leur montant effectif.

37 *

Cette déduction et cette réduction s'inscrivent d'après des bulletins que le membre de la Commission administrative délivre, et qui sont appelés *bulletins de décharge*.

Les poursuites et actions concernant les biens et droits des Établissemens hospitaliers, sont intentées et suivies au nom du préfet du département. Des hommes distingués par leurs lumières, autant que par leur amour pour les pauvres, forment un Conseil gratuit, qui éclaire l'Administration, quand des contestations naissent ou sont prêtes à naître concernant les intérêts des Hôpitaux.

Nous pouvons ajouter que lorsqu'il s'élève des contestations entre les fournisseurs et les agens de surveillance de nos établissemens, pour l'exécution du marché fait, sur la qualité des denrées ou des marchandises apportées, etc., les fournisseurs choisissent ou acceptent souvent le Conseil général pour juge ; et il en est digne, car l'intérêt tendre qu'il porte à ses administrés, ne l'empêche pas d'être juste contre eux, si leurs plaintes ou celles qu'on fait en leur nom sont mal fondées. Quelquefois même on s'en est rapporté d'avance à lui par l'acte de la convention mutuelle. Déférer à ses adversaires la décision des différens qui peuvent naître, est une clause assez peu commune dans les marchés.

§. VI.

Ce paragraphe peut être considéré comme un résumé de ce que nous venons de dire dans ce titre, et d'une partie de ce que nous dirons dans le titre suivant. Un tableau général nous a paru la meilleure manière d'offrir, en les réunissant, tous les objets dont il doit se composer ; revenus patrimoniaux, revenus variables, crédits supplémentaires. Nous avons aussi pensé qu'il suffiroit, pour en donner une juste idée, de présenter la première et la dernière des dix années que ce rapport embrasse : les secours à domicile ne seront pas séparés de ce grand tableau. Nous offrirons ensuite l'état des charges sur les revenus patrimoniaux, et leur balance.

EXERCICE 1804.

NATURE DES REVENUS.	HOPITAUX et HOSPICES.	SECOURS à DOMICILE.	TOTAL.	ENFANS-TROUVÉS.	TOTAUX.
	fr. c.	fr. c.	fr. c.	fr. c.	fr. c.
Revenus patrimoniaux. Loyers de Maisons.	804,790 91	50,168 18	834,959 09	89,001 44	923,960 53
Fermages en argent.	109,463 71	1,538 76	111,002 47	» »	111,002 47
Rentes foncières.	4,751 73	2,823 50	7,555 23	451 29	8,006 52
Idem sur l'État.	412,584 50	105,581 50	516,166 »	133,489 »	649,655 »
Idem sur particuliers.	3,167 99	» »	3,167 99	1,135 79	4,303 78
Loyers en grains.	1,289 71	» »	1,289 71	» »	1,289 71
Fermages en nature.	152,706 40	» »	152,706 40	1,064 12	153,770 52
Rentes foncières *id.*	324 17	» »	324 17	» »	324 17
	1,489,059 12	138,111 94	1,627,171 06	225,141 64	1,852,312 70
Revenus variables. Halle au vin.	9,802 98	» »	9,802 98	» »	9,802 98
Halle au blé de Corbeil.	299 »	» »	299 »	» »	299 »
Rentes viagères et pensions pr. admiss.	32,370 23	» »	32,370 23	» »	32,370 23
Amendes et Saisies.	» »	» »	» »	26,003 70	26,003 70
Intérêts de capitaux au Mont-de-Piété.	53,306 51	18,907 83	72,214 34	1,405 56	73,619 90
Bénéfices de cet établissement.	279,400 50	» »	279,400 50	» »	279,400 50
Coupes de bois.	6,433 62	» »	6,433 62	» »	6,433 62
Journées de malades.	46,097 »	» »	46,097 »	» »	46,097 »
Pensions d'Élèves Sages-Femmes.	9,072 75	» »	9,072 75	» »	9,072 75
Recettes intérieures.	47,712 75	» »	47,712 75	» »	47,712 75
Recettes diverses.	9,561 69	3,398 73	12,960 42	» »	12,960 42
Recettes extraordinaires.	60,003 35	» »	60,003 35	» »	60,003 35
Droits sur les Spectacles.	» »	400,800 »	400,800 »	» »	400,800 »
Produits de la Filature.	0 »	59,955 74	59,955 74	» »	59,955 74
Décomptes pr. alimens d'Enf. réclamés.	» »	» »	» »	115 »	115 »
Droits de recherches.	» »	» »	» »	15,236 09	15,236 09
	554,060 38	485,062 30	1,037,122 68	42,760 35	1,079,883 0[3]
Crédits supplém. Octroi.	4,441,398 47	740,760 53	5,185,159 »	» »	5,185,159 »
Fonds du département.	» »	» »	» »	347,541 14	547,541 1[4]
Crédits pour la Pharmacie.	» »	» »	» »	» »	» »
	4,441,398 47	740,760 53	5,185,159 »	347,541 14	5,532,700 1[4]
RÉSUMÉ. Revenus patrimoniaux.	1,489,059 12	138,111 94	1,627,171 06	225,141 64	1,852,312 7[0]
Revenus variables.	554,060 5[8]	485,062 30	1,037,122 68	42,760 35	1,079,883 0[3]
Crédits supplémentaires.	4,441,398 47	740,760 53	5,185,159 »	547,541 14	5,532,700 1[4]
	6,487,517 97	1,361,934 77	7,849,452 74	615,443 13	8,464,895 8[?]

État des charges sur les Revenus patrimoniaux des Hô[p...]

EXERCICE 1804.

NATURE DES DÉPENSES.	Hôpitaux et Hospices.	Secours à Domicile.	Enf.-Trouvés.	TOTAL.	BALANCE.
	fr. c.	fr. c.	fr. c.	fr. c.	
Constructions et Réparations.	199,899 22	6,412 23	17,019 71	223,331 16	Le montant des revenus patrimoniaux
Contributions.	200,757 85	6,439 77	17,092 83	224,290 45	pour 1804, dans le tableau ci-dessus, est de.. 1,852,312 f. 70 c.
Frais de procédures.	8,226 67	263 89	700 43	9,190 99	Les charges sont de. 622,937 31
Rentes perpétuelles et viagères.	71,299 80	2,287 11	6,070 57	79,657 48	Reste net sur les reve-
Appointemens.	30,119 50	966 15	2,564 41	33,650 06	
Frais de Bureau.	536 15	17 20	45 65	599 »	

EXERCICE 1813.

NATURE DES REVENUS.	HOPITAUX et HOSPICES.	SECOURS à DOMICILE.	TOTAL.	ENFANS-TROUVÉS.	TOTAUX.
	fr. c.	fr. c.	fr. c.	fr. c.	fr. c.
Loyers de Maisons............	376,406 31	11,716 51	388,122 82	57,480 93	445,603 75
Intérêts de vente de Maisons......	117,015 80	1,917 72	118,933 52	8,432 44	127,365 96
Produit des Marchés............	293,884 14	» »	293,884 14	20,000 »	313,884 14
TOTAL des loyers et des revenus qui les remplac.	787,306 25	13,634 23	800,940 48	85,913 37	886,853 85
Fermages en argent..........	80,404 21	136 30	80,540 51	» »	80,540 51
Rentes foncières............	8,869 73	» »	8,869 73	270 80	9,140 53
— sur l'Etat.............	425,902 54	106,752 25	532,654 79	133,744 »	666,398 79
— sur particuliers...........	10,654 01	3,298 55	13,952 56	1,135 80	15,088 36
Fermages en grain...........	246,390 39	1,475 32	247,865 71	2,299 20	250,164 91
	1,559,527 13	125,296 65	1,684,823 78	223,363 17	1,908,186 95
Produit de la Halle au vin.......	19,628 66	» »	19,628 66	» »	19,628 66
Halle au blé de Corbeil.........	77 60	» »	77 60	» »	77 60
Amendes et Saisies...........	» »	» »	» »	8,387 92	8,387 92
Intérêts de capitaux au Mont-de-Piété.	13,762 80	11,843 85	25,606 65	1,444 14	27,050 79
Bénéfices de cet établissement.....	192,604 28	» »	192,604 28	» »	192,604 28
Bonis de prescription..........	59,200 47	» »	59,200 47	» »	59,200 47
Pensions pour admissions........	67,819 97	» »	67,819 97	» »	67,819 97
Journées de malades..........	397,727 25	» »	397,727 25	» »	397,727 25
Pensions d'Elèves Sages-Femmes. ..	102,928 39	» »	102,928 39	» »	102,928 39
Produits intérieurs..........	29,522 »	» »	29,522 »	» »	29,522 »
Successions des pauvres........	16,217 67	» »	16,217 67	» »	16,217 67
Coupes de bois.............	14,001 60	» »	14,001 60	» »	14,001 60
Dons et Legs.............	8,037 50	11,047 54	19,085 04	» »	19,085 04
Impôt sur les Spectacles.......	» »	425,916 73	425,916 73	» »	425,916 73
— sur les Bals et Guinguettes....	» »	2,611 80	2,611 80	» »	2,611 80
Produit de la Filature........	» »	180,201 19	180,201 19	» »	180,201 19
Maison d'éducation passage-St -Pierre.	» »	4,950 »	4,950 »	» »	4,950 »
Quêtes et Troncs...........	» »	10,599 05	10,599 05	» »	10,599 05
Dons du Préfet............	» »	2,719 97	2,719 97	» »	2,719 97
Droits de recherches..........	» »	» »	» »	7,791 45	7,791 45
Recettes diverses............	23,259 25	58 77	23,318 02	397 22	23,715 24
	924,587 44	649,948 90	1,574,536 34	18,020 75	1,592,557 07
Octroi..............	3,423,000 »	1,069,850 »	4,492,850 »	371,150 »	4,864,000 »
Fonds du Département.......	» »	» »	» »	400,000 »	400,000 »
Crédit pour la Pharmacie......	15,000 »	» »	15,000 »	» »	15,000 »
	3,438,000 »	1,069,850 »	4,507,850 »	771,150 »	5,279,000 »
Revenus patrimoniaux.....	1,559,527 13	125,296 65	1,684,823 78	223,363 17	1,908,186 95
Revenus variables........	924,587 44	649,948 90	1,574,536 34	18,020 75	1,592,557 07
Crédits supplémentaires....	3,438,000 »	1,069,850 »	4,507,850 »	771,150 »	5,279,000 »
	5,922,114 57	1,845,095 55	7,767,210 12	1,012,533 90	8,779,744 02

, Hospices, Secours à Domicile et Enfans-Trouvés.

EXERCICE 1813.

NATURE DES DÉPENSES.	Hôpitaux et Hospices.	Secours à Domicile.	Enf.-Trouvés.	TOTAL.	BALANCE.
	fr. c.	fr. c.	fr. c.	fr. c.	
...structions et Réparations.	57,765 39	790 57	4,574 25	63,130 21	Le montant des revenus patrimoniaux
...ributions.............	80,875 85	1,106 86	6,404 30	88,387 01	pour 1813, dans le tableau ci-
... de procédures........	993 74	13 66	79 10	1,091 50	dessus, est de... 1,908,186 f. 95 c.
...es perpétuelles et viogères	56,731 23	776 41	4,492 36	62,000 »	Les charges sont de. 329,375 38
...ointemens.............	51,845 02	709 54	4,105 44	56,660 »	
...bustibles.............	162 60	2 23	12 87	177 70	

TITRE II.

Dépenses.

D'après l'arrêté du Ministre de l'Intérieur, du 28 avril 1801, le Conseil général règle, chaque année, sous l'approbation de ce Ministre, le montant de chaque nature de dépense des malades et indigens secourus dans les établissemens hospitaliers. Une Commission prise dans son sein examine toutes les propositions relatives à des travaux à faire, à l'achat du mobilier, à l'achat du linge, à celui des vêtemens, à tout ce qu'exige enfin le service des maisons destinées à soigner la vieillesse et à soulager toutes les infirmités humaines.

Un registre est établi à la comptabilité des Hospices, sur lequel on porte toutes les dépenses autorisées par un arrêté du Conseil général. On doit aujourd'hui soumettre d'avance celles qui vont au-delà de 150 francs, d'après les instructions jointes au décret du 27 avril 1805. Les denrées et autres objets fournis pour les besoins des Maisons hospitalières, ne doivent être reçus qu'en présence de l'agent de surveillance et de l'économe, et qu'après avoir été reconnus par eux, de la qualité requise. Les fonds généraux, assignés annuellement au Conseil, sont distribués par lui entre les divers établissemens. L'arrêté du 17 septembre 1803 renferme toutes les dispositions nécessaires pour rendre cette répartition plus équitable et plus utile.

Le décret du 27 avril 1805 a voulu qu'un des membres de la Commission administrative, sous le titre d'ordonnateur général, fût spécialement chargé de la signature de tous les mandats. Tout paiement, non appuyé de cette signature, doit être rejeté des comptes. D'autres pièces justificatives doivent encore être fournies à l'appui ; la délibération qui a autorisé la dépense, le procès-verbal d'adjudication ou la soumission légalement acceptée, le mémoire détaillé des objets fournis, le procès-verbal de réception, les quittances des parties prenantes.

Nous n'avons pas besoin de remarquer ici que ce n'est pas la valeur nominative d'une dépense faite qui la constitue plus ou moins chère; mais sa relation avec l'avantage procuré, avec le bien produit : si la même somme fait obtenir des soins plus efficaces, le mieux-être des malades, une mortalité moins grande, on a réellement moins dépensé.

Nous dirons aussi, sous un autre rapport, que c'est sur-tout pour les Hôpitaux qu'il vaut mieux ne pas faire une dépense, que la mal faire. Mal faite, on croit tout fini ; l'imagination et la pitié se reposent, et l'abus ou le danger se renouvelle, quoiqu'il paroisse supprimé, ou détruit ; il échappe à un remède impuissant, croît chaque jour, et subsiste à jamais.

Quand nous avons éloigné une dépense utile, c'est toujours que les moyens nous manquoient pour la bien faire alors; mais le bien à opérer est resté dans notre pensée, et aussitôt que nous l'avons pu, nous nous sommes empressés de satisfaire au vœu que nous avions formé.

En parlant de chaque Hôpital ou Hospice, j'ai rappelé beaucoup d'améliorations faites sur presque tous les objets. Le second titre de la troisième partie offre encore, à cet égard, des développemens nouveaux. Les dépenses, qui consistent en distributions aux Bureaux de bienfaisance pour les distributions qu'ils font eux-mêmes à leurs pauvres; celles qui concernent les Écoles de charité, les moyens de travail et quelques autres secours, recevront aussi, dans la cinquième partie de ce rapport, tous les développemens nécessaires.

Offrons d'abord, pour les Hôpitaux et Hospices, quelques résultats généraux.

§. Ier.

Dépense générale des Hôpitaux et Hospices.

Les deux tableaux suivans présenteront d'abord la dépense générale des Hôpitaux et Hospices, par établissement, depuis le 11 nivose de l'an XII ou le 1er. janvier 1804, jusqu'au 31 décembre 1813. Nous la présenterons ensuite d'après la nature des objets auxquels cette dépense a été appliquée.

EXERCICES.	Hôtel-Dieu.	Saint-Louis.	Vénériens.	Charité.	Saint-Antoine.
	fr. c	fr. c.	fr. c.	fr. c.	fr. c.
8 mois 20 jours an XII............	455,938 81	196,680 79	159,607 03	102,700 83	79,743 99
— XIII..........	545,835 55	277,308 02	240,824 15	167,133 79	107,145 51
100 jours an XIV..........	208,375 82	118,945 41	80,798 55	60,211 29	38,513 79
Années 1806....................	541,777 16	309,258 09	210,076 28	156,549 37	100,135 87
— 1807...................	614,978 67	341,413 37	222,843 17	188,853 90	121,131 28
— 1808....................	595,535 66	408,042 18	253,718 19	165,362 20	128,201 81
— 1809....................	489,535 81	485,559 02	247,239 33	153,240 93	128,452 47
— 1810....................	524,797 84	565,716 49	257,971 01	161,480 22	134,290 84
— 1811....................	530,906 94	528,101 93	280,184 02	170,062 07	126,765 58
— 1812....................	517,632 77	545,404 75	281,019 09	202,160 82	144,468 66
— 1813.	490,599 78	536,584 02	290,278 27	177,962 27	142,531 35
Montant des Dépenses de dix années.	5,515,714 81	4,313,014 07	2,524,559 09	1,705,717 69	1,251,381 15
Dépense moyenne d'une année.....	551,571 48	431,301 40	252,455 90	170,571 76	125,138 11

La dépense des dix années pour les Hôpitaux est donc de 23,299,549 francs 71 cen

(*) L'hôpital de la Pitié n'a commencé d'exister, comme Hôpital, qu'en 1809. *Voir* ci-devant, page

	Cochin.	Beaujon.	Enfans-Malades.	Accouchement.	Pitié.	Maison de santé.	TOTAUX.
. c.	fr. c.	fr. c.	fr. c.	fr. c.	fr. c	fr. c.	fr. c.
15	41,858 22	42,355 01	153,446 08	110,150 35	» »	47,717 03	1,430,831 29
37	53,973 32	66,074 72	179,010 41	219,116 22	» »	65,445 57	1,972,661 63
27	20,057 36	23,928 85	68,508 47	64,607 12	« »	26,352 52	726,557 45
53	52,149 19	62,215 06	178,122 05	167,978 52	» »	68,516 58	1,889,049 70
53	68,523 10	71,285 74	199,665 56	198,449 93	» »	84,522 69	2,158,687 94
51	73,583 84	78,440 01	208,434 10	239,378 34	» »	96,362 22	2,289,821 06
59	63,776 85	81,247 44	214,473 92	267,105 »	88,372 21	97,284 51	2,367,738 88
17	78,437 96	89,406 05	254,621 13	237,989 67	98,549 08	128,585 19	2,576,995 65
27	67,704 47	75,993 08	260,829 13	291,687 80	106,255 73	109,599 56	2,605,031 58
65	66,456 71	68,720 98	240,735 82	281,084 49	153,101 32	107,319 »	2,660,537 06
10	70,800 48	87,251 33	260,253 27	289,074 55	115,150 67	105,335 38	2,621,637 47
94	657,321 50	746,918 27	2,226,099 94	2,366,621 99	(*) 561,429 01	937,040 25	23,299,549 71
19	65,732 15	74,691 82	222,609 99	236,662 19	112,285 80	93,704 02	2,329,954 97

et la dépense annuelle et moyenne, de 2,329,954 francs 97 centimes.

Tableau N°. VI, page 294.

EXERCICES.	Salpêtrière.	Bicêtre.	Incurables	
			Hommes.	Femmes.
	fr. c	fr. c.	fr. c.	fr. c.
8 mois 20 jours an XII	771,181 70	496,858 27	128,540 17	154,045 39
— XIII.............	1,253,742 93	670,759 90	184,997 29	224,099 47
100 jours an XIV.	330,042 77	201,656 84	52,849 04	47,689 20
Années 1806...........	858,111 11	524,307 79	137,407 51	123,991 92
—— 1807.....................	1,189,707 50	715,262 06	185,515 38	199,229 18
—— 1808.....................	1,247,646 74	769,007 45	181,481 72	181,548 96
—— 1809.....................	1,294,285 10	791,826 23	188,845 37	183,011 87
—— 1810.....................	1,358,429 99	821,678 89	207,816 01	193,256 36
—— 1811.....................	1,449,728 49	875,236 26	180,190 82	197,520 48
—— 1812.....................	1,388,986 88	855,460 60	162,420 70	202,532 72
—— 1813.....................	1,355,937 96	773,335 81	166,904 10	188,962 37
Montant des Dépenses des dix années..	12,497,801 13	7,495,350 10	1,776,968 11	1,895,887 92
Dépense moyenne d'une année......	1,246,780 11	749,535 01	177,696 81	189,588 79

La dépense des dix années pour les Hospices, est de 29,588,237 francs 86 cen▸

(a) Les Orphelins et les Orphelines ayant été réunis en 1809 (*voir* ci-dessus page 130),
(b) L'Administration des Hospices n'a été chargée qu'en 1808 de cet Établissement. *Voir* ▸

Ménages		Montrouge.	Orphelins.	Orphelines.	Sainte-Périne.	TOTAUX.
rs.	Préau.					
fr. c	fr. c	fr. c.	fr. c	fr. c.	fr. c	fr. c.
5 22	69,497 88	50,887 23	198,559 52	53,312 50	» »	2,000,457 88
85	111,287 47	68,209 61	235,514 32	81,998 33	» »	2,941,241 17
4 37	22,545 63	21,359 81	55,669 50	20,598 54	» »	787,485 66
5 41	58,618 66	55,535 52	144,740 69	53,556 25	» »	2,047,462 86
5 18	104,545 26	75,104 15	212,351 24	70,416 77	» »	2,864,446 72
06	102,309 45	76,998 28	155,614 77	83,191 07	180,591 01	3,094,811 51
5 42	120,152 33	78,327 07	» »	144,345 79	107,300 28	3,058,017 46
4 34	112,059 24	92,890 23	» »	150,581 29	124,493 72	3,197,190 07
48	115,295 16	83,420 55	» »	175,209 46	123,681 70	3,334,825 40
97	55,251 39	75,782 05	» »	200,716 33	106,271 86	3,233,473 50
44	124,465 03	64,600 39	» »	157,918 21	99,019 32	3,048,845 63
			1,002,450 04	1,191,844 54		
74	995,807 50	743,114 89	(a) 2,194,294 58		(b) 741,357 89	29,588,237 86
57	99,580 75	74,311 48	219,429 45		123,559 64	2,958,823 78

et la dépense annuelle et moyenne, de 2,958,823 francs 78 centimes.

pense se confond depuis cette époque.

t, page 206.

Tableau N°. VII, page 294.

§. II.

Nombre et prix des journées.

Dans les Hôpitaux, le nombre des journées a été :

Années	JOURNÉES DE MALADES.				TOTAL des journées de Malades.	JOURNÉES D'EMPLOYÉS.		TOTAL GÉNÉRAL.
	ADULTES.		ENFANS.			Nourris.	Non nourris.	
	Hommes.	Femmes.	Garçons.	Filles.				
1804	493,202	489,888	117,138	77,140	1,177,368	238,706	48,014	1,464,288
1805	480,306	497,955	115,225	79,638	1,173,124	243,577	51,875	1,468,576
1806	563,141	556,500	127,810	93,824	1,341,275	256,730	50,400	1,648,400
1807	567,128	541,266	109,747	93,148	1,311,289	221,284	52,390	1,584,963
1808	607,338	558,164	107,402	104,936	1,377,840	223,637	51,853	1,653,330
1809	637,430	562,699	118,194	107,903	1,426,226	223,942	50,162	1,700,330
1810	771,063	561,472	110,699	114,591	1,557,825	230,946	49,339	1,838,110
1811	714,597	644,669	119,746	113,074	1,592,086	227,719	53,249	1,873,054
1812	743,855	644,474	113,464	103,255	1,605,048	229,932	60,180	1,895,160
1813	727,210	607,630	110,321	83,046	1,528,213	247,737	41,585	1,817,535
	6,305,270	5,664,725	1,149,746	970,555	14,090,294	2,344,210	509,047	16,943,551
Terme moyen	630,527	566,472	114,974	97,055	1,409,029	234,421	50,904	1,694,355

Le prix moyen de la journée y a été d'un franc 65 centimes.

La dépense moyenne du traitement de chaque malade, 66 francs 30 centimes.

On peut ajouter que le nombre moyen et annuel des lits y a été de 3,860; et la dépense moyenne de chaque lit, de 603 fr. 56 cent.

A l'Hôtel-Dieu en particulier;

Le prix moyen de la journée a été d'un franc 42 centimes;

La dépense moyenne du traitement de chaque malade, de 53 francs 84 centimes;

Le nombre moyen et annuel des lits, de 1057;

Et la dépense moyenne de chaque lit, de 521 francs 82 centimes.

A la Charité,

Le prix moyen de la journée a été de 2 francs;

La dépense moyenne du traitement de chaque malade, de 61 francs 56 centimes;

Le nombre moyen et annuel des lits, de 232;

La dépense moyenne de chaque lit, de 752 francs 69 centimes.

A Saint-Louis,

Le prix moyen de la journée a été d'un franc 52 centimes;

La dépense moyenne du traitement de chaque malade, de 75 francs 5 centimes;

Le nombre moyen et annuel des lits, de 775;

La dépense moyenne de chaque lit, de 556 francs 15 centimes.

A l'hôpital des Vénériens,

Le prix moyen de la journée a été d'un franc 38 centimes;

La dépense moyenne du traitement de chaque malade, de 90 francs 13 centimes;

Le nombre moyen et annuel des lits, de 498;

La dépense moyenne de chaque lit, de 506 francs 53 centimes.

Le nombre des journées a été dans les Hospices :

Années	JOURNÉES D'INDIGENS.				TOTAL des journées d'Indigens.	JOURNÉES D'EMPLOYÉS		TOTAL GÉNÉRAL.
	ADULTES.		ENFANS					
	Hommes.	Femmes.	Garçons.	Filles.		Nourris.	Non nourris.	
1804	923,929	1,719,567	266,988	63,420	2,373,904	180,923	18,918	3,173,745
1805	877,541	1,704,410	206,307	75,987	2,864,245	184,114	18,850	3,067,209
1806	1,001,122	1,813,706	193,740	101,153	3,109,721	182,896	16,128	3,308,745
1807	1,025,212	1,827,977	174,362	92,226	3,119,777	178,373	15,561	3,313,711
1808	1,103,924	1,888,991	128,975	62,384	3,184,274	181,840	16,119	3,382,233
1809	1,221,365	2,066,001	99,034	58,867	3,445,267	161,191	14,510	3,619,968
1810	1,260,353	2,142,772	100,464	72,644	3,576,233	163,479	16,005	3,755,717
1811	1,260,968	2,122,162	134,466	82,647	3,600,243	163,112	15,891	3,779,246
1812	1,230,902	2,091,629	161,167	79,174	3,562,872	169,201	12,678	3,744,751
1813	1,191,692	2,036,655	120,595	66,476	3,415,416	162,652	12,935	3,591,005
	11,097,008	19,413,870	1,586,098	754,978	32,851,954	1,726,781	157,595	34,736,330
Terme moyen	1,109,70	1,941,387	158,609	75,497	3,285,195	172,678	15,759	3,473,633

Le prix moyen de la journée a été, pour les Hospices, de 90 cent.

Le nombre moyen et annuel des lits y a été de 9000; la dépense moyenne de chaque lit de 328 francs 71 centimes.

A la Salpêtrière en particulier,

Le plus peuplé de nos Hospices, le prix moyen de la journée a été de 78 centimes ;

Le nombre moyen et annuel des lits, de 4369;

La dépense moyenne de chaque lit, de 286 francs un centime.

33

A l'hospice de Bicêtre,

Le prix moyen de la journée a été de 89 centimes ;
Le nombre moyen et annuel des lits , de 2283 ;
La dépense moyenne de chaque lit, de 328 francs 17 centimes.

Aux Incurables-Hommes,

Prix moyen de la journée , un franc 24 centimes ;
Nombre moyen et annuel des lits , 394 ;
Dépense moyenne de chaque lit, 454 francs 9 centimes.

Aux Incurables-Femmes ,

Prix moyen de la journée , un franc 15 centimes ;
Nombre moyen et annuel des lits , 449 ;
Dépense moyenne de chaque lit, 421 francs 57 centimes.

A la maison de Montrouge,

Les admis payent 200 ou 250 francs. Le prix moyen de la journée
a été d'un franc 43 centimes ;
Le nombre moyen et annuel des lits , de 142 ;
La dépense moyenne de chaque lit, de 522 francs 82 centimes.

A l'Institution de Sainte-Périne,

On paye 600 francs. Le prix moyen de la journée a été d'un franc
98 centimes ;
Le nombre moyen et annuel des lits, de 170 ;
La dépense moyenne de chaque lit, de 723 francs 79 centimes.

§. III.

Consommation; Dépenses pour la nourriture en particulier.

Sans entrer ici dans le détail de tous les objets qui concourent à
former le prix de ces journées, nous offrirons au moins l'état des
principales denrées consommées dans les Hôpitaux et Hospices, du
1er. janvier 1804 au 31 décembre 1813. Le calcul est fait d'après les
nouveaux poids et mesures. On se souvient que le kilogramme est

un peu plus de 2 livres, 2 livres 6 gros environ ; et le litre une pinte
et un peu plus de $\frac{1}{20}$; 100 kilogrammes font 204 livres 4 onces
5 gros ; et 100 litres ou un hectolitre font de 105 à 106 pintes pour
les liquides, et 7 boisseaux, 11 litrons, pour les matières sèches ;
2 stères font une voie et $\frac{1}{25}$.

NATURE ET QUANTITÉS des OBJETS.			HOPITAUX.	HOSPICES.	TOTAL.
Pain.	blanc	kilogr.	8,514,509 94	19,816,130 08	28,330,640 02
	moyen	kilogr.	» »	1,287,411 93	1,287,411 93
Vin.	de malades	litres.	3,651,394 13	856,590 93	4,507,985 06
	de valides	litres.	624,596 58	6,144,771 99	6,769,368 57
Viande	kilogrammes....		4,327,783 72	6,356,423 07	10,684,206 79
Légumes secs	hectolitres.		6,563 96	22,369 16	28,933 12
OEufs	nombre		1,943,894 »	3,038,220 »	4,982,114 »
Bois	stères...........		81,790 59	55,463 11	137,253 70
Charbon	hectolitres....		73,250 55	35,333 66	108,584 21
Chandelle	kilogrammes.		44,770 12	13,130 69	57,900 81

Des plaintes se sont élevées quelquefois de la part de quelques personnes admises, sur l'insuffisance de la nourriture donnée. Ces plaintes
n'ont aucun fondement. Le régime alimentaire de chaque Hospice
a été réglé par un arrêté du Conseil général, du 9 juillet 1806,
et depuis, invariablement observé. La quantité de pain, de vin,
de bouillon, de viande, de légumes y est déterminée, avec l'augmentation nécessaire pour les infirmités qui en exigent une plus
forte, comme la plus grande vieillesse, pour le vin ; la folie et
l'épilepsie, pour le pain et la viande. Il y a un dîner et un souper ; un
régime gras et un régime maigre, suivant les jours ; un régime
particulier pour les admis qu'une maladie force d'aller à l'infirmerie

38 *

de la maison : celui-ci est subordonné à la décision journalière des médecins ; tout est prêt pour leur fournir les portions prescrites ; la viande bouillie qui se trouveroit en excédant de ce qu'il a fallu pour les malades, est reportée à la cuisine générale pour entrer le lendemain dans la distribution à faire aux indigens valides.

§. IV.
De quelques autres dépenses.

Les dépenses faites s'appliquent à la subsistance (nous venons d'en parler), au vêtement, au linge, au mobilier ; la première et la seconde parties de ce rapport ont assez fait connoître leur état actuel dans tous les Hôpitaux et Hospices.

Nous avons parlé, dans la troisième, du service de santé, de la Pharmacie centrale, des médicamens consommés chaque année. Ce qui concerne les appointemens, les frais de bureau, les pensions, sera l'objet du paragraphe suivant.

J'aurai peu à dire sur les autres dépenses, comme les réparations, les frais de procédure, les frais de bureau, les constructions extraordinaires ; le total en est d'ailleurs offert dans le tableau général que nous avons présenté. On trouve sur tous ces points les détails les plus complets et les plus étendus dans les comptes imprimés que l'Administration publie annuellement de ses recettes et de ses charges.

Page 292.

Nous renvoyons à la cinquième partie les dépenses faites pour les secours à domicile.

Quant aux contributions, en ajoutant à la somme payée pour les biens patrimoniaux, celle qui est imposée pour les maisons même qu'habitent les indigens ou les malades, elles ont été, pendant les dix années, objet de ce rapport :

				1,333,331	27
En 1804 de	261,564 fr.	15 c.	En 1809 de 251,105	72
1805 de	274,570	43	1810 de 229,661	53
1806 de	281,023	08	1811 de 226,166	03
1807 de	267,068	42	1812 de 185,419	24
1808 de	249,105	19	1813 de 163,819	27
	1,333,331	27		2,389,503	06

Aucune construction ou reconstruction ne peut être faite sans l'autorisation du Ministre, si la dépense est au-dessus de 1000 fr.; sans la permission du Roi, si elle est au-dessus de 10,000 francs. L'adjudication s'en fait ordinairement au rabais, entre les soumissionnaires admis à concourir.

La caisse des Hospices fournit aussi à l'entretien de quelques Établissemens publics, qui n'appartiennent pas à l'Administration générale des Hôpitaux. Nous dirons, dans un article séparé, quels sont ces établissemens et quelle somme on leur donne.

§. V.

Appointemens, Retraites, Pensions.

On peut voir ce que nous avons dit des principaux appointemens, dans le second article du titre premier de la troisième partie de ce rapport.

Il a été question aussi, dans le même article, des pensions de retraite accordées aux employés des différens grades, des bases sur lesquelles on les a établies, des retenues prescrites.

En traitant des Hospices pour la vieillesse, nous avons pareillement rappelé ces pensions représentatives, qui, malgré la qualification qu'on Page 219. leur donne, sont moins une pension proprement dite, une charge pour les pauvres, qu'elles ne sont l'effet d'un arrangement entre la personne admise et l'Administration, par lequel cette personne est autorisée à vivre désormais avec ses parens, en recevant la moitié seulement du prix présumé qu'elle auroit coûté si elle eût continué à vivre dans l'Hospice.

Mais il est des pensions plus réelles, juste indemnité des services rendus par ceux qui ont consacré, de différentes manières, une partie de leur vie à soigner les malades, les infirmes, les indigens dans les maisons hospitalières.

Les pensions de retraite à accorder aux employés de l'Administration des Hospices, à leurs veuves et à leurs enfans, ont été réglées par le décret du 7 février 1809, et par un arrêté du Conseil général, pris en exécution de ce décret, le 19 avril de la même année. Une décision du Ministre de l'Intérieur, du 30 octobre suivant, dit à partir de quel âge les années de service commencent à être comptées. Un autre décret, du 18 mars 1813, porte que les médecins et chirurgiens des Hôpitaux ne pourront jouir des pensions de retraite accordées aux employés de la même Administration, mais que les pharmaciens seront assimilés à ces employés.

Les premiers articles du décret de 1809, veulent qu'à dater du 1ᵉʳ. janvier précédent, il soit fait chaque mois sur les membres et employés de l'Administration une retenue de 2 centimes par franc, pour former un fonds de pensions de retraite en leur faveur, et en faveur de leurs veuves et enfans orphelins qui seroient jugés y avoir droit.

L'article VI du même décret ordonne de prélever, à dater de la même époque, 1ᵉʳ. janvier 1809, sur les fonds affectés aux dépenses générales d'administration, une somme de 10,000 francs, chaque année, pendant 10 ans, pour former un premier fonds de pensions applicable aux services passés, au sujet desquels il n'avoit pas été exercé de retenue.

Le fonds des pensions de retraite, créé par les articles I, II et VI, du décret du 7 février 1809, n'étant destiné qu'aux membres et employés actuels de l'Administration, et à ceux qui y seront admis à l'avenir, les pensions précédemment proposées ont été réglées, conformément à l'article VII, d'après le mode de liquidation déterminé par le même décret. Le montant en est acquitté sur les revenus patrimoniaux des Hospices, sans cependant pouvoir excéder 12,000 francs par année.

Le montant de ces pensions a été, en 1813, de.. 8,326 fr. 44 c.

Le montant des pensions sur le fonds de retraite créé par le même décret, a été, pour l'année 1813 aussi, de. 10,997 36

En vertu de ce décret encore, les surveillans, sous-surveillans et gens de service de toutes les classes, dont les traitemens, tant en argent qu'en nourriture et logement, sont au-dessous de 1000 fr., pourront, à l'âge de 60 ans, et après 30 années de service, obtenir, comme ils l'obtenoient auparavant, leurs retraites dans les maisons où ils ont été employés ou dans celles qui sont désignées par les règlemens de l'Administration.

Il leur est accordé, outre l'admission dans un Hospice, un secours annuel en argent, dont la fixation est proposée par la Commission exécutive, et soumise, sur l'avis du Conseil, par le préfet du département, à l'approbation du Ministre de l'Intérieur. Ce secours ne peut excéder le cinquième du traitement.

Lorsque ces anciens employés préfèrent à leur admission dans un Hospice la pension représentative, le secours annuel peut se cumuler avec cette pension.

Le montant des secours annuels, tant en argent qu'en pensions représentatives de l'Admission, a été, en 1813, de 1472 francs, dont 352 francs en argent et 1120 francs en pension.

Les payemens résultant de ces secours sont affectés sur les fonds généraux destinés au service des Établissemens hospitaliers.

Résumé.

Pensions liquidées sur le fonds de 12 mille francs.   8,326 fr. 44 c.
Pensions liquidées sur le fonds de retraite. . . .   10,997   36
Secours annuels en remplacement de pensions. .   1,472

                             20,795 fr. 80 c.

§. VI.

Dépenses faites par la caisse des Hospices pour des Établissemens qui ne font pas partie de l'Administration générale des pauvres.

La maison de Charenton, destinée aux insensés, et l'hôpital de l'École de médecine, rue de l'Observance, sans être dans les attributions du Conseil général des Hospices, ont néanmoins, sous le rapport de leur dépense, quelques relations avec lui. Les détails s'en trouvent dans les comptes imprimés chaque année pour ces dépenses mêmes.

Les détails qui concernent l'enseignement clinique et la vaccination gratuite, s'y trouvent aussi. Nous avons parlé de la clinique en parlant des améliorations obtenues dans le service de santé des Hôpitaux et Ci-devant page 55.

Hospices. La vaccination a fait de grands progrès dans les dix ans que nous venons de parcourir. Le Conseil général y a contribué autant qu'il étoit en lui. Un de ses arrêtés, du 13 juillet 1803, mit une maison à la disposition du Comité central de vaccine. Un autre, du même jour, ordonna d'y conduire tous les nouveau-nés apportés à la maison d'Allaitement. Un autre encore, du 18 juillet 1810, le prescrivit pareillement pour tous les enfans entrés à l'hospice des Orphelins, qui n'auroient pas eu la petite vérole ou qui n'auroient pas été vaccinés. D'après l'arrêté du mois de juillet 1803, on avoit établi un bureau de vaccination, où des lits furent placés pour les nourrices, des berceaux pour les enfans; une vaccination publique et gratuite eut lieu deux fois par semaine, à jour fixe. L'Administration des Hospices peut seule disposer d'un assez grand nombre d'enfans pour se trouver dans l'heureuse position de ne pas manquer de vaccin. Elle pourvoit ainsi, non-seulement aux besoins de la Capitale, mais à ceux de toutes les parties de la France où le Gouvernement trouve utile de l'envoyer.

Les soins et la direction de la Maison de vaccination gratuite sont confiés à un Comité de médecins et de chirurgiens, dont le zèle et les travaux sont connus. Le Conseil général des Hospices fournit à toutes les dépenses. Il fournit également à celles de la clinique, quoique cet établissement ne soit pas non plus sous son administration. Il semble que les frais de l'un et de l'autre ne devoient pas être supportés en entier par la commune de Paris, puisque ce n'est pas à elle seule qu'ils sont utiles.

TITRE III.

Population et mortalité; Durée moyenne du séjour des malades.

Les tableaux des comptes imprimés des ans XII et XIII, 100 jours an XIV, 1806, 1807, 1808, 1809 et 1810, et les situations des années 1811, 1812 et 1813, ont servi de base à ce travail. Les années républicaines ont offert une difficulté pour déterminer les dix années. Il s'est trouvé entre l'an XIII et 1806, les 100 jours de l'an XIV,

qui doivent en faire partie. Il a donc fallu déduire par des proportions 100 jours sur l'an XII, seul moyen de donner des résultats exacts.

Le tableau spécial de la population et de la mortalité de chaque
Hôpital ou Hospice a été placé plus haut, dans les articles qui
concernent ces établissemens.

§. Ier.

Population des Hôpitaux.

Les tableaux dressés pour chaque Hôpital en particulier, ont été
récapitulés dans un tableau général. Ceux des comptes imprimés
ont été pris pour modèles. Seulement, on a énoncé les exercices dans
la première colonne où sont portés les noms des Hôpitaux. Les autres
colonnes ont été formées des quantités portées dans ces comptes
pour chacun de ces exercices. Les totaux font connoître les résultats
des dix ans. Le dixième de ces totaux donne la population moyenne
d'une année. La maison d'Accouchement a été comprise dans le
calcul de la population et de la mortalité des Hôpitaux.

Le tableau général présente les résultats suivans :

Traités. { Existans le 1er. janvier 1804. . . .   2,749 } 355,662
      { entrés pendant les dix années. . . 352,913 }

Sortis { guéris pendant les dix années. . . . 303,608 } 351,469
    { morts pendant les dix années. . . . . 47,861 }

Reste au 31 décembre au soir..   4,193

§. II.

Population des Hospices.

On a suivi, pour l'établir, le mode employé pour les Hôpitaux.
Le résumé général présente les résultats suivans :

Existans le 1er. janvier 1804. . . . .   8,568 } 59,032
Entrés pendant les dix années. . . . . 50,464 }

Sortis définitivement, par congé ou avec pension 37,182 } 49,759
Morts. . . . . 12,577 }

Restant au 31 décembre 1813..   9,273

39

§. III.

Mortalité des Hôpitaux.

Deux formules ont été employées.

Par la première, on réunit au nombre des individus existans le premier jour de l'année, ceux qui sont entrés dans l'année, et on divise le total par le nombre des morts.

Pour appliquer cette formule aux tableaux dressés pour dix années, on a fait un total des personnes qui existoient le 1er. janvier 1804 et des personnes entrées dans les dix ans, et on l'a divisé par le nombre des morts. Le résultat suivant a été obtenu :

Adultes { Hommes. . . . . 1 sur 7 $\frac{81}{100}$.
{ Femmes. . . . . 1 sur 7 $\frac{05}{100}$.

Enfans { Garçons. . . . . 1 sur 7 $\frac{29}{100}$.
{ Filles. . . . . 1 sur 7 $\frac{11}{100}$.

Mortalité moyenne, en opérant sur la totalité des individus, sans distinction de sexe ni d'âge. . . . 1 sur 7 $\frac{43}{100}$.

Par la seconde formule, on réunit le nombre des individus sortis par guérison ou mort, et on divise le total par le nombre des morts ;

Ou, ce qui est la même chose,

On ajoute aux individus existans le premier jour de l'année, les individus entrés pendant l'année; on déduit du total ceux qui existoient le 31 décembre au soir, et on divise le reste par le nombre des morts.

Cette formule, appliquée aux dix années, a donné les résultats suivans :

Adultes. { Hommes. . . . . 1 sur 7 $\frac{72}{100}$.
{ Femmes. . . . . 1 sur 6 $\frac{97}{100}$.

Enfans. { Garçons. . . . . 1 sur 7 $\frac{24}{100}$.
{ Filles. . . . . 1 sur 7 $\frac{02}{100}$.

Mortalité moyenne, en opérant sur tous les individus, sans distinction de sexe ni d'âge. . . . . 1 sur 7 $\frac{35}{100}$.

Comparaison des résultats des deux formules.

	Hommes.	Femmes.	Garçons.	Filles.	Mortal. moyenne.
1ʳᵉ. form.	1 sur 7 $\frac{81}{100}$.	1 sur 7 $\frac{05}{100}$.	1 sur 7 $\frac{29}{100}$.	1 sur 7 $\frac{11}{100}$.	1 sur 7 $\frac{411}{100}$.
2ᵉ. form.	1 sur 7 $\frac{72}{100}$.	1 sur 6 $\frac{97}{100}$.	1 sur 7 $\frac{11}{100}$.	1 sur 7 $\frac{01}{100}$.	1 sur 7 $\frac{11}{100}$.
	0 $\frac{09}{100}$.	0 $\frac{08}{100}$.	0 $\frac{07}{100}$.	0 $\frac{09}{100}$.	0 $\frac{01}{100}$.

La différence résultant de la comparaison des deux formules est peu considérable pour dix années.

Comparaison de la mortalité par sexe.

Adultes. $\begin{cases} \text{Hommes.} & \dots\dots\dots\dots \text{1 sur 7 } \frac{81}{100}. \\ \text{Femmes.} & \dots\dots\dots\dots \text{1 sur 7 } \frac{05}{100}. \end{cases}$

Différence en plus sur les femmes. . . . . 0 $\frac{76}{100}$.

Enfans. $\begin{cases} \text{Garçons.} & \dots\dots\dots\dots \text{1 sur 7 } \frac{29}{100}. \\ \text{Filles.} & \dots\dots\dots\dots \text{1 sur 7 } \frac{11}{100}. \end{cases}$

Différence en plus sur les filles. . . . . 0 $\frac{18}{100}$.

On voit que la mortalité des hommes est moindre que celle des femmes, et celle des garçons moindre aussi que celle des filles.

§. IV.

Mortalité des Hospices.

Leur mortalité se calcule par la formule suivante : diviser le montant des journées par celui des jours de l'année (365), et le subdiviser par le nombre des morts.

Cette formule, appliquée au calcul des dix années, a donné les résultats suivans :

Hommes. . . . . 1 sur 5 $\frac{70}{100}$

Femmes. . . . . 1 sur 7 $\frac{42}{100}$

Mortalité moyenne des deux sexes réunis. . . . 1 sur 6 $\frac{69}{100}$

Il n'a point été fait de calcul sur la mortalité des enfans, attendu

39 *

que ceux qui tombent malades à l'hospice des Orphelins sont envoyés à l'hôpital des Enfans.

Comparaison de la mortalité des hommes et des femmes.

Hommes.. 1 sur 5 $\frac{70}{100}$

Femmes.. 1 sur 7 $\frac{48}{100}$

Différence en moins sur les femmes.. . . . . . 1 $\frac{72}{100}$

Il résulte de cette comparaison que la mortalité des femmes est bien inférieure ; elle présente une différence de plus d'un quart.

La comparaison de la mortalité des deux sexes dans les Hôpitaux a donné, au contraire, une différence en plus d'un huitième environ sur la mortalité des femmes.

Ainsi, elles meurent plus de maladie que les hommes ; elles meurent moins ou plus tard de vieillesse.

§. V.

Durée moyenne du séjour dans les Hôpitaux.

La formule adoptée dans les comptes imprimés annuellement des recettes et des dépenses, pour les Hôpitaux et les Hospices proprement dits, consiste à diviser le nombre des journées par le total des individus sortis par guérison ou par mort ;

Ou, ce qui est la même chose,

Diviser le nombre des journées par le nombre des individus existans le premier jour de l'année ; plus, les individus entrés dans le cours de l'année ; moins, ceux qui restent le 31 décembre.

Cette formule donne les résultats suivans :

Hommes. . . . . un mois, 6 jours, $\frac{40}{100}$

Femmes.. . . . . un mois, 12 jours, $\frac{50}{100}$

Garçons.. . . . . un mois, 17 jours, $\frac{51}{100}$

Filles. . . . . un mois, 17 jours, $\frac{50}{100}$

Durée moyenne du séjour, sans distinction de sexe ni d'âge.. . . . . . un mois, 10 jours, $\frac{10}{100}$

Les formules employées dans les comptes imprimés ne s'appliquent pas aux malades restans le 31 décembre. En les y comprenant, on obtient le résultat ci-après :

Hommes, un mois, 5 jours, $\frac{93}{100}$

Femmes, un — 12 — $\frac{01}{100}$

Garçons, un — 16 — $\frac{60}{100}$

Filles, un — 16 — $\frac{90}{100}$

Durée moyenne du séjour, sans distinction de sexe ni d'âge, un mois, 9 jours, $\frac{61}{100}$.

Comparaison des résultats des deux formules.

	ADULTES		ENFANS		Sans distinction de Sexe ni d'âge.
	Hommes.	Femmes.	Garçons.	Filles.	
1re. form.	1 m. 6 j. $\frac{40}{100}$	1 m. 12 j. $\frac{50}{100}$	1 m. 17 j. $\frac{01}{100}$	1 m. 17 j. $\frac{10}{100}$	1 m. 10 j. $\frac{10}{100}$
2e. form.	1 5 $\frac{91}{100}$	1 12 $\frac{01}{100}$	1 16 $\frac{60}{100}$	1 16 $\frac{90}{100}$	1 9 $\frac{61}{100}$
Différence	0 0 $\frac{47}{100}$	0 0 $\frac{49}{100}$	0 0 $\frac{41}{100}$	0 0 $\frac{60}{100}$	0 0 $\frac{40}{100}$

La durée n'est présentée ici qu'en masse pour tous les Hôpitaux.

En la calculant séparément pour chacun d'eux, on voit que la durée moyenne a été :

Pour l'Hôtel-Dieu, sans distinction de sexe, d'un mois 7 à 8 jours ; les femmes y ont séjourné un peu plus que les hommes.

Pour l'annexe de l'Hôtel-Dieu, ou la Pitié, sans distinction de sexe, d'un mois 12 jours environ ; le séjour des femmes y a été aussi plus long que celui des hommes.

Pour l'hôpital de la Charité, sans distinction de sexe, de 30 à 31 jours. Le séjour des femmes a été encore ici sensiblement plus long ; celui des hommes ne s'est pas élevé, comme terme moyen, au-dessus de 28 à 29 jours ; celui des femmes a été au-delà de 44.

Pour l'hôpital Saint-Antoine, sans distinction de sexe, de 28 à 29 jours ; le séjour des femmes ne s'y trouve plus long que de 2 ou 3 jours, proportionnellement à celui des hommes.

Pour l'hôpital Necker, sans distinction de sexe, d'environ 41 jours ; la durée moyenne pour les femmes a été plus considérable de quelques jours encore.

Pour l'hôpital Cochin, sans distinction de sexe, de 30 à 31 jours ; la différence est peu sensible entre les hommes et les femmes, quoique le séjour des dernières y excède encore celui des premiers.

Pour l'hôpital Beaujon, sans distinction de sexe, durée moyenne, de 28 à 29 jours ; pour les hommes en particulier, de 26 à 27 ; pour les femmes, de 30 à 31.

Pour l'hôpital des Enfans, sans distinction de sexe, de 2 mois 16 à 17 jours ; la différence n'est guère que d'un jour de plus pour la durée moyenne du séjour des filles.

Pour l'hôpital Saint-Louis, sans distinction d'âge ni de sexe, d'un mois 20 jours environ, dont un mois 15 à 16 jours pour les hommes, et un mois 24 jours à-peu-près pour les femmes ; un mois 23 à 24 jours pour les garçons, et 2 mois 28 jours environ pour les filles.

Pour l'hôpital des Vénériens, sans distinction d'âge ni de sexe, 2 mois 5 à 6 jours ; un mois 27 à 28 pour les hommes, 2 mois 5 à 6 jours pour les femmes, 3 mois 27 jours pour les garçons, 4 mois et quelques jours pour les filles.

Pour la Maison de Santé, faubourg Saint-Martin, sans distinction de sexe, de 29 à 30 jours ; la durée moyenne, à très-peu de chose près, égale pour les hommes et pour les femmes.

Et pour la maison d'Accouchement, que l'on a comprise, comme nous l'avons vu, dans le calcul général de la population et des dépenses des Hôpitaux, la durée moyenne du séjour des femmes a été de 26 jours, et celle des enfans de 2 jours.

~~~~~~

CINQUIÈME PARTIE.

~~~~~~~~~~~~~~~~~~~~~~~~~~~~~

SECOURS A DOMICILE.

ARTICLE PREMIER.

Administration générale de ces secours ; Bureaux de Bienfaisance ou de Charité.

LE Conseil des Hospices fut nommé et installé au mois de février 1801. Deux mois après, les secours à domicile furent réunis à ses attributions. Il en eut la direction générale, comme il l'avoit déjà de tous les Établissemens consacrés à recevoir des indigens et des malades.

L'auteur du rapport fait en 1803, sur les secours à domicile en Page 11. particulier, rappelle d'une manière aussi exacte que touchante l'état de ces secours, à l'époque de la révolution. Ils étoient principalement distribués par les curés des paroisses, assistés de personnes charitables des deux sexes, qui n'offroient pas seulement aux pauvres les soins les plus désintéressés, mais faisoient encore, pour les soulager, des sacrifices journaliers sur leur fortune. Beaucoup d'autres dons volontaires concouroient à ce soulagement. Des associations pieuses s'étoient formées pour soigner les malades, ouvrir des écoles, adoucir le sort des prisonniers, délivrer ceux qui n'étoient détenus que pour mois de nourrices. Plusieurs corps de métiers veilloient sur les ouvriers infirmes, sur les veuves et les enfans de ceux qui mouroient dans l'indigence. La Société de Charité maternelle avoit soin de beaucoup de mères et de nouveau-nés. La Société philanthropique répandoit sur les infirmités humaines plusieurs genres de secours.

Il manquoit peut-être à de si nobles efforts cette unité, ou du moins cette centralité, qui place mieux les bienfaits en distribuant avec plus de lumières et d'égalité les ressources offertes au malheur. Mais une cause plus forte, plus violente, étoit venue s'opposer à l'accomplissement des intentions d'une charité tendre et généreuse. La plupart des curés quittèrent leurs fonctions; les associations libres se séparèrent; beaucoup d'hommes charitables s'éloignèrent de Paris; une Administration fut chargée de la direction des secours publics; des Bureaux de bienfaisance furent établis dans les 48 arrondissemens entre lesquels on avoit partagé cette grande cité. Un Comité central, sous l'autorité du Ministre de l'Intérieur, étoit le lien commun.

Ces bureaux ont subsisté depuis la formation du Conseil des Hospices; ils ont continué à servir les pauvres avec le même dévouement. Ils sont composés actuellement de sept membres et d'un trésorier.

Les secours à domicile avoient été réunis à la Direction générale des Hôpitaux, par un arrêté du 19 avril 1801. Cet arrêté place immédiatement les Bureaux de bienfaisance sous l'inspection du Conseil. Il les charge de l'exécution de ses délibérations, appelle à les seconder des filles de charité, auxquelles il confie spécialement l'assistance et le soulagement des pauvres malades, l'assistance des enfans en bas âge, la distribution des linges, habits, lits, meubles, etc. Deux autres arrêtés, l'un du 28 mai, l'autre du 30 septembre de la même année, déterminèrent de nouveau l'organisation des Bureaux de bienfaisance, instituèrent un Comité central par arrondissement, composé de deux délégués de chaque bureau et présidé par le maire, établirent quelques règles aussi pour les dépenses à faire et les secours à distribuer.

Des hommes éclairés avoient, depuis long-temps, exprimé le vœu de cette réunion de bienfaits publics sous une direction commune. Elle n'a pas seulement l'avantage de simplifier les ressorts administratifs, en plaçant sous les mêmes regards toutes les misères humaines, toutes les assistances qu'on leur donne, toutes les mains qui les distribuent, on est plus sûr que les besoins sont mieux connus, mieux comparés, les secours mieux appréciés, mieux calculés. Leur réunion cependant sous une même direction n'avoit pas été complète. L'Administration placée entre le Conseil et les Bureaux de bienfaisance, n'étoit pas la même que celle qui existoit entre lui et les Hospices. Un arrêté du Ministre de l'Intérieur les associa et les confondit, le 24 août 1803. Cet arrêté rappelle et confirme d'ailleurs les anciennes attributions du Conseil, pour toutes les parties du service des pauvres. Les Bureaux de l'Agence des secours à domicile furent immédiatement transportés dans la maison où étoient depuis long-temps ceux de la Commission administrative. La surveillance des membres du Conseil en devint plus facile, ainsi que la communication nécessaire entre les Comités de bienfaisance, les bureaux des Hospices et la caisse de ces divers établissemens.

Depuis cette réunion, les biens et revenus des indigens n'ont plus été séparés de ceux des Hôpitaux, et toutes les dépenses pour les secours à domicile ont été payées par la caisse générale de l'Administration. Dans le budjet, cependant, on a toujours fait une classe particulière des fonds affectés à ces secours, avec la désignation des sommes assignées pour chaque espèce d'infirmités ou de malheurs.

Quelques changemens ont été proposés à l'organisation des Comités et des Bureaux de bienfaisance, et le Ministre a adopté les vues du Conseil. Mais les événemens successifs de la guerre n'ont pas encore permis de les mettre à exécution. Tout annonce qu'ils pourront l'être bientôt; et cela même nous dispense d'entrer dans de trop grands détails sur un ordre de choses qui n'existera plus peut-être au moment où ce rapport sera publié.

ARTICLE II.

Tableau des Indigens.

Le Conseil général avoit à peine été chargé de la direction des secours à domicile, qu'il voulut essayer de connoître l'état véritable des indigens qui les réclament. Le caractère ou les degrés de leur indigence, les causes qui avoient pu la produire, la quantité et la nature des secours à offrir, devinrent aussi l'objet de ses méditations. Une répartition équitable est impossible, si on ne connoît bien d'abord le genre et l'étendue des besoins.

40

Un tableau des indigens est nécessaire au Conseil pour faire entre les Bureaux de bienfaisance une juste distribution des secours qu'il peut accorder; il est nécessaire à ces bureaux pour mieux reconnoître et choisir les individus qui ont le plus de droits à les obtenir, ceux dont les besoins sont le plus étendus, le plus urgens; ceux à qui une assistance momentanée peut suffire; ceux qui doivent être secourus pendant toutes les saisons; ceux dont les infirmités exigent qu'un hospice leur soit ouvert pour le reste de leur vie.

Ce vœu est naturel et facile; mais l'exécution présente des difficultés presque invincibles.

On se demande d'abord si l'état des pauvres fera seulement connoître le nombre, ou bien s'il indiquera le nom et la demeure de toutes les personnes qui y seront inscrites.

Des tableaux, qui ne sont que numératifs, présentent l'inconvénient d'une variation perpétuelle; tous les trois mois, à chaque terme, des locataires arrivent, s'éloignent, et la population indigente n'est plus exactement la même. Les tableaux numératifs ne peuvent d'ailleurs servir à distinguer le vrai pauvre de celui qui ne sollicite un secours que pour alimenter sa paresse, ou satisfaire les goûts si communs et si dangereux de la loterie et du vin.

Nominatifs, ils auront bien l'effet de menacer d'une juste honte des hommes qui ne rougissent pas de se faire inscrire parmi les indigens pour partager les secours qu'on leur donne, et d'y placer avec eux leurs femmes et leurs enfans, auxquels ils pourroient fournir par le travail des moyens de subsistance, s'ils étoient laborieux, économes et prévoyans. Mais, en même temps, que de pauvres honnêtes, réduits à une misère qu'ils n'ont jamais méritée, préféreroient de supporter toutes les angoisses du dénûment, au malheur de la proclamer ainsi et d'en conserver la mémoire!

Les tableaux, pour offrir des résultats plus sûrs, doivent être plus circonstanciés. Il ne suffit pas qu'ils indiquent le nom, l'âge et la demeure; il faut qu'on y dise quelle est la profession de l'indigent; quel fut le lieu de sa naissance; s'il est ou non marié; s'il est veuf ou non; combien il a d'enfans; quel est l'âge de ses enfans; s'ils sont plus ou moins en état de gagner une partie ou la totalité de leur subsistance journalière; quel est le loyer de la chambre ou des chambres qu'ils occupent; si le père ou la mère ou les enfans supportent actuellement une infirmité qui ne leur permette pas le travail, ou un travail assidu, ou le travail auquel ils étoient accoutumés, et que leurs forces actuelles ne leur permettroient plus. Tous ces détails se retrouvent à-peu-près dans les modèles envoyés aux Bureaux de bienfaisance, et qui forment le bulletin particulier de chaque indigent secouru.

Nous devons même ajouter que, pour rédiger ces états avec exactitude, il n'est pas encore suffisant de recevoir la déclaration des pauvres; il est indispensable de la vérifier, soit en les visitant, soit en recevant des informations aussi certaines qu'elles peuvent l'être sur leur aptitude au travail, sur leur conduite, sur leurs infirmités, sur les accidens qu'ils ont éprouvés, sur l'étendue de leur famille et les occupations dont elle est susceptible. Rien n'est plus difficile encore, quand on songe au grand nombre des indigens, à la facilité qu'ils ont de tromper, à la multitude des vérifications à faire, à tout l'embarras et quelquefois à l'incertitude qu'elles offrent, au vague des réponses qu'on reçoit, aux doutes qu'elles laissent ou aux informations nouvelles qu'elles exigent, au nombre nécessairement borné, et trop borné peut-être, des membres des Bureaux de bienfaisance, aux occupations habituelles qui appellent ailleurs la plupart d'entre eux pendant la plus grande partie de la journée. Les visiteurs que le Conseil général a proposé d'établir dans tous les quartiers, et de multiplier autant que les besoins le réclameront, pourroient avoir l'avantage de rendre les informations plus sûres, en laissant près de son domicile l'homme de bien qui seroit chargé de les faire, en ne lui confiant que sur un moindre nombre de malheureux une vigilance utile et un honorable patronage.

On connoît toutes les causes qui peuvent produire la pauvreté. Il en est de naturelles, comme l'âge, les infirmités, le grand nombre d'enfans : il en est de morales, comme l'amour de la paresse, la dégradation par la débauche, la prodigalité, l'imprévoyance : il en est d'accidentelles, comme un incendie, une inondation, une épizootie, une grêle, un ouragan, une gelée, la cessation ou la suspension des travaux auxquels on se livre ordinairement. Il en est de particulières

40 *

encore, après une longue et terrible révolution : il en est qui tiennent à de mauvaises lois autant qu'à de mauvaises mœurs. Les indigens, qui le sont devenus par ces différentes causes, n'inspirent pas tous le même intérêt. Ceux qui furent victimes d'événemens ou d'actes publics indépendans de leur conduite et de leur volonté, ont droit sans doute à quelque préférence sur des individus que rendit malheureux ou pauvres leur négligence ou leur inconduite. Ceux-ci pourtant ne peuvent être abandonnés aux horreurs de la faim.

De faux pauvres aussi viennent mêler leurs demandes et leurs plaintes à celles des hommes qui éprouvent une véritable infortune. Ils ne sont pas toujours faciles à reconnoître; car l'art même de feindre la pauvreté, a reçu une affligeante perfection. Quel malheur, qu'il faille suspendre sa pitié même, qu'il faille craindre ou resserrer un sentiment si doux! Les secours ne sont dus qu'au besoin. Si la masse de ceux qu'on peut distribuer ne peut atteindre toutes les nécessités, ils sont dus d'abord aux plus impérieuses, aux plus certaines. Des secours mal donnés ne diminuent pas le nombre des pauvres; ils l'augmentent : on peut donner plus en donnant moins, pourvu qu'on donne mieux, qu'on donne avec plus de précaution, de discernement, de justice.

Un des plus grands services à rendre aux pauvres, est donc de séparer, autant que possible, ceux qui le sont réellement de ceux qui ne se font inscrire que pour joindre à ce qu'ils ont déjà un secours de plus, secours qui ne leur seroit pas indispensable, et qui, par cela même, est pris aux vrais indigens auxquels il appartiendroit tout entier.

Le travail entrepris à ce sujet est loin encore de la perfection à laquelle on voudroit pouvoir le conduire. Quoi qu'il en soit, nous allons présenter les tableaux des indigens de la ville de Paris, tels qu'ils résultent des bulletins fournis par les Bureaux de bienfaisance. Ils seront divisés par âge, sexe, lieux de naissance et professions. Sans répéter pour chaque année des détails semblables, nous avons pensé que nous offririons des lumières suffisantes sur cet important objet en publiant le tableau de 1804 et celui de 1813, qui forment les deux extrémités de l'époque embrassée par ce rapport.

Année 1804. — *Indigens classés par âge.*

DÉSIGNATION des AGES.	ARRONDISSEMENS.												TOTAUX.
	1er.	2me.	3me.	4me.	5me.	6me.	7me.	8me.	9me.	10me.	11me.	12me.	
De 5 à 10 ans...	2	3	5	4	1	5	4	2	3	15	1	20	63
De 10 à 15.......	5	5	1	5	8	8	9	3	5	6	5	34	90
De 15 à 20.......	3	4	1	4	8	3	2	6	6	6	2	18	63
De 20 à 25.......	6	7	6	5	22	16	7	33	13	14	6	36	169
De 25 à 30.......	17	30	13	22	68	61	28	122	37	41	37	108	584
De 30 à 35.......	34	73	65	60	159	131	94	273	98	137	98	290	1,515
De 35 à 40.......	82	143	85	98	297	217	218	470	182	266	146	573	2,777
De 40 à 45.......	110	212	120	148	316	318	323	674	240	257	197	725	3,646
De 45 à 50.......	143	267	104	161	325	315	317	738	269	293	224	764	3,920
De 50 à 55.......	132	277	117	165	322	352	326	669	256	267	207	815	3,905
De 55 à 60.......	142	235	93	148	315	258	301	540	262	342	170	668	3,474
De 60 à 65.......	177	284	162	202	394	477	420	776	269	445	508	853	4,767
De 65 à 70.......	210	246	145	162	312	457	381	625	259	505	285	660	4,250
De 70 à 75.......	183	216	130	147	286	313	395	528	244	596	217	542	5,598
De 75 à 80.......	117	125	66	93	132	169	170	252	132	255	119	373	2,001
De 80 à 85.......	25	53	40	57	34	59	51	111	55	71	42	105	681
De 85 à 90.......	5	12	10	7	6	10	13	31	12	11	9	20	146
De 90 à 95.......	2	5	»	1	2	1	4	9	3	5	4	5	41
De 95 à 100.....	1	2	2	»	»	»	1	»	»	1	»	1	8
De 100 à 105....	»	1	»	»	»	1	1	»	»	»	»	»	5
Age inconnu......	261	41	27	249	184	1,138	231	126	2,957	31	2,321	1,355	8,924
Enfans sans désignation d'âge, chez leurs parens.	1,814	2,633	1,035	1,486	2,714	4,032	2,886	8,046	2,787	2,993	2,832	9,055	42,511
TOTAUX.........	3,471	4,877	2,225	3,200	5,905	8,344	6,182	14,034	8,092	6,358	7,230	17,018	86,936

Indigens classés par Sexe.

DÉSIGNATION.	ARRONDISSEMENS.												TOTAUX.
	1er.	2me.	3me.	4me.	5me.	6me.	7me.	8me.	9me.	10me.	11me.	12me.	
Hommes mariés....	614	734	313	718	1,087	1,203	1,110	2,630	1,022	913	731	2,929	14,004
Femmes mariées....	86	586	231	217	744	499	750	870	271	843	381	494	5,972
Hommes veufs.....	89	80	57	43	91	124	92	248	86	131	73	362	1,476
Femmes veuves....	592	687	418	595	897	1,224	964	1,633	715	1,131	766	2,166	11,788
Célibataires hommes	22	46	58	28	50	49	42	98	63	63	31	113	663
Célibataires femmes.	98	111	113	113	186	247	273	443	305	284	222	664	3,059
Enf. chez leurs parens	1,814	2,633	1,035	1,486	2,714	4,032	2,886	8,046	2,787	2,993	2,852	9,053	42,311
Sans désignat. de sexe.	150	»	»	»	136	966	65	66	2,843	»	2,194	1,237	7,663
TOTAUX......	3,471	4,877	2,225	3,200	5,905	8,344	6,182	14,034	8,092	6,358	7,230	17,018	86,936

Indigens classés par Professions.

DÉSIGNATION des PROFESSIONS.	ARRONDISSEMENS.												TOTAUX.
	1er.	2me.	3me.	4me.	5me.	6me.	7me.	8me.	9me.	10me.	11me.	12me.	
A													
Afficheurs.........	»	»	»	»	»	»	»	»	»	»	»	1	1
Allumeurs.........	»	»	»	2	3	3	»	3	1	»	»	5	17
Amidonniers......	»	»	»	»	1	»	»	1	»	»	»	8	10
Argenteurs	»	»	»	»	1	1	3	»	»	»	1	1	7
Armuriers.........	»	»	»	»	»	»	»	1	»	»	»	»	1
Arquebusiers......	»	»	»	1	»	»	»	»	2	»	»	»	3
Artificiers.........	»	»	1	»	2	2	»	»	»	»	»	»	5
B													
Balayeurs.........	1	5	»	2	4	3	9	8	1	»	1	4	38
Balayeuses........	»	»	1	»	»	»	»	»	»	»	»	»	1
Bandagistes.......	»	»	»	»	»	»	»	»	»	»	1	»	1
Blanchisseurs......	»	»	»	»	»	»	27	»	»	»	»	»	27
Blanchisseuses.....	17	24	12	17	24	15	»	20	20	92	2	92	345
Bonnetiers........	»	»	»	1	»	1	»	1	»	»	»	14	17
Bottiers...........	»	»	»	»	»	»	»	»	»	»	1	»	1
Bouchers	»	»	1	2	2	1	»	2	2	3	2	5	20
Boueurs..........	»	»	»	»	1	»	»	»	»	»	»	»	1
Boulangers	2	1	1	6	3	6	»	9	5	6	4	9	52
Bourreliers........	5	4	1	1	4	2	5	3	5	7	»	1	38
Boutonniers.......	»	»	3	3	4	5	3	1	»	»	»	2	21
Brasseurs.........	»	»	»	»	»	»	»	»	»	»	»	2	2
Brocanteurs.......	»	2	1	3	»	14	12	9	»	»	»	7	48
Brodeuses.........	2	2	1	5	10	9	3	2	1	66	6	10	117
Brossiers..........	»	»	»	1	»	2	»	5	»	»	»	2	10
Brunisseuses	»	»	»	»	»	»	»	2	»	»	»	1	3
TOTAUX....	27	38	22	44	59	64	62	67	37	174	28	164	786

DÉSIGNATION des PROFESSIONS.	ARRONDISSEMENS.												TOTAUX.
	1er.	2me.	3me.	4me.	5me.	6me.	7me.	8me.	9me.	10me.	11me.	12me.	
De l'autre part...	27	38	22	44	59	64	62	67	37	174	28	164	786
C													
Cardeurs.........	8	5	3	5	»	»	5	10	7	»	3	65	109
Cardeuses.........	»	»	»	»	6	5	»	»	»	12	»	»	23
Cardeuses de matelas	»	»	»	»	»	»	»	»	»	10	»	»	10
Carreleurs.........	»	3	»	»	»	»	»	»	»	4	»	7	14
Carriers..........	»	»	»	»	»	1	»	»	»	»	»	34	35
Cartiers..........	2	5	»	1	3	1	»	2	1	»	»	1	16
Cartonniers.......	»	»	»	»	»	»	»	2	»	»	»	3	5
Chandeliers.......	»	1	»	»	»	1	»	»	»	»	»	»	2
Chapeliers.........	»	»	2	2	3	8	»	»	7	4	2	24	61
Charbonniers......	»	»	»	1	1	1	»	5	6	4	3	5	28
Charcutiers.......	»	1	1	»	»	»	1	1	»	»	»	»	4
Charpentiers......	5	4	1	5	6	5	6	7	8	18	»	16	81
Charretiers........	10	8	1	2	15	4	3	25	10	17	1	57	153
Charrons..........	6	7	4	»	4	4	1	6	2	18	1	5	58
Chaudronniers.....	»	2	»	»	2	1	3	1	»	3	1	1	14
Chiffonniers.......	2	7	4	3	9	18	16	26	7	»	2	65	159
Chirurgien........	»	»	»	»	»	1	»	»	»	»	»	»	1
Ciseleurs.........	»	»	»	1	1	3	2	8	3	»	»	1	19
Cloutiers.........	»	1	»	2	1	»	»	7	»	»	»	8	19
Cochers..........	2	13	4	4	17	5	»	12	»	11	»	7	73
Coëffeurs.........	»	1	»	1	1	»	»	»	1	5	1	»	10
Coffretiers........	»	»	»	»	»	»	»	1	»	»	»	»	1
Colleurs..........	»	2	»	»	4	2	»	»	1	»	»	3	12
Colporteurs........	3	2	»	4	1	2	12	»	»	»	2	4	30
Commissionnaires..	30	26	7	11	13	17	19	4	18	15	4	16	180
Cordiers..........	»	»	»	1	1	2	»	3	2	»	»	23	32
TOTAUX.....	95	16	49	85	147	143	141	187	110	295	48	509	1,935

DÉSIGNATION des PROFESSIONS.	ARRONDISSEMENS.												TOTAUX
	1er.	2me.	3me.	4me.	5me.	6me.	7me.	8me.	9me.	10me.	11me.	12me.	
Ci-contre	95	126	49	85	147	143	141	187	110	295	48	678	1,935
Cordonniers........	15	16	34	45	52	62	61	97	63	20	22	164	651
Corroyeurs.........	»	»	»	2	2	3	»	»	3	3	3	5	19
Cotonnières........	»	»	»	»	»	»	»	2	»	»	»	»	2
Couteliers	1	»	»	»	5	1	»	1	1	2	»	1	10
Couturières........	29	5	9	4	26	27	22	31	21	25	9	84	292
Couvreurs.........	»	1	2	1	2	»	5	1	6	»	»	5	23
Cuisiniers.........	»	3	1	3	4	5	»	»	2	17	1	4	40
Cuisinières........	4	»	»	»	»	»	»	»	»	»	»	»	4
Culottiers........ .	»	»	»	»	»	»	3	»	2	7	1	7	20
Culottières........	1	»	»	8	3	1	»	»	»	»	»	»	13
D													
Décroteurs...	5	4	»	3	1	»	2	1	5	»	2	10	32
Dégraisseurs.......	»	»	»	»	»	1	»	»	»	»	»	»	1
Dentistes.........	»	»	»	»	»	»	»	»	1	»	»		1
Dévideuses........	»	»	»	1	10	6	»	19	1	»	»	23	60
Domestiques...,....	2	17	10	6	8	2	»	4	3	55	2	9	118
Ex-Domestiques ...	»	»	»	»	»	»	7	»	»	»	»	»	7
Doreurs..........	»	»	»	2	»	10	7	2	»	2	»	»	23
E													
Ébénistes.........	1	2	»	2	2	4	»	52	6	2	1	2	74
Ecrivains.........	»	»	2	1	3	5	5	3	2	»	3	4	28
Empileurs de bois ..	»	1	»	»	»	»	»	»	»	»	»	»	1
Employés.........	»	5	»	1	1	»	»	2	1	9	1	6	24
Ex-Employés......	»	1	1	2	»	4	6	»	»	3	»	»	20
Epingliers........	»	»	»	»	»	»	»	2	»	»	»	»	2
Eventaillistes......	»	»	»	»	»	4	»	»	2	»	»	»	4
TOTAUX.....	151	179	108	166	264	278	263	404	227	440	91	833	3,404

DÉSIGNATION des PROFESSIONS.	ARRONDISSEMENS.												TOTAUX.
	1er.	2me.	3me.	4me.	5me.	6me.	7me.	8me.	9me.	10me.	11me.	12me.	
De l'autre part.	151	17?	10	166	26?	278	263	404	227	440	91	833	3,40?
F													
Facteurs..........	»	»	»	»	»	»	»	»	»	»	1	»	1
Faiseuses de ménages	11	25	20	17	37	26	35	15	22	90	27	30	35?
Fayenciers........	»	»	»	»	»	»	»	1	1	»	»	»	2
Férailleurs........	»	»	»	»	»	»	5	»	1	»	»	»	6
Ferblantiers	»	»	1	1	1	»	. »	5	3	4	»	2	17
Fileuses..........	3	7	3	7	19	12	21	63	36	92	3	215	48?
Fleuristes.........	1	»	1	»	1	3	»	»	»	»	»	»	6
Fondeurs..........	»	1	1	1	4	9	5	7	8	»	3	9	48
Forgerons.........	»	»	»	»	»	»	»	2	»	4	»	»	6
Fourbisseurs	»	»	»	»	»	»	»	»	»	»	»	1	1
Fourreurs.........	»	»	»	»	1	»	»	»	»	»	»	»	1
Frippiers.........	»	1	»	2	»	1	»	»	»	3	1	»	8
Frotteurs.........	»	1	»	3	1	1	»	»	1	»	2	1	10
Fruitiers..........	»	»	»	4	»	»	»	1?	»	6	»	13	37
Fruitières.........	»	»	1	»	»	1	»	»	2	»	»	»	4
Fumistes..........	»	»	»	»	»	»	»	»	»	»	»	2	2
G													
Gardes d'enfans.....	4	2	2	4	5	»	6	6	»	8	2	11	50
Gardes-malades. ...	4	4	4	2	5	7	5	1	»	20	6	7	65
Gaziers...........	»	2	3	»	29	1	»	62	»	»	»	63	160
Graveurs..........	»	»	»	1	»	1	»	1	»	»	2	6	11
H													
Herboristes........	»	»	»	»	»	»	»	»	»	»	»	2	2
Horlogers.........	»	»	»	»	1	3	»	»	»	2	»	3	9
Huissiers..........	»	»	»	1	»	»	»	»	»	»	»	»	1
TOTAUX.......	174	222	144	209	368	343	340	581	301	669	138	1,198	4,687

DÉSIGNATION des PROFESSIONS.	ARRONDISSEMENS.												TOTAUX.
	1er.	2me.	3me.	4me.	5me.	6me.	7me.	8me.	9me.	10me.	11me.	12me.	
Ci-contre	174	222	144	209	568	343	340	581	301	669	138	1,198	4,687
I													
Imprimeurs	3	1	»	8	2	3	4	11	5	4	16	82	139
Instituteurs	»	2	1	»	3	1	3	2	3	5	»	3	23
Institutrices	»	2	2	2	2	1	»	»	2	»	2	1	14
Invalides	»	»	»	»	»	»	»	»	»	10	»	»	10
J													
Jardiniers	5	5	1	»	14	1	3	12	1	22	»	27	91
Journaliers	117	94	77	75	244	247	195	1,23.	268	749	31	518	3,854
L													
Lapidaires	»	»	»	»	»	1	»	1	»	»	»	2	4
Laveuses	»	1	»	»	»	»	3	1	»	»	»	»	5
Libraires	»	»	»	»	»	»	»	»	»	2	»	»	2
Logeuses	»	»	»	»	2	»	»	»	»	»	»	1	1
Lunetiers	»	»	»	»	»	»	»	»	»	»	»	1	
Luthiers	»	»	»	»	1	»	»	1	»	2		»	4
M													
Maçons	17	15	9	5	17	19	36	19	42	36	4	52	271
Manœuvres	47	15	5	4	21	16	27	42	55	18	1	71	320
Marbriers	»	2	5	»	4	8	2	17	6	»	1	4	47
Marchandes de fruits	14	9	6	14	9	6	25	6	10	»	»	5	104
Marchands d'habits	»	2	»	»	»	»	»	»	»	»	»	»	2
Marchands de livres	»	»	»	»	»	»	5	»	»	5	»	»	8
Maréchaux	2	»	1	»	1	2	»	4	1	5	1	7	24
Mariniers	»	»	»	»	»	»	»	»	»	»	»	1	2
Ex-Médecin	»	»	»	»	»	»	»	»	»	1	»	»	1
Ménétriers	»	»	1	»	»	»	»	»	»	1	»	»	1
Menuisiers	12	17	9	8	43	25	18	110	19	31	5	37	354
Mercières	»	»	»	»	»	1	»	»	»	»	»	»	1
Meûniers	»	»	1	»	»	»	»	»	»	»	»	1	1
TOTAUX	391	585	259	325	731	675	659	2,046	713	1,559	199	2,010	9,952

41 *

DÉSIGNATION des PROFESSIONS.	ARRONDISSEMENS.												TOTAUX.
	1er.	2me.	3me.	4me.	5me.	6me.	7me.	8me.	9me.	10me.	11me.	12me.	
De l'autre part. .	591	385	259	325	731	675	659	2,046	713	1,559	199	2,010	9,952
Militaires.	12	6	3	16	8	10	5	5	21	»	1	59	155
Modeleurs.	»	»	»	»	»	1	»	1	»	»	»	»	2
Musiciens.	»	»	»	2	1	1	»	»	2	»	1	1	8
N													
Nourrisseurs.	»	»	»	?	»	»	»	»	»	»	»	1	1
O													
Oiseleurs.	»	»	»	?	»	»	»	»	»	»	»	1	1
Oiseliers.	»	»	»	»	»	1	»	»	»	»	»	»	1
Ouvriers divers. . . .	30	30	52	80	84	135	178	340	177	254	85	1	1,418
Ouvriers en papiers.	»	»	»	»	»	»	»	»	»	3	»	»	5
Ouvriers en tabac. . .	»	»	»	»	»	»	»	»	»	9	»	»	9
P													
Palfreniers.	5	»	1	1	4	»	2	3	»	»	1	3	20
Papetiers.	»	»	»	»	»	»	»	1	»	»	»	»	1
Parfumeurs.	»	»	»	1	»	»	»	1	»	»	»	»	2
Passementiers.	»	1	»	?	2	1	»	1	»	»	»	»	5
Pâtissiers.	»	»	»	»	»	3	»	»	1	»	»	»	4
Paveurs.	»	8	1	1	»	2	»	1	4	»	»	9	26
Peintres.	6	15	3	5	6	9	24	15	14	16	1	19	131
Perruquiers.	3	4	3	7	8	7	6	15	5	4	1	10	73
Plâtriers.	»	»	»	»	4	»	2	1	»	»	»	»	5
Plombiers.	1	»	»	»	»	»	»	»	1	»	»	2	4
Poêliers.	»	»	»	»	»	»	»	»	1	»	»	»	1
Polisseurs.	»	»	»	»	2	»	»	6	1	»	»	»	9
Polisseuses.	»	»	»	1	»	5	»	»	»	»	2	3	11
Pompiers.	1	»	2	»	»	»	»	»	»	1	»	2	6
Portefaix	»	»	1	26	15	4	6	?	12	5	»	27	97
Porteurs d'eau.	14	9	8	18	15	20	48	37	25	45	8	54	299
Portiers.	»	12	7	10	7	11	7	41	25	59	8	18	205
TOTAUX	463	470	320	499	885	885	935	2,519	1,000	1,955	316	2,320	12,449

DÉSIGNATION des PROFESSIONS.	ARRONDISSEMENS.												TOTAUX.
	1er.	2me.	3me.	4me.	5me.	6me.	7me.	8me.	9me.	10me.	11me.	12me.	
Ci-contre	463	470	520	499	885	885	935	2,519	1,000	1,955	316	2,520	12,449
Portières	4	»	»	»	»	»	»	»	»	»	»	»	4
Postillons	1	»	»	1	»	»	»	»	»	3	»	»	5
Potiers	»	»	»	»	»	»	»	»	»	»	»	11	11
Ex-Professeur	»	»	»	»	»	»	»	»	»	1	»	»	1
R													
Ramoneurs	»	»	»	»	»	»	2	1	»	»	»	1	4
Râpeurs de tabac	4	»	2	12	»	5	»	1	11	4	2	5	48
Ravaudeuses	20	5	11	12	29	18	34	30	22	54	18	55	334
Regratiers	1	»	»	1	2	»	»	»	»	»	»	»	4
Regratières	»	»	»	»	»	2	»	»	»	»	»	»	2
Ex-Religieux	»	»	»	»	»	»	»	4	4	»	»	»	8
Ex-Religieuses	1	2	3	2	3	30	55	144	54	30	26	95	445
Rémouleurs	1	»	»	»	»	1	»	1	»	»	»	1	4
Rempailleurs	3	»	3	»	»	»	»	»	»	»	»	»	6
Rempailleuses	»	3	»	1	»	9	1	9	5	10	1	7	50
Remplaçans	»	»	»	»	»	»	11	»	»	»	»	»	11
Rentiers	»	3	»	»	»	»	2	»	»	20	»	»	25
Repasseuses	»	»	»	»	1	»	»	1	6	»	»	12	20
Revendeuses	3	10	7	14	41	16	29	37	42	»	5	87	291
Rubaniers	»	»	»	2	9	1	»	12	1	»	1	»	26
S													
Sabotiers	»	»	»	»	»	»	»	»	»	1	»	»	1
Salpêtriers	»	»	»	»	6	1	»	6	»	»	»	1	14
Savetiers	12	6	2	16	24	22	25	26	14	26	5	25	205
Scieurs de bois	5	»	»	»	7	»	»	2	»	3	»	8	25
Scieurs de long	2	2	»	2	2	6	3	8	2	3	»	8	38
Scieurs de pierres	2	»	»	»	2	»	»	7	1	7	»	4	23
Sculpteurs	»	2	1	»	3	»	1	30	5	3	»	»	44
TOTAUX	521	531	349	562	1,012	996	1,098	2,837	1,166	2,120	374	2,540	14,096

DÉSIGNATION des PROFESSIONS.	ARRONDISSEMENS.												TOTAUX.
	1er.	2me.	3me.	4me.	5me.	6me.	7me.	8me.	9me.	10me.	11me.	12me.	
De l'autre part.	521	531	349	562	1,012	996	1,098	2,837	1,166	2,120	374	2,540	14,096
Selliers	1	2	»	»	3	2	»	3	»	6	1	1	19
Serruriers	15	10	6	11	50	23	14	78	11	18	5	30	261
T													
Tabletiers	»	»	»	3	15	18	4	3	1	»	»	3	47
Taillandiers	»	»	»	»	1	»	»	2	1	»	»	1	5
Tailleurs	6	12	20	56	19	37	41	26	12	14	16	26	285
Tailleurs de pierre	1	1	»	2	»	2	4	1	7	2	3	8	31
Tanneurs	»	»	»	»	4	»	»	1	2	»	»	21	28
Tapissiers	1	»	»	3	»	1	2	1	2	2	»	7	19
Teinturiers	»	»	»	»	»	1	»	1	1	»	»	12	15
Terrassiers	24	3	1	»	6	2	4	16	7	22	5	59	147
Tisserands	2	»	»	»	»	1	1	21	1	3	»	18	47
Tondeurs	»	»	»	»	»	»	»	»	»	»	»	1	1
Tonneliers	1	2	1	2	3	1	5	9	8	3	»	21	56
Tourneurs	5	1	1	2	»	8	4	20	»	3	»	12	56
Tresseuses	»	»	»	1	»	1	»	»	»	»	»	»	2
Tricoteuses	»	3	»	1	»	8	4	8	4	»	»	»	28
V													
Vanniers	2	»	2	1	1	1	1	7	»	»	1	2	18
Vétérans	»	»	»	»	»	»	5	12	»	6	»	»	23
Vidangeurs	»	»	»	»	7	8	»	»	1	2	»	4	22
Vignerons	»	»	»	»	»	»	»	2	»	»	»	»	2
Vitriers	2	»	1	2	»	4	1	5	1	2	»	1	19
Voituriers	»	»	»	»	1	»	»	2	1	»	»	7	11
Aveugles	13	13	9	10	14	21	12	53	15	2	20	90	250
États inconnus	153	470	»	»	133	960	131	63	2,835	90	2,190	1,234	8,257
Sans états	897	1,177	790	1,048	2,017	2,203	2,062	2,824	1,213	1,060	1,771	5,861	20,926
Enf. chez leurs parens	1,814	2,633	1,035	1,486	2,714	4,032	2,886	8,016	2,787	2,995	2,532	9,053	42,311
TOTAUX	3,458	4,858	2,215	3,190	5,990	8,326	6,279	14,031	8,074	6,348	7,216	17,015	86,936

Indigens classés par lieux de Naissance.

DÉSIGNATION des DÉPARTEMENS.	ARRONDISSEMENS.												TOTAUX.
	1er.	2me.	3me.	4me.	5me.	6me.	7me.	8me.	9me.	10me.	11me.	12me.	
A													
Ain.............	»	»	»	2	2	»	»	3	5	»	»	9	21
Aisne...........	18	11	10	10	26	2	10	13	18	17	4	26	165
Allier..........	6	»	1	6	14	5	3	13	11	»	5	20	84
Alpes (basses).....	»	»	»	»	»	»	»	»	»	»	»	»	»
Alpes (hautes)....	1	2	»	»	4	»	»	»	2	2	»	2	13
Alpes maritimes....	1	»	»	»	»	»	2	7	»	»	1	2	13
Ardèche...........	1	»	»	»	4	»	3	3	2	3	»	1	17
Ardennes.........	10	6	5	7	36	15	12	60	18	18	7	38	232
Arriége..........	1	»	»	»	2	1	»	4	»	»	»	»	8
Aube............	8	22	5	7	19	10	18	47	28	22	7	50	243
Aude...........	»	1	»	2	»	»	»	8	2	»	»	»	13
Aveyron..........	»	»	»	6	»	1	»	»	1	»	»	1	9
B													
Bouches du Rhône..	3	5	»	»	4	»	3	6	1	5	2	8	35
C													
Calvados.........	28	34	15	24	54	10	21	48	36	55	7	60	392
Cantal..........	11	53	18	39	22	23	59	85	41	18	14	80	463
Charente.........	»	»	»	»	4	»	»	»	»	2	»	1	7
Charente inférieure.	3	2	1	2	»	»	»	2	»	5	»	1	14
Cher............	4	9	8	8	21	3	16	23	8	12	2	38	152
Corrèze..........	1	»	»	1	»	»	»	»	2	»	»	»	4
Côte-d'Or........	19	40	52	34	48	18	58	78	74	83	19	93	596
Côtes du Nord.....	2	1	1	»	6	2	»	3	5	»	1	2	23
Creuze..........	12	2	1	3	6	»	17	»	33	36	»	1	111
TOTAUX.......	129	168	97	171	272	90	222	403	287	274	69	433	2,615

DÉSIGNATION des DÉPARTEMENS.	ARRONDISSEMENS.												TOTAUX.
	1er.	2me.	3me.	4me.	5me.	6me.	7me.	8me.	9me.	10mo.	11me.	12me.	
De l'autre part.	125	168	97	171	272	90	222	403	287	274	69	433	2,615
D													
Doire.	»	»	»	»	»	»	»	»	»	»	»	»	»
Dordogne.	2	1	»	1	2	1	1	1	1	2	»	1	13
Doubs.	18	35	17	21	61	15	42	58	35	47	7	71	427
Drôme	1	»	1	2	»	»	3	»	2	11	»	1	21
Dyle.	»	2	»	1	»	»	»	3	2	10	»	»	18
E													
Escaut.	2	2	»	»	»	»	1	2	»	»	»	1	8
Eure.	22	3	15	15	36	9	45	73	16	45	4	35	318
Eure et Loir.	13	20	12	9	6	10	8	24	21	21	2	46	192
F													
Finistère.	»	»	»	»	»	»	2	»	5	11	»	»	16
Forêts.	1	»	»	4	8	»	»	2	3	10	»	4	32
G													
Gard.	1	1	1	»	2	2	1	8	2	9	»	3	28
Garonne (haute). . .	»	3	»	5	10	8	1	7	8	5	4	17	68
Gers	»	»	»	1	»	»	»	1	2	2	»	1	7
Gironde.	4	»	7	5	»	»	1	20	5	7	»	»	49
Golo.	»	»	»	»	»	»	»	»	»	»	»	»	»
H													
Hérault.	1	1	1	1	2	1	4	1	1	2	2	5	22
I													
Ile et Vilaine.	5	2	»	3	»	2	3	1	3	9	»	»	24
Indre.	»	2	»	»	»	»	1	»	»	4	»	»	5
Indre et Loire.	12	6	9	13	14	3	4	30	8	8	2	12	123
Isère.	6	1	3	2	»	»	3	5	1	4	1	»	26
TOTAUX	217	245	163	254	413	157	542	639	400	481	91	630	4,012

DÉSIGNATION des DÉPARTEMENS.	ARRONDISSEMENS.												TOTAUX.
	1er.	2me.	3me.	4me.	5me.	6me.	7me.	8me.	9me.	10me.	11me.	12me.	
Ci-contre......	217	245	163	254	413	137	342	639	400	481	91	63c	4,012
J													
Jemmappes........	2	10	18	9	8	8	6	10	4	»	1	15	91
Jura..............	5	3	2	8	16	»	7	13	3	28	2	21	108
L													
Landes..........	»	»	»	1	»	»	»	»	»	3	»	1	5
Léman..........	2	5	1	4	»	5	»	5	2	4	»	1	25
Loir et Cher......	»	1	»	5	9	1	7	4	7	9	8	6	57
Loire.............	»	2	»	1	»	1	1	19	3	7	1	6	41
Loire (haute)......	8	»	»	2	6	1	»	»	1	5	1	3	27
Loire inférieure....	7	6	7	1	7	8	5	15	7	6	4	12	85
Loiret............	7	15	1c	18	27	10	36	84	27	37	1c	99	380
Lot..............	»	»	2	1	»	»	2	6	1	2	1	»	15
Lot et Garonne.....	1	»	1	4	2	»	»	2	»	5	»	1	14
Lozère...........	»	»	»	»	»	»	»	»	4	»	»	»	4
Lys (la).........	1	»	»	»	»	»	1	»	»	»	»	1	3
M													
Maine et Loire......	1c	6	7	10	10	7	5	22	8	17	6	23	129
Manche..........	35	11	1c	10	30	2	14	45	17	3c	»	26	223
Marengo..........	»	»	»	»	»	»	»	»	»	»	»	»	»
Marne............	27	35	28	48	58	17	6c	115	41	55	15	105	605
Marne (haute).....	8	11	4	14	36	2	25	22	21	36	1	10	190
Mayenne..........	11	1c	4	9	5	4	14	19	5	6	»	9	96
Meurthe..........	1c	8	4	1.	28	5	5	16	13	39	2	8	149
Meuse............	1.	8	11	16	3c	15	9	10	20	62	(	34	238
Meuse inférieure....	»	»	»	»	»	»	»	»	»	2	»	»	2
Mont-Blanc........	15	16	9	6	6	1	10	6	7	55	1	3	113
Mont-Tonnerre.....	1	»	»	2	»	1	2	9	5	6	1	1	28
Totaux......	382	350	281	434	691	225	540	1,057	594	876	15.	1,015	6,645

42

DÉSIGNATION des DÉPARTEMENS.	ARRONDISSEMENS.												TOTAUX.
	1er.	2me.	3me.	4me.	5me.	6me.	7me.	8me.	9me.	10me.	11me.	12me.	
De l'autre part.	382	390	281	434	691	223	549	1,057	594	876	151	1,015	6,645
Morbihan.........	»	1	»	1	4	1	»	»	2	4	1	1	15
Moselle...........	22	36	48	42	42	15	69	49	33	69	8	49	482
N													
Nèthes (deux).....	1	»	1	1	»	»	»	6	»	»	»	»	9
Nièvre...........	3	1	3	4	»	»	6	2	11	14	»	4	48
Nord...........	21	10	26	36	49	21	46	50	28	50	14	51	402
O													
Oise...........	23	19	2	29	93	34	42	63	42	35	20	108	430
Orne...........	25	1	5	6	25	2	14	3	9	30	3	4	125
Ourthe...........	7	3	4	12	10	6	7	25	3	15	3	25	120
P													
Pas-de-Calais.......	10	16	12	11	26	9	16	65	21	25	9	40	260
Pô..............	1	1	2	2	2	5	3	13	2	6	5	11	51
Puy-de-Dôme......	12	2	2	5	4	1	5	10	7	12	»	3	63
Pyrénées (basses)..	»	»	2	»	»	»	1	1	»	4	»	»	8
Pyrénées (hautes)..	1	»	»	»	»	»	»	»	»	»	»	»	1
Pyrénées Orientales.	»	2	»	»	»	»	2	4	1	2	1	1	13
R													
Rhin (bas)........	8	1	2	11	10	7	7	9	9	20	»	2	86
Rhin (haut).......	5	10	5	8	26	8	46	31	7	13	3	5	167
Rhin et Moselle	»	»	»	1	»	»	»	5	»	»	»	»	6
Rhône...........	7	14	7	14	20	8	29	30	10	14	6	29	188
Roër.............	»	1	»	3	»	»	1	»	1	7	»	»	13
S													
Sambre et Meuse...	1	»	1	7	2	7	»	8	1	»	4	12	43
Saône (haute)......	21	3	9	9	17	8	14	24	13	29	3	15	165
Saône et Loire......	6	7	1	6	2	»	»	15	1	25	»	1	65
TOTAUX........	551	518	431	642	1,023	553	858	1,370	797	1,250	229	1,374	9,450

DÉSIGNATION des DÉPARTEMENS.	ARRONDISSEMENS.												TOTAUX
	1er.	2me.	3me.	4me.	5me.	6me.	7me.	8me.	9me.	10me.	11me.	12me.	
Ci-contre......	551	518	431	642	1,023	353	858	1,370	797	1,250	229	1,374	9,405
Sarre.............	»	»	»	»	»	»	»	»	»	»	»	»	»
Sarthe............	8	1	»	3	4	»	»	3	2	1c	»	2	33
Seine.............	519	565	413	443	1,403	817	1,175	1,923	876	1,225	429	2,713	12,505
Seine-Inférieure....	25	20	15	35	52	18	36	54	21	22	5	91	394
Seine et Marne.....	35	39	34	41	66	43	45	136	64	54	25	129	711
Seine et Oise.......	104	72	60	82	157	52	86	173	96	202	58	165	1,287
Sésia.............	»	»	»	»	»	»	»	»	»	»	»	»	»
Sèvres (deux).....	2	1	»	2	»	»	1	9	»	3	1	»	19
Somme..........	35	37	30	30	61	23	45	66	25	64	9	76	501
Stura.............	»	»	»	»	»	»	»	»	»	»	»	»	»
T													
Tanaro...........	»	»	»	»	»	»	»	»	»	»	»	»	»
Tarn.............	»	»	»	»	»	»	»	»	»	»	»	»	»
V													
Var.............	»	1	»	»	»	»	»	»	5	»	»	2	8
Vaucluse.........	1	»	»	1	»	»	»	10	»	2	»	»	15
Vendée..........	4	2	6	11	16	8	3	40	14	7	11	18	14
Vienne...........	17	10	6	11	15	8	23	27	23	38	5	39	222
Vienne (haute)....	1	»	»	6	8	4	1	14	10	»	2	5	51
Vosges...........	5	4	1	5	12	1	1	8	7	0	5	5	58
Y													
Yonne............	23	8	17	18	44	21	47	30	103	40	8	104	469
TOTAUX........	1,335	1,278	1,013	1,330	2,861	1,350	2,321	3,863	2,043	2,933	765	4,725	25,817

42 *

ÉTRANGERS.	ARRONDISSEMENS												TOTAUX.
	1er.	2me.	3me.	4me.	5me.	6me.	7me.	8me.	9me.	10me.	11me.	12me.	
De l'autre-part...	1,335	1,278	1,013	1,350	2,861	1,350	2,321	3,863	2,043	2,933	765	4,725	25,817
ÉTRANGERS.													
Allemands.........	6	12	7	9	4	6	28	30	16	28	10	17	173
Anglais...........	3	»	»	»	2	1	»	2	»	1	»	1	10
Autrichiens.......	»	»	»	1	»	»	»	2	»	»	»	4	7
Colons	7	2	5	2	4	3	4	7	2	8	4	11	57
Egyptiens.........	1	»	»	»	»	»	»	»	»	1	»	1	2
Espagnols.........	»	2	1	2	»	»	»	4	1	2	»	»	12
Hollandais........	»	3	»	2	»	»	2	»	1	2	»	1	11
Irlandais	1	3	»	»	»	»	»	»	»	»	»	»	4
Italiens...........	»	»	1	1	4	1	»	3	2	6	»	»	18
Polonais..........	1	»	»	»	»	»	»	1	1	3	»	»	6
Prussiens.........	»	4	»	»	»	4	1	8	1	3	2	3	26
Russes............	1	»	1	1	»	»	»	»	1	1	1	1	7
Suisses...........	3	3	4	1	6	2	2	5	4	10	2	7	49
Suédois...........	»	»	»	»	»	»	»	»	»	»	»	2	2
	1,358	1,307	1,030	1,349	2,881	1,367	2,358	3,925	2,072	2,998	784	4,773	26,201

INDIVIDUS SANS DÉSIGNATION DE LIEUX DE NAISSANCE.

	1er.	2me.	3me.	4me.	5me.	6me.	7me.	8me.	9me.	10me.	11me.	12me.	TOTAUX.
Inconnus..........	143	86	168	365	174	1,979	873	1,867	390	354	1,440	1,954	9,793
Sans désignation....	169	864	»	»	149	979	78	79	2,856	»	2,207	1,250	8,631
Enf. chez leurs parens	1,814	2,633	1,035	1,486	2,714	4,032	2,886	8,046	2,787	2,995	2,832	9,053	42,311
TOTAUX	3,484	4,890	2,233	3,200	5,918	8,357	6,195	13,917	8,105	6,345	7,263	17,030	86,936

Année 1813. — *Indigens classés par âge.*

DÉSIGNATION des AGES.	ARRONDISSEMENS.												TOTAUX.
	1er.	2me.	3me.	4me.	5me.	6me.	7me.	8me.	9me.	10me.	11me.	12me.	
De 5 à 10 ans...	639	530	625	415	817	1,408	942	2,724	1,382	1,159	852	2,938	14,431
De 10 à 15.......	422	414	749	327	543	911	669	1,216	810	574	448	1,792	8,875
De 15 à 20.......	167	252	198	174	490	416	355	671	437	348	374	870	4,755
De 20 à 25.......	125	143	214	110	162	359	446	758	326	294	416	364	3,717
De 25 à 30.......	140	219	186	88	347	558	367	940	415	432	152	637	4,481
De 30 à 35.......	164	245	217	316	239	382	478	710	584	375	278	696	4,486
De 35 à 40.......	91	186	194	122	156	415	336	1640	532	532	461	572	5,237
De 40 à 45.......	123	217	130	185	249	376	482	510	578	529	352	785	4,316
De 45 à 50.......	156	255	112	138	227	530	407	1,268	44	346	287	679	4,847
De 50 à 55.......	172	397	248	154	264	357	536	985	259	642	324	715	5,051
De 55 à 60.......	196	143	125	237	182	573	621	856	227	564	449	848	5,021
De 60 à 65.......	148	189	277	142	158	346	545	618	180	426	371	784	4,184
De 65 à 70.......	126	260	115	168	132	317	419	477	238	219	248	563	3,280
De 70 à 75.......	119	137	188	113	273	225	352	452	147	235	296	409	3,036
De 75 à 80.......	174	192	199	152	197	298	518	369	20	273	218	370	2,965
De 80 à 85.......	107	111	106	128	156	136	289	315	123	254	152	258	2,140
De 85 à 90.......	76	52	67	41	76	68	54	82	36	49	64	85	748
De 90 à 95.......	43	29	36	18	49	52	11	28	17	26	52	51	392
Age inconnu......	897	632	148	1,049	380	1,831	392	607	183	361	478	1,335	8,291
Enfans sans désignation d'âge, chez leurs parens.	409	810	359	768	1,913	2,352	294	2,017	363	536	143	2,584	12,553
TOTAUX.........	4,494	5,413	4,491	4,845	7,010	11,910	8,316	17,241	7,094	8,184	6,395	17,413	102,806

Indigens classés par Sexe.

DÉSIGNATION.	ARRONDISSEMENS.												TOTAUX.
	1er.	2me.	3me.	4me.	5me.	6me.	7me.	8me.	9me.	10me.	11me.	12me.	
Hommes mariés....	468	621	391	517	736	1,649	1,477	1,884	926	1,017	461	2,141	12,288
Femmes mariées....	694	742	546	634	641	1,825	1,263	2,071	1,172	1,252	844	2,330	14,014
Hommes veufs.....	216	471	574	346	229	513	648	1,717	378	542	631	957	7,240
Femmes veuves....	838	927	759	1,091	1,256	2,065	1,574	4,629	1,385	1,584	1827	2,062	19,969
Célibataires hommes	482	356	208	392	507	398	445	584	286	665	396	529	5,248
Célibataires femmes.	250	414	361	317	329	784	859	316	342	432	705	954	6,053
Enf. chez leurs parens	1,470	1,755	1,633	1,510	3,273	4,671	1,915	5,957	2,560	2,679	1,455	7,314	36,190
Sans désignat. de sexe.	76	127	19	38	59	5	135	83	45	15	78	1,126	1,804
TOTAUX......	4,494	5,413	4,491	4,845	7,010	11,910	8,316	17,241	7,094	8,184	6,395	17,413	102,806

Indigens classés par Professions.

DÉSIGNATION des PROFESSIONS.	ARRONDISSEMENS.												TOTAUX.
	1er.	2me.	3me.	4me.	5me.	6me.	7me.	8me.	9me.	10me.	11me.	12me.	
A													
Afficheurs	2	»	1	2	»	3	4	1	6	2	7	10	58
Allumeurs	6	3	5	4	3	8	7	5	5	4	5	16	69
Amidonniers	»	»	»	»	»	»	»	4	»	»	»	14	18
Argenteurs	1	4	»	3	»	2	1	1	5	12	3	»	32
Armuriers	5	1	7	4	5	»	»	2	3	4	5	7	41
Arquebusiers	»	2	»	1	2	1	2	3	1	»	4	3	19
Artificiers	»	»	»	5	»	»	»	»	3	»	5	2	15
B													
Balayeurs	3	1	1	6	2	16	9	5	»	3	1	17	64
Balayeuses	7	4	2	10	3	10	2	4	1	6	3	4	56
Bandagistes	2	»	1	2	8	»	19	11	»	2	»	1	46
Batteurs d'or	»	1	»	1	3	2	1	3	1	»	6	5	23
Bijoutiers	3	»	1	4	2	7	3	8	5	9	14	18	74
Blanchisseurs	13	8	»	2	8	»	19	11	7	4	2	5	79
Blanchisseuses	10	12	4	5	6	4	15	19	11	7	5	28	167
Bonnetiers	»	1	1	»	»	28	3	8	3	2	»	6	52
Bottiers	»	2	5	1	»	»	1	2	1	2	»	4	17
Bouchers	»	«	1	2	»	»	1	4	1	»	1	2	12
Boueurs	4	1	1	4	2	»	2	4	2	3	2	14	39
Boulangers	»	1	»	»	3	6	6	12	3	»	»	1	32
Bourreliers	1	»	1	3	1	4	2	7	4	5	»	9	37
Boutonniers	1	»	»	»	3	17	4	8	4	4	»	12	53
Brasseurs	»	»	»	»	»	»	»	10	2	1	»	11	24
Brocanteurs	1	1	»	4	1	5	12	9	17	3	4	4	61
Brocheuses	»	»	»	1	»	4	»	6	2	7	13	22	55
TOTAUX	57	42	29	64	52	158	113	147	85	80	81	215	1,125

DÉSIGNATION des PROFESSIONS.	ARRONDISSEMENS.												TOTAUX.
	1er.	2me.	3me.	4me.	5me.	6me.	7me.	8me.	9me.	10me.	11me.	12me.	
De l'autre part...	57	42	29	64	52	158	113	147	85	80	81	215	1,123
Brodeuses........	2	1	1	1	6	34	10	14	9	6	17	6	107
Brossiers.........	»	2	»	1	»	6	»	4	3	4	8	3	31
Brunisseuses......	»	»	»	2	»	3	3	6	5	1	3	7	30
C													
Cardeurs de matelas.	3	1	»	6	4	8	2	10	3	5	2	8	52
Cardeuses de matelas	5	»	1	2	6	14	5	17	4	3	5	13	75
Carreleurs........	2	1	»	4	3	8	3	9	»	1	3	6	40
Carriers..........	1	»	2	»	»	»	»	»	»	»	»	11	14
Cartonniers.......	»	»	»	1	»	2	»	1	»	4	1	3	12
Cendrières........	»	1	»	»	2	4	»	9	»	»	1	23	40
Chandeliers.......	»	»	»	»	»	1	»	»	»	»	»	»	1
Chapeliers........	1	»	3	5	2	14	1	6	»	11	3	8	54
Charbonniers......	2	»	4	7	3	10	2	9	»	6	17	25	85
Charcutiers.......	»	»	»	»	»	»	»	»	»	»	1	»	1
Charpentiers......	»	2	»	»	»	»	4	»	»	1	»	5	12
Charretiers........	»	»	»	1	»	»	1	»	»	1	»	2	5
Charrons.........	1	»	2	»	»	5	»	7	»	»	»	3	18
Chaudronniers.....	1	2	1	2	5	8	3	11	3	1	4	7	48
Chiffonniers.......	4	9	1	»	8	12	21	38	19	13	8	41	174
Chiffonnières......	7	13	9	6	20	46	18	62	14	16	12	73	296
Ciseleurs.........	»	2	1	2	4	13	3	12	2	1	4	1	45
Cloutiers.........	1	»	»	»	4	17	6	21	»	11	5	28	93
Cochers..........	6	17	15	4	3	16	8	5	1	4	11	6	96
Coëffeurs.........	1	»	2	»	»	»	»	3	»	»	7	»	13
Coffretiers........	»	»	»	»	1	3	»	4	»	1	»	7	16
Colleurs..........	2	»	»	1	»	4	»	3	5	»	6	12	33
Colporteurs.......	»	1	2	5	3	8	2	12	1	»	2	16	52
TOTAUX.....	96	94	73	114	126	394	205	410	154	170	201	529	2,566

DÉSIGNATION des PROFESSIONS.	ARRONDISSEMENS.												TOTAUX
	1er.	2me.	3me.	4me.	5me.	6me.	7me.	8me.	9me.	10me.	11me.	12me.	
Ci-contre	96	94	73	114	126	394	205	410	154	170	201	529	2,566
Commissionnaires ..	29	23	62	114	51	137	88	165	77	89	45	98	978
Cordiers..........	2	»	»	»	»	5	»	»	»	1	»	12	18
Cordonniers.......	41	68	77	110	99	183	120	203	109	97	88	178	1,373
Corroyeurs........	5	2	4	2	3	17	9	26	8	6	2	31	115
Cotonniers........	»	»	1	»	2	3	»	7	»	»	»	9	22
Cotonnières.......	»	»	»	»	6	4c	»	66	2	11	4	128	257
Coupeuses de poil...	»	»	»	4	3	»	»	26	11	»	7	39	90
Couteliers	»	»	»	»	1	3	»	17	»	2	7	16	46
Couturières.......	22	48	34	53	23	98	26	74	86	52	68	92	676
Couverturiers......	»	»	1	1	2	5	»	3	»	»	6	42	59
Couvreurs........	»	1	»	3	6	12	34	61	25	14	19	48	223
Cuisiniers.........	2	1	4	»	3	7	»	15	»	6	»	11	49
Cuisinières........	1	»	6	8	14	22	7	11	»	25	16	42	152
Culottiers........	5	1	»	»	»	»	»	4	»	»	»	8	18
Culottières........	7	3	1	»	»	8	»	»	»	4	1	47	71
D													
Décroteurs........	1	12	»	7	1	»	3	5	»	»	1	17	47
Dégraisseurs.......	»	»	»	»	»	»	»	4	2	1	»	6	13
Dentistes	»	»	1	»	»	»	»	»	»	»	»	»	1
Dévideuses........	»	»	»	2	14	28	15	66	322	41	17	83	588
Domestiques.......	1	»	2	»	»	4	»	8	»	1	»	5	21
E													
Ebénistes.........	2	1	»	4	1	»	»	7	»	»	3	»	18
Ecrivains.........	»	1	»	1	»	»	»	2	»	6	»	»	10
Emailleurs........	»	»	1	»	»	7	»	17	»	4	1	9	39
Emailleuses........	6	»	»	»	1	»	2	8	»	5	»	25	47
Empileurs de bois...	»	»	»	»	1	4	3	5	1	»	8	12	34
TOTAUX.....	210	255	266	425	357	975	512	1,210	797	535	494	1,487	7,551

43

DÉSIGNATION des PROFESSIONS.	ARRONDISSEMENS.												TOTAUX.
	1er.	2me.	3me.	4me.	5me.	6me.	7me.	8me.	9me.	10me.	11me.	12me.	
De l'autre part.	210	255	266	423	357	975	512	1,210	797	535	494	1,487	7,531
Employés.........	»	»	»	1	»	»	»	»	1	»	»	»	2
Enlumineuses......	1	»	»	»	»	»	5	2	»	»	8	19	35
Epingliers.........	»	»	»	»	2	»	»	»	»	»	»	»	2
Éventaillistes.......	»	1	»	»	»	»	»	»	»	»	»	4	5
F													
Facteurs..........	1	»	»	2	»	»	»	1	»	»	4	»	8
Faiseuses de ménages	42	108	82	64	74	96	54	117	45	69	88	146	985
Fayenciers.........	»	1	»	»	2	»	4	»	»	1	»	7	15
Férailleurs.........	2	»	4	1	»	6	»	13	»	8	3	18	55
Ferblantiers	1	»	»	»	»	5	»	12	»	1	»	4	23
Fileuses..........	26	44	17	81	52	78	44	258	63	112	95	292	1,162
Fleuristes.........	2	1	4	2	8	3	»	2	»	1	»	»	23
Fondeurs.........	»	4	1	»	1	»	2	13	7	9	6	22	65
Forgerons.........	1	»	2	1	12	17	5	42	17	8	33	69	207
Fourreurs.........	»	»	1	6	2	1	»	»	4	»	»	1	15
Fourreuses........	»	»	2	1	»	4	»	1	»	»	»	3	11
Frotteurs.........	4	2	9	5	1	11	(	25	7	4	3	18	95
Fruitières.........	1	»	2	1	»	4	2	»	3	»	9	66	88
Fumistes..........	2	1	4	7	5	12	5	17	8	6	14	31	112
G													
Gantières.........	2	8	6	13	17	28	9	46	21	15	4	57	226
Garçons de chantiers.	2	»	»	»	1	»	»	8	6	»	»	44	61
Gardes d'enfans.....	12	16	7	14	»	25	17	38	5	49	22	68	271
Gardes-malades. ...	16	9	11	6	18	31	7	42	12	18	15	37	222
Gaziers...........	»	»	»	»	4	16	9	56	17	6	»	29	137
Graveurs	»	3	»	»	»	»	»	1	»	5	8	21	38
TOTAUX........	335	453	418	628	556	1,312	681	1,904	1,011	847	806	2,443	11,394

DÉSIGNATION des PROFESSIONS.	ARRONDISSEMENS.												TOTAUX
	1er.	2me.	3me.	4me.	5me.	6me.	7me.	8me.	9me.	10me.	11me.	12me.	
Ci-contre	338	453	418	628	556	1,512	681	1,904	1,011	847	806	2,443	11,394
H													
Herboristes........	1	»	»	17	»	4	»	?	»	»	»	13	55
Horlogers	»	»	»	»	»	»	»	»	1	»	»	»	1
I													
Imprimeurs en lettres	»	»	»	2	»	»	»	15	»	6	17	12	38
Imprim. en papier .	»	»	»	»	8	15	3	23	6	»	9	58	122
Imp. en taille-douce	»	2	»	»	4	7	2	»	12	17	14	3?	96
J													
Jardiniers.........	15	9	4	5	17	16	4	4	12	11	14	29	177
Journaliers........	143	82	97	164	188	201	160	385	208	144	62	348	2,182
Journalières........	125	70	58	86	151	317	215	346	192	236	128	537	2,439
L													
Lapidaires........	»	1	»	»	2	8	5	17	6	»	2?	13	75
Laveuses..........	8	19	11	23	14	47	16	132	58	41	30	165	564
Layetiers.........	»	1	»	2	»	9	»	14	5	6	2	28	65
Lunetiers.........	»	1	1	2	»	6	1	2	4	2	8	14	39
M													
Maçons	14	29	21	38	23	68	4?	9?	7?	52	28	101	577
Manœuvres........	26	18	46	25	5?	77	5?	115	62	47	54	196	751
Marbriers.........	3	»	1	8	10	4?	18	2?	7	3	»	18	133
Marchands ambulans	38	54	47	122	101	8?	71	52	16	18	18	217	822
Marchandes de fruits.	»	4	»	1	»	5	»	»	»	5	»	?	15
Marchands d'habits .	2	»	1	7	2	8	1	»	»	4	»	6	31
Marchands de livres .	»	»	1	»	3	4	?	1	»	6	9	4	28
Marchandes ambul...	49	70	46	96	142	228	8?	256	74	5?	9?	30	1,512
idem de fruits....	16	9	28	46	31	67	19	108	72	86	36	125	643
idem de légumes..	11	23	8	17	66	31	19	7?	26	16	35	8?	407
Maréchaux........	»	»	1	»	4	»	»	9	»	2	»	17	33
Mariniers.........	1	»	»	5	?	?	»	7	»	?	1	6	2?
TOTAUX.....	785	845	789	1,292	1,353	2,557	1,597	3,582	1,810	1,6?6	1,37?	4,824	22,204

43 *

DÉSIGNATION des PROFESSIONS.	ARRONDISSEMENS.												TOTAUX.
	1er.	2me.	3me.	4me.	5me.	6me.	7me.	8me.	9me.	10me.	11me.	12me.	
De l'autre part.	785	845	789	1,292	1,355	2,557	1,397	3,582	1,840	1,606	1,376	4,824	22,204
Ménétriers...... ..	3	1	»	1	2	»	4	»	6	»	»	5	22
Menuisiers........	»	»	»	»	1	5	15	28	11	17	3	29	109
Merciers	3	»	1	(	2	»	1	»	»	»	1	4	17
Meûniers.........	»	»	2	7	»	»	»	»	3	»	»	16	28
Modeleurs........	1	»	4	»	»	8	»	5	14	»	9	13	54
Mouleurs	»	»	»	»	»	4	»	»	3	»	»	»	7
N													
Nourrisseurs......	»	»	»	1	»	2	»	»	»	1	»	4	7
O													
Oiseleurs........	»	2	»	4	7	2	1	12	3	1	»	14	46
Ouvriers aux glaces .	»	»	»	1	18	27	5	30	14	»	6	19	129
Ouvriers au tabac...	4	12	6	?	15	29	12	5?	31	66	48	117	595
Ouvriers en papiers.	»	»	»	1	»	»	»	(	2	4	15	146	176
Ouvrières en dentell.	»	»	1	»	»	»	»	»	»	3	»	8	12
Ouvrières en gants..	6	5	3	8	11	14	19	27	16	41	29	15	194
Ouvrières en linge...	17	36	59	6.	34	95	74	116	62	104	91	136	886
P													
Palfreniers........	4	2	»	2	4	15	3	»	»	5	»	4	42
Papetiers.........	»	1	»	»	»	»	1	3	»	»	2	»	7
Parfumeurs.......	1	»	»	»	»	»	»	7	»	»	3	»	11
Passementiers......	»	»	8	6	2	»	5	15	11	6	9	»	62
Pâtissiers.........	»	»	»	»	»	1	»	3	»	»	»	7	11
Paveurs..........	4	2	12	»	1	16	11	25	19	42	37	61	230
Peintres..........	7	17	26	10	38	19	55	61	26	38	24	39	340
Perruquiers.......	9	7	8	6	11	15	23	45	17	14	19	44	218
Planeurs.........	»	»	»	»	»	5	9	1	»	6	29	»	50
Plâtriers..........	»	2	13	22	7	»	4	19	5	»	2	37	109
Plombiers........	»	1	»	3	»	7	»	12	»	»	5	23	51
Poêliers	2	»	4	»	8	24	»	46	11	5	»	38	138
TOTAUX	846	933	956	1,433	1,514	2,843	1,615	4,114	2,093	1,953	1,684	5,584	12,448

DÉSIGNATION des PROFESSIONS.	ARRONDISSEMENS.												TOTAUX.
	1er.	2me.	3me.	4me.	5me.	6me.	7me.	8me.	9me.	10me.	11me.	12me.	
Ci-contre	846	933	936	1,435	1,514	2,843	1,615	4,114	2,093	1,953	1,684	5,584	25,548
Polisseurs	»	»	»	»	5	»	8	»	19	16	»	22	70
Polisseuses	3	»	7	»	4	13	9	21	6	17	25	42	147
Pompiers	»	1	»	»	»	1	»	»	»	1	»	»	3
Porcelainiers	»	»	1	»	»	5	»	7	»	»	1	4	16
Portefaix	4	3	6	13	8	14	6	18	12	17	21	43	165
Porteurs d'eau	5	21	33	41	38	67	59	78	46	62	34	114	598
Portiers	27	24	25	32	18	36	62	47	86	31	33	44	465
Portières	9	20	46	38	22	93	28	54	29	22	47	19	427
Postillons	1	1	1	»	»	»	»	1	»	»	»	»	4
Potiers de terre	1	3	»	1	»	6	»	17	4	»	2	12	46
Ex-Professeurs	»	»	»	»	1	»	»	2	»	»	»	1	4
R													
Ramoneurs	»	»	4	1	3	8	2	13	5	2	4	26	68
Râpeurs de tabac	1	»	»	3	1	6	»	14	11	»	16	38	90
Ravaudeuses	18	30	25	33	49	35	27	42	21	72	52	49	458
Regratiers	»	»	»	»	»	5	»	6	»	1	»	10	20
Regratières	»	»	»	»	1	»	»	2	»	»	4	7	14
Relieurs	»	»	1	»	5	2	»	6	»	12	8	26	60
Ex-Religieux	»	»	»	»	»	»	»	»	1	»	2	8	11
Ex-Religieuses	»	»	2	»	»	8	»	14	»	3	1	19	47
Rémouleurs	1	»	5	8	3	6	1	7	2	16	7	23	79
Rempailleurs	»	4	»	2	1	»	1	»	3	»	»	6	17
Rempailleuses	6	2	»	5	14	8	3	6	2	4	9	28	87
Ex-Rentiers	»	»	»	»	1	»	»	»	3	»	1	»	5
Ex-Rentières	2	»	»	»	»	4	1	»	»	3	»	2	12
Repasseuses	1	»	6	»	3	2	»	12	4	17	14	58	117
Revendeuses	14	9	23	5	11	26	18	58	23	39	25	124	375
Rubaniers	»	1	»	6	2	»	5	5	»	1	6	»	26
TOTAUX	930	1,052	1,121	1,646	1,704	3,184	1,843	4,542	2,370	2,289	1,986	6,311	28,979

DÉSIGNATION des PROFESSIONS.	1er.	2me.	3me.	4me.	5me.	6me.	7me.	8me.	9me.	10me.	11me.	12me.	TOTAUX.
De l'autre part.	939	1,052	1,121	1,626	1,704	3,184	1,845	4,54?	1,37?	2,285	1,986	6,311	48,97?
S													
Sabotiers.........	»	»	»	»	2	»	»	2	1	5?	»	4	7
Salpêtriers........	»	»	»	»	»	»	»	4	»	»	2	(	1?
Savetiers.........	8	15	6	11	5	22	17	3?	28	12	18	44	217
Scieurs de bois.....	2	»	4	7	8	15?	6	2?	5	3	1	16	89
Scieurs de long....	»	4	»	5	5	12	8	14	3	6	4	7	72
Scieurs de pierres...	1	2	»	»	1	5	10	6	4	»	1	2	53
Sculpteurs........	»	4	»	»	1	»	»	5	»	»	»	7	15
Selliers..........	2	7	1	»	1	»	3	1	»	?	2	4	21
Serruriers........	11	29	21	17	38	47	29	12?	19	5?	28	65	462
T													
Tabletiers........	»	»	3	2	12	23	18	14	29	11	17	2?	150
Taillandiers.......	1	»	2	»	5	11	9	17	4	2	4	1?	68
Tailleurs.........	21	27	120	92	47	88	55	66	4	10?	72	68	805
Tailleurs de pierre..	1	5	2	2	8	5	6	1	2?	18	16	4?	143
Tanneurs.........	»	»	»	»	2	»	1?	5	2	?	1	2?	40
Tapissiers........	»	1	2	6	»	17	9	2?	1?	1?	8	1?	116
Teinturiers.......	8	5	»	5	14	52	18	3?	1?	11	4	33	180
Terrassiers........	19	17	8	3	42	74	35	81	6?	3?	14	117	505
Tisserands........	»	4	»	10	28	16	22	6?	4?	26	19	195	45?
Tisseurs..........	2	»	1	3	»	8	5	14	6	2	»	5?	92
Tondeurs.........	1	2	»	8	3	15	7	1?	9	(	17	3?	111
Tonneliers........	»	»	2	»	4	1	»	7	3	2	»	15	34
Tourneurs........	2	»	15	7	11	26	9	4?	15	17	14	32	189
Treillageurs.......	»	1	»	»	2	9	4	16	2	5	2	11	5?
Tresseuses........	5	2	»	4	1	»	»	5	7	2	4	6	54
Tricoteuses........	»	9	4	12	5	17	26	52	3?	16	8	74	254
V													
Vanniers.........	1	»	4	2	»	7	1	11	6	2	8	15	57
Vétérans..........	»	»	3	»	»	1	»	5	»	»	2	1?	27
Vidangeurs........	5	8	1	4	6	13	8	19	6	5	1	23	97
Vignerons.........	»	»	»	»	»	4	1	»	»	»	»	2	7
Vitriers...........	2	»	1	5	3	2	»	3	2	?	1	14	33
Voituriers.........	»	4	»	»	1	»	»	9	»	2	5	7	28
Aveugles..........	41	53	28	62	71	93	68	124	102	6?	83	152	924
États inconnus.....	845	1,045	831	843	449	1,126	1,397	3,251	1,216	1,66?	885	658	14,209
Sans états.........	1,107	1,366	680	599	1,254	2,574	2,776	2,643	458	1,15?	1,705	1,988	18,100
Enf. chez leurs parens	1,470	1,755	1,633	1,510	3,273	4,671	1,915	5,957	2,560	2,67?	1,453	7,314	36,190
TOTAUX.....	4,494	5,413	4,491	4,845	7,010	11,910	8,316	1,724?	7,09?	8,184	6,395	17,413	102,806

Indigens classés par lieux de Naissance.

DÉSIGNATION des DÉPARTEMENS.	ARRONDISSEMENS.												TOTAUX.
	1er.	2me.	3me.	4me.	5me.	6me.	7me.	8me.	9me.	10me.	11me.	12me.	
A													
Ain..............	»	24	8	14	»	»	12	5	1	9	»	»	73
Aisne	38	22	15	21	30	16	6	17	29	47	13	58	312
Allier...........	4	8	3	2	13	18	15	26	»	10	4	17	120
Alpes (basses).....	»	»	»	1	»	7	»	4	»	»	»	»	12
Alpes (hautes)....	1	»	»	»	8	»	»	»	5	»	»	2	16
Alpes maritimes....	2	»	»	»	»	»	5	»	»	»	3	»	10
Apennins..	»	»	»	»	»	»	»	1	»	»	»	»	1
Ardèche..........	3	»	7	»	6	»	4	6	»	8	3	8	45
Ardennes.........	15	23	12	16	28	45	19	87	36	21	19	78	399
Arno.............	»	»	»	2	»	»	»	1	»	»	»	»	3
Arriége..........	4	2	»	»	5	1	»	»	»	»	7	»	19
Aube.............	15	36	24	11	28	42	6	19	32	18	3	67	301
Aude	1	»	»	»	»	4	»	»	»	3	»	»	8
Aveyron..........	»	»	1	»	»	»	9	»	6	»	4	2	22
B													
Bouches du Rhône..	7	13	2	»	12	8	3	17	22	14	12	46	156
C													
Calvados.	35	48	23	37	41	69	52	86	45	70	32	119	657
Cantal	54	72	39	45	68	90	78	151	84	99	127	249	1,156
Charente..........	2	»	1	6	2	»	»	9	2	»	5	3	30
Charente inférieure.	11	8	»	4	3	16	8	21	7	2	»	14	94
Cher.............	3	12	15	6	42	11	25	33	10	4	17	54	232
Corrèze..........	5	9	14	3	7	12	28	54	66	21	43	98	360
Côte-d'Or........	48	72	81	66	109	91	86	146	74	54	85	217	1,129
Côtes du Nord	16	11	23	7	18	36	15	52	24	20	28	68	318
Creuze...........	28	16	4	19	7	26	13	41	33	12	34	87	320
TOTAUX........	292	376	272	260	427	492	384	776	476	412	439	1,187	5,793

DÉSIGNATION des DÉPARTEMENS.	ARRONDISSEMENS.												TOTAUX.
	1er.	2me.	3me.	4me.	5me.	6me.	7me.	8me.	9me.	10me.	11me.	12me.	
De l'autre part.	292	376	272	260	427	492	384	776	476	412	439	1,187	5,793
D													
Doire.............	»	4	»	2	1	»	7	»	2	3	6	5	50
Dordogne.........	6	3	»	4	»	15	9	22	13	5	4	18	99
Doubs.............	29	66	54	21	34	58	75	96	41	18	25	83	600
Drôme...........	14	8	17	12	25	33	22	49	28	15	37	20	280
Dyle.............	3	»	1	»	2	5	»	7	4	16	5	6	49
E													
Ems occidental.....	»	»	»	»	»	1	»	5	»	»	»	»	6
Ems oriental......	»	»	»	1	»	4	»	»	»	2	»	»	7
Escaut.............	6	3	8	5	»	2	»	12	18	»	1	4	59
Eure.............	41	32	57	68	27	192	79	142	84	68	25	167	982
Eure et Loir.......	28	31	15	22	16	24	7	46	19	20	8	54	290
F													
Finistère..........	8	14	5	11	6	22	18	34	27	41	33	67	286
Forêts............	3	5	7	»	17	31	9	46	12	8	»	57	195
Frise.............	»	»	»	»	1	»	»	3	»	»	»	1	5
G													
Gard.............	4	2	7	6	»	2	»	12	5	21	»	10	69
Garonne (haute)...	9	4	3	16	18	27	12	56	17	42	38	72	314
Gers	1	»	»	4	»	1	»	3	1	6	»	2	17
Gironde..........	12	19	6	1	»	»	2	8	»	4	7	13	72
Golo.............	1	7	2	»	4	9	11	32	8	6	»	14	94
H													
Hérault...........	3	4	1	»	6	2	»	9	4	»	3	12	44
I													
Ille et Vilaine......	16	6	14	5	21	48	13	64	55	27	10	81	340
Indre.............	4	5	2	1	7	13	6	25	12	18	9	32	134
Indre et Loire......	23	19	26	32	29	41	16	59	37	28	16	46	372
Isère.............	11	4	8	13	17	3	»	15	»	»	2	5	78
TOTAUX.....	514	612	505	484	658	1,085	670	1,521	842	760	668	1,956	10,215

DÉSIGNATION des DÉPARTEMENS.	ARRONDISSEMENS.												TOTAUX.
	1er.	2me.	3me.	4me.	5me.	6me.	7me.	8me.	9me.	10me.	11me.	12me.	
Ci-contre	514	612	505	484	658	1,085	670	1,521	842	760	668	1,956	10,215
J													
Jemmappes	16	27	13	19	8	44	31	25	12	»	28	59	280
Jura	12	19	7	15	24	6	2	29	14	36	18	31	213
L													
Landes	23	6	17	»	2	»	8	19	4	»	»	»	79
Léman	15	10	24	16	38	76	12	»	29	14	»	19	253
Lippe	»	»	»	»	1	»	»	2	»	»	»	1	4
Loir et Cher	4	8	5	3	22	36	14	48	31	12	»	27	236
Loire	1	6	3	2	»	14	11	27	13	10	2	19	108
Loire (haute)	»	14	6	5	3	11	9	21	4	»	7	17	97
Loire inférieure	15	9	4	6	10	55	16	14	3	8	»	46	164
Loiret	28	42	15	13	8	49	18	167	15	58	31	182	623
Lot	4	17	1	6	2	21	9	32	18	11	4	29	154
Lot et Garonne	2	6	3	9	4	16	5	28	1	14	2	8	98
Lys	7	12	2	»	»	19	12	50	8	16	6	13	125
M													
Maine et Loire	22	38	16	31	24	78	46	93	26	62	18	84	538
Manche	62	48	33	15	59	41	11	72	26	2	14	52	435
Marengo	»	»	»	»	1	»	»	»	»	»	»	»	1
Marne	46	82	51	44	21	112	76	132	59	125	9	264	1083
Marne (haute)	34	58	26	20	39	86	51	20	38	76	2	47	497
Mayenne	15	24	11	46	58	109	10	141	85	112	81	228	920
Méditerranée	»	»	»	»	»	»	1	»	»	5	»	»	4
Meurthe	32	56	24	16	78	92	59	128	71	45	6	149	736
Meuse	28	41	18	12	30	24	2	33	19	66	14	75	362
Meuse inférieure	1	»	4	2	»	1	»	7	»	18	6	22	61
Mont-Blanc	36	82	72	25	106	145	91	168	116	111	82	248	1,280
Montenotte	»	2	»	»	»	1	»	»	»	»	1	»	4
TOTAUX	915	1,219	841	787	1,196	2,041	1,144	2,751	1,434	1,559	1,081	3,576	18,544

44

DÉSIGNATION des DÉPARTEMENS.	ARRONDISSEMENS.												TOTAUX.
	1er.	2me.	3me.	4me.	5me.	6me.	7me.	8me.	9me.	10me.	11me.	12me.	
De l'autre part.	915	1,219	841	787	1,196	2,041	1,144	2,751	1,434	1,559	1,081	3,576	18,544
Mont-Tonnerre	4	12	16	22	5	36	17	49	13	28	5	51	256
Morbihan	56	78	5	34	19	82	21	154	43	17	29	97	635
Moselle	44	67	88	11)	56	93	102	228	117	58	72	249	1,285
N													
Nèthes (deux)	4	15	6	3	21	55	26	48	24	11	6	23	220
Nièvre	7	18	14	1	»	12	3	»	9	»	»	2	66
Nord	38	52	1-	26	13	69	44	118	76	84	32	97	666
O													
Oise	46	76	52	13	29	86	132	19	92	45	32	164	786
Orne	32	17	24	46	128	74	86	55	43	21	16	79	621
Ourthe	14	12	17	11	32	54	29	62	51	71	92	54	499
P													
Pas-de-Calais	68	96	4	72	108	142	81	213	20	66	87	154	1,155
Pô	6	2	1	4	3	»	8	29	1	16	5	37	112
Puy-de-Dôme	52	96	48	74	130	310	115	366	91	183	79	458	2,002
Pyrénées (basses)	4	7	»	2	»	1	3	9	2	»	1	»	29
Pyrénées (hautes)	1	»	2	1	»	4	»	6	»	»	2	»	16
Pyrénées Orientales	»	»	»	»	»	2	»	1	»	»	5	1	9
R													
Rhin (bas)	16	12	9	44	61	82	20	73	6	34	17	3	377
Rhin (haut)	7	35	14	11	48	31	2	»	27	16	»	»	191
Rhin et Moselle	28	46	19	16	7	41	39	62	24	31	18	72	403
Rhône	52	67	44	29	16	78	14	25	31	56	28	97	537
Roër	17	26	1	18	4	52	8	32	16	29	14	3	230
Rome	6	14	3	9	»	17	2	48	12	25	7	56	199
S													
Sambre et Meuse	15	38	22	17	42	72	8	96	54	41	25	106	536
Saône (haute)	42	49	3	26	55	23	17	78	42	88	27	91	570
Saône et Loire	191	152	9	68	35	157	84	213	79	41	63	245	1,400
TOTAUX	1,665	2,204	1,124	1,141	2,009	3,574	2,005	4,735	2,307	2,520	1,741	5,715	31,344

DÉSIGNATION des DÉPARTEMENS.	ARRONDISSEMENS.												TOTAUX.
	1er.	2me.	3me.	4me.	5me.	6me.	7me.	8me.	9me.	10me.	11me.	12me.	
Ci-contre......	1,665	2,204	1,424	1,441	2,009	3,574	2,005	4,735	3,307	2,520	1,741	5,715	31,344
Sarre............	24	13	6	19	2	»	1	6	2	16	5	32	128
Sarthe..........	58	76	121	92	46	115	71	254	134	64	116	286	1,433
Seine..........	427	662	731	842	535	2,171	3,618	4,365	1,249	2,054	1,972	2,237	20,863
Seine-Inférieure....	62	91	27	54	12	66	29	89	115	71	32	245	900
Seine et Marne.....	84	103	59	23	47	92	128	155	81	143	65	16	1,001
Seine et Oise......	264	98	112	136	283	307	120	156	228	82	117	264	2,187
Sésia............	»	»	»	»	»	»	1	»	1	»	»	»	2
Sèvres (deux).....	46	14	29	54	»	21	13	»	58	32	»	111	378
Somme..........	72	21	48	35	29	2	17	128	15	46	28	149	590
Stura............	»	»	»	1	»	»	2	4	»	1	»	7	15
T													
Tarn............	»	»	1	»	»	»	»	»	»	»	»	»	1
Tarn et Garonne....	2	8	15	6	»	4	1	»	3	»	2	»	41
Taro............	»	»	»	»	1	»	»	»	»	2	»	»	3
Trasimène........	»	»	»	»	»	»	»	»	»	»	»	1	1
V													
Var............	5	5	»	1	»	2	»	»	3	»	»	4	18
Vaucluse.........	6	1	2	»	1	»	2	»	»	»	3	»	15
Vendée..........	9	5	17	28	14	11	35	89	27	15	18	42	3 8
Vienne..........	24	31	28	17	19	3	42	18	54	29	37	14	316
Vienne (haute)....	7	22	45	11	2	37	8	19	»	24	3	»	178
Vosges..........	58	17	6	2	23	4	9	28	1	»	15	4	147
Y													
Yonne...........	38	26	45	12	31	0	»	56	17	»	»	73	304
TOTAUX.......	2,829	3,402	2,718	2,778	3,054	6,409	6,102	10,102	4,315	5,104	4,154	9,200	60,173

44*

ÉTRANGERS.	ARRONDISSEMENS.												Totaux.
	1er.	2me.	3me.	4me.	5me.	6me.	7me.	8me.	9me.	10me.	11me.	12me.	
De l'autre-part...	2,829	3,402	2,718	2,778	3,054	6,415	6,102	10,102	4,315	5,104	4,154	9,200	60,173

ÉTRANGERS.

	1er.	2me.	3me.	4me.	5me.	6me.	7me.	8me.	9me.	10me.	11me.	12me.	Totaux.
Allemands........	19	14	23	16	4	20	15	11	28	2	»	25	177
Américains.......	8	15	»	12	»	»	11	»	23	»	33	17	119
Egyptiens.........	3	»	»	»	»	»	»	»	»	1	»	»	4
Polonais..........	»	»	»	»	»	»	»	1	»	»	»	»	1
Russes.	»	1	»	»	1	»	»	»	»	»	»	»	2
Suédois..........	»	»	»	2	»	»	»	»	1	»	»	»	3
	2,859	3,432	2,741	2,808	3,059	6,435	6,128	10,114	4,367	5,107	4,187	9,242	60,479

INDIVIDUS SANS DÉSIGNATION DE LIEUX DE NAISSANCE.

	1er.	2me.	3me.	4me.	5me.	6me.	7me.	8me.	9me.	10me.	11me.	12me.	Totaux.
Sans désignation....	165	226	117	527	678	804	273	1,170	167	398	755	857	6,137
Enf. chez leurs parens	1,470	1,755	1,633	1,510	3,273	4,671	1,915	5,957	2,560	2,679	1,453	7,314	36,190
Totaux	4,494	5,413	4,491	4,845	7,010	11,910	8,316	17,241	7,094	8,184	6,395	17,413	102,806

Voici un tableau sommaire de la population indigente de Paris, pendant les dix années.

	1804.	1805.	1806.	1807.	1808.	1809.	1810.	1811.	1812.	1813.
Hommes ..	16,143	18,251	20,180	20,671	29,044	29,728	29,902	26,021	19,538	24,776
Femmes...	20,819	22,407	23,978	25,101	37,647	37,927	38,825	38,002	34,509	40,036
Enfans....	42,311	42,770	44,397	46,061	50,012	50,547	53,074	47,847	49,839	36,190
Sans désign. de sexe ni d'âge	7,663	7,277	5,507	5,881	»	»	»	4,800	»	1,804
	86,936	90,705	94,062	97,914	116,703	118,202	121,801	116,670	93,886	102,806

Au tableau des indigens, faisons succéder celui des secours donnés.

ARTICLE III.

Des secours donnés.

Il est nécessaire d'abord de faire à ce sujet quelques observations.

§. Ier.

Observations générales sur les divers secours qu'on donne.

Il y a des secours ordinaires; ce sont ceux que les Bureaux de bienfaisance distribuent aux pauvres inscrits, réunissant les qualités exigées. On ne les doit qu'à ceux qui ne peuvent se procurer par leur industrie ou leur travail des moyens d'existence suffisans pour eux et pour leur famille; on ne les doit qu'aux indigens domiciliés.

Ces règles souffrent des exceptions; si l'ouvrier valide laisse dans le dénûment ses enfans et leur mère; si une femme est enceinte; si l'indigent est chassé de sa demeure faute de payement; des secours sont accordés.

Les secours ordinaires sont momentanés ou perpétuels. On désigne par perpétuels ceux qui se distribuent pendant toutes les saisons de l'année; ils consistent en pain, soupes aux légumes, objets de vêtemens, etc., et sont principalement destinés à des vieillards, à des infirmes, à des chefs de famille, dont le travail ne peut suffire à tous leurs besoins. On désigne par momentanés les secours accordés aux ouvriers réduits à l'inaction par la rigueur de la saison, la crue des eaux, la stagnation du commerce, une infirmité passagère, etc., ou bien dont la femme et les enfans tombent malades. Dans ces derniers cas, les médicamens nécessaires, les soins et les conseils des médecins, leur sont offerts gratuitement. Les Bureaux de bienfaisance qui ont des Maisons de secours dans leur arrondissement, prennent les approvisionnemens de drogues à la Pharmacie centrale des Hospices; les autres font exécuter par des pharmaciens du quartier les prescriptions du médecin : les premiers font distribuer du bouillon aux malades; les autres donnent à ces malades et aux femmes en couche, des cartes pour avoir de la viande chez les bouchers. D'après le règlement du 28 mai 1801, le Conseil général doit déterminer sur l'avis des Comités de bienfaisance le nombre des médecins et chirurgiens nécessaires pour soigner les pauvres malades; ce nombre ne peut excéder celui de six médecins ou chirurgiens et de quatre sages-femmes, par arrondissement.

Les secours extraordinaires ne peuvent être assujettis à aucune règle fixe d'administration. Il est impossible de prévoir tous les cas dans lesquels ils doivent être accordés. Le Conseil général n'a dû s'appliquer qu'à établir dans leur distribution tout l'ordre dont elle est susceptible. On les accorde, ou à des Bureaux de bienfaisance pour la formation ou l'accroissement d'une École de charité, d'une Maison de secours, de quelque établissement semblable, ou pour ajouter aux dons accoutumés, à cause, par exemple, de la durée plus longue ou de la plus grande âpreté de la saison rigoureuse;

ou bien, à des particuliers, victimes d'événemens funestes et im-
prévus, une inondation, un incendie, l'écroulement d'une maison, etc.

Dans le premier cas, les infortunés reçoivent sur-le-champ, en
alimens, en vêtemens, en médicamens, tout ce qui leur est indispensable, en attendant qu'un rapport circonstancié puisse mieux éclairer
sur la nature et l'étendue de leurs maux, et les moyens qu'on aura
pour concourir à les soulager; dans le second, l'agence des secours
à domicile peut prendre, sans attendre une délibération du Conseil,
la somme nécessaire pour subvenir à l'urgence d'un besoin absolu,
sur un fonds de 1200 francs, qui est, pour cela, annuellement à
sa disposition.

On a quelquefois accordé un secours extraordinaire à des personnes
venues à Paris pour y solliciter des moyens de travail, trompées
dans leurs espérances et réduites à manquer de tout; ou à d'autres,
qui vouloient retourner aux lieux de leur naissance, quand la somme
délivrée à la Préfecture de police paroissoit trop insuffisante pour le
voyage; mais ce secours a été rare et toujours dirigé par une sévère
économie. Quelque désir qu'eût l'Administration de soulager tous
les maux, ses ressources sont tellement limitées qu'elle est obligée
de se souvenir que les sommes fournies sont prélevées sur les habitans de Paris, et que c'est à eux qu'appartiennent les secours dont
cet argent est le moyen.

D'après l'organisation actuelle des secours publics, les Bureaux
de bienfaisance présentent, chaque année, au Comité d'arrondissement, l'état par aperçu des besoins de leur division et des fonds à
leur allouer. Ces états sont discutés dans une assemblée extraordinaire de ce Comité, et sont envoyés par le président, avec les observations dont ils ont été jugés susceptibles, au Conseil général qui
prononce, sauf la confirmation du Ministre de l'Intérieur. Tous les
trois mois, l'Administration ouvre un crédit à chaque Bureau sur
la caisse des Hospices.

Dans la répartition des sommes affectées aux secours publics, le
Conseil général ne doit pas seulement considérer les indigens de telle
ou telle division; il doit consulter aussi la nature des besoins que

chaque Bureau doit soulager. Les quartiers du Jardin du Roi et de Saint-Marceau, contiennent, par exemple, un grand nombre d'ouvriers sur les ports et sur la rivière, auxquels il ne faut des secours que pendant la cessation des travaux, occasionnée par les glaces, la crue ou la baisse des eaux; tandis que les divisions habitées par les ouvriers sur métaux, et principalement par ceux qui emploient le mercure, sont obligées d'assister, pendant tout le cours de l'année, un grand nombre d'ouvriers devenus par leurs infirmités tout-à-fait incapables d'un travail habituel. Les habitans des faubourgs ont d'autres besoins que ceux qui demeurent dans l'intérieur de la ville; les différences des métiers en produisent dans les gains, les dépenses, les moyens d'employer les enfans et les femmes. Ces considérations et les connoissances qu'il est nécessaire d'acquérir, pour n'accorder à chaque division que ce qu'exigent les secours à donner aux vrais pauvres, et aux femmes et enfans négligés par les chefs de leurs familles, ont dû retarder assez long-temps la confection d'un nouvel état de répartition entre les Bureaux de bienfaisance.

§. II.

Secours donnés; Sommes employées à ces secours, depuis le 1ᵉʳ. janvier 1804 jusqu'au 31 décembre 1813.

Nous présentons d'abord ce tableau d'une manière générale. Nous y joindrons quelques observations. Les éclaircissemens ou les développemens qui auroient besoin de plus d'étendue, feront ensuite l'objet d'autant de paragraphes particuliers.

Dépenses faites pour les Secours à domicile, à con

NATURE des DÉPENSES.	ANNÉES					
	1804.	1805.	1806.	1807.	1808.	18
	fr. c.	fr. c.	fr. c	fr. c.	fr. c	
Pain......................	494,868 92	494,936 45	607,671 84	539,874 76	467,876 01	406,6
Viande.......................	103,851 57	103,823 63	108,027 54	96,441 71	93,272 31	97,8
Soupes aux légumes.............	15,975 23	15,975 23	8,152 44	9,898 62	8,681 17	6,3
Comestibles divers.	24,989 85	24,940 03	30,358 95	26,261 58	21,119 28	20,6
Combustibles..................	45,572 64	45,486 20	49,226 42	35,213 04	44,538 57	55,6
Achat de Tourbe................	13,075 82	5,960 »	6,000 »	5,400 »	5,250 »	3,8
Achat de Fagots................	» »	3,000 »	» »	» »	» »	
Habillemens et Coucher..........	86,352 81	86,219 34	125,546 79	69,148 60	106,869 21	147,
Médicamens...................	24,186 04	24,089 37	30,679 19	29,476 15	31,694 33	32,
Maisons de Secours.............	65,959 01	65,934 16	42,702 65	44,578 86	42,771 72	49,
Secours en argent aux vieillards et aveugles..................	152,415 »	152,493 »	160,458 »	158,736 »	160,647 »	158,
— à diverses personnes	43,530 25	43,827 80	74,744 67	28,858 87	30,392 94	32,
— donnés par le Préfet.	3,000 »	3,000 »	3,000 »	3,186 »	3,892 »	3.
Écoles de charité...............	27,302 57	27,290 89	55,971 92	58,970 79	69,091 87	75
Frais de foyers publics...........	» »	» »	» »	» »	» »	
Frais de bureau des quarante-huit Bureaux de bienfaisance........	42,874 02	42,774 33	38,143 36	35,904 12	35,519 70	37
Dépenses diverses...............	5,261 10	5,396 60	26,126 40	7,363 33	11,441 08	15
Papier timbré...................	2,402 40	2,666 40	2,694 12	2,283 33	1,940 41	1
Bains	» »	» »	» »	1,290 »	3,336 »	4

1810.	1811.	1812.	1813.	OBSERVATIONS.
fr. c.	fr. c.	fr. c.	fr. c.	
469,984 05	489,636 04	567,141 02	479,555 52	*Voir* la page 352.
105,673 09	101,528 17	107,339 96	98,392 94	Cet aliment se distribue aux malades, aux femmes en couche, aux vieillards et aux infirmes.
7,361 97	8,970 05	60,563 90	143,722 50	*Voir* la page 353.
23,011 92	26,614 28	32,955 19	26,082 85	Dans ces comestibles, est comprise la farine distribuée aux mères nourrices.
59,849 67	45,369 28	42,843 51	44,676 01	
3,480 »	4,800 »	4,800 »	4,800 »	Il s'en fait tous les ans une distribution en nature aux Bureaux de bienfaisance ; elle est ordinairement de 6,000 hectolitres.
» »	» »	» »	» »	Ce combustible a été pareillement distribué en nature aux Bureaux de bienfaisance, et acquitté par l'Administration.
135,236 98	75,219 42	103,966 57	151,162 37	Cette dépense varie suivant le prix des étoffes et les besoins des indigens.
38,759 18	44,599 26	49,506 92	43,070 87	
47,364 40	43,295 89	44,101 50	50,117 57	*Voir* pages 353 et suivantes leur nombre et le genre de secours qu'on y offre.
162,069 »	175,797 »	185,463 »	184,974 »	*Voir* ci-après page 357.
30,180 63	28,598 56	25,970 45	24,506 06	*Voir* ci-après pages 357 et 358.
3,050 »	6,005 »	6,450 »	6,400 »	Ces secours sont distribués directement par M. le Préfet, sur un fonds mis annuellement à sa disposition.
80,501 09	84,345 28	87,845 31	88,592 99	*Voir* ci-après pages 359 et suivantes.
» »	3,744 10	3,198 35	» »	
37,272 03	38,216 37	43,144 33	42,240 75	Il est accordé annuellement aux Bureaux de bienfaisance (outre 100 fr. par mois pour chacun), 57,600 fr., pour loyer, chauffage, lumière, registres, impressions, papier, plumes, encre, etc, et gages du garçon de bureau. Ce qui n'en est pas dépensé est employé en faveur de leurs indigens.
16,809 83	18,391 18	22,541 80	17,089 11	Ces dépenses consistent dans des transports d'indigens malades aux Hôpitaux, frais de vaccination, de déménagemens, réparations, achat d'ustensiles, meubles, etc., faits par les Bureaux de bienfaisance.
1,902 45	2,172 23	2,635 88	2,304 23	*Voir* ci-après page 358.
5,691 »	5,716 »	4,365 »	3,435 »	

Tableau N°. VIII. page 352.

NATURE des DÉPENSES.	1804.	1805.	1806.	1807.	1808.	ANNÉ:È
	fr. c.	fr. c.	fr. c.	fr. c.	fr. c.	
Secours aux victimes de l'explosion du 24 décembre 1800 (5 nivose an IX..............	1,359 39	1,299 96	1,299 96	1,299 96	1,299 96	
SECOURS à divers Etablissemens de Charité.						
A la Société Maternelle..........	» »	6,000 »	6,000 »	6,000 »	6,000 »	
Institution de Saint-Vincent-de-Paul.	» »	» »	» »	» »	9,000 »	
Asile de la Providence..........	» »	» »	» »	1,000 »	1,000 »	
Maison tenue par Mme. Delaizeau..	» »	» »	» »	1,000 »	1,000 »	
Maison tenue par M. Humbert....	» »	» »	» »	» »	300 »	
Association de charité des enf. délaissés	» »	» »	» »	» »	» »	
Maison d'éducation, rue S.-Antoine, passage Saint-Pierre..........	12,147 77	14,253 78	14,712 07	15,291 45	15,108 39	1,11
Frais relatifs au dénombrement des indigens....................	» »	» »	» »	» »	» »	
Frais de contrôle de la Régie du droit des pauvres sur les Spectacles...	» »	» »	» »	» »	» »	
FRAIS généraux d'administration.						
Traitement et frais de bureau pour la 4e.Division; contribution dans les frais de la Caisse générale des Hospices et Secours	28,439 69	28,400 »	24,199 80	31,741 62	33,191 48	31,1
Dépenses diverses.	8,108 62	7,845 87	» »	» »	» »	
RENTES ET FONDATIONS.						
Rentes viagères...............	5,551 02	4,992 66	4,611 35	4,393 57	4,152 75	4,'
M. Lejay.	2,001 25	3,811 »	3,405 50	3,157 25	3,423 88	3,'
M. Crozat.................	1,849 25	1,840 »	1,825 »	1,510 »	1,440 »	1,'
Mme. Regnouf.................	» »	» »	» »	» »	575 »	'
M. Bourguignon..............	» »	» »	» »	» »	» »	'
M. Coignard.................	» »	» »	» »	404 »	403 96	4
Entretien des biens productifs.....	17,885 63	15,728 13	16,874 16	14,731 31	13,686 44	13,'
Filature des indigens, achat de filasse, main-d'œuvre, réparations, contributions, appointemens et frais de bureau..............	235,247 37	222,530 64	151,522 54	200,588 40	154,840 73	84,5
Secours extraordinaires accordés par le Gouvernement............	» »	» »	300,000 »	» »	» »	

	1810.	1811.	1812.	1813.	OBSERVATIONS.
	fr. c.	fr. c.	fr c.	fr. c.	
99	1,299 96	6,279 96	1,219 96	1,219 96	Ces secours sont payables par trimestre, sur les intérêts d'un fonds de 28,000 francs placé au Mont-de-Piété, restant de celui de 32,000 francs; deux personnes ayant retiré le capital représentatif de leur secours annuel, d'après l'arrêté du Ministre de l'intérieur, du 15 octobre 1801.
0	6,000 »	6,000 »	» »	» »	
»	» »	» »	» »	» »	
o	1,000 »	1,000 »	2,000 »	1,000 »	
o	» »	» »	» »	» »	
o	500 »	500 »	500 »	» »	
»	» »	» »	» »	1,200 »	
	15,051 75	15,078 62	14,681 25	13,950 »	*Voir* ci-après page 361.
	2,410 50	1,206 60	» »	» »	Le Conseil n'a plus fait de fonds en 1812 et en 1813, à cause des difficultés mises par des Bureaux de bienfaisance à la continuation du dénombrement fait dans les deux années précédentes.
	1,166 15	887 50	787 50	1,200 »	
	32,291 36	32,290 93	35,442 45	35,442 65	
	» »	» »	» »	» »	Elles consistent en appoints de diverses dépenses dont les crédits n'ont pas été suffisans.
	3,413 09	3,304 17	2,341 25	2,137 46	*Voir* ci-après page 371.
	3,347 22	3,381 75	3,009 75	3,670 50	A la charge de faire jouir les pauvres maîtres boutonniers et rubanniers, des secours qu'il accorde.
	1,180 55	736 »	540 »	960 »	Ce Bienfaiteur laissa un fonds, réduit à 14,860 liv. de rente.
	350 »	350 »	350 »	350 »	*Voir* ci-après page 371.
	450 »	450 »	430 96	450 »	*Voir* ci-après page 371.
	370 09	395 50	396 59	403 92	*Voir* ci-après page 371.
	11,422 14	8,647 60	5,246 24	5,246 24	
	335,052 49	328,881 49	309,009 32	300,452 39	Il résulte, du produit des ventes, qu'il y a eu par an une perte, ou plutôt une dépense comme secours donné en travail, de 49,770 francs, partagés entre 1972 personnes, formant 25 francs 24 c. pour chacune.
	» »	300,000 »	888,112 88	» »	

Pain; Soupes économiques.

La quantité de pain, distribuée aux indigens, varie suivant la cherté et suivant les sommes accordées.

Depuis le 1er. décembre 1812, la farine nécessaire à sa confection est fournie en nature par six magasins de réserve aux Bureaux de bienfaisance, en vertu d'une décision ministérielle du même mois. Le prix en est acquitté par l'Administration.

On a fourni, pour le mois de décembre 1812, 729 sacs $\frac{60}{100}$ et demie, produisant 100 pains de deux kilogrammes (un peu plus de quatre livres une once) par sac, lesquels ont coûté 59,295 francs, non compris 5 francs pour cuisson, par chaque sac aussi.

En 1813, on a fourni 7072 sacs $\frac{28}{100}$, qui ont coûté 409,989 francs 9 centimes, indépendamment des frais de cuisson et du pain acheté par les Bureaux, formant ensemble 479,555 francs 52 centimes.

Dans cette dernière somme est comprise celle de 159,467 francs 69 centimes, pour une distribution extraordinaire de 1860 sacs, pendant les trois premiers mois de l'année.

Les distributions ordinaires en soupes économiques se sont élevées, année commune, à une dépense de 8 à 9 mille francs; mais pendant les années 1804, 1812 et 1813, des distributions extraordinaires ont été faites aussi par le Gouvernement, lesquelles ont porté la dépense à des sommes plus considérables.

MAISONS DE SECOURS.

Il y en a vingt-deux, distribuées dans les douze arrondissemens de Paris.

Bureaux de bienfaisance.

1er. *Arrondissement.*

MAISON RUE DE LA VILLE-LÉVÊQUE.

Quartiers du Roule et de la Place Vendôme.

Elle est sous la surveillance des deux Bureaux ci-contre, et contient une marmite, une pharmacie, un fourneau pour les soupes, et une école de filles; elle est desservie par quatre sœurs de la Charité.

2e. *Arrondissement.*

MAISON RUE NEUVE-SAINT-ROCH.

Quartier du Palais-Royal.

Elle contient une pharmacie et une marmite, dirigées par quatre sœurs de la Charité, chargées de visiter les malades.

45

Bureaux de bienfaisance.

3e. *Arrondissement.*

Quartier de St.-Eustache.

MAISON RUE MONTMARTRE.

Elle contient une pharmacie, une marmite, un fourneau pour les soupes, et deux écoles de filles ; elle est desservie par sept sœurs de la Charité.

Quartier du Mail.

MAISON RUE NOTRE-DAME-DES-VICTOIRES.

On y réunit quelques femmes âgées et infirmes ; elles y reçoivent des secours en commun, en attendant qu'elles puissent être admises dans les Hospices.

4e. *Arrondissement.*

MAISON RUES DES POULIES ET JEAN-TISON.

Quartier Saint-Honoré.

Elle contient une pharmacie, une marmite, un fourneau de soupes économiques, une école de filles et une de garçons.

Elle est commune aux quartiers des Tuileries, du Louvre et de Saint-Honoré.

Cette Maison est desservie par une ancienne sœur de Ste-Marthe, deux autres femmes, et un instituteur.

5e. *Arrondissement.*

MAISON RUE DE LA LUNE.

Quartier de Bonne-Nouvelle.

Elle contient une marmite, une pharmacie, un fourneau de soupes, et une école de filles ; elle est desservie par cinq sœurs de la Charité.

MAISON RUE DU FAUBOURG-SAINT-MARTIN.

Quartier de la Porte St.-Martin.

Cette Maison, commune au quartier du Faubourg-Saint-Denis, contient une marmite, une pharmacie, un fourneau de soupes, et une école de filles ; elle est desservie par cinq sœurs de la Charité.

MAISON RUE SAINT-SAUVEUR.

Quartier de Montorgueil.

Elle contient une marmite, une pharmacie, et une école de filles ; elle est desservie par trois sœurs de la Charité.

6e. *Arrondissement.*

MAISON RUE SAINT-DENIS, PRÈS DE SAINT-LEU.

Quartier des Lombards.

Elle contient une pharmacie, une marmite, et une école de filles ; elle est desservie par cinq sœurs de Sainte-Marthe.

Bureaux
de bienfaisance.

Quartier
de Saint-Nicolas-
des Champs.

MAISON RUE DES FONTAINES.

Elle contient une pharmacie, une marmite, et une école de filles; elle est desservie par quatre sœurs de la Charité.

7e. *Arrondissement.*

Quartier
des Arcis.

MAISON RUE DU CRUCIFIX SAINT-JACQUES.

Elle se compose d'une marmite, d'une pharmacie, d'un fourneau de soupes, et d'une école de filles; elle est desservie par quatre sœurs de la Charité.

Il y a sous l'Administration encore de cette Maison, un logement rue Saint-Jacques-la-Boucherie où se trouvent réunies quelques femmes veuves indigentes, âgées et infirmes, et participant aux secours ordinaires, en attendant qu'elles puissent être admises dans les Hospices.

Quartier
Sainte-Avoye.

MAISON CLOÎTRE SAINT-MERRY.

Elle contient une marmite, une pharmacie, une école de filles, et une salle de douze lits pour hommes et femmes malades, établie en faveur des indigens de la paroisse.

Tout cela est desservi par cinq sœurs de la Charité.

8e. *Arrondissement.*

Quartier
du
Faub. St.-Antoine
et de Popincourt.

MAISON RUE SAINT-BERNARD.

Elle contient une pharmacie, une marmite, une école de filles et un fourneau, communs aux quartiers de Popincourt et des Quinze-Vingts; elle est desservie par quatre sœurs de la Charité.

9e. *Arrondissement.*

Quartier
de l'Isle-St.-Louis.

MAISON RUE POULTIER.

Elle contient une pharmacie, une marmite, un fourneau et une école de filles; elle est desservie par cinq sœurs de la Charité.

45 *

Bureaux de bienfaisance.

Quartier de l'Arsenal.

Voir ci-après, page 361.

MAISON RUE SAINT-ANTOINE, PASSAGE SAINT-PIERRE.

Elle contient une pharmacie, une marmite et un fourneau, et est dirigée par trois sœurs de la Charité.

Dans cette Maison est l'établissement d'éducation, dit *des Jeunes ouvrières de Saint-Paul.* Nous rendrons compte bientôt de cet établissement.

Quartier de la Cité.

MAISON RUE DE LA COLOMBE.

Il n'existe d'autre établissement dans cette Maison qu'un atelier de couture et une école de filles, desservis par trois sœurs de la Charité. Il est commun au quartier du Palais de Justice, 11e. arrondissement.

10e. *Arrondissement.*

Quartier des Invalides.

MAISON RUE SAINT-DOMINIQUE, AU GROS-CAILLOU.

Elle contient une marmite, une pharmacie, un fourneau de soupes, un atelier de couture et une école de filles; elle est desservie par cinq sœurs de la Charité.

11e. *Arrondissement.*

Quartier de la Sorbonne.

MAISON RUE DES PRÊTRES SAINT-SEVERIN.

Elle contient une pharmacie, une école de filles et une marmite; elle est desservie par trois sœurs de Sainte-Marthe.

du Luxembourg.

MAISON CUL-DE-SAC FÉROU.

Elle contient une pharmacie, une marmite, un fourneau de soupes, un atelier de couture, une école de garçons et une de filles, chacune divisée en trois classes; elle est desservie par sept sœurs de la Charité et par deux frères de la Doctrine chrétienne.

Bureaux
de bienfaisance.

Quartier
de l'École de
Médecine.

MAISON RUE DES POITEVINS.

Elle contient une pharmacie, une marmite, un fourneau de soupes, une école de filles, et une salle dans laquelle sont établis six lits pour des malades indigens de la paroisse Saint-André-des-Arts; elle est desservie par cinq sœurs de Sainte-Marthe.

12e. *Arrondissement.*

Quartier
du
Jardin du Roi.

MAISON RUE DES FOSSÉS-SAINT-VICTOR.

Elle contient une pharmacie et une marmite, desservies par quatre sœurs de la Charité.

Quartier
de Saint-Marcel.

MAISON RUE DES FRANCS-BOURGEOIS.

Elle contient une pharmacie, une marmite, et une école de filles; elle est desservie par quatre sœurs de la Charité.

Les Bureaux de bienfaisance prennent cette dépense sur les fonds ordinaires mis à leur disposition; le Conseil général y ajoute un supplément annuel d'environ 6 mille francs.

Secours en argent.

Ces secours varient aussi d'après le nombre des individus auxquels on les accorde, et l'âge auquel ils arrivent. On les distribue sur des états nominatifs, à raison de 6 francs par mois aux octogénaires, de 3 francs par mois aux vieillards âgés de 75 ans, et de 3 francs aux aveugles. Le nombre des vieillards inscrits, ayant au-delà de 75 ans, étoit, en 1803, de 2,800 environ. On se souvient que 6 à 7 mille personnes, plus que septuagénaires, reçoivent aux hospices de la Salpêtrière, de Bicêtre, des Incurables, etc., une assistance bien plus étendue.

Un fonds spécial de 27 mille francs est destiné à des secours extraordinaires que le Conseil général accorde à des personnes chargées d'une famille nombreuse ou qui ont éprouvé de grands malheurs; soit par une somme une fois payée, soit en leur faisant compter de 6 à 15 francs par mois. La quatrième division de l'Administration générale, qui remplace l'ancienne Agence des secours à domicile, a aussi un fonds de 4 mille francs, dont elle dispose pour des cas urgens qui ne permettroient pas d'attendre une décision du Conseil réuni; elle donne de 5 à 10 francs une fois payés, et le nombre de ceux à qui elle les donne est de 5 à 600 personnes chaque année. Une somme prise sur ce fonds particulier, est quelquefois appliquée à des frais de départ pour des indigens renvoyés par la police. Les Bureaux de bienfaisance accordent aussi quelques secours pécuniaires sur les fonds mis annuellement à leur disposition.

Dans la généralité de ces secours sont compris ceux donnés aux mères-nourrices malades, en vertu d'un arrêté du Conseil, qui ouvre pour cet objet un crédit de 3 mille francs. La dépense est déterminée par le Bureau central d'admission, d'après la visite des malades.

Distribution gratuite de papier timbré.

Ce secours consiste dans la délivrance gratuite des actes de naissance, de mariage, de décès, aux indigens qui en ont besoin.

Le prix du papier timbré est remboursé à ceux qui ont délivré ces actes, en rapportant le certificat d'indigence présenté pour obtenir cette délivrance gratuite.

La dépense annuelle que ce secours occasionne est nécessairement variable. Elle n'a jamais été moindre de 2 mille francs; elle ne monte guère au-dessus de 4 mille francs.

Bains.

L'obligation de donner, chaque jour, douze bains gratuits aux indigens et aux militaires infirmes, avoit été imposée de nouveau au propriétaire des bateaux à bain placés à côté du pont des Tuileries, quand la permission nécessaire pour cet établissement lui fut renouvelée, au mois de septembre 1799. Les bons étoient délivrés sur les certificats des Bureaux de bienfaisance constatant la pauvreté ; et les signatures des médecins qui avoient reconnu la maladie et prescrit le remède.

Ces bains n'ont plus été délivrés aux indigens, depuis le mois de septembre 1807. La nouvelle adjudication, faite alors par bail, au nom du préfet, de la partie de la rivière où ils sont placés, n'ayant pas rappelé cette obligation primitive, le propriétaire a pensé qu'il en étoit affranchi. Le Conseil général a fait des réclamations, mais elles ont été sans succès. Un arrangement a été fait avec d'autres baigneurs, moyennant un franc par bain, afin que les indigens ne fussent pas privés d'un remède si nécessaire. C'est une dépense annuelle de 4 à 5 mille francs. On s'occupe de former, dans un de nos Hôpitaux, un Établissement qui puisse offrir journalièrement et gratuitement ce secours à tous les pauvres qui en auront besoin.

§. III.

ÉCOLES DE CHARITÉ.

On doit compter, parmi les principaux et les plus importans secours accordés aux pauvres avant la révolution, l'éducation gratuite donnée aux garçons par des Frères ou des séculiers établis dans diverses paroisses ; et aux filles, par les sœurs de la Charité et de quelques autres congrégations, comme celle de l'Instruction, près de Saint-Sulpice ; les deux couvens d'Ursulines, pour le quartier Saint-Jacques et le Marais ; celle des Filles de Sainte-Agathe, pour la paroisse Saint-Étienne-du-Mont ; celle de Sainte-Agnès, sur-tout, pour le quartier des Halles : aucune école même n'égaloit cette dernière, soit par le nombre des élèves, soit par la multiplicité des travaux qu'on leur enseignoit ; les classes contenoient plus de trois cents filles indigentes, dont plusieurs recevoient des alimens. Elle étoit principalement soutenue par les dons et libéralités des curés de Saint-Eustache.

De toutes ces écoles, il n'en subsiste plus qu'une, celle des Jeunes Ouvrières indigentes de la paroisse Saint-Paul.

Plusieurs autres ont été formées successivement, et chaque année ; on s'occupe de les augmenter.

Le Conseil général accorde avec empressement, toutes les fois qu'on le lui demande, les fonds nécessaires, soit pour les premiers frais d'établissemens de ces écoles, soit pour aider les Bureaux de bienfaisance à les entretenir.

Voici leur état actuel et leur progression depuis 1804.

Sommes accordées.			Sommes accordées.		
En 1804,	19 écoles	21,250	En 1809,	43 écoles	50,855 fr.
1805,	21 —	24,484	1810,	45 —	52,455
1806,	29 —	33,572	1811,	47 —	56,835
1807,	42 —	51,729	1812,	47 —	56,835
1808,	43 —	51,598	1813,	50 —	59,260

Dans ces fonds, est comprise, à compter de 1807 jusqu'au 31 décembre 1808, la somme de 2776 francs accordée au Comité central du dixième arrondissement, pour contribution dans les frais de huit écoles entretenues par une Société charitable, et dans lesquelles les Bureaux de la Monnoie, du faubourg Saint-Germain et de Saint-Thomas d'Aquin, envoient leurs enfans : le Conseil des Hospices y a contribué pour 4000 francs, chaque année, à compter de 1809.

Dans ces fonds sont également compris, à compter de 1807, une indemnité annuelle de 300 francs pour l'institutrice du sixième arrondissement ; et le secours accordé aux dames de la Croix, depuis 1811, pour les soins donnés à l'instruction de cent jeunes filles indigentes du huitième arrondissement.

Voici le tableau des écoles actuelles de charité avec l'indication des quartiers de Paris où elles sont situées, du nombre des enfans qu'on y reçoit, de la dépense qu'elles occasionnent, des personnes à qui elles sont confiées, et quelques autres observations qui les concernent.

QUARTIERS.	LIEUX où sont situées LES ÉCOLES.	ENFANS admis AUX ÉCOLES.		DÉPENSE de chaque ÉCOLE.		SOMMES accordées par le Conseil général.
		Garçons.	Filles.	Garçons.	Filles.	
						1er. ARR
Tuileries............. {	Rue Jean-Tison , n°. 3.........	100	»	1,156 f.	» f.	1,840 fr.
	Rue des Poulies , n°. 14.........	»	120	»	1,100	
Roule...............	Rue de la Ville-l'Évêque......	»	195	»	228	»
Place Vendôme........	Rue de l'Arcade , n°. 21........	185	»	2,742	»	1,200
Champs-Élysées........	Rue des Batailles , n°. 20	70	60	1,500	1,435	2,200
						2me. AR
Feydeau..............	Rue de Gaillon , n°. 7.........	»	46	» f.	2,179	600
Faubourg Montmartre...	Rue du Faubourg Montmartre..	104	50	1,590	750	1,000
Palais Royal...........	Paroisse St.-Roch, près le Bureau.	120	»	1,800	»	2,300
						3me. AR
Faubourg Poisssonnière...	Rue de Belfond , n°. 7........	»	78	»	1,388	1,000
Mail.................	Rue du Gros-Chenet , n°. 21...	80	»	1,922	»	1,400
Saint-Eustache......... {	Rue Montmartre, vis-à-vis l'église Rue Montorgueil............	60	80	»	»	1,500
						4me. AR
Banque de France.......	....	»	»	»	»	»
Marchés...............	Rue de la Cossonnerie , n°. 22..	50	»	717	»	500

TEMENT des ituteurs et utrices.	BUREAUX qui demandent des Écoles, et les sommes nécessaires pour les entretenir.	OBSERVATIONS.
DISSEMENT.		
1,899 fr.	....	Ces écoles sont communes aux bureaux du Louvre et de St.-Honoré.
»	....	Cette école est entretenue par des dames de charité, et dirigée par des sœurs de Charité.
1,200	....	Ce bureau envoie les filles dans l'école, rue de la Ville-l'Évêque.
1,600	....	Le surplus des garçons et des filles sont envoyés chez un instituteur et chez une institutrice, faubourg du Roule.
NDISSEMENT.		
1,200	....	Ces écoles sont communes au bureau de la Chaussée-d'Antin.
1,500		
1,800		Cette école est tenue concurremment avec le curé de la paroisse. Les filles sont envoyées chez une institutrice particulière à laquelle le bureau paye 444 francs.
NDISSEMENT.		
1,500	Il sollicite une école pour les garçons : on présume qu'il faudroit lui accorder 800 francs pour frais d'établissement, et 1,000 francs par an.....	Ce bureau envoie environ 28 garçons chez des instituteurs particuliers, rue du Faubourg Saint-Denis, auxquels il paye 2 francs par mois, pour chaque enfant.
1,200	Ces deux bureaux désireroient une école pour les filles. Elle pourroit coûter, comme secours annuel, 800 francs, et 500 francs pour premiers frais d'établissement.	École commune avec le bureau du quartier Montmartre. Les filles sont envoyées à l'école primaire, à laquelle le bureau accorde 200 francs par an.
»		M. le curé de Saint-Eustache, à qui les 1,500 francs sont remis par le bureau, se charge du payement des instituteurs, ainsi que de trois autres écoles qu'il dirige.
NDISSEMENT.		
»	Ce bureau désireroit deux écoles, afin que tous ses enfans pussent être instruits. On présume qu'il faudroit 900 francs par école, et 500 pour frais d'établissement.	Ce bureau envoie 47 jeunes garçons dans l'école rue Montorgueil, et les filles, au nombre de 55, dans celle rue Montmartre. Il y contribue pour 200 francs par année.
500	Il désireroit une école de filles. Les frais pourroient se porter à 300 francs de premier établissement, et à 6 ou 700 francs par année.	

Tableau N°. IX, page 360.

QUARTIERS.	LIEUX, où sont situées LES ÉCOLES.	ENFANS admis AUX ECOLES.		DÉPENSE de chaque ÉCOLE.		SOMMES accordées par le Conseil général.	T
		Garçons.	Filles.	Garçons.	Filles.		
						5me. ARRO	
Faubourg Saint–Denis....	Faubourg Saint–Martin , n°. 105.	»	100	»f.	2,800 f.	2,000 fr.	
Bonne–Nouvelle.........	Rue de la Lune , n°. 14	»	130	»	528	2,000	
	Sous le chœur de l'église......	70	»	750	»		
Montorgueil...........	Rue Saint–Sauveur , n°. 9......	»	60	»	760	700	
						6me. ARRO	
Porte Saint–Denis........	....	»	»	»	»	»	
Saint–Martin–des–Champs.	Rue des Fontaines , n°. 21.....	400	»	3,800	»	5,600	
	Rue Aumaire , n°. 20.	»	200	»	1,900		
Lombards.............	Rue Saint–Denis , n°. 184.....	»	120	1,000	»	1,800	
	Cul–de–sac de Venise.........	120	»	»	827		
Temple	Rotonde du Temple , n°. 19....	70	»	1,000	»	1,800	
	Rue Boucherat , n°. 12........	»	60	»	700		
						7me. ARRO	
Sainte–Avoye...........	Rue Beaubourg , n°. 13.	110	»	1,080	»	1,000	
	Cloître Saint–Merry , n°. 11.....	»	172	»	500		
Mont–de–Piété.........	Vieille rue du Temple , n°. 77..	148	»	3,270	»	1,350	
Marché Saint–Jean.......	....	»	»	1,400	1,079	2,280	
Arcis.................	Rue de la Coutellerie , n°. 8....	180	»	1,050	»	1,575	
	Rue du Petit–Crucifix.........	»	120	»	564		

...MENT es ...teurs ...trices.	BUREAUX qui demandent des Écoles, et les sommes nécessaires pour les entretenir.	OBSERVATIONS.

...SSEMENT.

	Il désireroit une école pour les garçons. Il faudroit lui donner, pour frais d'établissement comme secours, 400 francs; et 1,000 fr. pour l'entretien.	École commune avec le bureau de la Porte Saint-Martin. Les garçons sont envoyés chez un instituteur, rue de la Fidélité, au nombre de 30 à 40; et le surplus des filles, chez une institutrice faubourg Saint-Martin, n°. 88.
..28 ..50	....	Ce bureau reçoit 2,000 francs, tant pour ses écoles, que pour concourir aux frais de sa maison de secours; la dépense pour les écoles est de 1,078 francs.
..00	....	Ce bureau vient de former une école de garçons, rue Française, au moyen de la bienfaisance des habitans du quartier.

...SSEMENT.

»	Ce bureau désire depuis long-temps une école de garçons et une de filles: il lui faudroit un secours de 600 fr. pour frais d'établissement, et 1,200 fr. par an pour l'entretien.	Ce bureau n'a aucun établissement dans son quartier.
90 ...00	....	Cette dépense est indépendante de la somme de 1,800 francs, qu'une association de charité a payée.
..00	....	L'institutrice de l'école primaire du 6e. arrondissement reçoit de plus 300 francs par an, à raison de l'atelier de couture qu'elle y a pour l'instruction de plusieurs jeunes filles indigentes.
..00 ..00		

...SSEMENT.

..00 ..00	....	Ce bureau réclame un secours de 500 francs annuellement, pour l'aider dans ses frais d'école.
..00	Il réclame des fonds pour une école de filles, et un supplément pour celle des garçons. On peut évaluer le supplément à 600 francs; et quant à l'école des filles, 300 francs pour frais d'établissement et 800 francs par an.	Ce Bureau envoie 50 filles chez une institutrice particulière.
»		Ce bureau, à qui les localités du quartier permettent difficilement l'établissement de deux écoles, envoie les garçons chez des instituteurs, rues des Mauvais-Garçons et du Roi de Sicile; et les filles, rues Saint-Antoine et de la Verrerie.
50 ..00		

Tableau N°. IX*.

QUARTIERS.	LIEUX où sont situées LES ÉCOLES.	ENFANS admis AUX ÉCOLES.		DÉPENSE de chaque ÉCOLE.		SOMMES accordées par le Conseil général.	TR I In
		Garçons.	Filles.	Garçons.	Filles.		

8me. ARRO

Marais..............	....	»	»	3oo f.	»	»	
Popincourt,..........	Rue Saint-Ambroise, n°. 2 ...	75	»	870	»	} 1,450 {	
	Rue Saint-Sébastien, n°. 52.....	»	5o	»	77¹		
Faubourg Saint-Antoine..	Rue Saint-Bernard, n°s. 35 et 59.	180	»	2,266	»	} 2,400 {	
	Rue *Idem* n°. 31............	»	220	»	1,088		
Quinze-Vingts.........	Rue Lenoir, n°. 4...........	223	»	2,000	»	} 1,500 {	
	Place du Marché Beauveau.....	»	198	»	1,885		

9me. ARRO

Isle-Saint-Louis........	Rue Saint-Louis, n°. 62........	2oo	»	1,700	»	} 2,000 {	
	Rue Poultier, n°. 3..........	»	150	»	1,03⅘		
Hôtel-de-Ville.........	Rue de la Mortellerie.........	75	»	1,5oo	»	} 2,000 {	
	Même rue, n°. 98............	»	85	»	1,293		
Cité................	Rue de la Colombe, n°. 6......	»	120	»	3,000	1,500	3.
Arsenal.............	Rue du Petit-Musc, n°. 10.....	8o	»	1,3oo	»	} 2,000 {	
	Rue St-Antoine, pass. St.-Pierre..	»	80	»	1,262		

10me. ARRO

La Monnoie..........	....	»	»	»	»	»	
Saint-Thomas-d'Acquin..	....	»	»	A	»	»	
Faubourg Saint-Germain.	....	»	»	»	»	»	
Invalides.............	Rue St.-Dominique, n° 45......	»	250	»	2,520	»	

MENT	BUREAUX	OBSERVATIONS.
eurs	qui demandent des écoles et les sommes	
ices.	nécessaires pour les entretenir.	

SSEMENT.

» fr.	Ce bureau réclame depuis bien long-temps une école de garçons et une de filles. Les secours à accorder peuvent être évalués à 600 francs, pour frais d'établissement, et 1800 francs par an.	Provisoirement il envoie des enfans dans les écoles primaires du quartier, et donne à leurs chefs 150 francs.
₀₀ ₀₀		Ce bureau envoie environ 30 filles dans une école, rue Saint-Bernard, pour lesquelles il paye 200 francs par an.
₀₀ ₀₀ ₀₀ ₀₀		Indépendamment de ces écoles, l'Administration paye 1,205 fr. aux dames religieuses réunies, rue Moreau – Charenton, qui donnent tous leurs soins à l'instruction de 100 jeunes filles indigentes du 8ᵉ arrondissement.

SSEMENT.

| ₀₀ ₀ ₀₀ ₀ | | Le Curé de la paroisse paye une partie du traitement des instituteurs (deux frères de la Doctrine chrétienne). |
| ₀ rices. 6 6 | Ce bureau désireroit l'établissement d'une école de garçons. Les frais peuvent être évalués à 300 fr. pour l'établissement, et à 900 fr. pour l'entretien. | L'école des filles est commune avec le bureau du Palais de Justice; il y contribue pour un tiers. Le bureau de la Cité envoie 120 garçons chez un instituteur, cul-de-sac Saint-Martial; ils lui coûtent 1,200 francs. |

SSEMENT.

| » » » | Le bureau de la Monnoie désire deux écoles, l'une pour les garçons, et l'autre pour les filles. | Neuf écoles ont été établies dans cet arrondissement, par une Société de charité; les trois bureaux y envoient leurs enfans: le Conseil général y contribue pour une somme annuelle de 4,000 francs. |
| ₀₀ | | Le bureau, qui ne reçoit aucun secours pour ses deux écoles de filles, réclame 2,000 francs au moins Quant aux garçons, ils sont envoyés, au nombre de 200, dans une école rue Saint-Dominique, tenue et payée par madame la marquise de Trans. |

Tableau Nº. IX **.

QUARTIERS.	LIEUX où sont situées LES ÉCOLES.	ENFANS admis AUX ÉCOLES.		DÉPENSE de chaque ÉCOLE.		SOMMES accordées par le Conseil général.	
		Garçons.	Filles.	Garçons.	Filles.		
						11me. ARRO	
Luxembourg............	Cul-de-sac Férou , n°. 2.......	170	»	2,300	» f.	2,800 fr. {	
	Rue Férou , n°. 18............	»	215	»	2,011		
École de Médecine.......	Rue Pavée-St.-André , n°. 13...	70	»	1,000	»	1,660 {	
	Rue des Poitevins , n°. 12	»	87	»	1,087		
Sorbonne.............	Rue des Prêtres-Saint-Séverin..	»	60	»	800	400	
	Rue des Bernardins , n°. 11	»	50	»	»	»	
Palais de Justice.........	....	»	»	»	»	900	
						12me. AR	
Saint-Jacques..........	Place Maubert................	»	80	»	2,400	1,200	
Saint-Marcel..........	Rue des Trois-Couronnes, n°. 8..	150	»	1 800	»	2,000 {	
	Rue des Francs-Bourgeois , n°. 2	»	140	»	899		
Observatoire...........	Rue de l'Arbalête, n°. 3.	71	»	780	»	2,970 {	
	Rue Saint-Jacques , n°. 255...	»	150	»	900		
Jardin du Roi.........	Rue des Fossés St.-Victor, n°.12.	120	»	2,300	»	2,000	

RÉCAPITU

		Enfans admis.		Dép. de chaq. école.		Sommes accordées.
	1er. Arrondissement....	355	375	5,398 f.	2,763 f.	5,240 f.
	2me...................	224	96	5,390	2,929	3,900
	3me...................	140	158	1,922	1,388	3,900
	4me...................	50	»	717	»	500
	5me...................	70	290	750	3,888	4,700
	6me...................	590	380	5,800	3,427	7,500
	7mo...................	438	292	6,803	2,143	6,005
	8me...................	478	468	5,436	5,744	6,555
	9me...................	355	435	4,500	6,589	7,500
	10me..................	»	250	»	2,520	4,000
	11me..................	240	412	3,300	3,893	5,760
	12me.	341	370	4,880	4,199	8,100
		3,281	5,526	42,896	37,488	63,660

...MENT .s .teurs .rices.	BUREAUX qui demandent des écoles, et les sommes nécessaires pour les entretenir.	OBSERVATIONS.

...ISSEMENT.

.o fr.	....	Ce bureau réclame une augmentation de 1,000 francs par an.
.oo }		
.oo		
.oo		
.o }	Ce bureau réclame l'établissement d'une école de charité pour les garçons. Les frais peuvent être évalués comme secours, à 3oo francs pour l'établissement, et 6oo francs pour l'entretien.	Ce bureau réclame une augmentation de 6oo fr. pour l'école de filles, rue Saint-Séverin. L'école, rue des Bernardins, est payée avec un fonds de 493 fr. 33 c. provenant d'une rente annuelle donnée par la veuve Duparque, à la charge de l'entretien de cette école.
»		
»	....	Ce bureau envoie ses garçons chez un instituteur, cul-de-sac Saint-Martial. Il contribue, comme on l'a observé, pour un tiers dans la dépense de l'école de filles, tenue avec le bureau de la Cité.

...DISSEMENT.

.o }	Pour frais 3oo francs, et 9oo francs de secours annuel pour une école de garçons.	Ce bureau envoie environ 3o garçons chez un instituteur particulier, dont la dépense se trouve comprise dans la somme de 2,4oo francs ci-contre.
.o		
.o		
.o		
.o		
.o	....	Ce bureau envoie ses filles, au nombre de 4o, dans une école, rue Saint-Étienne-du-Mont, entretenue par le Curé, à qui on tient compte de 4oo francs par an.

...TION.

ÉCOLES DEMANDÉES.

.ent.	Premiers frais.	Frais annuels.
.9 f.	» fr.	» fr.
.o	»	»
.o	6oo	1,8oo
.o	8oo	2.4oo
.8	4oo	1,ooo
.o	6oo	1,2oo
.o	3oo	8oo
.o	6oo	1,8oo
.2	3oo	9oo
.o	»	»
.o	3oo	6oo
.o	3oo	9oo
.9	4,2oo	11,4oo

Tableau N°. IX ***.

La méthode de M. *Choron* a été essayée avec succès dans quelques-unes de ces écoles. Plusieurs élèves ont écrit assez correctement sous la dictée, au bout de six mois; aucun n'a eu besoin de plus d'une année.

Des ateliers de couture ont été formés aussi dans quelques-uns de ces Établissemens.

Les Bureaux de bienfaisance qui n'ont pas eu dans leur arrondissement une maison appartenant aux Hospices, dont on pût leur abandonner l'usage, ont obtenu du Conseil général le secours de 25 sous par mois pour chaque enfant qu'ils placent chez des instituteurs ou des institutrices de leur quartier.

D'après l'état dressé, en 1807, par les commissaires de police de Paris, le nombre des enfans de l'un et l'autre sexe s'y élevoit à 148,574; on les divise en trois classes : ceux qui ne peuvent encore suivre les écoles (les enfans au-dessous de cinq ans), ceux qui sont dans le cas de s'y rendre (de cinq à douze ans) ; ceux qui ont passé l'âge ordinaire d'y aller (au-dessus de douze ans). La première classe est plus forte que la seconde, et la troisième plus forte que la première. Les enfans au-dessous de cinq ans formoient les $\frac{5}{15}$; ils étoient de 49 à 50 mille : ceux au-dessus de douze ans étoient les $\frac{3}{15}$, de 29 à 30 mille; ceux de cinq à douze ans les $\frac{7}{15}$, de 69,334; mais dans ces 69,334 enfans des deux sexes, beaucoup étoient instruits par leur père ou leur mère, ou recevoient des leçons d'un maître particulier, ou bien étoient en pension dans une école secondaire, dans un lycée ou collége.

Maison d'éducation, rue Saint-Antoine, passage Saint-Pierre.

Cet établissement fut autrefois connu sous le nom de petite Communauté des jeunes ouvrières indigentes de Saint-Paul. Il n'avoit aucun titre de fondation, point de lettres patentes qui l'autorisassent, point de bulle, aucune ordonnance de l'archevêque de Paris ; il dut son origine à un curé de la paroisse Saint-Paul, M. l'abbé *Gueret*, mort en 1764. Les revenus destinés à son entretien ne s'élevoient alors qu'à 768 livres, y compris un contrat de 180 livres de rente,

46

légué par le fondateur. Les ouvrières que l'abbé *Gueret* y faisoit élever, étoient entretenues, en partie des fruits de leur travail, en partie des libéralités de ses paroissiens. Leur nombre étoit de vingt. Le curé nommoit seul aux dix places gratuites; il autorisoit l'admission des dix pensionnaires.

Une séculière nommée madame *Marc*, dont la mémoire est toujours respectée par les habitans de ce quartier, en fut la première institutrice. La direction de la maison fut ensuite confiée aux sœurs de la Charité de cette paroisse. En 1791, le Corps municipal en chargea la sœur *Lucie Crosnier*, préposée aux classes de l'établissement. Elle l'a dirigé jusqu'à sa mort, en 1805.

Le prix des pensions ne montoit jamais au-delà de 300 francs; la plupart n'étoient que de 200, 250 francs. Les élèves étoient nourries, logées, blanchies, vêtues; elles payoient, en entrant, 96 livres pour le premier trousseau.

Le montant des pensions, demi-pensions, et des sommes payées par le vestiaire au premier trousseau, fut, en 1789, de.   6,964 liv.

Le travail produisit, la même année.   2,121

Les revenus légués par le curé de Saint-Paul et d'autres personnes charitables, montoient alors à..   3,482   8 s.

TOTAL. . .   12,567 liv. 8 s.

La dépense fut de.   11,085

Ainsi l'établissement n'étoit plus à charge au curé; et si le local l'eût permis, on auroit pu y recevoir un plus grand nombre d'élèves : il y en avoit alors quarante. Le discrédit du papier monnoie ayant détruit, quelques années après, tous ses moyens de subsistance; la Commission des Hospices fut chargée de lui fournir les secours nécessaires.

Un arrêté du Ministre de l'Intérieur, du 15 septembre 1802, renferme plusieurs dispositions nouvelles sur la destination de cet établissement, et les conditions à exiger pour y être admis. Les places sont fixées à 48; 24 gratuites, 12 à demi-pension, 12 en payant une pension entière; 36 seront nommées par des Bureaux de bienfaisance, 12 par l'Agence des secours à domicile. Les places seront accordées de préférence aux enfans des militaires et des fonctionnaires publics, et de ceux qui auroient été les victimes de quelques événemens funestes. On ne pourra être admise avant cinq ans; on ne pourra rester dans la maison après dix-sept ans. La pension pour les 12 places qui la payent, est de 300 francs; la demi-pension, de 150 francs. Quelques effets mobiliers doivent être fournis; le règlement les indique et les détermine. Le nombre de 48 n'a jamais été totalement rempli; l'emplacement ne suffiroit pas pour les recevoir; il n'y en a guère ordinairement que 42.

Un fonds de 10 mille francs est assigné annuellement pour fournir aux dépenses de la maison, concurremment avec les pensions et les demi-pensions payées.

Les élèves apprennent à lire et à écrire, les élémens du calcul et la grammaire française. Le travail est un des principaux objets de leur éducation.

L'arrêté du 15 septembre 1802 veut qu'il consiste :

1°. Dans le raccommodage et entretien du linge servant à l'usage commun des élèves et à leur usage particulier;

2°. A confectionner leurs vêtemens;

3°. En filature de chanvre et de lin, propres à tricoter leurs bas;

4°. En travaux utiles, tant pour l'intérieur de la maison que pour des commandes;

5°. Dans le service relatif au ménage.

Toutes doivent être également assujetties aux mêmes travaux; il ne peut y avoir entre elles aucune distinction.

Un tiers du produit des ouvrages faits dans l'établissement doit être appliqué, à la fin de chaque année, en primes d'encouragement aux élèves, pendant l'éducation; les deux autres tiers sont réservés pour des secours à celles qui parviennent à l'âge de sortir de la maison.

L'ancienne directrice, madame *Crosnier*, avoit introduit l'étude de quelques arts agréables; des maîtres salariés venoient, du dehors, en donner des leçons. Le Ministre et le Conseil des Hospices n'ont pas pensé que l'on pût consommer ainsi un temps et des fonds que réclament des besoins et des travaux de nécessité première.

L'instruction religieuse est principalement surveillée par le curé, qui a accordé une tribune dans son église aux élèves de l'établissement.

46 *

Le régime intérieur de la maison a été pareillement réglé par un arrêté du Conseil général, du 23 février 1803.

Mademoiselle *Lemaire*, ancienne élève, a remplacé l'ancienne directrice, en 1805. Son traitement est de 500 francs par année : elle a une aide ou coopératrice, dont le traitement est de 400 francs.

Année commune, la journée est revenue, pour chaque élève, à 95 centimes et demi.

Mais en déduisant aussi, année commune, le produit des pensions et demi-pensions payées, l'Administration n'a contribué dans la dépense qu'à raison de 65 centimes la journée.

Il y a eu, depuis quelque temps, une augmentation considérable dans le produit du travail des élèves ; la somme en a été déposée au Mont-de-Piété : le besoin de linge et de quelques autres objets a fait désirer que cette somme pût être appliquée, au moins en partie, à l'établissement.

§. IV.

Établissement de Filature en faveur des indigens.

L'Établissement de filature a été créé pour procurer quelque travail aux femmes infirmes, aux mères de famille chargées d'enfans qu'elles doivent garder et soigner, aux femmes qui manquent momentanément d'ouvrage, à celles qui sont occupées ailleurs une partie de la journée, telles que les revendeuses dans les marchés, etc.; toutes les personnes qui viennent y en demander en trouvent toujours dans toutes les saisons de l'année. L'objet de cette institution, comme on le voit, n'est pas de procurer un revenu à l'Administration des Hospices; il est uniquement de faire un emploi utile d'une somme destinée à soulager l'infortune, d'attacher le secours au travail, d'offrir un moyen assuré et perpétuel à ceux que menacent le dénûment et l'oisiveté. Aucune dépense n'est plus morale sans doute ; aucune n'est plus conforme aux véritables principes d'une sage distribution de secours publics. C'est place Royale, dans la maison des Hospitalières, que l'établissement est situé.

Les fileuses ne s'y réunissent pas pour travailler. Depuis long-temps on avoit reconnu que cette agrégation de femmes de tout âge, dont la plupart ont été privées d'une bonne éducation, étoit dangereuse aux mœurs, préjudiciable à la tranquillité publique, et exigeoit un trop grand nombre de surveillans. Les femmes occupées à retordre, les teinturières, blanchisseuses et lessiveuses, sont les seules qu'on puisse employer dans l'intérieur de la maison.

Les femmes munies d'un certificat d'indigence et cautionnées par leurs propriétaires ou les principaux locataires, y reçoivent des filasses de chanvre et de lin pour les convertir en fils dans leur demeure, sans être détournées de leurs soins et de leurs devoirs domestiques. Elles les rapportent à l'Établissement où elles sont payées du prix de leur main-d'œuvre, suivant la qualité des fils et leur numéro. Des arrêtés du Conseil règlent ces prix.

.La filature occupe constamment plus de 2000 fileuses et plus de 100 tisserands, n'ayant guère d'autre moyen d'existence que le produit de leur travail. Elle rapporte, par jour, aux fileuses de 50 à 60 centimes ; aux tisserands, d'un franc 50 centimes à un franc 75 centimes.

L'établissement a toujours présenté une perte plus ou moins considérable. Le Conseil général crut la diminuer en adoptant une régie intéressée qu'on lui proposoit. Deux années d'expérience justifièrent mal son espoir. La perte s'augmenta par les sacrifices forcés sur les métiers et ustensiles laissés par le régisseur, vendus à plus de moitié au-dessous de l'estimation faite par lui dans son compte rendu, ou qui n'ont pas été vendus encore. Le système de la régie fut abandonné; on reprit un directeur comme auparavant. Le Conseil supprima en même temps les fabrications de rubans, padoux et lacets; il ordonna qu'on se borneroit à la fabrication des toiles, et que ces toiles seroient prises, autant que possible, par les Hospices et les Hôpitaux. Cette décision a réduit les pertes à 30, 25, et même 20 mille francs par année.

Un arrêté, du 5 mars 1806, régla de nouveau le régime de l'établissement, les fonctions du directeur et de tous les employés, la distribution ou la délivrance des matières à filer, le mode des ventes, les états de situation, inventaires, comptes, etc.

En remontant à l'an XII, antérieur de cent jours à l'année 1804, et continuant jusqu'à la fin de 1813, les opérations de la filature offrent les résultats suivans :

Années.	PERSONNES SECOURUES.		PERTES......		Ou secours répartis entre
An XII.	2292	{ 2250 Fileuses...... / 20 Tisserands..... / 22 Ouvriers divers. } ont été occupés pend. l'année.	{ y compris les réparations. }	fr. c. 19,818 03	{ 2292 personnes indigentes.
An XIII et 46 1ers jours au XIV.	1930	{ 870 Fileuses...... / 52 Tisserands... / 28 Ouvriers divers. } ont été occupés pend. l'année.	{ y compris les réparations. }	66,644 45	{ 1930 personnes indigentes.
54 der. jours an XIV et 1806.	1716	{ 1650 Fileuses...... / 41 Tisserands..... / 25 Ouvriers divers. } ont été occupés pend. l'année.	{ y compris les réparations. }	44,506 25	{ 1716 personnes indigentes
1807	1867	{ 1796 Fileuses,...... / 46 Tisserands.... / 25 Ouvriers divers. } ont été occupés pend. l'année.	{ y compris 2,126 fr. 56 c. de contribut. et réparations. }	44,506 25	{ 1867 personnes indigentes.

Nota. La perte, éprouvée en 1806 et 1807, de 89,012 f. 50 c. a été en grande partie occasionnée par les sacrifices qu'il a fallu faire sur les ustensiles laissés par le Régisseur, ainsi que sur quelques marchandises évaluées aussi trop cher.

Années.	PERSONNES SECOURUES.		PERTES......		Ou secours répartis entre
1808	1826	{ 1754 Fileuses...... / 46 Tisserands..... / 26 Ouvriers divers. } ont été occupés pend. l'année.	{ y compris 1,386 f. 31 c. de contribut. et réparations. }	8,898 96	{ 1826 personnes indigentes.
1809	2107	{ 2042 Fileuses...... / 42 Tisserands..... / 23 Ouvriers divers. } ont été occupés pend. l'année.	{ y compris 395 f. 78 c. de contrib. etc. }	27,541 23	{ 2107 personnes indigentes.
1810	2435	{ 2347 Fileuses...... / 60 Tisserands..... / 28 Ouvriers divers. } ont été occupés pend. l'année.	{ y compris 1,111 f 78 c. de contrib etc. }	36,498 47	{ 2435 personnes indigentes.
1811	2615	{ 2504 Fileuses...... / 81 Tisserauds.... / 80 Ouvriers divers. } ont été occupés pend. l'année.	{ y compris 603 f. 25 c. de contrib. etc. }	44,764 07	{ 2615 personnes indigentes
1812	2996	{ 2806 Fileuses...... / 126 Tisserands.... / 32 Ouvriers divers } ont été occupés pend. l'année. / 32 Enfans des deux sexes appartenaus aux ouvriers, ont été instruits, dans une école voisine, aux frais de l'établissement, conformément à un arrêté du 13 mai 1812.	{ y compris 4,468 f. 74 c. de réparations }	58,820 23	{ 2996 personnes indigentes
1813	2776	{ 2588 Fileuses...... / 145 Tisserands..... / 53 Ouvriers divers } ont été occupés pend. l'année. / 20 Enfans des deux sexes ont été instruits aux frais de la Filature, suivant l'arrêté du 13 mai 1812.	{ y compris 3,500 f. 43 c. de réparations }	31,735 27	{ 2776 personnes indigentes.

TOTAL.. 22560 personnes secourues.   TOTAL des secours délivrés 383,733 29 fr. c.

§. V.

De quelques autres secours.

Secours à divers Etablissemens de charité.

L'Administration des secours à domicile est nécessairement liée avec toutes les associations formées pour soulager des malheureux. Parmi ces associations, celle de la Charité maternelle se distingue, autant par le caractère et l'étendue des bienfaits qu'elle répand sur la classe indigente, que par le zèle et le dévouement des femmes qui la composent. Les revenus de cette pieuse Société n'ayant pas toujours été en proportion avec les besoins des pauvres mères, le Conseil général a cru devoir lui assigner une somme de 6 mille francs, par année, à prendre sur les fonds affectés aux secours à domicile.

La Société, connue sous le nom d'*Asile de la Providence*, et destinée à des vieillards des deux sexes, a reçu du Conseil, pendant plusieurs années, un secours de mille francs; elle en a reçu un de deux mille, en 1812.

Mères nourrices indigentes.

Des secours sont donnés aux mères indigentes, dès les premiers momens de l'accouchement. Les Bureaux de bienfaisance leur prêtent des draps, du linge; ils leur fournissent les alimens nécessaires et des layettes pour leurs enfans. Celles qui nourrissent, si elles ne sont pas assistées par la Société maternelle, reçoivent, outre les secours ordinaires, une certaine quantité de farine, de la première qualité, pour faire la bouillie des enfans.

Cette dépense est d'un peu plus de 40 mille francs par année : la répartition s'en fait, chaque mois, dans la proportion de la population indigente de chaque Bureau de bienfaisance. On évalue à 4,700 environ le nombre des mères nourrices indigentes, qui reçoivent annuellement ce secours. Il est indépendant de ce qu'elles reçoivent aussi pour les couvertures, les layettes et quelques autres objets qui peuvent leur devenir nécessaires.

Les nourrices malades étoient autrefois envoyées dans les Hôpitaux avec leurs enfans. Le Conseil général a pensé qu'il étoit plus convenable, sous tous les rapports, de les laisser dans leur demeure. Il leur a assigné, en cas de maladie, un secours extraordinaire, par des arrêtés du 25 avril et du 19 septembre 1804. Les Bureaux de bienfaisance en font l'avance, et le montant leur en est remboursé tous les mois. Dans le cas cependant où des mères-nourrices devroient être envoyées aux Hôpitaux, le Conseil a réglé, par un arrêté du 23 juillet 1806, quels seroient les établissemens où on les recevroit. Cette prévoyance n'a eu d'autre objet que de mieux assurer alors le succès des soins qu'on leur doit.

Un fonds de 3 mille francs est affecté à cette dépense, par l'arrêté du 25 avril 1804; ce fonds n'a jamais été épuisé.

Un encouragement de 3 francs par mois est accordé aux mères accouchées à l'hospice de l'Accouchement, qui déclarent être dans l'intention d'allaiter elles-mêmes l'enfant qu'elles viennent d'avoir.

Prêts.

Indépendamment des secours dont nous venons de parler, il en est un autre qui mérite bien ce nom par son objet, quoiqu'il ne présente aucun don réel, et ce n'est pas le moins utile de tous. On prête, sans intérêt, à des personnes pauvres, une petite somme pour acheter quelques objets à revendre, ou pour se procurer des instrumens, des outils, qui sont le moyen du travail, et par conséquent un moyen nécessaire pour gagner leur vie; on prête ordinairement de 15 à 50 francs. L'emprunteur les rend peu à peu, à raison d'un franc, deux francs, trois francs par semaine, ou à tant par mois. Deux arrêtés du Conseil général, l'un du 23 octobre 1811, l'autre du 13 janvier 1813, ont mis pour cela une somme de mille francs à la disposition de la Commission administrative; 900 francs ont été prêtés ainsi en 1813; 720 francs étoient rentrés à la fin de l'année.

Secours extraordinaires accordés par le Gouvernement.

Un secours extraordinaire de 300 mille francs fut accordé par le Gouvernement, en 1806.

Ces 300 mille francs furent distribués aux quarante-huit Bureaux de bienfaisance, lesquels distribuèrent à leur tour la portion qui leur étoit assignée aux pauvres de leur arrondissement, soit en argent, soit en pain, viande, habillemens, etc.

Un secours extraordinaire de 300 mille francs fut également accordé en 1811.

Les 300 mille francs furent encore employés à donner des secours en argent aux ouvriers sans travail; du pain, de la viande, des vêtemens, à tous les autres indigens ; une augmentation proportionnelle aussi, pour les vieillards et les aveugles, du secours pécuniaire qu'ils reçoivent chaque mois.

D'après les instructions données par le Ministre de l'Intérieur, les Bureaux de bienfaisance ont été tenus de lui rendre un compte particulier de l'emploi de ce secours, lequel n'a point été compris dans les dépenses ordinaires de l'année 1811.

Un secours extraordinaire fut encore accordé par le Gouvernement, l'année suivante 1812.

Il s'éleva à. 888,112 francs.

Sur ce total, on mit à la disposition des différens Bureaux de bienfaisance. 579,792 francs. pour être employés, partie en argent, partie en pain, viande, vêtemens, etc.

276,360 francs furent employés à l'achat de trois millions centcinquante-trois mille six cents cartes de soupes aux légumes.

31,959 francs le furent à l'achat de trois cent quatre-vingt-treize sacs de farine.

L'emploi de toutes ces sommes a pareillement été l'objet d'un compte spécial rendu au Ministre de l'Intérieur; il ne fait point partie des dépenses ordinaires de l'année 1812.

47

§. VI.

Fondations.

Fondation en faveur des pauvres maîtres boutonniers et maîtres rubaniers, réunis à la Communauté des tissutiers d'étoffes d'or et d'argent.

Par un testament, du 25 avril 1771, M. *Lejay*, secrétaire du Roi, ancien marchand tireur d'or, institua ses légataires universels les pauvres maîtres des deux Communautés des rubaniers et des boutonniers de la Ville de Paris, conjointement avec trois Charités de paroisses, pour un sixième des biens de sa succession, qui seroient de nature à être possédés par des gens de main-morte.

La portion des Communautés fut liquidée à 12 mille livres de rente par année. La répartition en a été faite, conformément aux intentions du testateur, par M. *Maupas*, son notaire et son exécuteur testamentaire, et par les jurés des deux Communautés, entre les pauvres maîtres.

Pendant le temps du papier-monnoie et la disette du pain, le secours a été distribué par M. *Maupas*, en cartes de pain, dont le prix étoit payé aux boulangers sur les revenus de la fondation.

La rente fut ensuite réduite au tiers.

Le Conseil ayant été institué en 1801, et un arrêté du Gouvernement, au mois de juin de cette année, ayant mis sous sa surveillance les biens affectés à l'acquit des fondations, il ordonna qu'on distribueroit annuellement une somme de 4 mille francs à des personnes indigentes ayant exercé la profession de boutonnier ou de rubanier, en rapportant un certificat de quatre anciens maîtres constatant qu'elles l'ont exercée pendant dix ans au moins.

Les boutonniers et rubaniers qui avoient été placés sur une liste plus ancienne y ont été conservés, et ce n'est qu'à mesure des vacances qu'un nouvel individu est nommé.

Fondation faite par M. CROZAT.

Cette fondation avoit été faite au profit des pauvres prêtres, marchands et ouvriers, de la paroisse Saint-Eustache.

Au mois de décembre 1792, un arrêté du Corps municipal, sur le prétexte que *les infortunés sont une famille de frères,* étendit à tous ceux de Paris les dispositions du fondateur. Il ordonna en conséquence d'appliquer les fonds légués aux pauvres de tous les quartiers. L'arrêté conserve néanmoins les pensions à ceux qui les auroient obtenues et qui seroient encore dans la détresse; il en supprime plusieurs qui avoient été accordées à des prêtres et à des militaires invalides; il dresse un état nominatif de ceux qui doivent en jouir désormais.

Un fonds considérable avoit été laissé par M. *Crozat.* Après la réduction des deux tiers, il étoit encore de 14 mille livres de rente.

Rentes viagères.

Ces rentes ont été laissées pour de pauvres marchands, de pauvres prêtres, d'anciens domestiques; elles s'éteignent successivement par le décès de ceux qui en jouissent.

Fondation faite par madame REGNOUF.

Madame *Regnouf,* veuve d'un des administrateurs de l'hôpital de la Miséricorde, dit des *Cent filles,* légua à cet hôpital un contrat de mille livres de rente sur les aides et gabelles, à la charge de payer à chacune des huit plus anciennes sœurs, comme supplément de gage, la somme de 50 livres par an.

A la suppression de cette Communauté, les Hospices ont joui de la rente et ont acquitté les pensions. Il en est de même pour la fondation dont nous allons parler.

Fondation faite par M. BOURGUIGNON.

Il légua tous ses biens au même hôpital des Cent filles, à la charge de payer une pension de 75 livres à six d'entre elles, sortant de la

47 *

Communauté à 25 ans, âge où on cessoit d'y être élevé d'après la fondation ; fondation qui étoit due à *Antoine Séguier,* président à mortier au Parlement de Paris.

Fondation faite par M. Coignard.

Dans un testament en faveur des pauvres, M. *Coignard* légua une pension à quatre protes et à quatre compagnons imprimeurs, tombés dans l'indigence. Un arrêté du Conseil général des Hospices, en date du 5 février 1806, autorise la Société des Amis de l'humanité, composée d'hommes livrés à la profession de l'imprimerie, à lui désigner les ouvriers qui seront dans le cas d'être choisis pour ces pensions, quand une d'elles vaquera par la mort d'un de ceux qui en jouissent.

BUREAU
DE LA DIRECTION DES NOURRICES.

L'objet de l'institution de ce Bureau est de procurer aux habitans de Paris et des environs des nourrices dans lesquelles ils puissent avoir confiance, par les précautions prises pour s'assurer de leur santé, de leur moralité, et par la surveillance exercée sur elles ; et en même temps, de garantir aux nourrices et aux meneurs le payement des sommes qui leur sont dues pour mois de nourriture, frais de voyages, frais de maladie et frais funéraires, sauf le recours du Bureau contre les parens qui sont en retard de payer.

Ainsi commence l'instruction présentée en 1807, au Conseil général, sur la Direction du Bureau des nourrices. Le Conseil pose ensuite ou rappelle toutes les règles qui lui paroissent devoir être adoptées ou conservées pour mieux atteindre le but que les fondateurs de l'établissement s'étoient proposé.

On a fait connoître, dans le rapport de 1803 :

L'origine du Bureau des nourrices,

Son régime jusqu'au mois de juillet 1789,

Le nouveau régime auquel il fut soumis jusqu'en 1802,

Ses recettes et ses dépenses, ses bénéfices et ses charges jusqu'à la même année.

Le Bureau des nourrices étoit alors, depuis peu de temps, dans les attributions données au Conseil général d'administration des Hospices et secours publics. Il avoit été auparavant et jusqu'alors dans les attributions du magistrat chargé en chef de la police de Paris.

Il est facile de justifier le changement produit à cet égard par les nouvelles lois.

C'est un véritable établissement de bienfaisance qu'un Bureau qui, en procurant plus facilement des nourrices à la classe du peuple, et à plus bas prix par la concurrence qu'il entretient, prévient en grande partie l'abandon des enfans, qu'un prix trop considérable des mois de nourrice rendroit infailliblement plus commun. Il fait en même temps participer à cet avantage inappréciable les classes des individus plus aisés, qui, par le droit d'enregistrement et celui du sou pour livre qu'elles payent, déchargent les individus indigens d'une partie de leur dépense ; enfin le but principal de cette institution est de faire venir le Gouvernement et les Associations charitables au secours des malheureux dans une des circonstances les plus intéressantes de la vie.

Ces réflexions sont de l'auteur du rapport que nous venons de citer. L'arrêté du Gouvernement, qui place le Bureau des nourrices dans les attributions du Conseil général des Hospices, est du 19 avril 1801.

Quelques règlemens anciens concernant les meneurs et meneuses, et les nourrices, étoient tombés en désuétude, depuis le commencement de la révolution. Ceux qui subsistoient encore n'étoient pas toujours bien observés. Le Conseil rendit, en 1802, 1804, et 1805, plusieurs arrêtés ayant pour objet le régime intérieur de l'établissement, ses dépenses et sa comptabilité, le recouvrement des sommes qui lui seroient dues, les enfans ramenés de nourrice faute de payement, dont les père et mère ne sont pas connus ou refusent de les recevoir, et quelques autres améliorations. Après avoir fécondé ses lumières par l'expérience, il présenta enfin un règlement complet, en 1809. Des discussions de compétence et d'autorité ont fait suspendre l'approbation de ce règlement par le Ministre ; il eût été plus désirable d'en hâter l'exécution, même en le modifiant.

Rappelons du moins ce qui a été fait, sans dissimuler ce qu'il faudroit faire encore. Mais indiquons d'abord quelques dispositions générales sur le régime intérieur de l'établissement.

Régime intérieur.

Aucune nourrice n'est reçue qu'elle ne présente un certificat du maire de sa commune, attestant sa moralité.

Un médecin, attaché à la maison, doit s'assurer de l'état de santé où elle se trouve, et de la bonté de son lait, avant qu'un enfant lui soit confié.

Le médecin doit visiter aussi l'enfant apporté, avant qu'il soit remis à la nourrice.

Les nourrices peuvent passer quelques jours dans l'établissement. Elles y couchent dans des dortoirs; un berceau pour l'enfant est auprès de leur lit.

Il leur est défendu de coucher avec elles, et dans le même lit, les nourrissons dont elles sont chargées.

Les meneurs dont nous avons parlé, au sujet de l'hospice de l'Allaitement, amènent et ramènent ces nourrices.

Deux registres sont tenus: l'un, par enfans; l'autre, par meneurs. Ils se correspondent et se contrôlent mutuellement.

Inspecteurs des enfans.

Une déclaration du Roi, du 24 juillet 1769, avoit établi des inspecteurs de tournée, chargés d'aller visiter les enfans confiés aux nourrices de campagne. Ces inspecteurs n'existoient plus; le Conseil général a cru nécessaire d'en revenir à cette ancienne institution pour remédier à beaucoup d'abus, en surveillant mieux les meneurs et les nourrices. Il en a nommé trois, dont les soins s'étendent en même temps sur les enfans trouvés et les orphelins envoyés dans les départemens voisins de Paris. Ces inspecteurs peuvent confier à d'autres femmes les nourrissons qu'ils trouvent mal placés; ils entendent les réclamations formées par les nourrices contre les meneurs, et si elles sont fondées, ils les obligent à y faire droit et à régulariser leur comptabilité. Cette nouvelle mesure a produit jusqu'à présent d'heureux résultats. Secondés par l'Administration et par les inspecteurs, les maires exercent plus volontiers leur surveillance à l'égard des nourrices, et sont plus forts, appuyés sur les ordres qui leur sont journellement transmis ou par la correspondance ou par ces inspecteurs eux-mêmes.

Débiteurs des mois de nourrice.

L'article XIV de la déclaration du Roi, du 29 janvier 1715, avoit autorisé à condamner, même par corps, les père et mère débiteurs des mois de nourrice, avec la restriction cependant que la condamnation ne pourroit avoir lieu dans le cas d'une impuissance effective et connue. La même disposition et la même restriction se retrouvent dans une nouvelle déclaration du Roi, donnée à Versailles le 1ᵉʳ. mars 1727. Un arrêt du Parlement, du 19 juin 1737, avoit même autorisé l'arrestation des débiteurs en leur propre maison, dans le cas où le lieutenant de police auroit pensé que la contrainte par corps pouvoit être prononcée.

Les actes de l'autorité publique qui permettoient d'arrêter les débiteurs des mois de nourrice ont subsisté jusqu'au moment de la révolution. Ils étoient tempérés, autant qu'ils pouvoient l'être, par la sagesse des magistrats; et des secours étoient souvent offerts pour rendre de malheureux pères à la liberté. L'emprisonnement ayant cessé d'être prononcé, il n'y a eu, pendant plusieurs années, d'autre moyen d'opérer les recouvremens, que de faire citer les plus solvables devant le juge de paix; mais ce mode a été reconnu ne pouvoir suffire et ne pouvoir convenir à l'établissement. Les causes étoient portées aux différens tribunaux de paix; souvent on les ajournoit, les jugés ne se trouvoient pas assez instruits, ce qui obligeoit les préposés au recouvrement à des déplacemens multipliés. Souvent aussi, la décision étoit peu conforme aux règlemens et aux lois faits pour la direction du Bureau des nourrices. Il falloit enfin, pour l'exécution du jugement, des déboursés qui auroient occasionné une dépense assez considérable, sans la modération mise constamment dans les poursuites.

Le nombre des débiteurs dans le cas d'être poursuivis, est annuellement de 2,400 à 2,500; et ces créances sont souvent susceptibles de réduction, d'après les réclamations fondées des parens. Dans cet état de choses, le Conseil général a sollicité du Gouvernement un mode administratif et uniforme, qui se rapprochât du mode prescrit par les anciens règlemens. La loi du 25 mars 1806 et le décret du 30 juin suivant, ont rempli le but que l'on se proposoit. En vertu de ces actes, la Direction établit tous les mois, à l'instar du rôle des contributions, un rôle des débiteurs de mois de nourrice, rendu exécutoire par une ordonnance du préfet de la Seine, sauf appel ou opposition, et dont le recouvrement se poursuit sans frais contre les débiteurs, à la diligence du directeur, par voie de contrainte, la prise de corps exceptée.

On a en effet reconnu que ce nouveau mode atteignoit plus facilement les débiteurs; et quoique exercé avec tous les ménagemens dûs à une classe généralement indigente et souvent chargée d'une nombreuse famille, il en résulte moins de non valeur pour l'établissement.

En vertu de la même loi et du même décret, le Conseil de préfecture du département de la Seine est chargé de statuer, tant sur les oppositions formées aux ordonnances d'exécution que sur les contestations et contraventions qui pourroient s'élever dans l'exécution des lois et règlemens concernant le Bureau des nourrices; attribution par laquelle on a voulu établir un mode de répression simple et éviter aux parties les frais qu'auroient nécessairement occasionné ces contestations portées dans les tribunaux ordinaires.

Trois décrets successifs ont accordé 300 mille francs pour les débiteurs de mois de nourrice; ces rentrées de fonds ont mis l'établissement à portée de venir au secours de plus de six mille pères de famille, et de payer entièrement un grand nombre de nourrices qui, depuis longtemps, attendoient avec impatience l'acquittement d'une dette si sacrée.

Location des nourrices et mortalité des enfans.

On verra dans le tableau suivant :

1°. Le nombre des nourrices louées du 23 septembre 1801 (1er. vendémiaire an X) au 31 décembre 1813;

2°. Celui des enfans morts chez leur nourrice, la première année de leur naissance, pendant cet espace de temps;

3°. Le terme moyen de leur mortalité.

48

Années.	Nombre des Enfans enregistrés.	Enfans morts la 1re. année de leur naissance.	Terme moyen de la mortalité.
3 mois 8 jours de 1801	1130	362	le $\frac{1}{3}$ moins 14
1802	4583	1478	le $\frac{1}{3}$ — 49
1803	4916	1544	le $\frac{1}{3}$ — 94
1804	4854	1408	le $\frac{1}{3}$ — 210
1805	4878	1215	le $\frac{1}{4}$ — 4
1806	4549	1327	le $\frac{1}{3}$ — 189
1807	4404	1316	le $\frac{1}{3}$ — 152
1808	4716	1280	le $\frac{1}{4}$ plus 101
1809	4801	1194	le $\frac{1}{4}$ moins 6
1810	5048	1480	le $\frac{1}{3}$ — 202
1811	5090	1407	le $\frac{1}{4}$ plus 135
1812	4522	1104	le $\frac{1}{4}$ moins 26
1813	4387	1107	le $\frac{1}{4}$ plus 11
Totaux.	57878	16222	les $\frac{2}{7}$ moins 314

Dans aucune de ces années, le nombre des nourrices ne s'est élevé au taux que l'on devoit naturellement présumer. La guerre en a été une des causes principales ; la paix doit reporter ce nombre à six ou sept mille. L'augmentation, en améliorant les produits, donneroit aux meneurs un plus grand bénéfice, et ne feroit que les attacher davantage à leur état.

Le tableau présenté annonce une mortalité toujours assez égale ; elle ne diffère pas des résultats généraux de proportion pour la mortalité ordinaire des enfans. On doit même remarquer que plusieurs de ces nouveau-nés, incapables de vivre, sont conduits au Bureau pour que leur mère ne les voie pas expirer sur son sein, et qu'on les perd dans le premier ou le second jour de leur naissance.

Recettes et dépenses.

Nous allons en offrir le tableau depuis le 23 septembre 1801, ou comme on disoit alors, le 1er. vendémiaire de l'an X, jusqu'à la fin du mois de décembre 1813.

Années.	RECETTES.							
	SOMMES reçues pour mois de nourrices.		PRODUIT, le droit d'immatricule compris.		REÇU du Gouvernement et des Hospices.		RECETTES diverses.	
	Exercices antérieurs.	Exercice courant.	Exercices antérieurs.	Exercice courant.	Exercices antérieurs.	Exercice courant.	Exercices antérieurs.	Exercice courant.
	fr. c	fr. c.	fr. c	fr. c.	fr. c	fr. c.	fr. c.	fr. c
3 derniers mois 8 jours de 1801	84,338 88	36,476 65	4,354 62	3,936 98	» »	» »	75 »	82 30
1802	125,504 71	381,455 90	6,560 24	28,907 63	11,078 »	50,071 25	» »	470 65
1803	119,766 60	454,971 43	7,767 42	31,782 04	16,357 40	48,846 45	75 »	494 50
1804	144,699 26	426,752 30	7,528 10	31,795 01	151,875 »	65,729 45	595 70	496 90
1805	312,943 55	456,018 39	16,251 45	33,566 95	1,623 65	71,887 50	1,344 25	708 85
1806	56,200 56	602,888 99	2,903 43	40,360 67	3,372 25	58,640 55	289 60	872 53
1807	175,053 92	438,213 83	9,097 90	31,666 01	8,000 »	52,000 »	663 55	750 »
1808	182,213 24	454,528 30	9,476 15	33,107 25	4,000 »	40,000 »	471 10	5,902 83
1809	181,003 30	481,648 32	9,475 42	34,470 01	16,000 »	52,000 »	533 10	891 25
1810	174,900 64	491,395 38	9,176 97	35,266 44	57,491 95	28,000 »	533 10	1,680 10
1811	346,126 13	451,571 05	17,997 66	33,468 01	171,508 05	50,000 »	847 10	2,675 55
1812	281,015 07	480,960 05	14,691 43	33,704 45	25,000 »	50,000 »	1,709 65	4,063 05
1813	169,879 05	459,249 20	8,788 35	32,382 94	» »	42,000 »	928 10	1,347 13
Totaux...	2,382,644 91	5,596,109 79	124,069 14	404,414 39	466,306 30	589,175 20	8,065 25	20,435 64
	7,978,754 70		528,483 53		1,055,481 50		28,500 89	

		TOTAL général de la RECETTE.	DÉPENSES.						TOTAL général de la DÉPENSE.
CETTES our ordre.			SOMMES payées pour mois de nourrices.		DÉPENSES diverses et d'administration.		DÉPENSES pour ordre.		
...s.	Exercice courant		Exercices antérieurs.	Exercice courant.	Exercices antérieurs.	Exercice courant.	Exercices antérieurs	Exercice courant.	
c.	fr. c.	fr. c.	fr. c	fr. c.	fr. c.	fr. c.	fr. c	fr. c.	fr. c.
»	1,000 »	136,264 45	95,988 60	31,205 41	4,533 80	1,477 07	6,000 »	1,000 »	140,204 88
83	14,894 75	619,419 96	153,264 59	383,845 45	2,921 79	41,072 05	20,476 80	14,894 75	616,475 46
02	20,290 62	755,848 48	187,085 42	447,306 49	7,027 11	36,539 05	26,497 02	20,290 62	724,745 71
16	25,291 89	944,778 77	229,415 59	438,328 54	17,839 73	44,225 25	90,035 16	25,291 89	845,136 16
98	27,797 99	1,060,643 56	230,385 28	459,263 46	165,005 25	46,739 »	133,500 98	27,797 99	1,117,684 76
12	43,719 43	846,806 13	95,606 05	643,720 47	5,381 32	41,187 38	37,258 12	44,019 40	867,272 77
09	25,706 34	771,655 64	209,474 45	443,136 26	8,839 65	43,631 94	50,504 09	25,706 34	766,542 73
85	27,420 42	783,389 14	215,152 50	465,608 62	7,433 36	50,547 42	24,740 99	28,949 28	792,452 17
04	31,408 07	830,280 51	210,870 59	497,953 23	7,042 32	43,578 58	21,251 04	33,008 07	813,703 83
52	54,564 62	917,165 82	252,653 33	521,047 54	12,695 47	48,565 79	97,721 24	21,000 »	953,683 37
56	118,292 15	1,366,592 40	290,172 43	520,188 42	205,330 39	48,724 95	248,106 76	44,292 15	1,356,815 10
20	48,431 55	1,019,272 45	248,778 31	499,731 75	115,443 87	50,411 69	81,792 59	46,356 36	1,042,494 57
»	41,885 20	784,459 97	195,614 10	470,329 »	8,901 05	46,093 28	25,865 75	41,019 45	790,822 63
67	483,705 03	10,816,577 32	2,664,461 24	5,826,714 64	568,195 11	542,790 45	548,750 37	376,606 33	10,827,818 14
25,356 70		10,816,577 32	8,491,175 88		1,111,285 56		1,225,356 70		10,827,818 14

Tableau N°. X, page 378.

Il y avoit en caisse, le 22 septembre 1801.. .   30,663 fr. 56 c.

Il a été reçu en 12 années, 3 mois, 10 jours. 10,816,577   32

                 TOTAL. . . 10,847,240 fr. 88 c.

Il a été dépensé. 10,827,818   14

Restoit, le 31 décembre 1813.. . . . .   19,422 fr. 74 c.

Comptabilité; Recouvremens.

On suit toujours le nouveau mode de comptabilité substitué à l'ancien par le Conseil général des Hospices; on est même parvenu à le simplifier. Au moyen de la formation des états de non-valeur, dont on s'occupe maintenant pour tous les exercices antérieurs, on rendra plus facilement compte de la position de l'établissement, de ses ressources et de ses besoins.

Le nouveau mode décrété rend, comme nous l'avons dit, les recouvremens plus aisés. Des entraves cependant arrêtent quelquefois le directeur et les employés chargés de les suivre.

La déclaration du Roi, du 24 juillet 1769, porte que tous les frais de poursuite seront supportés par l'établissement. Le décret du 30 juin 1806 confirme cette disposition : en sorte que même les frais d'exécution, de contrainte et de vente de meubles, doivent, d'après un arrêté du préfet, retomber à la charge de la direction. Le montant de ce qu'elle auroit à payer seroit souvent plus considérable que la somme réclamée. L'action est nécessairement paralysée et le cours des poursuites arrêté.

On avoit essayé de remédier à cet inconvénient dans le projet de règlement dont nous avons parlé, et dont l'exécution est encore suspendue : la Direction resteroit chargée, comme elle le fut toujours, de la dépense des poursuites administratives; mais les frais relatifs à l'action judiciaire seroient supportés par le débiteur qui auroit forcé à y recourir.

48 *

Correspondance; Contentieux.

La nécessité d'une correspondance active et suivie n'a pas besoin d'être démontrée ; elle est un moyen de conservation des enfans par la surveillance même qu'elle établit sur eux, sur leurs nourrices, sur la manière dont ils sont traités, par la facilité d'un changement, s'il est nécessaire, avantages qui, en rassurant les parens sur le sort de leurs enfans, doivent ajouter à la confiance que la Direction mérite. Le Bureau entretient avec les préfets, les sous-préfets et les maires, des relations actives. Un grand nombre de pères seroient peu en état de correspondre par eux-mêmes avec les autorités publiques, et cette correspondance manqueroit d'ailleurs de tous les avantages que lui donne un établissement central, qui n'a pas d'autre objet et qui est institué par la loi. Les parens ont ainsi plus sûrement, plus tôt et sans frais, des nouvelles plus assurées et plus promptes. Ils y trouvent encore une preuve, faite pour les intéresser, que la Direction ne se borne pas à leur procurer des nourrices, qu'elle suit les enfans dans les lieux où ils sont placés, et exerce toujours sur eux une vigilance utile.

Le tableau suivant fera connoître :

1°. Le nombre d'enfans rendus en mauvais état, pendant douze années, et pour lesquels il y a eu des rapports officiels ;

2°. Le nombre des nourrices et des enfans envoyés à l'hôpital des Vénériens ;

3°. Le nombre des enfans placés, tant à l'hospice de l'Allaitement qu'à l'hospice des Orphelins, par l'intermédiaire du préfet de police, pour cause d'absence ou de décès des père et mère.

Années.	Enfans rendus en mauvais état.	Enfans abandonnés et envoyés aux Hospices.	Enfans envoyés à l'hôpital des Vénériens.	Nourrices, Nourriciers et leurs Enfans envoyés aux Vénériens.
3 mois 8 jours de 1801	14	4	»	1
1802	57	19	1	4
1803	61	32	4	10
1804	58	37	3	6
1805	93	30	3	4
1806	100	26	6	7
1807	96	35	1	4
1808	83	31	6	2
1809	72	45	3	1
1810	55	43	3	6
1811	92	45	6	12
1812	84	50	1	4
1813	74	50	1	9
	939	456	38	70

Il résulte de ce tableau :

1°. Que sur un total de 57,878 enfans (voir le tableau ci-devant, page 376) mis en nourrice dans l'espace de plus de douze années, il n'y en a eu que 939 rendus aux parens en mauvais état ; et pour une partie de ces enfans, la cause en étoit ou dans une foiblesse naturelle ou dans des maladies indépendantes des soins des nourrices ;

2°. Que 38 seulement ont été envoyés à l'hôpital des Vénériens pour y être traités ;

3°. Qu'il n'est entré à cet Hôpital, pour le même objet, que 70 nourriciers ou nourrices.

Sans les mesures salutaires que prend la Direction tant pour s'assurer si les nourrices qui se présentent sont saines et si les enfans qui leur sont confiés n'offrent aucun symptôme d'une maladie siphilitique, que pour faire surveiller ces enfans dans le lieu où ils vont, il y auroit un bien plus grand nombre de victimes du défaut de soins des nourrices, de leur imprévoyance et de celle des parens; les réclamations ou les plaintes seroient multipliées, et elles ne seroient pas toujours sans fondement.

Le Bureau des nourrices a été long-temps rue de Grammont, au coin de la rue Neuve-Saint-Augustin. Il fut transféré, en 1802, rue Sainte-Avoie. Une nouvelle translation l'a placé, depuis, rue Sainte-Apolline. La maison est assez vaste, bien aérée; elle a deux cours, deux issues, et la position en est convenable à un pareil établissement.

Nous terminerons ce compte-rendu, de la direction du Bureau des nourrices, par l'état de situation qu'elle présentoit à la fin de l'époque que nous avons parcourue, le 31 décembre 1813.

MOUVEMENT.

NOMBRE DES ENFANS qui se trouvoient		TOTAL.	NOMBRE DES ENFANS		TOTAL.	NOMBRE des Enfans restant en nourrice le dernier jour de l'année.	NOMBRE DES NOURRICES	
placés en nourrice le premier jour de l'année.	enregistrés pendant le cours de l'année.		retirés de nourrice pendant le cours de l'année.	décédés en nourrice.			qui se trouvoient au Bureau le premier jour de l'année.	amenées de la campagne pendant le cours de l'année.
5,122	4,387	9,509	3,159	1,107	4,266	5,243	26	4,974

RECETTES.

DÉSIGNATION des RECETTES.	SOMMES à recevoir pendant le cours de l'année		SOMMES reçues		TOTAL.	SOMMES restant à recevoir		TOTAL.	DÉSIGNATION des DÉPENSES.	
	sur les exercices antérieurs.	sur l'exercice courant.	sur les exercices antérieurs.	sur l'exercice courant.		sur les exercices antérieurs.	sur l'exercice courant.			sur exe anté
	fr. c.	fr. c.	fr. c.	fr. c.	fr. c.	fr. c.	fr. c.	fr. c.		
Produit du droit d'immatricule....	» »	8,799 »	» »	8,799 »	8,799 »	» »	» »	» »	Mois de nourrice à acquitter par la Direction dans le courant de 1813......	267,
Mois de nourrice dus par les pères et mères, pour l'an 1813.	711,306 27	753,393 »	169,879 05	459,249 20	629,128 25	541,427 22	294,143 80	835,571 02	Appointemens et gages...........	5,
Droit de 5 centimes par franc sur les recettes....	35,565 31	37,669 65	8,493 95	22,962 45	31,456 40	27,071 36	14,707 20	41,778 56	Frais de bureau.... Constructions, réparations et entretien.	» »
Idem isolés....	294 40	621 49	294 40	621 49	915 89	» »	» »	» »	Combustibles.	
Remboursement de ports de lettres.....	1,300 »	2,973 75	» »	956 20	956 20	1,300 »	2,017 55	3,317 55	Frais de ports de lettres...........	
Intérêts de fonds et de cautionnemens..	» »	» »	» »	» »	» »	» »	» »	» »	Habillement, blanchissage et coucher	
A recevoir du Mont-de-Piété.......	636 80	280 70	636 80	280 70	917 50	» »	» »	» »	Intérêts de fonds et de cautionnemens.	
Fonds à recevoir des Hospices	» »	50,000 »	» »	42,000 »	42,000 »	» »	8,000 »	8,000 »	Remboursement de cautionnemens....	2,
Recettes diverses....	291 30	110 23	291 30	110 23	401 53	» »	» »	» »	Dépenses diverses....	2,
	fr. c.	fr. c.	fr. c.	fr. c.	fr. c.	fr. c.	fr. c.	fr. c.		
Totaux...	749,394 08	853,847 82	179,595 50	534,979 27	714,574 77	569,798 58	318,868 55	888,667 13	Totaux...	276,
Recettes pour ordre provenant de fonds empruntés à la caisse générale, pour subvenir aux avances..	25,000 »	44,885 20	25,000 »	44,885 20	69,885 20	» »	» »	» »	Dépenses pour ordre provenant de fonds versés par la caisse générale, pour subvenir aux avances.	25,
	fr. c.	fr. c.	fr. c.	fr. c.	fr. c.	fr. c.	fr. c.	fr. c.		
Totaux...	774,394 08	898,733 02	204,595 50	579,864 47	784,459 97	569,798 58	318,868 55	888,667 13	Totaux...	302,

NOMBRE DES NOURRICES — NOMBRE — TAUX MOYEN

AL.	NOMBRE DES NOURRICES		NOMBRE des journées qu'elles ont passé au Bureau.	TAUX MOYEN du prix convenu avec les nourrices pour chaque nourrisson.
	retournées dans les campagnes.	restant au Bureau le dernier jour de l'année.		
	avec nourrisson 4,387		32,227 Terme moyen du séjour de chaque nourrice,	
	sans nourrisson. 571			
	4,958	42	6 jours et demi.	11 fr.

EMPLOYÉS.

DÉSIGNATION des EMPLOIS.	TRAITEMENT.	Observations.
	fr.	
Directeur et chargé de la caisse.........	5,000	Les inspecteurs étant aussi attachés à l'hospice de la Maternité et au Bureau du placement, la Direction n'est chargée de leur payer qu'une portion de leur traitement.
Treize commis......	19,700	
Trois inspecteurs....	3,900	
Un médecin........	600	
Une factrice, un garçon de bureau, un portier et une fille de dortoir........	2,800	
TOTAL......	fr. 52,000	

DÉPENSES.

MES ...es sur l'exercice courant.	SOMMES payées sur les exercices antérieurs.	sur l'exercice courant.	TOTAL.	SOMMES restant dues sur les exercices antérieurs.	sur l'exercice courant.	TOTAL.
fr. c.	fr. c.	fr. c.	fr. c.	fr. c.	fr. c.	fr. c.
732,453 35	195,614 10	470,329 »	665,943 10	72,377 17	262,124 35	334,501 52
31,999 56	» »	31,999 56	31,999 56	» »	» »	» »
2,736 94	3,428 05	2,736 94	6,164 99	» »	» »	» »
539 57	» »	539 57	539 57	» »	» »	» »
2,619 60	442 80	2,619 60	3,062 40	» »	» »	» »
2,973 75	» »	2,973 75	2,973 75	» »	» »	» »
545 80	200 »	545 80	745 80	» »	» »	» »
2,133 35	298 05	2,133 35	2,431 40	» »	» »	» »
» »	2,000 »	» »	2,000 »	» »	» »	» »
2,544 71	2,532 15	2,544 71	5,076 86	» »	» »	» »
fr. c.	fr. c.	fr. c.	fr. c.	fr. c.	fr. c.	fr. c.
778,546 63	204,515 15	516,422 28	720,937 43	72,377 17	262,124 35	334,501 52
44,019 45	25,865 75	44,019 45	69,885 20	» »	» »	» »
fr. c.	fr. c.	fr. c.	fr. c.	fr. c.	fr. c.	fr. c.
822,566 08	230,380 90	560,441 73	790,822 63	72,377 17	262,124 35	334,501 52

RÉSUMÉ.

	Exercices antérieurs.	Exercice courant.	TOTAL.
	fr. c.	fr. c.	fr. c.
Il restoit en caisse le premier jour de l'année.........	25,785 40	» »	25,785 40
Il a été reçu pendant le cours de l'année........	204,595 50	579,864 47	784,459 97
	fr. c.	fr. c.	fr. c.
TOTAUX....	230,380 90	579,864 47	810,245 37
Il a été payé.....	230,380 90	560,441 73	790,822 63
Restoit en caisse le 31 décembre 1813.	» »	19,422 74	19,422 74

TABLE DES MATIÈRES.

(385)

DEUXIÈME PARTIE. — DES HOSPICES.

49

49 *

BUREAU DE LA DIRECTION DES NOURRICES.

F I N.

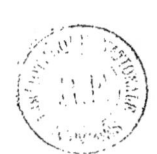

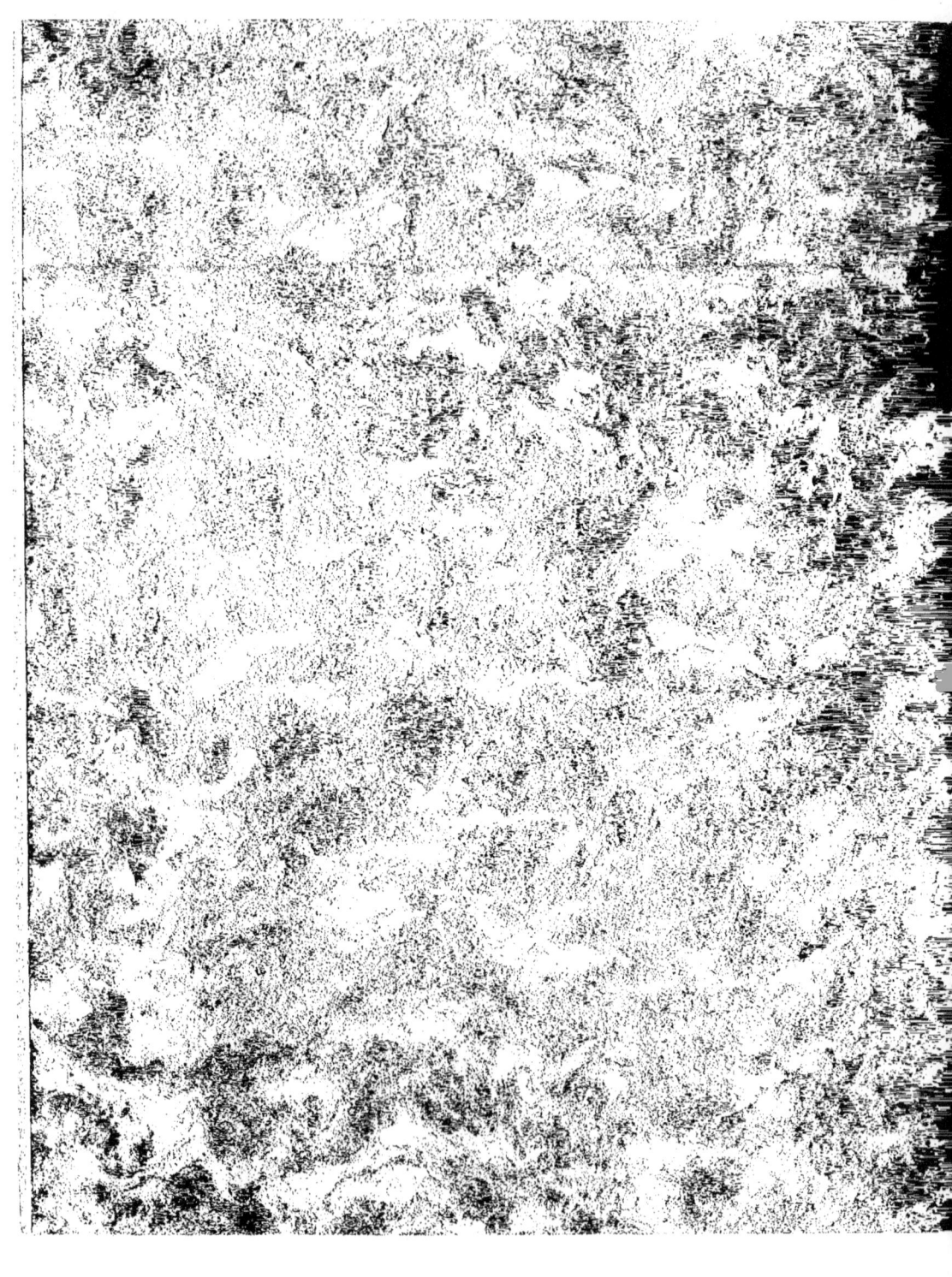

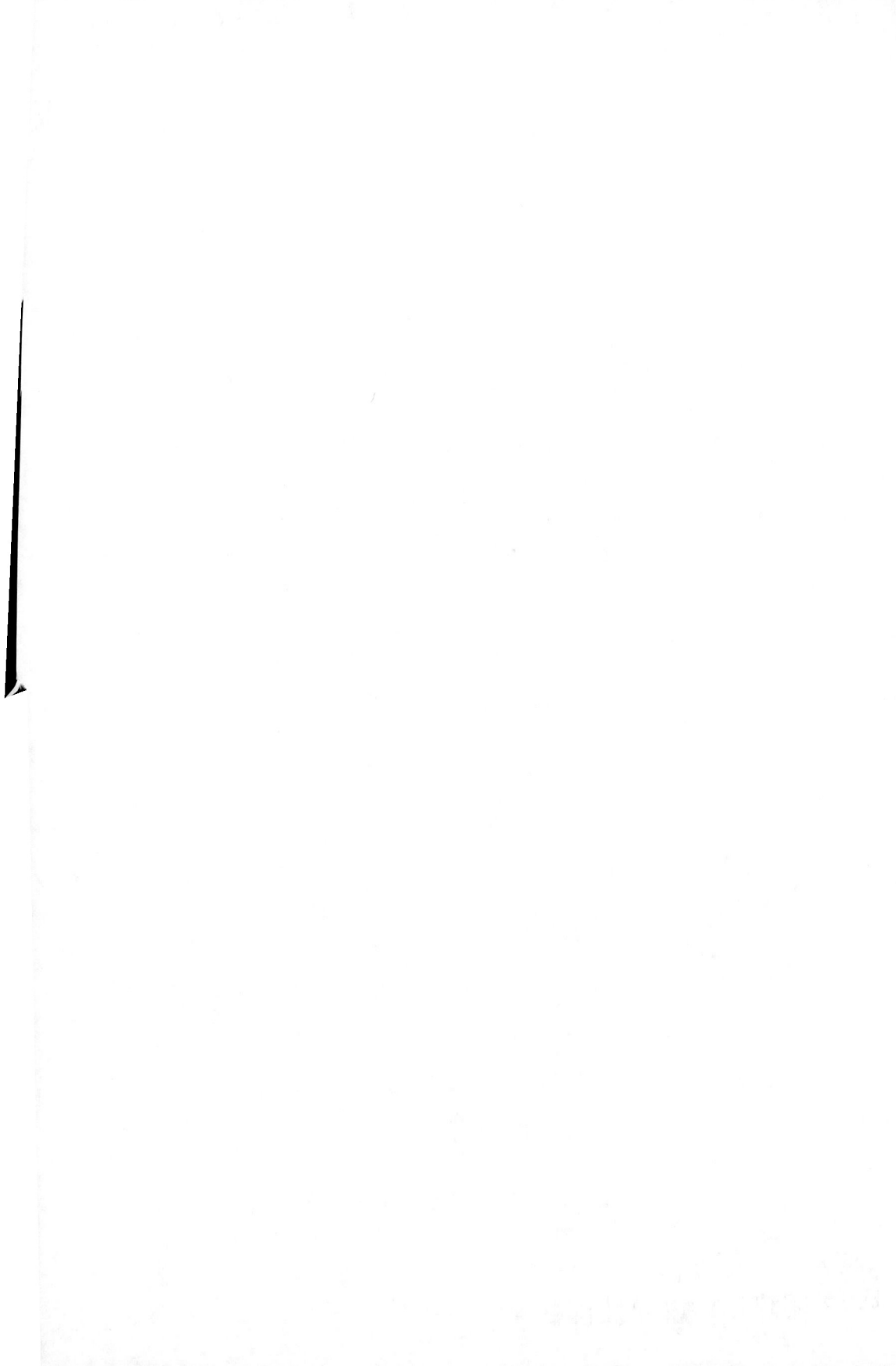